ANGELO

ANGELO
©2022 by Claudio Gaspari

COORDENAÇÃO EDITORIAL: **Eduardo Ferrari**
EDIÇÃO: **Ivana Moreira**
CAPA, PROJETO GRÁFICO e DIAGRAMAÇÃO: **Estúdio EFe**
REVISÃO DE TEXTO: **Gabriela Galvão**
BANCO DE IMAGENS: **Freepik Premium e Pixabay.**

Dados Internacionais de Catalogação na Publicação (CIP)
(eDOC BRASIL, Belo Horizonte/MG)

G249a   Gaspari, Claudio.
        Angelo: qual o limite da ambição? / Claudio Gaspari. – São Paulo, SP: Literare Books International; EFeditores, 2022.
        16 x 23 cm

        ISBN 978-65-5922-405-0

        1. Ficção brasileira. 2. Literatura brasileira – Romance. I. Título.
        CDD B869.3

Elaborado por Maurício Amormino Júnior – CRB6/2422

Esta obra é uma coedição EFeditores Conteúdo Ltda. e Literare Books International. Todos os direitos reservados. Não é permitida a reprodução total ou parcial desta obra, por quaisquer meios, sem a prévia autorização do autor.

EFeditores Conteúdo Ltda.
Rua Haddock Lobo, 180 | Cerqueira César
01414-000 | São Paulo - SP | (11) 3129-7601
www.efeditores.com.br
contato@efeditores.com.br

Literare Books International
Rua Antônio Augusto Covello, 472 | Vila Mariana
01550-060 | São Paulo - SP | (11) 2659-0968
www.literarebooks.com.br
contato@literarebooks.com.br

Esta obra integra o selo "Escritores", iniciativa conjunta das editoras brasileiras EFeditores Conteúdo Ltda e da Literare Books International.

O texto deste livro segue as normas do Acordo Ortográfico da Língua Portuguesa.
1ª edição, 2022 | Printed in Brazil | Impresso no Brasil

Claudio Gaspari
ANGELO

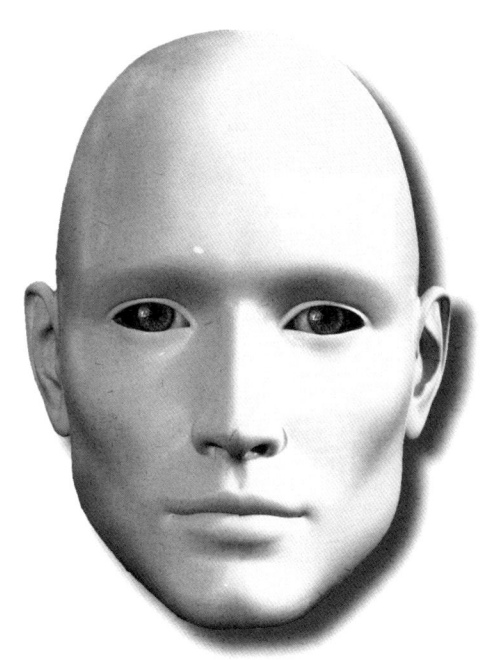

QUAL O LIMITE DA AMBIÇÃO?

1ª edição, 2022

Para Alessandra,
dona da boca mais linda do Mundo.

RIO DE JANEIRO

Finalmente ela venceu o medo de se levantar. Apoiou-se sobre um joelho e depois no outro, ficando ajoelhada ali por algum tempo enquanto a fumaça começava a se dissipar com o vento forte. Pouco depois ela conseguiu distinguir a base da enorme estátua bem à sua frente e, em mais alguns segundos, a visão do Cristo Redentor de braços abertos surgiu como num passe de mágica.

O zunido em seus ouvidos ainda era alto, mas ela já começava a ouvir os gritos das pessoas que corriam desesperadas de um lado para o outro. Ela continuou por algum tempo assim, ajoelhada e olhando como hipnotizada para aquela enorme estátua até que alguém a levantou pelo braço e a colocou de pé. Ela não conseguia ouvir muito bem o que o homem à sua frente dizia, mas mesmo assim, se deixou levar por ele para um ponto mais afastado, perto do final da escadaria que desembocava na área aberta aos pés da estátua.

O homem continuava a tentar se comunicar e por um momento ela achou graça no desespero do sujeito enquanto ela permanecia calada, mas neste momento um calafrio percorreu a sua espinha e ela se virou para o lado oposto para onde ela havia sido levada. Seus olhos buscaram algum sinal dele, mas ela não conseguiu reconhecê-lo, enquanto as pessoas corriam de um lado para o outro.

Quando finalmente o homem que a havia resgatado desistiu de se comunicar e se afastou para ajudar outras pessoas, ela começou a se mover devagar na direção de onde ela o tinha visto pela última vez e se lembrou das palavras que dirigiu a ela, antes de se afastar para jogar os restos do lanche em uma lixeira.

"Aline, para os cristãos esse é um dos símbolos mais importantes de todos. Estamos diante da estátua de quem eles acreditam ser o filho de Deus. Lembre-se sempre que os nomes podem ser diferentes, os profetas também, mas o que todas as religiões têm em comum, é a crença no amor".

Eles haviam passado praticamente a noite toda em um ônibus vindo de São Paulo e chegaram ao Rio de Janeiro bem cedo, por volta das seis horas da manhã. Passariam três dias no Rio de Janeiro antes de retornar para casa e a programação era intensa! Mas seu pai fez questão de começar a agenda pelo Cristo Redentor. Ele dizia que era uma maneira de agradecer ao país que os tinham acolhido tão bem, quando cinco anos antes decidiram fugir da guerra no Líbano e tentar uma nova vida no Brasil.

Ela tinha apenas três anos nessa época e não se lembrava da vida no Líbano. Para ela, a sua casa sempre havia sido aqui, uma terra feliz, onde não havia guerras, onde ela podia viver sem medo. Ela tinha pedido essa viagem ao Rio como presente de aniversário e, apesar do pouco dinheiro da família, seu pai tinha conseguido lhe atender.

Ela continuava a caminhar na mesma direção, devagar, um passo lento após o outro, e então ela se deteve. Na sua frente ainda haviam pessoas correndo, mas muitas estavam deitadas no chão. Ela voltou a andar, porém dessa vez mais rapidamente e após mais alguns passos seu coração disparou quando viu um homem deitado de bruços em meio às outras pessoas e reconheceu pelas roupas que era ele. Então sentiu como se seus pulmões explodissem ao mesmo tempo que um grito medonho escapava de sua boca.

— Bába!

Ela então se jogou sobre ele e começou a gritar pedindo que se levantasse. Como não houve resposta ela tentou desesperadamente erguê--lo do chão, mas não teve força suficiente. Então ela tentou virar seu rosto e foi quando um novo grito de desespero saiu de sua boca. O rosto de seu pai não existia mais. No lugar dele havia apenas uma mistura de sangue e pedaços de carne cortados e ela voltou a se jogar sobre ele tentando levantá-lo a qualquer custo. Um homem tentou tirá-la de cima de seu pai, mas ela resistiu e por fim o homem desistiu e ela permaneceu sobre ele, mas dessa vez ergueu seus olhos novamente para a enorme estátua e pediu com todas as forças para que Alá não levasse seu pai embora.

SÃO PAULO, 2011

Angelo

Sentado à mesa do coffee shop, ele tomava o costumeiro expresso puro enquanto assistia ao jornal matinal, tentando não pensar em todas as coisas que ele gostaria de fazer naquele dia, ao invés de trabalhar. Se recordou do adesivo que havia visto uma vez no vidro traseiro de um carro — "Um dia ruim de surfe é muito melhor que um ótimo dia de trabalho".

Alto, cabelos pretos grossos, olhos azuis e físico atlético, aos 40 anos recém-completados Angelo Cesari era o que algumas mulheres chamariam de bonitão. Não chegava a ser um top model, mas com certeza estava acima da média da beleza masculina, seja nas ruas de São Paulo que acabou se tornando a sua cidade, quando aos 16 anos de idade chegou da Itália, seja em Roma por onde frequentemente passava a trabalho.

Havia nascido em Bergamo, região dos Alpes Italianos, próxima à fronteira com a Suíça, e no início dos anos 80 seu pai decidiu imigrar para o Brasil a procura de trabalho, seguindo os passos de um tio que chegou ao país logo após o término da Segunda Guerra Mundial e que o incentivara a vir para uma terra repleta de oportunidades, muito diferente das dificuldades que ele enfrentava na Itália, principalmente por ser um trabalhador da indústria pesada e filho de camponeses, como era o caso de Ricardo.

Para Angelo, a vida tinha sido bem mais fácil.

Desde que chegou, seja pela sua aparência, seja pela fascinação do brasileiro pelos estrangeiros, eu seja pela junção das duas coisas, muitas portas sempre se abriram para ele, e depois de apenas poucos anos de adaptação na mais italiana das cidades fora da Itália, ele se sentia em casa.

Enquanto tomava seu café, admirava seu mais recente brinquedo pela grande janela de vidro. Ele adorava carros, todos, de todas as marcas e modelos, cada um com alguma coisa especial, típica, diferente e ao mesmo tempo com aspectos comuns com todos os outros, basicamente como as pessoas, mas muito mais divertidos.

Porém, o Shelby prata com faixas pretas foscas, rodas cor grafite, e aquela frente "tubarão" que voltou a caracterizar os Mustangs nos últimos anos, faziam que o carro fosse para ele a síntese da beleza sobre 4 rodas. O motor de 500 cavalos e o câmbio manual completavam o pacote. Um carro desses no Brasil, onde tudo que anda sobre rodas e tem um motor é absurdamente caro, já era por si só uma indicação de que dinheiro não era problema.

Bem empregado como executivo de uma multinacional italiana de tecnologia na área de segurança e defesa, desde muito jovem havia decidido que cativar os acionistas de uma empresa com o seu charme, e um pouco de talento que ele sabia que tinha, seria muito menos arriscado do que se aventurar em um negócio próprio.

O medo de se aventurar como empresário tinha as mesmas raízes da maioria das pessoas, mas a incerteza do sucesso era apenas uma das razões que o havia dissuadido da ideia, pois certamente o maior medo de Angelo era criar para si uma armadilha na qual ele ficasse preso pelo resto da vida, como proprietário de uma empresa de médio porte, fazendo por várias décadas as mesmas coisas, dia após dia.

Muito jovem ainda, ele havia lido um artigo sobre como era a vida de um homem australiano, na época com 80 anos e que na foto parecia não ter mais de 50. O segredo, segundo ele mesmo, era dividir a vida em pequenos pedaços, nunca trabalhando mais do que 2 ou 3 anos na mesma coisa, fazendo sempre no próximo algo completamente diferente do trabalho anterior. Isso, segundo ele havia declarado na entrevista, evitava o "efeito borrão", ou seja, aquela sensação de que o tempo voou para a pessoa que trabalha por muito tempo com a mesma coisa ou no mesmo lugar. O nosso cérebro registra e divide a nossa vida em pedaços ou em pequenas vidas, baseadas nas prioridades que damos a cada conjunto de assuntos, e como passamos a maior parte da nossa vida adulta trabalhando, quanto mais trabalhos diferentes tivermos, mais vidas teríamos também.

Essa teoria o fascinou por vários anos e realmente ele acreditou por algum tempo que poderia viver dessa maneira. Começou a trabalhar cedo, logo que chegou da Itália, como vendedor de roupas nas lojas da moda. Sua aparência e seu sotaque exerciam um fascínio nas mulheres, e porque não em alguns homens também, que logo o transformaram em um vendedor de sucesso. Trabalhando durante o dia e estudando à noite em uma faculdade simples do subúrbio de São Paulo, rapidamente se tornou gerente de uma cadeia de lojas e em mais alguns poucos anos, diretor de vendas de uma respeitada rede de lojas de acessórios e bijuterias.

Tinha então 27 anos na época e aos olhos dos outros era um exemplo a ser seguido, mas alguma coisa havia mudado.

A certeza de que queria ter várias pequenas vidas tinha desaparecido. No lugar dela ele agora sentia a necessidade de ter sucesso financeiro, de viver a sua vida de maneira independente, sair da casa dos pais e conquistar um estilo de vida diferente daquele que caracterizava a maioria dos imigrantes como ele.

Foi nessa mesma época que Angelo conheceu Raquel.

Filha de um próspero empresário do agronegócio, Raquel era tudo que se podia desejar de uma mulher. Bonita, inteligente e bem-humorada, parecia um presente que Angelo não merecia, mas que ele aceitou sem hesitar. Apenas um ano depois estavam casados e grávidos de Valentina e dois anos mais tarde nascia também Rafael.

Moravam na parte mais nobre do bairro da Vila Nova Conceição, a poucas centenas de metros do Parque do Ibirapuera. Uma vida confortável, mas sem exageros pois apesar do dinheiro do pai de Raquel e do seu próprio que a cada dia se multiplicava, Angelo sempre procurou viver uma vida relativamente simples. Lógico que simples tinha um sentido próprio para ele e queria dizer basicamente bons carros, boas roupas, academia e alguns dias de surfe que muito raramente conseguia aproveitar, em alguma praia do Litoral Norte de São Paulo.

Alguns anos e poucos empregos depois ele estava ali, sentado naquele coffee shop, divorciado há dois anos de Raquel e bastante satisfeito com as escolhas que tinha feito, apesar da saudade dos filhos que via regularmente, mas que vez por outra deixava a sensação deles estarem se afastando aos poucos. "Cada escolha uma renúncia", pensou ele enquanto se levantava para pagar o café e iniciar mais aquele dia da sua nova vida de solteiro. O telefone tocou e ele atendeu.

— Oi, Roberto.

— Ciao Angelo, como está o tempo hoje em São Paulo? Novembro em Roma é uma época especial, um paraíso gelado salpicado de folhas mortas pelo chão!

— Sol e calor, meu caro, você deveria se mudar para o Brasil também, deixar o velho mundo de uma vez, se jogar nos trópicos!

Na verdade São Paulo estava longe de ser considerada tropical, o dia estava nublado e muito frio para essa época do ano, mas Angelo não iria perder a oportunidade de deixar esse italiano almofadinha, filho do acionista majoritário da empresa em que trabalhava, com inveja da sua vida maravilhosa no Brasil.

— Angelo, você precisa aprender a mentir melhor. O meu smartphone mostra um dia nublado com 15 graus nessa sua cidade. Tecnologia é tudo meu amigo!

— Não vá me dizer que me ligou só para falar do tempo. Mandar um e-mail sairia bem mais barato, não acha?

— Precisamos conversar sobre o consórcio para o SISCON. A nossa proposta está com o cronograma atrasado e já faz cinco dias que você não me manda nenhum relatório a respeito.

Esse assunto novamente. Quando Angelo teria coragem de falar a Roberto que a proposta não estava atrasada, mas sim que não seria mais feita? Ao menos não para essa concorrência uma vez que o governo brasileiro havia deixado claro que não aceitaria uma empresa estrangeira fornecendo sozinha o seu sistema de radar mais moderno e que apesar de todos os esforços de Angelo, o consórcio que eles tanto contavam tinha ido por água abaixo.

A grande empreiteira com quem eles haviam se aliado desde o início estava simplesmente falida e não teria condições de cumprir com a sua parte do consórcio e não havia mais tempo para um novo arranjo. Foi uma enorme e desagradável surpresa quando na semana anterior recebeu o telefonema do presidente da empresa, Fernando Oliveira, que apesar de quase vinte anos mais velho se tornara um bom amigo de Angelo.

— Angelo, precisamos almoçar juntos hoje. Preciso lhe falar sobre um problema que estamos enfrentando.

Duas horas mais tarde, os dois estavam sentados à mesa do restaurante Figueira Rubaya no bairro dos Jardins, com Angelo absolutamente constrangido diante de um homem que chorava copiosamente diante dele.

— Angelo, não me pergunte como isso aconteceu, mas a verdade é que uma empresa com mais de quarenta anos de existência, sete mil funcionários e atuação em doze países, simplesmente derreteu, acabou, não vale mais nada. Daqui a alguns dias o mercado, que já desconfia da nossa situação, terá acesso ao nosso balanço e será o fim. Estou lhe avisando hoje para que você possa tentar com esses poucos dias que restam, procurar um novo parceiro para o SISCON e tentar salvar a sua pele. Não faz sentido que vocês afundem junto conosco.

Angelo tinha trabalhado nesse consórcio por dois longos e penosos anos.

Usou todo o seu network, pediu e cobrou favores, conversou com os mais variados níveis de políticos e burocratas, apostou todas as suas fichas, e agora esse desfecho que, mais do que dramático, chegava a ser patético para uma das maiores oportunidades de negócios com o governo brasileiro em todos os tempos e certamente a grande tacada para que ele finalmente conseguisse uma prematura, mas muito bem vinda independência financeira. E agora, sentado em frente aquele homem, tudo parecia apenas uma lembrança distante de uma vida que não era a dele.

— Angelo, ainda está aí?

— Roberto, estou no meio da rua e não quero falar sobre esse assunto aqui. Retorno para você assim que eu chegar ao escritório, está bem?

— Angelo, está tudo bem? Você está me escondendo alguma coisa?

— Roberto, aproveite o seu almoço. Retorno daqui a pouco e conversamos com calma. Ciao caro!

— Ciao Angelo, não esqueça que estarei esperando.

Angelo nem ouviu a despedida de Roberto. Já havia desligado o celular e estava pegando a chave do Shelby em seu bolso quando o celular tocou novamente.

Atendeu imediatamente.

— Roberto, eu já disse que lhe telefone daqui a pouco mandona!

— Oi Angelo, e para mim, você tem um tempinho?

Raquel... O dia realmente tinha começado bem.

— Oi Raquel, algum problema com as crianças?

Ele gostava de deixar claro que a única coisa que os ligava hoje em dia eram as crianças e não perdia a oportunidade de reforçar isso sempre que podia, às vezes mesmo sem perceber.

— Angelo, você e esse seu ego enorme. Sempre achando eu estou ligando para te paquerar. Por acaso se esqueceu que sou muito bem casada?

"Depende do que você considera muito bem".

— De maneira nenhuma, Raquel. Eu sei que hoje a sua vida é tudo que você sempre sonhou e que o Arthur é o homem da sua vida, etc, etc, etc. Por isso eu perguntei sobre as crianças, afinal que tipo de problema pode existir em uma vida tão perfeita?

Ela demorou um pouco para responder, dando a impressão que pensava em alguma coisa inteligente e ao mesmo tempo cínica para dizer, mas por fim desistiu.

— Pois é, liguei para falar das crianças. A que horas você vem buscá-las hoje?

— No horário de sempre, fique tranquila.

— Horário de sempre seria exatamente qual? Sabe como é, da última vez você chegou às 22 horas e eles têm aula às 7 horas. Achei até que você fosse levá-los a uma boate e não para jantar.

— A ideia era essa, mas eles me disseram que você não iria permitir. — "Megera! Se eu passasse o dia todo na academia ou torrando o dinheiro do meu pai em compras, também não me atrasaria nunca", pensou ele.

— 18h30 e não atrase.

Desligou sem se despedir.

Abriu o Shelby, sentou-se e ligou o motor. O ronco do escapamento esportivo o acalmou. Manobrou devagar, adorando a reação das pessoas olhando para aquela

obra-prima sobre rodas e, assim que entrou na avenida, despejou o peso do mundo no acelerador. Os pneus gritaram e continuaram gritando quando ele passou a segunda marcha. "Um canhão" pensou. Mas a sensação durou menos do que ele gostaria, pois já estava em frente à entrada da garagem do Green Center, maior, mais moderno e na opinião dele o mais bonito prédio de escritórios do bairro do Brooklin, novo centro tecnológico da cidade de São Paulo.

O escritório da Sicurezza Totale ficava no 10° andar deste monstro de 40 andares que ocupava um quarteirão inteiro da avenida Luís Carlos Berrini. Eram 130 funcionários de todos os cantos do mundo, na sua maioria engenheiros, programadores e analistas de sistemas. Gente que havia identificado no Brasil as oportunidades que já não existiam na Europa e que também estavam escassos nos Estados Unidos, além de alguns indianos e chineses que viam no Brasil uma forma de fugir da vida ruim que tinham em seus países de origem e que, apesar da prosperidade econômica atual, ainda ficavam bem atrás da vida que uma cidade como São Paulo podia oferecer.

Assim que chegou foi pego no corredor por meia dúzia de pessoas, cada uma pedindo um minuto da sua atenção. Todos os assuntos pareciam urgentes para os que queriam a sua opinião, mas para ele, pela primeira vez desde que assumira a empresa seis anos antes, pareciam apenas queixas de crianças mimadas pedindo a atenção do papai quando este chegava do trabalho.

Mesmo assim, atendeu a todos, fez algumas anotações, prometeu estudar os assuntos e responder antes da hora do almoço. Obviamente era mentira, mas mesmo assim as pessoas se sentiram satisfeitas e voltaram para suas baias high tech. Angelo tinha esse dom, cativar as pessoas com quase nada, às vezes apenas com um sorriso e um tapinha no ombro. Vez por outra escrevia e-mails inspiradores para motivar os funcionários em algum momento importante da companhia e mais raramente, fazia alguns pequenos discursos com a mesma intenção, mas no último ano isso estava se tornando cada vez mais raro.

Ao entrar na sua sala jogou o maço de revistas e correspondências que havia recebido da recepcionista sobre um sofá onde já estavam as correspondências intactas dos últimos cinco dias. Não conseguia pensar em mais nada a não ser no seu futuro e no futuro da ST, como preferia chamar a companhia no Brasil. Hoje era o dia limite para ele cadastrar a ST no ministério da defesa brasileiro, mas para isso ele precisava de um parceiro nacional, mas apesar de seus esforços dos últimos dias, todas as grandes empresas brasileiras que tinham algum interesse nesse projeto já estavam comprometidas com outros parceiros tecnológicos e não havia tempo para tentar dissuadir qualquer delas a desistir de suas parceiras atuais e se juntar a eles, não em função da capacidade tecnológica da ST que inegavelmente era uma das melhores empresas do mundo no desenvolvimento de soluções tecnológicas para defesa e segurança, mas sim porque convencer uma empresa a deixar o parceiro atual levaria semanas, senão meses de negociações, quebra de contratos, multas, enfim, nada que pudesse atender as necessidades do momento.

O telefone da sua mesa tocou por três vezes até ele tomar coragem e atender. Sabia exatamente quem era do outro lado da linha.

— Angelo?

— Ciao Roberto

— Por que você não me ligou?

— Roberto, acabei de chegar, nem me sentei na minha cadeira ainda!

— Você não usa a sua boca para sentar-se, apenas seu traseiro, então sente, comece a falar e me informe com detalhes do que está havendo com a proposta do SISCON. Pelo nosso cronograma, hoje é o último dia para homologarmos os documentos do consórcio e até agora você ainda não me enviou uma cópia dos documentos assinados.

Não havia mais como esconder o assunto de Roberto, havia chegado a hora de abrir o jogo.

— Me dê só um minuto na linha para eu me acomodar e vou lhe passar todos os detalhes.

Angelo afrouxou a gravata, tirou os sapatos, sentou-se em sua cadeira, colocou os pés sobre a mesa e já ia começando a falar quando parou de repente.

— Angelo, já se passou o seu minuto, quero as minhas respostas.

Angelo continuava imóvel.

— Angelo, você está me ouvindo?

Ainda nenhuma reação de Angelo. Parecia que ele havia levado um susto tão grande que sequer conseguia respirar.

— Angelo, fale comigo! Estou perdendo a paciência!

— Roberto, não posso falar agora, te ligo depois.

— Angelo, se você desligar...

Já tinha desligado, mas mesmo sabendo que Angelo não poderia mais ouvir, Roberto fez questão de xingar em português – Seu FILHO DA PUTA!

Angelo estava olhando fixamente para um bilhete colado ao monitor do seu desktop sem conseguir acreditar no que estava lendo:

"Dr. Angelo, entrar em contato imediatamente com a pessoa abaixo que faz parte da equipe da BRASENG. Eles disseram que tem a saída para o seu problema no SISCON".

No final do bilhete havia um número de telefone com prefixo da Itália e um nome: Carmem Velasquez.

Angelo pegou o celular e teclou imediatamente. O telefone tocou várias vezes e quando ele já se preparava para deixar um recado na caixa de voz uma mulher atendeu.

— Ciao Angelo, boa tarde... Ou melhor, bom dia, me esqueci que no Brasil ainda não são nem 10 horas. Imagino que tenha recebido o recado e por isso esteja me ligando, correto?

— Um bilhete sobre uma ligação a respeito do SISCON, esse número e um nome, Carmem é isso?

Um nome espanhol, um número de telefone da Itália e um português excelente. Angelo estava cada vez mais curioso.

— Exato. Eu sei que você está pressionado então deixarei as amenidades de lado e vamos direto ao que interessa. Temos um novo parceiro para a ST no SISCOM e queremos fechar um acordo.

Angelo resolveu testar até onde essa mulher sabia dos problemas que ele estava enfrentando.

— O que faz você pensar que temos problemas no caso da SISCON? Nossa parceria com a OSV Engenharia está mais firme do que nunca, e temos... – ela não o deixou terminar a frase.

— Angelo, eu não sei como uma empresa com quarenta anos de existência e sete mil funcionários... Preciso mesmo continuar?

Angelo gelou. Eles tinham detalhes da sua conversa com Fernando.

— Carmem ou quem quer que seja, espionagem é crime, no Brasil, na Itália e em quase todos os lugares do mundo!

— Angelo, vou lhe dar mais uma chance de resolver os seus problemas, mas se você preferir continuar a brincar comigo eu vou desligar e você vai ter que se virar sozinho.

Ele tinha certeza de que ela estava falando sério e não quis arriscar mais.

— Estou ouvindo.

— Em meia hora você receberá a visita de um representante nosso no Brasil. Ele irá lhe entregar os documentos necessários para você registrar a nova parceria junto ao Ministério da Defesa do Brasil. Todas as condições comerciais são idênticas as que você negociou com a OSV Engenharia e basta a sua assinatura para que os documentos sejam registrados ainda hoje.

— Mas que tipo de parceria vocês têm com a BRASENG?

— Angelo, eu esperava mais de você. Nossas operações não são da sua conta, apenas assine os documentos e siga em frente com essa concorrência. Fique tranquilo que ganharemos.

— Mas eu insisto em saber com quem eu estou lidando...

Ela desligou o telefone e ele ficou por algum tempo com o celular colado ao ouvido sem saber ao certo o que fazer, mas finalmente baixou o telefone e se deixou afundar na cadeira de couro de três mil dólares, presente do presidente da ST para o seu pupilo brasileiro, que veio acompanhada de um bilhete: "Espero você continue por muito tempo a gostar das coisas boas da vida e trabalhe cada vez mais para consegui-las".

Após a meia hora mais longa da sua vida, recheada de telefonemas de Roberto que ele sistematicamente ignorou, o telefone da sua mesa toca.

— Doutor Angelo, um senhor está aqui para vê-lo.

Eu disse que ele devia marcar um horário, mas ele me pediu para lhe dizer que está aqui da parte da BRASENG e segundo ele o senhor sabe qual é o assunto.

— Coloque-o na sala de reuniões.

Uma hora depois Angelo havia assinado todos os documentos e agora a sua nova parceira era nada mais, nada menos que a maior empresa de engenharia e construção do Brasil, responsável por mais de 60% de todas as obras públicas do país e ao contrário das suas concorrentes, uma empresa que nunca havia sido envolvida em nenhum escândalo político ou coisa do tipo.

Ele mal podia acreditar. Havia procurado pela BRASENG assim que a oportunidade do SISCON havia surgido, mas em um movimento rápido, eles já tinham montado uma composição com a francesa SGF, líder no segmento mundial de defesa e franca favorita para vencer essa concorrência.

"Nada mais lógico, as maiores se juntando" — lembrou de ter pensado na época.

Agora, a poucas horas do final do prazo para o registro dos consórcios, ele estava exatamente onde gostaria de estar e o pior, sem fazer nada para que isso ocorresse.

Hora de contar as novidades, pensou em ligar para Roberto mas o telefone tocou antes.

— Ciao Roberto!

— Ciao é o cacete!

Roberto havia decorado vários palavrões em português só para irritar Angelo.

— Calma Roberto, eu estava pegando o telefone para te ligar e...

— Angelo, chega de papo furado, me diga agora o que está havendo ou vou mandar colocar você para fora da empresa a pontapés!

Fazia muito tempo que Angelo não via Roberto tão irritado e percebeu quão perto do olho da rua ele havia estado.

— Roberto, me ouça. Se acalme, relaxe e me deixe explicar tudo. Tenho certeza que você irá gostar do final da história.

Vinte minutos depois o tom da conversa era outro.

— Angelo, você é simplesmente um gênio. A sua manobra foi perfeita e salvou a nossa pele. Acho que um bônus extra no final do ano pode mostrar o nosso reconhecimento.

Angelo contou a história da maneira que lhe convinha, como se fosse ele que tivesse procurado por uma amiga, muito próxima dos principais executivos de uma das controladoras da BRASENG e com a influência dela, conseguido a parceria. Na verdade, a intenção não havia sido ganhar pontos com a situação, mas sim criar uma versão das coisas que pudesse ser mais crível do que um bilhete preso à tela do computador.

— Roberto, antes nós temos que ganhar a concorrência e depois falamos do bônus. Agora tenho que desligar para poder me concentrar na proposta da SISCON, alguém me disse hoje pela manhã que o cronograma estava atrasado.

— Ciao Angelo, boa sorte, apesar de eu achar que você é o cara mais sortudo do mundo!

Angelo desligou o telefone e pensou no que Roberto disse. Será que ele era mesmo um sortudo? Porque essa Carmem e a BRASENG teriam interesse na ST ou ainda mais em salvar a sua pele que para eles deveria ser insignificante? Além do mais havia aquele sentimento de alerta que ele já havia aprendido a respeitar e isso o deixava desconfortável.

Quem seria Carmem? Onde essa mulher se encaixava nessa história e o que mais intrigava Angelo, como seria a dona daquela voz firme mas ao mesmo tempo delicada que não saía da sua cabeça? Estava tão imerso em seus pensamentos que foram precisos vários toques do seu celular para que ele saísse do transe e atendesse.

— Oi, delícia.

— Angelo, eu já disse que não gosto que você me chame assim, parece que faz isso porque nunca lembra meu nome.

— Eu não conseguiria esquecer o seu nome nem se eu quisesse, coisinha linda!

No smartphone, Angelo registrava o nome e anexava a foto de todas as mulheres com que saía, bem como também uma "nota geral" que ele dava a cada uma delas. Um toque um tanto machista, mas que era fundamental para que ele pudesse administrar a sua vida de solteiro e a longa agenda que a cada dia ficava ainda maior.

Aos 24 anos Katya era um pouco mais do que uma menina, não pela idade pois a faixa entre 20 e 30 anos era a faixa ideal que ele identificara para conhecer pessoas dispostas a terem relacionamentos sem compromissos, mas pela maneira que levava a sua vida e pela linda cabecinha relativamente vazia para a sua idade.

Ele a tinha conhecido na academia que frequentavam e pouco tempo depois já estavam saindo juntos, indo às baladas mais pesadas da cidade que nem eram as preferidas de Angelo, mas que em companhia de Katya, se tornavam especialmente divertidas uma vez que ela gostava tanto de homens quanto de mulheres e como uma coisa leva a outra, normalmente as noitadas acabavam no apartamento de Angelo e com uma nova amiguinha entre os dois, muita vodca e sexo.

— Sei, qualquer dia vou te ligar de um telefone desconhecido e daí vamos conferir essa sua memória excelente. Hoje eu quero jantar com você em um lugar caro e cheio de gente famosa. Comprei um minivestido que vai deixar você louco, e depois podemos ir ao Inferno nos divertir um pouco.

Inferno era a boate que Katya mais gostava. Ficava na rua Augusta, uma rua que cruza a famosa avenida Paulista, e que é dividida em duas partes. O lado onde fica no Bairro dos Jardins é repleto de lojas, restaurantes, cafés, tudo muito fino e elegante.

Porém, ao cruzar a avenida Paulista e quanto mais se aproxima do velho centro de São Paulo, a rua Augusta ganha ares de abandono e decadência. Uma ao lado da outra, casas de prostituição, boates de stripers, bares sujos, a música eletrônica pesada e as pessoas mais bonitas e vazias da cidade.

Nesse mundo Katya reinava, mas Angelo sabia que saindo de lá ela não passava de mais uma garota que não conseguia manter uma conversa minimamente inteligente e por isso, evitava fazer qualquer coisa com ela que não fosse sexo.

— Linda, hoje eu vou jantar com os meus filhos e depois preciso cuidar de alguns assuntos da empresa. Se você quiser me ver bem mais tarde, podemos nos encontrar no meu apartamento, tomar um vinho, conversar um pouco.

— Transar você quer dizer, não é? Acho que você me considera uma puta ou algo assim, que você usa quando bem entende.

— Katya, assim você me ofende. Você sabe que sou louco por você, mas a empresa exige muito de mim, e meus filhos...

— Angelo, vai à merda — desligou.

"Só nessa manhã já é a segunda mulher que bate o telefone na minha cara" — pensou ele, sem deixar escapar um sorriso que denunciava o seu grau de preocupação com o assunto. Ele sabia que às 2 horas da manhã, Katya bateria a sua porta completamente bêbada e possivelmente com uma amiguinha a tiracolo. E eles iriam se divertir até o dia amanhecer.

Olhou o relógio e percebeu que já eram 15 horas e ainda não tinha comido nada.

Mal tinha colocado os pés na rua e ouviu aquele chamado reservado apenas aos amigos mais íntimos do seu círculo — Ciao italiano metrossexual!

Giuliano Bolzano era brasileiro e um dos poucos amigos de verdade que Angelo havia cultivado nos anos de Brasil e que apesar da origem italiana de seus avós (mas não tão humilde como a dos pais de Angelo), também havia trilhado um caminho de sucesso e era diretor de uma grande multinacional da área de games. Seu escritório ficava no mesmo prédio que a ST e ele mesmo havia feito muita força para que Angelo montasse o seu escritório ali. "O poder isola Angelo, então nada melhor que nos isolarmos juntos" dizia sempre.

— Se você continuar a gritar assim no meio da rua, qualquer dia vão acabar acreditando que eu sou mesmo gay e você terá que recuperar a minha imagem com as mulheres de São Paulo!

Angelo sorriu. Sabia do carinho que existia em cada palavra trocada dentro desse restrito círculo de amigos e encontrar Giuliano dessa maneira ajudava a deixar esse dia com uma cara menos surreal.

— Você deveria se preocupar com coisas mais importantes do que a sua fama de garanhão e esse monte de mulheres sem graça que você sai todos os dias. Ele fez questão de fazer aquela cara de inveja que os amigos, casados a vários anos, faziam sempre que Angelo contava as suas aventuras de divorciado bonitão e rico.

— Cada um tem o seu calvário Giuliano, eu me esforço para carregar o meu!

Os dois caíram em uma gargalhada que para Angelo foi o suficiente para tirar uma grande parte da tensão daquele dia estranho.

— Vamos comer alguma coisa ou você já tratou dessa barriga ridícula? Perguntou Angelo, apesar de Giuliano não ter barriga e até ser um pouco alto e magro demais, parecendo um boneco de Olinda, apelido que ele não gostava nem um pouco e que era reservado apenas para as ocasiões em que os amigos queriam deixá-lo realmente bravo.

— Angelo, ao contrário de você, eu não preciso me acabar na academia para ficar magro e gostoso, já nasci assim!

Pegando Angelo pelo braço, começaram a andar pela rua em direção ao restaurante de sempre.

— Você soube o que aconteceu com o Fernando Oliveira essa manhã?

"A imprensa finalmente descobriu a situação da empresa e a notícia está estampada na internet e será o assunto de hoje em todos os telejornais" – mas ao invés de interromper Giuliano, apenas fez que não com a cabeça e continuou ouvindo o amigo.

— Fernando se jogou do 18º. andar do prédio da sua construtora pouco antes das 13 horas. Já havia um boato que a sua empreiteira estava quebrada, mas depois disso não me parece que era apenas um boato. Espera-se uma declaração do conselho de acionistas, mas pelo que estão divulgando na internet, a empresa quebrou de vez.

Angelo parou de andar de imediato e Giuliano parou ao seu lado.

Fernando era uma pessoa sensível, às vezes até um pouco demais aos olhos de Angelo, mas chegar ao ponto de se suicidar pelos problemas da empresa? Isso não combinava com ele.

— Você tem certeza do que está dizendo?

Giuliano puxou Angelo para continuarem andando e disse sem nenhuma emoção especial.

— Não, eu só inventei isso para deixar você chateado. Angelo, onde você estava? Como não viu isso pela internet? Está em todas as páginas dos jornais eletrônicos!

— É que eu costumo trabalhar no horário de expediente ao invés de ficar navegando no Facebook ou paquerando no MSN ou acompanhando os sites de notícia a cada cinco minutos.

Sentiu um tom ríspido demais na voz e pensou até em pedir desculpas, mas Giuliano parecia nem ter ouvido o comentário.

— Uma morte horrível para um cara tão bacana como esse. Fiquei chocado, mas bola para frente.

Quantas surpresas esse dia ainda me reserva? — falou Angelo quase que para si mesmo, e mais uma vez Giuliano fingiu ou realmente não ouviu o comentário e empurrou Angelo para dentro do restaurante. Ele realmente sabia tocar a bola em frente.

"Carmem". Quem seria essa mulher e o que ela queria dele?

A tarde caminhou sem maiores surpresas e às 18 horas Angelo saiu do escritório e às 18h30 em ponto estava parado em frente ao apartamento em que morou até se separar de Raquel. Ao invés de tocar o interfone do prédio preferiu ligar diretamente no celular de Raquel que atendeu de pronto.

— 18h30 em ponto, como sempre.

Raquel suspirou, mas não disse nada. Ao fundo ele ouviu Raquel mandando as crianças descerem e depois o telefone sendo desligado. Realmente a relação dele com Raquel piorava a olhos vistos, mas o que ele podia fazer se para ela, ele não passava de um playboy irresponsável e ele não conseguia ver nela nada mais do que uma pessoa fútil e sem nenhum objetivo na vida que não fosse criticar tudo o que ele fazia.

As crianças estavam lindas, um casal de anjos que ele tinha que admitir, haviam puxado mais a mãe do que a ele mesmo, mas era só eles abrirem a boca que Angelo se reconhecia no mesmo momento.

— Papai lindo! Gritou Valentina quando o viu encostado no carro fumando o primeiro cigarro do dia, e que ele jogou fora discretamente antes que ela visse.

— Pai, deixa eu dirigir, gritava Rafael correndo em direção ao carro.

— Você não acha que precisa crescer só mais um pouquinho antes de querer pegar o meu carro para paquerar as meninas? E você mocinha, precisa parar de crescer já, senão eu não vou mais deixar você sair de casa!

Valentina se pendurou em seu pescoço e começou a beijá-lo nas duas bochechas enquanto Rafael passava correndo por ele e se sentava ao volante do Shelby, fazendo o barulho do carro com a boca e se sentindo o dono da rua.

O jantar havia sido mais divertido que o normal, sem nenhuma briga entre as crianças, o que era raro de acontecer, muitas histórias sobre a escola, amiguinhos e coisas que haviam feito com a mãe, inclusive sem nenhum comentário sobre Arthur que ele conseguisse se lembrar, o que por si só já tinha valido a noite. Angelo queria sinceramente que Raquel fosse muito feliz em seu casamento, mas mesmo não sentindo mais nada por ela, a presença de um outro homem na vida dos seus filhos o incomodava muito mais do que ele gostaria.

Às 22 horas em ponto deixou as crianças em casa e 15 minutos depois chegava a seu elegante loft em frente ao Parque Burle Marx, no ponto mais moderno e bonito do bairro do Morumbi. Mal entrou na garagem o porteiro lhe entregou uma encomenda que havia chegado durante o dia.

Pegou o pacote, estacionou o carro e subiu. Ao entrar em casa sentiu uma sensação estranha, como se alguma coisa estivesse fora do lugar, mas aparentemente tudo estava em ordem e não pensou mais no assunto e como de costume ligou a gigantesca tela plana pendurada na parede, um truque que muitas pessoas que moram sozinhas usam para enganar a solidão, e se jogou no sofá com o pacote entregue pelo porteiro na sua mão.

"Sem remetente" —, pensou ao mesmo tempo que abria a pequena caixa de papelão enrolada em um papel comum de embrulho.

Dentro do embrulho havia um celular e um bilhete que dizia:

"De agora em diante falamos apenas por esse celular. O número que você me ligou já não existe mais e apenas eu ligarei para você. Mantenha esse celular ligado e o tempo todo ao seu lado" a assinatura do bilhete fez com que Angelo sentisse o coração acelerar levemente. O sono iria demorar a chegar.

Fazia muito frio em Lausanne naquela manhã. O inverno estava chegando e as folhas douradas caíam das árvores e forravam o chão por toda a parte. Mas apesar do frio o dia havia nascido ensolarado, com um céu azul sem uma nuvem sequer.

Ela estava nua, olhando pela janela da casa luxuosa com vista para as montanhas de um lado e com um lago incrivelmente azul do outro. Realmente ele tinha bom gosto. Não era só a incrível quantidade de dinheiro que aquele homem possuía, mas principalmente como ele sabia gastá-lo. Cada detalhe daquele quarto, começando pelo estilo clean e moderno que reinava também no restante da casa e passando por móveis assinados dos designers mais famosos do mundo, tudo era maravilhosamente lindo. "Um lugar para se sentir especial", ela pensou.

Ligou o seu laptop, clicou em um ícone protegido por senha e uma foto que servia de fundo de tela do aplicativo apareceu imediatamente. Na foto tirada no Parque Guell em Barcelona, se viam seis pessoas, um casal e quatro crianças todas rindo ou fazendo caretas para a câmera. Um olhar mais apurado mostrava entre eles uma menina morena, de olhos verdes que devia ter entre nove e dez anos de idade. Ela estava com um vestido florido de verão, abraçada com o que deveria ser a sua mãe. Carmem sentiu uma pontada de tristeza já tão conhecida e se apressou em abrir os seus e-mails particulares.

Havia apenas um em sua caixa de entrada.

De: madri112@hotmail.com

Ela o abriu e leu:

"As coisas não correram como esperado. Alguém fez uma besteira.

T"

Estava assim, nua, em pé e debruçada sobre a mesa quando a porta do quarto se abriu e Peter Golombeck entrou.

— Fique nessa posição para sempre e eu serei o homem mais feliz do mundo.

— Pelo que eu sei, você já é o homem mais feliz do mundo.

Peter a olhou por alguns instantes antes de abraçá-la e beijá-la com força.

Carmen admirava a jovialidade desse homem que, mesmo tendo passado dos 60 anos, ainda despertava o desejo das mulheres apenas colocando sobre elas o seu olhar firme e penetrante que emanava dos olhos azuis emoldurados por um rosto anguloso, um queixo forte e um sorriso capaz de cativar qualquer ser humano. Ela o empurrou para a cama e já estava arrancando a sua gravata quando ele a segurou com delicadeza e disse como se estivesse dizendo a uma criança que a hora de sair do play tinha chegado.

— Eu terei que ser o homem mais forte do mundo para resistir a essa maravilha, mas precisamos conversar um pouco sobre o Brasil. É urgente.

Carmem parou de repente e sentiu o sangue espanhol começar a ferver. Aos 34 anos e dona de uma beleza incomum, não estava nem um pouco acostumada a ser rejeitada pelos homens, mas aquele não era um homem comum e ela se conteve, mas sem conseguir esconder o ar de decepção no rosto.

— Acho que magoei a minha musa.

Carmen sustentou o seu olhar e as palavras saíram de sua boca muito mais rápido do que ela esperava.

— Você me deixou sozinha aqui mais uma vez ontem à noite e você não pode...

Antes dela terminar, Peter fez um gesto com o dedo sobre os seus lábios que a fez se calar imediatamente.

— Carmen, nunca se esqueça que o tempo em que eu não podia alguma já não existe mais. Agora vista-se que eu estou esperando por você no meu escritório para conversarmos.

Ele a empurrou delicada mas firmemente para o lado, se levantou, arrumou a sua gravata e saiu do quarto sem dizer mais nenhuma palavra.

Carmem ainda ficou por alguns minutos jogada na cama tentando se acalmar, e quando finalmente conseguiu, levantou-se e foi até o seu laptop e respondeu o e-mail.

"De: roma183@hotmail.com

Eu sei, a notícia está em todos os jornais eletrônicos do Brasil. Precisamos verificar se ele fez aquilo sozinho ou se teve ajuda de alguém, mas isso eu vou ver por aqui. Tenho uma nova tarefa para você, vigie essa família 24 horas por dia. Os dados estão no anexo.

C"

Carmen caminhou até o chuveiro, se posicionou exatamente embaixo da ducha e abriu a água gelada. A água batia em sua pele com o efeito de milhares de agulhas, mas ela mal sentia. Seu pensamento estava longe, mais exatamente em uma foto tirada há mais de 20 anos em um parque de Barcelona.

Vestiu-se mais rapidamente que o normal e desceu até o escritório. Peter a estava esperando sentado atrás de uma enorme mesa de vidro cujos apoios eram feitos de tubos de cimento envernizados e onde não havia nenhuma cadeira para visitantes, apenas uma moderna cadeira de couro marrom envelhecida onde ele estava sentado.

À frente da mesa existia um ambiente amplo com três grandes sofás dispostos em formato de U e uma fatia do tronco de uma árvore com aproximadamente dois metros servia como mesa de centro, pousada sobre um lindo tapete kelin em tons pastéis. Algumas estátuas em ferro de tamanhos diversos enfeitavam o ambiente sobre mesas de canto e sobre a mesa no centro do ambiente. Certamente de autoria de jovens e promissores artistas plásticos como a maioria das peças que decoravam a casa, e os quais Peter empresariava pessoalmente. "Mais um hobby entre muitos", ele costumava dizer.

Ela sentou-se no sofá à direita do ambiente e esperou que ele viesse até ela, mas ao invés disso ele a chamou até a mesa. Quando ela se colocou ao lado oposto da mesa, ele fez um sinal a chamando para perto de si como se para lhe mostrar a tela do computador. Assim que ela se posicionou ao lado dele e se apoiou na mesa para ler o que estava escrito, numa manobra rápida ele se colocou em pé atrás dela e prendendo os seus cabelos com uma das mãos, puxou a sua saia justa até a altura da cintura, e antes mesmo de Carmem entender o que estava havendo ele já a estava possuindo em movimentos fortes e precisos que a fizeram gozar tão rapidamente que não resistiu e se deixou cair quase desfalecida por sobre a mesa.

Ele então a beijou no pescoço longa e carinhosamente, mas quando Carmem se lembrou da rejeição que sofrera a pouco ela se esforçou para se liberar, o que ele consentiu de imediato sem nenhuma resistência, mostrando que ele havia entendido o motivo e que nada havia para ser dito.

Um minuto depois estavam sentados em um dos sofás e após um intervalo de silêncio que para Carmem pareceu uma eternidade, Peter começou a falar.

— Acredito que você já saiba da besteira que aconteceu no Brasil?

— Obviamente que sim e concordo com você que foi uma grande besteira, estou investigando para tentar descobrir quem foi o responsável ou se ele realmente se suicidou. De qualquer maneira já dei início a limpeza de tudo que nos liga a ele, mas teremos que mexer uns pauzinhos para isso.

— Todas as vezes que você tem que "mexer alguns pauzinhos" para consertar uma burrada, quem paga a conta sou eu.

Ela deu um sorriso cínico antes de responder.

— Peter, vai custar para você o que um cafezinho custa para mim. Não acredito que isso o deixará tão menos rico assim.

Ele pegou no seu queixo com mais força do que um carinho, mas nada que ela pudesse entender como uma agressão clara e disse ao seu ouvido, tão baixo que mesmo a essa distância ela teve que se esforçar para entender.

— Nunca mais tire conclusões quando o que está em jogo é o meu dinheiro. Faça o seu trabalho bem-feito, evite problemas e todos seremos felizes compreendeu?

Ela fez que sim com a cabeça evitando dizer algo que pudesse irritá-lo ainda mais. Então ele a soltou, levantou-se do sofá e se sentou em sua cadeira novamente. Divagou por alguns segundos em silêncio e depois, novamente como se nada tivesse acontecido, disse carinhosamente para Carmen.

— Acidentes acontecem, certo? Bem, então depois dessa "limpeza" temos que pensar no andamento dos negócios. Eu li o seu relatório, mesmo assim me fale mais sobre como estão caminhando as coisas com esse Angelo Cesari?

Assim que Carmen terminou o seu relato ficou em silêncio avaliando a expressão de Peter e tentando adivinhar no que ele estava pensando, apesar de saber que isso seria impossível pois ele era um mestre em manter suas emoções totalmente sobre controle e deixar transparecer apenas o que desejava a seus interlocutores, e nesse momento ela via que ele não queria passar nada para ela.

Depois de algum tempo pensando, Peter se levantou, dirigiu-se até a porta e antes de sair se virou para Carmen.

— Eu confio em você, siga com o planejamento.

Saiu sem dizer mais nada. Carmen já sabia que ele confiava nela e não ficou surpresa, talvez apenas um pouco lisonjeada, mas isso não fazia diferença. Ela conhecia muito bem Peter Golombeck e sabia que bastaria apenas um deslize para que ela perdesse a confiança dele e isso não podia acontecer, pois a confiança dele era a única coisa com que ela podia contar para levar o seu plano pessoal adiante.

Quase que automaticamente a lembrança daquela foto no Parque Guell e dos motivos que a levaram a estar onde estava hoje. Essa lembrança sempre bastou para que ela recarregasse as baterias e concentrasse o foco no que tinha que fazer por mais sujo ou desonesto que fosse a missão que recebesse de Peter. Nos últimos tempos, entretanto, ela começou a se questionar se como no início ela precisava dessa recordação para conseguir fazer essas coisas, ou se ela apenas usava a recordação como desculpa pois estava se acostumando a tudo isso e até certo ponto gostando do pequeno mas relevante poder que Peter gradativamente lhe dava, como se faz com uma criança para a qual se dá presentes em troca de dedicação na escola ou bons modos à mesa.

A sua mente voltou no tempo e ela se viu novamente sozinha, aos 18 anos e tendo que deixar o abrigo para jovens órfãos em Madri e encarar a vida a partir daquele momento. Não havia medo, mas sim uma profunda e poderosa sede de vingança que ela trazia entranhada em si. Ela não tinha exatamente um plano, mas sabia que estava no auge da sua beleza e que manipular os homens era muito fácil como já fazia há, pelo menos, 4 anos com os meninos e depois com os homens que comandavam a instituição. Havia deixado de ser virgem aos 15 anos e depois disso usar o sexo para obter o que queria se tornou uma rotina que ela dominou como ninguém. Mas ela sabia também que além da beleza e do sexo, ela também tinha uma inteligência muito acima da média e com isso tinha a certeza de que muito rapidamente já estaria bem empregada e em condições de começar a colocar o seu plano em ação.

Foram necessários apenas quatro anos para que ele reparasse nela, na época uma jovem estagiária do departamento de finanças de uma das suas empresas, e não mais de algumas semanas para que os dois se tornassem amantes. Daí em diante as coisas seguiram o seu curso natural e a colocaram exatamente onde estava agora e isso representava estar na posição mais alta da organização e o momento pelo qual ela tanto esperou se aproximava finalmente, mas agora, sendo confrontada com a possibilidade de realizar o que era para ela a razão da sua vida, já não tinha mais certeza de nada.

Em pé ao lado do túmulo número 246 do Cemitério do Morumbi, Angelo ouvia as palavras de um pregador. Eram 13h15 e ele já estava começando a ficar com fome. A noite havia sido exatamente como ele imaginava. Às 2h30 da manhã Katya havia aparecido em seu apartamento acompanhada de não uma, mas de duas novas amiguinhas. A diversão se estendeu até as 5 horas da manhã ou algo em torno disso, pois Angelo estava bêbado demais para ter certeza do horário em que finalmente pegou no sono. Às 11 horas acordou assustado e pensando no trabalho e nas reuniões que teria nessa manhã, mas logo em seguida se acalmou.

Lembrou-se que havia cancelado todos os compromissos da manhã para poder ir ao enterro de Fernando. O velório seria rápido, começando às 8 horas e o sepultamento ocorreria por volta das 13 horas.

Levantou-se e imediatamente sentiu como se alguém tivesse transpassado a sua cabeça com um espeto em brasa. Tentou se lembrar de mais detalhes da noite anterior, mas tudo era só um borrão de corpos suados e cheiro de bebida.

Olhou em volta e viu que havia três mulheres deitadas em sua cama e pensou em como havia acertado quando mandou fazer a nova cama com absurdos 2,5 metros de comprimento por 3,5 metros de largura.

"Existem investimentos que realmente valem a pena" pensou enquanto reparava nos rostos ao redor do túmulo recém-cavado e à espera do corpo de seu amigo.

Muitos dos rostos eram conhecidos de Angelo, alguns pessoalmente, outros de matérias que havia lido em jornais e revistas sobre economia e negócios. Havia cerca de 50 pessoas ao redor do túmulo, mas ele achou esse número pequeno em função da história e do hall de amizades que Fernando possuía, porém se lembrou que imediatamente após o anúncio do suicídio de Fernando as notícias sobre a saúde financeira da Soares Engenharia ganharam força e na noite de ontem um comunicado do conselho de acionistas divulgara a grave crise da empresa e a entrada do pedido de recuperação judicial junto aos órgãos competentes.

Apesar desse pedido que na prática daria apenas mais algum tempo de sobrevida à

companhia, os números divulgados não davam margem a outra interpretação senão a

falência da Soares Engenharia em, no máximo, alguns meses.

— Quando a água entra no navio, os ratos são os primeiros a saírem nadando – disse Angelo não tão baixo quanto gostaria.

Nesse momento ele reparou em uma mulher do outro lado da sepultura. Vestia camisa social branca e uma calça preta colada ao corpo magro e definido. Os cabelos e os olhos pretos, combinados com um nariz pequeno e um pouco arrebitado já seriam suficientes para chamar a atenção, mas para brindar o quadro havia a boca mais carnuda que ele já vira em toda a sua vida. Nesse momento ele percebeu que ela também o olhava.

Sem pensar ele retribuiu o olhar, deixando escapar um leve sorriso e achando que o seu charme infalível se encarregaria do resto, mas para o seu espanto que ele mal soube disfarçar, ela o continuou encarando de maneira séria e fria. Então não conseguindo mais sustentar o olhar, pegou seu smartphone do bolso do terno e fingiu digitar uma mensagem. Até o final do enterro ele não olhou mais nenhuma vez diretamente para ela, e depois de cumprimentar os parentes de Fernando que se resumiam ao irmão alguns anos mais novo e o companheiro Luciano com quem Fernando havia dividido a sua vida nos últimos 20 anos, dirigiu-se ao estacionamento onde o Shelby estava estacionado.

Mal ele havia aberto a porta do carro foi surpreendido por uma voz feminina, bem atrás dele que disse em português um pouco carregado de um sotaque que ele não conseguiu identificar a origem.

— Belo carro. Já me disseram que os homens que compram carros desse tipo têm o pênis pequeno.

Ele se virou sem saber ao certo o que dizer, mas quando se deparou com a dona da boca mais linda que já tinha visto ficou por vários segundos sem conseguir dizer nada. Por fim, depois de algum tempo pensando em algo interessante para dizer falou:

— Acho que essa lenda foi criada por algum nerd do Vale do Silício que acha o máximo andar de bicicleta.

Assim que a frase saiu de sua boca ficou se sentindo um idiota, mas por incrível que pareça a mulher a sua frente sorriu e isso acabou o trazendo de volta para um estado mais próximo do normal.

Ela estendeu-lhe a mão e se apresentou.

— Aleksandra Yakovenko.

Angelo apertou a sua mão e ia dizendo o seu nome quando ela interrompeu.

— Angelo Cesari, italiano, nascido em Bargamo da Itália em 3 de outubro de 1972, presidente da ST no Brasil e amigo de Fernando Oliveira com quem tinha recentemente montado um consórcio para participarem juntos da concorrência do SISCON. Agora eu posso acrescentar mais um detalhe nos meus registros sobre você. Tem um excelente gosto para carros.

Sem saber novamente o que dizer, Angelo continuou a segurar a mão de Aleksandra, até que ela se livrou da sua mão com um puxão rápido, mas delicado, enfiou no bolso da calça e tirou de lá uma carteira em couro que abriu e mostrou a Angelo.

— Senhor Angelo, sou da Polícia Federal e faço parte da força tarefa da Interpol no Brasil e gostaria de lhe fazer algumas perguntas se não se importa.

Angelo ficou mais uma vez sem ação. Aliás isso já estava se tornando rotina na presença dessa mulher, mesmo ele a tendo visto pela primeira vez a não mais que 20 minutos. Como ele não disse nada, Aleksandra continuou.

— Acredito que você saiba o que é a Interpol correto?

Angelo assentiu com a cabeça, mas continuou em silêncio.

Aleksandra parecia se divertir com as reações dele. Esperou propositadamente por mais um longo período de silêncio que só deixava Angelo ainda mais tenso e depois com um lindo sorriso, que ficava ainda mais lindo naquela boca sensacional, ela disse quase rindo.

— Eu não conheço o túmulo do Ayrton Senna. Eu era fã dele quando criança e sei que o seu corpo está enterrado aqui. Poderíamos dar uma caminhada até lá e ir conversando. Você sabe onde fica?

Dessa vez, Angelo conseguiu ao menos dizer sim e começou a andar de volta ao cemitério.

Andaram por cerca de 100 metros quando Angelo reuniu coragem suficiente para falar.

— Interpol? Porque você quer falar comigo? Estou sendo investigado por alguma coisa?

— Porque Angelo, eu o deveria estar investigando?, disse Aleksandra sorrindo.

Novamente ele se perdeu naquele sorriso lindo... Que boca tem essa mulher! Mas dessa vez ele consegue responder relativamente rápido.

— Pelo que eu sei não. Sou somente um executivo que trabalha em uma empresa italiana e nada mais. Minha vida inclusive não tem a menor graça e sinceramente eu nem imagino o que a Interpol poderia querer comigo.

— Informações Angelo, nada mais. Você não é o investigado, mas por enquanto é a nossa melhor pista para tentar decifrar a morte de Fernando Oliveira.

Angelo estancou imediatamente e olhou Aleksandra com um espanto tamanho que se havia alguma dúvida nela de que ele não tinha nada a ver com o caso, essa dúvida tinha acabado ali.

— Como assim decifrar a morte de Fernando? Está em todos os jornais, ele se suicidou!

Aleksandra balançou a cabeça bem devagar e depois disse.

— Existem suicídios e suicídios Angelo. Você já ouviu falar em suicídio induzido?

— Não, nunca ouvi falar disso.

— Esse é o nome dado quando alguém induz uma outra pessoa a tirar a própria vida, usando para isso métodos de extorsão, chantagem ou pressão psicológica. Isso também tem outro nome, assassinato.

— Mas onde eu entro nessa história? Vocês não estão achando que eu...

Ela o interrompeu novamente.

— Angelo, relaxe. Sabemos da sua relação com Fernando, tanto profissional quanto pessoal, e sabemos também que a sua empresa conseguiu uma parceira ainda melhor para entrar na concorrência do SISCON, então pelo que entendemos falta a parte fundamental para rotular você como o assassino, o motivo. Ninguém assassina outra pessoa sem um motivo, a não ser que seja um psicopata, coisa que por enquanto estou descartando!

Enquanto ela ria, Angelo se pegou olhando novamente para aquela boca e pensou se valeria a pena ir preso por roubar um beijo daquela mulher, mas antes que ele pudesse fazer qualquer coisa Aleksandra voltou a falar.

— Estávamos investigando Fernando Oliveira a quase dois anos, a partir de uma investigação que estamos fazendo sobre ações criminosas de um grande grupo internacional que tem a sua matriz na Suíça. Detectamos ramificações de empresas de fachada por toda a Europa, Ásia, América do Norte e aqui na América do Sul onde acreditamos ser no Brasil que essa organização esteja mais consolidada. Você já ouviu falar da ZTEC?

— Óbvio que sim, é um dos maiores conglomerados empresariais do mundo! Mas onde Fernando entra nessa história toda?

— Angelo, Fernando Oliveira "era" o braço da organização no Brasil. Ou ao menos um dos braços.

— E como você explica a falência da empresa de Fernando, ou seja lá a quem ela realmente pertencia?

— Angelo, a OSV Engenharia não faliu, ela simplesmente foi descartada pois já carregava uma marca muito evidente de casos de corrupção, falcatruas, sonegação de impostos e mais tantos crimes que eu poderia passar a tarde toda aqui falando sobre eles.

— Mas eu verifiquei toda a documentação deles e estava tudo em ordem há não mais que seis meses. Foi inclusive por esse motivo que eu não dei muita importância aos boatos do mercado que diziam que eles estavam à "beira do precipício" pois nada na documentação deles mostrava isso.

— Angelo, acreditamos que tudo isso foi arranjado para que você se associasse inicialmente a eles e depois, quando a empresa falisse, você conseguisse um novo parceiro de última hora e assim não levantaria suspeitas de um acordo já acertado entre os políticos e esse grupo por meio de outra empreiteira que acreditamos que eles também controlem e com quem "milagrosamente" a ST se associou.

— Aleksandra, eu imagino que você tenha conhecimento do nosso novo parceiro pelo próprio pessoal do Ministério da Defesa, uma vez que essa informação a partir do registro do nosso consórcio, passou a ser pública, mas o que leva você acreditar que a nossa associação foi um milagre? Nós já estávamos conversando há muito tempo e agora que a oportunidade surgiu novamente...

Ela o interrompeu novamente, porém sem nenhum sorriso dessa vez.

— Angelo, eu já disse que monitoramos o Fernando Oliveira há mais de dois anos e você acredita mesmo que em nenhum dos e-mails, telefonemas e até encontros pessoais você nunca tenha mencionado para o Fernando que procurou a BRASENG antes de qualquer outro parceiro, mas eles já estavam fechados com a SGF? Então você não considera um milagre que em menos de uma semana após a crise da OLV Engenharia você tenha assinado o tão sonhado consórcio com a BRASENG? Ainda não temos provas, mas acreditamos que a BRASENG é o principal braço dessa organização no Brasil e a OLV Engenharia apenas uma empresa de "combate" e que ficava com a parte suja dos negócios. Como eu já lhe disse, sabemos praticamente tudo sobre você e a sua empresa.

Angelo se sentiu nu.

— Mas isso é ilegal!

— Angelo, tudo que é ilegal se torna legal quando um juiz diz que é. Nós temos autorização da justiça brasileira para usarmos todos os recursos tecnológicos que estiverem a nossa disposição, e isso inclui grampos telefônicos e tudo mais que for necessário.

Angelo pensou por alguns segundos. Ele não era nenhum gangster, mas também não era nenhum santo. Sempre preferia o caminho da legalidade, mesmo que fosse o mais longo, porém em alguns negócios, desde o início ficava claro que o caminho da legalidade levaria àquele lugar tão famoso chamado de "lugar nenhum" e como ele não era homem de perder um bom negócio as coisas simplesmente aconteciam.

— Aleksandra seja sincera comigo, eu estou encrencado?

Ela olhou para ele e disse calma e lentamente.

— Angelo, com relação à morte de Fernando Oliveira eu não tenho dúvidas que você não está envolvido. Além de não ter o motivo, nós acreditamos realmente que vocês eram amigos e nesse ponto a relação era sincera, ao menos do seu lado.

Angelo já estava relaxando quando Aleksandra voltou a falar.

— Porém durante as investigações esbarramos em alguns negócios da ST que ao nosso ver não são nem um pouco éticos e alguns chegam a ser comprometedores. A situação da ST é ruim, bem como a sua também, e se uma investigação mais profunda na empresa for levada adiante, com certeza você pode acabar preso ou no mínimo ter a sua reputação profissional perdida para sempre.

Angelo não podia acreditar no que estava ouvindo.

— Vocês irão aprofundar as investigações da ST?

Aleksandra entendendo o desespero de Angelo sorriu mais uma vez e disse quase que sussurrando em seu ouvido.

— Depende somente de você.

Então Angelo permaneceu em silêncio enquanto Aleksandra lhe explicava o que a Interpol queria dele. A cada palavra ele ficava mais tenso e não parava de se perguntar como havia se metido naquela situação. No dia anterior ele apenas queria ganhar um pouco mais de dinheiro e poder em alguns anos largar tudo e viver a vida da maneira que ele sempre sonhou, sem horários, chefes, patrões ou clientes. Apenas um amanhecer glorioso e uma noite bem vivida, dia após dia.

Agora, diante daquela boca deliciosa, ele não sabia sequer se teria uma vida depois que essa conversa terminasse...

— Angelo, você está me ouvindo?

Ele despertou de seus pensamentos e assentiu com a cabeça, então ela continuou.

— Então se você aceitar a minha proposta prometo que você terá a sua vida de volta, da mesma maneira que sempre foi, e nunca mais você ouvirá falar de mim ou da Interpol, ao menos é claro que você cometa algum crime!

Ela havia dito aquela frase em meio a um sorriso tão lindo que Angelo não se conteve.

— E se eu não quiser ouvir mais falar apenas da Interpol?

Aleksandra aproximou-se dele ao ponto de ambos sentirem a respiração um do outro e então sussurrou.

— Uma coisa de cada vez senhor bonitão, uma coisa de cada vez.

Então ela se levantou, lhe estendeu a mão dizendo:

— Temos um trato senhor Angelo?

Ele se levantou também e apertando a mão dela e disse com toda a confiança que uma pessoa naquela situação conseguiria reunir:

— Temos.

Aleksandra então lhe passou um número de telefone e disse que ele deveria tocar a vida normalmente e que ela entraria em contato assim que tivesse alguma novidade, e que ele deveria fazer o mesmo, caso percebesse algum movimento suspeito por parte da BRASENG ou algum dos seus sócios. Depois disso, ela simplesmente sorriu para ele mais uma vez, se virou e saiu caminhando enquanto pegava o seu celular na bolsa.

Angelo ficou ali parado, vendo aquela mulher se afastar e pensando novamente em como ele havia se metido naquela confusão dos diabos quando um toque de celular interrompeu os seus pensamentos. Ele demorou um pouco para perceber que o toque diferente vinha do aparelho que havia sido deixado em sua casa, justamente com o bilhete de Carmem para ele.

Ele atendeu, mas não disse nada.

— Angelo, espero não estar interrompendo nada.

— Olá Carmem, você não interrompeu nada ou, ao menos, nada importante.

— Angelo, que coisa feia! Como a Aleksandra Yakovenko da Interpol iria se sentir se ouvisse você falar dessa maneira sobre a longa conversa que vocês acabaram de ter?

Angelo ficou mudo. Foi burrice querer subestimar o poder de vigilância dessas pessoas. Ele já tinha tido uma prova disso e mesmo assim achou que eles podiam não saber sobre a sua conversa com a Aleksandra.

— Angelo escute com atenção. Você já deve ter ouvido a famosa frase "vender a própria alma ao diabo", correto? Pois bem, ontem você fez algo muito parecido com isso e tem que entender de uma vez por todas que não existe volta. Agora você é nosso aliado.

— Carmem, eu não estou gostando do tom dessa conversa e acho que chegou a hora de eu procurar as autoridades e...

— Angelo, acho que você ainda não entendeu, então eu irei ser ainda mais direta. No momento em que você assinou os papéis da parceria com a BRASENG passou a fazer parte da nossa, digamos, "confraria" e qualquer coisa que você tente fazer contra nós irá imediatamente se voltar contra você. Não há como você dizer que não conhecia as nossas operações e que conseguiu chegar a BRASENG por causa de um bilhete colado em seu computador.

Angelo por um momento pensou que haveria uma saída.

— Carmem, você se esquece da pessoa que anotou aquele recado e o grudou no meu computador? É muito simples eu identificar quem foi e ela certamente irá depor a meu favor caso eu procure as autoridades e denuncie que estou sendo chantageado!

— Angelo, você acredita mesmo que iríamos ligar para o seu escritório e deixar um recado desses com qualquer pessoa? Pergunte a todos do seu escritório e eu tenho certeza de que você não encontrará a tal pessoa.

Angelo pensou por um segundo e percebeu que ela tinha razão. A sua secretária era a primeira funcionária a chegar no escritório e como no dia anterior ela tinha sido a última a sair, se alguém tivesse recebido o recado tinha que ter sido ela, e como de praxe ela o entregaria juntamente com os outros recados e as correspondências assim que ele chegasse, como ela fazia todos os dias há anos.

— Carmem, eu exijo saber em que vocês me envolveram e exijo isso agora!

Ela fez silêncio por alguns instantes, como que para aumentar ainda mais a tensão da ligação, e depois disse sem expressar a mínima emoção em sua voz.

— Isso já foi providenciado. Você receberá passagens para Roma no voo noturno de amanhã, além de um bilhete com as orientações que deve seguir quando chegar lá. Se prepare para ficar alguns dias fora do Brasil e eu prometo que quando voltar saberá exatamente onde está metido. Você também deve fingir estar cooperando com a Interpol. Diga para a Aleksandra que você terá que ir até o Norte do Brasil para fazer um levantamento de campo para a proposta do SISCON, mas se tiver alguma novidade você entrará em contato imediatamente com ela.

— Mas Carmem, como eu posso enganar uma agente da Interpol? Eles são muito bons no que fazem e não sou nenhum espião!

— Você não "era" um espião Angelo...

Ela desligou sem dizer mais nada.

No caminho até o escritório milhares de coisas passaram pela cabeça de Angelo. Ele sentia que estava sendo arrastado para dentro de um redemoinho e não importava o quanto ele nadasse, ele iria ser engolido de qualquer maneira.

Fernando Oliveira

Ele estava sozinho em sua sala. Olhava ao redor como se não pudesse acreditar que tudo aquilo em breve seria tomado dele.

O seu escritório era luxuoso, decorado com o fino gosto das pessoas que tem dinheiro de berço, repleto de obras de arte de artistas famosos, móveis assinados pelos maiores designers do Brasil, tapetes que ele havia trazido pessoalmente do Irã, Paquistão e Índia, enfim, 250 m2 de luxo e ostentação que ele, em alguns dias, nunca mais veria.

O acordo era claro. Ele assumiria a culpa de todos os negócios ilícitos que foram trazidos para a sua companhia nesses anos em que havia se associado com eles e em troca receberia 30 milhões de dólares que seriam suficientes para ele e Luciano viverem com muito conforto até o fim de suas vidas, em uma ilha paradisíaca no Grécia ou em outro lugar qualquer que eles escolhessem.

Mas havia a parte difícil. Ele teria que ser preso pelos crimes e ficar ao menos 4 ou 5 anos na cadeia, o que na idade dele parecia uma eternidade e além de tudo, ele receberia o dinheiro apenas quando terminasse de cumprir a pena. Ele não conseguia imaginar a sua vida atrás das grades, mesmo que fosse em uma prisão federal com todas as mordomias que recebiam os presos com nível superior e principalmente os ricos ou que um dia tinham sido ricos, pois os carcereiros sabiam que esses eram os prisioneiros mais generosos.

Ele havia pedido um encontro em seu escritório com um representante da ZTEC que estava no Brasil e havia tentado de todas as maneiras convencê-lo que a prisão não seria necessária e que como no Brasil dificilmente alguém era preso por esse tipo de crime, não haveria nenhum problema se no caso dele o caso também não desse em nada, e inclusive ele estava disposto a dar um "desconto" de 10 milhões de dólares na quantia acertada para que não fosse preso.

O representante o ouviu calado o tempo todo e quando percebeu que ele havia terminado o seu discurso covarde, olhou bem nos olhos dele e disse:

— Caro Fernando, eu esperava que você nos conhecesse melhor após esses anos de parceria. Você sabe muito bem que as regras do nosso acordo não podem ser quebradas. A sua prisão não servirá apenas para dar credibilidade às ações que estão sendo tomadas pelos órgãos governamentais contra a sua empresa, mas também para dar a mídia brasileira um assunto para eles se ocuparem por um período razoável no qual teremos a liberdade que precisamos para aprovar no congresso brasileiro as propostas que são fundamentais para o sucesso das nossas operações no Brasil. Tudo foi planejado minuciosamente e as coisas estão acontecendo exatamente como planejamos e não existe a menor possibilidade de negociarmos isso.

— Não! — gritou Fernando já fora de controle – Tem que haver outra saída!
O homem encarou mais uma vez aquela figura patética.

— Na verdade existe uma, mas eu duvido que você tenha coragem de usá-la.

— O que você está querendo dizer com isso? Por que eu não teria coragem de usá-la? Me diga qual é e eu juro que aceitarei.

— Se você decidisse tirar a própria vida em um ato de desespero, essa sua ação deixaria implícita a sua confissão de culpa e o escândalo na mídia serviria ao nosso propósito da mesma maneira que o seu julgamento.

— Sai daqui imediatamente! Você pensa que é Deus para poder decidir sobre o momento que a minha vida deve ou não terminar? Seu verme, saia antes que eu chame a segurança e coloque você para fora.

A mão forte do homem o segurou pelo colarinho e o ergueu no ar. Por alguns segundos Fernando ficou com os pés fora do chão e não conseguia respirar, enquanto olhava aterrorizado para o homem que parecia se divertir com tudo aquilo. Quando ele já acreditava que iria morrer asfixiado, o homem o soltou e ele desmoronou se espalhando pelo chão.

— Você tem dois caminhos. Escolha um deles e aceite o seu destino. Caso você queira escolher um terceiro eu lhe garanto que o seu companheiro Luciano não viverá o bastante para desfrutá-lo com você. Sempre soubemos que você era um covarde e que nunca teria coragem de tirar a própria vida, então agora cumpra a sua parte do acordo e nunca mais ouse nos procurar.

O homem não disse aquilo com sinceridade. O suicídio de Fernando não estava de maneira nenhuma nos planos do grupo pois eles necessitavam dele vivo e em julgamento se possível por vários meses para que tivessem o tempo necessário para articular as aprovações junto ao Congresso Brasileiro, mas ele não resistiu à tentação de fazer aquele covarde se borrar de medo.

Sentado ali, na mesa que ocupava a mais de 30 anos da empresa fundada por seu pai e que agora havia virado pó, Fernando pensou novamente em Luciano. Ele era a pessoa mais importante da sua vida e certamente estaria ao lado dele para sempre, desde que Fernando continuasse a lhe dar a vida confortável que sempre deu, além é claro de satisfazer todos os seus desejos carnais que ele sabia que eram muitos.

Ele sabia que se ficasse 4 ou 5 anos preso, quando saísse, Luciano não estaria mais ali esperando por ele. Com 35 anos e uma vida inteira pela frente, ele não conseguiria aguentar a pressão de ficar sozinho por tanto tempo e sem poder ter acesso ao dinheiro de Fernando uma vez que como parte do acordo, Luciano teria acesso apenas a uma pequena quantia mensal que lhe garantiria uma vida simples enquanto Fernando estivesse preso e isso não combinava nem um pouco com Luciano. O medo da perda estava sendo demais para ele.

Fernando se levantou, caminhou até a janela que estava aberta deixando entrar o ar daquele dia estranhamente frio e nublado, parou por alguns segundos diante dela e se virou como se estivesse procurando naquela sala uma saída para tudo que estava enfrentando. Mas poucos segundos depois finalmente entendeu que não a encontraria ali e nem em nenhum outro lugar, então sentou-se sobre o parapeito e deixou-se cair de costas. Luciano foi o último pensamento que veio à sua cabeça enquanto mergulhava no vazio.

Carmen

Ao desligar o telefone, Carmen permaneceu por algum tempo olhando para as fotos de Angelo que ela havia encomendado ao seu pessoal no Brasil. Algo naquele homem despertava uma curiosidade que ela há muito não sentia. Apesar de ele ser um sujeito de boa aparência, estava muito longe de ser um galã de cinema e os contatos com ele por telefone mostravam um homem inseguro, até certo ponto ingênuo, exatamente o tipo de pessoa que ela cada vez se relacionava menos.

Então por que ela tinha a sensação que ele poderia fazer diferença em sua vida? Porque, ao contrário do que acontecia quando tinha que ter contato com outras pessoas da organização pelo mundo, ela gostava da sensação de pegar o telefone e ligar simplesmente para poder conversar com ele, mesmo que o assunto fosse tenso e desconfortável para ambos?

Por fim, decidiu que já havia dedicado tempo demais a esses pensamentos e voltando-se para problemas reais pegou o telefone, ligou para a sua assistente em Roma e pediu que reservasse o voo de sempre de Genebra para Roma. Ela ficaria na suíte permanentemente reservada para ela e para Peter no Babuino 181, hotel boutique no centro histórico de Roma e pelo qual ela tinha tido o que se chama de "amor à primeira vista".

Peter havia viajado novamente e deveria estar agora indo ao encontro da esposa e dos filhos, fantasiado de Michael Hertz, e fazendo o tipo chefe de família exemplar que ele representava sempre que podia. Esse pensamento a fez se irritar mais do que de costume e decidiu sair para se divertir um pouco. Ela havia marcado um compromisso pela internet.

Retocou a maquiagem rapidamente, pegou a chave do Mercedes SLS 500 AMG branco, presente de Peter em seu último aniversário, mas que para ela era mais uma recompensa por serviços prestados do que propriamente um presente. Porém, de uma maneira ou de outra, ela adorava dirigi-lo enquanto observava a reação das pessoas quando ela passava devagar pelas ruas de Lausanne ou de Genebra. Mas hoje ela também queria sentir mais uma vez a potência do motor.

Saiu devagar e entrou à esquerda na Rua Du Ponly. O motor roncava de uma maneira que não combinava com o carro. Parecia um leão amordaçado, imitando o ronronar de um gatinho, então ela decidiu parar de torturar aquela máquina e apertou o acelerador. A Mercedes simplesmente ignorou o controle de tração e quicando os pneus traseiros entrou na primeira curva totalmente de lado. Imediatamente Carmen girou todo o volante para o lado oposto da curva domando instantaneamente aquele foguete e continuou acelerando no limite daquela rua estreita. Em poucos minutos chegou a Route de Berne e então pode despejar toda a potência que aquele motor V8 de 570 cavalos. A paisagem passava cada vez mais rápido e ela então se sentiu viva como nunca.

Ela continuou por mais alguns minutos naquela velocidade insana e depois aliviou o acelerador como se já estivesse satisfeita após um orgasmo curto, mas intenso. Seguiu por mais alguns quilômetros e entrou sentido ao centro. Após alguns minutos estava estacionando a Mercedes na Rua de La Paix e seguiu a pé até o hotel De La Paix na esquina com a Rua Benjamim Constant. O hotel já havia tido dias melhores, mas ainda guardava um certo charme e possuía um café em sua varanda com uma linda vista do Lac Leman ao fundo.

Sentou-se, pediu um café e esperou.

Dez minutos depois um americano de meia idade com jeito de executivo e com uma barriga que começava a se projetar por sobre o cinto de sua calça sentou-se ao seu lado.

— Marie?

Ela olhou para ele sorrindo e falou em inglês.

— Olá querido. Você está com o dinheiro?

Ele assentiu com a cabeça, mal acreditando no que via diante dele.

— Então vamos.

Levantaram-se juntos e caminharam até o elevador lado a lado. Quando entraram no elevador ela se virou para ele, colocou a sua mão entre as suas pernas e apertou o seu membro que a essa altura já estava duro como uma rocha.

Ele gemeu como se fosse uma criança e tentou beijá-la, mas ela o afastou com um tapa no rosto e disse secamente.

— Você está me pagando, mas quem manda sou eu, entendeu?

Ele mais uma vez balançou a cabeça e no mesmo momento o elevador parou.

Ela saiu do elevador ainda com a mão no seu membro. Qual é o seu quarto?

— Trezentos e dois.

— Me dê a chave.

Ela abriu a porta e o empurrou para dentro. Mandou então que ele tirasse toda a roupa e se deitasse na cama, o que ele obedeceu imediatamente.

— Você é um porco de sorte — disse Carmen olhando-o com pena.

— Eu sou o que você quiser, mas venha aqui sua vadia gostosa!

Aquilo a excitou e ela tirou o vestido ficando imediatamente nua e ao mesmo tempo pegou um acessório em sua bolsa que mostrou ao homem deitado na cama.

— Ei, o que é isso? Nunca fiz isso com ninguém!

— Relaxe garanhão. Sempre existe uma primeira vez...

Uma hora depois ela saiu do quarto deixando o homem extenuado sobre a cama. Desceu pelo elevador e andou pela rua até o seu carro. Parou por alguns segundos aproveitando o máximo daquela sensação que sentia todas as vezes que se entregava para esse tipo de homem fingindo ser uma garota de programa. Entrou no Mercedes, ligou-o e saiu pela Rua Benjamim Constant. Um quarteirão depois ela pegou em sua bolsa os 1.000 euros que havia cobrado daquele infeliz e que provavelmente fariam falta para pagar a hipoteca do mês seguinte e atirou tudo pela janela.

Aleksandra

Aleksandra desligou o telefone e ficou por alguns momentos com o olhar fixo na foto de Angelo que estava presa com um clipe aos outros documentos da investigação sobre a ZTEC. O telefonema repentino dele com a notícia de uma súbita viagem ao Norte do Brasil deixou-a desconfiada de que estava acontecendo algo mais do que ele havia contado no dia anterior, mesmo ele tendo dito que a viagem seria para tratar da concorrência do SISCON.

Ela aprendera a dar ouvidos à sua intuição, mas às vezes reconhecia que exagerava um pouco, e achou que ter anotado o nome e o telefone dos hotéis onde Angelo iria se hospedar e ter obtido novamente a promessa dele de entrar em contato com ela imediatamente caso houvesse alguma informação nova a deixava mais tranquila.

Talvez esse excesso de cuidado fosse fruto da sua origem. Ela tinha apenas 7 anos quando seus pais decidiram sair da Rússia e vir tentar a vida no Brasil. Fazia dois anos que o Muro de Berlim havia caído e a União Soviética estava se desfazendo. Os ares de liberdade motivaram seus pais, ambos professores primários em Moscou, a migrar para um país jovem e repleto de oportunidades. Apesar disso, anos do regime comunista soviético haviam afetado seus pais que viviam em um permanente estado de alerta, como se a qualquer momento a KGB fosse entrar pela porta e os levar presos.

Ela havia conseguido a cidadania brasileira e tinha uma vida totalmente diferente da dos seus pais, mas no fundo essa experiência familiar a havia afetado e certamente foi um dos motivos da opção pela carreira policial e a manter o seu radar constantemente ligado.

Então de repente ela se deu conta de que o desconforto que ela sentia se devia muito mais ao simples fato de Angelo estar indo viajar. O encontro dos dois no dia anterior tinha mexido com ela. Angelo era ao mesmo tempo um homem maduro, principalmente em comparação a ela que tinha apenas 28 anos, mas ao mesmo tempo ele transmitia uma vibração jovial, quase infantil, que ficava ainda mais forte quando misturada ao seu jeito italiano e um pouco atrapalhado.

"De qualquer maneira o trabalho antes do prazer" pensou e afastando aquele pensamento voltou a se concentrar nos outros documentos do caso, mas havia ainda alguma coisa estranha com essa viagem, e ela decidiu investigar um pouco mais.

Angelo

Angelo olhava pela janela do táxi. O dia havia passado rápido e ele mal havia tido tempo de reorganizar a sua agenda, dar meia dúzia de telefonemas e já estava a caminho do aeroporto para pegar o voo AZ675 da Alitalia das 20 horas com destino a Roma. Ele acabara de ligar para Aleksandra e avisá-la sobre a viagem e parecia que ela havia engolido a desculpa que ele havia lhe dado.

Para o pessoal da ST, ele também havia contado a mesma história da viagem ao Norte do Brasil com um dos diretores da BRASENG para fazer algumas visitas técnicas do projeto do SISCON e que estaria com o celular indisponível na maior parte do tempo pois os locais eram de difícil acesso, em meio à selva Amazônica.

Naquele momento ele pensava em Carmen. A entrada daquela mulher na sua vida havia sido tão avassaladora que agora, apenas dois dias depois de falar com ela pela primeira vez, ele estava prestes a entrar em um avião e atravessar o Atlântico apenas porque ela dissera para ele fazer isso e sem mais nenhuma explicação.

Isso não podia estar acontecendo! Como ele pode permitir que uma pessoa que ele nunca havia visto antes dominasse a sua vida tão facilmente? Pensou em desistir da viagem, dar meia volta com o táxi e parar na primeira delegacia que encontrasse e contar tudo que sabia à polícia, mas desistiu mais uma vez da ideia.

Ele sabia que aquela não era uma mulher comum e a possibilidade de ela ser realmente perigosa só aumentava a sua vontade de conhecê-la pessoalmente. Esperava que a sua ida a Roma fosse para encontrá-la, pois na verdade ela não havia lhe dito nada sobre o que ele faria em Roma, mas alguma coisa dizia que ele a encontraria e que esse encontro poderia mudar completamente a sua vida. Se seria para melhor ou para pior já era uma outra história.

Carmen

Carmen se dirigiu a BMW X6 que a aguardava na saída do aeroporto de Roma, cumprimentou o motorista e pediu que ele a levasse diretamente ao Babuino 181. Queria tomar um banho e descansar um pouco antes de começar com a cansativa sequência de reuniões e telefonemas que a esperavam na manhã seguinte. À tarde, ela se encontraria pela primeira vez com Angelo Cesari e precisava se preparar para esse encontro.

Toda a operação do Brasil estava nas mãos desse homem e ele nem fazia ideia disso. Ela precisaria orientá-lo sobre todos os detalhes da operação e mais do que isso, se certificar que ele seguiria rigorosamente as suas orientações. Para isso, ela seria obrigada a revelar informações que apenas as pessoas mais graduadas da ZTEC tinham acesso, mas não havia outra maneira.

Ela contava com a ajuda de Fernando Oliveira para preparar Angelo, mesmo em meio à tempestade que seria o seu julgamento no Brasil, pois isso também fazia parte do trato, mas depois do seu desastroso suicídio a tarefa toda havia passado a ser sua. Ela detestava surpresas, mas estranhamente a necessidade de ficar mais tempo perto de Angelo a fazia se sentir animada.

Será que ele corresponderia pessoalmente ao que ela imaginava quando falava com ele ao telefone ou quando ela confrontasse a fantasia com a realidade iria se decepcionar? Nesse momento ele já deveria estar a caminho de Roma e amanhã isso tudo se esclareceria.

Chegando ao hotel ele ligou o laptop e acessou seus e-mails.

De: madri112@hotmail.com

Aguardo orientação sobre próximos passos.

T

De: roma183@hotmail.com

Não faça nada. Investigadora da Interpol chegando perto. Temos que aguardar mais alguns dias. Limpeza providenciada. Se afaste e aguarde contato.

C

Carmem despiu-se, tomou um banho rápido, colocou um vestido curto com um decote generoso nas costas, sapatos altíssimos, maquiagem carregada e saiu para dançar no Akab Cave, um pouco de diversão antes dos negócios.

Angelo

Quando o avião de Angelo tocou a pista do aeroporto de Roma já passava das 13 horas. O dia estava nublado e a temperatura era de 6 graus. Ele riu quando se lembrou que há dois dias atrás estava reclamando dos 17 graus fora de época em São Paulo. Pegou sua mala de mão e desembarcou indo diretamente a um ponto de táxi e pedindo ao chofer para levá-lo ao Grande Hotel Majestic na Via Veneto, 155.

Mal havia entrado em seu quarto, o celular dado por Carmem tocou e ele atendeu de imediato.

— Ciao Carmem.

— Ciao Angelo, benvenuti a Roma.

— Obrigado Carmem. Bem, estou aqui, como você queria. E agora?

— Agora você descanse um pouco que um motorista irá buscá-lo às 20 horas para jantarmos juntos e conversarmos sobre negócios.

— Estarei pronto.

No horário combinado, uma BMW X6 esperava por ele. Ao se aproximar o motorista o cumprimentou e abriu a porta traseira. Angelo se acomodou no assento de couro e relaxou um pouco. Passaram-se alguns minutos e o carro parou em frente ao Life que, por coincidência, era o restaurante preferido de Angelo em Roma. Entrou no restaurante e enquanto procurava pelo maître uma voz feminina falou bem atrás dele, mais próxima da sua nuca do que seria normal.

— Buonasera signor Cesari.

Ele se virou e ficou cara a cara com Carmen e não respondeu. Apenas sorriu tentando parecer frio e calculista diante daquela mulher que havia virado a sua vida de cabeça para baixo em apenas dois dias. Após alguns segundos de um silêncio que começava a ficar constrangedor, ela lhe sussurrou ao ouvido:

— Você vai me levar para a nossa mesa ou vamos comer aqui mesmo, em pé no hall?

Angelo acordou do transe e rapidamente pediu ao maître que os levassem à mesa reservada, que por sinal era a melhor do restaurante. Sentaram-se e, após mais um longo período de silêncio, Carmen voltou a falar.

— Angelo, você está bem? Parece um pouco assustado ou coisa assim?

Ele continuava a olhar para ela sem pronunciar nenhuma palavra. Pela sua cabeça passavam tantos pensamentos ao mesmo tempo que era difícil ele se concentrar em apenas um. O bilhete em seu computador, a primeira ligação de Carmen, o acordo com a BRASENG, o suicídio de Fernando e por fim esse jantar a dois em seu restaurante preferido em Roma com uma mulher que além de lindíssima, irradiava uma autoconfiança que ele nunca havia sentido em ninguém até então. De repente ele entendeu o que estava sentindo naquele momento... Medo.

Angelo fez um esforço enorme para se concentrar em alguma coisa no mínimo coerente e finalmente disse:

— Eu não sabia ao certo o que esperar quando lhe conhecesse e estou desfrutando da descoberta.

Assim que acabou de dizer essa frase, olhou nos olhos de Carmen esperando alguma reação, mas ela apenas sustentou o seu olhar e, logo em seguida, disse com uma naturalidade que deixou Angelo completamente desarmado.

— Bem, eu espero que você não passe a noite toda desfrutando disso pois eu estou morrendo de sede.

Dizendo isso, se virou e chamou o garçom como se Angelo nem existisse. Pediu uma garrafa de Dom Pérignon Rosé. Depois, percebendo o constrangimento de Angelo, ela disse em um tom de zombaria:

— O deixei constrangido fazendo o pedido diretamente ao garçom? Me perdoe, mas eu não estou acostumada a delegar minhas vontades aos homens. Normalmente funciona ao contrário.

Angelo achou que já era hora de voltar ao seu normal e, se concentrando ainda mais, conseguiu responder tão rapidamente que quase pareceu espontâneo.

— De maneira nenhuma, inclusive eventualmente prefiro ter as minhas vontades delegadas, mas somente para quem eu imagino que irá saber satisfazê-las.

Carmen respondeu em meio a um riso malicioso.

— Pelo que estou vendo, finalmente o garanhão acordou do seu transe?

— Eu acordei, mas o garanhão fica por sua conta.

— Angelo, não seja modesto. Fui informada que você é quase uma lenda na noite de São Paulo. Um colecionador de ninfetas como nenhum outro!

— Não se preocupe Carmen, eu também não tenho nada contra as mulheres mais maduras.

Ela não demonstrou nenhuma reação com o comentário, mas aproveitou a boa tacada de Angelo para mudar de assunto.

— Eu imagino que você esteja curioso para saber por que o chamamos a Roma?

— Obviamente que sim.

— Angelo, como eu já lhe disse, você agora faz parte de uma operação muito maior do que pode imaginar e você foi convocado a Roma para que possamos lhe mostrar com detalhes qual o seu papel e como exatamente nós queremos que você o desempenhe.

— E qual exatamente é esse papel que eu terei que desempenhar? — Perguntou Angelo visivelmente desconfortável.

— Ele lhe será mostrado por mim e por mais algumas pessoas do nosso grupo durante esses dias que você estará em Roma, mas eu lhe adianto que hoje estamos aqui somente para nos conhecermos melhor e termos um jantar agradável.

Ela disse essas palavras enquanto abria o cardápio.

— Eu lhe recomendo a codorna ao molho de ervas. É divina. — disse Carmen com uma naturalidade digna de uma atriz de primeira linha — Mas como eu sei que esse é o seu restaurante predileto em Roma, acredito que você já saiba o que irá pedir.

Angelo ficou realmente surpreso com aquela observação. Poucas pessoas sabiam que esse era o seu restaurante predileto, então como... Lembrou-se de repente de Fernando Oliveira e das várias e longas conversas que tinham sobre todos os assuntos, inclusive restaurantes prediletos e muitas outras coisas que agora ele sabia que já não eram nenhum segredo entre amigos. Por fim disse:

— Imagino que você também saiba qual é o meu prato predileto, então por favor, pode pedi-lo.

Carmen sorriu, chamou o garçom e pediu a codorna para ela e um escalope de vitela ao molho de vinho para Angelo e para beberem um Barbaresco Asili Riserva 2007.

Assim que o garçom se retirou, ele aprovou as duas escolhas com um movimento de cabeça e serviu o restante do Dom Pérignon que havia na garrafa para os dois.

— Então eu sou uma mulher madura para os seus padrões?

Bingo! Ele sabia que a observação não havia passado em branco. Existem duas coisas que você nunca pode falar para uma mulher e achar que ela irá se esquecer, que ela está gorda ou que está "madura".

— Eu diria que madura no ponto de ser colhida. — Ele disse isso sem nenhuma expressão e percebeu que a confundiu.

— Angelo, eu esperava uma cantada mais original da sua parte!

— Carmen, desculpe-me isso não foi uma cantada. Infelizmente você não faz nem um pouco o meu tipo.

Ele disse isso ao mesmo tempo em que se controlava para não pular por cima da mesa e atacar aquela mulher sensacional que além de linda era o ser humano mais misterioso que ela havia conhecido em toda a vida.

Pela primeira vez, Carmem deixou escapar algum sinal de emoção em suas feições, algo como uma muito sutil decepção, mas que não escapou aos olhos de Angelo, como aliás dificilmente escapava com qualquer mulher e ele então continuou no mesmo caminho.

— Mas por favor, isso não quer dizer que você não seja uma mulher encantadora, afinal de contas, toda mulher tem seus encantos.

— Me dê licença, preciso retocar a minha maquiagem. — Dizendo isso ela se levantou, virou de costas e se dirigiu ao toalete e Angelo pode ver pela primeira vez as suas formas perfeitamente desenhadas de encontro ao vestido apertadíssimo que ela usava. Exatamente quando ele estava hipnotizado com aquela visão, ela olhou rapidamente para trás e o flagrou no ato. Riu e voltou a caminhar para o banheiro enquanto ele fazia uma cara de criança levada que foi pega na flagra.

O restante da noite foi de conversas bem mais amenas sobre diversos assuntos, mas principalmente sobre carros, barcos e brinquedos em geral, que para surpresa de Angelo a interessava tanto quanto a ele. Por volta da meia-noite ela pediu a conta e pagou em dinheiro, sem que Angelo fizesse nenhum movimento em contrário. Parecia que ele estava adorando a posição de dama pelo menos uma vez na vida e então saíram juntos em direção ao carro.

Alguns minutos depois, o BMW X6 branco o deixava em frente ao hotel e ela despediu-se dele com um aperto de mão formal ainda dentro do carro, uma continuação do jantar muito aquém do que ele desejava, mas que fazia todo o sentido naquela altura dos acontecimentos.

— Durma bem Angelo, amanhã às 9 horas um motorista o pegará aqui no hotel.

Prepare-se para passar o dia todo fora e se eu fosse você levaria uma bolsa de mão com uma troca de roupas para qualquer eventualidade.

— Boa noite Carmen, o jantar estava delicioso e a companhia melhor ainda.

— Angelo, como você mesmo disse, todas as mulheres tem seus encantos, até mesmo as maduras! E rindo, fechou a janela do carro e o motorista partiu.

Angelo ficou ali parado na calçada sem saber o que pensar. A vida dele estava toda de cabeça para baixo, ele corria o risco de ser preso e estava sendo aliciado por um grupo estrangeiro que parecia pertencer à máfia italiana e a única coisa que ele conseguia pensar era que a noite tinha sido uma das melhores da sua vida, mesmo tendo acabado em um simples aperto de mão.

Olhou para o hotel e depois para a rua. Poucos turistas e praticamente nenhum romano arriscava-se no frio da madrugada, mesmo assim ele subiu a gola do paletó e resolveu caminhar um pouco pela Via Veneto até a Piazza Barberini para desacelerar um pouco e ajudar o sono chegar. Andou por cerca de 150 metros quando foi abordado por dois homens que se colocaram andando ao seu lado.

Inicialmente Angelo pensou se tratar de um assalto, mas imediatamente um dos homens o pegou pelo braço evitando que ele parasse de andar e falou baixo ao seu ouvido:

— Senhor Angelo, Interpol. Por favor continue andando e nos acompanhe.

Estacionado do lado oposto da Piazza Barberini, na esquina da Via Delle Quattro Fontane havia um Mercedes C200 prata para o qual os dois homens levaram Angelo. Chegando ao carro a porta traseira se abriu e Angelo se sentou ao lado de um homem que o aguardava.

Com a cabeça totalmente raspada, profundos olhos verdes e na casa dos 50 anos, o homem era a síntese do policial durão dos filmes europeus. Vestido com um terno cinza escuro bem cortado, camisa branca e gravata vermelha ele olhou para Angelo e abrindo um sorriso acolhedor lhe disse:

— Ciao Angelo, como foi o seu jantar? Espero que a comida tenha sido tão boa quanto a companhia... Meu nome é Octavio Giacomelli e eu sou oficial superior da Guardia di Finanza em Roma, atualmente encarregado das operações da Interpol na Itália e gostaria de lhe fazer algumas perguntas.

Angelo se sentou ao lado de Octavio e um dos homens que o escoltaram assumiu o volante enquanto o segundo sentou-se no banco do carona. O motor foi ligado e o carro acelerou pela Via Delle Quattro Fontane.

— Para onde vocês estão me levando? — Perguntou Angelo deixando transparecer o medo em suas palavras.

— Calma Angelo, vamos apenas dar uma volta pela bela Roma e parar em algum lugar tranquilo para conversarmos um pouco.

Após 10 minutos de um silêncio aterrorizante para Angelo, deixaram a Via Dei Fori Imperiali, entrando à direita em frente ao Coliseu, subindo a Clivo de Veneri Felice e estacionando a Mercedes ao Lado da Basílica de San Francesca Romana. Octavio saiu do carro e pediu que Angelo o acompanhasse. Um dos homens ficou no carro e outro seguiu caminhando atrás dos dois a cerca de 10 metros de distância fazendo a segurança.

Angelo percebeu que, tanto ele quanto o homem que ficara no carro estavam armados e com fones de ouvido tão pequenos que ele nem havia notado no caminho até o carro. Isso serviu para deixá-lo ainda mais inseguro e quando ele percebeu que a ideia de Octavio era contornar a basílica e entrar nas ruínas do Forum Romano que naquela hora estavam absolutamente desertas além de mal iluminadas, ele estancou olhando diretamente para Octavio e disse fingindo uma coragem que não tinha:

— Senhor, eu exijo saber onde está me levando e o que pretende.

Octavio olhou para Angelo, calmamente colocou a mão em seu ombro e disse numa voz terna como a de um amigo de muitos anos lhe dando um conselho:

— Angelo, não se preocupe. Lembre-se que nós somos os mocinhos. Nada de mal irá acontecer a você e só estamos aqui para encontramos com uma amiga em comum e para termos certeza que não seremos vigiados de perto. Fique tranquilo que tudo correrá bem.

Amiga em comum? Como assim? Que amiga ele poderia ter em Roma em comum com um policial da Interpol? Essa história estava ficando cada vez mais estranha e ele não estava gostando nem um pouco do caminho que as coisas estavam tomando. Porém diante das circunstâncias ele se resignou e voltou a caminhar ao lado do policial, torcendo para que nesse jogo maluco os mocinhos realmente fossem os caras bons. Entraram nas ruínas por um pequeno portão que estava aberto, com uma corrente de onde pendia um cadeado aberto, sinal de que alguém havia deixado aquela passagem livre para eles, chegaram a uma rua com árvores dos dois lados que descia em direção as ruínas do que havia sido um dia o prédio principal do Fórum Romano e do qual restam hoje apenas as fundações e três colunas, sendo que a maior delas se encontra no centro da terça parte dos fundos da fundação e é chamada de Colonna di Foca.

Apesar da pouca luz existente no local, proveniente na sua maioria da lua crescente, ele pode identificar uma pessoa encostada na base da coluna. Conforme foram se aproximando ele começou a perceber os contornos da pessoa e mais alguns passos conseguia identificar que era uma mulher, até que entendeu o que estava acontecendo. Entre as sombras ele conseguiu identificar um lindo rosto que ele já conhecia.

— Ciao Angelo, quem bom vê-lo! Eu já estava com saudades!

— Aleksandra... Eu... Que surpresa vê-la aqui em Roma!

— Eu digo o mesmo Angelo, afinal de contas você deveria estar no Norte do Brasil fazendo uma visita técnica para o Projeto Siscon, não é?

Ele tentou parecer casual quando respondeu.

— A viagem a Roma foi estratégica pois discutiremos aqui aspectos técnicos do projeto que são sigilosos, inclusive dentro da ST, e não quisemos...

Ela colocou o dedo sobre os seus lábios e disse numa voz firme que o assustou:

— Angelo, eu não vou dizer isso novamente, então espero que preste atenção e dessa vez me leve a sério, pois caso contrário você terá muitos e muitos anos para pensar sobre o que deveria ter feito quando estiver na cadeia.

Ele gelou de imediato, assentiu com a cabeça num sinal afirmativo e ficou escutando.

— Você deve nos dizer agora o que realmente está acontecendo e tudo o que você sabe sobre essas pessoas com quem está se envolvendo. Caso você nos esconda algo, por mais insignificante que seja, teremos que considerá-lo cúmplice de qualquer atividade ilegal que eles estejam praticando e você será indiciado e processado como tal, além é claro daqueles pequenos deslizes sobre os quais falamos antes. Escolha um lado. O tempo de ficar em cima do muro terminou.

— Prometo que não esconderei nada. O que vocês querem saber? — Disse Angelo com sinceridade.

Ela o olhou novamente como no dia que se encontraram pela primeira vez e isso o deixou um pouco mais relaxado, então Octavio assumiu a conversa e disse a Angelo:

— Pode começar falando sobre a mulher com quem jantou hoje.

Aleksandra desviou o olhar discretamente, mas não tão discretamente ao ponto de

Angelo não perceber o seu desconforto. Mas esse era outro assunto que ele trataria com prazer assim que tivesse uma chance com ela a sós, mas agora tinha que se focar no interrogatório de Octavio e com muito mais facilidade do que imaginava, contou tudo o que sabia sobre Carmem e a ZTEC.

Carmen

Carmen deixou Angelo em seu hotel e seguiu direto ao Babuíno 181. Os seus pensamentos estavam longe e durante todo o trajeto ela só pensou em como seria agradável ter Angelo por um pouco mais de tempo, de preferência em sua cama. A ideia a deixou tão excitada que sem se preocupar com o motorista, que na verdade já havia presenciado as mais diversas cenas picantes entre ela, Peter e ocasionalmente alguma amiguinha de ambos dentro daquele carro, pediu que ele aumentasse o volume do som que tocava o novo álbum de Adele gravado em Londres, e levantando a sua saia começou a se tocar entre as pernas, no início lentamente e depois cada vez mais rápido.

Pensava em ter Angelo na sua cama nu, ela em cima dele no começo rebolando e depois ele a empurrando para o lado, a colocando de quatro a possuindo com uma força brutal por trás, sentindo os seus testículos batendo contra a parte de trás das coxas, puxando o seu cabelo com força para trás com uma das mãos, e segurando na lateral de sua anca com a outra. Ela se sentia montada por um cavaleiro bruto, mas que sabia o que queria e conduzia a montaria com firmeza. Soltou um grito de prazer e desfaleceu por alguns segundos. Em seguida baixou suas saias, olhou para o espelho retrovisor e se deparou com o olhar do motorista que a encarava. Deu uma pequena lambida nos dedos enquanto piscava para ele e depois de ambos sorrirem, ela abriu a janela e deixando o ar frio da madrugada Romana invadir o carro, se sentiu viva novamente.

Entrou e sua suíte no automático, se despindo desde a porta e louca para tomar um banho, quando alguém deitado em sua cama acendeu o abajur. O susto que ela tomou foi tão grande que simplesmente parou de respirar por vários segundos, até que a necessidade de ar forçou os seus pulmões e num espasmo involuntário ela voltou a respirar. Só então reconheceu Peter.

— Ora, assustei uma gata... Me desculpe querida, não foi essa minha intenção.

Ela lhe deu um sorriso amarelo e se recompondo ao menos um pouco, lhe respondeu.

— Que surpresa Peter, por que não me avisou que viria a Roma? Eu poderia tê-lo esperado para jantarmos juntos. — Ela disse aquilo sem a menor convicção, o que não escapou dos sentidos apurados de Peter, mas ele se limitou a responder como se não tivesse percebido.

— Não queria atrapalhar os seus planos com Angelo. É importante que ele se sinta seguro com a nossa organização e seu jantar com ele foi excelente para isso.

Carmem percebeu que havia alguma coisa nas entrelinhas, e como ela conhecia Peter muito bem, sabia que não valia a pena entrar naquele jogo, pois ela sairia perdendo. Ao invés disso, se esforçou para afastar todos os pensamentos sobre

Angelo, deixou cair o vestido que segurava em frente ao corpo, entrou novamente em seu personagem de sempre, caminhou o mais sensualmente que pode até a cama e se colocou bem ao lado dele, em pé e o olhou nos olhos.

Peter a segurou pelo quadril e mergulhou a boca entre as suas pernas. Hesitou por um momento, levantou os olhos para ela e disse:

— Parece que você andou se divertindo hoje?

— Apenas um aquecimento solitário no carro. Acho que alguma coisa me dizia que hoje eu seria sua, mesmo que fosse em pensamento...

Ele lhe mostrou um sorriso que era mais de desconfiança do que de alegria e dessa vez colocou dois dedos dentro dela enquanto mergulhava novamente a boca entre as suas pernas. Ela tremeu e um pouco antes de perder o controle e pular sobre ele, ainda teve tempo de pensar que aquele homem podia ter todos os defeitos do mundo, mas em relação a sexo ele não tinha nenhum.

Angelo

Quando Angelo foi deixado em seu hotel pela Interpol já passava das 3 horas da manhã e ele estava exausto. Deitou-se em sua cama acreditando que iria dormir imediatamente, mas o seu cérebro recusava a desligar. Como ele havia deixado se arrastar para aquela situação em que se encontrava e o pior, como ele conseguiria sair dela? De um lado havia a Interpol o pressionando para que agisse como um agente infiltrado. Do outro, uma organização como a ZTEC e uma mulher como Carmen exigindo que ele participasse de algo que desconhecia completamente, e ele simplesmente não fazia ideia de como agir.

A Interpol garantiu que ele não estaria correndo nenhum risco os ajudando, pois estaria sendo monitorado o tempo todo por agentes da Interpol tanto no Brasil quanto na Itália, mesmo assim estava apavorado. Quem poderia garantir a sua integridade contra uma organização tão grande quanto a ZTEC, e pior ainda, quem estaria por trás da ZTEC e de Carmen? Ela sempre usava o plural quando falava de quem estava por trás dos planos dos quais ele fazia parte, sempre se referindo à "nossa organização" ou então "somos" ou "faremos", nunca tratando do assunto como se ela fosse a cabeça de tudo e Angelo achava mesmo que Carmem se parecia mais com uma executiva graduada do que uma empreendedora individual. Então quem estaria por trás da ZTEC e o que essa pessoa realmente queria com ele?

Sem conseguir dormir, ele se levantou e tentou mais uma vez pesquisar sobre os acionistas da ZTEC na internet. Até então em suas pesquisas um tanto superficiais, os acionistas da ZTEC apareciam como empresas de diversos lugares do mundo, incluindo as Ilhas Cayman, Belize, Chipre, Cingapura, Macau, Mônaco e Luxemburgo, que por sua vez tinham sempre como acionistas outras empresas com sedes em outros paraísos fiscais e assim por diante no que parecia ser uma rede muito bem montada para preservar as pessoas físicas por trás do negócio. Pesquisou por mais de duas horas, mas conseguiu apenas confirmar tudo o que já sabia sobre a ZTEC. Um enorme conglomerado da indústria armamentista e de defesa que havia crescido inacreditáveis 1200% nos últimos 4 anos, se tornando uma das mais valiosas corporações do planeta com um valor de mercado estimado em muitos bilhões de dólares. Tinha operações no mundo todo, principalmente no Oriente Médio e Ásia, seguido da Europa e Estados Unidos, e depois na África. Angelo reparou que a América Latina vinha em último lugar no ranking das operações da ZTEC.

Enfim, por volta das 7 horas resolveu tomar um banho para espantar o sono e se preparar para o compromisso de logo mais. Lembrou-se então das palavras de Aleksandra:

— Angelo, tudo o que você nos contou é muito interessante, mas não chega a ser uma grande novidade, inclusive a mulher chamada Carmen pois, como eu já havia lhe dito, as operações da ZTEC estão sendo monitoradas há muito tempo e os métodos que eles estão empregando para que você sirva ao esquema deles demonstra que devemos estar certos com relação às atividades ilegais do grupo, porém as informações que você tem agora ainda não são suficientes sequer para aprofundarmos legalmente as investigações. Precisamos chegar a quem realmente manda nas operações da ZTEC e é isso que queremos que você faça para nós.

— Eu? Mas porque eu? O que faz vocês pensarem que alguém que tenha esse poder possa se interessar por uma pessoa como eu, ou então que essa pessoa não tenha simplesmente delegado a responsabilidade a Carmen para tratar de tudo comigo sem que ele tenha necessidade de aparecer? Em troca de que ele iria se expor?

Octavio tomou a palavra e disse firmemente para Angelo:

— Pois é exatamente isso que queremos que você faça, que exponha essa pessoa para que possamos descobri-lo e monitorar as atividades dele. É fundamental que você consiga isso para nós.

Angelo não conseguia acreditar no que estava ouvindo. A Interpol queria apenas que ele descobrisse a identidade de uma das pessoas mais ricas do mundo e entregasse essa informação de bandeja para eles em troca da sua vidinha de volta.

— Escutem aqui, me pressionar para passar as informações que chegarem ao meu conhecimento eu até consigo entender, mas vocês que são pessoas experientes, acreditarem que eu, sem nenhuma experiência com espionagem ou nenhum treinamento possa simplesmente chegar a essa pessoa, descobrir quem é e contar para vocês! Isso é trabalho para profissionais e eu nem sequer sou um detetive amador. Isso não faz o menor sentido, além do que, alguém por acaso pensou no que pode acontecer comigo? Eu posso ser descartável para vocês, mas sou muito importante para algumas pessoas, principalmente para mim mesmo!

Aleksandra retomou a palavra para si.

— Angelo, é exatamente por isso que estamos apostando em você. Uma organização como essa dificilmente se aproximaria de um agente da Interpol disfarçado. Eles devem ser muito bem-informados dos nossos passos e eu não descarto a possibilidade de terem alguém infiltrado na Interpol. Como eu disse, você é a nossa melhor aposta no momento.

— Pois é Aleksandra, eles já sabem que vocês estão falando comigo, então porque você acha que a ZTEC não está nos acompanhando nesse exato momento? Qual a garantia que eles não irão saber dessa nossa conversa e simplesmente acharem melhor sumir comigo no meio disso tudo?

Aleksandra e Octavio ficaram em silêncio por algum tempo e finalmente Octavio falou:

— Angelo, você está certo. Não temos como ter certeza de nada nesse momento, mas estamos apostando que eles, mesmo que tenham ciência desse nosso encontro, continuem achando que você está trabalhando para eles e não para nós. Enquanto não fizermos nenhum movimento usando informações passadas a nós por você não existe motivo para que eles desconfiem que as coisas mudaram. Inclusive é muito importante que você conte para Carmen sobre esse nosso encontro antes que você seja surpreendido por ela tentando esconder.

Depois de mais algumas palavras tanto de Aleksandra quanto de Octavio, Angelo finalmente concordou em entrar nesse jogo. Ele havia decidido contar a Carmen apenas que a Interpol o havia procurado para se certificar que ele realmente estava em Roma para tratar dos assuntos da concorrência do SISCON e que haviam se dado por satisfeitos com as suas respostas, inclusive quando ele disse que a mulher com quem havia jantado era apenas uma namorada antiga que ele tentava seduzir novamente aproveitando a viagem.

Quando entrou no banho a imagem de Carmen se abaixando no restaurante para pegar a sua bolsa veio-lhe à mente e imediatamente ele sentiu a excitação. Ficou imaginando aquela mulher maravilhosa nua e gritando enquanto ele a penetrava com força, ela arranhando as suas costas e ela apertando os seios dela com a boca. Tapas, mordidas, e finalmente um orgasmo profundo que quando ele se deu conta, era dele próprio se masturbando no chuveiro. Assim que terminou, ele se sentiu um idiota de "imaginar que eu estou aqui sonhando com essa mulher feito um adolescente e ela deve ter ido para casa morrendo de tédio por ter jantado com um pobre coitado como eu". Saiu do chuveiro e foi se preparar para a sua reunião, agora pensando que perder a sua carreira poderia ser o menor dos seus problemas caso escolhesse o lado errado.

Exatamente às 9 horas ligaram da recepção avisando que um carro havia chegado para buscá-lo. Angelo que estava despachando alguns assuntos urgentes da ST desligou rapidamente o laptop, o colocou em uma maleta e desceu. Quando chegou à rua se deparou com um motorista simpático e uma Mercedes Classe S preta. Entrou no carro na expectativa de encontrar Carmen, mas ele estava vazio. Se acomodou e o carro partiu descendo a Via Veneto, contornando a Piazza Barberini e descendo pela Via del Tritone, entrando à direita na Via dei Due Macelli até a Piazza di Spagna e seguindo pela Via del Babuino, circundando a Piazza Del Popolo, seguindo ao lado do Rio até a Ponte Pietro Nenni e seguindo pela Via Degli Scipioni até a Via Fabio Massimo e finalmente estacionando em frente a um conhecido centro empresarial de Roma.

Ele olhou para o edifício relativamente simples onde existem vários escritórios pequenos e médios e pensou por que uma organização como a ZTEC teria um escritório em um lugar assim. De qualquer maneira aguardou o motorista abrir a sua porta e o seguiu até uma das entradas do edifício e de lá, pelas escadas de um prédio antigo, mas incrivelmente bem conservado, ele chegou a uma bela sala de espera, onde havia uma recepcionista de no máximo 18 anos, loira, olhos verdes e um uniforme que a deixava ainda mais bonita. Quando o motorista o anunciou e ela olhou para Angelo, ele lançou todo o seu charme sobre a menina, quase de maneira automática, mas em troca recebeu um sorriso apático e um pedido para que se sentasse e aguardasse por alguns minutos. Ele ficou visivelmente decepcionado pela reação da garota e se pegou pensando que há apenas cinco anos ele era irresistível para elas, mas hoje elas já o viam como um senhor bonitão na melhor das hipóteses.

Sentou-se e imediatamente o assunto principal que lhe correu por dentro a noite toda voltou a sua mente. Em que realmente ele estava metido e como ele, uma pessoa sem nenhum treinamento em simulação ou coisas do gênero poderia enganar uma mulher como aquela, ou ainda pior, e se não fosse Carmen a pessoa com quem iria conversar? E se essa pessoa fosse na verdade o grande empreendedor por trás da ZTEC e de toda a sua rede de influência? Certamente ele seria muito mais astuto que Carmen e com meia hora de conversa ele já estaria se enrolando todo e daí em diante só Deus saberia o seu destino.

Nesse momento a porta se abriu e Carmen apareceu.

— Buon giorno signore Angelo, mi segua per favore.

Ele não disse nada, apenas levantou e a seguiu, visivelmente mais tranquilo por se tratar dela e não de um super vilão de filme americano. Porém a sua tranquilidade durou apenas até que chegassem a uma enorme e maravilhosamente decorada sala de reuniões, onde nada menos que 8 pessoas aguardavam por ele e por Carmen. Haviam sete homens mal encarados e uma mulher que parecia ainda pior do que eles todos juntos, sentada bem em frente ao lugar reservado para ele.

Angelo se sentou na cadeira indicada por Carmen e assim que ela também se sentou ele lhe lançou um olhar que parecia mais um pedido de ajuda e ela, como se tivesse compreendido o pedido, começou a apresentar Angelo a todos na mesa tentando deixar o clima o menos opressor possível. Apresentou um por um dos homens.

— Angelo, esse é Luiz Lopes, responsável pelas nossas operações na Argentina.

O homem fez um aceno com a cabeça e não disse uma palavra. Angelo retribuiu.

— Esse é Alejandro de Castijo, responsável pelas nossas operações na Venezuela, Guianas e Suriname.

O mesmo cumprimento anterior e a mesma reação de Angelo.

E assim se seguiu apresentando os representantes do grupo no Paraguai, Uruguai, Colômbia, Bolívia, Peru e finalmente chegou a mulher.

— Angelo, essa é Helena de Souza e Silva, nossa responsável no Brasil.

Helena era uma mulher na casa dos 50 anos, cabelos pretos, olhos verdes e uma aparência de mulher saudável, que mesmo naquela idade ainda era muito atraente apesar das rugas que começavam a parecer nos cantos dos seus olhos. A camisa que ela vestia tinha um decote um pouco mais acentuado do que seria considerado normal em uma reunião como aquela e uma parte interessante dos seus seios estavam à mostra, perfeitamente moldados em um silicone que só era perceptível para um conhecedor como ele. Apesar de estar sentada passava a impressão de ter um corpo atlético, trabalhado a custo de muita musculação e talvez de um pouco de hormônio do crescimento. Enfim, um mulherão que ao mesmo tempo deixava transparecer toda a sua autoridade. Ele também reparou que ela, como Carmen, não usava aliança e se lembrou que para as mulheres o sucesso corporativo era ainda mais penoso do que para os homens, pois geralmente envolvia renunciar a uma família focando a vida exclusivamente na sua carreira.

Angelo ficou curioso em saber mais sobre uma daquelas pessoas, porém o momento não era adequado e diante das circunstâncias, decidiu deixar as coisas correrem um pouco mais antes de abrir a boca, mas mesmo assim, sem saber ao certo se pela proximidade na mesa de reuniões, ou pelo fato dela ser mulher e ainda por cima bonita, Angelo se levantou e estendeu a mão sobre a mesa em direção a Helena. Ela não retribuiu o gesto e depois de alguns segundos bastante embaraçosos ele voltou a se sentar, sentindo-se um completo idiota. Carmen olhou para ele e isso o deixou ainda mais constrangido, mas ela continuou sem dar a menor atenção ao ocorrido.

— Senhores, todos sabem dos desdobramentos que estamos enfrentando no Brasil com a morte de Fernando Oliveira. Ele era uma peça fundamental em nossos planos e seria a interface que usaríamos para acionar os serviços do senhor Angelo Cesari e assim sem a necessidade de nos expormos a ele pessoalmente. Porém como o cenário se alterou e o nosso cronograma está muito apertado, decidimos por colocá-lo em contato direto com as nossas figuras-chave nos países da América Latina em que temos negócios e especialmente interesses comuns nesse projeto em específico.

Olhando diretamente para Angelo, Carmen continuou.

— Angelo, acredito que você como bom observador tenha identificado imediatamente o que todos esses países têm em comum com relação ao Brasil correto?

Ele confirmou com um movimento de cabeça, pois havia decidido que só iria falar novamente quando solicitado. Mas a resposta era bastante óbvia. Todos esses países faziam fronteira com o Brasil.

Carmen então continuou.

— Muito bem Angelo, então de agora em diante você passa a ter informações do mais alto sigilo para a nossa organização, então eu preciso que você assine esse termo de confidencialidade. — Ela lhe passou três vias de um contrato — E aproveito para lhe garantir que caso você o descumpra, as penalidades formais previstas nele serão o seu menor problema.

Angelo começou a se mexer na cadeira visivelmente desconfortável. Parecia que estava sentado sobre vidro quebrado. Começou a sentir que o ar lhe faltava e que as extremidades dos membros começaram a formigar e ele percebeu que estava tendo algum tipo de ataque. Tentou se levantar, mas tudo rodou a sua volta e ele perdeu o equilíbrio e caiu entre as cadeiras vazias que estavam ao seu lado. Tentou se erguer apoiando-se em uma das cadeiras e quando estava prestes a desmoronar novamente alguém o segurou e ajudou a se levantar.

Era Carmen que imediatamente pediu licença a todos e saiu da sala amparando Angelo pelo braço. Entraram no lavabo e Carmen fechou a porta atrás deles, levando Angelo até a pia mais próxima, colocando a sua cabeça sob a torneira aberta. Ele ficou por vários segundos nessa posição com a água gelada caindo em sua nuca e quando começou a se sentir melhor levantou a cabeça, batendo a nuca de encontro à torneira e parecendo ainda mais ridículo do que já era. Carmen não se conteve e teve um acesso de riso que deixou Angelo ainda mais constrangido, se é que isso era possível naquela altura, mas ao mesmo tempo ele se deu conta da situação e começou a rir descontroladamente também. Aos poucos as risadas foram diminuindo e ele finalmente conseguiu falar.

— Me desculpe Carmen, não sei o que aconteceu. Acho que foi alguma coisa que eu comi ontem.

Ambos voltaram a rir e Angelo pode notar que alguma coisa havia mudado na maneira como ela o encarava. De alguma maneira ele sentia que aos poucos aquela mulher sensacional começava a reparar nele e a barreira inicial com que o havia tratado estava aos poucos derretendo. Isso lhe deu um pouco mais de confiança e nesse momento ele tomou uma decisão.

— Carmen, peço desculpas pela cena, mas acho que não aguentarei a pressão. Precisamos conversar com calma antes que eu assine o termo e vocês me passem qualquer informação confidencial. Acho que a minha participação nos planos da sua organização pode estar irremediavelmente comprometida. Ontem eu fui interrogado pela Interpol e eles já sabem de muita coisa sobre essa operação e querem que eu faça papel de agente duplo, me infiltrando o máximo possível na organização e repassando as informações relevantes e principalmente chegar até a pessoa que realmente controla as operações da ZTEC.

Ela ficou séria.

— Eu acho que você deveria tomar mais cuidado quando resolve sair à noite sozinho. Roma é muito perigosa à noite, principalmente a região do Coliseu e do Fórum Romano.

Ele percebeu imediatamente que ela já sabia de tudo e que caso ele não tivesse contado estaria realmente encrencado. Mas agora ele estava em dúvida sobre o quanto ela sabia e tinha que tomar uma decisão que poderia selar o seu destino com essas pessoas. Contar para Carmen o que ele realmente havia revelado a Interpol ou então mentir e dizer que os havia enganado. Ele permaneceu calado, esperando que ela continuasse a falar e desse alguma pista sobre qual seria o melhor caminho para ele seguir, mas ao invés de falar mais, Carmen se recostou na parede e esperou, numa clara mensagem a Angelo que queria saber tudo o que havia sido conversado com a Interpol na noite anterior. Ele percebeu então que contava apenas com o seu instinto e rezou para que ele estivesse afiado.

— Carmen, precisamos conversar em algum lugar mais reservado. O que eu preciso contar pode levar algum tempo.

Cinco minutos depois ela já havia suspendido a reunião que deveria ser retomada logo após o almoço e, tendo acomodado Angelo no sofá de uma sala sobriamente decorada, puxou uma cadeira e se sentou bem em frente a ele, cruzando as pernas de maneira elegante, porém não deixando de mostrar um pouco além do normal de uma das suas coxas, o que Angelo teve a impressão que havia sido feito de propósito, mas preferiu não pensar no assunto naquele momento e se concentrando o máximo que conseguia diante daquela mulher ele começou a contar tudo que havia dito a Interpol na noite anterior, desde o bilhete em seu computador, até o jantar da noite anterior e tudo o que eles haviam falado por telefone. Ao terminar, Angelo esperava uma reação muito ruim de Carmen.

— Angelo, você foi perfeito.

Ele não entendeu.

— Como assim? Estou lhe dizendo que eu contei "tudo" para eles e você me diz que eu fui perfeito?

— Você não contou tudo para eles Angelo, você contou apenas o que sabia, que na prática é nada pois tudo que lhe foi dito até aqui não passa de um pano de fundo para que a Interpol e as autoridades brasileiras sigam por um caminho que no final não os levará a nada. Se você não tivesse me contado tudo por vontade própria saberíamos que você não é de confiança e nossa relação terminaria de maneira abrupta, mas ter me contado tudo provou que você entende que a sua ligação conosco é irreversível e que podemos confiar em você, ao menos até certo ponto que é o que nos interessa nesse momento. Angelo se perguntou o que ela queria dizer com "terminar de maneira abrupta", mas preferiu ficar calado com medo da resposta. Entretanto, se sentiu aliviado por ter escolhido o caminho que se não chegava a ser bom, era o menos ruim naquele momento. Ele pensou isso olhando para a coxa daquela mulher e quando se deu conta de que ela o estava observando, desviou o olhar rapidamente e mais uma vez se sentiu um imbecil, porém Carmen sorriu.

— Que tal almoçarmos aqui por perto? Precisamos estar de volta dentro de meia hora.

Ela havia feito o convite de maneira tão informal que pareciam apenas amigos de

trabalho saindo para comer alguma coisa antes de uma reunião. Isso não combinava nem um pouco com a mulher sofisticada da noite anterior, mas ele estava fascinado exatamente pela capacidade que Carmen tinha de surpreendê-lo. Saíram para um dia frio, mas ensolarado, e andaram lado a lado por cerca de 300 metros, conversando amenidades sobre Roma até chegarem ao Noemi Caffè e se sentaram nas mesas postas na calçada. Eles ficavam cada vez mais à vontade um com o outro, e isso poderia ser um bom caminho para ele conseguir uma sinalização sobre como deveria se comportar dali em diante, pois até aquele momento a impressão que ele havia deixado perante os executivos que estavam na reunião não poderia ter sido pior.

Nesse momento o telefone de Angelo tocou, ele pediu licença para Carmen e atendeu.

— Oi, papai! Tudo bem por aí? A mamãe me disse que você está viajando, é verdade?

— Sim querida, e você está com saudades de mim ou sou só eu que estou louco para ver você? — Olhou para Carmen e sussurrou — Minha filha!

— Estou louca de saudades, pai! Quando você volta?

— O mais rápido que eu puder, você sabe que eu não consigo ficar muito tempo longe de você.

Carmen pediu licença e se levantou dizendo que iria dar uma olhada na vitrine dos queijos para escolher alguma coisa e se afastou da mesa.

— Pai, na verdade eu liguei para lembrar você que no próximo fim de semana a Giulia vai fazer uma festa de aniversário na casa de Campos de Jordão e daí eu não vou poder ficar com você. Eu posso ir certo? Vai ser muiiiiiiito legal! Vamos sair todos juntos da porta do colégio em duas vans, uma só para os meninos chatos e a outra somente para as princesas!

Ele havia esquecido totalmente dessa festa. Ela não falava em outra coisa a uma eternidade.

— Mas e o seu irmão?

— O mala vai também. A mamãe só me deixou ir se ele fosse junto. Ela diz que temos que fortalecer os nossos laços, ou alguma coisa desse tipo que ela viu em um programa de TV que falava sobre irmãos. Eu achei um saco, mas fazer o que?

— Tudo bem, podem ir, mas tomem cuidado e obedeçam os pais dela e tome conta do pestinha do seu irmão!

Carmen voltou à mesa e se sentou.

— Tudo bem, pai. Te amo e volta logo.

— Também te amo filha, se cuida. Beijos!

Angelo olhou para Carmen e percebeu que ela estava com um sorrisinho no rosto.

— O que foi? Achou minha conversa engraçada?

— Na verdade, achei a sua conversa linda, mas sinceramente não combina nem um pouco com o tipo mulherengo italiano que você costuma fazer.

— Carmen, eu vou lhe confidenciar uma coisa, mas você tem que prometer que não vai contar a ninguém — disse Angelo em meio a um sorriso que lembrou um garoto levado.

— Mais um segredo senhor Angelo? Tudo bem, eu prometo.

— Eu adoraria voltar a ter uma família. Ter uma vida regrada junto a uma mulher que amasse, em uma casa aconchegante, onde os meus filhos pudessem passar mais tempo

comigo e quem sabe com um ou dois novos irmãozinhos e ter até mesmo um cachorro. Mas a peça principal desse sonho é a parte mais difícil de conseguir. Aquilo com que todo homem deseja, a mulher certa.

Carmen continuava a encará-lo, mas agora parecia que o seu pensamento estava muito longe dali. Uma lágrima correu por um de seus olhos e ela rapidamente a secou com o guardanapo.

— Aconteceu alguma coisa, Carmen? Eu disse algo errado?

Ela sorriu amarelo e fez o gesto característico de deixar para lá com uma das mãos, mesmo assim ele insistiu.

— Por favor, Carmen, me diga o que houve. Estou começando a me sentir constrangido com a situação.

— Vou retocar a minha maquiagem. Vamos deixar esse assunto para outra hora.

PARIS, 1942

Jacques Halévy

Eles se encontraram pouco antes da 10 horas da manhã em um café da Champs-Élysées. Eram amigos há mais de 15 anos e nos últimos tempos haviam se aproximado ainda mais. Jacques Halévy, apesar de não ter ainda chegado aos 30 anos, havia sido um empresário de sucesso da área gráfica antes da invasão da França pelos nazistas. Conseguiu fazer o negócio que herdara do pai multiplicar-se várias vezes, mas depois de dois anos de perseguições seus negócios haviam falido e tudo o que sobrara cabia agora em uma mala de viagem surrada de tamanho médio que ele carregava em uma das mãos, mas que seria o suficiente para ele recomeçar a sua vida assim que a guerra acabasse. Entretanto, ficar com esse dinheiro era perigoso demais, pois caso fosse descoberto seria confiscado pelo exército alemão.

Sentado à sua frente estava Maurice Lévy, muito conhecido pela comunidade judaica francesa por ser um canal seguro de envio de dinheiro para países neutros, como Portugal, Espanha e principalmente a Suíça, onde ficava a sede do banco em que ele trabalhava. A confiança de toda a comunidade aliada à amizade entre ambos iniciada ainda crianças fazia com que Maurice fosse a alternativa mais confiável para Jacques mandar o seu dinheiro para fora da França, mas mesmo assim algo não estava lhe agradando.

Maurice havia lhe explicado várias vezes como seria feita a transferência e que ele teria um recibo de depósito em nome do Banco Nacional Suíço, em uma conta numerada, sem nenhuma identificação e por isso mesmo, impossível de ser rastreada pelos nazistas e que assim que a guerra acabasse ou então se ele emigrasse para algum outro país, poderia retirar o dinheiro no momento que quisesse. Jacques conhecia a solidez do Banco Nacional Suíço e também várias pessoas que haviam enviado as suas economias por meio de Maurice para esse mesmo banco, mas ele ainda não havia conhecido ninguém que tivesse feito uma retirada.

Sobre isso, Maurice havia lhe dito que diversas pessoas já haviam mandado o seu dinheiro para o Banco antes mesmo da invasão Alemã e que também haviam deixado a França e viviam agora uma nova vida em países neutros utilizando esse dinheiro para recomeçar as suas vidas com conforto. Porém ele também havia ouvido alguns boatos de pessoas que haviam desaparecido após entregar o dinheiro a Maurice, e que não tinham dado mais nenhuma notícia a partir daí. Outros ainda haviam sido deportados pelos alemães para a Silésia e algumas partes da Rússia como pena por apoiarem a resistência francesa à invasão alemã, mas nesse caso Maurice garantia que mesmo que a guerra demorasse vários anos para acabar, o dinheiro estaria à disposição deles assim que fossem libertados.

Enfim, por mais desconfiado que Jacques pudesse estar, ele sabia que Maurice era a sua melhor, senão única maneira de garantir o pouco que ainda lhe restava e então entregou a mala para ele. Maurice lhe deu um comprovante e um cartão duplo lacrado com o número 8890 marcado do lado de fora e lhe explicou que aquele era o número da conta em que o dinheiro seria depositado, porém na parte interna do cartão havia um outro número que

funcionava como uma senha e que apenas o próprio Jaques e o banco conheceriam e quem nem ele mesmo tivera acesso. Era necessário que ele apresentasse esse cartão ou ao menos o número da conta e a senha que ele continha em seu interior para poder fazer

qualquer movimentação do seu dinheiro e que isso era para a sua própria segurança.

Quando Maurice fez menção de se levantar, Jacques perguntou a ele se não iria contar o dinheiro e Maurice respondeu que isso não seria necessário pois a confiança dele em Jacques era total, além do que contar o dinheiro naquele local poderia ser perigoso. Finalmente, Jacques se deu por satisfeito, se despediu de Maurice com um abraço e seguiu pela Champs-Élysées em direção à estação da linha 1 do metrô.

Estava a pouco mais de 200 metros do final da Champs-Élysées quando um caminhão do exército alemão parou na sua frente e quatro soldados saltaram e o agarraram pelos braços. Sem saber o que estava acontecendo foi empurrado para cima da carroceria fechada com uma barraca de lona, e quando começou a gritar dizendo que não havia feito nada levou uma coronhada no rosto e desmaiou. Aos poucos foi recobrando a consciência até que conseguiu abrir os olhos e se sentar com grande esforço, pois estava com as mãos amarradas atrás das costas.

Ele não se lembrava de quanto tempo havia ficado desmaiado, porém agora não estava mais sozinho na carroceria do caminhão. Cinco homens e duas mulheres haviam se juntado a ele e o caminhão trafegava por uma estrada de terra escondida sob copas de árvores. Perguntou às outras pessoas o que estava acontecendo, mas ninguém parecia saber também. A única coisa em comum que ele percebeu imediatamente é que eles eram todos judeus. No final da carroceria, guardando a entrada da cobertura de lona estavam dois soldados alemães que pareciam não falar uma palavra em francês. Jacques falava um pouco de alemão, mas depois da coronhada em seu rosto ele preferiu ficar em silêncio. O caminhão continuou rodando por cerca de duas horas, em estradas cada vez mais ermas e subitamente parou. Um soldado alemão desceu da boleia e se juntou aos outros dois da carroceria e então mandaram os prisioneiros descerem.

Jacques imaginou que deveriam ter chegado a algum tipo de prisão ou posto de controle, mas quando desembarcou viu apenas uma mata densa com árvores altas e uma trilha entre elas. Os soldados obrigaram os prisioneiros a andarem por uma fila indiana por cerca de 50 metros até chegarem a uma pequena clareira entre as árvores. Apenas nesse momento os prisioneiros pareciam ter se dado conta do que estava prestes a acontecer e começaram a gritar e implorar por misericórdia. Dois dos soldados alemães começaram a chutar os prisioneiros, enquanto um outro soldado arrancou uma mulher jovem dos braços de seus pais e a jogou no chão úmido rasgando as suas roupas, baixando as suas próprias calças e se deitando sobre ela com violência animal. A moça não reagiu, apenas ficou olhando para o nada enquanto o soldado a estuprava e os pais gritavam e pediam desesperadamente para que ele parasse.

Quando terminou o soldado se levantou, olhou para os companheiros e ofereceu a garota, mas diante da expressão de reprovação feita por eles ficou desconcertado e virando-se novamente para a garota e começou a chutá-la. Jacques, a princípio, não entendeu porque ele a estava torturando mesmo depois de tê-la estuprado e porque os outros soldados que o havia repreendido não faziam nada e, então subitamente, ele percebeu que os soldados não o havia repreendido por ele ter estuprado uma garota, mas por ter estuprado uma garota judia que aos olhos deles era indigna sequer desse tipo de relação com um representante puro da raça ariana. Nesse momento, ele soube que todos iriam morrer, inclusive ele.

A moça não reagia mais e parecia que também havia parado de respirar. Estava totalmente desfigurada e o que restou de suas roupas rasgadas estava coberto de sangue. Ele então pegou o fuzil, mirou em sua cabeça e quando iria apertar o gatilho foi chamado pelo outro soldado e houve uma rápida discussão entre eles que Jacques conseguiu traduzir como sendo uma divergência entre se a judia merecia ou não que ele gastasse uma bala com ela.

— Ela já está morta — dizia o outro soldado e então ele baixou o fuzil e se juntou aos outros dois.

A essa altura os prisioneiros estavam ajoelhados um ao lado do outro, muitos chorando, muitos rezando e outros implorando por suas vidas. Ele não conseguia emitir som algum e os pais da garota apenas choravam olhando para o corpo da filha se esvaindo em sangue. Nesse momento, um dos soldados mirou rapidamente e explodiu a cabeça do homem ao seu lado. Um pouco pelo susto, um pouco pelo sangue que espirrou em seu rosto, Jacques caiu de lado e então o mesmo soldado atirou bem no meio do seu peito.

O mundo escureceu novamente. A princípio, ele acreditou que a morte não passasse de um buraco escuro, com corpos pressionados sobre o dele e terra entrando em sua boca e nariz, mas aos poucos foi se dando conta de que ele poderia não estar morto e começou a tentar se mexer. Com muito esforço e usando as costas ele empurrou um corpo que estava sobre ele. Percebeu que cada vez que o empurrava menos pesado ele ficava, então ele empurrou novamente com todas as forças que ainda lhe restavam e de repente havia luz.

Jacques se desvencilhou como pode do corpo que ele identificou como sendo da mãe da garota estuprada e aos poucos conseguiu se puxar para fora do buraco.

Ele havia conseguido sair dali porque os soldados haviam cavado pouco e após jogarem todos os corpos no buraco a quantidade de terra era mínima. Provavelmente alguém descobriria aqueles corpos em pouco tempo, mas e daí? Para quem denunciaria? Naqueles tempos o melhor era ficar calado e tentar sobreviver. Pensando nisso, sentiu uma fisgada colocando a mão sobre o peito e percebeu que a sua roupa estava ensanguentada e que o sangue era dele mesmo. Então como ele ainda estava vivo? Abriu com cuidado a camisa e então começou a rir.

Ele não havia deixado todo o dinheiro que tinha na mala que entregou a Maurice. Havia separado um pouco para que pudesse fugir da França e o havia escondido no meio de três livros pequenos e os amarrado por baixo da camisa com uma faixa. A bala do fuzil atravessou um dos livros, porém apenas com força suficiente para que ela rasgasse a pele ao redor da sua costela sem atingir nenhum órgão vital causando um sangramento que convenceu os alemães da sua morte. Ele removeu os livros com cuidado, limpou da melhor maneira possível a terra que havia grudado sobre a ferida, e usando a parte um pouco mais limpa da faixa que prendia os livros sobre o seu peito, cobriu a ferida apertando e amarrando com força.

Ele tinha acabado de se levantar e estava olhando ao redor tentando descobrir um caminho para sair daquele inferno quando ouviu alguma coisa se movendo atrás dele. Se virou rapidamente com medo de que os soldados alemães tivessem voltado, mas não viu e nem ouviu mais nada. Se virou e começou a andar novamente e mais uma vez ouviu um barulho como o de alguma coisa pequena andando pela terra. Abaixou e pegou um galho que havia ao lado da trilha e se virou com ódio, imaginando que encontraria uma raposa ou até mesmo um rato já tentando se banquetear com só corpos daquelas pessoas e a possibilidade dele vingar dos soldados usando aquele animal lhe pareceu irresistível.

Mais uma vez, quando se virou não viu nada. Caminhou devagar, sem fazer barulho até a borda da vala comum onde os corpos estavam enterrados imaginando que algum roedor poderia estar cavando e realmente a terra se moveu ligeiramente a sua frente e quando ele já estava com o galho acima da cabeça pronto para desferir o golpe que reduziria aquele maldito violador de tumulos a pó, soltou um grito de pavor e caiu sentado no chão. Continuou olhando fixamente para a terra sobre a vala comum enquanto cada vez mais a terra se movia até que finalmente ele viu uma pequena mão cavando em busca da luz.

Quando finalmente ele se recuperou, correu para a borda e começou a cavar desesperadamente até que conseguisse retirar quase toda a terra que cobria aquela pessoa e aos poucos foi puxando-a para fora do buraco. Cada movimento que ele fazia para puxá-la ela gemia como se ele estivesse enfiando uma faca em sua carne, mas ele continuou com o maior cuidado possível até conseguir tirá-la totalmente para fora. Nesse momento ele percebeu que se tratava da garota que havia sido estuprada e depois espancada até que os soldados acreditassem que já estava morta e somente por conta disso ela sobreviveu.

Aos poucos e sem conseguir controlar as lágrimas ele começou a limpar o seu rosto da terra e do sangue que haviam se misturado e criado uma crosta seca. Percebeu que precisava de água para conseguir limpá-la e tinha que fazer isso o mais rapidamente possível pois as feridas do seu rosto e do seu corpo em contato com a terra logo iriam infeccionar e, aí sim, seria a morte certa para ela. Então ele pegou o rosto dela em suas mãos e disse da maneira mais carinhosa que conseguiu:

— Eu preciso encontrar água para limpar as suas feridas. Vou procurar e volto assim que possível. — Quando ele fez menção de se levantar ela puxou seu braço com força não o deixando ir e ele, entendendo que ela estava com medo de ficar sozinha, se abaixou até os seus ouvidos e sussurrou baixinho — Eu prometo que vou tirar você daqui, mas preciso limpar suas feridas agora senão você pode piorar.

Ela então soltou seu braço e esboçou um movimento que ele entendeu como um consentimento. Então se levantou e correu em direção a trilha que começava bem ao lado de onde tinham descido do caminhão e ele pode ver as marcas dos pneus na terra úmida e bem ao lado uma folha de papel. Abaixou-se e a pegou, abrindo e lendo seu conteúdo que estava escrito em alemão. Era uma lista de nomes, incluindo o dele, e os endereços de cada um deles. Ele leu um por um e quando chegou no seu nome um arrepio gelado subiu pela sua espinha.

Apesar do seu alemão básico ele não teve nenhuma dificuldade em entender o que estava escrito:

"Jacques Halévy — Café Laudurré, Champs-Élysées, às 10 horas."

Apenas uma pessoa sabia que ele estaria naquele lugar hoje às 10 horas da manhã... Maurice. Lembrou-se então na moça, levantou e saiu correndo novamente a procura de água e alguma ajuda mas na sua cabeça havia apenas um pensamento: vingança!

Peter

Peter estava curioso a respeito de Angelo Cesari. Normalmente ele nem tomaria conhecimento de uma peça localizada tão abaixo na hierarquia da enorme organização, iniciada pelo seu pai em 1947, e que ele havia multiplicado várias vezes e a transformado em um verdadeiro império depois que a herdou. Ele era filho único e já havia perdido a mãe quando criança, em um acidente doméstico com uma arma de fogo como havia lhe contado François Golombeck, seu pai e mentor. Ele havia falecido em 1983 e desde então Peter assumira definitivamente os negócios.

Seu pai passou praticamente a vida toda em Lausanne onde havia instalado a sede da ZTEC e nela trabalhado até a sua morte. Apesar de ser um homem extremamente rico, ele era muito reservado, e Peter não se lembrava de uma única vez que ele não tivesse saído de Lausanne que não fosse a trabalho e mesmo quando viajava nessa condição, voltava sempre o mais rápido possível. Nunca havia dado uma entrevista falando de seus negócios e fotos suas eram extremamente raras e nunca nenhuma havia sido publicada.

Parecia que ninguém conhecia François Golombeck fora de seu círculo íntimo de executivos da ZTEC e alguns clientes que ele fazia questão de atender pessoalmente. Peter aprendeu então desde cedo que no ramo em que eles atuavam a discrição era fundamental, e com a ajuda da intrincada rede de empresas de fachada em vários paraísos fiscais ele vivia praticamente no anonimato, o que lhe permitia tanto acompanhar mais de perto as operações do grupo no mundo quanto se deslocar livremente aproveitando tudo que a vida podia oferecer a um bilionário como ele.

O Brasil estava sendo considerado a bola da vez nos últimos anos, porém já há muito tempo ele tinha incorporado empresas brasileiras à sua carteira, que graças a uma ampla rede de relacionamentos e interesses se encontravam entre os maiores fornecedores de produtos, obras e serviços ao governo brasileiro e foi em uma dessas viagens ao Brasil que Peter, fazendo-se passar mais uma vez por Michael Hertz, participou pessoalmente como consultor de uma reunião onde Angelo havia feito uma apresentação da Sicurezza Totale para o projeto SISCON, mas o real interesse de Peter em Angelo era outro, tão importante que o fez ir pessoalmente ao Brasil para fazer uma análise dele in loco.

A parceria entre a BRASENG e a SGF para o projeto SISCON já estava fechada, mas já que ele não poderia usar a Sicurezza Totale para ganhar, porque então não a usar para perder? Orientou então que não só a OLV Engenharia se aproximasse dele de alguma maneira e que fizessem a parceria com a ST para montar o consórcio que disputaria a concorrência com a BRASENG, como também que Fernando Oliveira se tornasse amigo dele e aos poucos o aproximasse da ZTEC.

67

Isso havia acontecido há mais de dois anos e tudo teria corrido bem se Fernando não tivesse se suicidado. Agora ele se via obrigado a abrir mão da parceria vencedora com a SGF para depositar as suas fichas em uma empresa mediana, ainda por cima italiana e dirigida no Brasil por um executivo playboy, mas que seria uma peça fundamental no jogo que estava prestes a começar.

Peter conhecia todos os truques de Carmen e não tinha a menor dúvida que ela os usaria para convencer Angelo a fazer tudo o que quisesse, inclusive seduzi-lo se fosse necessário. Ela era a mistura perfeita entre uma executiva competente e uma puta de luxo, e ele sabia que cedo ou tarde Angelo cederia aos seus encantos. Havia sido realmente uma sorte tê-la descoberto quando ainda era uma estagiária de uma das empresas espanholas controladas pela ZTEC, e que apesar da pouca idade já mostrava qualidades só encontradas em pessoas muito mais experientes.

Ela lhe contou sobre ter sido abandonada pela mãe em um orfanato ainda pequena e a luta para sobreviver e conseguir subir na vida. Ele havia mandado investigar a sua história antes de lhe oferecer a primeira promoção e apesar de algumas pequenas divergências tinha se dado por satisfeito e agora, vários anos depois, ela havia conseguido uma ascensão nunca conseguida por nenhum executivo da organização, passado a ser seu braço direito nos últimos 5 anos e uma das poucas pessoas que sabiam quem ele realmente era e em todos esses anos nunca havia dado um motivo sequer para uma quebra nessa confiança. Porém, nem sempre as coisas são como aparentam e alguma coisa lhe dizia para tomar cuidado com ela.

O sexo entre os dois foi ótimo desde a primeira vez, quando ele se apresentou a ela como Michael Hertz, diretor de relações institucionais da ZTEC e a convidou para trabalhar diretamente com ele. Foi preciso apenas um jantar e alguns copos de vinho para que os dois terminassem a noite na cama dele. Desse dia em diante se tornaram amantes, pois Peter deixou claro desde o início que era casado e que permaneceria fiel à sua maneira a esse casamento, ao que ela respondeu dizendo que tinha apenas duas coisas em mente com relação a ele, que lhe proporcionasse noites como aquela de vez em quando e que a ajudasse a subir na hierarquia da ZTEC.

Em troca ela lhe daria o melhor sexo da sua vida, aliado a um trabalho impecável e sem nenhuma outra cobrança. Ela havia cumprido tão bem a sua parte do acordo que ele decidiu revelar para ela a sua verdadeira identidade e posição na organização, o que só fez com que ela se dedicasse ainda mais para deixá-lo satisfeito em todos os sentidos. Ele vinha usando seus encantos com alguns dos mais influentes executivos, empresários e políticos do mundo e o resultado sempre superava as expectativas.

Agora ele estava em Roma acompanhando de perto os desdobramentos da aliciação de Angelo e monitorando a investigação que a Interpol estava fazendo. Peter sabia que Angelo tinha informações que interessavam a Interpol, mas que até aquele momento não poderiam comprometer a ZTEC, além de um ou outro interrogatório que Carmen tivesse que passar, como já ocorrera em situações no passado onde ela havia se saído muito bem. Porém a partir de hoje ele teria acesso a informações que apenas uma pequena parte dos executivos mais antigos da ZTEC tinha e isso o deixava um pouco apreensivo. Por tudo que Carmen havia lhe dito até agora, eles podiam confiar em Angelo Cesari, mas ele precisava de garantias extras, então pegou o celular e ligou para o Brasil. A pessoa atendeu no segundo toque, mas não disse nada.

— Como está o trabalho? Algum problema com a mercadoria? — Perguntou Peter.

— Nenhum problema, estou monitorando os três pacotes 24 horas por dia. — Respondeu o homem do outro lado da linha.

— Alguma comunicação com ele em Roma?

— Apenas uma, de um dos pacotes pequenos, mas nada fora do normal. — Respondeu o homem.

— Continue monitorando os pacotes de perto, caso seja necessário eles terão que ser coletados.

— Positivo — E desligou o telefone.

Se havia alguma coisa que Peter sabia que Angelo prezava eram os filhos e ele usaria todas as ferramentas possíveis para garantir a lealdade dele, inclusive as crianças, se fosse necessário.

Angelo

Carmen e Angelo haviam terminado de comer e se dirigiam de volta a sala de reuniões onde os executivos do grupo já os esperavam. No caminho entre o Café e o escritório, Carmen mudou o tom e de maneira séria e profissional, e orientou Angelo em como deveria se comportar nessa segunda parte da reunião para apagar a impressão ruim que ele havia deixado na parte da manhã. Reforçou também que ele estava prestes a conhecer detalhes das operações da ZTEC e suas controladas na América do Sul e que, a partir desse momento, ele passaria a fazer parte da organização de maneira definitiva. Isso lhe traria muito mais dinheiro do que ele poderia imaginar, além de poder e prestigio com o passar do tempo caso ele conseguisse atender às expectativas que todos tinham dele.

Angelo passou o tempo todo apenas ouvindo e refletindo sobre o quão encrencado ele estava, porém para seu alivio ele estava começando a se acostumar com jogo e ficando um pouco mais relaxado. Ele já estava começando a perceber que a ZTEC e toda a organização em torno dela, era muito mais forte do que qualquer polícia do mundo, incluindo aí a Interpol e que ele estaria protegido enquanto jogasse bem. Uma preocupação, porém, o afligia. Até que ponto ele poderia corresponder às expectativas daquelas pessoas e o pior, o que aconteceria com ele caso não conseguisse? Espantou esse pensamento assim que colocou os pés novamente na sala de reuniões, assumiu uma postura muito mais segura do que na primeira fase da reunião, pediu desculpas a todos pelo ocorrido e Carmen pediu então que a reunião continuasse.

Após assinar o termo de confidencialidade que previa uma multa astronômica no caso dele vazar qualquer informação confidencial sobre as operações da ZTEC e mais 4 horas de conversas, apresentação de slides, alguns vídeos corporativos e muitos quadros de estimativas de crescimento econômico para a América do Sul feitos exclusivamente para a ZTEC, Angelo estava atordoado. Por mais fértil que sua mente pudesse ser ele nunca imaginaria que a ZTEC estava por trás de tantos negócios assim na América do Sul, e isso sem falar de alguns números macros das operações em todo o globo.

Basicamente, o grupo atuava em todos os ramos que eram importantes na vida das pessoas. Energia, Transportes, infraestrutura, saúde, educação, mercado financeiro, alimentação, construção civil, tecnologia da informação, mídia e finalmente a indústria de armamentos e equipamentos militares. Esse último segmento representava uma fatia razoável do faturamento, mas estava longe de ser o maior negócio do grupo, porém quando se observava a lucratividade de cada uma das unidades de negócio, a indústria de armas era responsável por quase 80% de todo o lucro gerado pela organização no mundo, ou cerca de 6 bilhões de dólares por ano.

Mesmo assim se percebia que o volume de negócios na América Latina era muito baixo se comparado a outras regiões do globo como o Oriente Médio, Ásia e África onde a realidade era muito próxima da brasileira em capacidade de compra, porém como não havia conflitos armados regionais o consumo de armamento era muito menor do que nessas regiões. Os números eram realmente impressionantes, porém na opinião dele eram números que qualquer empresa especializada em tendência econômica e mercado global poderia consolidar até com relativa facilidade, então onde estava a informação ultrassecreta que deixaria Angelo completamente nas mãos da organização?

Como que percebendo as conclusões que Angelo estava tirando de tudo que havia visto até aquele momento, Carmen pediu a palavra e se dirigiu a ele.

— Angelo, o que você viu até aqui são informações de domínio público e divulgadas anualmente, conforme a legislação de cada uma das nossas controladas. Pode ser até simples consolidar esses números em torno da marca ZTEC, mas isso é irrelevante para o que discutiremos a seguir.

Dizendo isso Carmen colocou na tela um mapa da América Latina intitulado "Projeções de vendas globais de armamentos e equipamentos militares para os próximos 10 anos" onde haviam dois cenários que mostravam a evolução dos negócios sem conflitos regionais entre os países que estimava 120 bilhões de dólares em dez anos, e um outro onde se considerava um elevado aumento no nível de segurança e consequentemente no nível de investimento em defesa dos países da América do Sul que estimava 1,1 trilhão de dólares no mesmo período.

Angelo analisou os números rapidamente.

— Carmen, eu não quero criticar o trabalho feito por vocês, porém eu não posso deixar de considerar que o cenário que considera o aumento do nível de segurança na América do Sul um tanto fantasioso e que dependeria de uma mudança radical na maneira com que os países latino-americanos tratam as questões de segurança interna bem como as relações entre si, quase sempre muito amigáveis. Na minha opinião poderemos ter alguns conflitos muito esporádicos, principalmente entre os países do Norte da América do Sul, e também uma preocupação do Brasil com potenciais ações terroristas por ocasião da Copa do Mundo de Futebol em 2014 e das Olimpíadas em 2016, porém em um nível muito mais baixo do que seria necessário para atingir o número estimado por vocês. O histórico de boas relações com os países vizinhos e o enfraquecimento dos grupos armados de esquerda principalmente das FARC na Colômbia jogam contra essa projeção de aumento do nível de segurança do continente.

— Eu acho que você ainda não entendeu o nosso papel nesse jogo – disse Carmen olhando fixamente para ele — Cabe a nós criarmos as condições necessárias para que o nível de segurança do continente seja elevado, seja politicamente, seja com ações de campo.

Angelo riu descontraidamente, mas ao olhar em volta percebeu que todos o encaravam de maneira séria, como se ele estivesse rindo alto demais de uma piada contada em um velório e então se calou e dirigiu-se a Carmen.

— Você só pode estar brincando, certo?

Ela lhe dirigiu um olhar tão sério que ele se encolheu na cadeira.

— Angelo, não somos pagos para brincar e muito menos com um assunto como esse. — Disse ela com um tom gelado na voz – O nosso papel aqui é criar demanda para os nossos produtos e é exatamente isso que faremos na América do Sul e queira ou não, você é uma peça importante nos nossos planos.

— Mas Carmen, como assim criar demanda? O que você chama de ações de campo? Se a ZTEC interferir no equilíbrio político da América do Sul, seja de que forma for, realmente poderá criar graves conflitos internos ou externos, e conflitos matam pessoas!

— Angelo, sinceramente o que os nossos clientes fazem com os equipamentos que fornecemos não é problema nosso. Se empresas pensassem nisso, a indústria automobilística nunca teria crescido como cresceu, pois, na prática, essa indústria produz a arma que mais mata no mundo. São 1,4 milhão de pessoas mortas no mundo todos os anos em acidentes envolvendo veículos automotores e um número quatro vezes maior de feridos. Durante todos os anos da Guerra do Vietnã morreram cerca de 1,5 milhão de pessoas entre soldados e civis. Porém, convencionou-se tratar o automóvel como um benefício, transferindo a sua enorme capacidade de destruição para as mãos de quem o conduz, ou seja, da mesma maneira que "carros não matam pessoas, mas pessoas dirigindo carros matam pessoas", nós acreditamos que os nossos clientes tem o livre arbítrio de usar o equipamento que fornecemos como bem lhes convier.

Angelo não conseguia acreditar no que estava ouvindo. Carmen defendia a criação de conflitos armados para aumentar a demanda de armas e equipamentos de defesa como se estivesse demonstrando uma campanha de marketing para aumentar as vendas de um sabão em pó, do tipo "deixem suas crianças se sujarem mais e serem mais felizes pois o sabão Clarol irá cuidar da roupa deles".

— Mas Carmen, independente do livre arbítrio estamos falando em desequilibrar todo um sistema de convivência que nos últimos tempos, com exceção de alguns poucos focos isolados, tem se mostrado cada vez mais sensato e civilizado, inclusive em função das recentes vitórias políticas dos partidos de esquerda em praticamente todos os países do continente que acabou por enfraquecer ainda mais os poucos movimentos guerrilheiros de esquerda ainda existentes, como as FARC por exemplo. Ameaçar esse equilíbrio pode trazer consequências desastrosas ao desenvolvimento da América do Sul uma vez que esse desequilíbrio pode não pode ter desdobramentos muito maiores do que o aumento do nível de segurança e investimentos em armas, mas em um cenário extremo, começar não apenas uma, mas algumas guerras regionais e eu não consigo olhar para isso como se fosse uma atividade comercial qualquer. Eu também trabalho nesse ramo há bastante tempo como você bem sabe, mas sempre procurei pensar que desenvolvemos tecnologias voltadas para os países se "defenderem" de eventuais agressores e não para agredir ninguém. Essa sempre foi a linha de atuação da ST e na qual eu acredito.

Um grande mal estar tomou conta dos participantes da reunião. Olhares trocados, palavras sussurradas e principalmente uma expressão generalizada de desaprovação por parte daquelas pessoas que pelo que tudo indicava não só apoiavam esse plano absurdo como eram peças-chave na sua execução. Quando o clima já tinha se tornado insuportável, Carmen interveio mais uma vez.

— Angelo, não estamos dizendo que iremos começar várias guerras, aliás, não estamos dizendo que iremos começar nem uma guerra sequer. Iremos sim criar eventos pontuais internos e também tentar elevar o grau já existente de desentendimentos entre os países da América do Sul no intuito de elevar o nível de preocupação com a defesa de seus territórios e assim alavancar as nossas vendas. Simples e prático, sem guerra, sem sangue, apenas muito dinheiro jorrando para os nossos cofres e tudo por causa do medo que iremos espalhar pela região.

Ele não estava convencido, muito pelo contrário, pois o argumento que ela usava era fraco. Você pode saber como iniciar um conflito entre países, mas nunca poderá dizer com certeza como ele terminará.

— Carmen, os seus argumentos são razoáveis, mas o risco de uma animosidade entre países se transformar em um conflito armado é muito grande, principalmente se levarmos em conta fatores que no decorrer de um processo como esse fogem do controle. Em resumo, iniciando-se algo assim é inegável que exista um risco muito grande da coisa toda se transformar em um imenso banho de sangue.

— Você tem razão Angelo, realmente existe algum risco nesse sentido, porém o risco é inerente à atividade empresarial e faz parte do nosso dia a dia, porém como medida preventiva mapeamos cada uma dos países e o nível potencial para a evolução do estado de alerta para um conflito armado, suas implicações econômicas e sociais para os países, as ameaças financeiras no nosso negócio uma vez que um país estagnado por uma guerra pode não conseguir dinheiro suficiente para nos pagar e também a quantidade de baixas civis e militares que poderão advir disso e chegamos a conclusão que se casos isolados ocorrerem a maioria dos países da América do Sul não serão prejudicados. Além do mais, a ideia é criarmos esse movimento orquestrado em toda a região para que os países consigam se armar ao mesmo tempo e assim naturalmente aumentando os riscos para um país invasor e vice-versa. Essa alternância de papéis entre possível agressor e possível agredido é que movimenta a indústria bélica e de defesa no mundo todo, e não será diferente na América do Sul.

A essa altura a curiosidade de Angelo começou a falar mais alto do que a sua consciência e ele perguntou quase sem pensar.

— Bem, partindo do princípio de que os estudos feitos estão corretos, como é possível se orquestrar uma operação tão complexa quanto essa? Além do mais muitas das medidas que possam desagradar países vizinhos teriam que passar pelo crivo dos políticos e dos órgãos governamentais de cada um desses países e sinceramente, na minha opinião isso é praticamente impossível.

Carmen mudou o quadro da apresentação como se estivesse esperando exatamente essa pergunta e ele percebeu o quanto astuta era aquela mulher. Ela sempre o levava exatamente para onde queria.

— Angelo, nesse quadro você pode observar o andamento dos nossos planos em cada um dos dez países envolvidos e sob a responsabilidade de cada uma das pessoas nessa sala. Como você pode ver, o nosso trabalho se iniciou a cerca de dez anos quando começamos a financiar a campanha de alguns políticos em cada um desses países. Todos os candidatos que apoiamos financeiramente tinham condições de se tornarem governadores de Estado, ministros e alguns deles até presidentes. Na maioria dos países em que investimos os nossos candidatos cresceram e assumiram posições cada vez mais importantes e hoje temos em nossa folha de pagamento dois presidentes, 13 governadores de Estado, 46 senadores e 345 deputados. Por questões de segurança limitaremos os nomes passados para você somente ao Brasil.

Dizendo isso mudou novamente o slide e o mapa brasileiro foi preenchido com o nome de dois governadores, dois ministros de Estado, dois senadores e 24 deputados federais dos quais Angelo conhecia quase todos pessoalmente, pois a maioria deles estava envolvida na discussão do Projeto SISCON. O fato de um dos presidentes mencionados por Carmen não ser o do Brasil deu um certo conforto a Angelo, mas o cenário mesmo assim era extremamente preocupante. Além disso, ele percebeu que a conversa havia chegado a um ponto em que uma pergunta seria inevitável.

— E qual o meu papel nisso tudo? — Perguntou Angelo olhando para Carmen, mas a resposta veio da pessoa sentada a sua frente na mesa de reuniões.

— Senhor Angelo, o seu papel é fazer exatamente o que eu mandar, sem questionar nenhuma ordem minha. O senhor será a pessoa que usaremos para encabeçar nossa ação junto ao Congresso Brasileiro que é parte fundamental do nosso projeto. Enfrentamos muitos problemas no Brasil e apesar do número bastante expressivo de políticos aliciados por nós, não conseguimos manobrar o suficiente para colocá-los exatamente onde queríamos, então teremos que usar um plano B para alterar a legislação e nos beneficiar com a aprovação de uma nova lei de segurança nacional, que prevê a possibilidade do Brasil aumentar substancialmente os gastos com defesa e segurança nas próximas décadas, inclusive começando pela tecnologia a ser adotada pelo SISCON. Como o senhor bem sabe o Governo Brasileiro cedeu a muitas pressões de grupos distintos e acabou fazendo do SISCON um Frankenstein tecnológico muito distante do que necessitamos que ele seja, então agora aproveitaremos para não só ajustar essa questão como também abrir novas oportunidades de negócios hoje barradas pela atual Lei de Segurança Nacional. O resultado de um aumento nos investimentos nessa área no Brasil causará um efeito dominó nos demais países da América do Sul e assim conseguiremos atingir o nosso objetivo já apresentado aqui.

Angelo ficou olhando para Helena e não pode deixar de pensar em o quanto mal amada aquela mulher parecia ser. A sua aparência nada tinha a ver com a maneira ríspida de falar e o tom arrogante que usava. Provavelmente ela havia espantado todos os homens que se aproximaram dela durante a sua vida, ou então ficara assim por causa de alguma desilusão, mas o fato é que aquela era realmente uma mulher de gelo e ele percebeu que não haveria fogo suficiente no mundo todo que fosse capaz de derretê-la. Mesmo assim arriscou um comentário.

— Helena...

— Senhora Helena para você. — Disse ela com um desprezo evidente na voz que pareceu divertir Carmen que acompanhava a tudo calada.

— Senhora Helena, então, me desculpe. Bem, eu gostaria de saber como iremos conseguir tudo isso?

Senhor Angelo, da mesma maneira que sempre fizemos, com dinheiro, e distribuir corretamente esse dinheiro é exatamente o que senhor terá que fazer. Aliás, terá que fazer isso muito rápido. O Congresso Brasileiro começará a votar a nova Lei de Segurança daqui a poucos dias e até lá teremos que ter amarrado as pontas soltas e estar preparados para capitalizar sobre os eventos que acontecerão antes da votação.

— E que eventos serão esses?

— Por hora, isso não lhe diz respeito senhor Cesari.

Aleksandra

A conversa com Angelo Cesari na noite anterior havia deixado Aleksandra em alerta. Apesar de ele ter concordado em colaborar totalmente com as investigações, o seu instinto de policial lhe dizia que havia uma boa chance de ele não cumprir o acordo. A Interpol tem que seguir regras muito rígidas de conduta em suas investigações e isso os deixava com armas menos eficientes do que uma grande organização criminosa que normalmente utilizava desde espionagem até coação e, por vezes, violência física para persuadir e aliciar seus membros. Ela temia que Angelo fosse pressionado pela ZTEC muito mais do que a própria Interpol poderia fazer e dessa maneira ele poderia deixar de passar informações cruciais para a investigação.

Porém era um risco que eles tinham que correr uma vez que Angelo era a melhor, senão a única opção que eles tinham. Nunca desde o início da investigação das ações que envolviam a OS Engenharia eles estiveram com alguém tão bem posicionado como agora e apenas em três dias de trabalho com Angelo já haviam coletado mais informações do que no último ano inteiro, tendo inclusive chegado a ZTEC. Ela precisava mantê-lo fiel ao acordo, custasse o que custasse e estava disposta a usar todas as armas que possuía. Então pegou seu telefone e ligou para ele mais uma vez.

Já passava das 16 horas e o celular de Angelo estava desligado. Deixou então um recado para que ele a procurasse ainda hoje, no horário que fosse para poderem conversar assim que possível, levantou-se da mesa que estava ocupando no escritório central da Guardia di Finanza e bateu na porta da sala de Octavio Giacomelli. Pelo vidro da porta ela o viu ao telefone, mas ele acenou para ela entrar e se sentar, e continuou a conversa por mais alguns segundos e então desligou.

— Alguma novidade do nosso amigo? — Havia alguma coisa na maneira com que Octavio falava que fazia com que ela tivesse certeza de que ele havia nascido para ser policial. Aleksandra pensou em como aquele talento nato que misturava seriedade e simpatia o havia ajudado em sua carreira nos momentos em que tinha que interrogar alguém e como ela gostaria de um dia chegar a esse nível de competência.

— Até agora nada. Acabei de deixar um recado para ele no celular e estou aguardando a resposta. Dormi muito pouco ontem e gostaria de ir para o hotel tomar um banho e relaxar um pouco, estou dispensada por hoje?

— Vá descansar Aleksandra, apenas não deixe de me informar imediatamente sobre qualquer contato de Angelo, independente do horário.

— Pode deixar "chefe" irei mantê-lo informado — o chefe havia sido dito de uma maneira carinhosa e era uma cortesia, uma vez que ela estava subordinada às operações da Interpol no Brasil e Octavio era apenas um colaborador dela na Itália, apesar do cargo muito mais elevado na estrutura mundial da Interpol — E a equipe de vigilância? Nenhuma novidade também?

— Até agora também nada. Ele saiu para almoçar com Carmen Velasquez, que confirmamos ser realmente uma diretora da ZTEC, em um Café perto do conjunto de escritórios em que se encontra desde a manhã de hoje e depois de quarenta minutos retornaram e até agora nem ela nem ele saíram de lá, mas qualquer novidade eu também prometo que lhe comunico.

— Então até amanhã, Octavio.

— Até amanhã, Aleksandra e por favor não tente fazer nenhuma investigação em paralelo está bem? Estamos lidando com algo que não conhecemos a fundo e o poder dessa gente pode ser muitas vezes maior do que podemos imaginar.

— Não se preocupe chefe, eu irei me cuidar. Ciao!

— Ciao Aleksandra, bom descanso e nos vemos amanhã aqui às 9 horas.

Aleksandra pegou seu casaco e se preparou para enfrentar o frio de fim de tarde do inverno Romano. Apesar da temperatura ter subido um pouco durante o dia em função do lindo dia de sol que havia feito, junto com o pôr do sol que se aproximava as temperaturas começavam a cair rapidamente e com certeza seria mais uma noite de muito frio. Saiu pela calçada e entrou em seu Corola que estava estacionado a poucos metros da entrada do escritório. Abriu a porta e entrou, ficando por alguns segundos pensando para onde iria. Pegou um bloco de anotações e leu o nome do hotel que também era seu endereço: Babuíno, 181 . Ela conhecia aquele hotel, pois já havia ficado hospedada nele quando estava namorando um filhinho de papai brasileiro e foram passar um final de semana em Roma. Além de caro, o hotel era de um bom gosto sem igual e provavelmente Carmem deveria ser além de rica, muito sofisticada.

Os homens que estavam vigiando a entrada do hotel não a conheciam e não poderia fazer mal algum ela ir até lá com a desculpa de buscar informações sobre o hotel e aproveitar para tentar saber um pouco mais sobre a linda e misteriosa diretora da ZTEC. Ligou então o Corolla e partiu em direção ao hotel.

Quinze minutos depois ela estacionava o seu Corolla na Via San Giacomo e seguia a pé até o hotel que ficava a pouco mais de 400 metros. Ela estava vestida modestamente, porém bem o suficiente para se passar por uma executiva estrangeira a trabalho na cidade e procurando um hotel romântico para passar o final de semana futuro com o namorado, e foi com essa desculpa que ela se dirigiu a uma garota alta, de cabelos loiros e muito bonita que estava atendendo na recepção. Depois de algumas perguntas e comentários sobre o que fazer em Roma no final de semana romântico que ela estava preparando resolveu ser um pouco mais atrevida.

— Quem me indicou esse hotel foi uma grande amiga que trabalha em uma empresa com escritórios em Roma e sempre que está na cidade se hospeda aqui. Ela vem praticamente todos os meses e fica por três ou quatro dias e depois regressa para a Suíça onde mora. Faz algum tempo que não a vejo e seria ótimo se ela estivesse por aqui também. — ela disse aquilo no tom mais casual possível e torceu para que a garota entrasse na conversa, mas ela não se mostrou interessada no assunto e depois de alguns segundos ela resolve insistir – Ela se chama Carmem Velasquez, uma mulher morena e muito bonita que certamente você já deve ter visto por aqui.

Então a recepcionista que estava anotando as informações que ela havia solicitado levantou os olhos para ela e respondeu a pergunta de maneira calculada.

— Não podemos dar nenhum tipo de informação sobre os nossos hospedes, me desculpe. — então entregou o papel com as anotações sobre Roma a Aleksandra com um

sorriso "padrão recepcionista de hotel de luxo" mas que ela percebeu se tratar de um educado "não tenho mais nada a lhe dizer" e se virou para o computador como se Aleksandra tivesse deixado de existir num passe de mágica.

Resignada por não ter conseguido nenhuma informação e ainda ter posto em risco a investigação, ela se virou rapidamente para sair quando esbarrou sem querer em um homem, deixando cair o papel que a recepcionista havia lhe dado. Antes que pudesse se abaixar para pegá-lo o homem já o havia feito e o segurava em sua mão para lhe devolver. Ela pegou o papel e olhando para o rosto do homem tentou agradecer, mas as palavras ficaram presas em sua garganta. Na sua frente estava um homem alto, na casa dos 50 anos, cabelos grisalhos, pele queimada de sol, vestindo um terno impecável e dono dos olhos azuis mais bonitos que ela já vira na vida. Ele percebeu o seu embaraço.

— Me desculpe, sou um desastrado – disse ele abrindo o sorriso absolutamente irresistível, e pegando a sua mão, colocou o papel sobre ela e fechou seus dedos em volta delicadamente.

Aquilo fez com que ela saísse do transe.

— De maneira alguma. Eu que peço desculpas, você não teve culpa de nada.

— Discordo, eu sou culpado no mínimo de uma coisa – ele disse brincando num tom de duplo sentido que instigou a sua curiosidade.

— E o que seria exatamente de que você é culpado?

— De ainda não ter me apresentado devidamente a uma mulher tão encantadora quanto você. Muito prazer, Michael Hertz a seu dispor.

— Aleksandra Yakovenko.

Em um russo impecável ele continuou.

— Dizem que as mulheres italianas são as mais belas do mundo, mas eu discordo. As mulheres russas são incomparáveis.

— Fala russo muito bem para um alemão senhor Hertz, tem um sotaque quase imperceptível, retrucou Aleksandra também em russo.

— Então falhei. Minha meta é sotaque zero! Preciso continuar a praticar.

Ambos riram da maneira com que ele disse aquilo, carregando o russo propositalmente com um sotaque caipira alemão e então, sem hesitação, ele a convidou para um drink. Ela pensou em recusar, porém acabou aceitando e dizendo para si mesmo que poderia ser uma boa oportunidade de esperar por Carmem sem ser notada, mas no fundo sabia que o motivo era outro, e seguiram juntos para o bar.

Meia hora depois estavam rindo como velhos amigos, e foi então que ele perguntou.

— No que você trabalha Aleksandra?

Ela poderia ter inventado qualquer história como dizer que era uma consultora de moda buscando as tendências italianas para a próxima estação, ou então dizer que era uma professora de russo no Brasil e que estava em férias na Itália, ou ainda que era uma garota de programa procurando coroas ricos e bonitos para se divertir, o que poderia até adiantar o que ela imaginava que fosse acontecer de qualquer maneira, mas sem saber ao certo se por vaidade querendo impressionar aquele homem interessante, ou porque realmente ele a deixava totalmente a vontade ela preferiu dizer a verdade.

— Sou uma agente da Interpol e estou em Roma trabalhando em um caso.

Ele riu.

— Acho que você tem um grande senso de humor Aleksandra, mas pare de brincar comigo e me diga a verdade.

Ela então com um sorriso nos lábios tirou a sua credencial do bolso do casaco e a colocou sobre a mesa.

— Os russos nunca mentem Michael, ou pelo menos as russas nunca mentem.

Ele fez uma expressão de admiração que a deixou orgulhosa. Adorava essa parte do seu trabalho, pois apesar de 90% do tempo ela passar fazendo pesquisas intermináveis na internet ou avaliando arquivos com quilos e quilos de papéis, anotações, pareceres jurídicos e coisas do gênero, tinha a impressão que todos a consideravam uma agente secreta ao mais fiel estilo James Bond.

— Preciso medir minhas palavras de agora em diante, senhorita Aleksandra, pois senão qualquer coisa que eu disser pode ser usada contra mim em um tribunal!

Ela adorou a piada, apesar de ser um pouco óbvia demais, e riu junto com ele. Depois foi a vez dela.

— E o que você faz da vida, senhor Michael Hertz?

— Eu sou um gangster internacional especializado no comércio de armamentos e nesse exato momento estou tramando um golpe maquiavélico que irá colocar todo um continente em estado de guerra.

Ele disse aquilo de uma maneira tão natural que Aleksandra chegou quase a se assustar, mas em seguida os dois caíram novamente no riso.

— Bem, agora é a minha vez de pedir para me falar a verdade senhor Michael, pois se essa for a verdade eu terei que levá-lo preso.

E ambos caíram no riso novamente.

— Desculpe-me Aleksandra, mas eu não quis parecer um homem comum com uma vida entediante diante de uma linda agente da Interpol, mas a verdade é que eu sou presidente da VAYA Tecnologia, já ouviu falar?

Ela puxou na sua memória, mas não conseguia se lembrar desse nome, então respondeu com uma expressão de decepção.

— Me desculpe Michael, mas eu nunca ouvi falar.

Ele dá um sorriso.

— Não se preocupe, poucas pessoas conhecem a minha empresa. Somos especializados no auxílio ao desenvolvimento de novos produtos, desenvolvendo soluções de software e hardware que são usados pelas grandes empresas ao redor do mundo no desenvolvimento de novos produtos. Basicamente um bando de engenheiros nerds trabalhando para mim. Eu gosto de pensar que estamos ajudando a construir um mundo novo a partir de nosso centro de pesquisa e desenvolvimento que fica em Lausanne na Suíça.

— Mas então a sua vida não tem nada de chata! Você pode estar ajudando a desenvolver um automóvel do futuro que usará um combustível não poluente ou então na decodificação do genoma humano ou ainda na pesquisa de próteses robóticas para pessoas com deficiência.

— Bem, modéstia à parte, fazemos parte desses três projetos realmente.

Ela o olhou pronta para começar a rir novamente quando percebeu que ele estava falando sério.

— Michel, mas isso é maravilhoso! Nunca conheci alguém antes que tivesse um trabalho tão interessante quanto o seu. Fiquei com inveja!

Ele sorriu novamente, mas ao contrário do que ela poderia esperar o riso não era de orgulho ou satisfação pelo comentário dela, mas apenas um sinal de afirmação das palavras que ela havia pronunciado misturado com uma humildade que só poderia existir em uma pessoa totalmente segura de si e da sua vida como Michael parecia ser. Ela então percebeu o quanto desejava se jogar sobre aquele homem e sem saber se havia sido o seu olhar, ou a maneira com que se mexeu na poltrona, ele percebeu a mensagem e se inclinando na direção dela segurou a sua nuca com firmeza e beijou os seus lábios de uma maneia que a fez perder tanto o fôlego quanto o controle, e a única coisa que ela conseguiu fazer foi retribuir de maneira tão intensa quanto ele.

Quinze minutos depois eles estavam na suíte dele, despindo um ao outro de maneira desesperada, como se o mundo fosse acabar em poucos minutos e mergulharam um no outro assim que chegaram à cama. Ela nem teve tempo de pensar e ele já estava dentro dela, penetrando-a em movimentos profundos, mas lentos que foram se tornando cada vez mais rápidos até ela ter um orgasmo tão forte que a fez tremer dos pés à cabeça.

Antes que ela conseguisse se recuperar, ele já a tinha virado de bruços e agora a penetrava novamente por trás com uma habilidade que ela nunca havia experimentado antes e mais alguns poucos minutos foram suficientes para mais um orgasmo, dessa vez menos intenso mas muito mais prolongado. Ele a deixou aproveitar a sensação do orgasmo até o final e quando ela estava prestes a fazer-lhe um elogio ele mergulhou entre as suas pernas e com a sua boca levou-a mais uma vez ao clímax.

Ela nunca havia tido um sexo assim e no momento que ela percebeu que ele ainda estava duro foi a vez dela de mergulhar sobre ele e sugá-lo até que ele gritasse de prazer e desmoronasse ao lado dela. Algum tempo depois ele a beijou longamente e perguntou se ela queria uma taça de champanhe e apesar de estar morrendo de sede e querer mesmo um copo com água, ela aceitou. Quando ele se levantou para buscar o champanhe ela pode ver que o homem tinha um corpo fenomenal para a idade dele, totalmente definido provavelmente ao custo de horas diárias em uma academia, e aquele homem maravilhoso ainda encontrava tempo para ajudar a criar um mundo melhor.

Tudo aquilo parecia perfeito demais e o seu instinto começou a dar sinais de que alguma coisa não estava certa naquela história toda, mas ela já estava cansada de dar ouvidos ao seu instinto o tempo todo e resolveu relaxar e aproveitar aquela noite maravilhosa. Então ela percebeu que Michael estava digitando alguma coisa em seu celular e quando terminou pegou as duas taças e levou para a cama.

— À saúde da agente mais linda da Interpol em todo o mundo!

— À saúde do homem mais gostoso com quem já transei em toda a minha vida.

Beberam o champanhe e Alkesandra não se conteve e perguntou.

— Não pude evitar de ver você mandando uma mensagem do seu celular para

81

alguém. Espero que eu não esteja atrapalhando em nada. — Nesse momento ela percebeu que não sabia quase nada sobre Michael Hertz, muito menos se ele tinha uma namorada ou ainda pior uma esposa e esses pensamentos já estavam fazendo com que ela pensasse em uma retirada estratégica quando ele interrompeu seus devaneios.

— Mandei uma mensagem para a minha assistente. Eu tinha um jantar de negócios que acabei de desmarcar e antes que você me pergunte, ou ainda pior, tire conclusões erradas e resolva sair de fininho, eu sou divorciado e não tenho um relacionamento sério há quase um ano, então você não está fazendo mal a ninguém, aliás muito pelo contrário, você está me fazendo um bem enorme.

Então olhando aquele corpo delicioso de Aleksandra, ele bebeu um pouco de champanhe, começou a beijar os seus seios, descendo até sua barriga e soltando o líquido que mantinha na boca pouco abaixo do seu umbigo. O champanhe escorreu por entre as pernas de Aleksandra que se encolheu tanto pelo prazer quanto pelo contato do líquido gelado correndo pela sua pele e quando percebeu ele já estava bebendo novamente o líquido direto de dentro dela.

Carmen

O celular apitou com o sinal característico de mensagem recebida e ela, pedindo licença a todos na mesa, checou a mensagem:

"Use a suíte dois hoje. Estou ocupado, P."

Ela sabia que ele estava com uma mulher e sentiu uma pontada de ciúme. Carmen não conseguia entender aquele sentimento. Ela não amava Peter, mas mesmo assim se sentia desconfortável todas as vezes que ela sabia que ele estaria com outra mulher, fosse a sua esposa ou qualquer outra, e não eram poucas. Ele não fazia nenhuma questão de esconder isso dela e também nunca cobrou exclusividade, mas apenas disponibilidade 24 horas por dia, o que na prática a impedia de ter qualquer relacionamento mais sério, pois era difícil explicar porque precisava sair às 2 da madrugada para atender um pedido urgente do chefe.

Nesses anos ela até tentou algumas vezes, mas seus relacionamentos acabavam sempre da mesma maneira, respostas que ela não podia dar, ciúmes e as brigas que desgastavam o relacionamento até um ponto insuportável. Uma vez ela quase abandonou seus planos e deixou Peter e a ZTEC por causa de um homem muito parecido com Angelo. Apesar de ser americano, ele era filho de italianos, divorciado com um filho, executivo bem-sucedido e na opinião dela ele era o mais próximo de um "homem certo" que ela havia encontrado até então. Ela chegou a ter uma conversa com Peter e pediu para sair da organização, mas ele propôs férias por tempo indeterminado para que ela pensasse a respeito e ela concordou.

Dois meses depois retornou à ZTEC. Ela entendeu que abandonar seus planos era simplesmente impossível e ela abriria mão de qualquer coisa para levá-lo até o fim. A relação acabara como todas as outras, talvez apenas de uma maneira mais dolorosa que o normal. Em certos dias ruins ela se lembrava dele e se arrependia, mas isso durava pouco. Rapidamente ela engolia esse sentimento mais uma vez e tocava a vida adiante, focada naquilo que era o motivo de se levantar todos os dias. Por isso, às vezes, ela se encontrava com homens desconhecidos se passando por uma garota de programa de luxo e assim podia fantasiar e saciar seus desejos à vontade, sem se comprometer.

Por tudo isso ela não entendia aquele sentimento por Peter e principalmente no que ele poderia atrapalhá-la quando o momento chegasse. Mas agora não era hora de pensar nisso e espantando Peter de sua cabeça, voltou ao seu maior problema nesse momento. Fazer com que Angelo desempenhasse o papel reservado para ele nos planos da ZTEC, então pediu novamente a palavra.

— Angelo, como já dissemos os nossos planos estão andando bem nos outros países da América do Sul, porém sabemos que o maior desafio é o Brasil uma vez que como o maior país desse continente e que faz fronteira com vários outros países em que estamos trabalhando, a postura atual do Brasil com relação à política externa dos seus vizinhos não ajuda em nada. O Brasil, desde o final da ditadura militar, tem colocado no poder presidentes rotulados como "esquerdistas" e nos últimos anos isso tem se tornado uma regra na grande maioria os outros países como você mesmo disse.

Com a tendência de esquerda disseminada pela América do Sul, a política externa brasileira tende a ser demasiadamente condescendente com atitudes radicais dos vizinhos, mesmo sob críticas severas dos Estados Unidos e de alguns países europeus preocupados com a escalada de tendências socialistas e ao mesmo tempo ações que afrontam as liberdades individuais e de imprensa impostas por presidentes populistas que, segundo eles mesmos, governam para o pobres e oprimidos contra a classe dominante burguesa, o que é uma falácia como qualquer pessoa com um mínimo de inteligência já sabe. Como o governo brasileiro tem nos seus postos mais elevados de comando pessoas oriundas da esquerda e até alguns dos movimentos armados subversivos das décadas de 60 e 70, nada mais natural para ele do que apoiar esses governos de esquerda, como por exemplo a criação do Foro de São Paulo, entre outras ações para o fortalecimento da esquerda na região.

O nosso papel é mudar isso e colocar o Brasil em uma postura mais agressiva com relação a possíveis ameaças internas e externas não somente do seu território, mas também do seu papel de liderança na América do Sul, mais ou menos como faz os Estados Unidos com o restante do mundo obviamente em uma escala menor, e como todos sabemos, à custa de um poderio militar impossível de ser enfrentado por qualquer outro país da região.

A explicação de Carmen foi claríssima. Se o Brasil se transformasse em uma espécie de xerife da América do Sul como os Estados Unidos fazem com o restante do mundo, teria que investir pesado em armamentos e como reação os países vizinhos fariam o mesmo e daí o Brasil teria que investir ainda mais e assim por diante. O plano era realmente ambicioso, e se colocado em prática da maneira com que estava sendo planejado, não havia dúvidas que os resultados financeiros para a ZTEC seriam enormes, mas havia um problema.

— Carmen, como você mesmo disse, a ideia é transformar o Brasil em uma espécie de Estados Unidos, correto? Então eu pergunto como os Estados Unidos irão encarar essa nova postura brasileira e se eles não se sentirão ameaçados também.

— A pergunta é interessante Angelo e mostra a sua capacidade de olhar os vários ângulos do problema, mas também mostra que você ainda subestima a nossa capacidade de lobby pelo mundo. Você acredita que seríamos a maior fornecedora mundial de armamentos e equipamentos de defesa sem dominar o mercado americano?

O que Carmen estava dizendo fazia todo o sentido. Com certeza o poder de lobby da ZTEC nos EUA deveria ser muito grande e esse mesmo lobby faria o trabalho de tranquilizar o governo americano fazendo com que o Brasil se tornasse um grande aliado na guerra contra tudo que os americanos consideram errado ou, basicamente, tudo que é diferente do seu modo de vida.

— Você tem razão Carmen, eu ainda não consigo enxergar a totalidade das operações da ZTEC no mundo, mas o que eu preciso fazer exatamente?

Carmen mudou mais uma vez o slide da apresentação deixando claro para todos que ela dominava perfeitamente o andamento da reunião e direcionava os participantes sempre para o ponto exato que ela queria.

— Você pode ver que nesse slide temos vários parágrafos que fazem parte do novo texto da Lei de Segurança Nacional e que precisam ser aprovados, não somente para garantir a nossa vitória na concorrência do SISCON, mas principalmente abrindo brechas legais para que o Governo Brasileiro possa gastar uma quantia maior em sistemas de segurança e defesa, além de armamentos propriamente ditos. — Angelo assentiu com a cabeça e ela continuou — Muito bem, todos esses parágrafos não nos atendem e precisam ser mudados. O seu trabalho será comprar os parlamentares que ainda não estão nos apoiando nessa votação.

Angelo leu rapidamente os parágrafos.

— Pelo que eu posso ver, alguns desses parágrafos realmente são bastante aderentes aos planos da ZTEC e, da maneira com que a lei está sendo proposta, a questão da segurança inserida na política externa brasileira terá uma mudança radical. Realmente é fundamental que ela seja aprovada, mas duvido muito que apenas com dinheiro consigamos mudar isso. Lembre-se que o povo brasileiro tem uma tradição de ser um povo pacífico e mudar uma cultura de um povo apenas no âmbito político é praticamente impossível, pois haverá uma oposição ferrenha da população.

Novamente Carmen mudou o slide e mais uma vez o que aparecia na projeção era a resposta para a questão levantada por Angelo.

— Sua avaliação está corretíssima e realmente se faz necessário uma ação que mude a opinião pública brasileira a respeito desse assunto. Nesse quadro você pode verificar que consideramos algumas opções como por exemplo, uma nova ação de guerrilheiros contra alvos militares e também civis na fronteira do Brasil com a Colômbia, reeditando assim o incidente de 1991 no Rio Traíra quando as FARC atacou um quartel brasileiro na fronteira, matando três soldados e ferindo outros quatro para roubar seu armamento e munição. A retaliação do exército brasileiro foi rápida e os guerrilheiros foram mortos alguns dias depois em pleno território Colombiano e as armas e munições recuperadas. Uma ação desse tipo seria a mais fácil e barata de ser montada.

Carmen fez uma pausa para avaliar a reação de Angelo e continuou.

— Porém na nossa avaliação, o exército brasileiro está muito bem preparado para lidar com esse tipo de agressão e a crise seria resolvida rapidamente, com pouca repercussão na mídia e por conseguinte na opinião pública. Então estamos inclinados a criar um evento de proporções bem maiores e de um tipo que atrairá a atenção da mídia mundial, que atinja civis e não militares, e que force o Brasil a mudar a maneira com que hoje encara a ameaça de um ataque terrorista vindo de um dos seus vizinhos e assim aumentar o nível de segurança contra ataques terroristas em seu território. Os investimentos em segurança terão que ser vultosos, exatamente como queremos, e para isso a Lei de Segurança Nacional terá que ser aprovada par atender ao clamor popular e não contra ele. Como você pode ver, o plano é simples e eficaz.

— Carmen, uma coisa é aumentar as tensões entre os países por meio de sansões comerciais ou até mesmo um ou outro pequeno conflito armado entre militares nas fronteiras dos países. Outra coisa é um atentado terrorista contra um alvo civil. Isso só pode ser chamado de assassinato em massa.

Novamente um burburinho correu pela sala de reuniões e mais uma vez Carmen pediu a palavra.

— Angelo, você pode dar o nome que quiser, mas numa organização como a nossa tudo é avaliado e contabilizado como parte do negócio, incluindo aí eventuais mortes. É óbvio, entretanto, que procuraremos causar o menor número de baixas civis possível, pois nossa experiência nos diz que um atentado que mata 10 pessoas tem quase o mesmo impacto que um que mata 100, então não iremos colocar em risco mais vidas do que o necessário. Porém a ideia inicial é que ninguém morra. Alguns feridos eventuais, mas nada mais do que isso.

Ele ficou olhando para aquela mulher sem conseguir acreditar na maneira fria com que ela estava descrevendo toda aquela ação. Isso não combinava com a mulher com quem ele jantara ontem e almoçara há pouco. Eram pessoas totalmente diferentes e apesar de todas as provas em contrário, alguma coisa lhe dizia que a verdadeira era a outra. Porém, diante de tudo que ela tinha presenciado até então e principalmente diante da facilidade com que essas pessoas decidiam sobre vida e morte de dezenas, senão centenas de pessoas com tamanha frieza, ficou claro que ou ele aderia ao plano, ou eles o eliminariam com a facilidade que se mata uma mosca.

— Bem, eu entendo a estratégia e peço desculpas pelas minhas reações iniciais, mas espero que vocês entendam que tudo isso é muito novo para mim e que... — Helena o interrompeu bruscamente.

— Senhor Angelo, quero deixar claro que considero o senhor um fraco e que não tem a menor condição de fazer parte dessa equipe. Sou obrigada a engolir a sua participação porque ela foi decidida por pessoas acima da minha autoridade na organização – olhou por um instante para Carmen – e eu espero sinceramente que eles saibam o que estão fazendo. Dessa maneira eu farei tudo o que estiver ao meu alcance para auxiliá-lo no cumprimento do seu papel e para que o senhor obtenha o êxito que necessitamos, porém desde já o aviso que caso passe pela sua cabeça revelar alguma parte, por menor que seja, do que foi dito aqui, e também se você, em função da sua fragilidade emocional atrapalhar o andamento das nossas ações, eu pessoalmente cuidarei para que você suma da face da terra entendeu?

Apesar do conteúdo do que acabara de dizer, Helena havia pronunciado as palavras em um tom que misturava frieza e total conhecimento do que estava dizendo, o que demonstrava que se ela tivesse mesmo que sumir com Angelo, não seria a primeira vez que faria algo desse tipo. Ele procurou se concentrar ao máximo antes de responder.

— Senhora Helena, guarde as suas ameaças e me deixe fazer o trabalho que estou sendo recrutado para fazer. Como a senhora mesmo disse, a decisão de me chamarem foi tomada por pessoas acima da senhora na organização e provavelmente eles estão lá e a senhora aqui por algum motivo.

Aquela resposta deveria tê-la deixado furiosa e Angelo esperava uma reação à altura quando pela primeira vez desde que a viu no começo daquele longo dia, ela sorriu.

— Carmen, parece que finalmente o bebe chorão mostrou que tem ao menos um pouco de coragem. Quem sabe se ficarmos em cima dele, com muita sorte ele não jogue no lixo todo o trabalho que fizemos até agora e dê conta do recado.

Carmen sorriu com uma ponta de orgulho.

— Muito bem senhoras e senhores, acho que terminamos por hoje. Os senhores estão dispensados por enquanto e Helena, você só voltará a se encontrar novamente com Angelo daqui a alguns dias no Brasil. Enquanto isso ele ficará conosco para conhecer um pouco mais da nossa organização e também para fazer uma visita comigo a nossa mais nova aquisição aqui na Itália. Obrigado por tudo e agora eu devo continuar a reunião somente com o senhor Angelo. — Dito isso, todos se levantaram e um por um se retiraram. Ninguém sequer olhou para Angelo, com exceção de Helena que lhe entregou um número de telefone para que ele ligasse assim que chegasse ao Brasil. Ela já tinha o número do aparelho que Carmen havia dado a Angelo e eles deveriam também se comunicar apenas por meio dele.

Depois que todos saíram da sala, Carmen sentou-se novamente e Angelo a acompanhou. Ela então relaxou e ele pode reconhecer nela os traços da mesma mulher que o tinha encantado por duas vezes. Apesar disso, o clima ainda estava muito tenso e então ele decidiu fazer a última pergunta do dia.

— Você disse que haverá uma ação que detonará todo o processo. Pois bem, posso saber que tipo e onde será essa ação?

— Essa informação nem mesmo eu tenho Angelo, e é óbvio que se tivesse também não poderia lhe dizer. Existe uma pessoa na organização que cuida desse tipo de assunto

pessoalmente. Quanto menos pessoas envolvidas, menor a chance de vazamento e maior a chance de sucesso. — depois dessas palavras ela relaxou novamente e fazendo um beicinho com a boca disse em tom jocoso — Bem, eu acho que está na hora de você ligar para a sua namoradinha da Interpol, ela deve estar ansiosa esperando uma ligação sua, então não a deixe esperando muito tempo.

Ela tinha razão! Ele havia esquecido totalmente de Aleksandra. Mas o que ele diria para ela? Era evidente que o momento em que ele podia dizer a verdade com a autorização da ZTEC já havia passado e que de agora em diante as informações que ele tinha não poderiam ser repassadas de maneira nenhuma para a Interpol, então ele perguntou a Carmen.

— E o que vocês querem que eu diga para ela?

— Fique tranquilo, irei lhe explicar em detalhes e tudo correrá como planejado.

A explicação demorou pouco mais de dez minutos, então Angelo ligou o seu celular e como já imaginava haviam algumas ligações perdidas de Aleksandra. Ele então ligou de volta.

Aleksandra

Já passava das 20 horas quando o telefone de Aleksandra tocou. Ela se levantou ainda nua e caminhou até a mesa em que havia deixado o aparelho e pedindo licença a Michael disse que era uma ligação importante e que ela precisava atender a sós e se podia usar o banheiro da suíte para isso.

— Somente se você prometer que voltará com essa mesma roupa que está vestindo.

Ela sorriu e prometeu com um sinal afirmativo com a cabeça já atendendo a ligação e se encaminhando para o banheiro.

— Olá Angelo, como foi a reunião? Você tem alguma informação interessante para nós?

— Algumas coisas interessantes, mas nada muito além do que eu imaginava. Tomei conhecimento da operação a nível Brasil e de alguns pontos da estratégia para a concorrência do SISCON, além de conhecer um pouco melhor a estrutura da ZTEC a nível mundial. Acredito que algumas informações possam ser interessantes para vocês, porém não diria que descobri nada muito importante hoje. Você quer se encontrar comigo para falarmos a respeito? – Ele tinha certeza que ela iria querer o encontro e sabia que perderia a oportunidade de ficar mais tempo com Carmen, mas não havia outra alternativa pois se ele se negasse a encontrá-la ainda naquele dia eles poderia desconfiar de alguma coisa.

Do outro lado da linha o pensamento de Aleksandra era exatamente o mesmo. Ela não tinha a menor vontade de encontrar com ele naquele momento. Só pensava em voltar para a cama e terminar a noite se divertindo como não fazia háa muito tempo, mas achou que fazendo isso poderia passar a impressão de que o assunto estaria ficando em segundo plano. Deu então um suspiro e disse com firmeza.

— Lógico que precisamos nos encontrar ainda hoje. Cada detalhe pode ser muito importante. Você consegue me encontrar em meia hora no bar do terraço do seu hotel?

Angelo estava no viva voz do celular e olhou imediatamente para Carmen que assentiu afirmativamente com a cabeça.

— Combinado então, em meia hora. Ciao.

— Ciao Angelo — e desligou.

Ela então retornou ao quarto e se aproximou da cama onde Michael a esperava. Se sentou então sobre ele e o beijou. Depois colou a boca em seu ouvido e sussurrou.

— Você pode me esperar por duas horas para jantarmos juntos e depois conti-

89

nuarmos a nossa... Conversa?

— Serão as duas horas mais longas da minha vida – ele disse com uma expressão de decepção logo substituída por um sorriso franco que fez com que ela o agarrasse mais uma vez quase dizendo para ele não a deixar sair.

Ela então se vestiu e combinaram que ele a pegaria em seu hotel em duas horas para jantarem juntos e ela se foi apressada. Entrou em seu carro e partiu rapidamente. Sua cabeça dava voltas e mais voltas, hora pensando no caso da ZTEC, hora pensando no homem maravilhoso que conhecera. Isso não deveria estar acontecendo, não agora em meio ao caso mais importante da sua carreira. Ela precisava de toda a sua concentração e capacidade de observação e se envolver com aquele homem poderia colocar tudo a perder se ela se distraísse um segundo sequer.

Conforme a adrenalina foi baixando ela começou a ser mais racional e a dizer para si mesmo que ela conseguiria não deixar que uma coisa interferisse em outra, afinal ela sempre estava envolvida em um caso ou outro e se esperasse o momento certo para se envolver com alguém acabaria morrendo sozinha. Daí percebeu que estava fazendo planos! Como assim? Ela mal conhecia Michael e o pior de tudo, tinha ido para a cama com ele em menos de uma hora de conversa. O que ele pensaria sobre ela? Provavelmente a achava uma aventureira qualquer e provavelmente nem apareceria em seu hotel no horário combinado. Resolveu então se concentrar totalmente em Angelo e deixar para ver o que aconteceria dali a duas horas. Enquanto ela estava absorta em seus pensamentos não percebeu a Audi A4 prata que estava estacionada alguns carros atrás do dela e que agora a seguia pela cidade.

Chegou ao hotel de Angelo exatamente no horário combinado e procurou por ele na recepção. Foi informada então que ele ainda não havia chegado, mas que havia um recado para que ela o aguardasse alguns minutos no local combinado, então ela subiu as escadas do Hotel Magestic até o seu famoso terraço, decorado como mesas e cadeiras de ferro trabalhado, vasos e detalhes rústicos que remetiam mais a Toscana do que a uma grande cidade como Roma, e para completar o quadro, com uma vista privilegiada do vaivém intenso da Via Veneto e a Piazza Barberini ao fundo. Mal havia pedido uma garrafa de água com gás quando Angelo chegou.

— Ciao bela Aleksandra, como vai? Desculpe-me pelo atraso, mas o trânsito de Roma às vezes é tão ruim quanto o de São Paulo.

— Olá Angelo, sente-se e peça uma bebida. Temos muito para conversar e eu tenho pouco tempo.

Ele sentou e pediu uma taça de vinho da casa para o garçom e se virando para Aleksandra prosseguiu.

— Muito bem, o dia foi cansativo, mas acho que produtivo também. Você quer fazer alguma anotação?

Ela ficou encabulada quando percebeu que já deveria estar com o seu caderno de anotações pronto à espera dos detalhes da conversa e, meio sem jeito, o pegou no fundo da sua bolsa dizendo – Isso mesmo, eu já iria pegá-lo, mas então, que temos de novo?

— Basicamente o que eu lhe disse por telefone, ou seja, tomei conhecimento da operação da ZTEC como um todo. Eles estão presentes em diversas áreas de atuação sempre por meio de empresas controladas. Atuam desde a área alimentícia até equipamentos médicos, concessões públicas de telefonia, rodovias, aeroportos, portos e transportes, operação privada de estádios de futebol, construção civil, empresas de tecnologia voltadas a diversas áreas, mídia digital e finalmente no mercado de defesa e segurança. Em todos os segmentos em que atuam as empresas controladas pela ZTEC ou são líderes nos mercados regionais ou no mínimo vêm em segundo lugar e se aproximando rapidamente dos líderes.

— Bem, o nosso foco principal são as empresas ligadas a defesa e segurança. Quantas empresas dessa área são controladas pela ZTEC? – Perguntou Aleksandra que anotava tudo, agora 100% focada na conversa.

— Existem algumas empresas que atuam em conjunto no mercado de defesa e segurança, cada qual com um papel específico. Existem empresas que desenvolvem tecnologia como a Geoflex especializada em transmissão de imagens e de dados por sinais de satélite, rádio e telefonia, a TISA desenvolvedora de soluções de comunicação de missão crítica como rádios com sinais criptografados para as forças armadas, polícias, a Hypersecur, especializada no desenvolvimento e na montagem de salas de comando e controle integradas e também a GPW Hardware, empresa encarregada de produzir os equipamentos desenvolvidos com as tecnologias criadas por elas. É impressionante como a estrutura é bem montada do ponto de vista estratégico e uma grande rede de escritórios próprios e representantes credenciados fazem com que a atuação do grupo seja mundial — ele havia deixado propositalmente de fora a MWG, empresa de armamentos da ZTEC, como havia sido orientado por Carmen a fazer.

— Certo Angelo, mas vamos nos ater ao que realmente interessa. O que foi dito sobre a concorrência do SISCON? Qual é a estratégia para vencê-la e principalmente, quais as artimanhas ilegais que a ZTEC pretende usar para que isso aconteça?

Ele suspirou aliviado. Até aquele momento, ele não tinha certeza de quanto a Interpol sabia sobre as operações da ZTEC e principalmente sobre a MWG ser controlada por ela. Carmen havia dito que eles não estavam nem perto de chegarem a MWG, mas somente agora ele tinha certeza disso.

— Aleksandra, acho que você irá se decepcionar com o que eu irei lhe dizer, mas nenhuma ação foi discutida além das já tradicionais ações de lobby de convencimento de algumas pessoas chaves que para mim nem chegam a ser ilegais e sim apenas um pouco antiéticas mas de uso comum no mundo todo.

— Que ações, por exemplo? — perguntou Aleksandra visivelmente desconfiada.

— Bajulação de políticos, almoços, jantares, viagens para o exterior com acompanhantes para conhecerem a tecnologia implantada em diversos países do mundo, e eventualmente promessas de emprego e cargos futuros nas empresas do grupo numa eventual não reeleição no caso dos políticos ou de demissão no caso de técnicos graduados e até mesmo alguns ministros de Estado, sendo que todas as despesas são bancadas pela ZTEC e as promessas são feitas sem nenhum registro formal.

A reação de Aleksandra foi de nítido desapontamento. Ela ficou em silêncio pensando a respeito do que Angelo havia dito até aquele momento e então voltou a lhe questionar.

— Você está me dizendo que eles o trouxeram até aqui somente para lhe dizer o óbvio? Pelo que você nos contou até agora, esperávamos que você tivesse tido alguma revelação bombástica para nos contar. Tem certeza que não está nos escondendo nada? Lembre-se da conversa que tivemos no Brasil, pois se descobrirmos que você está mentindo para nós irá se arrepender para o resto de sua vida.

Angelo já estava preparado para a pressão de Aleksandra e não se abalou.

— Eu acho que já entendi bem essa parte e garanto a você que esse é um resumo do que vi lá hoje. Lógico que eu estou pulando os muitos detalhes financeiros, planilhas comerciais, estimativas de investimentos, etc, mas se você quiser eu posso pedir uma cópia e — ela o interrompeu.

— Chega Angelo, você sabe que nesse momento nada disso nos interessa e no momento que interessar teremos acesso a qualquer informação financeira das empresas que estejam oficialmente registradas em qualquer lugar do mundo. Nesse momento são os detalhes sobre a concorrência do SISCON e seus desdobramentos que nos interessam. Você tem certeza de que não está deixando escapar nada? Por exemplo, quem é a pessoa física por trás da ZTEC?

— Nem imagino e acho impossível que até mesmo vocês consigam descobrir. Pelo que eu entendi sobre a organização das empresas, todas sem exceção têm como acionistas outras empresas que provavelmente terão mais outras como acionistas e assim por diante em um intrincado jogo de empresas offshore em paraísos fiscais que eu duvido que mesmo a Interpol não levaria anos para desmembrar.

Ela insistiu.

— Mas quem são as pessoas que estão por trás dessa operação toda, então? Empresas são feitas por pessoas, concorda? Quem são elas?

— Passei o dia todo com a Carmen. Alguns assessores entraram e saíram da reunião fazendo apresentações específicas ou explicando pontos burocráticos dos negócios, mas não conheci ninguém além da própria Carmen que parecesse decidir alguma coisa – disse ele exatamente como havia sido combinado. A ideia era chamar a atenção somente para Carmen e assim deixar os operadores livres para continuarem agindo na América do Sul. Inclusive Helena no Brasil.

— Então o nosso foco tem que ser essa mulher, concorda?

— Acredito que você esteja correta. Me parece que ela é a pessoa que tem o poder de decisão sobre o projeto SISCON.

— Bem Angelo, quais são então os próximos passos de Carmen? Existe algum compromisso já marcado entre vocês ou você já irá voltar para o Brasil amanhã?

— Iremos nos encontrar amanhã pela manhã para visitarmos uma empresa que foi adquirida recentemente por eles aqui na Itália, e que participará da montagem do SISCON caso sejamos os vencedores.

Ele havia dito aquilo de uma maneira que levava a crer que ele já sabia que seriam os vencedores e isso chamou a atenção dela.

— E qual empresa é essa?

— Ela não me disse. Acho que quer me surpreender de alguma maneira, mas eu não faço ideia de quem possa ser.

— Você não acha isso um pouco estranho?

— Aleksandra, eu concordo com você, mas realmente eu não faço ideia de que empresa seja e nem tão pouco o porquê do mistério. Mas prometo que assim que eu puder lhe conto tudo.

— Assim espero, Angelo — havia agora um tom de desconfiança em sua voz — Não se esqueça de tudo o que já conversamos. Não quero prejudicar a sua vida, mas se você não colaborar conosco da maneira com que esperamos a sua situação vai ficar muito ruim.

— Você pode ter certeza que eu não me esqueci de uma palavra do que conversamos e que farei todo o possível para ajudar a Interpol.

— Bem Angelo, até agora confiamos em você e não vejo motivo para pararmos de confiar, porém precisamos de informações mais relevantes e de provas concretas se quisermos desmascarar de vez essa organização, então mãos à obra.

Dizendo isso ela se levantou, se despediu de Angelo e saiu mais apressada do que gostaria.

Angelo

Apesar dele achar que tinha conseguido manter a calma durante toda a conversa com Aleksandra, uma enorme angústia estava aos poucos tomando conta dele. Os eventos dos últimos dias o haviam transformado em um cúmplice que poderia matar dezenas, senão centenas de brasileiros, seja por conta de uma atentado terrorista, ou por conta de uma ação militar hostil de alguns dos países vizinhos ao Brasil e ele se sentia totalmente incapaz de fazer alguma coisa para evitar isso. Ele não tinha a menor dúvida que a Interpol, tendo que seguir as regras básicas de atuação policial, não era páreo para as ações criminosas que um grupo como esse, e além disso, mesmo que ele decidisse entregar todo o esquema para a Interpol, não tinha nenhuma prova concreta sequer de tudo que havia sido dito para ele até esse momento e a chance da ZTEC sair ilesa disso tudo era tão grande quanto as dele de não sair vivo.

Assim que Aleksandra saiu do bar ele pegou o telefone e ligou para Carmen. Ela atendeu no segundo toque.

— Ciao belo, como foi o papo com a namoradinha? Tão rápido, achei que vocês teriam uma noite romântica juntos.

"Antes ela fosse uma das minhas namoradinhas, ao menos eu poderia ter uma noite divertida para compensar o dia louco que eu tive" — Um pouco desagradável para lhe dizer a verdade. Ela não gostou nem um pouco das informações que passei a ela e percebi que saiu daqui bastante desconfiada. Mas uma coisa certamente teve o efeito que você desejava. Ela está focando toda a sua atenção em você. Eu não me surpreenderia nem um pouco se ela a procurar para terem uma conversa.

— Eu acho que ela ainda não irá me procurar. Ela irá aguardar mais um pouco até ter certeza que você não conseguirá mais nenhuma informação relevante e aí sim o último recurso será tentar me pressionar. Quando chegar esse momento saberemos quão boa policial ela é. Mas até lá vamos dar andamento aos nossos planos.

— Você manda, eu obedeço.

— É mesmo Angelo? Cuidado com o que você diz que eu posso levar ao pé da letra...

Ele gostou de ouvir aquilo e resolveu dar um pouco mais de corda.

— Eu nunca me arrependo do que digo para uma mulher bonita. Sou um homem de

apenas uma palavra.

— Que tal testarmos isso na prática?

— Como eu já lhe disse Carmen, você manda e eu obedeço.

— Então esteja preparado para sair em vinte minutos.

— E posso saber onde iremos?

— Não. — E desligou o telefone.

Ele ficou parado por alguns segundos pensando mais uma vez em como uma pessoa podia ser atenciosa, sexy e bem-humorada e no momento seguinte se transformar em uma gângster, disposta a acabar com a vida de seres humanos por pura ganância? "Alguma coisa não se encaixa e eu preciso descobrir o que é". Então se levantou apressado e correu para o seu quarto. Depois de uma chuveirada rápida ele vestiu um terno Armani cinza claro, sapatos pretos e uma camisa rosa que era unanimidade entre as mulheres com quem saía e mal havia terminado, o celular acusou uma mensagem de texto. — "Desça Cinderela que a sua carruagem está na porta" — Ele riu e deixou o quarto apressado.

O BMW X6 branco estava esperando por ele na porta do hotel, mas ao invés do motorista era a própria Carmen que o aguardava sentada ao volante. Ele já ia abrindo a porta quando ela pulou para o banco do lado. Ele entendeu o recado e dando a volta pela frente do BMW se sentou ao volante. Olhou para ela e percebeu que ainda estava com as mesmas roupas de executiva com que havia passado o dia todo, mas obviamente não comentou nada e apenas perguntou.

— Muito bem madame, para onde deseja ir?

Ele sorriu.

— Por hora me leve a Via Condotti. Quero fazer umas comprinhas.

Angelo fez uma reverência concordando, ligou o carro e mantendo o seu bom humor se dirigiu ao que ele gostava de chamar de "o inferno dos homens em Roma". Na Via Condotti estão localizadas as lojas das mais sofisticadas grifes do mundo e ir até lá com uma mulher que gostasse de comprar, e principalmente de gastar, significava ter de passar algumas horas assistindo a um desfile interminável de vestidos, sapatos, bolsas, enfim, tudo o que compõe o universo feminino que somente o próprio universo feminino repara, pois é impressionante que por mais que os homens repetissem, as mulheres nunca iriam entender que para eles pouco importava a marca do vestido, mas apenas se é bonito, sexy e fácil de tirar.

Porém ao chegarem ele ficou surpreso com a maneira que Carmen escolheu suas roupas. Ela entrou direto na loja Valentino, cumprimentou a gerente com um beijo no rosto, foi com a mulher até uma sala no fundos da loja e voltou de lá menos de 30 minutos depois com um curtíssimo vestido de alcinhas prateado que também deixava muito dos seus seios à mostra, sapatos também prateados de saltos altíssimos e uma pequena bolsa combinando com tudo, além de estar com os cabelos belíssimos. Ele se despediu da gerente com mais um beijo e se virou para ele.

— Que tal?

Ele ficou olhando para aquela deusa por alguns instantes antes de responder.

— Você está absolutamente encantadora, senhorita Velásquez.

— Obrigado senhor Cesari, vê-se logo que o senhor é um homem de bom gosto.

Ambos riram e saíram de braços dados para o ar frio do começo da noite de outono. O vestido dela não era nem um pouco quente, mas ela enfrentou o frio com elegância até chegarem novamente na BMW. Quando entraram, Angelo olhou então para ela e não fez nenhuma questão de esconder o fascínio que os pelos arrepiados de suas pernas, braços e principalmente os bicos rígidos dos seus seios estavam lhe causando. Ela então se inclinou para ele e disse.

— Você poderia me esquentar?

Ele mal podia acreditar no que estava vendo e quando já estava se projetando na direção dela, certo que se beijariam, ela colocou a mão em sua boca e com um sorriso maroto lhe disse.

— Angelo, acho que houve um mal-entendido da sua parte. Eu preciso apenas que você vá até o porta-malas do carro e pegue o meu casaco, por favor.

Ele riu e como ela pediu pelo casaco de peles branco que estava acomodado em um saco transparente e voltou com ele nas mãos. Entregou a ela e prometeu a si mesmo que não iria mais bancar o idiota, ou ao menos faria o máximo possível, pois diante daquela mulher qualquer homem se sentiria um idiota.

— Para onde agora, madame?

— Vamos jantar e depois decidimos o que fazer do restante da noite — Disse ela novamente com a malícia na medida certa de sempre.

Ele ligou o carro.

— E onde você quer jantar?

— Angelo, ao menos uma vez, me surpreenda.

— Ele sorriu, pegou o celular e mandou uma mensagem de texto. Alguns segundos depois recebeu a resposta e sorrindo ele partiu com o BMW.

Meia hora depois eles já estavam fora dos limites da cidade quando Angelo parou em frente ao portão de uma grande casa no mais tradicional estilo da Toscana. Carmen olhou para ele e nem precisou dizer nada.

— Você me pediu para surpreendê-la, não foi? – Ele sorriu como uma criança que estava prestes a fazer alguma coisa errada.

Saiu do carro e apertou o botão do interfone. Alguns segundos se passaram e uma voz estourou no alto-falante.

— Pronto?

— Marcelo?

— Si.

— Abre essa merda que eu quero entrar e cuidado com a língua que eu estou acompanhado. — Angelo disse em português.

— Só poderia ser um playboy de São Paulo para me encher o saco a essa hora!

O portão começou a se abrir e ele voltou para o carro e seguiu por cerca de 200 metros em uma alameda ladeada de Ciprestes Italianos até chegarem a um grande sobrado com um pátio redondo de tijolos onde pararam o carro. No centro do pátio havia uma fonte com um anjo que soprava uma flauta da qual água jorrava. Um cenário típico de um filme romântico.

A entrada do sobrado era feita por uma porta de duas folhas enormes, com mais de três metros de altura, ricamente trabalhada e com janelas de vidro bisotado protegidas por delicadas barras de ferro. Sobre a porta existia uma marquise de telhas antigas e ladeando a entrada duas luminárias rústicas.

Em frente à entrada se encontrava um homem e uma mulher abraçados, ambos na casa dos 40 e poucos anos, ele um homem nem bonito nem feio, alto cabelos e olhos pretos e com um corpo de quem deveria praticar esportes com regularidade, e ela também morena, com um rosto muito bonito onde reinavam um par de lindos olhos verdes, enfim um casal que combinava. Eles eram o tipo de pessoas que aparentam estar de bem com a vida, bronzeados pelo sol e vestidos de maneira simples mas elegante. Eles irradiavam alegria e antes mesmo de se cumprimentarem ele percebeu que Carmem parecia já gostar deles.

Angelo saiu do carro, pegou Carmen pela mão e se dirigiu ao casal.

— Boa noite, seus paulistas perdidos no mundo!

— Boa noite, seu italiano pervertido!

E Angelo mergulhou entre os dois os abraçando ao mesmo tempo como irmãos que não se veem há muito tempo. Depois de Angelo enxugar uma lágrima furtiva que insistiu em correr durante o abraço, ele se virou para Carmen.

— Carmen, esses são Juliana e Marcelo Braga, um casal de amigos que se cansou da correria em São Paulo e resolveu ser caipira na Itália que é bem mais chique do que em uma cidade do interior de São Paulo.

— Carmen, disse Juliana, seja bem-vinda à nossa casa. Por favor, entre e fique à vontade.

Carmen agradeceu e seguiu Juliana. Logo atrás vieram Marcelo e Angelo abraçados e ambos olhando para as pernas de Carmen que o casaco não cobria e rindo como duas crianças.

A sala do sobrado era um choque de modernidade em contraste com a fachada tradicional da Toscana. Um ambiente muito grande, clean, extremamente moderno e de um bom gosto sem igual dividia espaço com um grande balcão atrás do qual havia uma moderníssima cozinha. No canto posterior à cozinha havia uma escadaria em madeira e inox que levava ao andar de cima onde existiam seis confortáveis suítes. Quantidade necessária para que eles hospedassem os vários amigos que tinham pelo mundo, principalmente os brasileiros que sempre que vinham à Itália faziam questão de ver o casal. O próprio Angelo já havia se hospedado ali algumas vezes, mas aquela era a primeira vez que ele os visitava depois do divórcio na companhia de alguém e estava um pouco tenso, mas a recepção calorosa de Juliana para com Carmen o havia relaxado totalmente.

Se sentaram nos sofás bem em frente à moderna lareira a gás instalada no meio da sala de estar. Toda em vidro e aço inox tinha uma chaminé que descia do teto e ficava suspensa a um metro das pedras arredondadas que ficavam sobre as chamas e que mesmo depois da lareira ser desligada ainda mantinha o ambiente aquecido por um bom tempo. Mas naquele momento a lareira estava em pleno uso e o ambiente era todo conforto e aconchego.

— Angelo Cesari, sua visita merece um brinde — disse Marcelo, pegando duas taças e a garrafa recém aberta de um Chianti DOCG que eles haviam acabado de abrir e servindo primeiro Carmen, completando a taça de Juliana e servindo uma taça para Angelo. Depois completou a sua própria e propôs um brinde — Salute e amore per tutti — o tilintar das taças fecharam o ritual.

— Espero não ter avisado sobre a visita muito em cima da hora. — disse Angelo.

— Não se preocupe com isso, tivemos tempo suficiente para deixar tudo preparado e agora só falta colocarmos a massa no fogo e jantaremos em uma hora no máximo. — lhe tranquilizou Juliana e então se levantou para se dirigir ao grande balcão de aço inox onde havia um fogão profissional de 5 bocas, pia e bancada. Nas paredes mais atrás estavam duas moderníssimas geladeiras, um freezer, dois fornos e vários equipamentos de cozinha profissionais.

Carmen que até então havia permanecido praticamente calada aproveitou o momento e se aproximando do ouvido de Angelo para que ninguém ouvisse sussurrou.

— Dessa vez você conseguiu me surpreender mesmo e lhe deu um beijo no rosto.

Fazendo isso se levantou e seguiu Juliana para a cozinha deixando Marcelo e Angelo à vontade para conversarem.

— Angelo, ou você está rico e não contou para os amigos, ou você aprendeu técnicas de hipnotismo e está usando com essa mulher... Como você arrumou essa deusa?

— Angelo riu.

— Antes eu tivesse arrumado. Não temos nada, ao menos nada ainda, somos apenas amigos.

Angelo olhava para Carmen e Juliana conversando enquanto preparavam o jantar. Ela era simplesmente perfeita salvo apenas o pequeno detalhe de ser uma mafiosa internacional que poderia acabar com a vida dele a qualquer momento. Fez um sinal discreto para Marcelo que entendeu imediatamente.

— Meninas, vou levar Angelo até a garagem para ele ver como está ficando a restauração do meu brinquedo. — Ele estava restaurando um Alfa Romeu Spider 1959 há dois anos e o projeto estava quase pronto. Todas as vezes que Angelo os visitava Marcelo fazia questão de mostrar o andamento do projeto.

— Vocês homens e seus brinquedos — Disse Juliana — Não vão demorar muito, comemos em uma hora não se esqueçam.

Carmen olhou para Angelo de maneira desconfiada, mas se virou e continuou a conversar com Juliana. Eles então se levantaram e seguiram para a garagem. Assim que saíram pela porta, Marcelo perguntou.

— O que está havendo meu velho, que tensão é essa?

Angelo fez um sinal de silêncio e continuaram andando até chegarem à porta da garagem e Marcelo acionou o controle remoto, entraram e então acenderam as luzes. O Alfa estava coberto por uma capa e ambos começaram a removê-la com calma.

O carro estava ficando absolutamente perfeito. O vermelho da pintura brilhava como novo, bem como todos os detalhes cromados que nesse modelo eram muitos. Apenas a parte interna ainda estava sendo restaurada. Não havia nenhum instrumento no painel, pois Marcelo os havia enviado à Suíça para que fossem minuciosamente restaurados por um especialista. Não havia bancos e nem outro revestimento interno que também estava nas mãos de outra pessoa, dessa vez na própria Itália, também para serem restaurados, juntamente com a capota. Realmente esse era o carro mais bonito que a Alfa Romeo havia produzido em toda a sua história, disso não havia dúvidas.

Angelo se apoiou na porta do carro se inclinando para dentro em direção a Marcelo que estava no lado oposto e que fez o mesmo para que pudessem falar baixo, mas como se estivessem olhando algum detalhe dentro do carro.

— Marcelo, estou muito encrencado e dessa vez é sério.

— Eu posso ajudar em alguma coisa? — Disse Marcelo visivelmente preocupado.

— Sim, preciso que você prometa que se acontecer algo comigo você vai ajudar a tomar conta dos meus filhos no Brasil.

Marcelo levou um susto.

— Angelo, mas é tão sério assim? Você está sendo ameaçado? Caralho meu velho, o que você aprontou de tão sério?

— Marcelo, não dá para falarmos nisso agora e preciso que você não comente nada com a Sônia e muito menos com a Carmen.

— Angelo, mas que merda está acontecendo? Deve haver alguma coisa que eu possa fazer por você!

Marcelo estava visivelmente abalado e Angelo tentou acalmá-lo para que não demonstrasse todo esse nervosismo na frente de Carmen.

— Marcelo, pode ser que eu peça a sua ajuda para sair da Itália, ainda não sei, mas nesse momento eu preciso apenas ter certeza que você irá ajudar a Raquel com a crianças se for necessário. É só isso que eu lhe peço.

— Angelo, é lógico que nós ajudaremos, mas cara, me conte o que está havendo, quem sabe podemos pensar em alguma coisa juntos?

Marcelo era uma das pessoas em que Angelo mais confiava e poder dividir o que estava passando com alguém assim era irresistível, então quando ele ia começar a falar Carmen entrou na garagem.

— Marcelo, que carro maravilhoso! Parabéns, serei obrigada a lhe fazer uma oferta tentadora quando estiver terminado. — Não era a mesma Carmen que havia chegado com ele naquela casa, era novamente a Carmen fria e calculista da sala de reuniões. Angelo percebeu imediatamente, tentando disfarçar o susto o melhor possível e respondeu por Marcelo.

— O Marcelo está vendendo esse carro? Só vendo para crer! — Disse ele tentando quebrar o clima ruim que havia se instalado com a chegada dela.

— Acho que infelizmente o Angelo tem razão Carmen, vender será difícil, mas eu prometo que empresto para você quando quiser, ou então eu levo você para dar uma volta, mas apenas se você prometer usar esse vestido na ocasião!

Ela riu e Angelo percebeu que Marcelo tinha se saído melhor do que ele para quebrar o clima e que também seria capaz de manter o segredo ao menos por hora, mas por quanto tempo Carmen havia ficado parada na porta da garagem e o quanto ela tinha ouvido da conversa entre os dois?

— Crianças, o jantar está quase pronto, vamos? — e de braços dados com os dois, seguiu com eles de volta a casa.

O jantar foi perfeito como sempre. Juliana havia feito uma massa crista de galo recheada com queijo de cabra, creme de cebola roxa e pó de azeitonas pretas e também um ravióli de pupunha com camarão e molho de limão. Ambos estavam sensacionais e a conversa fluiu animada. Marcelo e Juliana falaram dos filhos, da família no Brasil e dos amigos queridos que eles haviam deixado para trás e Carmen falou basicamente da sua carreira e da sua vida de solteira por opção, mas sempre tomando o cuidado de fugir dos detalhes.

Quando Carmen perguntou o porquê de eles terem saído do Brasil para viver na Itália foi Juliana que respondeu.

— Eu tinha uma rede de restaurantes em São Paulo e o Marcelo uma empresa produtora de eventos. Trabalhávamos 12 horas por dia e mal nos víamos e aos finais de semanas estávamos tão cansados que não tínhamos energia sequer para aproveitar a nossa casa de praia ou mesmo fazer um simples passeio pela cidade. Nossos filhos estavam crescidos e ambos de partida para estudar no exterior, então percebemos que aquela poderia ser uma oportunidade de mudarmos totalmente de vida e decidimos então sair do Brasil e vir morar na Itália. Como eu já tinha a cidadania italiana ficou fácil de conseguir para o Marcelo e para as crianças, então, vendemos a empresa e os restaurantes e quase tudo que tínhamos no Brasil e nos mudamos para cá há quatro anos. Montamos alguns pequenos negócios que prosperaram e hoje temos três empresas na área de eventos que são administradas por nós dois juntos, porém no ritmo italiano que nos permite uma qualidade de vida muito melhor do que no Brasil. Para matarmos as saudades viajamos todos os anos para a nossa casa de praia que foi a única coisa que mantivemos no Brasil e assim vamos levando a vida.

Os olhos de Carmen se encheram de lágrimas e Angelo sabia que naquele momento era a Carmen sensível e amorosa que estava sentada ali com eles e que de alguma maneira aquela conversa lhe havia tocado fundo.

MADRID, 1951

Jacques Halevy

Ele havia passado a noite em claro ao lado da cama do hospital e o tempo todo havia segurado a mão dela entre as suas. Estavam juntos há quase 10 anos e a eminência de perdê-la o deixava completamente desesperado. Haviam passado juntos por toda a sorte de percalços começando por sobreviver milagrosamente ao dia em que se conheceram naquele descampado francês rodeados de corpos sem vida. Com muito esforço ele havia conseguido levá-la até uma cabana abandonada que ele encontrou no meio da mata, e onde ficaram escondidos por dois dias. Ela havia pedido a ele que desenterrasse sua mãe e seu pai tanto para que pudessem lhes dar um enterro digno, dentro dos preceitos da religião judaica, quanto para evitar uma possível volta dos soldados alemães para remover dali a prova da brutalidade que haviam cometido e assim destruírem os corpos. Então ele, mesmo estando ainda bastante ferido, retornou ao local da chacina e desenterrou não somente os pais dela, mas também todas as pessoas que haviam sido mortas naquele dia.

O cheiro dos cadáveres na fase inicial de decomposição foi tão terrível que mesmo depois de vários anos, todas as vezes que ele se lembrava daquilo sentia como se tudo em seu redor ficasse impregnado com ele — "Esse é o cheiro do fim de toda a esperança" — pensava enquanto cavava as novas sepulturas em uma pequena clareira rodeada de árvores e de alguns arbustos floridos à beira de um riacho a pouco mais de 200 metros de onde os alemães os haviam assassinado. Quando terminou enterrou primeiro as outras pessoas deixando os pais de Deborah para o final e então enfrentando o cheiro terrível e a rigidez dos corpos os despiu das roupas imundas, banhou cada um deles o melhor que pode e os enrolou em pedaços de lona encontrados na cabana. Costurou então as lonas deixando somente os rostos aparentes e colocou os dois corpos ao lado das sepulturas cavadas por ele. Foram necessários dois dias de trabalho árduo e sem se alimentar, mas por fim pode retornar a cabana e carregá-la para que pudesse ver seus pais pela última vez e se despedir adequadamente deles.

Quando chegaram ao local ela se surpreendeu com o carinho com que Jaques havia cuidado de seus pais e quando os olhares de ambos se cruzaram não havia mais nada a ser dito. Seriam um do outro pelo resto de suas vidas. Ela então improvisou uma cerimônia judaica que o emocionou profundamente e ao final ele colocou delicadamente os corpos nas covas bastante profundas e os enterrou colocando pedras por cima da terra para evitar que animais selvagens desenterrassem os corpos. Ele também fez marcas profundas nos troncos de várias árvores ao redor do local para que se conseguissem sair vivos daquela situação, um dia voltassem ali para resgatar os corpos de todas as pessoas e lhes proporcionarem um enterro realmente digno em terra sagrada.

Há quatro dias eles não comiam nada além de pequenas frutas que ele havia encontrado na mata próxima a cabana e ambos estavam muito fracos, principalmente Deborah que apesar de não ter nenhuma grande ferida externa sentia muitas dores no abdômen onde havia levado vários chutes dos nazistas. Eles precisavam desesperadamente de comida então a levou de volta para a cabana e saiu novamente em busca de alguma comida para os dois.

Andou por cerca de duas horas seguindo a margem do riacho onde haviam enterrados os corpos e finalmente avistou uma pequena casa cercada de plantações e vários currais para gado, chiqueiro de porcos e um galinheiro. Não seria muito difícil ele se arrastar pelo mato alto da beira do riacho até as plantações e tentar colher alguns legumes e folhas para se alimentarem. Quem sabe até uma galinha ou duas, pois era Deborah que precisava de cuidados e uma canja de galinha com alguns legumes seria o ideal. Foi quando ele sentiu um cano frio pressionando a sua cabeça contra o chão e um gatilho sendo puxado para trás e armando o cão da arma, com aquele "clic" seco tão característico. Pensou em Deborah e como ele conseguiria sobreviver sem ele a ajudando e rezou por ela se esquecendo totalmente que quem estava na mira daquela arma era ele mesmo. Foi quando ouviu uma voz de mulher falando em francês.

— Quem é você e o que quer aqui?

Ele não conseguia responder pois ela estava apertando o cano da espingarda tão forte contra sua nuca que ele era incapaz de mover os lábios pressionados contra o chão e apenas murmurou algo incompreensível, mas que fez a mulher perceber que estava exagerando na força, então ela aliviou um pouco a pressão, mas somente o suficiente para ele conseguir falar.

— Me desculpe senhora, juro que não queria lhe fazer mal, mas eu e minha – ele hesitou um pouco antes de concluir — mulher estamos muito feridos e precisamos desesperadamente de comida. Eu iria tentar colher alguns legumes de sua horta e somente isso — ele achou melhor omitir a parte da galinha.

Ela então se afastou um pouco.

— Levante-se com as duas mãos em cima da cabeça.

Jaques percebeu que a situação dele era tão ruim que a mulher deixou de completar a frase com a famosa ameaça do "se tentar alguma coisa estouro a sua cabeça" o que ele interpretou como um bom sinal, então com bastante dificuldade por estar com as mão em cima da cabeça ele se levantou e a encarou. Era uma mulher na casa dos 50 anos, cabelos e olhos castanhos, um pouco acima do peso e com um rosto redondo e faces avermelhadas pelo sol.

— Como você se chama e do que está fugindo?

Ele pensou em mentir, inventando alguma história sobre um assalto ou coisa do tipo, o que no fundo não seria exatamente uma mentira, mas olhando para a mulher alguma coisa o fez dizer a verdade.

— Meu nome é Jacques Halévy. Somos judeus e fomos raptados por soldados nazistas em Paris. A maioria de nós morreu em uma execução em massa a alguns quilômetros daqui, mas minha mulher e eu sobrevivemos e agora eu preciso arranjar comida para ela, senão ela irá morrer em decorrência dos ferimentos que sofreu.

A mulher continuou imóvel com a arma engatilhada e ele achou que seria o fim. Olhou fixamente para a mulher e ainda teve tempo para pensar em Deborah uma última vez antes que ela começasse lentamente a baixar a espingarda até o cano ficar apontado para o chão em um ângulo de 45 graus. Ela olhava para ele com um misto de nojo e pena e ele então olhou para as suas próprias roupas. Realmente ele parecia ter saído de um chiqueiro. Sua roupa estava imunda, seus cabelos embaraçados e sujos, seu rosto e mãos cobertos de terra, enfim um perfeito maltrapilho de beira de estrada.

- Tire o paletó e vire-se devagar. Quero ver se você tem alguma arma escondida.

Ele obedeceu e depois de uma inspeção visual detalhada ela baixou totalmente a arma. Uma hora depois ele e Deborah estavam retornando à casa da mulher na caçamba de sua velha caminhonete e ele explicava que ela se chamava Elaine e se prontificou a escondê-los e alimentá-los até que eles se sentissem mais fortes para partir. Apesar de não ser judia ela abominava a perseguição que os alemães estavam promovendo contra os judeus na França, após terem feito a mesma coisa na Polônia e na própria Alemanha e que já havia perdido alguns bons vizinhos judeus com propriedades perto da sua e que simplesmente evaporaram de suas casas do dia para a noite.

Graças a Elaine eles puderam se recuperar e três meses depois cruzavam a fronteira da França com a Espanha e moravam em Madri desde então.

A saúde de Deborah nunca se recuperou totalmente e o resultado a médio prazo daquela sessão de tortura foi a perda de um rim, a retirada do baço e a perda de uma das trompas. Era um segundo milagre ela ter sobrevivido ao parto do menino que agora dormia no berçário da maternidade, porém o esforço feito por ela para dar a luz parecia estar cobrando o seu preço. Ela havia perdido muito sangue e o parto se complicou, sendo necessária uma cesariana de emergência. Ela havia tido uma parada cardíaca e tinha sido reanimada ainda na mesa de parto e depois de quase cinco horas ele pode vê-la e só conseguiu segurar o choro ao se deparar com ela totalmente abatida e quase sem vida, porque assim que ele entrou no quarto ela sorriu para ele e apontou com os olhos o bebe dormindo em um berço ao lado da cama.

— É o nosso pequeno David meu amor!

Ele foi até o berço e pela primeira vez olhou para o seu filho. As lágrimas brotaram em seus olhos e escorreram pelo seu rosto até pingarem de seu queixo, deixando molhada uma parte da manta que cobria o bebê. Ele então limpou o rosto da melhor maneira possível e voltou a olhar para Deborah. Ela estava tão pálida, tão fraca, mas mesmo assim sorria para ele deixando claro que aquele era o dia mais feliz da sua vida. Deveria ser o dele também, mas a possibilidade de perdê-la transformava tudo em dor. Os médicos haviam lhe dito que durante a gravidez a falta de um dos rins debilitou muito a saúde dela e que o parto difícil só piorou o quadro. Eles haviam conseguido estancar a maioria da hemorragia interna que havia causado a parada cardíaca durante a cirurgia, mas a chance de o sangramento voltar era muito grande e se isso ocorresse ela morreria uma vez que não seria possível operá-la novamente nas condições em que ela se encontrava. Ele então se ajoelhou ao seu lado, pegou a sua mão delicada e a beijou levemente nos lábios. Quando seu rosto se aproximou do dela ele mal conseguiu sentir a sua respiração, mas tentou se manter forte e otimista.

— Ele é um meninão querido, obrigado por ser tão corajosa. Mas agora você tem que descansar bastante, pois tem um filho que precisa de você. Assim que você estiver melhor iremos todos juntos para casa.

Ela olhou então para ele da mesma maneira que tinha olhado no enterro de seus pais e ele soube da mesma maneira que antes que ela o amava tanto quanto ele a amava. Mas além do amor, ele sabia que ela sentia uma enorme admiração e orgulho por ser sua esposa. Haviam chegado na Espanha com o pouco dinheiro que ele havia prendido ao seu corpo e mesmo assim conseguiram refazer as suas vidas. Ele havia recomeçado a sua oficina gráfica e depois de alguns poucos anos já viviam com bastante conforto. Mas além disso ela se orgulhava dele por sempre cumprir as suas promessas, como ter voltado à França logo após o fim da guerra, reencontrado o lugar onde os corpos tinham sido sepultados por ele, removê-los e enterrá-los no cemitério de Estrasburgo, fronteira da França com a Alemanha e terra Natal dos pais dela.

— Jaques, você tem que ser forte. Nós dois sabemos que eu nunca sairei via desse

hospital.

— Não diga isso meu amor, você vai se recuperar e iremos criar o nosso filho juntos!

Ela sorriu.

— Meu lindo Jaques e a sua mania de querer consertar tudo. Meu amor, quero que você me prometa duas coisas – sua voz era tão fraca que ele se inclinou sobre ela para ouvi-la melhor — A primeira é que você falará sempre de mim para David. Conte como a mãe dele o amou mesmo tendo ficado tão pouco tempo com ele e que ele foi a melhor coisa que poderia ter acontecido na minha vida — ele começou a chorar — e a segunda é que você esqueça Maurice para sempre e pare de querer se vingar dele. Eu não posso deixar que isso acabe matando você e prejudique o nosso filho. Deixe aquele demônio seguir a vida dele aqui na terra, pois Deus o castigará depois da morte.

Jaques não disse nada e ela insistiu.

— Me prometa meu amor, eu lhe peço.

Então ele apertou a mão dela mais forte e prometeu que nunca mais iria tentar se vingar de Maurice e que daquele momento em diante viveria apenas para ela e para Davi.

Quando ouviu isso ela sorriu e, virando a cabeça para o lado, olhou mais uma vez para David e se virou para Jacques.

— Me beije meu amor, como se nunca tivéssemos nos beijado antes.

Ele segurou carinhosamente a sua cabeça entre as mãos e colocou no beijo todo o amor que ele sentia por ela e ela por mais fraca que estivesse retribuiu da mesma maneira.

Assim que os seus lábios se descolaram ela o olhou pela última vez e fechando os olhos deixou a cabeça pender para o lado e parou de respirar.

Angelo

Já passava das 23h30 quando Angelo e Carmen se despediram de Marcelo e Juliana. Em pé na porta da frente do sobrado Marcelo e Angelo se abraçaram ao mesmo tempo que Juliana e Carmen se beijavam no rosto.

— Angelo, eu se fosse você cuidava bem dessa mulher. Ela é mesmo muito especial – disse Juliana com sinceridade.

— Vou cuidar, Juliana — "a não ser que ela me mate antes", pensou ele.

Entraram no carro e partiram pela alameda arborizada a caminho do portão de entrada.

— Seus amigos são realmente especiais Angelo.

Ele olhou para ela sem saber quem estava falando, se a Carmen ser humano ou se a Carmen mafiosa, mas mesmo assim ele concordou.

— Muito especiais. Na verdade, os considero meus irmãos.

— Seria uma pena que algo acontecesse com eles ou com seus filhos.

Eles haviam acabado de sair pelo portão e entrado na estrada que levava de volta a Roma e ele pisou violentamente no freio do BMW. Um caminhão que vinha atrás deles conseguiu desviar por pouco buzinando como louco quando passava raspando pela lateral esquerda do carro, mas Angelo nem percebeu.

— Você está ameaçando os meus amigos? Você é louca? Eu nunca deixarei você colocá-los em perigo! Disse Angelo completamente alterado.

Carmen olhou friamente para ele.

— Quem está colocando seus amigos em perigo é você mesmo Angelo. Por favor, tire esse carro da estrada agora.

Só aí ele percebeu os carros passando e buzinando ao lado deles e então andou com o carro somente o suficiente para saírem da estrada e entrarem no acostamento. Ele continuava transtornado e assim que o carro parou, ele foi para cima de Carmen tentando agarrá-la. Ele tinha que impedir que ela fizesse algum mal com a família de Marcelo, mesmo que isso significasse usar a força física. Porém, assim que ele a agarrou pelos ombros sentiu uma pressão sobre a sua barriga e olhando para baixo viu que Carmen mantinha uma pistola firmemente pressionada contra ela.

— Angelo, tire agora as suas mãos de mim senão eu juro que aperto esse gatilho.

Ele continuou a segurá-la.

— Angelo, vou lhe pedir apenas mais uma vez, me solte! — Ela gritou agora visivelmente irritada.

Ele não a soltou e meio segundo depois ouviu o tiro. — "essa louca atirou em mim!" — pensou enquanto a soltava e colocava as mãos sobre a barriga.

Carmen continuava a olhar para ele, mas agora de uma maneira fria e sem sentimento algum. Angelo então acendeu a luz interna do carro procurando desesperadamente pelo ferimento em sua barriga, mas ele não conseguia encontrar nada e também não sentia dor nenhuma. Achou que já estivesse morrendo e por isso não sentia nada e quando ele achou que iria desmaiar olhou para o banco entre as suas pernas e lá estava o buraco da bala que tinha saído daquela arma. Ela baixou o cano na hora do disparo e a munição atravessou o banco e se alojou no assoalho do carro.

— Você não... Mas porquê... Você é louca. — Ele disse, mas dessa vez sem gritar, pois, agora ele sabia do que ela era capaz.

— Não Angelo, você é que se descontrolou. Dirija e depois de se acalmar conversaremos. — Ela continuava com a arma na mão.

Angelo então saiu novamente com o BMW em direção a Roma e ficou calado. Rodaram por dez minutos sem dizer nada e então Carmen quebrou o silêncio.

— Você só pode ser um idiota completo para envolver os seus amigos — sua voz era calma e demonstrava uma preocupação real com a família de Marcelo, como se ela estivesse mesmo preocupada com eles.

Angelo olhou para ela e depois para a pistola Baby Glock 380 que ela ainda segurava.

— Como assim eu envolvi meus amigos? Você é que ameaçou a vida deles!

— Angelo, você tem certeza que me ouviu ameaçando alguém? Ou eu apenas disse que seria uma pena se algo acontecesse com eles?

— Carmen, você acha realmente que eu não sei distinguir uma ameaça de um comentário? Apenas você sabe que viemos aqui, então quem mais poderia fazer mal a eles senão você?

Ela olhou para ele e balançou a cabeça negativamente.

— Por acaso você já ouviu falar em GPS, Angelo? Ou em triangulação de sinal de celular? Ou mesmo um carro nos seguindo? Você acaba de colocar seus amigos tanto no mapa da ZTEC quanto provavelmente no da Interpol.

Angelo gelou. Ela tinha razão. Como ele podia ter sido tão idiota? Eles deveriam estar sendo rastreados o tempo todo, seja pela ZTEC, seja pela Interpol e tinha sido ele que os havia colocado em perigo e não Carmen — Idiota — ele disse para si mesmo.

— Mas e o que pode acontecer com eles? Você tem que me prometer que irá protegê-los da ZTEC — Angelo parecia realmente desesperado e Carmen tentou acalmá-lo.

— Angelo, a ZTEC não terá nenhum interesse em seus amigos se você continuar a cooperar conosco, mas se você nos trair ou deixar de cumprir a sua parte em nosso acordo eles podem acabar pagando a conta, por mais que eu me esforce para que isso não aconteça. Lembre-se que eu sou apenas uma das peças da organização e não tomo as decisões sozinha. Porém eu acho que logo eles irão ter um outro tipo de visita.

— A Interpol? Você pode ter razão, afinal eles têm meu telefone e eu também não duvido nada que eles nos tenham seguido hoje. Realmente eu fui um estúpido. Me perdoe pela reação, mas fiquei transtornado tanto com a possibilidade de eles estarem ameaçados como também de que essa ameaça viesse de você.

— Não se preocupe Angelo, confesso que sua reação foi destemperada, mas se eu não estivesse sempre preparada para esse tipo de situação não teria chegado onde cheguei. Só peço que nunca mais, por qualquer motivo, você encoste as suas mãos em mim, a não ser que eu peça – ela sorriu para ele — mas você não tem como sair ileso dessa situação.

— Como assim, achei que você já tivesse me perdoado e eu... — ela o interrompeu.

— Você vai gastar um bom dinheiro para pagar pelo banco do meu carro...

Apesar do clima ainda tenso, ambos riram e relaxaram um pouco, então ela se inclinou e o beijou no rosto, e o carro continuou em direção a Roma.

A cerca de 20 metros da saída da casa uma motocicleta estava estacionada entre os arbustos. O policial se preparava para segui-los quando o carro freou bruscamente logo após passar pelo portão e ele rapidamente voltou a se esconder. Logo em seguida o carro encostou no acostamento da estrada e ele tentava ver o que acontecia dentro do veículo quando viu um clarão seguido de um estampido. Alguém havia disparado uma arma dentro do carro e ele instintivamente desceu da moto, sacou a sua arma e se aproximou com cuidado por trás do veículo. Quando ele estava a poucos metros do BMW o carro voltou a se mover e ele retornou correndo para a sua motocicleta e acelerou forte para não perder o carro de vista.

Quando a moto já começava a pegar velocidade um carro que vinha em sentido contrário atravessou a pista e se chocou em cheio com a roda dianteira da moto. Ele foi jogado por cima do carro caindo no asfalto de costas. Ele tinha dado sorte pois o colete lombar por baixo da jaqueta havia absorvido o impacto e com um pouco de dificuldade começou a se levantar e já estava de joelhos quando ouviu uma buzina forte explodindo a poucos metros dele e se virou. A última coisa que ele viu foram os faróis do caminhão se aproximando.

109

A alguns metros dali, ao lado do carro e da moto batidos, o homem que o dirigia estava em pé ao lado da porta aberta no momento exato em que o policial era esmagado contra o pára-choque do caminhão. O capacete destruído do policial caiu a poucos metros dos seus pés e então ele sorriu, se virou, entrou no carro e seguiu em direção a Roma.

Peter

Ele estava em frente ao espelho olhando a barba recém-feita e pensando que chegar aquela idade com um rosto como o dele era uma mistura de privilégio genético e muitos milhares de dólares investidos em tratamentos, cremes e massagens. Mas olhando o resultado ele tinha certeza que havia valido a pena. Ter conquistado Aleksandra tão rápido o deixou envaidecido, ao mesmo tempo que a adrenalina de estar brincando com uma agente da Interpol que estava investigando as operações da sua principal companhia, tentando descobrir quem ele era o fazia se sentir vinte anos mais jovem.

Contrariando o ditado popular, ele sempre que podia misturava o trabalho com o prazer e sempre conseguia tirar o melhor das pessoas, em ambos os sentidos como havia conseguido com Carmen e outras mulheres antes dela. Agora se via às voltas com essa agente da Interpol e ele faria de tudo para conseguir além do sexo, qualquer informação relevante das investigações sobre a ZTEC. Ele tinha as coisas absolutamente sob controle, mas precaução nunca era demais, e quando ser precavido significava se deliciar com uma mulher linda e inocente como Aleksandra, trabalho e prazer se misturavam de maneira perfeita.

Estava imerso em seus pensamentos quando o telefone tocou.

— Fale.

— Eles estão sendo seguidos por apenas um motociclista. Pode ser o momento certo de mandarmos um recado — disse a voz do outro lado.

— Excelente. Continue rastreando os dois e se houver uma boa chance pode agir.

— Entendido.

Peter terminou de se arrumar e usou o interfone. A recepcionista atendeu com rapidez.

— Senhor Michael, pois não?

— Meu carro, por favor. O esporte.

— Imediatamente senhor.

Cinco minutos depois ele saía pela porta do Babuíno 181 e entrava em um Porsche 911 GT2 RS prata, o modelo mais rápido da marca com mais de 600 cavalos de potência e todo o luxo que um carro esportivo poderia oferecer. Entrou no carro e saiu devagar como se desfrutando do ronco grave do motor rodando em baixo giro, mas esse carro não foi feito para andar devagar e quando chegou a Piazza Del Popolo acelerou forte e contornou a praça fritando os pneus traseiros, virando à direita e continuando a acelerar na Viale Del Muro Torto, e colocando o Porsche de lado para fazer a entrada na Via Corso d'Italia e só reduzindo a velocidade quando entrou à direita na Via Montebello e depois à direita novamente parando em frente ao número 6 da Via Del Macao. Aleksandra estava hospedada no hotel XX Settembre, um simpático e econômico três estrelas muito utilizado por pequenos empresários e executivos de médias empresas com restrições de verbas para viagens.

"Quando ela trabalhar para mim não precisará mais se preocupar com o valor das diárias" pensou Peter, e então ligou no celular dela.

Três toques e ela atendeu.

— Ciao belíssima!

— Ciao Michael, pontual não?

— Sou suíço se esqueceu?

— É verdade. Já estou descendo. — E desligou.

Cinco minutos depois ela saia a rua em um curtíssimo vestido preto e sapatos de saltos altíssimos. Apesar de já tê-la visto tanto vestida quanto nua, ele não conseguiu deixar de se impressionar. A beleza dela era óbvia, mas além disso Aleksandra era como uma modelo profissional, do tipo que produzida conseguia o que parecia impossível à primeira vista, ficar ainda mais linda. Ela realmente estava maravilhosa e ele desencostou do carro e foi em direção dela. A beijou nos lábios com toda a delicadeza para não borrar um milímetro de sua maquiagem e olhou-a diretamente nos olhos.

— Você está simplesmente radiante.

— Nada menos do que um homem como você merece – e dessa vez ela o beijou com força, não se importando com a sua maquiagem.

— Preparada para comer com uma das vistas mais lindas do mundo?

— Estou totalmente em suas mãos — disse ela com um tom deliciosamente malicioso na voz.

— Então relaxe e deixe o restante comigo.

O carro seguia por Roma e os dois conversavam tão deliciosamente sobre amenidades que ela apenas percebeu que estavam no aeroporto Leonardo Da Vinci quando entraram pelo estacionamento. Ele seguiu por entre os carros e parou em frente a um portão lateral. Aguardou alguns segundos até que o segurança abrisse o portão e o cumprimentasse com intimidade. O Porsche seguiu por entre dois hangares e parou em frente à entrada de um deles. Assim que o carro parou, um manobrista abriu a porta para Aleksandra e depois assumiu o volante para estacionar o carro. Ele a pegou pelo braço e entraram na recepção do prédio. Apesar de estar um pouco confusa com o local desde que chegaram ao estacionamento, somente nesse momento ela se manifestou.

— Iremos jantar no restaurante do aeroporto?

A pergunta era sincera e ele sorriu.

— Não exatamente.

Eles então entraram por uma porta e saíram em um hangar enorme com alguns aviões executivos. Ele então se dirigiu a um jato Legacy 650 da Embraer que tinha um tapete vermelho estendido em frente a porta onde enfileirados aguardavam o piloto, o copiloto e uma comissária de bordo.

Aleksandra olhou para ele com expressão de espanto e mais uma vez ele sorriu, mas dessa vez a beijou e sem dizerem nada subiram as escadas e entraram no avião que havia sido modificado contando agora com apenas 4 poltronas executivas posicionadas de maneira e comporem uma mesa de reuniões quando giradas para o centro do corredor e o todo o restante da aeronave formando uma luxuosa cabine com uma cama de casal, suíte com chuveiro, tela de led e um home theater de última geração.

Eles se sentaram.

— Michael, a curiosidade está me matando! Por favor me diga para onde estamos indo.

— Relaxe Aleksandra, pois eu prometo que você irá gostar muito.

Ela então sorriu novamente e ele percebeu que ela tinha decidido se colocar totalmente nas mãos dele e não fazer mais nenhuma pergunta. O Legacy começou a se mover e em mais alguns minutos as rodas se descolaram do chão.

Durante os 40 minutos do voo até o aeroporto de Nápoles, os dois conversaram principalmente sobre o trabalho de Aleksandra. Peter queria obter o máximo de detalhes possíveis sobre a investigação da ZTEC mas em nenhum momento fez uma pergunta direta sobre o tema, limitando-se a perguntas genéricas sobre o trabalho da Interpol. Ele sabia que podia contar com a vaidade de Aleksandra como sua aliada, pois ela demonstrava constantemente uma enorme satisfação pelo interesse dele em sua vida relativamente simples e aos poucos ele foi direcionando a conversa até o ponto que desejava.

— Me diga então o que uma agente da Polícia Federal Brasileira, fazendo parte de uma força tarefa da Interpol está fazendo em Roma? Não me diga que você está investigando a máfia italiana? Achei que eles tinham desaparecido! — brincou.

— Michael, na verdade a máfia italiana continua ativa como nunca, apenas mudou os seus métodos e passou a ser mais discreta e ainda mais organizada, trabalhando cada vez mais protegida por empresas de fachada, não somente na Itália, mas em vários outros países do mundo. Mas nesse momento esse não é o meu foco. Estou na Itália como parte de uma investigação que se iniciou no Brasil e que os desdobramentos me trouxeram até aqui.

Ele percebeu alguma hesitação na voz dela que a fez parar naquele ponto. Talvez a sua vaidade não estivesse sendo forte o suficiente para que ela rompesse a barreira óbvia de não entrar em detalhes sobre a investigação, mas ele precisava tentar quebrar essa resistência e então usou a admiração que ele sabia que Aleksandra já tinha por ele, e decidiu arriscar.

— Aleksandra, pode confiar e contar comigo para o que precisar — ele sabia que isso já bastaria para ela se abrir, e acertou.

— Michael, o que você sabe a respeito das operações da ZTEC?

— Bem, acho que o que todo mundo sabe. A ZTEC é uma holding que controla diversas empresas ao redor do mundo. Suas atividades se estendem a praticamente todos os ramos que são importantes para a vida das pessoas, desde alimentação, passando pela saúde, comunicação, entre tantos outros.

— O que você sabe sobre as atividades deles na área de defesa?

— Muito pouco. Já trabalhamos para eles algumas vezes, principalmente nas áreas de saúde e comunicação, mas nunca em nenhum projeto nessa área específica. Aliás, pelo que eu sei é uma área que aparentemente eles não dão tanta importância assim. – ele queria testar até onde Aleksandra sabia e minimizar o assunto sempre funcionava.

— Michael, eu acredito que a área de defesa e de equipamentos militares, incluindo aí provavelmente a fabricação de armamentos é uma das principais atividades desse grupo.

Aquilo o preocupou. Ela não tinha informações concretas, mas ele percebeu que o seu instinto de policial era muito bom e a estava levando na direção certa.

— Mas essa desconfiança se baseia em que?

Ela pensou um pouco como se estivesse organizando os seus pensamentos e, então, contou com detalhes desde a investigação por práticas desonestas da empreiteira OLV Engenharia no Brasil, principalmente em um projeto chamado SISCON, o suicídio suspeito do seu presidente, a surpreendente aproximação da maior empreiteira brasileira chamada BRASENG com a empresa italiana Sicurezza Totale, ex-consorciada da OLV Engenharia no projeto SISCON, chegando ao aliciamento de Angelo Cesari, presidente da operação brasileira da ST como a empresa era conhecida no Brasil e a repentina vinda dele para a Itália e os encontros com uma mulher chamada Carmen que pelo que parecia era uma das pessoas com mais poder dentro da ZTEC. Tudo levava a crer que a divisão de defesa da ZTEC tinha um enorme poder de articulação e existia a suspeita de que ela estaria manobrando a concorrência do sistema SISCON no Brasil e possivelmente agindo da mesma maneira em outros diversos países do mundo.

Ele a ouviu calado, admirado com o poder de raciocínio e principalmente pelo instinto investigativo daquela jovem mulher. Pensou em todas as possibilidades da atuação dela nas empresas do seu grupo e se ele finalmente teria encontrado a pessoa que permitiria a ele resolver o que ele considerava a última pendência com o passado. Obviamente que o aliciamento de Aleksandra seria dos mais complicados, principalmente pela juventude e pelo idealismo dela. A tendência é que com o tempo o idealismo das pessoas enfraqueça, soterrado por problemas reais como falta de dinheiro, frustrações profissionais e pessoais e mais um sem número de coisas que dia a dia se acumulavam como poeira, escondendo aos poucos o brilho com o qual as coisas boas e heróicas aparecem aos olhos dos mais jovens. Mas por outro lado, ela se mostrava uma pessoa inteligente demais para se dar por satisfeita com uma carreira na polícia, mesmo que fosse na Interpol, mesmo que ela ainda não soubesse disso, e ele poderia usar isso a seu favor. De qualquer maneira decidiu levar o teatro adiante.

— Parece que temos um verdadeiro thriller, não? Essa história daria um bom livro — fixou seu olhar no dela e continuou — mas se você estiver realmente certa, precisará de provas para uma ação concreta contra a ZTEC. Você acredita que está ao menos próxima de conseguir alguma?

Ela ficou por um tempo calada parecendo estar ponderando o que mais poderia ou não falar para ele e finalmente continuou.

— Você tem toda a razão. Ainda não conseguimos nada concreto contra a ZTEC nem mesmo contra a BRASENG. Tomamos a decisão de ampliar o foco das investigações para a ZTEC e apesar de continuarmos a investigar a BRASENG no Brasil, não temos ninguém infiltrado como Angelo e as coisas estão indo muito mais devagar do que gostaríamos — isso era bom, pensou Peter — mas a nossa esperança é que as investigações sobre a ZTEC corram com uma velocidade maior e que as atividades da BRASENG no Brasil acabem sendo expostas na investigação maior, talvez junto com outras operações que nem imaginamos que existam. Seria o melhor dos mundos para nós.

Esse instinto de predadora de Aleksandra deixava Peter cada vez mais interessado nela. Poucos policiais deixariam o caminho de uma investigação menor, porém mais bem estruturada e com um objetivo conhecido para apostar em uma outra, muito maior e começando praticamente do zero, apesar da ajuda inesperada para eles de Angelo Cesari. Essa mulher estava se revelando cada vez mais interessante.

— Bem, infelizmente como eu já lhe disse não sei muita coisa sobre as operações da ZTEC, mas prometo que tentarei ajudar na medida do possível, principalmente porque você quer manter isso em segredo e daí minha mobilidade fica ainda mais reduzida.

— É lógico que eu entendo e agradeço qualquer ajuda que você puder e dar. Acho que nem precisaria lhe dizer isso, mas a figura de Angelo Cesari precisa ser preservada a todo custo e em hipótese alguma o nome dele deve ser mencionado.

Ele assentiu com a cabeça tranquilizando-a e em seguida mudou de assunto.

— Coloque o seu cinto. Vamos pousar em poucos minutos.

O Legacy fez um curva para a esquerda e Aleksandra pode ter uma maravilhosa vista noturna da costa do outro lado da baía de Nápoles, onde ficam as cidades mais charmosas do litoral da Itália, mais conhecido como costa Amalfitana, entre elas as encantadoras cidades de Sorrento, Amalfi e Positano entre outras, além da belíssima Ilha de Capri. As luzes das casas e dos hotéis pendurados nos penhascos iluminados por uma lua cheia reinando em um céu limpo criavam um quadro que ela dificilmente iria esquecer. Mais alguns minutos e as rodas tocavam a pista do aeroporto de Nápoles.

Desceram do avião e entraram em uma minivan que rodou por algumas centenas de metros e parou ao lado de um helicóptero Agusta 109S que já os estavam aguardando com os motores ligados e assim que eles se acomodaram a aeronave levantou voo ela não se conteve.

— Michael, para onde estamos indo? Duas surpresas assim são demais até para mim!

Ele riu.

— Calma, lhe peço somente mais 15 minutos para não estragar a surpresa!

Ela consentiu e voltou a olhar a costa Amalfitana pela janela. Exatos 13 minutos depois eles pousavam em um jardim de uma luxuosa construção pendurada sobre um penhasco altíssimo.

Um homem veio até o aparelho, abriu a sua porta e recepcionou Aleksandra.

— Benvenuto a Capry signora! — e a ajudou a descer do helicóptero enquanto pelo outro lado Peter desembarcava sozinho e vinha ao encontro deles.

— Signor Michael! Benvenuto a nostra casa! — o tom de intimidade revelava que Peter era realmente um frequentador assíduo do lugar.

— Mario Ciao, como stai? E i bambine?

— Va bene grazie a Dio. Andiamo per favore!

— Grazie — disse Peter — e ambos os seguiram para dentro.

Eles então entraram em uma sala de estar ricamente decorada em estilo clássico.

A construção deveria ter mais de 300 anos e seu estado de conservação era impecável. Seguiram Mario até a entrada de um salão maior onde haviam apenas 5 meses, todas ao lado de uma janela com vista total para as escarpas da Ilha e as casas penduradas nos penhascos.

— Michael, que lugar é esse? Parece um sonho!

— Não Aleksandra, esse lugar é um sonho. Essa casa pertence a minha família há quase 100 anos e eu resolvi transformá-la em um hotel com apenas 5 quartos para clientes muito especiais e acho que consegui deixá-la da maneira que eu sempre sonhei.

Na verdade seu pai havia tomado aquela casa de um mafioso que lhe devia dinheiro ainda na década de 60 quando não valia quase nada e ele a transformara em um lugar onde os desejos mais extravagantes de seus principais clientes podiam se realizar, desde um final de semana em família até sessões de sexo grupal ou realização de algum desejo especial, dependendo do perfil de cada cliente. Enfim, um templo de luxo e poder sem limites, fantasiado de hotel romântico para ricos.

— Ela é simplesmente sensacional. Um dos lugares mais lindos que eu já estive e apesar de eu não dever lhe dizer isso apenas um dia depois de nos conhecermos — deu um sorriso do tipo "sei que vou encher a sua bola, mas não consigo resistir" — combina com você em todos os detalhes.

Ele sorriu.

— Espero que você não esteja me chamando de "clássico" que eu posso entender como velho!

— Eu estava pensando mais em fino e delicioso de olhar, mas você pode entender como quiser.

E ambos riram descontraídos e ela lhe deu um longo beijo.

— Obrigado por me trazer a esse lugar maravilhoso. Você é incrível.

— Eu espero poder propiciar ainda muito mais, se você me permitir.

Chamou Mário e pediu o espumante da casa que já estava preparado em um balde ao lado da mesa. Não havia rótulo algum na garrafa, mas o líquido era simplesmente esplêndido. Então cada um tomou uma outra taça e fizeram os pedidos. A noite tinha começado muito bem. Três horas mais tarde, após um jantar maravilhoso à base de massas e frutos do mar, já estavam a bordo do Legacy retornando a Roma, mas ao invés de sentados nas poltronas dessa vez estavam nus, fazendo amor na suíte do avião.

Octavio

Ele estava preocupado com o seu agente. Tentou contato várias vezes, mas o celular continuava desligado. Ele deveria manter a vigilância na entrada da casa onde Angelo estava com Carmen e avisá-lo assim que saíssem de lá, e também deveria manter contato de hora em hora enquanto isso não acontecesse, mas já haviam se passado quase duas horas do seu último contato e isso não era um bom sinal. Para piorar também havia tentado contato por várias vezes com Aleksandra também sem sucesso.

Os rumos que a investigação estava tomando não o agradavam nem um pouco. Continuavam basicamente no mesmo ponto que a dois dias atrás, dependendo quase que exclusivamente das informações vindas de Angelo e que em mais um dia não haviam trazido nenhuma novidade relevante segundo o breve relato feito por Aleksandra em um telefonema para ele, mais cedo naquela mesma noite. Ele sabia que precisavam agir rápido se quisessem ter alguma chance de provar qualquer ligação da ZTEC com atividades criminosas pois a sua experiência lhe dizia que mais cedo ou mais tarde eles saberiam, se já não soubessem, que estavam sendo investigados e nesse caso o nível de cuidado da parte deles iria aumentar muito e tudo ficaria ainda mais difícil.

As próximas 48 horas seriam fundamentais e ele precisava aproveitá-las da melhor maneira possível. Precisavam vigiar Carmen de perto, descobrir o máximo que conseguissem sobre ela e daí tentar traçar uma ligação dela com alguma atividade ilegal ou qualquer outra coisa que pudesse lançar um pouco de luz sobre o caso. Todas as investigações difíceis chegam a um ponto em que os envolvidos tem que decidir se realmente existe um caso ali ou então estão perdendo tempo com suposições que não possuem nenhuma consistência e parecia que esse momento havia chegado também para o caso da ZTEC, e as próximas 48 horas teriam que responder a essa pergunta. — Seu celular tocou. Era da delegacia e atendeu imediatamente.

— Octavio falando.

— Senhor, boa noite, desculpe ligar nesse horário, mas infelizmente as notícias são ruins.

Vinte minutos depois ele estava no necrotério de Roma reconhecendo o que restou do corpo de seu agente. O motorista do caminhão havia dito que ele não tivera tempo de fazer nada. A única coisa que viu foi um homem ajoelhado no meio da estrada bem em frente ao seu caminhão. Mesmo antes de ter conseguido frear ele já o tinha atropelado. Disse também que logo após o acidente ele viu um carro e uma motocicleta batidos na pista que vinha em sentido contrário e ao lado do carro um homem parado, mas que quando ele desceu do caminhão e olhou novamente apenas a motocicleta permanecia na pista e o carro havia sumido.

O agente morto se chamava Luigi e trabalhava com Octavio a mais de dez anos. Era esperto, inteligente e tinha um instinto aguçado para a investigação. Sempre tivera motocicletas e ele não se lembrava de nenhum acidente sequer que ele tivesse tido em todos esses anos. Alguma coisa estava muito errada e repentinamente ele percebeu que a dúvida sobre se realmente existia um caso para ser investigado havia sumido.

Carmen

Em pouco menos de uma hora Angelo parava a BMW em frente ao seu hotel. Haviam feito a maior parte do caminho em silêncio, ambos imersos em seus pensamentos. Ela não conseguia parar de pensar naquela família e principalmente em como a vida das pessoas por vezes tomava um caminho tão diferente do inicialmente planejado que se tornava difícil não se acreditar que tudo já estava escrito e por mais que você fizesse planos e se empenhasse em executá-los, nunca poderia fugir do seu destino já traçado.

— Adorei a noite, apesar do buraco no seu banco.

Aquilo a trouxe de volta à realidade e ela o olhou com carinho.

— Adorei a surpresa, apesar de tudo — respondeu com sinceridade.

— Você não quer subir um pouco? Acho que podemos beber alguma coisa juntos e tentar relaxar um pouco.

Era exatamente isso que ela havia planejado para hoje. Eles sairiam, se divertiriam e terminariam a noite juntos na cama dele. Tudo muito simples e prazeroso, mas apesar do enorme desejo que ele provocava nela naquele momento, algo havia mudado e agora ela apenas queria dormir.

— Vamos deixar para uma outra noite, bonitão. Quem sabe uma noite em que eu não tenha lhe dado um tiro?

Ele desceu do carro e ela assumiu o volante.

— Até amanhã — Ele tinha o olhar de um garotinho que havia ficado sem bola.

— Até amanhã, Angelo.

Carmen arrancou com o carro sem nem olhar pelo retrovisor. Tinha medo de que se o fizesse acabasse freando o carro e se jogando em seus braços. O carro seguia praticamente sozinho em direção à "suíte 2" como ela e Peter chamavam um confortável loft que ele também mantinha em Roma, principalmente para hospedar clientes que não podiam ou não queriam ser vistos na cidade. Funcionava também como um escritório alternativo para reuniões mais discretas e por fim, uma alternativa também para quando ele, como hoje, estava com alguém interessante. Ele era o patrão, e ela obedecia. Simples assim.

Enquanto rodava com a BMW por Roma sua cabeça continuava em Angelo e nos acontecimentos daquela noite. Quanto mais tempo passava com ele, mais ela percebia o quanto ingênuo ele era, ou então o quanto de malícia que ela havia incorporado nos últimos anos. Coisas que para ela eram absolutamente óbvias pareciam sequer ser consideradas por Angelo e apesar de no fundo ela achar aquilo romântico, poderia colocar tudo a perder em algum momento decisivo.

A falta de equilíbrio demonstrada por ele havia deixado ainda mais claro que existia um limite até o qual ele conseguiria suportar pressão, mas depois disso certamente ele se transformaria em uma bomba relógio com reações totalmente imprevisíveis. Porém o pior de tudo era que ela estava cada vez mais atraída por aquele homem e isso acabaria mais cedo ou mais tarde afetando o seu poder de discernimento e ela sabia que isso poderia ser o fim de todos os seus planos.

A noite realmente havia sido especial e por um momento ela desejou outra vida. Uma vida em que fosse permitido conhecer pessoas especiais e simplesmente desfrutar de suas companhias sem ter que se preocupar com as consequências que uma simples visita como essa poderia trazer. Se pegou então pensando naquela família e principalmente em como a vida das pessoas por vezes tomava um caminho tão diferente do inicialmente planejado que se tornava difícil não se acreditar que tudo já estava escrito e por mais que você fizesse planos e se empenhasse em executá-los, nunca poderia fugir do seu destino já traçado, como também o dela havia sido traçado, há muito tempo.

MADRID, 1987

Sentado atrás de sua velha escrivaninha, David estava olhando uma das fotos tiradas duas semanas antes no Parque Guell em Barcelona com Anita e as crianças. Haviam sido as duas semanas mais estranhas da sua vida e ele não podia deixar de pensar em como a sequência de eventos que haviam se iniciado exatamente no dia em que aquela foto havia sido tirada tinha mudado a sua vida para sempre.

Estavam visitando o parque quando ele se lembrou de uma foto que havia tirado com o pai muitos anos antes naquele exato lugar e decidiu então repeti-la, agora com a sua própria família. Ele não sabia ao certo se por ter sido filho único, ou então por ter ficado órfão de mãe logo após o seu nascimento, ou ainda pelos dois motivos juntos, havia optado por abdicar de uma vida mais confortável em termos materiais para ter uma família numerosa. Eram dois meninos e duas meninas com diferença de idade de no máximo dois anos entre eles, o mais velho com 14 anos e a mais nova com 9 completados no dia da foto. Carmen havia pedido de presente um "final de semana em Barcelona e um inesquecível passeio no Parque Guell" e David a havia atendido prontamente. Era uma benção para ele, dono de uma pequena gráfica que herdara do pai e que já tinha tido dias bem melhores, que os filhos dessem muito mais valor à convivência familiar do que a bens materiais. Tinha certeza também que a responsável por isso era Anita.

Haviam se conhecido na faculdade há mais de 15 anos e ela logo engravidou de Antonio. Decidiram ter a criança e ele deixou os estudos e começou a trabalhar na gráfica do pai para que ela continuasse a estudar. Jaques a aceitou como uma filha desde o primeiro momento, apesar de ela não ser judia e de nunca ter se convertido. A família dela rompeu relações e algum tempo depois migraram para a Argentina e desde então nenhum contato ou notícia. Como ela não tinha irmãos nem nenhum outro parente vivo, Jacques fez questão que eles morassem todos juntos na sua casa que se não era enorme, acomodaria muito bem tanto os dois quanto o seu neto que estava a caminho.

Dois anos depois, já grávida de Maria Vitória, ela se formou em filosofia na Universidade de Madri, e pouco antes do nascimento de Pedro ela conseguira o mestrado em ciências sociais. Com Carmen havia chegado o doutorado e o cargo de professora assistente em uma das mais conceituadas universidades da Espanha e nos últimos dois anos, o cargo de professora titular da cadeira de ciências sociais da mesma universidade. Em todos esses anos ela jamais reclamara da constante falta de dinheiro em que viviam e nunca deixou faltar o principal componente de uma família feliz, o amor. A educação dada por ela e os valores passados às crianças o deixavam ainda mais orgulhoso da família que ele havia construído.

Aquela foto significava ainda muitas outras coisas, mas naquele momento significava principalmente a possibilidade de dar a sua família uma vida mais confortável que havia sido roubada muitos anos antes dele nascer, durante a segunda guerra mundial.

Há cinco anos Jaques Halévy havia sucumbido a um infarto fulminante enquanto limpava uma das suas máquinas preferidas, ouvindo um de seus discos de ópera e bebendo uma taça de seu também favorito e excelente Albert Bichot de Nuits Saint Georges, que era a única extravagância que aquele homem admirável se permitia. Uma morte feliz ele se recordou de ter considerado na época. Desde então ele havia se acostumado a pensar no pai como um homem feliz, que apesar da vida difícil começando pela fuga da França para a Espanha junto com a mulher fugindo da guerra, a luta para se estabelecerem em um país estrangeiro dominado na época pelo fascismo, o medo da perseguição aos judeus se tornar uma realidade também naquele país, e por fim a morte de sua mulher e a difícil tarefa de criar um filho sozinho sempre fora um otimista, acreditando que a vida sempre reservava coisas boas para as pessoas que sabiam o que procurar.

A surpresa veio exatamente no final daquele passeio no Parque Guell quando depois de tirarem aquela foto ele havia tentado encontrar entre as coisas de Jaques a foto tirada tantos anos antes exatamente no mesmo local para poder mostrar às crianças. Seu pai era uma pessoa muito organizada e mesmo tendo morrido de repente havia deixado todas as questões burocráticas praticamente resolvidas o que o poupou de uma busca mais minuciosa por algum documento que pudesse ser necessário à realização do seu inventário ou mesmo para a continuidade do funcionamento da gráfica. Por isso, aquele velho armário que ele mantinha sempre trancado em seu escritório acabou caindo no esquecimento e até aquele dia David nunca havia se interessado pelo que ele pudesse conter. Mas a busca por aquela foto o levou a forçar a fechadura e o que ele encontrou ali dentro mudou radicalmente a sua vida.

Em meio a recortes de jornais e revistas, fotocópias de registros legais, dossiês de empresas em diversos locais do mundo e mais uma série de documentos cuidadosamente catalogados e arquivados, ele encontrou um livro onde Jaques havia registrado tudo que havia acontecido com ele desde aquele encontro com Maurice Levy em Paris, desde o sequestro, passando pelo assassinato das pessoas naquele descampado, a sobrevivência milagrosa dele e de Deborah e principalmente, o registro de mais de 40 anos de investigações sobre o homem que quase acabara com a sua vida.

Assim que encontrou o material e percebeu que se tratava de algo muito sério, ligou para Anita da oficina dizendo que quando fora à gráfica tentar encontrar a foto nas coisas do pai tinha se lembrado de um trabalho urgente que deveria ser entregue na manhã seguinte sem falta e que ele tinha que passar a noite trabalhando nele para que ficasse pronto a tempo. Ela já estava acostumada com essas viradas de noite e nada percebeu e depois dele passar a noite em claro avaliando o material, já sabia exatamente o que faria.

Levou cerca de três horas para que ele encadernasse cuidadosamente uma pasta com cópias de todas as principais informações sobre Maurice Levy levantadas por seu pai e às 10h50 ele estava postando o material para um endereço na Suíça. Na contracapa da pasta havia apenas o número de seu telefone e uma frase escrita em inglês: Jacques Halévy não esqueceu.

Demorou uma semana até que o telefone de sua gráfica tocasse e a sua assistente colocasse a cabeça pela porta da sua sala dizendo que uma pessoa da Suíça estava procurando por ele. Seu sangue gelou. Durante aquela semana ele mal dormira, repassando mentalmente cada palavra que usaria e que efeito elas causariam na pessoa do outro lado da linha, e finalmente as exigências que faria para que mantivesse o seu silêncio.

A primeira ideia que veio a sua mente foi ir imediatamente à polícia e entregar todas as provas que seu pai demorara a vida toda para juntar, mas então percebeu que de nada iriam adiantar pois como o seu pai, Maurice Levy estava morto e nada mais poderia ser feito contra ele pelos crimes que cometera. Outro ponto era que recuperar o dinheiro que seu pai havia perdido seria quase tão difícil quanto ressuscitar Maurice para levá-lo a julgamento. Então ele havia decidido agir por conta própria.

Atendeu o telefone.

— David Halévy falando. Em que posso ajudar?

— Senhor Halévy boa tarde, aqui quem fala é Peter Golombeck.

David sorriu.

— Não seria Peter Levy?

— Como queira senhor Halévy. Ambos sabemos que meu pai abandonou esse nome a muitos anos e ambos também sabemos o porque, então sugiro que sejamos pragmáticos e resolvamos as nossas pendências o mais rápido possível pára seguirmos com as nossas vidas adiante.

David já esperava uma conversa dura, mas mesmo assim ficou surpreso com a frieza e a praticidade com que o filho do homem que havia tentado matar seu pai e sua mãe tratava aquele assunto tão delicado.

— Senhor Golombeck, pela maneira com que o senhor está tratando o assunto me parece que ainda não percebeu a gravidade e... Peter o interrompeu.

— Senhor Halévy, quero deixar claro que a minha aprovação ou não dos atos do meu pai não tem nenhuma relevância nesse momento. Os seus atos foram enterrados junto com ele e eu não me sinto nem um pouco responsável por eles. A minha preocupação é exclusivamente com os negócios da nossa família e o prejuízo para a nossa imagem que a divulgação dessas informações pode trazer. Sendo assim eu gostaria novamente de lhe pedir que fôssemos diretos e tentássemos resolver isso o mais rápido possível.

O homem do outro lado da linha sabia negociar e David precisava estar à altura. Se concentrou por um momento procurando se acalmar.

— Senhor Golombeck, antes de mais nada quero deixar claro que não se trata apenas de dinheiro — "não apenas, mas também de dinheiro" — O seu pai foi um bandido e deveria ter sido punido por isso. Como ele não está mais entre nós, então algum tipo de reparação moral também seria bastante adequado.

— Um busto de bronze para o senhor colocar em sua sala de estar seria satisfatório?

Ele não se abalou.

— Uma estátua em praça pública seria mais adequado ao tipo de homem que meu pai foi. — Ele estava sendo sincero pelo que sentia pelo pai.

— O tipo obscuro o senhor quer dizer?

— Escute aqui seu maníaco, mais uma gracinha e você verá amanhã estampado em todos os jornais da Europa a verdadeira história de Maurice Levy, o covarde traidor que assassinou seu próprio povo por alguns trocados!

— Senhor Halévy, se tivesse a intenção de divulgar as informações já o teria feito. Volto a lhe dizer que não me sinto nem um pouco responsável pelos atos do meu pai, nem tão pouco me ofendo por causa dele. A verdade é que apenas os meus negócios me interessam e qualquer divulgação dessas informações, por menor que seja, inviabiliza qualquer possibilidade de negociação com o senhor. Se esse for realmente o caso, prefiro terminar essa conversa por aqui e já procurar os meus advogados para traçar a estratégia que teremos que usar para minimizar o escândalo. Então pela última vez eu lhe peço, vamos direto ao ponto para encerrarmos esse assunto o mais rápido possível e assim podermos ter o prazer mútuo de nunca mais nos falarmos.

Ele não era apenas um bom negociador, ela era um exímio estrategista além de um negociador frio e aquilo assustou David. Mas agora já era tarde demais para recuar, então aproveitou a deixa e foi o mais direto possível.

— Eu quero cem milhões de dólares divididos igualmente em dez contas numeradas na Suíça, e esse material nunca mais será visto por ninguém — ele podia ouvir a respiração do homem do outro lado da linha que era calma e serena como a de um bebê dormindo.

Passaram-se alguns segundos e ele já estava prestes a tomar a iniciativa de reiniciar o diálogo apesar do medo de deixar transparecer com isso que estaria disposto a aceitar um valor muito menor quando Peter Golombeck finalmente se pronunciou.

— Pagarei dez milhões de dólares em dinheiro. Levarei o valor pessoalmente e você me entregará todas as cópias desses e de quaisquer outros documentos comprometedores que possa ter em seu poder e nunca mais nos veremos.

A garganta de David estava tão seca que teve medo da voz falhar, mas mesmo assim respondeu rapidamente.

— Fora de questão. Já passei as minhas condições e é pegar ou largar.

Não houve resposta, apenas o barulho do telefone sendo desligado e em seguida o bip intermitente da ligação rompida. Então o desespero se apoderou dele. Dez milhões de dólares seria muito mais dinheiro do que ele e Anita conseguiriam ganhar trabalhando o resto de suas vidas e ele simplesmente havia dito não. Tentou se acalmar dizendo para si mesmo que ele ligaria novamente, pois os prejuízos com a divulgação das informações que possuía custaria muito mais do que os cem milhões de dólares e como Peter Golombeck se mostrara um homem prático, por mais que relutasse no início acabaria reconsiderando e ligaria novamente aceitando a proposta.

David então passou as 48 horas seguintes repetindo o mesmo mantra, minuto após minuto, tentando convencer a si mesmo, mas a sua convicção diminuía cada vez que o telefone da gráfica tocava e que o nome de Peter Golombeck não era anunciado. Na manhã do terceiro dia ele estava de volta à mesma agência do correio.

Mais três dias se passaram até que ele recebesse uma nova ligação de Peter Golombeck.

— Senhor Halévy, parece que algum tempo para refletir o deixaram mais razoável.

— Dessa vez quem quer ser direto e breve sou eu senhor Golombeck. Quando podemos nos encontrar?

David havia aceito a proposta por carta. Tinha pensado inicialmente em tentar negociar um valor mais alto, mas logo havia percebido que não tinha a estrutura necessária para enfrentar aquele homem, então decidiu aceitar os 10 milhões de dólares e encerrar o assunto.

— O senhor já está com todo o material reunido? – a pergunta tinha soado como uma burocracia, do tipo todos sabemos a resposta, mas a pergunta tem que ser feita.

— Exatamente como lhe disse na carta.

Um silêncio curto.

— Depois de amanhã às 18 horas eu estarei em sua gráfica e faremos a troca.

— Concordo, estarei esperando — dessa vez foi ele quem desligou.

E agora lá estava ele, a poucos minutos de ficar frente a frente com o filho de um monstro que havia feito fortuna às custas do sofrimento de tantas pessoas. A entrada abrupta de sua assistente interrompeu os seus pensamentos.

— O senhor Peter Golombeck acabou de chegar — havia um sorrisinho diferente em seu rosto quando ela pronunciou aquela frase que o intrigou.

— Peça para ele entrar.

Segundos depois ele entendeu a reação dela. Um homem alto, com porte de atleta e um rosto de modelo fotográfico que emoldurava penetrantes olhos azuis entrava pela sua sala, ao mesmo tempo que a assistente fechava a porta atrás dele.

— Senhor David Halévy suponho?

— Como está o senhor Peter Levy — ele esperava que usar o nome Levy ao invés de Golombeck causaria algum efeito em Peter, mas o homem não esboçou nenhuma reação — sente-se por favor.

Peter então se sentou na cadeira em frente a escrivaninha e aguardou que David fizesse o mesmo para então reiniciar a conversa.

— Eu gostaria de encerrar esse assunto o mais rapidamente possível. Acredito que o senhor tenha o material todo em mãos para podermos fazer a troca, correto?

— ele carregava uma maleta executiva de um tamanho até certo ponto exagerado, o que David considerou um bom sinal — gostaria de vê-lo agora, por favor.

— Certamente que sim. Basta o senhor me passar o dinheiro e depois de conferi-lo lhe entrego o material.

Peter então abriu a maleta e a colocou sobre a escrivaninha. Por alguns momentos a visão dos dez milhões de dólares em reluzentes notas de cem fez com que David ficasse sem reação. Mas assim que os sentidos voltaram, ele se inclinou para tocar no dinheiro, porém antes que conseguisse Peter fechou a tampa quase prendendo os seus dedos.

— Senhor Halévy, como eu disse, quero ver o material agora.

David levantou-se e se dirigiu até o armário onde ele havia inicialmente encontrado o material deixado por seu pai e tirou de lá uma pasta encadernada idêntica à que havia sido encaminhada a Peter, mas dessa vez com os documentos originais e uma bolsa de viagem com mais vários outros documentos, e colocou ambos sobre a escrivaninha.

Peter então voltou a abrir a tampa da maleta e sem mais nenhuma palavra começaram a conferir cada um o que lhe interessava. Terminaram praticamente ao mesmo tempo e então Peter perguntou.

— A quantia está correta, senhor Halévy?

— Perfeitamente, senhor Golombeck — porque ele não havia usado Levy novamente? Achou que fosse o efeito melhorador de humor "estou rico" e não deu importância — acho que terminamos, não é?

Peter o encarou e deu um leve sorriso.

— David, não se importa de eu chamá-lo pelo primeiro nome, não é? Ele estava se lixando... Dez milhões de dólares! Estava rico e era isso que importava.

— Fique à vontade, Peter.

— Eu tenho apenas duas condições para concretizarmos a nossa transação.

David se mexeu na cadeira visivelmente contrariado — E eu posso saber quais são?

— A primeira é a sua palavra de que não existem mais cópias ou nenhum outro documento original em seu poder que possa de alguma maneira prejudicar a imagem do meu pai, da nossa família ou de alguma das nossas empresas.

— Você tem a minha palavra — A frase saiu firme e convicta, talvez um pouco demais.

— E a segunda é que você assine esse termo de confidencialidade que em linhas gerais prevê o pagamento de uma multa no caso de o senhor estar mentindo e de alguma maneira divulgar esse material — ele colocou o documento em frente a David.

"O homem era realmente bom" ele pensou enquanto pegava o termo em suas mãos. Para a sua surpresa o documento era muito sucinto e ele o leu rapidamente até o final.

— Você estabeleceu uma multa de cem milhões de dólares? Isso é totalmente desproporcional ao valor que você está me pagando e eu considero muito alto.

— Então o senhor está me dizendo que não pretende honrar o nosso acordo? — perguntou Peter.

— Eu não disse isso em nenhum momento, apenas questionei o valor dessa multa.

— David, me parece que o valor da multa seja um detalhe irrelevante nesse contexto, uma vez que segundo você mesmo irá respeitar o nosso acordo. Dessa maneira o documento nunca será usado contra você e consequentemente a multa nunca terá que ser paga, transformando assim os cem milhões de dólares em nada.

"Xeque-mate" ele pensou, então sem mais nenhuma palavra assinou o contrato no local indicado e o empurrou de volta para Peter que o guardou no bolso do paletó. O negócio estava feito. Peter se levantou e pegou a pasta encadernada e a bolsa de cima da escrivaninha e olhou fixamente para David.

— Senhor Halévy, espero que aproveite bem o seu dinheiro e esqueça a nossa família para sempre.

— Eu terei um grande prazer em fazer as duas coisas, senhor Levy — o efeito já estava passando.

Então Peter virou-se e abriu sozinho a porta e saiu do escritório. David ainda esperou alguns segundos com medo dele retornar e querer desfazer o negócio e então deixou-se cair na sua poltrona olhando para todo aquele dinheiro e se perguntando por onde começaria a gastá-lo. Nunca mais faltaria nada a sua família e finalmente ele poderia proporcionar-lhes a vida confortável que sempre desejou.

Agora ele precisava dar um jeito de esconder aquele dinheiro. Ele não podia simplesmente depositá-lo em sua conta no banco, pois não tinha comprovação da sua origem e depois do que aconteceu com o seu pai, alugar uma caixa forte também não era uma alternativa que o deixava à vontade. O ETA estava em plena atividade na Espanha e roubo a bancos, principalmente arrombamento das caixas fortes para o financiamento do terror era uma triste rotina. Pensou em tentar esconder o dinheiro na própria gráfica, mas não encontrou nenhum local adequado, então, por hora, preferiu esconder o dinheiro distribuindo-o em vários locais de sua casa. Chamou um dos seus funcionários da produção, um ucraniano de quase dois metros de altura e pesando bem mais de cem quilos e pediu que ele o acompanhasse até em casa pois queria levar algumas caixas de livros para as crianças e com esse pretexto fez o homem o acompanhar.

Carregaram as caixas no velho furgão que servia tanto para fazer entregas como carro da família e seguiram parando algum tempo depois em frente ao portão da casa onde ele havia morado por toda a vida. Se deteve por um segundo para olhar as paredes com a tinta velha descascando, o jardim mal cuidado, o portão de ferro trabalhado que necessitava de reparos e de uma boa pintura e decidiu que a primeira coisa que iria fazer com o dinheiro era uma boa reforma em tudo. O Ucraniano descarregou o carro e depois que as caixas já estavam sobre a varanda da frente, David o dispensou com o carro e abriu a porta da frente.

Assim que entrou em casa ele estranhou o silêncio. Normalmente naquela hora havia uma grande agitação das crianças e então chamou por Anita, mas não obteve resposta. Acionou o interruptor de luz da sala, mas a lambada não se acendeu e então caminhou ainda com a pasta na mão até a cozinha à procura de alguém da sua família e tentou também acionar o interruptor e novamente a luz não se acendeu. Havia uma luz fraca entrando pela janela, uma mistura de um pouco da iluminação da rua que vazava para os fundos da casa e da lua crescente em um céu totalmente limpo. A sua visão foi se acostumando com a escuridão e aos poucos ele começou a perceber as formas do cômodo e se arriscou a atravessá-lo mesmo no escuro, mas tropeçou em alguma coisa e se estatelou de bruços no chão, deixando a pasta escorregar pelo piso até bater com força no canto oposto do cômodo. Mas ao invés do esperado barulho da pasta se chocando contra a parede, o som que ele ouviu foi abafado, como se a pasta tivesse se chocado com algo macio.

Atordoado tentou se levantar, mas seus pés escorregaram no chão molhado e ele caiu novamente, porém dessa vez sobre algo. Apalpou no escuro e gritou horrorizado. Uma pessoa.

— O que está havendo aqui! — gritou desesperado no mesmo momento em que a luz retornou. Seus olhos agora se acostumando com a luz e então ele viu, mas apenas por poucos segundos. Sentiu uma pancada na nuca e tudo ficou escuro novamente.

Algum tempo depois ele voltou a si. Estava sentado e novamente teve que acostumar os olhos à luz e quando eles se acostumaram ele teve a visão novamente. Tentou gritar, não conseguiu, tentou se mexer, mas também em vão. Pensou que estava tendo um pesadelo, mas a dor das amarras que prendiam as suas mãos era real demais e então pelo canto dos olhos ele o viu.

Peter Golombeck estava em pé, apoiado em uma das paredes laterais da cozinha. Ao lado dele estavam mais outros dois homens, um loiro e tão alto quanto Peter, mas duas vezes mais forte, e mais um negro um pouco mais baixo, mas igualmente forte como o primeiro. Seus olhares se cruzaram e Peter sorriu.

— Caro David, finalmente chegou em casa? Estávamos ansiosos pela sua chegada.

O coração de David acelerou ainda mais e o terror começou a tomar conta de todo o seu corpo.

— Mas não se preocupe, a sua família tão atenciosa fez com que ficássemos totalmente à vontade.

David que desde que vira Peter na lateral da cozinha não havia voltado a olhar para a parede oposta de onde ele estava se virou lentamente e mais uma vez a visão grotesca brotou em seus olhos.

Sentados no chão estavam os seus filhos amarrados, amordaçados e todos olhando aterrorizados para ele sem ter a mínima ideia do que estava acontecendo. Então ele olhou para baixo e deitada em frente à sua cadeira estava Anita e era seu sangue que escorria pelo chão. Ele tentou encontrar algum sinal de vida nela, mas não conseguiu. Ela estava morta e o terror aumentou ainda mais. Ele olhou para Peter, depois para as crianças e mais uma vez para Peter. Seu olhar era um misto de súplica pelas crianças e por ele mesmo e lamento por ter perdido a mulher da sua vida, mas Peter continuava com o sorriso nos lábios, desfrutando de cada momento.

— David, como você pode ser tão idiota em tentar me chantagear dessa maneira? Sabe porque o seu pai sobreviveu todos esses anos? Porque ele usou a inteligência para se esconder. Fazia muitos anos que meu pai sabia que alguém estava espionando a nossa família, mas nós nunca conseguimos descobrir quem era, até que você me procurou.

David começou a chorar e a gritar sob a mordaça.

— Está arrependido, senhor David? Pois não deveria. Olhe por outro ângulo, seu pai e sua mãe deveriam ter morrido naquela clareira na França. Estamos apenas corrigindo uma falha que não deveria ter acontecido. Você e sua família na verdade não existem, são apenas fruto de um erro do passado e que hoje finalmente será corrigido.

Dizendo isso ele se desencostou da parede e lentamente andou até onde a pasta havia parado, aos pés das crianças. Se abaixou, pegou-a e enquanto se levantava afagou a cabeça de Maria Vitória.

Nesse momento David teve esperança que ele poupasse ao menos as crianças, afinal não era possível que esse homem tão distinto fosse um monstro capaz de matar crianças a sangue frio, mas essa esperança se desfez quando Peter gritou uma ordem em uma língua que David não entendeu e imediatamente o homem loiro se aproximou de Antonio e sem nenhuma hesitação sacou uma arma de dentro do paletó, encostou na têmpora do garoto e apertou o gatilho. Não se ouviu nenhum estampido, apenas o sopro de ar característico do silenciador e a bala atravessou a cabeça do garoto em uma explosão de ossos e miolos que ficaram grudados na parede e respingaram em seus irmãos.

David teve um ataque de fúria tentando se livrar das cordas que o amarravam na cadeira, mas conseguiu apenas cair com ela por sobre o corpo de Anita e mesmo de lá ver o homem encostar a arma na cabeça de Maria Vitória e repetir o gesto. Os cabelos negros e lindos da sua filha se tronaram uma cascata de sangue que escorreu pelo seu peito até o chão onde encontrou o da mãe que já circulava as pernas da menina. Pedro não chorava. Ao invés disso encarou o homem com a arma olhando-o nos olhos e mesmo tendo dessa vez hesitado por um momento, e talvez por respeito a coragem do garoto, ele encostou a arma no seu coração ao invés da cabeça e apertou mais uma vez o gatilho. Quase que imediatamente ele atirou também na menina mais nova e agora eram quatro crianças mortas.

Quando o homem matou a menina menor, David sabia que seria o próximo, mas já não sentia nenhuma emoção. Apenas olhava resignado para o corpo das crianças sem esboçar mais nenhuma reação, entregue a um destino que sabia não poder ser mudado e rezando para que a sua morte fosse rápida e assim pudesse se juntar a Anita e às crianças onde quer que fosse. Ele olhava fixamente para o rosto da menina mais nova que o encarava deitada no chão com os olhos abertos a pouco mais de um metro dele.

Mas quando chegou a sua vez, não foi o homem loiro que empunhou a arma, mas sim Peter Golombeck.

— Senhor Halévy, quando conversamos anteriormente eu havia lhe dito que não era responsável nem admirava os atos do meu pai e eu não estava mentindo. Eu nem havia nascido quando ele tentou matar os seus pais e, portanto, não tenho porque me sentir responsável. Também fui sincero quando disse que eu não admirava os seus atos. Ele foi um covarde que por falta de coragem preferiu dar a estúpidos soldados alemães a incumbência de matar aqueles pobres diabos ao invés de supervisionar ele mesmo o trabalho e assim evitar que erros como o de ter deixado seus pais vivos nunca acontecessem. Eu lhe garanto que aprendi com os erros do meu pai e nunca irei repeti-los.

Dizendo isso Peter encostou a arma na cabeça de David que continuava a olhar fixamente para o rosto da menina mais nova que jazia morta e de olhos abertos o encarando junto ao chão.

Apesar de todo o terror vivido até aquele momento, David esboçou um pequeno sorriso enquanto ouvia o barulho do ar se deslocando pelo cano do silenciador. Aqueles olhos que o encaravam eram de uma linda menina morena, de nove anos e que facilmente poderia também ser sua filha, mas aquela criança não era Carmen.

Do outro lado da rua, Carmen estava em seu esconderijo predileto, entre duas pequenas árvores que juntas formavam uma espécie de forquilha que a deixava com uma ótima visão da rua, mas muito bem escondida pelas folhas. Um esconderijo perfeito para brincar de esconde-esconde com Marta, amiga de escola e sua vizinha desde que se conhecia por gente. Ela já estava escondida há muito tempo e nada de Marta sair da sua casa. Ela sempre começava a procurar por Carmen dentro de casa e nunca conseguia encontrá-la. Ela tinha pena e já havia prometido que mais cedo ou mais tarde contaria sobre o esconderijo para Marta, mas por enquanto ainda era o seu esconderijo secreto.

Então ela viu o pai chegando. Pensou em descer e lhe dar um susto enquanto entrava em casa, mas desistiu. Queria mesmo ganhar de Marta mais uma vez e então continuou no seu esconderijo, mas o tempo foi passando e ela finalmente se cansou da brincadeira, desceu e estava atravessando a rua quando três homens saíram pelo portão da frente da sua casa. Eram dois homens brancos e um negro. Um dos homens brancos carregava uma maleta e ela estava olhando para ele quando ele se virou e a encarou. Ele se deteve por um momento, mas logo voltou a andar e entraram os três em um carro que estava estacionado a poucos metros da sua casa, do lado da rua onde ficava o seu esconderijo. O carro arrancou no mesmo instante que ela começou a correr em direção ao portão da casa, entrou correndo pelo quintal, abriu a porta e atravessou a sala correndo e rindo.

— Marta você não me achou! Eu sou mais esperta, eu ganho sempre, você não é...

Pouco mais de uma hora depois os pais de Marta bateram à porta da casa de David para chamar a filha para o jantar. Como ninguém atendeu, o pai permaneceu do lado de fora, enquanto a mãe abriu a porta da frente chamando por Anita, mas sem nenhuma resposta. Ela continuou andando em direção a cozinha onde imaginou que a filha estivesse jantando com a família de Carmen como fazia sempre que ela demorava a chamá-la para dentro. Quando entrou pela cozinha escorregou no chão molhado se segurando na parede para não cair e foi só quando estava se aprumando novamente que ela viu Carmen encostada no canto oposto da parede

132

tremendo descontroladamente. Ela então se virou para onde Carmen tinha o olhar fixo e apenas teve tempo de gritar antes de desfalecer pesadamente em meio ao sangue que inundava todo o chão.

A polícia chegou e algumas horas depois Carmen estava seguindo em segredo para um abrigo de menores nos arredores de Madrid, onde permaneceria sob os cuidados de uma psicóloga. Foram necessários três dias para que ela começasse a comer novamente, dois meses para dizer a primeira palavra e mais de um ano para voltar à escola. Ela já tinha quinze anos quando tomou coragem para voltar ao velho endereço. A casa da família havia sido vendida anos antes pelo governo e o dinheiro depositado em uma conta para ser usado na sua educação que era gerenciado por um advogado nomeado seu tutor pela justiça espanhola e foi a ele que ela pediu para visitar uma última vez o prédio onde ficava a gráfica de seu pai. O prédio também era de seu avô, mas acabou indo a leilão depois de um longo processo para pagar as dívidas que a empresa de seu pai deixou quando ele foi morto e antes dele ser entregue ao novo dono ela queria se despedir do lugar.

As autoridades haviam mantido o seu primeiro nome, mas seu sobrenome havia sido mudado e na época do atentado, tanto a morte de Marta quanto a sobrevivência de Carmen haviam sido mantidos em segredo. Logo após a polícia ter encontrado os corpos da família de Carmen uma ligação anônima atribuía a ação ao E.T.A. – Movimento Separatista Basco que apenas dois meses antes havia deixado 21 pessoas mortas e 45 feridas na explosão de um carro-bomba no estacionamento do Hipercor de Barcelona. Segundo a denúncia anônima, a família de Carmen era simpatizante do movimento e ajudava a causa do E.T.A. imprimindo material de divulgação desde a época de seu avô. Porém, o grupo acreditava que seu pai se tornara um agente duplo e teria delatado vários integrantes da polícia e que como vingança eles juraram matá-lo e a toda a sua família. Por isso tanto cuidado para proteger Carmen.

A família de Marta, apesar do ódio que passaram a nutrir por Carmen a qual diziam deveria ter morrido no lugar da filha, concordou em manter silêncio para proteger os seus outros filhos pois havia um risco real do grupo terrorista estender a sua vingança a eles por considerá-los próximos à família Halévy.

Pediu ao seu tutor para que ele a deixasse entrar sozinha e ele concordou esperando em um bar do outro lado da rua em frente ao prédio da gráfica.

Carmen então entrou naquele prédio como fizera dezenas de vezes para ver o pai trabalhando nas máquinas de impressão ou então ficar sentada em sua escrivaninha fingindo ser a assistente dele. Apesar da poeira, o cheiro tão familiar da tinta inundou suas narinas e ela desabou em uma crise de choro, mas aos poucos foi se acalmando até que os soluços deram lugar às lágrimas furtivas que permaneceram enquanto ela mexia nas coisas dele por quase uma hora. Ela estava em pé ao lado da escrivaninha olhando algumas fotos de seu pai e de seu avô juntos quando se lembrou de um compartimento secreto na parede que era acessado pelo fundo de um armário e onde seu pai costumava guardar algum dinheiro para emergências. Havia um mecanismo muito bem escondido, mas que ela sabia exatamente onde ficava e como era acionado. De dentro do compartimento ela retirou um livro e um envelope da Kodak, ao mesmo tempo em que seu tutor batia na porta chamando pelo seu nome. Sem tempo para ler o livro, colocou o envelope de fotos dentro dele e se dirigiu à porta onde ele a esperava, abriu-a, olhou pela última vez para aquele espaço onde ela havia tido grandes momentos, virou-se e saiu para nunca mais voltar.

Mais tarde naquele mesmo dia no orfanato ela abriu primeiro o envelope e teve um choque. A primeira foto em cima de todas era a foto da sua família reunida no Parque Gell tirada duas semanas antes de serem assassinados e que ela nunca tinha visto. As outras fotos mostravam a sua família ou às vezes partes dela, em diversas outras situações, mas aquela foto tirada no dia do seu aniversário iria acompanhá-la onde fosse pelo resto da sua vida.

Então ela abriu o livro e se deparou com várias reproduções de recortes de jornal e revistas com matérias sobre os negócios de uma série de empresas e também uma cópia de trechos do diário de seu avô onde ele explicava tudo que havia descoberto sobre Maurice Levy ou como ficou conhecido depois que se refugiou na Suíça, Maurice Golombeck. Não havia fotos do tal homem chamado Maurice, mas havia algumas fotos de seu filho que se chamava Peter e que havia ganhado algumas medalhas de natação pelo colégio e posteriormente em campeonatos regionais da Suíça.

Quando ela olhou mais atentamente aquelas fotos, foi jogada imediatamente ao dia do assassinato de seus pais. Aquela era uma versão mais jovem do homem que ela viu saindo de sua casa carregando uma maleta. Ela nunca esqueceria aqueles olhos, então tudo ficou claro, inclusive o porquê da morte de sua família. Foi naquele dia que ela decidiu que mataria Peter Golombeck.

Aleksandra

Já passava das três da manhã quando Michael estacionou o Porsche em frente ao hotel. Ela o beijou ainda dentro do carro e ele imediatamente saiu abrindo a porta para que ela descesse antes que o porteiro conseguisse chegar ao carro.

— Muito gentil da sua parte, senhor Hertz, mas o porteiro poderia ter aberto a porta — brincou ela.

— E deixar o privilégio de vê-la saindo desse carro baixo com esse vestido curtíssimo? Eu não perderia isso por nada.

Eles haviam feito amor durante quase todo o percurso de volta e apesar de toda a intimidade entre os dois ela corou levemente.

— Um golpe muito baixo para um cavalheiro como o senhor – disse ela sorrindo.

— Não muito baixo eu diria, mas sim na altura certa...

Ela se jogou novamente em seus braços e depois de um longo beijo ela começou a sentir os pelos de seus braços se arrepiarem.

— Preciso entrar, está tarde, estou meio bêbada e com frio! Você quer ficar comigo?

— Eu adoraria, mas sendo um cavalheiro como você mesmo mencionou, sei que você tem que trabalhar amanhã e se eu ficar você provavelmente não irá descansar nenhum minuto sequer. Durma bem querida, nos falamos amanhã.

Ela assentiu, pois sabia que o dia seguinte seria realmente duro e agradeceu em pensamento por ele ser tão maduro. Beijaram-se mais uma vez e ele entrou no carro, mas só o ligou depois de vê-la entrando no lobby. Ela fingiu que não havia reparado, mas essa última atitude dele acabou com qualquer esperança de não se apaixonar por ele. Ainda no lobby caminhando em direção ao elevador, ela tirou o celular da bolsa para mandar uma mensagem de texto agradecendo pela noite incrível, quando percebeu a quantidade de ligações de Octavio que ela não tinha ouvido por ter deixado o telefone no modo de vibração. No fundo, o telefone dela quase sempre ficava dessa maneira pois na sua profissão às vezes um simples toque de celular podia fazer a diferença entre conseguir as provas que se buscava ou ser morto tentando, mas como ela nunca passava mais de meia hora sem checar ligações, recados e e-mails acabava por manter o aparelho nessas condições mesmo fora de serviço. Porém naquela noite maravilhosa ela se esqueceu totalmente do celular.

Checou o horário das ligações. Foram cinco entre 21 e 23 horas. Ela havia desistido de retornar para Octavio quando viu uma nova sequência de ligações, a primeira feita às 2h10 e a última há pouco mais de 15 minutos. Ligou imediatamente para ele.

O telefone foi atendido no segundo toque, sinal que ele não estava dormindo.

— Inspetor Octavio, algum problema?

— Venha para a delegacia imediatamente. Luigi foi assassinado.

Ela gastou o tempo necessário para subir, trocar de roupa correndo, pegar um táxi e em vinte minutos estava frente a frente com Octavio.

— Onde diabos você estava Aleksandra? Estou tentando falar com você a horas!

Ela sabia que essa pergunta seria feita, mas o jantar com Michael era assunto dela e não se sentia obrigada em dar satisfações, então preferiu mentir.

— Eu estava tão cansada que peguei no sono, me desculpe.

Ela percebeu uma expressão de apreensão no rosto de Octavio, mas ele continuou.

— Não tenho mais dúvidas. Existe algo de muito grave acontecendo nos bastidores da ZTEC e eu quero pegar o filho da puta que matou Luigi de qualquer maneira. Preciso que você contate Angelo imediatamente e marque um encontro.

— Mas são quatro e meia da manhã. Não seria mais prudente aguardar a tal surpresa que Carmen irá fazer para ele amanhã e depois sim nos reunirmos com ele?

A expressão de Octavio dizia tudo e sem mais nenhum comentário, ela pegou o telefone na bolsa e fez a ligação, mas antes pode ver no visor a mensagem de boa noite de Michael — "parece que não sou só eu que quer se render", ainda pensou enquanto aguardava o quarto toque do celular quando Angelo atendeu com voz de sono.

— Olá Aleksandra, algum problema? Um pouco cedo não acha?

— Angelo se apronte para sair imediatamente. Um carro o pegará em 10 minutos.

— Mas eu tenho aquele compromisso com Carmen pela manhã! Se eu deixar de ir ela pode desconfiar de alguma coisa.

— Não se preocupe, você voltará a tempo para o hotel. Dez minutos e contando.

Às cinco da manhã em ponto Angelo entrava pela porta do escritório. Estava com o rosto amarrotado não deixando nenhuma dúvida que acabara de acordar. Octavio puxou uma cadeira e mandou que ele se sentasse.

— Angelo, quero saber o que você e Carmen foram fazer na casa de Marcelo Braga.

Aleksandra percebeu que Angelo empalideceu imediatamente.

— Octavio, eu sou amigo deles há muitos anos e fiz a besteira de ter levado Carmen para jantar conosco. Eu juro que não imaginava que fazendo isso estaria os envolvendo em toda essa confusão. Achei apenas que eles gostariam da companhia de Carmen e não pensei em mais nada. Me desculpem.

Octavio olhou para Aleksandra e então continuou.

— Angelo, não é para nós que você deve pedir desculpas, mas sim para os seus amigos. Acho que você realmente os colocou em uma situação difícil.

Aleksandra percebeu que a cada palavra de Octavio, Angelo se encolhia mais na cadeira. Os olhos inchados pelo choro da perda do amigo Luigi e as horas sem sono serviam apenas para deixá-lo ainda mais ameaçador.

— Octavio, aconteceu alguma coisa com eles? Meu Deus, por favor diga que nada de mal aconteceu a meus amigos — o desespero na voz de Angelo era sincero.

— Aos seus amigos não Angelo, mas um grande amigo meu foi morto essa noite em frente a casa deles enquanto vigiava vocês, e eu quero saber o que aconteceu, então comece a falar.

Os olhos de Angelo se arregalaram – Morto? Mas Octavio eu juro...

A mão de Octavio encontrou o rosto de Angelo com tanta violência que ele foi arremessado para fora da cadeira e caiu de lado no chão. Quando ele tentou se levantar, Octavio veio para cima dele novamente só que dessa vez para chutar-lhe o rosto, mas Aleksandra se colocou entre os dois.

— Octavio, tenha calma. Somos policiais e não mafiosos. Torturar Angelo não irá resolver nada. Temos que fazer justiça e não vingança.

Os olhos de Octavio brilhavam ainda mais. Mesmo assim ele se deteve e recuou, virando as costas para Angelo e caminhando até o canto oposto da pequena sala e esmurrou a parede.

Aleksandra resolveu assumir a situação. Ajudou Angelo a se levantar e entregou um lenço de papel para que ele se limpasse.

Angelo, desculpe a reação de Octavio, mas ele e Luigi eram grandes amigos e a sua morte está sendo muito dura para todos nós. Ele assentiu com a cabeça e ela continuou.

— Você tem certeza que não viu nada estranho quando estava naquela casa? Pense, Angelo.

— Aleksandra, eu estive naquela casa várias vezes nos últimos anos, eles são meus amigos a muito tempo e se mudaram para a Itália buscando um novo estilo de vida. Eles não têm absolutamente nada a ver com a ZTEC e muito menos com Carmen — sua voz era de desespero — precisamos protegê-los, Aleksandra.

Octavio se voltou para Angelo, agora mais calmo.

— Angelo, pense, tente se lembrar de alguma coisa estranha enquanto vocês estavam lá. Havia mais alguém que você não conhecesse na casa? Algum empregado? Alguém no portão quando vocês entraram ou saíram?

Ele tentou puxar alguma lembrança escondida, mas não havia nada. Ninguém na casa nem no portão quando chegaram nem quando saíram, nada suspeito, apenas o barulho da estrada e depois o tiro de Carmen e mais nada, nenhuma lembrança a não ser...

— Na saída da casa, Carmen e eu discutimos. Eu acabei me exaltando e a peguei pelos ombros. Ela me pediu para soltar e como eu não a soltei ela disparou um tiro de alerta no banco em que eu estava sentado. Levamos alguns minutos para nos acalmar e então saímos com o carro em direção a Roma. Nesse momento me lembrei de ter olhado pelo retrovisor para poder acessar a estrada e no momento não dei importância, mas agora..., eu me lembro de ter visto um homem atravessando a estrada em direção a alguns arbustos. Não consegui vê-lo direito pois a luz era fraca, mas eu tenho certeza que era um homem vestindo uma jaqueta de couro preta.

— Era Luigi — gritou Octavio — Ele estava vestido com uma jaqueta preta quando

morreu. Tente se lembrar de mais alguma coisa.

Angelo se concentrou novamente. No início não se lembrou de mais nada, porém aos poucos foi remontando cada detalhe do momento em que voltaram à estrada e então se lembrou de um detalhe.

— Quando já estávamos da estrada ganhando velocidade eu me lembro de ter visto uma Mercedes de cor escura, com os faróis apagados vindo de uma das saídas laterais e entrando na estrada no sentido contrário em que estávamos — "faróis apagados em uma estrada escura é morte na certa" lembrou-se de ter pensado — e foi só isso.

— Uma Mercedes escura com os faróis apagados e mais nada? — perguntou Octavio.

— Me desculpe Octavio, mas estava escuro e foi tudo muito rápido, eu sinto muito não poder ajudar mais.

— Angelo, tente se lembrar de mais algum detalhe, alguma parte da placa do carro, alguma característica que possa nos ajudar a identificá-lo, qualquer coisa —

disse Aleksandra — faça um esforço, pense!

Ele então se focou no carro tentando se lembrar de algum outro detalhe que não fosse o símbolo da Mercedes no capô, mas não conseguia se lembrar de mais nada. Então teve um estalo.

— Esperem um pouco, o motorista, os faróis dele desligados, a luz dos nossos faróis iluminando o interior do carro, não havia luz contrária para ofuscar a minha visão e eu me lembro de alguns detalhes.

Octavio pegou um papel e uma caneta.

— Angelo, mantenha essa imagem na sua mente e comece a me descrever o homem da maneira que você o vê.

— Cabelos curtos meio grisalhos, um bigode grosso, óculos de grau redondos com aros grossos e acho que é tudo que eu me lembro — ele parecia aliviado por poder estar ajudando.

— Tente se lembrar do porte dele. Mesmo sentado atrás de um volante você consegue ter uma ideia do tamanho da pessoa pela largura dos ombros e a altura que sua cabeça está com relação ao volante e ao teto do carro. Tente pensar nesses detalhes.

Angelo voltou a se concentrar.

— Não consigo ter certeza, mas acho que ele está mais para um porte grande, não muito alto, talvez entre 1,70 e 1,80, mas bastante largo, talvez até um pouco acima do peso.

Já era muito mais do que Octavio e Aleksandra tinham há meia hora. Um homem alto, na casa dos 50 anos, cabelo e bigode grisalho e óculos de aros redondos dirigindo uma Mercedes escura provavelmente com sinais de um acidente recente. A perícia na motocicleta de Luigi estava sendo feita e em pouco tempo provavelmente teriam a cor exata do carro. Octavio chamou um assistente.

— Transmita essa descrição para os Carabinieri. Quero esse filho da puta preso ainda hoje.

O rosto de Octavio havia recuperado a cor habitual e agora ele voltara a ser um lobo caçando a sua presa, que era o que esse homem sabia fazer de melhor.

— Angelo, eu quero pedir desculpas pela minha atitude idiota. Eu estava descontrolado — Octavio havia percebido a bobagem que havia feito e as consequências para a sua carreira, caso Angelo quisesse denunciá-lo, porém mais do que isso havia um arrependimento sincero em sua voz.

— Não se preocupe Octavio, eu entendo, isso fica entre nós. Agora preciso de uma carona de volta ao hotel. Em pouco tempo Carmen chegará para me pegar.

Octavio ordenou que levassem Angelo de volta ao hotel e Aleksandra aproveitou para pegar uma carona. Precisava de um banho pois o dia iria ser longo. Sentaram-se lado a lado no banco traseiro do carro.

— Você está com cara de quem teve uma noite muito boa – disse Angelo tentando aliviar o clima ainda tenso.

Aleksandra foi surpreendida com aquilo. Desde que ela havia chegado ao escritório de Octavio sentia como se todo o ambiente estivesse impregnado com o cheiro de sexo e perfumes misturados que normalmente caracteriza o fim de uma noite proveitosa como a que ela tinha tido com Michael e agora estava envergonhada achando que ele também havia sentido.

— Digamos que tive um jantar agradável — respondeu ela tentando encerrar o assunto.

— Espero que a sua noite tenha terminado melhor que a minha — disse Angelo com um tom de decepção na voz.

— Pela sua expressão, com certeza terminou melhor. Mas não se preocupe, você ainda vai se dar bem com a Carmen. Eu conheço o tipo e ela deve apenas estar brincando um pouco com você antes de engoli-lo, como os gatos fazem com os ratinhos.

Angelo riu.

— Você acertou em cheio. Estou me sentindo exatamente como um ratinho a mercê de um gato, ou no caso, de uma gata.

— Só tome cuidado para não ser arranhado, senhor Angelo Cesari. As mulheres como ela normalmente não poupam esforços para conseguirem o que querem e depois descartam as sobras — ela se pegou sentindo mais uma vez uma pontinha de ciúme dele, mas dessa vez sentiu também um pouco de culpa pelo sentimento. Não parecia certo ela estar ao mesmo tempo se apaixonando por Michael e ainda tendo algum tipo de atração por Angelo — mas vamos mudar de assunto. Quero que você redobre os cuidados de agora em diante. A morte de Luigi pode ter exposto a face mais cruel dessa gente e isso pode ter sido apenas o começo. Não fazemos ideia de quão perigosos eles são.

— Aleksandra, eu concordo com você, mas acho que Carmen não teve nada a ver com isso. Não faz sentido, porque ela iria mandar matar Luigi? Isso só chamaria ainda mais a atenção da polícia. Eu não consigo enxergar o motivo por trás da ação.

Ele tinha razão. Afinal, porque a ZTEC jogaria mais holofotes sobre Carmen sem necessidade? Até onde parecia, Luigi não havia conseguido nenhuma informação nova e não havia motivo aparente para que ele fosse eliminado. A não ser que houvesse mais alguém operando em paralelo a Carmen dentro da ZTEC no intuito de deixá-la vulnerável. Mas por que?

— Quando você estiver com Carmen diga a ela que recebeu uma ligação nossa informando sobre a morte de um policial que estava vigiando vocês dois e que ainda estamos investigando para saber se foi ou não acidental e então preste atenção na reação dela. Precisamos tentar descobrir se ela está envolvida nessa morte ou se foi uma ação da qual ela não tinha conhecimento. Se chegarmos a conclusão que ela não teve realmente nada a ver com isso será uma forte evidência que alguém ainda mais poderoso do que ela está atuando diretamente e essa pode ser a oportunidade que esperávamos para colocarmos as mãos nele. Angelo concordou. Eles haviam chegado a seu hotel e ele desceu do carro e se despediu dela já do lado de fora com um aceno e entrou rapidamente pelo Lobby. Já eram 6 da manhã e logo mais Carmen estaria chegando para eles irem juntos conhecer a tal empresa misteriosa e ele precisava se apressar, mas de repente uma mão o pegou pelo braço e o puxou para trás.

— Angelo, que merda está havendo? — Era Marcelo que segurava o seu braço.

— Porra Marcelo, o que você está fazendo aqui?

— Nada, só resolvi dar um passeio de madrugada já que a frente da minha casa virou um mar de sirenes e ninguém conseguiu dormir — Marco estava mesmo com ar de quem não havia dormido nada — logo depois que você saiu começamos a ouvir sirenes de fronte a nossa casa. Fiquei preocupado com você e resolvi ir até la ver o que estava acontecendo e me deparei com um caminhão que havia atropelado um motoqueiro. Havia um corpo, ou o que restou dele, estendido no chão e logo em seguida um carro da polícia parou e vieram direto até mim dizendo que precisavam fazer algumas perguntas. Entraram na nossa casa e passaram mais de uma hora perguntando as mesmas coisas, se tínhamos visto algo do acidente, se alguém estranho tinha entrado na nossa casa, enfim, dezenas de vezes as mesmas perguntas e as mesmas respostas negativas até que eles se cansaram e foram embora. E daí eu resolvi vir aqui para acordar você e encher um pouco o seu saco já que eu não tinha nada para fazer.

— Marcelo, o que eu tenho a ver com um motoqueiro que foi atropelado em frente a sua casa? Foi um acidente então ninguém tem nada com isso!

Marcelo apertou ainda mais o braço de Angelo.

— Escuta aqui, você foi a minha casa, levou um mulherão com você que além de tudo é uma pessoa sensacional, não está faltando dinheiro e a sua saúde está excelente senão você já teria me dito, e mesmo assim você me diz para cuidar da sua família se algo de ruim acontecer com você e o pior, escondido dela que pelo que eu entendi não podia saber de nada. Daí você sai da minha casa e cinco minutos depois tem um monte de patê espalhado em frente ao meu portão e você vem me dizer que não sabe de nada? O caralho meu irmão, ou você me conta o que está acontecendo ou eu vou a polícia dizer o que eu sei e daí você se vira com os caras.

Angelo percebeu que não conseguiria se livrar de Marcelo mentindo e resol-

141

veu contar toda a verdade.

— Vamos subir no meu quarto e conversamos com calma.

— No seu quarto? Agora só falta você me dizer que transou com tantas mulheres depois que se separou que alguma coisa se quebrou e você percebeu que é gay e quer dar para mim!

Angelo riu e empurrou Marcelo para o elevador e os dois subiram para o seu quarto. Meia hora depois Angelo havia feito um resumo de tudo que havia acontecido nos últimos dias, inclusive a sua preocupação com a vida do casal e de seus filhos, caso o lado mafioso dessa história acreditasse que eles sabiam de alguma coisa importante contra eles.

— Caralho Angelo, até agora nós realmente não sabíamos de nada, mas depois que você me contou tudo fodeu! Estamos nessa até o pescoço!

Angelo olhou para ele com cara de poucos amigos.

— Cara, você veio aqui e exigiu que eu lhe contasse o que estava acontecendo. Quando eu quis desconversar você me disse que iria procurar a polícia então agora vai para a puta que o pariu! Temos que pensar em uma maneira de tirar a Juliana e você dessa zona toda, isso sem falar nas crianças. Mas de qualquer maneira eu preciso me desculpar com vocês. Eu nunca imaginei que um jantar poderia trazer tantos problemas.

Ambos ficaram em silêncio por algum tempo e finalmente Marcelo colocou a mão no ombro de Angelo.

— Meu velho, ninguém está acusando você de nada, muito pelo contrário. Eu estou puto por você não ter me procurado no instante que pisou em Roma. Eu vou ajudar você a dar um jeito nessa merda toda, mas antes preciso fazer alguns preparativos para mandar Juliana ao encontro das crianças e depois tratamos disso.

Dizendo isso os dois se abraçaram e Angelo sentiu um enorme alívio por saber que agora tinha uma pessoa em que ele confiava totalmente ao seu lado, mesmo assim...

— Marcelo, pegue a Juliana e suma por uns tempos. Não posso envolver você nessa sujeira. Se alguma coisa acontecer a você ou a alguém da sua família eu não vou me perdoar nunca.

— Amigo, coloque uma coisa na sua cabeça, não se foge de pessoas desse tipo. A única maneira de sobreviver é lutar contra elas. Vamos lutar contra a ZTEC e também contra a Interpol se for o caso, mas vamos sair dessa juntos — abraçou Angelo mais uma vez e saiu antes que ele pudesse dizer mais alguma coisa para dissuadi-lo.

Está feito, pensou Angelo, agora é rezar para que mais ninguém se machuque. Tirou a roupa e foi direto para o chuveiro. A noite tinha sido movimentada demais para o seu gosto e logo mais Carmen estaria chegando.

Carmen

O computador em cima da mesa emitiu o som característico de e-mail entrando em sua caixa postal. Ainda era cedo, mal havia passado das 6 horas, mas ela ainda tinha muito trabalho a fazer antes de sair para se encontrar com Angelo. Levantou-se da cama apenas com uma calcinha preta minúscula que ela havia escolhido na noite anterior muito mais pela sensualidade do que pelo conforto, mas havia chegado tão decepcionada com o desfecho da noite que nem se deu o trabalho de tirá-la e mergulhou na cama adormecendo imediatamente.

Estava frio pois ela não havia ligado a calefação, então se enrolou em um dos cobertores e caminhou até a mesa. Na tela haviam alguns e-mails da conta corporativa da ZTEC, mas nada que requeresse sua intervenção imediata, então clicou no navegador da internet e entrou na sua conta do Hotmail.

Havia apenas um novo e-mail.

De: madri112@hotmail.com

A família está sendo vigiada por uma equipe desconhecida. Acredito que corram perigo. Aguardo instruções.

T

Ela pensou um pouco a respeito e em seguida respondeu.

De: roma183@hotmail.com

Fique próximo. Se houver alguma ação impeça, custe o que custar.

C

Ela então saiu da conta do Hotmail e entrou novamente em sua conta corporativa. Despachou os assuntos mais importantes rapidamente e ao terminar fechou o computador e foi para o chuveiro. Meia hora depois ela estava pronta e ainda em jejum saiu para a rua. Parou em um pequeno café a duas quadras do loft e tomou um desjejum leve lendo o Corriere Della Sera. Às 8h30 o X6 branco estacionou em frente ao café, o motorista desceu, abriu a porta traseira e aguardou prostrado ao lado da porta até que ela pagasse a conta e embarcasse. Assim que se acomodaram, o motorista se virou para ela.

— Senhora, identifiquei que o banco do motorista desse veículo está avariado, posso perguntar o que houve?

Era óbvio que ele sabia que alguém tinha dado um tiro no assento do banco, pois o couro das laterais estava queimado pela pólvora.

— Ontem à noite eu atirei no pênis de um motorista curioso e esse foi o resultado. Quero consertar o mais rápido possível.

O motorista riu e eles seguiram para o hotel de Angelo.

Exatamente às 9 horas eles encostaram em frente ao Majestic onde Angelo já os aguardava. Ele mesmo abriu a porta traseira e se sentou ao lado dela.

— Buongiorno Carmen.

— Ciao Angelo.

Ela percebeu duas coisas em Angelo imediatamente, a primeira é que ele não devia ter dormido bem, a segunda é que o seu nível de tensão que já não era baixo estava ainda mais alto. Ela mandou o motorista seguir para o endereço combinado e se voltando para Angelo foi direta.

— O que houve ontem à noite?

— Do que você está falando? Do tiro que você me deu?

O motorista deu uma olhadela pelo espelho retrovisor e encontrou Carmen olhando para ele com uma careta. Ele riu e olhou novamente para a frente.

— Você está péssimo, parece que quase não dormiu e além de tudo está muito mais tenso que o usual — "eu nem imaginava que isso seria possível", pensou ela.

— Você tem razão, a noite foi conturbada.

— O que houve?

— Um policial foi atropelado ontem em frente ao portão da casa de Marcelo logo após a nossa saída. Segundo a Interpol ele estava nos vigiando, como você mesmo havia me alertado que poderia estar ocorrendo, e eles estão investigando se foi ou não um acidente.

Carmen foi pega totalmente de surpresa. Quem teria feito essa besteira? Ela estava no olho do furacão e qualquer movimento agressivo contra alguma autoridade recairia imediatamente sobre ela e havia uma ordem explícita sua para toda a equipe que deixassem a Interpol trabalhar à vontade, tomando apenas as medidas de segurança de praxe e monitorando com os recursos infiltrados a evolução das investigações. Deveria ter sido um acidente, não era possível que alguém a tivesse desobedecido, mas aquele não era o momento de demonstrar nenhuma reação e ela se manteve impassível.

— Deve ter sido um acidente, as estradas da Itália são muito perigosas, principalmente à noite. Mas o que eles queriam com você? Saber se eu tinha alguma coisa a ver com isso? – ela continuava a ser muito direta e percebeu que Angelo estava um pouco desconcertado pela sua impassividade.

— Bem, não exatamente dessa maneira, mas queriam saber se eu tinha visto alguma coisa estranha, ou se você havia comentando alguma coisa comigo, enfim, coisas assim.

Ela parou para pensar por um momento, como tentando se lembrar dos acontecimentos em frente ao portão da casa.

— Você falou sobre a Mercedes com os faróis apagados?

Angelo fingiu não saber do que ela estava falando.

— Que Mercedes?

Ela o olhou com ar de professora que esperava mais de seu aluno.

— A mesma Mercedes C200 preta que você também reparou quando saiu de uma lateral da estrada e cruzou conosco totalmente apagada. O motorista tinha cabelos e bigodes grisalhos, óculos de aro redondos e usava uma camisa clara com gravata listrada e um relógio com pulseira de aço na mão direita — ela parou para avaliar a reação dele – é dessa Mercedes que eu estou falando.

— Carmen, mas como você pode saber tudo isso apenas observando um carro a noite por uma fração de segundos? Só falta você me dizer a placa.

— Ela não tinha placa dianteira. Você está achando que eu tive alguma coisa a ver com isso?

— Sinceramente eu não sei no que pensar.

— Então eu vou lhe dizer. Não, nem eu nem ninguém da minha equipe teve nada a ver com isso. Não é assim que trabalhamos e é obvio que qualquer movimento desse tipo me coloca ainda mais em evidência para a Interpol. Aliás, isso "se" não foi realmente um acidente pois até onde você me disse, eles nem tem certeza que o policial foi assassinado.

Ela percebeu que havia alguma outra coisa que ele estava escondendo.

— Você contou a eles sobre a Mercedes, não foi?

Ele assentiu com a cabeça e ela continuou.

— Até que ponto da descrição você forneceu a eles?

— Apenas que era uma Mercedes, mas sem a cor nem o modelo, e a descrição do motorista com os cabelos e bigodes grisalhos, óculos de aro redondos e estatura entre média e alta pela impressão que eu tive.

— Eles não tem muita coisa para trabalhar. Acho que será muito difícil identificar esse carro e o motorista. Algo me diz que mesmo que eles consigam alguma imagem desse carro rodando pelas ruas de Roma ele não terá a placa traseira também. Era um carro muito comum e se o motorista for esperto a essa hora o carro estará sendo destruído em algum lugar. De qualquer maneira vou tentar descobrir se alguém da ZTEC sabe de alguma coisa – alguém da ZTEC significava Peter Golombeck.

Ambos ficaram em silêncio por algum tempo até que Carmen quebrou o silêncio.

— Marcelo deve tê-lo procurado também não foi?

Aquilo o atingiu direto no estômago.

— Não, porque ele iria procurar?

Em certos momentos Carmen se divertia com as reações de Angelo...

— Angelo, o policial estava nos vigiando, e nós estávamos dentro da casa de Marcelo e Juliana. O policial que estava nos vigiando morreu na porta da casa deles. Então me diga, por onde você acha que eles começariam as investigações se não os interrogando no mínimo para saber se eles haviam visto alguma coisa?

- E porque ele me procuraria mesmo se isso ocorresse? Você mesmo disse que deve ter sido um acidente, então mesmo que alguém tenha ido a casa dele levantar informações não existe motivo para ele ligar uma coisa a outra, a não ser que a Interpol abrisse o jogo com ele, o que eu acho impossível pois colocaria toda a investigação em risco.

A resposta tinha uma certa lógica, mas mesmo assim ela tinha certeza que ele estava escondendo alguma coisa. Já o conhecia o suficiente para detectar os pequenos sinais da mentira que ele produzia em abundância, mas achou melhor optar por uma abordagem mais sutil.

— Bem, vou acreditar em você por hora, mas lembre-se que eu só posso proteger o Marcelo e a família dele se eu souber de tudo que pode envolvê-los. Se você me esconder alguma coisa não poderei fazer nada para ajudá-los.

Ele assentiu novamente e ela resolveu mudar de assunto.

— Bem, estamos quase chegando em nossa nova empresa. Tenho certeza que você irá gostar.

O carro parou em frente ao prédio mais bonito e bem conservado da Piazza Muncio.

— Carmen, o que estamos fazendo aqui? Eu não posso ser visto em Roma por ninguém da ST e você me traz exatamente ao prédio da empresa? Eles acreditam que estou fazendo uma visita técnica no meio da floresta, esqueceu?

— Acalme-se Angelo, quem manda na ST agora é você.

— Como assim? A ST tem um acionista majoritário que trabalha exatamente nesse prédio e eu sou seu empregado! Além disso, ultimamente eu não mando mais nem na minha vida.

— As coisas mudam Angelo, às vezes mais rapidamente do que podemos imaginar.

Dizendo isso desceu pela porta que o motorista mantinha aberta e aguardou que Angelo fizesse o mesmo pelo lado oposto do carro e desse a volta até ficar ao lado dela, de frente para a linda entrada do prédio que deveria ter no mínimo 500 anos.

— Venha Senhor Cesari, vamos conhecer a sua nova sala.

— Como assim nova sala? Acho que você não está entendendo e eu vou explicar melhor, eu sequer terei uma velha sala se Roberto Foraggi me vir aqui, ou ainda pior o pai dele! Carmen, isso aqui vai acabar mal. Vamos embora enquanto ainda é tempo!

Uma mão forte o pegou pelo pescoço.

— Como vai o meu pupilo preferido?

Carmen olhou para ele e viu o desespero em seu olhar. Ele havia reconhecido a voz, mas virava-se devagar na esperança de ser outra pessoa. Porém quando ficou cara a cara com Giovanni Foraggi qualquer traço de esperança desapareceu e ela não conseguiu conter o riso. Ela não se lembrava de rir com tanta frequência há muito tempo. Angelo era quase uma piada, mas aquela mistura de garanhão italiano com brasileiro atrapalhado o deixava simplesmente irresistível para as mulheres.

Giovanni Foraggi era uma figura e tanto. Já bastante grisalho e na casa dos 60 anos diziam que ele já fora um gênio da computação e que ainda dominava essa arte como poucos. Mas a sua aparência em nada tinha a ver com os Steve Jobs ou Bill Gates da vida. Era alto e estava um pouco acima do peso. Usava um terno feito sob medida muito bem cortado, mas totalmente fora de moda. Ele parecia ter acabado de sair de um filme dos anos 80 sobre a máfia italiana, mas mesmo assim ainda conservava os traços bonitos e uma pele bronzeada que lhe dava um ar bastante jovial.

— Ciao Giovanni! Surpresa! Gritou tão alto que o italiano deu um passo para trás. Então Giovanni olhou para Carmen.

— Surpresa para você, não é? E riu alto, abraçando Angelo em seguida. — Vamos entrar que meu filho nos aguarda.

Subiram então os três em silêncio e foram introduzidos por Giovanni em uma enorme sala de reuniões com decoração clean acompanhando todo o restante do grande escritório de 800 metros quadrados, divididos em dois andares quase que totalmente abertos, sendo que as áreas fechadas se limitavam apenas às salas de reunião, dos diretores e do pessoal de Pesquisa e Desenvolvimento que, como sempre, mais parecia um bando de hippies que preferiram se isolar do restante das pessoas como se conviver com alguém que não fosse nerd pudesse transmitir alguma doença contagiosa. Sentado em uma das cadeiras estava Roberto Foraggi em seu mais afinado figurino "filhinho único de papai". Ele então se levantou e abraçou Angelo calorosamente.

Muito diferente de seu pai, Roberto era o típico homem feio que acabara de chegar na casa dos trinta. Com os cabelos pretos ralos penteados de lado, magro e baixo, vestia um terno Armani perfeitamente cortado e atual. Uma camisa elegante e uma gravata na medida certa faziam com que ele se encaixasse perfeitamente na posição de herdeiro bem-nascido.

— Ciao fratello, come stai?

— Oi Roberto! Que bom vê-lo! – a expressão de Angelo ficava cada vez mais confusa e Carmen se divertia também cada vez mais.

Sentaram-se todos e antes de perceber que a próxima frase de Angelo poderia estragar tudo ela tomou a palavra para si.

— Senhores, antes de mais nada eu gostaria de expressar a minha admiração pela habilidade com que o Sr. Angelo Cesari conduziu todo o processo de aquisição da Sicurezza Totale. Acreditamos que a sua intervenção direta e participação ativa no processo foram decisivas para que pudéssemos fazer a oferta que foi aceita pelos senhores.

Angelo estava atônito e se limitou a um sorriso amarelo e permaneceu calado, então ela continuou.

— Desde o momento em que fechamos o nosso contrato de parceria no Projeto SISCON Angelo detectou a oportunidade de anexarmos a ST ao nosso portfólio de empresas e com habilidade e rapidez nos convenceu não somente que o negócio seria bom para a ZTEC, como também nos ajudou a chegar a uma valorização justa pela empresa dos senhores em apenas dois dias — na verdade eles haviam oferecido no mínimo o dobro do que a empresa valia, mais perto do valor global de todo o projeto para a América do Sul havia sido uma ninharia e o controle da empresa era fundamental para que não houvessem perguntas embaraçosas ou vazamentos perigosos de informação quando a operação estivesse totalmente implantada.

Giovanni Foraggi pediu a palavra.

— Angelo, em nome da nossa família gostaríamos de lhe dizer que apesar da tristeza natural de nos desligarmos de um negócio que eu comecei do zero e que se transformou nessa maravilhosa empresa com a ajuda de meu filho Roberto, estamos muito orgulhosos por esse legado estar sendo incorporado a um dos maiores grupos empresariais do mundo e entendemos isso como um reconhecimento a toda a nossa dedicação e também a sua por todos esses anos.

Carmen traduziu aquilo como "eu quero que vocês se danem, pois de hoje em diante vamos viver como reis em alguma ilha da Grécia enquanto vocês ficam aí trabalhando feito burros de carga", mas manteve a fachada de executiva internacional e assentiu com a cabeça fazendo um tipo ligeiramente emocionada.

Angelo continuava sem dizer nada, apenas mantinha o mesmo sorriso amarelo no rosto, talvez com medo de abrir a boca e estragar tudo. Carmen retomou a palavra.

— Como reconhecimento à atuação de Angelo Cesari nessa negociação e em função do projeto SISCON que é nossa maior prioridade hoje na ST, decidimos que ele assumirá a função de presidente mundial da Sicurezza Totale, que será exercida a partir do Brasil até que o projeto SISCON seja implantado e em seguida ela retornará a ser presidida da Itália por ele que deverá se transferir para Roma em definitivo.

Ela sabia que ele adorava o Brasil e que morar em Roma não era nem de perto o que ele desejava, porém ela percebeu que ele havia incorporado o espírito de tudo aquilo e então ele pediu a palavra.

— Senhores e senhora Carmen, eu gostaria de agradecer à confiança depositada em mim e garantir que farei de tudo para dar continuidade ao trabalho brilhante desempenhado até agora pela família Foraggi. Acredito que haverá um cronograma tranquilo para a transferência das funções e assim garantir a manutenção das operações em todos os clientes sem maiores sobressaltos.

— Um dos motivos dessa reunião e da sua vinda emergencial a Roma é exatamente esse. Temos que fechar todos esses pontos hoje e até o final do dia comunicarmos a todos os funcionários as novidades. Então eu gostaria de sugerir que começássemos imediatamente.

Dizendo isso, Carmen sacou algumas pastas contendo um resumo de toda a operação de aquisição, inclusive o valor da compra, condições de pagamento, cessão dos direitos intelectuais dos softwares já criados e em desenvolvimento pela ST, cronogramas e tudo mais que era necessário para colocar Angelo no jogo. Então ela olhou para ele e pediu licença para ir ao banheiro, o que Angelo imediatamente imitou. Quando eles chegaram à porta do banheiro feminino ele abriu uma fresta e como viu que não havia ninguém empurrou Carmen para dentro e se trancaram.

— O que significa isso? Porque a ZTEC comprou a ST?

— Porque eu quis — dizendo isso puxou Angelo com força e o beijou na boca.

Ele foi pego de surpresa mais uma vez, mas apenas por alguns segundos. Retribuiu o beijo com violência e começou a apertar a sua bunda e a puxar a sua saia para cima como se estivesse possuído. Ela podia sentir a mistura de ódio, tesão e admiração que ele tinha por ela e resolveu deixá-la à vontade para percorrer o seu corpo da maneira que preferisse. Ele então percebeu que tinha o controle da situação e se afastou no momento em que ela parecia mais excitada. Encostou de costas na pia em frente a ela e soltou o cinto do terno e abriu o zíper deixando com que a calça caísse até se embolar em seus sapatos. Ela então se ajoelhou em sua frente e baixando a cueca box preta que ele usava abocanhou seu pênis. Ela fez com que ele se retorcesse e gemesse por algum tempo e antes que ele gozasse ela parou e lhe deu um tapa no rosto.

Ele saiu imediatamente do transe em que se encontrava e percebeu que ela tinha feito aquilo para prolongar o êxtase, e então a viu se virar, levantar a saia e se encaixar de costas entre as suas coxas fazendo com que todo o seu pênis penetrasse nela. Eles ficaram por algum tempo assim, sem se mexer, apenas encaixados e se beijando, ela com a cabeça jogada para trás por sobre os ombros e ele a pegando pelo queixo.

Aos poucos, porém, ela começou a rebolar com movimentos longos e lentos, mas pouco a pouco os movimentos foram ficando mais rápidos e curtos até que ele simplesmente batia a sua bunda com força sobre a púbis dele fazendo com que seu pênis entrasse cada vez mais fundo. Ele então colocou o dedo sobre o seu clitóris e começou a massageá-la até que sem nenhum controle ela gozou estremecendo. Ele a segurou e a virando de frente para a pia, foi a vez dele estocá-la por trás de maneira cada vez mais rápida e forte, até que finalmente ela sentiu um jorro quente dentro dela e ele se apoiou na pia para não cair.

Passaram-se alguns segundos antes que um olhasse nos olhos do outro, e nesse momento ambos começaram a rir. Ele então a pegou nos braços e a beijou carinhosa e longamente e então sem dizer nada, ambos se arrumaram da melhor maneira possível e ele abrindo uma fresta na porta olhou para o corredor vazio e saiu furtivamente entrando dessa vez no banheiro masculino que também estava vazio.

Ela então retocou a maquiagem e saiu do banheiro em direção à sala de reuniões. Chegando lá deparou com os Foraggi já impacientes pela demora.

— Me desculpem, mas fui pega de surpresa. Tenho que me ausentar, pois não estou preparada para alguns caprichos que a natureza reservou para nós mulheres e então vou deixar Angelo aqui com vocês para tratar dos pormenores. Aliás, ele ainda não voltou?

Eles fizeram um sinal negativo com a cabeça ao mesmo tempo como se estivesse tentando imaginar aquela deusa lidando com os seus problemas no banheiro.

— Bem, alguns homens são mais meninas que as próprias meninas, não é mesmo? Dizendo isso ela os cumprimentou com beijos no rosto, se virou e saiu da sala sem dizer mais nada.

Desceu as escadas e entrou no carro que aguardava na entrada. Ela tinha coisas mais urgentes a tratar, como por exemplo, descobrir o idiota que havia matado aquele policial.

Peter

Ele acordou especialmente bem. A noite com Aleksandra havia sido divertida e proveitosa. Ele se sentia jovem e bem disposto como nunca. Correu uma hora na esteira do hotel ainda em jejum, mantendo o ritmo de um jovem de 25 anos. Se orgulhava da sua forma física como de tudo que ele havia conquistado e principalmente se orgulhava do homem que havia se transformado com o passar dos anos. Admirava principalmente a sua capacidade de controlar as pessoas à sua volta, não importando quem ou quantas eram. Se sentia seguro e inatingível em seu mundo blindado inicialmente pela inteligência de seu pai e posteriormente pela sua. Havia cometido alguns erros, é verdade, alguns inclusive nem eram dele, mas sim de seu pai, como quando foi incentivado a participar das provas de natação em sua infância e adolescência para, segundo ele, aguçar a sua competitividade.

Realmente isso o ajudou a tomar gosto pela vitória e principalmente a aprender com suas derrotas, mas isso acabou trazendo problemas ao anonimato que era a base do estilo de vida de sua família. Ele tinha talento e se destacou tornando-se relativamente famoso no esporte e tendo o nome e diversas fotos divulgados pela mídia local entre os dezesseis e os dezenove anos. Sua carreira de nadador se encerrou quando recebeu o convite para fazer parte do time olímpico da Suíça e seu pai se negou a deixá-lo participar de um evento dessa magnitude e com cobertura da mídia internacional. Na época foi muito duro para ele desistir de competir com atletas de alto nível do mundo todo, principalmente sabendo que suas chances de vencer eram reais, mas hoje ele sabia que seu pai havia tomado a decisão certa. Mesmo em uma época que as coberturas da mídia dos eventos de natação regionais da Suíça se limitavam às colunas dos jornais locais, suas fotos haviam ido parar naquele dossiê montado pelo

ex-amigo de seu pai e com o qual ele havia sido chantageado em um episódio que culminou com a eliminação da família Halevy.

Ele não tinha prazer nenhum em matar, principalmente em matar crianças, como ele havia sido obrigado a fazer, mas também não sentia nenhum remorso. Para ele tudo não passava de negócio. Às vezes as pessoas têm que tomar medidas desagradáveis nos negócios e isso era o máximo de sentimento que ele conseguia ter por aquele episódio. Havia sido apenas algo desagradável que ele tinha sido obrigado a fazer em prol dos seus negócios e ponto final. Nunca mais ele havia sido obrigado a matar nenhuma outra criança e mesmo já tendo se passado mais de vinte e cinco anos desde que aquilo acontecera, até hoje quando ele pensava a respeito da primeira coisa que vinha a sua cabeça era a menina menor.

Alguma coisa naquela menina sempre o incomodara. Ele não sabia se eram as roupas, muito mais elegantes do que as dos demais, ou a maneira que ela olhava para o corpo da mãe morta no chão, tão diferente da expressão de incredulidade dos outros, que se recusavam a acreditar que a mãe estava morta ou simplesmente não conseguiam acreditar que a mãe, a pessoa mais importante na vida delas poderia morrer. Ela olhava apenas com terror para o corpo no chão, como olharia para qualquer outro corpo que estivesse estirado a sua frente. Porém o que mais havia chamado a atenção dele foi como ela reagiu à presença do pai quando foi executada. Todos os irmãos, de uma maneira ou de outra, buscaram conforto nos olhos do pai antes de encarar a morte, mas ela não. Havia ficado o tempo todo com os olhos fixos na passagem entre a sala e a cozinha, como se esperasse que alguém de fora pudesse salvá-la no último momento. Mas quem se a mãe já estava morta e o pai bem em frente a ela?

Na época ele chegou a conjecturar que aquela criança poderia não ser a verdadeira filha do casal, porém quando a imprensa noticiou o assassinato rotulando-o como uma vingança do E.T.A. e dizendo que o casal e os quatro filhos haviam sido mortos ele se convenceu que toda a família estava realmente morta.

Eles haviam vasculhado a casa de cima a baixo à procura de mais material que poderia ser usado contra ele, usando a mulher para lhes mostrar todos os cantos da casa onde eles poderiam estar escondendo algum material, mas nada foi encontrado e ela negou o tempo todo que soubesse de alguma coisa a respeito daquilo, e quando ele finalmente se convenceu a matou em frente das três crianças que já estavam amarradas na cozinha quando ela chegou do trabalho. A menina menor entrou correndo na casa logo após a mãe ser morta e foi amordaçada e amarrada junto aos irmãos para esperar o pai chegar com o dinheiro da extorsão, para então todos serem mortos.

Enquanto ele liderava pessoalmente a operação na casa, uma outra equipe iniciava a mesma varredura na gráfica assim que o último funcionário deixou o local. Fizeram um pente fino minucioso, mas também não encontraram nada. Mesmo assim seus instintos diziam que ele corria perigo e que devia continuar a investigar possíveis ligações da família Havely com pessoas que pudessem ter em seu poder outras cópias do dossiê ou algum outro material comprometedor e hoje ele sabia que tinha tomado a decisão correta. Principalmente depois do excelente serviço prestado por Helena que acabou de vez com as sua dúvidas sobre a morte da menina "mantenha seus amigos perto e seus inimigos mais perto ainda".

Aquele havia sido o preço que ele tivera que pagar pela exposição exagerada em sua adolescência e tinha servido de lição para o resto de sua vida. Depois daquilo ele nunca mais havia deixado se fotografar como Peter Golombeck.

Como parte da vida como Michel Hertez ele era casado na Alemanha com Helga, uma típica dona de casa alemã e com um dom especial para ser mãe. Ela se conformava em vê-lo muito pouco em função da pequena empresa de tecnologia com negócios em vários países do mundo que ele tinha construído, o que lhe dava o álibi perfeito para viver constantemente viajando, longe dela e dos dois filhos, uma menina de dezesseis anos e um menino de dezoito anos.

Diferentemente de seu pai, ele optou por não colocar os filhos em seus negócios verdadeiros. Ao invés disso os criava em um padrão de vida de classe média alta na cidade de Dortmund incentivando-os a se tornarem profissionais liberais e assim terem uma carreira independente das suas empresas. Essa havia sido mais uma lição que ele havia aprendido na sua vida.

Quando existia muito dinheiro envolvido, os laços familiares tendiam a se enfraquecer e ele não queria terminar como seu pai, que para todos os efeitos havia quebrado o pescoço ao cair de seu cavalo e rolar por um penhasco perto da casa que hoje ele usava como base em Lausanne, mas que na verdade havia sido jogado por ele morro abaixo para que o seu caminho ficasse livre, à frente dos negócios da família que naquela altura se resumia apenas aos dois, uma vez que a mãe já havia falecido vários anos antes de uma súbita doença que nunca havia sido devidamente identificada. Maurice havia errado quando decidiu colocar o filho a par de todos os seus negócios, imaginando que algum dia ele iria substituí-lo, o que acabou realmente ocorrendo, mas em um momento e de maneira completamente diferentes do que ele havia imaginado.

O relacionamento entre os dois estava se deteriorando já a algum tempo e Peter, então com 29 anos, tinha uma visão muito mais agressiva a respeito da expansão dos negócios da família. Mesclando uma inteligência fora do comum, uma enorme capacidade de organização e um grande talento tanto para cativar as pessoas quanto para tratá-las de maneira truculenta e até mesmo violenta, a cada dia que passava ele considerava Maurice um entrave para os seus planos.

Apesar dos atos criminosos que Maurice cometera em sua juventude e que serviriam de base para erguer o seu pequeno império, ele ainda possuía alguns princípios e depois das mortes causadas por ele na França, nunca mais havia provocado a morte de ninguém e procurava sempre que possível não prejudicar outras pessoas, a não ser que fosse absolutamente imprescindível para os negócios e nessas ocasiões ele era implacável. Porém talvez pela idade e a natural diminuição da ambição que as pessoas bem-sucedidas normalmente experimentam nos aos finais das suas vida, ele passara a se posicionar sistematicamente contra os projetos mais heterodoxos que Peter insistia em apresentar-lhe como sendo o caminho mais adequado para os seus negócios, preferindo não correr mais tantos riscos.

Quando Peter percebeu que teria que esperar a morte do pai para poder por em prática seus planos, simplesmente "antecipou o inevitável" como ele gostava de pensar, e providenciou pessoalmente a morte do pai.

Essa experiência o tinha motivado a manter os próprios filhos afastados de seus verdadeiros negócios e assim evitar o risco de ter um fim parecido com o do seu pai. No futuro, caso ele identificasse em um deles, ou mesmo nos dois, as qualidades necessárias para que um dia o substituíssem, ele saberia como introduzi--los nos negócios, e caso nenhum dos dois se mostrasse apto, decidiria sozinho o destino de todo o seu legado.

O telefone tocou. Era Carmen.

— Saudades de mim?

— Como sempre. Tanta que preciso ver você agora.

Ele conhecia bem esse tom. Ela já sabia sobre o policial morto.

— Muito cedo para um sorvete no Antico Caffe?

— Acordou saudosista Peter? Faz muito tempo que não vamos à Isola Tiberina.

— Exato. Pensei em resgatarmos um pouco da paixão, que tal?

— Eu conheço suas paixões. Meia hora?

— Combinado. Ciao Bela.

Ela desligou sem se despedir e ele sabia que a conversa não seria fácil, mas ele estava preparado. Interfonou para a recepção e pediu para trazerem a Piaggio MP3 Yourban vermelha, uma scooter de três rodas em que ele adorava circular por Roma, principalmente em um dia de sol como aquele, apesar do frio. Pegou um casaco e desceu para a rua.

Dez minutos depois ele contornava a Piazza Del Popolo e entrava na Via de Ripetta, para Cruzar o Tibre pela Ponte Cavour, contornar a Piazza Adriana e seguir paralelo ao Tibre pela Lungotevere até acessar a ponte que leva a Isola, uma dos pontos turísticos ainda pouco visitados de Roma apesar de estar bem no centro da Cidade Eterna. Ali é servido um dos melhores sorvetes do mundo e Peter ficara fã do Antico Caffe desde que experimentara o primeiro sorvete ainda criança em uma das viagens a Roma com o país.

Ele encostou a scooter na calçada e procurou pelo carro de Carmen, mas não viu a X6 branca. Ela não costumava se atrasar e já haviam se passado os 30 minutos. Ele já estava pegando seu celular quando ela o chamou de dentro da porta do Antico Caffe. Ele entrou e se beijaram nos lábios secamente. Ela estava com uma peruca loura, mas ele não fez nenhum comentário.

— Veio de ônibus, querida? É uma estratégia para me pedir aumento?

— Hoje eu fiz um voto de pobreza. Vale das 10 às 10h30, aliás você paga meu sorvete.

— Você merece muito mais, pode pegar um duplo.

Apesar do tom de brincadeira havia uma grande tensão no ar, mas Peter preferiu deixar que ela conduzisse a conversa. Pegaram os sorvetes e saíram caminhando paralelamente a mureta do Tibre. Ficaram em silêncio até terminarem os sorvetes e então Carmen fez a pergunta.

— Por acaso algum dos seus macacos andou metendo os pés pelas mãos?

— Não sei do que você está falando.

— Do policial que foi atropelado em frente à casa de um amigo de Angelo onde jantamos ontem à noite, minutos após deixarmos o local.

— Carmen, e porque eu teria alguma coisa a ver com o atropelamento desse policial? O que ganharíamos com isso?

— É exatamente por isso que eu quis vê-lo, para que você me explique.

— Eu posso garantir que não tive nada a ver com isso. Nunca faria nada que pudesse prejudicar a ZTEC e nem a você. Você tem certeza que não foi um acidente? — ele sabia que ela não podia dizer que sim.

— O que eu acho não quer dizer muita coisa. O que importa é a opinião da Interpol e eles acreditam que foi assassinato.

— E porque eles têm tanta certeza?

— Parece que o policial era um motoqueiro experiente e ele se chocou primeiro com uma Mercedes sem placa com os faróis apagados e depois já caído na pista foi atropelado por um caminhão no sentido contrário.

— Que morte horrível, não? Mas como a Interpol sabe que foi uma Mercedes de faróis apagados? Houve alguma testemunha?

— O motorista do caminhão disse que viu o carro chocado com a moto na pista contrária quando desceu do caminhão para tentar socorrer o policial, mas quando ele olhou novamente o carro já havia partido.

Ele achou estranho que um motorista comum que acabara de atropelar e matar um homem tivesse tempo de gravar a marca de um carro e principalmente que se ele tinha ou não placas olhando apenas de relance e à noite, porém fingiu acreditar nela.

— Mesmo assim pode não ter passado de um acidente. Um bêbado andando à noite com os faróis apagados e atropelando alguém. Isso acontece o tempo todo. Não acho que a Interpol tenha qualquer evidência forte que aponte para assassinato — mas ele já havia sido informado pelos policiais que estavam em sua folha de pagamento sobre o alerta geral para um carro com aquelas características e também uma descrição parcial do motorista. Carmen havia omitido a descrição do motorista e ele concluiu que ela havia feito isso para não dizer que fora Angelo quem passara a descrição, pois ele deveria ter sido interrogado pela Interpol e obviamente contado tudo que sabia. Mas mesmo assim nada disso levaria a polícia a lugar algum. O motorista estava disfarçado e o carro a essa altura já virara um bloco de ferro retorcido.

— Peter, você sabe que eu acredito em coincidências da mesma maneira que acredito em fadas. Se não foi ninguém da sua equipe pessoal, temos que descobrir quem foi e dar um jeito de entregá-lo a Interpol. Se não fizermos isso eu posso ser prejudicada e você sabe disso.

— Carmen tenha calma, eu acho que você está exagerando um pouco. Não existem provas, você estava com o Angelo em outro carro, nem você nem ele sabiam que alguém os estava vigiando, enfim a polícia não tem nenhuma prova, nem mesmo algum indício que você teve algo a ver com isso. Deixe a investigação andar normalmente e eles descobrirão esse bêbado sozinhos e vão esquecer de você.

Peter sabia que com o sumiço do carro e a impossibilidade de identificar o motorista a polícia teria que focar suas ações sobre Carmen como ele planejara.

— Peter, eu não gosto de surpresas, nem boas, muito menos ruins. Realmente eu espero que você não tenha nada a ver com isso. Eu não gostaria nem um pouco de saber agora, depois de tudo que eu fiz por você e pela ZTEC, que você quer me prejudicar.

— Carmen, você pode não acreditar, mas à minha maneira eu a amo e prometo que de mim você nunca terá nada menos do que merece — ele estava sendo totalmente sincero.

— Então me prometa que irá ajudar a polícia a encontrar esse motorista. Quanto antes ela encontrar esse homem melhor será para nós.

— Fique tranquila, farei o possível para encontrar esse bêbado.

— Confio em você como sempre confiei.

Será mesmo, menina bonita? Pensou Peter.

— Pode confiar. Lembre-se mais uma vez que eu a amo.

Então os dois voltaram a se beijar, agora com um pouco mais de intensidade, mas longe de ser um beijo carinhoso.

— Bonitão, me dê uma carona nesse seu brinquedo de três rodas. Tenho muita coisa para fazer antes do almoço. Depois de amanhã estarei embarcando para o Brasil como combinamos.

— Sempre tenho um capacete de reserva, minha querida.

Subiram na scooter e seguiram a caminho de um prédio de escritórios indicado por ela. Peter sabia que se Carmen estava se encontrando com ele em plena luz do dia, em um lugar público, ela tinha certeza de não estar sendo seguida.

Peter a deixou no local combinado e se despediram dessa vez apenas com um aceno, mas ainda teve tempo de olhar para aquele corpo lindo mais uma vez e pensar que seria uma pena ele não poder desfrutá-lo, mas eram ossos do ofício.

Esperou ela entrar pela rua lateral e acelerou a scooter para o compromisso seguinte. As coisas andavam como planejado, mas ele preferia cuidar dos detalhes pessoalmente. Bons executivos eram relativamente fáceis de encontrar. Pessoas que passavam a vida estudando e se preparando para cuidar por anos das empresas dos outros, muitas vezes ganhando muito dinheiro e algumas vezes burlando a lei, mas dificilmente um executivo tinha a coragem suficiente para cuidar dos detalhes mais obscuros e que eram fundamentais para os negócios ilícitos de um grupo tão grande quanto o que ele havia criado, então há muito tempo ele cuidava desses detalhes pessoalmente, enquanto os executivos talentosos e bem preparados cuidavam da administração diária de suas empresas.

Em alguns minutos ele iria decidir o destino de dezenas, senão de centenas de brasileiros. Uma decisão que ele havia guardado apenas para si. Ninguém saberia onde, quando ou como aconteceria. Ele não correria nenhum risco de vazamento e isso só seria possível se ele cuidasse de todos os detalhes e assim ele faria.

Pouco depois ele estacionou ao lado à Fontana de Trevi para se encontrar com Luiz Henrique Carvalho, um engenheiro especializado em demolição, e que nos últimos 13 anos havia feito vários trabalhos para Peter, principalmente no Oriente Médio e em países com forte influência muçulmana, sempre com o intuito de aumentar ainda mais a tensão entre esses países e o ocidente, obviamente aumentando também o investimento de ambos os lados em poderio militar, exatamente o plano que ele queria repetir na América do Sul. Pequenas intervenções terroristas bem programadas e executadas vinham se mostrando por anos as melhores ferramentas de marketing que ele podia usar. Mais uma vez, matar seria apenas uma questão de negócios, sem emoção, sem idealismos, sem culpa, apenas dinheiro.

Luiz estava sentado ao lado da fonte lendo uma revista de fofocas local e comendo um sanduíche. Tinha um físico corpulento, do tipo que não é gordo, mas sim um homem largo apesar de não muito alto. A melhor definição talvez fosse um pequeno tanque de guerra. Também era do tipo de pessoa onde a idade é difícil de se definir apenas visualmente e que dependendo das roupas podia variar dos 40 aos 55 anos. Olhos escuros e aguçados completavam o quadro. Naquele dia ele vestia uma calça de sarja cáqui, camisa azul e jaqueta de couro marrom combinando com sapatos confortáveis, com sola de borracha com amortecimento também marrons. O uniforme padrão dos engenheiros sem muita imaginação quando viajando a trabalho.

Peter o observou por alguns momentos a uma distância razoável. Seria impossível para qualquer um saber o potencial destrutivo daquele homem apenas olhando para ele, e pensar quer ele o havia descoberto por acaso em uma das suas viagens ao Oriente Médio, onde Luiz trabalhava para uma grande empreiteira brasileira responsável por construir várias obras em países da região. A habilidade de Peter em descobrir novos talentos fui fundamental para enxergar o verdadeiro potencial desse homem por baixo da aparência inofensiva. Uma inteligência brilhante aliada a uma ambição sem limites havia feito dele em pouco tempo uma das suas peças mais valiosas. Deu a volta por trás do homem parcialmente escondido entre os turistas e se aproximou por trás e devagar enquanto Luiz continuava com os olhos mergulhados na revista. Quando ele estava a pouco mais de 3 metros de

Luiz ele fechou a revista e a colocou ao seu lado sinalizando para Peter se sentar e Peter sorriu, satisfeito em ver que seu funcionário continuava em forma. Sentou--se, mas não se cumprimentaram.

— Você precisa de sapatos com amortecimento nas solas. Parece um elefante andando.

— Eu sei, mas não consigo me vestir mal como você.

— Não é uma questão de bom gosto, apenas de sobrevivência. Aliás, falando em sobrevivência, você deveria trocar esse seu brinquedo de três rodas por um carro. Ainda vai se matar com essa merda. Apenas pessoas cautelosas como eu podem se dar ao luxo de andar de motocicleta e continuarem vivas.

Além de todas as habilidades ligadas à demolição, Luiz era um gênio com probabilidades. Ele dizia que para ele Deus se chamava "Estatística", e ele era praticamente uma enciclopédia quando o assunto era esse. Com poucos dados ele conseguia calcular a probabilidade de você escorregar e morrer batendo com a cabeça no meio-fio de uma calçada em Paris pelo tipo de sapato que você costumava usar para andar pela rua, mas a sua maior capacidade era calcular o tipo exato de explosão para matar ou ferir gravemente um número pré-definido de pessoas, que sempre era calculado em conjunto com Peter para causar o resultado político e comercial desejado.

Ao contrário do que possa parecer, um atentado ideal quase nunca é aquele que mais mata ou causa mais destruição. Peter havia descoberto com o tempo uma equação muito precisa para causar o máximo de impacto com o mínimo de mortes e destruição.

Vez por outra no entanto, grandes atentados como o de Onze de Setembro podiam ser bons para causar uma guerra, porém era evidente que qualquer um que estivesse ligado diretamente a Al-Qaeda e a Osama bin Laden acabaria sendo descoberto, pois a reação de um inimigo tão forte como os EUA seria implacável. Na época a sua estratégia fora fazer alguns negócios lícitos com grupos de países que financiavam a Al-Qaeda e assim fez com seu dinheiro acabasse por financiar as ações, mas sem nenhuma ligação direta com o evento e sem correr nenhum risco. Ele sabia que o grupo extremista estava planejando um grande atentado em território americano, mas não tinha ideia que seria tão engenhosamente simples.

Aquele atentado trouxe mais dinheiro para ele do que qualquer outro negócio que ele ou seu pai tivessem feito antes e se transformou em um divisor de águas para a história do seu império. Ele forneceu equipamentos de última geração tanto às forças americanas quanto às britânicas a preços astronômicos, mas que pela sofisticação haviam permitido aos aliados invadirem o Iraque com uma perda insignificante de soldados.

Porém após a invasão do Iraque e a retaliação contra a Al-Qaeda no Afeganistão, manter pequenos atentados ocorrendo o tempo todo na região surtia um grande efeito do ponto de vista comercial, com aumento significativo na venda de armas tanto para os aliados reporem seus arsenais para que o novo e fraco governo local pudesse manter um mínimo de ordem, quanto para os rebeldes que insistiam em continuar a minar ambos. Cada pequeno atentado significava uma pitada a mais de ódio entre etnias, políticos e fanáticos religiosos de ambos os lados. Porém o mais interessante disso tudo era que como os atentados eram quase uma rotina, depois de algum tempo as autoridades passaram a tratar o assunto dessa maneira, diminuindo muito o risco de se descobrir quem realmente estava por trás de tudo.

Agora havia chegado a vez da América do Sul e tudo deveria começar pelo Brasil.

— Motos não são perigosas, pessoas pilotando motos são perigosas – respondeu Peter com bom humor — como estão os preparativos?

— Conforme o planejado. Temos cinco alvos potenciais aguardando a sua definição.

— Qual a sua avaliação?

— Dos cinco, três são de baixo risco e impacto médio, um é de médio risco e também médio impacto e o quinto é de grande risco e de altíssimo impacto. A não ser que você queira começar uma guerra eu o aconselho a escolher um desses três.

Aquilo era o que Peter esperava de Luiz, uma avaliação simples e precisa.

— Dessa vez vamos agir diferente – Peter percebeu que aquele comentário incomodou visivelmente Luiz. No ramo dele qualquer surpresa nunca era bem-vinda.

— Não preciso lhe dizer o que penso sobre surpresas. Espero que não mudemos muita coisa, eu tenho que recalcular os riscos e isso leva mais tempo do que temos no nosso planejamento.

— Não iremos mudar quase nada no planejamento, apenas na execução.

— Não entendi.

— Vamos realizar dois ao mesmo tempo.

Luiz se calou por um momento, provavelmente fazendo cálculos preliminares das chances de aquilo dar certo. Enfim respondeu.

— Pode funcionar. Teremos um pouco mais de trabalho e obviamente mais custo, porém o risco não aumenta muito.

Peter havia feito o mesmo raciocínio. O Brasil era considerado pelo mundo como uma ilha protegida de extremistas, principalmente pelas posições pacifistas e sistematicamente contrárias a ações violentas por parte dos americanos e seus aliados tanto na ONU como na orientação da sua política externa voltada ao respeito à soberania dos outros países. Aliado a isso o país também é muito conhecido pela flexibilidade do seu povo com relação a tolerância religiosa que se refletiu também na convivência harmoniosa entre todos os grupos religiosos dentro do país.

Isso diminuía a quase zero o risco de ataques de grupos extremistas e era exatamente essa tranquilidade que daria a Peter condições de atuar muito mais livremente na preparação desses ataques. Ele também havia decidido que o caminho mais fácil seria desequilibrar exatamente essa boa relação entre os grupos religiosos no Brasil e apontar alguns países da América do Sul como sendo os locais onde grupos extremistas Islâmicos mantinham bases e de onde saíram para cometer os ataques contra o Brasil repleto de infiéis. Foi com base nessa premissa que ele escolhera os alvos.

— Eu já fiz os cálculos, mas quero que você também faça os seus se possível ainda hoje. Validamos então amanhã e você parte para o Brasil em alguns dias para providenciar tudo. Temos pouco tempo antes do congresso votar a nova lei de segurança, então teremos que agir até o final da semana que vem.

— Acho que pode ser possível. Já adiantei bastante os preparativos para três alvos de baixo risco, então não será um grande problema.

— Acho que você tem um pouco mais de trabalho do que está imaginando – Peter se divertia com as reações de Luiz todas as vezes que ele colocava uma variável inesperada nas conversas entre eles.

— Você não está pensando em incluir entre os três o alvo de altíssimo risco?

— Não, eu já decidi incluí-lo. Iremos executar os menores simultaneamente, responsabilizar o grupo extremista que escolhemos e deixar o principal para executar somente caso a reação aos dois primeiros não surta exatamente os efeitos que esperamos.

— Mas isso irá dificultar muito a nossa ação. A execução dos dois primeiros deixará o país todo em alerta.

— Nessa altura tudo já estará preparado e não se esqueça de que a polícia brasileira não possui nenhum plano eficiente de contingência para ataques simultâneos e podemos tranquilamente contar com uma ação lenta e desordenada por parte dela.

Luiz pensou mais um pouco.

— Você tem razão Peter, é melhor corrermos o risco para não executar ao mesmo tempo do que nos precipitarmos e causarmos um estrago maior do que o necessário. Tudo bem, farei novamente os cálculos e nos encontramos amanhã para validarmos. Depois cuido daquelas outras pendências e em seguida eu embarco para o Brasil.

— Até amanhã — Peter levantou-se e saiu andando sem se despedir, enquanto Luiz pegava a revista e voltava a folheá-la. Peter sabia que eles formavam uma dupla excelente. Tanto que nem perguntou sobre a ação da noite anterior e muito menos do destino do carro usado nela. Ele sabia que tudo estava em ordem.

Já passavam das 12h30 e a sua agenda como Michael Hertz tinha dois compromissos com alguns fornecedores de tecnologia para um projeto conjunto de sua empresa de fachada e a ZTEC. Dentre os pontos que eles iriam discutir estava a questão da segurança do software que iria ser utilizado no SISCON. Ele deveria ser a prova de qualquer invasor, e seria, menos a prova dele mesmo. Acelerando a scooter podia-se ver um sorriso em seus lábios. Um sorriso de plena satisfação. Tudo estava indo maravilhosamente bem, exatamente como ele havia planejado.

Angelo

Ele voltou à sala de reuniões pouco depois de Carmen ter saído e sua expressão de decepção ficou clara assim que entrou na sala.

— Onde está Carmen?

Pai e filho entreolharam-se e caíram na gargalhada, mas foi Giovanni que falou.

— Você que come a potranca e nós é que temos que saber onde ela está?

Angelo ficou desconcertado. Será que tinha ficado tão evidente assim que os dois haviam transado dentro do banheiro?

— Do que você está falando, Giovanni? Eu saí dessa sala e não via mais Carmen depois que entrei no banheiro — Ele sabia que com a convicção de suas palavras não iria convencer ninguém, mais ao menos tentou.

— Angelo, sabe o que eu penso sobre transar com pessoas do trabalho? - aguardou alguns minutos para continuar — Sou totalmente contra, com as feias! – e novamente ele e Roberto caíram na gargalhada. — Quer saber? Transei com muitas mulheres nessa mesma sala, aliás sobre essa mesma mesa e posso lhe dizer que o único arrependimento que tenho é de não ter transado mais! Essa é uma empresa italiana Angelo! Somos machos de sangue quente e não um bando de maricas feito os americanos com todas as suas regras de assédio e tudo mais. E tem outra coisa, agora é você quem manda nessa merda toda, então foda-se! E novamente Giovanni e Roberto riram juntos.

A droga conhecida como "agora sou um milionário" estava fazendo efeito e ambos não poderiam estar de melhor humor, então sem concordar ou discordar ele se sentou na mesa e mudou de assunto.

— Bem, vamos ao que interessa — dizendo isso ele abriu o material deixado por Carmen e agradeceu as inúmeras situações que ele teve de contornar através do improviso e que lhe deram uma grande capacidade de embromar os outros, então mãos à obra.

Leu detalhadamente algumas informações que até então, mesmo trabalhando como presidente de uma das maiores filiais da empresa, nunca havia tido acesso. A ST era uma mina de ganhar dinheiro e as operações no Brasil eram as mais rentáveis do mundo, e ele era pressionado o tempo todo por aquele filhinho de papai que não perdia a oportunidade de dizer que a ST no Brasil era mantida apenas por decisão dele, pois seu pai era contra uma vez que os resultados estavam muito abaixo do das outra filiais. — Filhos da puta — deixou escapar baixo o suficiente para eles imaginarem que estavam sendo xingados, mas não terem certeza.

Os ativos totais da empresa também o espantaram. Ao final do relatório ele percebeu que a ST era no mínimo duas vezes e meia maior do que ele imaginava. Esconder uma informação desse tipo dos principais executivos da empresa era realmente coisa de mafioso e ele lembrou-se na mesma hora de um dos seus antigos patrões que apesar de ter nascido no Brasil tinha 100% de sangue italiano e exatamente a mesma maneira de conduzir os negócios, escondendo os números e apregoando o apocalipse para a empresa praticamente todos os dias, achando que assim estaria motivando os funcionários a colocar toda a sua energia na sobrevivência por mais um dia — "bando de carcamanos" — dessa vez tomando o cuidado de guardar o pensamento somente para si. O dia iria ser longo e ele estava louco para que passasse logo. Carmen não saía de sua cabeça.

Aleksandra

A água escorria pelas suas costas, aliviando um pouco as dores no corpo. A noite havia sido uma montanha-russa, começando maravilhosa e terminando em uma tragédia. Ela não tinha dormido nada, estava cansada, chateada com a morte de Luigi e o pior de tudo, mesmo assim não conseguia tirar Michael Hertz da cabeça. Ela havia pedido algumas horas de folga para descansar, mas Octavio negou. Disse que precisava de todo o pessoal disponível para manter o cerco à ZTEC e ao mesmo tempo cuidar da investigação do assassinato. Apesar de exausta, ela entendeu e prometeu estar de volta ao escritório dele antes das 10 horas.

Ali debaixo do chuveiro ela repassou mentalmente todos os passos da investigação da ZTEC até aquele ponto, desde os primeiros indícios envolvendo a OLV no Brasil, até as revelações conseguidas de Angelo já na Itália. As pontas ainda estavam muito soltas, mas ela tinha certeza que se juntariam em algum ponto, só não sabia se esse ponto era mesmo Carmen Velasquez. A essa altura eles já haviam feito um levantamento completo da vida dela nos registros oficiais espanhóis.

Sabiam que ela era órfã, não tinha irmãos nem nenhum parente vivo. Seus pais haviam morrido em um acidente de carro quando ela tinha nove anos e como não teve ninguém para reclamar a sua guarda foi enviada para um orfanato onde permaneceu até os 18 anos para então viver sozinha sob os cuidados de um tutor que investiu o dinheiro herdado por ela em sua educação. Pelo que parecia ele o havia investido muito bem.

Ela se formara com destaque em administração de empresas em uma das mais importantes universidades da Espanha e em seguida cursou uma pós graduação em comércio internacional na Suíça por meio de uma bolsa cedida por uma das empresas controladas pela ZTEC concorrendo com mais de 1.200 candidatos, que lhe valeu seu primeiro estágio nessa mesma empresa. Ela teve uma ascensão meteórica tendo chegado ao conselho de administração em menos de dez anos. Ela nunca se casara, não tinha filhos e pelo que parecia vivia cem por cento do seu tempo em função da organização.

Foi exatamente essa ascensão meteórica de Carmen que agora chamava a atenção de Aleksandra. Por mais competente que ela fosse, não seria possível subir tanto em tão pouco tempo sem a ajuda de alguém que estivesse muito no topo. Até então ela era a pessoa mais no topo da organização que eles conseguiam enxergar, operando sozinha e aparentemente sem dar satisfações a ninguém, mas isso poderia muito bem ser assim propositalmente para tirar o foco de quem realmente mandava no grupo. O fato dela ser linda também pesava para esse raciocínio. Ela também era mulher e sabia que era bonita e desejada pela grande maioria dos homens que a conheciam, inclusive alguns dos seus chefes. Ela não tinha nenhuma queda para esse tipo de envolvimento, porém sabia que se quisesse manipulá-los seria fácil subir na hierarquia. Já o estilo da Carmen deixava claro que para ela a sedução nada mais era do que uma arma a ser utilizada sempre que possível e certamente ela sabia como usá-la, bastava olhar para Angelo e perceber o efeito que ela tinha sobre ele.

Mas havia um porém. Esse tipo de relação tendia a ter prazo de validade. Alguns anos de aventuras, viagens de negócios juntos, sexo em salas de reuniões, sofás corporativos, a adrenalina correndo nas veias e de repente, assim como começou, a relação termina e geralmente a mulher acaba sendo ou colocada para fora ou encostada em algum canto da empresa e uma nova mulher, mais jovem, mas cheia de vida aparece para ocupar o seu lugar. Quem sabe não seria exatamente isso que estava para acontecer com Carmen?

Talvez o seu protetor tivesse enjoado dela e encontrado uma substituta mais interessante, porém Carmen não era uma assistente qualquer que pudesse ser substituída assim de uma hora para outra. Ela era uma executiva poderosa e afastá-la da ZTEC exigiria uma longa e penosa negociação envolvendo a assinatura de inúmeros termos de confidencialidade, contratos de proibição de atuar no mesmo ramo por no mínimo cinco anos e obviamente uma indenização milionária que faria dela uma mulher rica que nunca mais precisaria trabalhar. Mesmo assim seria uma negociação longa e que podia prejudicar muito os negócios nesse período. Ou então haviam outras alternativas menos trabalhosas, demoradas e bem mais econômicas, como por exemplo colocá-la na cadeia por tramar o assassinato de um policial.

Talvez Angelo tivesse razão. Talvez Carmen não soubesse de nada sobre o assassinato e ainda pior, ela também poderia estar sendo vítima do mesmo criminoso. Terminou o banho e antes mesmo de se vestir pegou o celular e ligou para Angelo.

— Oi, Aleksandra.

— Oi Angelo, como foi a conversa com Carmen? — por que ela estava tratando Angelo cada vez pior? Efeito Michael? — Como foi a reação dela?

— Eu não posso falar agora, estou no meio de uma reunião importante na matriz da ST.

— Mas eles não podiam saber que você estava na Itália, porque essa surpresa agora?

— Vamos almoçar juntos, eu lhe coloco a par de tudo.

Ele pensou por um momento. Antes de conhecer Michael ela mesma teria proposto o almoço, mas agora parecia uma ideia não muito boa. Porém eles precisavam se encontrar de qualquer maneira e rápido.

— Tudo bem, nos encontramos às 13 horas no Grotta Azzurra, sabe onde fica?

— Acho que sim, na Via Cicerone, não é?

— Isso, nos vemos lá então — e desligou sem se despedir, o que se deu conta somente depois que já estava colocando o celular na bolsa.

Se vestiu rapidamente e desceu. Um policial estava a caminho para buscá-la e ela teria pouco tempo para explicar a sua teoria para Octavio antes de almoçar com Angelo. Se ela estivesse certa Carmen passaria de vilã a isca e tudo que eles não tinham nesse momento era uma boa isca.

Uma hora e meia depois ela chegava ao Grotta Azzurra. A conversa com Octavio havia sido difícil pois ele insistia em manter Carmen como a principal suspeita de ser a mandante do assassinato de Luigi, talvez por ser ela a única suspeita até aquele momento, mas no final acabou cedendo aos argumentos dela e a autorizou a ir adiante com a sua estratégia pouco convencional. Angelo ainda não tinha chegado. Faltava pouco menos de dez minutos para às 13 horas e ela se sentou em uma das mesas e pegou o celular. Não faria mal algum passar esse tempo falando com Michael. Ele atendeu no primeiro toque como se estivesse aguardando a sua ligação e ela adorou.

— Que surpresa maravilhosa no meio do dia. — A voz dele a deixava calma.

— Olá bonitão, quer dizer que uma ligação minha ainda é uma surpresa para você?

— Sempre será. Ser lembrado por uma mulher como você tem sempre que ser considerado um prêmio por qualquer homem.

Ele era bom, muito bom.

— Se você continuar a me tratar dessa maneira corre um grande risco de arrumar um belo problema por muito tempo.

— Muito tempo seria eternamente? Cuidado com o que você promete, pois eu vou cobrar.

— Cada vez que nos falamos eu fico com mais vontade de cumprir as minhas promessas.

"E você nem tem ideia do quanto eu quero cumpri-las" pensou ela.

— Então sou um homem feliz! Aproveitando, você já almoçou? Me daria o prazer da sua companhia?

— Infelizmente não posso, estou aguardando uma pessoa para um almoço de trabalho se posso chamar assim.

— Angelo Cesari, aposto. Acertei?

Ela adorou que ele se lembrasse dos detalhes da conversa que tiveram na noite anterior.

— Como sempre senhor Hertz, muito perspicaz da sua parte.

— Nem tanto senhorita Yakovenko, apenas uma dedução relativamente fácil. Informações novas, imagino?

Ela sabia que não devia comentar os detalhes do caso, mas ele era irresistível.

— Talvez — ela saberia quando saísse dali.

— Então quero encontrá-la apenas para conseguir tirar essa informação de você, pois você deve se lembrar que eu sou um mafioso internacional, não é?

Ela riu.

— Eu havia me esquecido, mas se você prometer me torturar com carinho eu acho que serei obrigada a contar tudo o que eu sei.

Dessa vez foi a vez de ele rir.

— Então combinado, ligo mais tarde. Um beijo e bom almoço.

— Para você também, bonitão.

Ela desligava o celular e ia guardá-lo na bolsa ainda com aquela expressão meio boba, meio alegre que toda mulher apaixonada tem quando percebeu que Angelo estava em pé a sua frente.

— Torturada com carinho? Achei o máximo, posso usar ou você registrou?

Ela pensou por uma fração de segundos tentando achar uma resposta à altura, mas como não conseguiu apenas ignorou o comentário tentando disfarçar ao máximo o constrangimento.

— Você está atrasado.

— De maneira nenhuma, cheguei a quase cinco minutos, mas não quis atrapalhar a sua ligação então fiquei esperando você desligar.

"Filho da puta"

— Sente-se, temos muito o que conversar, começando por você me contar o que estava fazendo no escritório da ST.

— No meu escritório você quer dizer? Fui promovido a presidente mundial e irei me transferir para Roma em definitivo nos próximos meses.

Aquilo foi uma enorme surpresa para ela.

— Como assim presidente mundial se até poucos dias atrás você teve que enganá-los para poder vir a Roma?

— A ST foi comprada por um grande grupo internacional. Será que você consegue adivinhar qual é?

— E você vai me dizer que não sabia nada sobre mais esse movimento da

ZTEC?

— Eu juro que não sabia nada. Essa era a surpresa que Carmen disse que faria hoje. Ela me levou diretamente para o nosso escritório e sem ao menos me brifar de nada, anunciou não só que eu havia contribuído muito para a realização do negócio e como reconhecimento a minha fundamental participação, ela como representante dos novos acionistas estava me promovendo. Simples e rápido assim. Então passei a manhã toda tentando não demonstrar para Giovanni e Roberto Foraggi que eu não fazia a mínima ideia do que estava acontecendo a parece que até agora eu consegui.

Aleksandra realmente estava surpresa. Porque comprar a ST se eles já estavam compromissados como parceiros? Pelo que ela havia levantado eles gozavam de um certo prestígio no mercado de soluções para segurança, mas também havia muitos rumores de que a tecnologia desenvolvida por eles tinha apresentado vários problemas e estava longe de ser considerada uma das melhores do mundo.

— E você acredita que ela lhe deu esse presentinho por quê?

— Acho que ela gosta de mim.

— Bem, ao menos parece que você está desempenhando bem o seu papel, espero que tenha energia para atender às expectativas dela.

— Energia nunca me faltou. Uma pena nós ainda não termos tido a oportunidade certa para eu poder lhe mostrar.

"Ainda? Coitado..."

— Guarde sua energia para ela garanhão e vamos pedir que estou com fome, e daí podemos falar sobre uma ideia que eu tive.

Pediram ambos um espaguete com frutos do mar e o vinho da casa. Se serviram da primeira taça e ela começou a lhe falar sobre a sua tese enquanto aguardavam a chegada dos pratos. Aleksandra falou sem interrupções por quase quinze minutos sendo bastante minuciosa sobre os pontos que a levaram a crer que Carmen poderia estar sendo entregue propositalmente aos leões para que o principal mentor criminoso do grupo além de desviar a atenção dele mesmo, pudesse se livrar dela de maneira rápida e barata.

Ela terminou exatamente quando a comida chegou e Angelo aproveitou para pensar sobre o assunto enquanto comiam. Assim que terminaram ele se manifestou.

— Acho que você pode estar certa. Não quero defender Carmen, pois sei que ela pertence a um grupo muito poderoso e que provavelmente tenha alguma atividade se não totalmente ilegal, que seja no mínimo antiética e obviamente ela, como a principal executiva do grupo, deve ter conhecimento de todas as operações do grupo, mas daí a cometer assassinato me parece exagerado.

Ele aguardou um pouco como se tivesse tentando colocar ordem em seus pensamentos, e então continuou.

— Também acredito que ela não tenha tido nada a ver com a morte de Fernando Oliveira no Brasil.

Disso Aleksandra já não tinha tanta certeza.

— Por que você acha isso?

— Pelo mesmo motivo dessa segunda morte. Ela nada tinha a ganhar com a morte de Fernando, muito pelo contrário, a morte dele acabou atrapalhando os planos dela e daí eles tiveram que me aliciar diretamente para a organização. Se Fernando ainda estivesse vivo ele mesmo poderia ter feito isso para eles. A conta não fecha.

Ele podia ter razão. Em uma semana haviam duas mortes que de uma maneira ou de outra rondavam a ZTEC, e obviamente quando se falava em ZTEC era Carmen que aparecia, ao menos para a Interpol. Mas uma peça estava fora do lugar, e essa peça se chamava Angelo Cesari.

— Angelo, o que você diz faz sentido, mas eu tenho uma pergunta que gostaria que você respondesse.

Ele assentiu com a cabeça sinalizando para ela continuar.

— Carmen tem conhecimento que você é nosso informante?

A expressão de Angelo mudou imediatamente.

— Lógico que não! Você está louca? Se eles soubessem, imagine o que já poderia ter acontecido comigo? – não havia nenhuma segurança naquelas palavras.

— Angelo, vamos economizar ok? Eu quero trazer Carmen para o nosso lado e se você parar de tentar esconder a verdade de nós isso pode ser muito mais fácil para todos.

— Como assim trazer Carmen para o lado de vocês?

— Nosso lado Angelo, ou você não está do nosso lado?

— Nosso lado, que seja, mas como você pretende fazer isso?

Ele tentava desviar o assunto.

— Isso é problema meu Angelo, o seu é me contar a verdade. Então, ela sabe ou não sabe que você está nos passando essas informações?

— Por que você acha isso? O que mais vocês querem de mim?

Mais uma vez ele tentava desviar do assunto, então ela percebeu que teria que ser didática.

— Você acredita mesmo que apesar de nós que temos muito menos recursos do que a ZTEC conseguimos manter vigilância todo tempo em que você e Carmen estão juntos e eles não fazem o mesmo com você quando está sozinho? Não seja ingênuo Angelo, nós não temos nenhuma dúvida que eles sabem da nossa relação e que as informações que você nos passa são apenas as que eles permitem que você passe — a Interpol havia considerado essa possibilidade desde o início, mas havia decidido entrar no jogo pois no fundo era a única maneira deles permanecerem próximos da ZTEC e algumas das informações conseguidas por Angelo havia realmente sido úteis, o que demonstrava o extremo cuidado que a ZTEC estava tendo para passar informações verdadeiras, relativamente importantes, porém que sempre levavam a um beco sem saída — com certeza aí na porta deve haver um homem da ZTEC registrando todos os momentos do nosso encontro.

Instintivamente Angelo olhou para a porta, depois se voltou novamente para ela.

— Aleksandra, pode ser que a ZTEC esteja monitorando os nossos encontros, mas daí a vocês acreditarem que eu esteja sabendo algo sobre isso é um pouco de exagero.

Ela estava começando a ficar impaciente.

— Exagero é você acreditar que pode se dar bem nessa história escolhendo os dois lados ou pior ainda, não escolhendo lado nenhum. Eu já lhe disse algumas vezes e vou repetir, você está em uma situação muito delicada, Angelo Cesari e pela maneira com que você está conduzindo as coisas, com certeza vai se enrolar cada vez mais. Vou lhe dar mais uma chance. Converse com Carmen. Diga a ela o que ouviu de mim, que podemos protegê-la da ZTEC e tente trazê-la para o "nosso" lado e assim quem sabe você sai ileso dessa história toda?

Angelo pensou por um momento.

— Tudo bem, vou conversar com ela — dizendo isso ele fez sinal para o garçom pedindo a conta e ela percebeu que a conversa havia surtido efeito. Agora a bola estava com ele.

Despediram-se na porta com um aperto de mãos, ele voltando para o escritório da ST e ela para o escritório de Octavio. Estava satisfeita com o resultado da conversa. Se ele conseguisse trazer Carmen para o lado da Interpol eles poderiam virar o jogo, mas alguma coisa dizia que não seria assim tão fácil, porém agora ela estava mesmo querendo se encontrar com Michael. Era só pensar naquele homem e todo o resto perdia a importância.

BRASIL

Ela havia feito o mesmo caminho de todos os dias, levado as crianças para a escola, parado para fazer algumas compras e depois indo a academia.

Do outro lado da rua, Tiago fingia ler o jornal enquanto esperava o ônibus. Ele havia recebido a incumbência de vigiar aquela mulher vinte e quatro horas por dia durante uma semana e estava cansado. Como ele não conhecia os seus hábitos optou por ficar sem dormir as primeiras 48 horas da vigilância para levantar exatamente qual era a rotina dela e depois disso dormia poucas horas por noite se revezando com o restante da equipe. Teve que se expor muito mais no início exatamente por não conhecer seus hábitos, e em alguns momentos chegou a pensar que ela o havia notado, mas agora já estava confiante o suficiente para se antecipar a ela por algum caminho alternativo e chegar ao destino antes, diminuindo muito a possibilidade de ser detectado quando comparado ao método de simplesmente seguir a pessoa, principalmente quando ela estava separada dos filhos e cada um da equipe trabalhava sozinho.

A senhora Carmen havia sido muito incisiva quando lhe disse que a vida dessa mulher e dos filhos dela podiam estar correndo perigo, então ele deveria destacar duas pessoas da maior confiança para tomar conta dos filhos e ele deveria se encarregar dela. Nada de mal deveria acontecer a ela ou aos filhos e a pistola Glock 380 que ele trazia presa sob o braço esquerdo deveria ser suficiente, caso as coisas esquentassem. Os outros dois tinham o mesmo equipamento e sabiam usá-lo com a mesma eficiência aprendida por ele durante os anos que atuaram juntos como seguranças particulares de um dos maiores banqueiros brasileiros.

Uma das exigências feitas pela família para a empresa que forneceria os seguranças foi que eles fizessem alguns cursos avançados de escolta VIP em Israel. Ao contrário das técnicas evasivas que são protagonizadas pelos americanos e adotadas em praticamente todo o mundo, as técnicas israelenses nada tem de defensivas. Baseadas na mesma regra de reação rápida e desproporcional adotada por Israel para responder aos ataques palestinos, os agentes de segurança são treinados não para retirar rapidamente o VIP da área de conflito, mas sim fazer isso em segurança ao mesmo tempo em que se tenta eliminar o agressor. Isso equivale a dizer que enquanto um segurança treinado no estilo americano dispara duas ou três vezes em um agressor ou grupo de agressores apenas para dar cobertura ao carro com o protegido em fuga para que assim que possível também se evadirem, uma equipe treinada com técnicas israelenses teria ficado para enfrentar e eliminar o agressor enquanto o veículo com o VIP foge.

Ou seja, eles foram treinados para atirar e matar e não atirar e fugir. Eles haviam sido recrutados por Carmen quando o VIP que protegiam morreu de causas naturais e eles foram dispensados depois de quase dez anos de serviços e agora ele estava ali, liderando uma equipe não para proteger um VIP da maneira tradicional, mas sim proteger três pessoas que não poderiam saber que estavam sendo protegidas, o que era muito mais complicado.

Ele sabia que ela sairia da academia somente às 17 horas para buscar os filhos na escola. A Pajero Full blindada que ela usava dava uma certa proteção para circular por São Paulo, mas não chegava a ser uma garantia caso ela realmente fosse um alvo cobiçado. Levantou-se do ponto de ônibus e seguiu até a rua lateral onde havia estacionado o seu VW Golf e de onde ele podia manter um raio de visão sobre a saída da academia. Assim que ele abriu a porta do carro ouviu o motor de uma motocicleta sendo acelerado em sua direção. Sem perder tempo pulou sobre o capô escorregando por ele até cair na calçada atrás do carro já com a pistola na mão para poder reagir aos dois disparos de uma pistola com silenciador que arrebentaram o vidro do motorista e o para-brisas, mas a motocicleta já estava dobrando a esquina e ele não teve tempo para atirar. Chamou o restante da equipe pelo rádio, mas ninguém respondeu.

Era hora do intervalo no Colégio Porto Seguro e Valentina saía de braços dados com três das suas melhores amigas. Todas estavam excitadíssimas. Seria um final de semana e tanto, todas juntas durante duas noites e dois dias inteiros na casa de Giulia para comemorar o aniversário da amiga. Os pais de Giulia haviam providenciado uma agenda lotada de atividades, começando pela própria viagem até a cidade de Campos do Jordão onde dentro de um condomínio de alto luxo ficava a casa de campo. Seriam duas vans que pegariam os convidados, dez meninas em uma e oito meninos em outra. A divisão era exigência de Giulia, pois apesar de já estarem começando a gostar da companhia de alguns meninos, todas elas ainda estavam na fase em que preferiam falar deles a ficar com eles. Os meninos eram na verdade mais amigos de seu irmão do que dela e havia também Rafael, irmão mais novo de Valentina. Assim que saíram para o pátio perceberam que as outras crianças estavam debruçadas sobre o muro que dava visão para a rua. Correram até lá e olhando para baixo viram um carro preto cercado por dois carros da polícia. O trânsito havia sido desviado com cones e apesar da distância ser grande eles conseguiam ver dois homens sentados dentro do carro. As portas estavam abertas e alguns vidros tinham sido quebrados. Os homens dentro do carro não se mexiam, mas pela distância as crianças não conseguiam ver a massa de sangue, cabelos e miolos que escorriam da cabeça do motorista até o seu peito.

Depois de alguns minutos entretidas com a movimentação perderam o interesse e voltaram a falar dos planos para o final de semana. Haveria um jantar de recepção e uma surpresa prometida pelos pais de Giulia que as estava deixando loucas de curiosidade. No sábado eles sairiam de barco logo pela manhã para um passeio pelo enorme lago que fazia divisa com a parte Sul do condomínio, almoçariam um peixe assado em uma fogueira às margens do lago e retornariam no meio da tarde para que as meninas tivessem tempo suficiente para se produzirem para a festa em torno da piscina com direito a luzes e DJ.

O domingo teria duas atividades principais, sol e brincadeiras na piscina ou para quem preferisse, passeios a cavalo pelo condomínio. Almoçariam todos por volta das 14 horas e depois retornariam a São Paulo antes do escurecer, uma viagem de pouco mais de duas horas.

Um fim de semana mágico para Valentina e que ela aguardava há mais de dois meses com ansiedade e que agora estava a poucas horas de começar. O sinal de fim do intervalo soou e todos voltaram para as salas de aula. Alguns alunos comentavam sobe os carros de polícia em frente ao colégio, mas aos poucos o assunto cessou e a rotina das aulas preencheu a atenção de todos.

Enquanto isso, os policiais militares continuavam a isolar o carro, enquanto aguardavam a chegada da perícia. A quantidade de curiosos havia aumentado significativamente e eles decidiram aumentar a área de isolamento em torno do carro. Sem violência, mas de maneira firme eles empurraram as pessoas para trás por mais cinco metros em todos os sentidos e criaram uma área isolada usando faixas plásticas padrão, listradas de amarelo e preto. O homem que estava ao lado do motorista havia sido atingido várias vezes no peito, e como sua arma ainda estava no coldre sob o braço esquerdo, deveria também ter sido pego totalmente de surpresa. No posto de combustíveis a cerca de 100 metros do local os frentistas estavam sendo interrogados, mas ninguém ouvira nada. Apenas um deles disse que percebeu quando duas motos saíram acelerando forte do lugar onde o carro estava estacionado, mas que ele não deu muita atenção ao fato e não se lembrava nem do modelo nem da cor delas e só voltou a reparar no carro quando populares começaram a se juntar em volta dele.

Era evidente que os assassinos haviam utilizado armas com silenciadores. Isso aliado ao fato de os dois homens estarem armados e nada ter sido roubado praticamente descartava qualquer dúvida que não havia sido um roubo comum, mas sim um assassinato premeditado. Os homens no carro portavam documentos que estavam sendo verificados, além de identificações de seguranças particulares. Esse fato fez com que os policiais fossem até o colégio para descobrir se aqueles homens seriam seguranças de alguma das crianças que frequentavam o colégio.

Foram informados que o colégio mantinha uma área isolada onde os seguranças ficavam aguardando no intervalo entre o início e o final das aulas. Na sala havia duas equipes de dois homens cada uma, a formação padrão que a maioria dos VIPs adota no Brasil e que combinada com a correta utilização de um carro blindado tinha um efeito muito bom. Os quatro homens foram levados até o carro, mas não conheciam nenhum dos homens mortos e nunca os tinham visto antes na porta do colégio e com essa informação os policiais decidiram descartar inicialmente a possibilidade de eles estarem a serviço da família de algum aluno. Com os homens também foram encontrados dois rádios Nextel. Na memória dos dois os números de ambos e de um terceiro aparelho. O policial acionou o botão, mas o terceiro aparelho estava desligado.

Quando a van que iria levar Valentina e as crianças para o final de semana chegou, apenas uma viatura da polícia permanecia no local ainda preservando o veículo estacionado que deveria ser rebocado em breve. Eles passaram bem próximos ao carro, mas não havia mais nenhum ocupante e cinco minutos depois ninguém mais se lembrava do fato. Elas tinham apenas o final de semana em mente. Atrás das duas vans um Jetta prata seguia a certa distância. Dentro dele havia dois homens e seguindo o Jetta de perto, três motoqueiros que davam cobertura.

Tiago pegou o telefone e ligou para Carmen. Ele estava proibido de ligar para ela e deveria se comunicar apenas em uma situação de emergência extrema e ele não conseguia achar uma definição melhor para a situação que se encontrava naquele momento. O telefone já havia tocado cinco vezes e ele pensou que ela poderia estar demorando a atender para que ele tivesse um último momento de reflexão sobre o quão urgente era mesmo a ligação e pudesse desligar antes dela atender, mas ele ficou firme. Ela atendeu no sexto toque.

— Problemas?

— Sofremos um atentado, apenas eu sobrevivi. Os nossos dois homens que estavam em frente ao colégio foram mortos. Acabei de chegar ao local, mas os corpos já foram removidos e as aulas já terminaram.

Ele podia ouvir a respiração dela do outro lado da linha.

— E a família?

— Eles não eram os alvos, nós sim. Estão todos bem, mas as crianças estão sem proteção.

— Você sabe onde elas estão?

— Não faço ideia. A mãe saiu da academia e pela primeira vez não foi buscá-los no colégio e quando eu cheguei aqui todos os alunos já haviam sido liberados.

— Fique grudado nela enquanto eu tento descobrir onde as crianças estão.

Desligaram sem dizer mais nada.

Tiago se sentia perdido, não tinha nenhuma estrutura de apoio e muito menos podia pedir ajuda à polícia como faria se estivesse trabalhando para uma empresa regular. Sua cabeça latejava e ele não conseguia parar de pensar em seus homens. Se conheciam há mais de 15 anos desde quando se formaram como vigilantes bancários. Trabalharam juntos e também em empresas diferentes até que decidiram matricular-se novamente juntos no curso de extensão para segurança pessoal e daí em diante trabalharam sempre juntos até serem designados para a equipe de segurança do banqueiro que lhes proporcionou a especialização em Israel.

Ele tinha certeza que só estava vivo por conta desses treinamentos, mas principalmente porque teve muita sorte. Seus companheiros deveriam ter sido pegos completamente de surpresa. Apesar de muito abalado a calma de sempre estava voltando e com ela um profundo ódio pelos homens que fizeram aquilo. Ele os mataria ou morreria tentando.

Carmen

O telefonema de Tiago a pegou totalmente de surpresa e isso não era nada bom. Ela havia passado por três situações parecidas no intervalo de poucos dias, o suicídio de Fernando Oliveira, o assassinato do policial e agora apenas um dia depois, o assassinato de dois de seus homens no Brasil. Ela sentia que um cerco estava se fechando em volta dela e que apesar da desconfiança de que Peter estava por trás disso tudo ela não tinha nenhuma evidência que confirmasse essa suspeita. Quem mais poderia querer prejudicá-la? Ela tinha inimigos na ZTEC era óbvio. Sua ascensão meteórica havia deixado muitas pessoas incomodadas, pessoas de confiança que estavam na organização há muito mais tempo que ela, mas que apesar da competência e da dedicação por anos, haviam sido preteridas pela jovem, bonita e sedutora amante do dono. Nesses anos ela conseguira eliminar muitos deles, na maioria das vezes com promoções que na prática eram transferências para operações muito menos importantes com um generoso aumento nos ganhos. Alguns ela não conseguira remover por falta de apoio de Peter e ela chegou a pensar que no fundo ele é que a estava usando para se livrar das peças que já não eram tão interessantes, mas mesmo assim ela construiu uma relação de parceria e interesse com cada um deles e naquele momento ela considerava que tinha um time relativamente confiável embaixo dela.

Uma das pessoas que mais resistiram aos seus encantos foi exatamente Helena de Souza e Silva. Ela havia conseguido o lugar de responsável por todas as operações da ZTEC no Brasil por indicação do próprio Peter. Eles se conheciam há mais de vinte anos e ela desconfiava que Helena tinha sido a Carmen do passado de Peter. Isso explicaria muito da maneira de ser dessa mulher que um dia tinha sido tão bonita e sedutora quanto ela, mas que com o tempo perdera o viço e o interesse de Peter por qualquer coisa que não fosse sua capacidade profissional e por fim a alegria de viver quando percebeu que tinha passado os melhores anos de sua vida vivendo em função de um fantasma. Mais ou menos o caminho que Carmen trilhava agora.

Mas mesmo assim elas haviam chegado a um acordo. Após diversas escaramuças e tentativas de medirem força Carmen a tinha convocado a Suíça, a recebido na mesma casa que provavelmente ela teria tido os momentos mais românticos da sua vida com Peter e sendo direta lhe disse que o lugar agora era dela e não havia nada que Helena pudesse fazer a respeito a não ser serem aliadas e assim conseguirem obter o máximo de vantagens da relação das duas com Peter, inclusive criando maneiras de desviar fundos das empresas. Tinha sido um movimento arriscado, pois ela poderia revelar tudo a Peter e deixá-la em uma situação difícil. Logicamente ela diria que tinha sido um teste para ter certeza sobre a lealdade de Helena e tudo mais que se diz em uma situação assim, mas Peter era muito mais esperto que as outras pessoas e dificilmente cairia nessa conversa. Helena tinha pedido alguns dias para pensar a respeito e três dias depois mandou um e-mail para Carmen com uma única palavra: "Fechado".

Desde então as duas haviam criado um sistema muito engenhoso de desvio de dinheiro de algumas das empresas controladas pela ZTEC onde a engenhosidade era exatamente a movimentação de pequenas quantias relacionadas principalmente ao pagamento de políticos e representantes que não tinham como ser conferidas em uma auditoria e também não tinham um valor tão expressivo para constarem como um "adendo" ao relatório financeiro das empresas, enfim, o tipo de incômodo que qualquer administrador não quer ter e faz questão de que desapareça dos registros.

Esse esquema já durava cinco anos e já tinha rendido mais de 20 milhões de dólares que haviam sido divididos igualmente entre as duas. Peter nunca havia deixado transparecer que desconfiasse de qualquer coisa e assim ela tinha certeza de que Helena hoje era uma das suas melhores aliadas. A sua parte desse dinheiro era usada principalmente para financiar o seu plano de vingança, pois os recursos não podiam ser rastreados. Ela tinha uma retirada da ZTEC superior a 5 milhões de dólares por ano entre salários, bônus e gratificações e não gastava quase nada, mas todo o dinheiro era legalizado e poderia ser facilmente rastreado por Peter.

Então se não era Helena, quem mais poderia ser? Quem dentro da organização teria poder para movimentar as peças da maneira como estavam sendo movimentadas? Ela precisava concentrar toda a sua energia nisso, mas como poderia fazer isso agora, no momento mais dramático de todo o seu plano e quando ela teria que estar atenta a todos os mínimos detalhes para que nada desse errado? Ela se sentiu terrivelmente sozinha. Pensou por alguns segundos, pegou o telefone e ligou para Angelo.

— Angelo, precisamos conversar agora.

— Você está com tantas saudades assim que não pode nem esperar eu ter... — ela interrompeu bruscamente.

— Agora Angelo, é urgente. Me encontre no endereço que irei lhe passar por mensagem de texto. Dez minutos e não se atrase.

— Carmen, o que houve?

Ela nem ouviu a pergunta, já tinha desligado e estava passando o endereço do flat para ele ao mesmo tempo que pensava em uma maneira de dizer a ele que seus filhos poderiam estar correndo perigo nesse exato momento. Ela teria que ter muita habilidade para que ele não surtasse de vez. Precisava também encontrar uma maneira de saber onde as crianças estavam sem levantar suspeitas da mãe e essa parecia ser a parte mais difícil, afinal somente ela deveria saber o local correto e eles precisavam agir rápido se quisessem evitar o pior.

Dez minutos depois, Angelo estava frente a frente com ela.

— Sente-se, Angelo.

— Carmen, você está me assustando, o que está acontecendo agora? Por que a pressa? Deixei os Foraggi falando sozinhos para vir aqui.

— Isso não tem a menor importância agora, precisamos falar sobre a sua família — ela sabia o efeito que aquela frase teria sobre ele e ela instintivamente colocou a mão dentro da bolsa tocando o cabo da pistola.

— Minha família? — ele desabou sobre o sofá — aconteceu alguma coisa com os meus filhos? Me diga logo Carmen, eles estão mortos?

Ao contrário do que ela esperava, a reação dele não foi violenta, ao contrário, ela viu aquele homem grande encolher-se como uma criança diante da possibilidade da perda dos filhos e as lágrimas brotaram forte de seus olhos. Aquilo cortou o seu coração, mas ela continuou firme.

— Angelo, escute com atenção. Preciso de toda a sua concentração para ouvir o que eu vou dizer e tentarmos juntos proteger os seus filhos.

A esperança brotou nos olhos dele. Se eles ainda podiam proteger as crianças era sinal que elas ainda estavam vivas. Ele assentiu com a cabeça e se acalmou um pouco.

— Você sabe onde as crianças estão nesse final de semana?

— Como assim? Com a mãe delas, com quem mais?

— Você tem certeza? Pense um pouco, eles não lhe disseram nada sobre alguma coisa diferente que fariam nesse final de semana?

— Por que isso é tão importante, Carmen?

— Angelo depois falamos disso, agora se concentre e pense onde eles poderiam estar que não fosse com a mãe? Lembre-se das últimas vezes que conversou com eles, de alguma coisa que eles possam ter dito sobre uma viagem ou coisa assim.

Ele parou por alguns segundos e então a sua expressão mudou.

— Sim! Valentina me disse que iria passar o final de semana na casa de campo da família de Giulia! Parece que é aniversário da amiguinha e haverá uma festa ou coisa assim e eles iriam pegar duas vans saindo do colégio diretamente para lá.

— Você sabe onde fica?

— Não sei... acho que a levei até á uma vez há uns dois anos, mas não tenho certeza.

— Tente se lembrar, Angelo, é muito importante que você se lembre.

— A casa fica em um condomínio de alto padrão no interior de São Paulo, em uma cidade chamada Campos do Jordão. Mas eu não me lembro exatamente onde. É uma região de muitos condomínios e eu não faço ideia de qual deles é. Giulia estava conosco e ela foi nos mostrando o caminho, então acabei não guardando nenhum detalhe mais específico.

— E a sua mulher? Ela conhece a casa?

— Não sei, acho que não. Ela e o novo marido são um tanto reclusos e não tem muitos amigos. Acho que Raquel conhece a mãe da Giulia apenas da porta do colégio.

— Mas você não tem o telefone dos pais dela? E seus filhos, nenhum tem celular?

Angelo pensou um pouco.

— As crianças não usam celular e eu nunca peguei o número dos pais dela. Se eu ligar para Raquel para perguntar ela irá achar estranho e pode querer chamar a polícia.

— Temos que arriscar. Ligue para Raquel.

A ligação caiu na caixa de mensagens. Ligou novamente mais três vezes seguidas e novamente caixa postal.

— O celular está desligado, ela deve estar na academia.

Carmen pensou por um momento. Não tinham um endereço, é verdade, mas ao menos sabiam para que cidade ela estava indo. Agora precisariam tentar achar a casa certa.

— Angelo, eu vou fazer uma ligação e mandar uma pessoa para Campos do Jordão atrás de seus filhos. Nós precisamos encontrá-los antes – ela parou por um momento para escolher as palavras — que algo de ruim possa acontecer.

— O que de ruim pode acontecer, Carmen? Em que você merda você os meteu?

A culpa era mesmo dela. Ela tinha montado o esquema de segurança porque no fundo sabia que tinha colocado todos em risco quando aliciara Angelo daquela maneira. Mas ele havia colaborado e não havia nenhum motivo para que alguém da organização fizesse mal a família dele, ao menos nenhum motivo que ela conseguisse enxergar. As coisas estavam saindo de controle rápido demais.

— Acredite em mim Angelo, eu nunca pensei em fazer mal a sua família e prometo que farei tudo o que estiver ao meu alcance para protegê-los.

— Mas protegê-los de quem Carmen? Eu estou colaborando com a ZTEC então porque alguém iria querer fazer mal a minha família?

— Eu não sei — a sua voz era tão sincera que Angelo nem retrucou — mas precisamos descobrir onde as crianças estão e protegê-las a qualquer custo e depois iremos atrás de respostas. Agora você precisa se concentrar sobre qualquer detalhe relevante do caminho até a casa da amiguinha de Valentina. Refaça mentalmente o trajeto desde o momento que você entrou na cidade, tente lembrar-se de pontos de referência, vá anotando tudo nesse papel e depois tentaremos montar um mapa a partir das informações que você conseguir lembrar.

Apesar do desespero, Carmen percebeu que ele acreditava que ela estava fazendo todo o possível para proteger seus filhos e isso foi um alívio para ela pois, nada pior do que um pai descontrolado em meio a uma crise desse tipo. Ele estava concentrado quando ela pegou o telefone e ligou para o Brasil. Tiago atendeu no primeiro toque deixando claro que estava aguardando a ligação.

— Elas estão indo passar o final de semana em Campos do Jordão em uma festa de aniversário. Parece que saíram em duas vans e provavelmente haverá outras crianças com eles. Ainda não sabemos o endereço, mas assim que tivermos alguma coisa eu lhe aviso. Leve quem precisar.

— Estou indo imediatamente. Tenho tudo que preciso aqui comigo.

Então ela desligou e voltou a dar atenção a Angelo. Ele havia escrito alguns nomes soltos que deveriam ser lugares, mas tudo muito confuso e dessa maneira não chegariam a lugar algum. Então ela teve uma ideia.

— Se você estivesse chegando a Campos do Jordão agora novamente acredita que conseguiria se lembrar do caminho vendo as ruas que passou?

Ele olhou para ela como se não estivesse entendendo o que ela dizia, mas de repente ele entendeu.

— Google Earth!

Imediatamente acessaram o site do Google e entraram no aplicativo pedindo inicialmente o centro da cidade e depois seguindo até o portal em estilo dos Alpes onde a cidade começava e lá estava ela olhando ao nível do solo como se estivesse novamente entrando pela cidade. Não seria fácil, mas era melhor do que nada. Isso levaria tempo e tempo era tudo o que eles não tinham.

Tiago

Ele dirigia a mais de 120 km/h desviando dos carros no trânsito pesado da Marginal do Rio Tietê. Ele queria andar ainda mais rápido, mas na velocidade em que estava, em meio ao tráfego pesado entre freadas bruscas e buzinas de protestos dos outros motoristas já era praticamente suicídio. Ele calculou que as crianças deveriam estar cerca de 40 minutos à sua frente, que havia sido o tempo aproximado entre a saída delas do colégio e o retorno de Carmen com a informação sobre a cidade para onde elas estavam indo. Considerando que eles estavam em uma van cheia de crianças e com um motorista cuidadoso, provavelmente eles iriam fazer o percurso todo a uma velocidade segura, talvez em torno dos 100 km/h. Ele calculou que se andasse muito rápido, acima dos 150 Km/h ele conseguiria chegar a Campos do Jordão quase que ao mesmo tempo que elas ou até mesmo antes e assim aumentar as suas chances de interceptar um ataque daquele grupo de assassinos.

Quando ele finalmente saiu da Marginal do Rio Tietê e entrou pela Rodovia Ayrton Senna o trânsito melhorou e ele colocou todo o peso no acelerador. O Golf rugiu alto e ele podia ouvir o turbo soprando o ar para dentro do motor mesmo com o barulho do vento entrando pelos buracos de bala do pára-brisas, enquanto o velocímetro oscilava entre os 190 e os 200 km/hora. Ele manteve esse ritmo diminuindo a velocidade apenas nas praças de pedágio e já havia rodado pouco mais de 180 km quando notou as duas vans de turismo seguindo uma atrás da outra e atrás das duas a uma distância segura para não serem detectadas estavam três motos que orbitavam em torno de um VW Jetta prata e então ele reconheceu a moto usada pelo homem que tentou matá-lo.

Ele diminuiu a velocidade ainda mais deixando uma distância maior entre ele e os homens e permaneceu por algum tempo nessa posição. Ele estava tentando traçar algum plano brilhante onde um homem sozinho conseguiria dar cabo de outros cinco homens armados e bem treinados quando as motos aceleraram na direção das vans e ele percebeu que teria que agir naquele momento. Sem plano nenhum acelerou o Golf e passou pelo Jetta seguindo firme também em direção às vans. Nessa altura uma das motos tinha se posicionado em frente à primeira van e tentava fazer com que o motorista diminuísse a velocidade enquanto os outros dois se posicionaram lado a lado com as janelas ameaçando o motorista com suas armas e fazendo sinais para que ele encostasse.

O primeiro motorista era bom e fez uma manobra evasiva excelente ameaçando parar no acostamento e quando o motoqueiro fez o mesmo já freando, mudou repentinamente de direção voltando para a pista, colocando assim a van lado a lado com a moto e em seguida jogando a van novamente para o acostamento tentando derrubá-lo. Mas o motoqueiro era excelente e em uma manobra ainda mais rápida freou bruscamente a moto que chegou a empinar a roda traseira e conseguiu sair por trás antes que a van o atingisse. Neste momento Tiago ouviu o primeiro tiro e viu a van balançando de um lado para o outro. Deveria ter sido um tiro de alerta pois o motorista recuperou a trajetória e aí sim percebendo que não havia como fugir dos homens começou a diminuir a velocidade e encostar no acostamento. O motorista da segunda van que havia assistido toda a ação também começou a encostar.

Foi então que Tiago atingiu o motoqueiro que estava ao lado da van número dois jogando-o para fora da moto bem em frente às rodas da própria van, que passaram por cima dele com um solavanco. Ele olhou rapidamente para dentro e viu que nela só havia meninas e que todas estavam gritando histéricas com o horror da cena. Ambos os motoristas perceberam a ação e voltaram a acelerar as vans voltando para a pista e ele então olhou para os motoqueiros que estavam ao lado da primeira van mas teve apenas tempo de baixar a cabeça atrás do painel antes que uma chuva de balas disparadas das armas dos dois estilhaçasse de vez o pára-brisas. Dessa vez foi ele quem freou o carro para sair da linha de tiro e então foi a vez dos vidros de trás do carro explodirem. O Jetta estava na sua cola e o homem sentado no banco do carona disparava com uma pistola no módulo rajada. Ele então acelerou novamente colocando o Golf entre as motos e a van.

Ele imaginou que os homens tinham ordens para não machucar as crianças e estava certo, nenhum dos dois atirou de imediato o que lhe deu tempo para sacar a Glock que trazia embaixo da perna, mas assim que olhou novamente para a janela os motoqueiros não estavam mais lá e uma nova saraivada de balas disparada por eles estraçalhou os vidros da lateral traseira do carro perfurando também a porta e o banco em que estava sentado, atingindo-o de raspão nas costelas. A dor foi intensa, mas ele se controlou e numa reação rápida jogou o carro para a esquerda e freou violentamente. Um dos motoqueiros conseguiu escapar pela direita, mas o que tentou fazer o mesmo pela esquerda acabou batendo de raspão contra a traseira do Golf e perdendo o controle da moto caiu no chão rolando pelo asfalto até parar no canteiro central.

Nesse momento ele recebeu mais uma saraivada de balas vindas do Jetta que estava bem do seu lado direito e novamente com uma manobra brusca jogou o Golf sobre o Jetta acertando o carro bem na porta do motorista. O Jetta oscilou para a pista lateral perdendo velocidade, mas retornou para a pista atrás do Golf que agora estava posicionado atrás da segunda van. Finalmente Tiago, pelo que havia restado do retrovisor, localizou o terceiro motoqueiro vindo em sua direção pelo acostamento. Quando ele emparelhou com o Golf bem ao lado da janela do carona com a arma em punho Tiago fez questão de abrir um sorriso antes de disparar a bala que o atingiu bem no meio da viseira. A cabeça do motoqueiro explodiu dentro do capacete, mas mesmo assim a moto continuou o seu movimento por uma fração de segundos carregando o corpo sem vida como se fosse um dos cavalos do apocalipse levando seu cavaleiro vingador, então ela começou a tombar para a direita e espatifou-se contra o guard-rail lançando o corpo para o alto.

Haviam sobrado apenas os homens do Jetta e pela primeira vez ele acreditou que podia sair vivo daquela situação e então jogou o Golf novamente para o acostamento e freou forte novamente. A manobra deveria ter colocado os carros lado a lado, mas ao invés disso o motorista do Jetta acelerou ainda mais passando direto pela lateral do Golf e se posicionando entre ele e a segunda van. Nesse momento, o homem no banco do carona disparou novamente pelo vidro traseiro do carro com muito mais precisão e ele sentiu quando uma das balas o atingiu no ombro direito, enquanto a outra arrancava um pedaço de seu dedo mindinho da mão que segurava a direção. A dor no ombro foi grande, mas nada comparada à dor lancinante de ter parte do dedo arrancado. Ele quase perdeu os sentidos, mas conseguiu se controlar e percebendo que não havia outra alternativa, reduziu ainda mais a velocidade enquanto o Jetta se distanciava continuando a perseguir as vans.

Ele precisava dar uma distância segura entre ele e os homens, apenas o suficiente para que eles não o atingissem e assim tentar colocar as ideias em ordem. Foi então que o ronco de uma moto acelerando chegou a sua janela. Ele ainda teve tempo de pensar que cumprira o combinado consigo mesmo antes da bala entrar pelo lado esquerdo da sua cabeça e atravessá-la como se fosse de papel. O Golf começou a se desviar lentamente para a esquerda até atravessar as outras duas faixas e cair na valeta entre as pistas parando suavemente. O motoqueiro parou ao lado do carro. Estava machucado, cheio de poeira e grama e sua moto estava com a lateral esquerda danificada. Ele desceu, deu três passos até a janela e descarregou o pente da pistola em Tiago. Subiu novamente na moto e foi se juntar aos homens do Jetta que a essa altura já haviam executado os dois motoristas das vans e estavam empurrando a menina e o menino para dentro do carro.

Angelo

Ele continuava tentando se lembrar do endereço em Campos do Jordão, mas até aquele momento não tinha tido sucesso. A cidade fica no alto de uma montanha e pelo clima frio e o estilo europeu da sua arquitetura passou a ser um reduto disputado pela elite paulistana e o número de condomínios de luxo com casas de temporada havia explodido nos últimos anos. Mas agora um outro problema parecia ainda mais sério.

Fazia mais de duas horas que Carmen não recebia nenhum contato de Tiago e o nervosismo dela começava a ficar evidente. Ele havia aprendido a respeitar aquela mulher exatamente pela capacidade dela em planejar todos os detalhes e sempre ter qualquer situação sob controle, mas parecia que os últimos acontecimentos haviam minado a sua autoconfiança e isso fazia com que ele também ficasse mais inseguro a cada minuto que passava. Então ele decidiu abrir o jogo.

— Carmen, precisamos ter uma conversa séria.

Ela o olhou como que já esperando por aquilo, parou de andar de um lado para o outro e sentou-se em uma das poltronas.

— Pode falar Angelo, eu imagino como você deva estar se sentindo e prometo ser o mais franca possível com você.

— Meus filhos correm risco de vida?

— Sim — ela disse aquilo sem hesitar nenhum segundo e um arrepio percorreu a sua espinha, mas ele manteve-se calmo.

— Existe algo de concreto que possamos fazer além da ação de Tiago se é que ele ainda está em ação?

— Não. A estrutura de proteção que eu tinha montado para a sua família foi destruída. A nossa única esperança é Tiago.

— Então precisamos da polícia.

Pela sua expressão ele percebeu que ela não sabia o que dizer. Desde que se conheceram era a primeira vez que essa mulher demonstrava que não tinha a menor ideia sobre o que fazer a respeito de algo.

— Eu... Sinceramente... Não sei, Angelo. A polícia do Brasil não é das melhores e acho que podemos colocar a vida deles ainda mais em risco os envolvendo.

— Estou falando da Interpol.

— Mas a Interpol não cuida desse tipo de caso.

— Não cuidaria se isso não fosse apenas uma parte de algo muito maior — ele estava decidido, tinha que fazê-la cooperar com a Interpol — Carmen, chegou a hora de procurarmos a Aleksandra e abrirmos o jogo sobre tudo, inclusive sobre os planos da ZTEC para a América do Sul e tudo mais. É a única alternativa que eu enxergo para proteger a minha família.

O semblante de Carmen ficou ainda mais pesado.

— Angelo, você faz ideia do que está me propondo? Entende que iniciaríamos uma guerra contra a ZTEC?

— É lógico que sim, mas você não pode se esquecer que estaremos com a lei ao nosso lado. Por mais poderosa que a ZTEC seja existem limites que eles não poderão ultrapassar, afinal estamos falando de uma multinacional importante e certamente existe uma preocupação por parte dos acionistas sobre a imagem da empresa e tudo mais.

— Do acionista, Angelo. Ao contrário do que você e a maioria das pessoas imagina, todo o império que está hoje sob o controle da ZTEC pertence a apenas uma pessoa. Existem sim empresas controladas com ações nas principais bolsas do mundo, mas a maioria dessas ações pertencem a essa mesma pessoa. Está na hora de você saber um pouco mais sobre Peter Golombeck e suas técnicas pouco ortodoxas de administrar os seus negócios. Depois que eu lhe contar tudo sobre ele veremos se você ainda continua com a mesma opinião sobre envolver a Interpol.

Peter Golombeck? Ele nunca havia ouvido esse nome antes. Parecia fantasioso que apenas uma pessoa fosse dona de todo aquele império mesmo após anos a anos de fusões com outras companhias, mas estava muito curioso para conhecer essa história com mais profundidade quando foi tirado dos seus pensamentos pelo toque do seu celular. Era Raquel.

— Oi, Raquel.

— As crianças... Elas... Meu Deus Angelo... — ela estava descontrolada, chorando e mal conseguindo falar.

— Raquel, por favor se acalme, o que aconteceu com as crianças? – Seus olhos e os de Carmen se cruzaram e o pânico era evidente. Ele colocou o celular na viva--voz para que ela acompanhasse a conversa.

— Eles sumiram, Angelo! Foram sequestrados na estrada para Campos do Jordão! Os motoristas que estavam levando as crianças foram mortos, Angelo! Meu Deus, minhas crianças! E voltou a soluçar aos prantos.

O endereço não tinha mais importância, as crianças já estavam nas mãos de quem quer que estivesse querendo prejudicar Carmen. Mas porque usá-lo para isso? Por que não tentar atingi-la diretamente sequestrando alguém da família dela ou coisa assim.

— Raquel tente se controlar, preciso que você seja forte e coordene as coisas aí no Brasil enquanto eu pego o primeiro avião para voltar. Explique-me com detalhes o que houve.

Ele a ouviu respirando profundamente e tentando se controlar. Ouviu a voz de Arthur ao fundo consolando-a e apesar da implicância que tinha com o sujeito, sentiu-se reconfortado por ele estar ao lado de Raquel nesse momento. Finalmente ela se acalmou um pouco e começou a repetir para ele a história que a mãe de Giulia lhe havia contado por telefone. As duas vans que levavam as crianças para a casa de Giulia tinham sido interceptadas na estrada e havia ocorrido algum tipo de confronto armado entre duas quadrilhas ou coisa assim, que tinha deixado um total de cinco mortos: dois motoqueiros, os motoristas das vans e um homem que estava em um VW Golf.

Tanto o homem do Golf quanto os motoqueiros mortos estavam armados e testemunhas disseram que foi o Golf que iniciou o confronto após ter derrubado um dos motoqueiros que morreu atropelado, depois disso ele travou um tiroteio intenso com os outros dois e acabou derrubando outro e matando a tiros um terceiro ao mesmo tempo que também trocava tiros com pessoas dentro de um VW Jetta, mas parece que o motoqueiro que ele derrubou se recuperou do tombo e acabou atirando nele e o matando enquanto os homens do Jetta tiravam apenas os seus filhos e deixando as outras crianças ilesas, apesar de terem executado os dois motoristas a sangue frio. Ela terminou e caiu novamente em prantos.

Carmen e Angelo se olharam em silêncio. Ambos sabiam que Tiago era o homem do Golf e que tinha feito o que podia para impedir o sequestro, mas estava morto e eles não tinham mais ninguém para ajudá-los no Brasil.

— Raquel, a polícia já está cuidando do caso?

— É lógico porra! Depois dessa cena de guerra no meio da estrada está todo mundo envolvido, tanto a polícia quanto a imprensa. A polícia está vindo para cá nesse momento para falar comigo.

— Então colabore o máximo possível com eles. Diga tudo que se lembrar sobre a rotina das crianças, a família de Giulia, a festa do final de semana, enfim, tudo que pude se lembrar, qualquer detalhe pode ser importante.

— Angelo, porque eles levaram somente os nossos filhos? Eles nem sequer perguntaram nada para as outras crianças, apenas abriram a porta da van e levaram Valentina e Rafael. Porque eles fizeram isso? Por que somente as nossas, Angelo?

Ele sabia exatamente porque.

— Se acalme Raquel, provavelmente é um sequestro por dinheiro. Não se esqueça que seu pai é rico e que apesar de eu nem chegar perto disso, sou presidente de uma multinacional. Agora você precisa de acalmar, aguardar a chegada da polícia, seguir as orientações deles ao pé da letra e aguardar um contato dos sequestradores. Eu vou pegar o primeiro avião que eu conseguir e voltar imediatamente. Vá me mantendo informado.

Ela concordou e já ia desligando quando Arthur pegou o telefone.

— Angelo é Arthur. Raquel se esqueceu de mencionar uma coisa. Ela estava sendo seguida.

— Seguida? Como assim? — Ele olhou para Carmen e ela disse o nome de Tiago movendo apenas os lábios sem emitir nenhum som.

— Ela reparou que já há alguns dias ela tinha encontrado o mesmo sujeito duas vezes em menos de uma semana em locais totalmente diferentes e novamente hoje ela o viu, no ponto de ônibus em frente à academia.

— Isso pode ser importante ou apenas uma coincidência, mas não custa averiguar. Peça para ela contar isso para a polícia também e se for o caso tentar fazer um retrato falado.

Desligaram e ele voltou-se para Carmen.

— Você tem dez minutos para me contar tudo sobre esse tal Peter.

Ela então começou a história desde de Paris em 1942. Meia hora depois ela terminava o relato absolutamente destruída, com os olhos vermelhos e inchados pelo choro. Era a primeira vez que ela tinha contado essa história para alguém e o choro parecia ser mais de alívio do que de dor.

— Carmen, eu simplesmente não sei o que dizer. Nenhuma família deveria passar por uma provação como essa. Eu sinto muito.

Ela assentiu com a cabeça. Estava frágil e precisando de consolo. Ele não resistiu, abraçou-a e a beijou nos lábios com carinho. Ela se aninhou em seu peito e ambos ficaram em silêncio por alguns minutos, mas a urgência falou mais alto e Angelo retomou a conversa.

— Não temos saída. Precisamos procurar Aleksandra. Sozinho eu não tenho nenhuma chance de enfrentar Peter, mas com a ajuda da Interpol e da polícia brasileira talvez tenhamos uma chance.

— Tudo bem Angelo. Os filhos são seus e a decisão também é sua. Se você quiser eu prometo contar tudo sobre a ZTEC e Peter Golombeck, para a Interpol, só peço a você que não comente nada sobre o que aconteceu à minha família. Eu não posso arriscar que exista algum informante de Peter na Interpol e que ele descubra quem eu sou na verdade e os motivos que eu tenho para acabar com o império e principalmente com a vida dele.

— Eu acho que matá-lo não irá trazer a sua família de volta e colocá-lo atrás das grades humilhado seria até pior que a morte para ele, mas essa é uma decisão sua, agora eu preciso me concentrar nos meus filhos e no que eu posso fazer para resgatá-los com vida. Eu ainda não entendo por que alguém os sequestraria. Eu estou colaborando, então por que alguém da ZTEC iria fazer uma coisa assim?

— Conhecendo Peter como eu conheço e supondo que seja ele que esteja por trás disso, eu só vejo dois motivos. Ou ele quer uma garantia adicional de que você irá realmente cooperar até o final do projeto SISCON e na aprovação das mudanças na Lei de Segurança Nacional ou ele irá lhe ordenar que faça algo a mais e quer ter os seus filhos como moeda de troca para obrigá-lo a aceitar a ordem. Algo me diz que em breve você saberá o que terá que fazer para ter seus filhos de volta e se você envolver a polícia ele pode desistir de pressioná-lo e simplesmente matá-las. Ele é totalmente imprevisível nesse tipo de situação e se os filhos fossem meus eu não arriscaria.

Ele parou para pensar um momento. Estava com o celular na mão pronto para ligar para Aleksandra, mas o que Carmen havia dito fazia todo o sentido. Quem sabe com a ajuda dela e de algumas pessoas que ele conhecia no Brasil uma investigação paralela poderia levá-lo mais rápido até as crianças, afinal a polícia brasileira já estava no caso e a entrada da Interpol poderia atrapalhar mais do que ajudar.

— Eu não vou envolver a Interpol por enquanto, mas mesmo assim vou precisar de toda a ajuda que eu puder arrumar. Dizendo isso ele ligou para Marcelo.

— Meus filhos foram sequestrados. Precisamos ir para o Brasil já.

— Que merda, Angelo! Bom, tente ficar calmo, vou comprar as passagens e nos encontramos no aeroporto. Próximo voo?

— Eu preciso de duas horas para chegar ao aeroporto.

— Certo.

— A propósito, vamos precisar da ajuda de algumas pessoas do Brasil.

— Eu já imaginava. Vou cuidar disso também.

— Velho, estou com medo... Os meus filhos, cara - a voz de Angelo tremeu e ele não conseguiu segurar o choro.

— Escuta aqui viado, você não pode afinar agora entendeu? Vamos entrar naquele avião e teremos 12 horas de voo para bolar uma merda de um plano para tirá-los das mãos desses filhos da puta e nós vamos conseguir.

— Valeu, cara. Daqui duas horas no aeroporto.

Desligaram e então foi a vez de Angelo desabar em um choro desesperado. Ele tinha que desabafar senão iria explodir. Gritou, chorou, esmurrou portas, quebrou uma cadeira e só parou quando se sentiu exausto. Sentou e olhou para Carmen que havia acompanhado a cena toda em silêncio. Ela se aproximou dele e beijou a sua boca.

Sem dizerem nada, ambos se levantaram e juntos seguiram para o hotel dele para pegar as malas e o seu passaporte. Eles decidiram que Carmen continuaria na Itália tentando descobrir quem poderia estar por trás disso tudo e assim conseguir uma pista de onde as crianças pudessem estar.

Antes de irem para o hotel, Carmen usou a mesma estratégia de parar em frente ao prédio dos escritórios e sair pela porta lateral pegando um táxi até o hotel. Quando eles saíram da rua lateral e passaram novamente pela frente do prédio, ela reconheceu o carro da polícia que a seguia 24 horas por dia estacionado do outro lado da rua. A que seguia Angelo deveria estar por perto também.

Duas horas mais tarde eles chegavam ao aeroporto e nada foi dito enquanto faziam o check-in do voo Alitalia AZ674. Partiria de Roma às 21h55 chegando em São Paulo às 7h15 da manhã. O embarque demoraria mais uma hora então decidiram comer alguma coisa e sentaram-se em um café na praça de alimentação do aeroporto. Nesse momento o telefone de Angelo tocou e o nome de Aleksandra apareceu no visor. Ele olhou para Carmen. Se ela soubesse que ele estava deixando a Itália sem comunicar a Interpol poderia impedir o seu embarque. Ele então deixou que a ligação caísse na caixa postal e digitou uma mensagem de texto para Aleksandra. Antes de enviar mostrou para Carmen e ela aprovou, então ele apertou o botão de enviar. Se ela acreditasse, ele ganharia o tempo necessário para chegar ao Brasil sem problemas. Alguns segundos se passaram e a resposta apareceu no visor.

"Tudo bem, faça o que for preciso, mas a convença a cooperar. Nos falamos amanhã."

Tinha sido mais fácil do que ele imaginava, quase como se Aleksandra também procurasse uma desculpa para vê-lo somente no dia seguinte. Ela tinha mudado muito realmente. Quando se conheceram, poucos dias antes, ele tinha a impressão que o trabalho era tudo para ela, mas nos últimos dias ela estava relapsa preferindo sempre que possível adiar os encontros sobre a investigação e mesmo quando estavam juntos ele sentia que os pensamentos dela estavam em outro lugar. — "Melhor assim" pensou ele ao mesmo tempo que mostrava a mensagem dela para Carmen e todos ficaram satisfeitos.

Terminaram de comer e Carmen pegou o rosto de Angelo com as duas mãos, olhou fundo nos seus olhos e o beijou delicadamente nos lábios. Ele permaneceu olhando para ela depois de se beijarem pensando em como ele poderia estar tão fascinado por aquela mulher que além de virar a sua vida do avesso, ainda tinha colocado a vida de seus filhos em perigo, mas achou melhor não pensar nisso agora. Deixaria para odiá-la caso alguma coisa ruim acontecesse com as crianças. Por hora ele a amava. Sem mais nenhuma palavra, Angelo se virou e saiu andando em direção ao portão da sala de embarque. Não olhou para trás. Agora só seus filhos importavam.

Aleksandra

Ela estava ansiosa. Michael ficara de ligar, mas a tarde passou sem nenhum contato dele. Em sua mesa improvisada num canto do escritório ocupado por Octavio ela tentava repassar os dados que possuía sobre a ZETC e sobre Carmen, mas faltava concentração. Ela nunca teve esse tipo de problema. O trabalho em primeiro lugar era o lema e ela era feliz assim. Mas agora tudo parecia chato e sem sentido. E daí se uma empresa multinacional tem negócios pouco lícitos? Tantas tinham e certamente continuariam a ter mesmo que eles conseguissem processar a ZTEC o que já era uma possibilidade remota e mesmo que conseguissem as chances de eles prejudicarem seriamente as operações a ZTEC no mundo eram quase nulas. Na prática tudo o que estavam fazendo serviria apenas como um aviso para a gigante, do tipo "cuidado, estamos de olho em você". Daí em diante eles tomariam ainda mais cuidado com as operações ilícitas e fora alguns pequenos ajustes, tudo estaria normal novamente em um ou dois anos.

Algum tempo atrás ela nunca faria esse raciocínio, mas agora que ela estava tendo a oportunidade de conhecer um mundo novo na companhia de Michael a sua perspectiva havia se alterado. Quem sabe ela não podia tentar trabalhar em algo menos frustrante e que realmente fizesse algum tipo de diferença? Certamente Michael podia ajudá-la a encontrar algo assim em alguma das companhias para as quais trabalhava. Iria conversar com ele sobre isso, assim que tivesse uma oportunidade.

Seu celular tocou tirando-a do transe. Pegou o aparelho rapidamente esperando ser uma mensagem de Michael, mas ficou decepcionada. Era Angelo.

"Comecei a conversa com ela. Não está sendo fácil, mas acho que temos alguma chance de sucesso. Vamos passar a noite juntos e amanhã eu entro em contato com novidades".

Ela leu a mensagem e se sentiu aliviada. Se ele quisesse encontrá-la ainda naquela noite iria atrapalhar os seus planos de passá-la com Michael. Então ela respondeu.

"Tudo bem, faça o que for preciso, mas a convença a cooperar. Nos falamos amanhã."

— Aleksandra, venha até a minha sala — a voz grave de Octavio a assustou e ela praticamente pulou fora da sua cadeira e se dirigiu a sala dele.

— Pois não, Octavio.

— Ainda não conseguimos nada sobre o carro e também nenhuma pista sobre o motorista. Acho que chegou a hora de pressionarmos a tal Carmen. Ela resolveu cooperar ou não?

— Eu só irei saber amanhã pela manhã. Angelo está trabalhando nisso agora.

— Trabalhando nisso? Como assim?

Ela pensou em uma maneira profissional de dizer aquilo, mas por fim desistiu.

— Eu acho que o plano é fodê-la a noite toda até que ela concorde. A expressão de Octavio se tornou ainda mais tensa.

— Você quer dizer que estamos na mão, ou melhor, no pênis daquele brasileiro safado? Isso não pode ser sério. Vamos trazer os dois para cá e dar um aperto.

— Octavio, me dê somente até amanhã. Deixe Angelo tentar convencê-la. Eles irão passar a noite juntos e quem sabe pela manhã ela perceba que sua única saída é cooperar conosco. Trazê-los até aqui agora irá deixá-la ainda mais insegura e nós dois sabemos que não temos nada concreto para usar contra ela.

Ele pensou por um momento e ainda mais contrariado acabou concordando com ela.

— Tudo bem, mas se amanhã até às 10 horas não tivermos uma posição de Angelo vou mandar trazer os dois para cá e usar os meus métodos!

— Concordo Octavio, mas acho que podemos ter boas notícias amanhã.

Dizendo isso ela pediu permissão e saiu. Estava cansada, queria ir para o hotel, tomar um banho, ficar tremendamente sexy e se jogar nos braços de Michael. Resolveu não esperar mais. Ele atendeu no primeiro toque.

— Ciao Bela.

— Oi, Michael. Esqueceu-se de mim? – Por mais que ela tentasse disfarçar com um tom de brincadeira havia um fundo de verdade na sua pergunta.

— Sim, logo depois de ter esquecido de respirar.

Ela relaxou.

— Está ficando tarde. Ainda quer me ver hoje?

— Se não quisesse, não teria acabado de estacionar bem em frente a uma delegacia. Queria fazer-lhe uma surpresa, mas você me ligou antes que eu ligasse para você.

Ela se sentiu uma idiota insegura.

— Desculpe, achei que você podia ter tido algum problema e...

— Não se desculpe, apenas desça e me beije.

— Cinco minutos.

Ela arrumou as suas coisas em tempo recorde e desceu voando pelas escadas. Quando saiu à rua lá estava ele, lindo como sempre, ainda mais europeu sentado sobre uma moderna scooter de três rodas. Ela correu até ele o beijou se pendurando em seu pescoço. Ele sorriu e ela percebeu que estava perdidamente apaixonada por aquele homem.

— Você consegue ficar mais bonito nessa scooter do que no seu Porsche, e olha que eu adoro Porsches!

— E você consegue ficar ainda mais bonita sem nada. Vamos para o meu hotel imediatamente.

Ela sorriu.

— Você não quer que eu passe no meu hotel antes e ao menos troque de roupa, caso você queira sair mais tarde?

— Não será necessário, eu já providenciei um kit básico "mulher maravilhosa" e se faltar alguma coisa eu mando buscar para você.

Ela o beijou novamente com paixão.

— Você simplesmente não existe.

— Pois é, eu vivo me dizendo isso!

Ela colocou o capacete e sentiu o cheiro do perfume de outra mulher, mas não disse nada, afinal até poucos dias atrás eles nem se conheciam e ela prometera que não iria perguntar mais nada sobre o passado dele. O que importava agora era o futuro.

Seguiram direto para o Babuino 181. Quando chegaram à suíte ambos já estavam parcialmente despidos. Algumas roupas ficaram no elevador e pelo corredor, mas os funcionários saberiam como tratar do assunto e mais tarde ele as receberia lavadas e passadas. Ela tirou a calça jeans e ele a jogou de bruços na cama apenas de calcinha. Então levantou-a pelos quadris deixando-a de quatro e rasgando a sua calcinha penetrou-a com uma violência que até então ele não tinha usado com ela. Apesar da surpresa ela adorou, pois sempre gostou de sexo violento, aliás às vezes havia até mesmo passado um pouco do limite. Sua constituição atlética permitia essas brincadeiras vez por outra e aquela era uma dessas vezes.

— Me bata, cachorro.

Ele não disse nada. Continuou a penetrá-la cada vez mais forte e então ela gritou novamente ainda mais alto.

— Me bate, porra!

Quase que instantaneamente a mão dele estalou em sua bunda e ela estremeceu de prazer. Ele havia batido forte, com a mão aberta e ele podia sentir a ardência onde ele havia dado o tapa e ela pediu mais, e mais, e mais...

Quando terminaram ela estava com as nádegas cobertas de vergões vermelhos e em brasa, mas isso só fazia o seu prazer se prolongar causando arrepios de frenesi de tempos em tempos.

— Aleksandra meu bem, cada dia que passa eu acho que iremos nos dar ainda melhor.

— Enquanto você tiver essa mão pesada e esse pinto duro eu tenho certeza disso.

Ela estava se soltando. Aquele homem lhe causava uma sensação de libertação que ela nunca havia experimentado antes e isso era delicioso.

— Essa noite pode estar apenas começando, depende somente de você.

Ela olhou para ele com curiosidade. Mais surpresas?

— Eu vou onde você quiser me levar.

— Então vista-se. Vou mostrar um mundo que poucas pessoas já viram.

Ela sorriu com malícia, se levantou e foi tomar uma ducha enquanto ele pegava o telefone e fazia algumas ligações falando em francês.

Após o banho ele se deparou com um kit de maquiagem maravilhoso sobre a pia. Se maquiou até se achar linda e então pegou o vestido que estava pendurado em um cabide. Um micro vestido prateado com decotes generosos que deixavam suas costas totalmente à mostra e seus seios praticamente na mesma situação, mas nenhuma lingerie e ela entendeu o recado. Havia sapatos de saltos altíssimos combinando com o vestido e dentro de uma caixa aberta um conjunto de colar e brincos de diamantes que provavelmente custaram mais do que ela ganharia a vida toda trabalhando na polícia. Ela colocou os brincos e saiu do banheiro com o colar nas mãos.

— Pela segunda vez no mesmo dia eu vou dizer a mesma coisa, você não existe. Agora termine o serviço e me ajude a colocá-lo.

Ele se levantou sorrindo, a posicionou de frente ao espelho do quarto e delicadamente afastou seus cabelos e prendeu o fecho do colar atrás do seu pescoço. O resultado foi fantástico.

— Perfeito, ele se limitou a dizer.

Ela se virou para ele. — Você é perfeito! — e o beijou com carinho.

Em seguida foi a vez de ele tomar uma ducha e se vestir. Vinte minutos depois ele apareceu no quarto com um smoking perfeitamente cortado. Ele teve a sensação que estava em um filme de James Bond e que a qualquer momento bandidos entrariam atirando pela janela do quarto.

— Como eu já disse, você é perfeito.

Deram-se as mãos e saíram do quarto. Quando ela estava no elevador percebeu que não havia pegado seu celular. Pensou em voltar, mas olhou para Michael e deu de ombros. Nada importava mais que a noite que estava por vir.

O Porsche os esperava em frente à porta do hotel. Apesar do valet, Michel fez questão de abrir pessoalmente a porta fazendo uma mesura para que ela se sentasse. Ao fazer isso, Aleksandra propositalmente puxou uma perna de cada vez para dentro do carro proporcionando uma visão maravilhosa tanto para Michael quanto para as demais pessoas que estavam na calçada. Ele adorou e, fechando a porta, fez questão de cumprimentar as pessoas na calçada antes de entrar no carro e partir acelerando forte em direção a uma parte da cidade pouco conhecida pelos turistas.

Pouco tempo depois estavam entrando em um dos locais mais degradados de Roma e encostando o carro em frente a um prédio antigo, sem nenhuma identificação e nenhum charme. Aleksandra olhou curiosa para Michael, mas como ela não disse nada ela preferiu não perguntar e confiar cegamente nele. Da entrada do prédio surgiu um porteiro elegantemente vestido que ao invés de abrir a porta para ela, deu a volta no carro e pegou a chave da mão de Michael que então abriu a porta do Porsche e a conduziu rapidamente para dentro do prédio, longe de possíveis olhares curiosos da vizinhança e ela percebeu que aquela maneira de desembarcar deveria ser a regra por ali e isso a deixou ainda mais excitada.

Subiram dois lances de escada que entraram em um corredor escuro e mal cuidado, tudo lembrava decadência e abandono, até que chegaram em uma porta sem identificação. Michael apertou uma campainha que parecia ter saído de um filme dos anos 70 e eles puderam ouvir quando uma pessoa se aproximou da porta e olhou pelo olho mágico. Em seguida a porta se abriu e uma mulher na casa dos 50 anos vestindo roupas simples cumprimentou Michel e pediu que eles entrassem. A porta dava para um hall e seguindo por um pequeno corredor se chegava a uma sala comum de um apartamento de classe média. Ela então se aproximou de uma estante que cobria toda a parede dos fundos da sala e movimentando uma pequena alavanca escondida na parte interna fez com que 2/3 da estante girasse no próprio eixo abrindo um espaço de aproximadamente um metro e meio que dava para outro corredor fracamente iluminado muito mais comprido que o primeiro. Somente ela e Michael entraram e a mulher fechou a abertura da estante atrás deles.

No final do corredor havia uma porta de ferro e um interfone, uma câmera de segurança na entrada do corredor, uma na metade e mais uma de cada lado da porta. Era impossível que alguém chegasse até aquele ponto ser detectado pelas câmeras. Michael apertou o interfone e após alguns segundos ela ouviu o ruído característico da fechadura elétrica sendo aberta e uma outra mulher, dessa vez muito mais jovem, na casa dos 20 anos, linda e vestindo uma túnica romana que cobria apenas um de seus seios abriu a porta e sorriu para os dois.

— Bem vindo, senhor Michael. Sentimos a sua falta.

— Olá Rosa, eu também senti a de vocês.

Ela olhou para Aleksandra e abriu ainda mais o sorriso.

— Vejo que hoje o senhor está muito bem acompanhado. Tenho certeza que se divertirão muito.

Dizendo isso, se colocou de lado e pediu que eles entrassem.

Aleksandra não conseguiu esconder a reação de incredulidade quando eles entraram no enorme salão. Deveria ter no mínimo 600 metros quadrados e era uma cópia dos afrescos romanos da época dos Césares. Todo o salão era iluminado apenas pelas luzes de dezenas de tochas espalhadas por todos os lugares que deveriam possuir algum sistema embutido de gás natural, pois não havia nenhuma fumaça nem o cheiro desagradável das tochas convencionais. Mármores de altíssima qualidade revestiam todo o ambiente criando padronagens geométricas incrivelmente belas.

Colunas de mármore se espalhavam pelas laterais do espaço e entre elas estavam instalados diversos tipos de divãs, além de algumas grandes camas e vez por outra jacuzzis com capacidade para no mínimo 5 ou 6 pessoas. No centro do salão havia uma piscina de água aquecida que ocupava quase 1/3 de todo o espaço e de onde subia uma vapor convidativo e bem no centro dela uma ilha de mármore com um poste dourado que ia da sua base até o teto. Mesas com frutas espalhavam-se por todos os lados e lindas mulheres vestidas exatamente como Rosa circulavam pelo salão servindo quase uma centena de convidados, todos vestidos exatamente como nos tempos do Império Romano.

Aleksandra olhou para Michael e ele sorriu para ela.

— Bem-vinda a Roma antiga. Que tal irmos ao camarim para nos vestirmos mais apropriadamente para a ocasião?

Ela sorriu e concordou com a cabeça. Apesar do ambiente ainda estar relativamente calmo, vários acessórios sexuais estavam espalhados em pontos estratégicos do salão e não foi difícil imaginar que tipo de diversão esperava por eles. Entraram então em outra sala, bem menor que a primeira e de onde saíam diversas outras portas que Michael lhe disse serem camarins. Havia uma garota tão bonita quanto Rosa e vestida da mesma maneira à espera deles.

— Boa noite, meus senhores. Meu nome é Giovanna e serei sua escrava essa noite. Tudo que desejarem basta pedir a mim que eu providenciarei. Atenderei somente a vocês.

Dizendo isso os levou até uma das portas e os introduziu pedindo que se despissem enquanto ela providenciaria suas vestimentas romanas. Cinco minutos depois ela retornou com túnicas para os dois e diversos adornos de cabelo e acessórios como colares e brincos da época. Aleksandra percebeu que não se tratavam de simples imitações, mas sim de acessórios originais da época, muito antigos e vários feitos em ouro e prata cravejados com pedras preciosas. A garota permaneceu no camarim enquanto ambos se despiam e depois de se vestir Michael deixou as duas sozinhas para que ela fosse produzida pela sua escrava e saiu para o grande salão onde a esperaria.

As mãos da garota eram macias e hábeis e em pouco tempo ela transformou Aleksandra. O cabelo foi preso em um coque de onde apenas um cacho de cabelo desprendia e caia por sobre seu ombro direito. A sua túnica deixava o seu seio esquerdo à mostra, apesar de ela ter sido avisada que poderia cobrir os dois se quisesse. Ela não queria. Na verdade, ela queria entrar naquele salão totalmente nua, se jogar sobre Michael e fazer sexo em frente a toda aquela gente, mas ela sabia que isso iria acontecer naquela noite, mais cedo ou mais tarde.

Finalmente terminaram e quando ela se olhou no espelho mal podia acreditar no que via. Ela parecia uma deusa grega, o símbolo de beleza que os romanos cultuavam e que agora renascia em seu corpo. O seio nu contrastava com o restante da túnica, ricamente decorada com fios de ouro. Em seus pés sandálias de couro feitas à mão e também decoradas com filetes de ouro e amarradas com fitas douradas de seda em volta dos tornozelos. Dando um toque final, lindos brincos com pingentes de ouro incrustado de esmeralda e um colar também de ouro trabalhado em prata que caía até o meio dos seios. No cabelo uma tiara de ouro também incrustadas e pedras com esmeraldas combinando com os brincos.

O resultado foi tão bom e a maneira que a escrava a tratou tão deliciosa que ela resolveu recompensá-la com o que tinha de melhor, então se aproximou da garota, ergueu seu queixo e lhe beijou delicadamente os lábios. Ambas sorriram e ela enfim se dirigiu ao salão, seguida de perto por Giovanna.

Assim que ela entrou, o silêncio tomou conta do salão e sentado em um dos divãs bebendo vinho e apreciando a cena estava Michael. Ele não se levantou. Esperou que ela fosse até ele e se sentasse ao seu lado.

— Afrodite.

— Não, apenas a sua escrava. Faça de mim o que quiser. Estou em suas mãos.

Ele pegou então duas taças de vinho e colocou uma nas mãos dela e propôs um brinde.

— Ao prazer!

— Ao prazer! — ela repetiu.

Beberam e então ela começou a olhar pelo salão. Percebeu então que as pessoas se comportavam exatamente como se estivessem na corte romana. Agora havia um grupo de músicos que tocava instrumentos estranhos que lembravam harpas, alaúdes, alguns instrumentos de percussão e uma kithara, instrumento que ela havia visto uma vez numa gravura e guardado o nome. Apesar de estranha, a música completava aquele ambiente transformando tudo aquilo em uma experiência ainda mais real. Não havia uma regra para o comportamento das pessoas. Homens e mulheres interagiam das mais diversas maneiras, desde animadas conversas entre homens e mulheres, até algumas cenas de sexo aqui e ali, mas alguma coisa lhe dizia que a noite mal havia começado.

— Está se divertindo, meu amor?

— Muito, esse lugar é incrível! Como você o descobriu?

— Tenho muitos amigos em Roma e uma coisa leva a outra. Por esse salão passam com frequência algumas das pessoas mais importantes e influentes do mundo. Políticos, empresários, artistas, atletas, enfim, somente a nata do mundo frequenta esse lugar e para ser aceito você precisa não somente ser indicado por algum membro, mas provar que merece conviver com essas pessoas. Acho que acabei agradando e eles me aceitaram.

— Às vezes eu acho que você é modesto demais. Eu tenho certeza que você deve ter um lado mais sombrio, todos temos. Eu adoraria conhecê-lo qualquer dia.

Ele a olhou com um sorriso largo nos lábios.

— À suas ordens, minha querida. Terei prazer em mostrar o meu lado mais "obscuro" assim que eu tiver uma oportunidade.

— Ótimo, assim eu também vou poder lhe mostrar o meu sem vergonha nenhuma.

Eles se beijaram e Michael desceu sua boca pelo seu pescoço até chegar ao seio que estava à mostra e o mordeu apenas com força suficiente para que ela sentisse dor sem machucar fazendo-a se curvar de prazer e ela percebeu que não havia mais dúvidas. Ele sabia que a dor era o que lhe dava o maior prazer, uma coisa que ela escondera da maioria dos homens que conhecera, por vergonha ou simplesmente por achar que se revelasse isso poderiam machucá-la. Mas ele sabia o que fazer e com ele ela queria explorar os limites da dor e se possível ir além.

Então subitamente os tambores começaram a tocar cada vez mais alto e saindo e uma porta lateral do salão um grupo de seis bailarinos, três homens e três mulheres nus, com corpos espetaculares e cobertos apenas por um tipo de óleo que os faziam brilhar sob as luzes das tochas. O balé era uma mistura de carícias e malabarismo em um sincronismo nunca antes visto por ela e aos poucos a música foi acelerando enquanto as carícias se tornavam cada vez mais explícitas. Ela estava hipnotizada com a cena e a sua excitação aumentava cada vez mais até que no ápice do espetáculo todos os bailarinos começaram a transar entre si, misturando seus corpos uns sobre os outros deitados sobre a única e imensa cama colocada em uma área central entre a piscina e a entrada para os camarins. Aquilo fez com que todo o salão se incendiasse. As pessoas começaram a se tocar e se acariciar. Homens e mulheres trocavam de parceiros em meios às carícias, às vezes com o sexo oposto, às vezes com pessoas do mesmo sexo sem demonstrar nenhum vestígio de vergonha e pudor.

Em poucos minutos todos estavam nus e se entregando totalmente ao prazer, como se aquilo tudo fosse algum tipo de ritual ou coisa parecida. Ela ainda continuava imóvel sem conseguir tirar os olhos daquela cena, mas quando Michael chamou Giovanna e lhe cochichou alguma coisa ao ouvido ela sabia que a diversão para eles começaria. Giovanna se ajoelhou em frente a ela e delicadamente subiu a sua túnica até que suas coxas ficassem a mostra e então mergulhou sua boca entre as pernas musculosas de Aleksandra que ao mesmo tempo puxou Michael pelo pescoço e enfiou a língua fundo em sua boca. Aos poucos ela foi perdendo totalmente o controle e quando deu por si estava com a boca entre as pernas de Giovanna enquanto Michael assistia a tudo deliciado. Alguns segundos mais se passaram até que ela atingisse o clímax de maneira tão violenta que achou que a fez perder o fôlego. Então Giovanna beijou-a nos lábios e a deixou recostada no peito de Michael.

— Nada mal para uma estreia querida. Beba alguma coisa e aprecie o espetáculo, pois iremos para o prato principal daqui a pouco.

Ela bebeu a taça toda quase de uma vez e pediu para Giovanna servir-lhe outra. O vinho era maravilhoso como tudo naquele lugar. Ela estava nua, deitada em um divã ao lado de seu homem em meio a uma tradicional orgia romana e não sentia nenhum tipo de inibição, ao contrário, era como se ela estivesse no seu ambiente, se deliciando com cada cena, cada sensação.

Foi então que ela viu o homem encapuzado. Um homem negro, com mais de dois metros de altura e incrivelmente forte entrava no salão. Atrás dele vinham dois homens levando uma mulher nua que parecia estar drogada, pois mal conseguia se manter em pé. Outros dois homens vinham logo atrás trazendo uma espécie de prancha de madeira. Ao chegarem na borda da piscina, os homens com a prancha tomaram à frente dos outros e a estenderam por cima da água criando uma ponte entre a borda e a ilha no centro. Primeiro o homem negro atravessou e em seguida os outros também atravessaram carregando a mulher. A ilha tinha o tamanho exato para comportar os quatro, mas os homens ficaram apenas o tempo suficiente para amarrar a mulher ao poste que ia da base até o teto e se retiraram em seguida. Na ilha ficaram apenas o homem negro e a mulher que agora amarrada parecia ainda mais drogada do que antes. Nesse momento algumas das pessoas que estavam no salão se dirigiram para um anexo que ela inicialmente não havia reparado. Era um espaço muito menor e decorado exatamente da mesma maneira que o salão principal e então que Michael lhe sussurrou ao ouvido.

— O que vai acontecer agora só pode ser presenciado por pessoas especiais. Gente muito rica e poderosa que não mede gastos para realizarem certas fantasias que aos olhos das pessoas comuns seriam chamadas de atrocidades, porém nem todos têm estrutura para presenciar e preferem se retirar. Podemos ir embora agora ou apenas mudar de sala como essas pessoas que apreciam apenas o sexo e não querem se envolver com nada mais que isso, ou ficar e presenciar o que com certeza irá marcá-la para sempre. A escolha é sua.

— Mas o que exatamente irá acontecer? — perguntou ela — Você não pode me dizer para que eu possa escolher?

— Não, a escolha é cega, mas eu acho que você já tem ideia do que acontecerá, não é?

Ele já a conhecia melhor do que ninguém. Era óbvio que aquele homem encapuzado era algum tipo de carrasco e que a mulher amarrada ao poste era a oferenda em algum tipo de ritual. Ela voltou a ser tomada por uma excitação absurda e sem hesitação fez a sua escolha.

— Eu não sairei dessa sala por nada nesse mundo.

Michael sorriu, beijou a sua boca com suavidade e voltou a falar-lhe ao ouvido.

— Você nunca mais será a mesma depois dessa noite.

Então quando todas as pessoas que se dirigiram ao anexo já estavam acomodadas, pesadas portas de madeira revestidas com cortiça foram fechadas e um silêncio gutural tomou conta de todo o ambiente. Podia-se ouvir a respiração da mulher presa ao poste, mas ela não emitia mais nenhum som. Tambores romperam o silêncio, mas nenhuma música foi tocada, apenas se iniciou uma sequência lenta e ritmada de batidas secas uma após a outra. Foi então que o homem pegou um chicote curto que estava preso a sua cintura, o desenrolou, tomou uma pequena distância e com toda a sua força desferiu a primeira chibatada em suas costas. A mulher despertou do transe com um grito desesperado e o sangue começava a escorrer das suas costas quando a segunda chibatada estalou, agora em suas nádegas de onde o sangue começou a brotar e escorrer pelas suas coxas.

Aleksandra estava entrando em uma espécie de transe. A sua excitação aumentava e ela percebeu que não era a única. Em várias partes do salão pessoas gemiam e se contorciam, algumas fazendo sexo outros apenas olhando a cena extasiados como ela. A cada chibatada o êxtase aumentava. Aos poucos algumas pessoas começaram a gritar e logo todo o salão se transformou em uma espécie de arena em que as pessoas gritavam enlouquecidas a cada nova chibatada que a mulher levava.

A essa altura se lembrou que era uma policial e que tinha o dever de acabar com aquilo, mas a sensação maravilhosa que ela sentia falou muito mais alto e ela se juntou aos outros gritando e pedindo que o homem negro batesse mais e mais na mulher que a essa altura já não gritava, provavelmente desmaiada com a dor ou então pela grande quantidade de sangue que escorria pelo chão e caia na piscina deixando uma enorme mancha rosada ao redor da pequena ilha. Como dando o ritmo, os tambores se aceleravam e o intervalo entre as chibatadas ficava cada vez menor até que cessaram repentinamente. O silencio voltou a reinar no salão e o homem negro jogou o chicote no chão, soltou a mulher do poste e deixou-a cair desfalecida no chão. Pegou um frasco que trazia no cinto e colocou-o sobre o nariz da mulher. Ela começou então a despertar e alguns segundos depois estava em prantos ajoelhada sobre o piso.

Nesse momento Aleksandra acreditou que o espetáculo havia acabado e sentiu uma sensação de frustração. Apesar da experiência alucinante ela estava com a sensação do viciado que ainda não se sente totalmente saciado com a droga que consumiu. Foi então que o homem puxou a mulher para cima, a agarrou com força pelos quadris e introduziu seu enorme pênis por entre as pernas dela que começou a gritar e se debater tentando se desvencilhar enquanto o homem negro estocava repetidamente cada vez com mais força. A cena de estupro causou um frenesi ainda maior entre os convidados e após alguns minutos várias pessoas haviam se jogado na água e subiam pelas bordas da pequena ilha, ou para participarem do ato em curso ou para fazerem sexo entre elas aos pés do homem negro.

Aleksandra estava tão excitada que não conseguia mais gritar, completamente vidrada com a cena. Após quase meia hora daquele frenesi coletivo o homem negro soltou a mulher da coluna e ela desfaleceu sobre o piso. Os dois homens que no início trouxeram a mulher retornaram e juntos a carregaram para fora do salão. O homem negro se retirou com eles e em segundos a única coisa que lembrava as cenas que Aleksandra havia presenciado era o vermelho que continuava a tingir o piso da pequena ilha, e o cheiro do sexo que impregnava o ar. Ela então olhou para Michael e o beijou com paixão. Ele tinha razão, ela nunca mais seria a mesma pessoa.

Carmen

Cada vez mais ela se convencia que Peter estava por trás de todos esses acontecimentos, desde o assassinato do policial romano, até a morte de seus homens e o sequestro dos filhos de Angelo no Brasil. Apenas ele tinha poder para conseguir movimentar tantas peças contra ela ao mesmo tempo e estava ficando cada vez mais claro a sua intenção de jogá-la para os leões, ela só não conseguia entender o porquê.

Ter a confiança de Peter era fundamental para que ela conseguisse colocar em prática o seu plano de vingança e agora que ela estava tão perto de conseguir, tudo começava a ruir e ela se sentia realmente desesperada pela primeira vez, desde a morte de sua família. Decidiu agir imediatamente e ligou para Helena.

— Oi, Carmen.

— Olá Helena, precisamos conversar imediatamente.

— Estou saindo de um jantar e indo para a minha casa, podemos nos falar lá.

— Pode ser.

— Então combinado, meia hora?

— Meia hora – Carmen desligou o telefone e em seguida acessou suas contas particulares. Ela poderia precisar de muito dinheiro e rápido. Transferiu um milhão e cem mil euros para a conta de uma pessoa em Roma e em seguida fez mais uma ligação. O telefone tocou algumas vezes antes que uma voz feminina atendesse em italiano.

— Olá, Carmen.

— Preciso dos seus serviços.

— Quanto dessa vez?

— Um milhão de euros em notas de 500 separadas em duas malas de viagens comuns amanhã antes das 12 horas no endereço de sempre. Já fiz a transferência mais a taxa usual.

— Está apertado, mas como é para você tudo bem. Quer que eu leve pessoalmente? Faz tempo que não nos divertimos um pouco e você é o meu tipo predileto de almoço – a voz da advogada era tão sexy que Carmen ficou tentada a aceitar. Fazia muito tempo que não ficamos juntas e todas as vezes que isso acontecia o prazer era garantido.

— Desculpe querida, terá que ficar para uma próxima vez. Mande um portador. Um beijo e se cuide.

— Um beijo, Carmen.

Pegou o carro e no caminho acessou mais algumas contas e movimentou somas consideráveis para as suas contas de segurança, como ela gostava de chamar as contas numeradas criadas exatamente para situações de emergência, e quando terminou já estava entrando na Via de Vila Emiliani onde a ZTEC também mantinha alguns flats para seus executivos de menor escalão de passagem em Roma. Helena preferia o flat pela maior privacidade para receber seus visitantes, em sua maioria garotos de programa. Ela encontrou uma vaga em frente ao prédio, olhou ao redor com cuidado vasculhando a rua e desceu pelo lado do carona, evitando assim desembarcar pelo lado da rua e ter que dar a volta no carro. Bateu a porta e a trancou com o controle remoto ao mesmo tempo que apertava o interfone do apartamento de Helena. Longos segundos se passaram até que ela atendeu e em seguida abriu o portão e Carmen entrou aliviada.

Helena esperava com a porta aberta e cumprimentou Carmen com um beijo seco no rosto.

— Acabei de chegar, quer beber alguma coisa?

— Um vinho seria ótimo Helena, preciso relaxar um pouco – já passava das 22 horas e o cansaço de um dia agitado já começava a se manifestar, apesar da sua mente estar a todo o vapor.

Helena foi até a adega e escolheu um tinto da Toscana que ela sabia que Carmen adorava e mostrou o rótulo para ela – "Aprovado?", perguntou.

— Ótimo — respondeu Carmen.

Segundos depois Helena servia Carmen e se sentava em uma poltrona lateral também com uma taça na mão.

— Bem Carmen, o que é tão urgente? Posso ajudar em alguma coisa?

Helena vinha provando ser fiel aos acordos firmados com Carmen, mas em nenhum momento ela tinha contado sobre a história de sua família e tão pouco os planos que ela tinha para Peter. Para Helena ela era apenas uma mulher ambiciosa que queria tirar o máximo de proveito possível da sua relação com ele e a levando a reboque para assim se vingar de Peter por tê-la colocado de lado e para o bem de ambas, ela deveria continuar a pensar dessa maneira.

— Acho que Peter está tentando me prejudicar.

Helena ficou séria.

— Você acredita que ele descobriu o que andamos fazendo?

— Acho, e por isso estou aqui. Não vejo nenhum outro motivo para que ele queira me prejudicar, porém se for isso provavelmente ele também esteja tramando alguma coisa contra você.

Helena não se abalou e isso chamou a atenção de Carmen. Por mais fria e calculista que ela fosse, um inimigo como Peter Golombeck deixaria qualquer pessoa nervosa e ela esperava ao menos alguma reação dela nesse sentido.

— Carmen, você tem certeza que não está exagerando? — a voz de Helena permanecia serena e isso chamou ainda mais a atenção de Carmen. — O que exatamente ele fez?

Ela então contou sobre a morte do policial e também sobre o sequestro dos filhos de Angelo, porém omitiu o assassinato de seus homens pois Helena nada sabia sobre eles.

— Angelo acabou de embarcar para o Brasil e se alguma coisa acontecer com os filhos ele irá me culpar com certeza e além de não colaborar mais conosco, provavelmente irá à polícia e contará tudo que ouviu sobre a ZTEC.

— Carmen, eu concordo que são duas situações estranhas, mas existe a possibilidade de serem apenas coincidência. Pense bem, um policial desatento é atropelado em uma estrada escura da Itália, e do outro lado do oceano os filhos de um próspero executivo são sequestrados, uma coisa comum no Brasil. Me parece que as chances de serem fatos isolados é muito maior do que a possibilidade de um plano maquiavélico de Peter — ela continuava sem

expressar nenhuma reação e os instintos de Carmen começavam a gritar — Eu acho que você deve se acalmar e dormir um pouco. Quem sabe amanhã você acorda com uma perspectiva melhor dos fatos?

Era a deixa que Carmen precisava.

— Como sempre você tem razão, Helena. Acho mesmo que preciso de um boa noite de sono. Obrigado pelo vinho e pelos conselhos, acho que no fundo tudo isso não passa de fantasia da minha cabeça — dizendo isso ela se levantou e pegou a bolsa.

— Mas para que tanta pressa? Vamos tomar mais um pouco de vinho e falar mal de Peter, afinal esse é o nosso esporte predileto!

As duas riram ao mesmo tempo.

— Eu adoraria me embebedar um pouco, mas estou dirigindo e o dia foi realmente agitado. Nos falamos amanhã na ZTEC.

Se despediram na porta e Carmen saiu apressada, mas se deteve antes de sair para a rua. Olhou do portão para os dois lados e somente depois de se certificar que não havia ninguém à vista, colocou a mão dentro da bolsa, acionou o controle remoto para abrir as portas do carro, empunhou a Baby Glock mantendo-a ainda dentro da bolsa e atravessou novamente a calçada correndo e entrou pela porta do carona, pulou por cima do console e em poucos segundos já havia dado a partida no carro e arrancava rumo ao pequeno apartamento que ela mantinha no bairro da universidade de San Lor Rafael e que somente ela e a sua advogada de confiança conheciam e onde ela recebia as remessas de dinheiro.

Havia algo de muito estranho com Helena e Carmen teve certeza que o cerco havia se fechado. O seu plano havia falhado e era hora de pensar em minimizar as perdas, tentar judar Angelo e principalmente, sobreviver a Peter Golombeck.

Helena

Assim que Carmen saiu pela porta Helena voltou a se sentar na poltrona e pegou novamente o cálice de vinho que estava pela metade. Nesse momento a porta do quarto se abriu e Luiz Henrique saiu, pegou a taça de Carmen e aproximou o nariz da marca de batom deixada por ela como se pudesse sentir seu cheiro.

— Ela é deliciosa. Uma pena que deva sair de circulação.

Helena fez uma expressão de repugnância ao ver o gesto, mas não disse nada a respeito.

— Ela está muito desconfiada, Luiz. Acho que devemos agir logo antes que ela tente escapar.

— Escapar para onde Helena? Ninguém escapa do nosso patrão e você sabe bem disso, e por experiência própria.

Era verdade. Quando Peter a trocou pela jovem e encantadora Carmen ela decidiu se vingar dele e depois sumir no mundo. Se forçou a conviver com ele e Carmen por seis meses fazendo o papel de submissa ao mesmo tempo que preparava um golpe que visava ao mesmo tempo financiar a sua independência financeira para o resto da vida em um paraíso tropical qualquer longe das poderosas garras de Peter e lhe causar um enorme transtorno aos negócios para que ele nunca mais esquecesse de como uma mulher rejeitada pode ser perigosa.

Quando o momento que ela considerava ideal chegou, detonou seu plano que consistia basicamente em desviar parte de todos os pagamentos feitos como sinal para a compra de grandes volumes de armas pelos principais clientes da ZTEC e dos quais Peter fazia questão que ela continuasse a atender tanto pelo relacionamento que ela havia criado com esses clientes, quanto pela conhecida competência que ela tinha. Uma maneira de dizer que apesar de ela não ser mais atraente o suficiente para a cama dele, ainda era boa para os seus negócios, inclusive fazendo com que ela fosse a responsável pelas operações da ZTEC no Brasil, sua terra natal.

O desfalque seria um duro golpe para Peter e certamente acabaria atrasando o
processo de fabricação e entrega da mercadoria e atrasos nesse ramo eram simplesmente
imperdoáveis. Se tudo desse certo, ela se transformaria em milionária e deixaria a ZTEC sem alguns de seus principais clientes. Um golpe perfeito se a vítima não fosse Peter Golombeck.

Ela desviou o dinheiro e viajou para Saint Martin com um passaporte falso onde se chamava Carmen Lúcia de Abreu, uma ironia que ela havia se permitido e lá se instalou em uma enorme mansão à beira-mar que ela havia comprado dois meses antes já com o novo nome e usando seus próprios recursos e acreditou que nunca mais seria descoberta. Ela havia movimentado o dinheiro da ZTEC usando caminhos em paraísos fiscais da mesma maneira que Peter fazia e tinha certeza que as contas para as quais o dinheiro havia sido transferido eram impossíveis de serem rastreadas. O plano agora era manter-se reclusa nessa mansão por alguns meses, limitando o seu contato aos dois empregados que a serviam e então viajar às escondidas para o Brasil onde um velho amigo e cirurgião plástico iria lhe dar um rosto diferente e se possível, quinze anos mais jovem. Uma semana se passou e a confiança de que seu plano havia funcionado perfeitamente só aumentava.

Em todos esses dias ela não havia percebido uma pessoa estranha sequer próxima a casa e nenhum sinal de que alguém pudesse a estar vigiando, então acreditou que a sua nova vida finalmente havia começado. Era uma linda manhã de sol e ela decidiu vestir seu biquíni mais sexy, feito especialmente para ela no Brasil e que realçava ainda mais seu corpo forte e perfeitamente torneado e mergulhou pela primeira vez na água cristalina da linda piscina com borda infinita. Ela nadou por cerca de quinze minutos e então deitou-se na espreguiçadeira deixando o sol queimar a sua pele com os olhos fechados e sentindo o restante da água escorrer pelo seu corpo.

— Senhora, o seu suco.

Além de baratos, os empregados da casa pareciam ler seus pensamentos. Ela não havia pedido nenhum suco, então ela abriu os olhos e estendeu a mão para pegar o copo das mãos brancas de seu empregado que era negro. Seu coração parou de bater por um momento enquanto ela levantava os olhos lentamente até que seu olhar encontrou com o de Peter Golombeck.

— Está do seu agrado madame? — perguntou Peter que usava um terno de linho claro e um chapéu Panamá que faziam com que ele parecesse saído diretamente de um catálogo de moda masculina.

Ela então deixou o copo cair e em uma ação desesperada tentou se levantar da espreguiçadeira e correr, mas Peter a pegou pelo braço e a empurrou até que ela entrasse na parte mais funda da piscina e segurando-a pelo braço esboçou um sorriso.

— Você podia ao menos ter se despedido de mim, Helena. Senti muito a sua falta.

Ela gritou desesperada por ajuda.

— Não adianta gritar. Temo que seus empregados tenham tirado férias eternas. Somos só você e eu.

Dizendo isso Peter se agachou e segurando sua cabeça firmemente com uma das mãos a empurrou para baixo da água. Ela se debateu desesperadamente, mas ele era forte demais e ela não conseguia se livrar das mãos dele. Quando estava quase sem fôlego ele a puxou para cima e ela conseguiu respirar novamente, mas ele a empurrou novamente para baixo e ela continuou a se debater em vão até começar a sentir que suas forças a deixavam e então pensou que iria morrer. Uma fração antes de perder os sentidos ele novamente a ergueu e ela conseguiu respirar.

— Não existe nada mais agradável do que a sensação do ar entrando nos pulmões não é mesmo Helena? Me lembra da minha época de nadador. Às vezes eu treinava tanto que mal conseguia manter a água fora dos pulmões e quando eu finalmente terminava não havia nada melhor do que apenas me segurar na borda e respirar, antes de enfrentar a piscina novamente — e dizendo isso a empurrou para baixo.

Dessa vez porém ela não se debateu, apenas aceitou o inevitável e se preparou para morrer, soltando lentamente o ar até que tudo se tornou escuro e calmo. Quando ela acordou estava deitada no sofá da sala de sua mansão. Demorou um tempo até que ela entendesse onde estava e por um momento acreditou que havia tido um pesadelo onde Peter a afogava em sua própria piscina, mas o pensamento durou apenas a fração de segundos que ela demorou para ver o corpo da criada caído no meio de uma poça de sangue a menos de um metro dela. Então o terror voltou e tomou conta de sua mente e quando tentou se levantar ouviu a voz de Peter que estava sentado em uma poltrona bem ao seu lado com um copo de whisky na mão.

— Finalmente a bela adormecida acordou! Eu já estava me sentindo solitário novamente.

Ela estava tão fraca que foi preciso reunir toda a sua energia para responder.

— Peter, por favor me desculpe. Eu não pretendia...

— Me roubar e desaparecer? Lógico que não, você fez tudo isso sem querer, não é? Foi apenas um mal entendido, você diria?

— Você sabe que não, mas eu estava muito magoada, você me trocou por aquela putinha, merecia que eu me vingasse de você.

Ela mal acabou de falar e seu rosto sentiu toda a fúria de Peter. O tapa foi tão forte que ela rodou sobre si mesma e caiu ao lado do corpo da criada em meio a poça de sangue.

— Peter por favor, eu — dessa vez foi o pé de Peter que encontrou seu estômago e ela perdeu o ar de tanta dor. Ele então a pegou pelos cabelos e a arrastou novamente até o sofá, deixando-a sentada chorando enquanto ligava um laptop e o conectava à internet pelo wi-fi da casa. Então ele colocou o computador no colo dela.

— Agora você vai me devolver cada centavo que tirou de mim, além de uma pequena multa de digamos... todo o dinheiro que você tem. Acho que é um acordo justo, não acha?

— Você promete que se eu fizer isso você me deixará viver? — sua voz não passava de um sussurro desesperado.

Ele a suspendeu do sofá segurando-a apenas pelos cabelos e lhe sussurrou ao ouvido.

— Uma coisa de cada vez Helena. Faça o que eu digo e depois conversaremos sobre a sua vida miserável.

Foram necessárias diversas operações para que ela conseguisse transferir todo o dinheiro novamente para as contas da ZTEC e pouco mais de meia hora depois ele voltava a ser ainda mais rico do que antes e ela havia ficado sem nenhum centavo do dinheiro que economizara a vida toda de trabalho, inclusive sem aquela casa que ele a havia obrigado a passar para o nome de um tal de Michael Hertz.

— Muito bem Helena, você foi uma boa menina, agora que resolvemos a questão financeira, vou avaliar se você ainda pode ter alguma serventia para mim.

Nada importava para ela naquele momento senão a sua própria vida e estava disposta a fazer qualquer coisa para não a perder.

— Peter, eu faço qualquer coisa, mas por favor não me mate. Sempre fui fiel e posso voltar a ser, basta você me dar uma chance.

Ele pensou por um segundo.

— Eu gostaria de acreditar que posso confiar novamente em você, mas eu preciso que me prove sua lealdade.

— Qualquer coisa, me diga que eu farei.

— Realmente você tem razão quando diz que a troquei por Carmen. Nunca escondi de você que gosto de mulheres jovens e cheias de vida, principalmente quando essas qualidades são acompanhadas por uma grande dose de inteligência e competência. Muito bem, Carmen tem todas essas qualidades e o seu tempo passou Helena, então nada mais normal para mim do que trocar você por ela. Não leve para o lado pessoal, é apenas uma questão de personalidade se você me entende.

Ela concordou com a cabeça engolindo em seco a humilhação.

— Pois bem, se você me prometer que conseguirá conviver com o fato de ter sido trocada por uma mulher mais jovem e atraente que você e me prometer que continuará a me servir fielmente como fez esses anos todos, eu posso reconsiderar e deixar você viver.

— Eu juro Peter, me dê mais uma oportunidade e serei a pessoa mais fiel desse mundo. Eu o amo e mesmo sabendo que você não sente nada parecido por mim o meu amor por você já é o bastante para me manter ao seu lado – por mais incrível que parecesse, ela estava sendo sincera. Apesar de tudo que ele havia feito ela não conseguia deixar de amar aquele homem, e tanto quanto desejava continuar viva, desejava poder ficar perto dele para sempre — Eu me iludi achando que se me vingasse e tirasse você da minha vida esse amor iria acabar sumindo, mas aqui e agora ao seu lado eu sei que isso seria impossível e mais cedo ou mais tarde eu teria voltado a lhe procurar pedindo perdão de joelhos como faço agora — e dizendo isso caiu ajoelhada aos pés dele.

— Helena, pelos muitos anos que passamos juntos eu irei lhe dar uma nova chance na ZTEC. Na verdade, o desfalque que você nos deu foi encoberto por mim e ninguém no grupo sequer desconfia que você tenha feito algo de errado. Eu disse para Carmen que você está tratando pessoalmente de um grande negócio com a ajuda de bancos na Europa e nos Estados Unidos e que os recursos que saíram de nossas contas estão servindo como garantia para esse novo negócio e quando as linhas de crédito fossem aprovadas em definitivo, ou caso de desistirmos do negócio, o dinheiro voltaria para o nosso caixa. Então se eu decidir que você viverá, poderá voltar às suas funções amanhã mesmo como se nada tivesse acontecido e dizer que infelizmente não conseguimos seguir com o negócio e o assunto estará encerrado e ficará apenas entre nós.

— Mas então me diga o que você quer que eu faça para poder voltar, Peter e eu farei sem nenhuma condição.

— Eu quero que você se torne a melhor amiga de Carmen, conviva com ela, descubra tudo o que puder sobre as atividades dela na ZTEC e me informe de cada passo que ela der dentro e fora das empresas. Quero também que você investigue a vida dela, principalmente a parte em que ela esteve em um orfanato em Madri e se possível antes disso. Faça isso por mim e você não só viverá, como após ter me convencido totalmente sobre a sua lealdade, terá tudo o que tirei de você com um bônus extra muito generoso. O que você me diz?

Helena caiu em prantos — Obrigado Peter, você não irá se arrepender, eu juro! – e então beijou-lhe os sapatos.

Agora lá estava ela, anos depois dando não só o troco em Carmen como também conquistando mais uma vez o posto mais alto na organização que seria dela assim que Carmen fosse forçada a sair. Espantou as lembranças do passado e voltou a falar com Luiz Henrique.

— Você tem razão, nenhum lugar é suficientemente distante para não ser alcançado por Peter, mas não devemos demorar demais, pois não a queremos morta certo? Então a polícia tem que agir antes que ela saia da Itália.

— Isso está sendo providenciado – ele continuava a olhar para a taça com a marca do batom de Carmen.

— Ótimo! E eu posso saber o que acontecerá para que ela caia logo em desgraça total?

— Lógico que pode Helena, ela irá matá-la.

Helena deu uma gargalhada jogando a cabeça para trás e quando voltou a encarar Luiz Henrique ele tinha uma pistola com um silenciador nas mãos. A gargalhada sumiu dentro de sua garganta.

— Luiz, o que está havendo? Guarde essa arma, eu exijo uma explicação!

— Claro minha querida, Peter me orientou que lhe explicasse cada detalhe do plano antes de você morrer. Ele faz questão que você entenda como o seu papel é importante nos planos dele para acabar com Carmen e que ele é muito agradecido pelo seu sacrifício.

— Luiz, deixe de brincar, abaixe essa arma ou eu mesma a tirarei da sua mão!

— dizendo isso ela jogou o copo de vinho em Luiz ao mesmo tempo que se levantou pulando na direção dele, mas o impacto da munição calibre 380 mm da Baby Glock em seu ombro direito a jogou de volta no sofá.

— Helena, eu esperava mais dignidade da sua parte nesse momento. Não gostaria de ter que matá-la em meio a gritos e súplicas, afinal você sempre foi uma mulher forte e eu sempre a admirei por isso.

Helena começou a sentir o pânico tomar conta dela novamente e se lembrou da sensação que havia experimentando anos antes naquela piscina na Saint Martin e percebeu que sua única chance era não perder o controle, então apesar da dor alucinante que vinha de seu ombro ela procurou se acalmar.

— Certo Luiz, eu prometo que irei morrer como uma legítima heroína de filme americano, mas antes me conte então qual é o meu papel nisso tudo. — Sua arma estava no quarto e se ela conseguisse distrair Luiz tempo suficiente talvez conseguisse se jogar pela porta e

pegá-la antes dele reagir e aí teria uma chance.

— Muito bem Helena, uma atitude digna de uma mulher como você. Na verdade, seu papel, apesar de fundamental para os planos de Peter é até bem simples. Esse prédio conta com um sistema de circuito fechado de televisão que foi uma exigência da própria ZTEC para que os imóveis fossem alugados, lembra-se?

Era verdade, havia câmeras e vez por outra ela mesmo se encarregava de descer até a sala onde ficava o equipamento para apagar as cenas das visitas dos garotos de programa.

— Lógico que me lembro. Luiz, estou com sede, posso me servir de mais vinho?

Ele vacilou por um momento e assentiu com a cabeça.

— Lógico Helena, o último desejo de um condenado é uma ordem. Consegue se levantar?

— Claro que sim, mas continue a sua explicação, estou curiosa — ela estava agora a pouco mais de dois metros da porta do quarto, segurando uma garrafa de vinho cheia pela metade e como era canhota, pronta para arremessar bem no rosto dele com o braço esquerdo. Então o famoso Luiz Henrique Carvalho não era tão infalível como Peter gostava de pregar, mas ela iria esperar ele terminar a explicação antes de agir. Ela estava muito curiosa para matá-lo antes de saber o porquê Peter estava fazendo aquilo com ela.

— Bem, a imagem de Carmen está gravada no sistema de câmeras. Ela entrou e depois de pouco mais de quinze minutos saiu e foi embora. Além das imagens temos esse lindo copo cheio de digitais e essa bela pistola registrada no nome dela.

— Como registrada no nome dela? Ela jamais se separa da pistola que carrega na bolsa! — a porta estava mais próxima, um metro e meio talvez.

— Elas foram trocadas por Peter há cerca de três semanas no escritório da Suíça. A que está com ela é idêntica a essa, mas é uma arma sem registro.

— Então você tem as digitais, a arma e as imagens de Carmen no sistema de vídeo, e você obviamente tem acesso à sala do sistema e irá apagar as suas próprias imagens entrando no prédio, mas como irá apagar as imagens de você mesmo saindo daqui? Parece que você está em uma sinuca de bico, não é mesmo? – ela deu mais um passo para a direita como se estivesse pensando e andando ao mesmo tempo, um gesto muito casual. Agora ela estava a menos de um metro da entrada do quarto.

— Helena, não se esqueça que existem diversos apartamentos nesse prédio alugados para a ZTEC e muito executivos da empresa entrando e saindo. Eu sou um consultor que presta serviços à empresa há vários anos e frequentemente me hospedo aqui. Não preciso me preocupar em adulterar as imagens, pois estou hospedado a dias e hoje eu cheguei exatamente no mesmo horário de sempre, aliás muito antes de você e Carmen chegarem, então após matar você irei tranquilamente para o meu apartamento dois andares acima e dormirei como um anjinho saindo amanhã bem cedo como sempre, cerca de meia hora antes da sua empregada chegar e descobrir o seu corpo sem vida. O máximo que pode acontecer é quererem me interrogar como a todos do prédio, mas diante das evidências da visita de Carmen isso será irrelevante, minha querida.

A dor em seu ombro estava aumentando e a perda de sangue, apesar de não muito intensa, já estava começando a deixá-la fraca. Ela tinha que agir e seria agora ou nunca. Sem hesitar ela arremessou a garrafa contra Luiz Henrique e se atirou para dentro do quarto caindo a poucos centímetros da mesa sob a qual ela havia prendido um coldre que guardava o revólver calibre 38 de cano curto, mas quando colocou a mão sob a mesa encontrou o coldre vazio.

— Acho que está procurando essa belezinha aqui não é? — ela olhou para

Luiz Henrique parado na porta do quarto segurando a Glock em uma das mãos e o seu revólver na outra — Você acha mesmo que um profissional do meu gabarito deixaria de revistar todo o seu apartamento antes de matá-la? Eu fico triste por me subestimar assim.

Helena sustentou o olhar dele.

— Você venceu Luiz, mas antes de me matar eu quero saber apenas mais uma coisa, porque eu? Se Peter não tem mais apreço por mim, ao menos deveria me manter viva pela minha capacidade profissional. Com Carmen fora do caminho e eu morta, quem irá fazer o nosso trabalho?

— Helena, sinceramente eu considero a sua morte uma grande perda para a ZTEC e cheguei a questionar Peter a respeito. Parece que inicialmente o plano era incriminar Carmen matando algum outro executivo menos importante e conduzir você de volta ao seu lugar original, mas há alguns dias atrás ele conheceu uma garota jovem e segundo ele ainda mais capaz do que você e Carmen, então decidiu se livrar de vocês duas ao mesmo tempo. Pura falta de sorte, querida.

Ela estava sentada no chão com as costas encostadas na cama e já mal sentia o braço direito. Ela sabia que iria perder os sentidos a qualquer momento, mas não queria morrer sem antes saber do mais importante em toda aquela situação.

— Só mais uma coisa Luiz. Eu fiz tudo que Peter pediu, inclusive me aproximar de Carmen e investigar toda a sua vida. Além de mantê-lo informado sobre os desvios de dinheiro da ZTEC que ela e eu fazíamos, eu descobri algumas coisas como a troca do sobrenome que originalmente era Halevy, logo após a família dela ter sido assassinada em um atentado do ETA. Se fosse somente pelo dinheiro eu tenho certeza que ele estaria agindo com ela pessoalmente, assim como fez comigo. Então só pode haver alguma ligação entre os dois no passado, mas ele nunca me disse nada a respeito.

— Helena, acho melhor perguntar diretamente aos pais dela, quem sabe eles podem esclarecer essa sua dúvida?

Dizendo isso Luiz Henrique apertou o gatilho da Glock duas vezes acertando os tiros no peito de Helena. O sopro do silenciador dentro do quarto soou forte, mas o som não se espalharia fora daquele ambiente e certamente ninguém no prédio havia ouvido nada. Ele ficou ali por mais alguns segundos olhando a vida deixar o corpo dela como se hipnotizado com a cena.

Quando ela finalmente deu o último suspiro ele guardou a Glock, pegou o 38 e colocou-o na mão dela. Voltou para a sala e procurou com uma lupa por fios de cabelo de Carmen e de Helena, encontrando vários e guardando em um recipiente de vidro e o tampando em seguida. Depois foi até a área de serviço e voltou com o aspirador de pó. Calçou os protetores de sapatos que trazia em uma mochila e fez uma limpeza completa no apartamento para recolher qualquer material que tivesse o seu DNA. Depois de tudo limpo devolveu o aspirador ao seu lugar retirando o filtro de papel e guardando-o na mochila. Abriu a tampa do recipiente de vidro e recolocou novamente os fios de cabelo das duas mulheres nas poltronas em que elas estiveram sentadas. Olhou em volta como que contemplando a sua obra e aprovou. Copos de vinho com digitais, material genético das duas, a garrafa de vinho que havia explodido na parede, as marcas do sangue dela pelo chão em direção ao quarto e finalmente Helena morta sentada no chão e encostada na cama dando a exata impressão de ter sido alvejada inicialmente na sala e posteriormente no quarto onde tentara pegar sua arma para se defender.

Se dirigiu então à porta, olhou mais uma vez para a cena toda e abrindo uma pequena fresta observou o corredor vazio. Saiu então do apartamento ainda calçando os protetores nos sapatos e fechou a porta devagar atrás de si. Deu alguns passos e retirou os protetores dos pés guardando-os novamente na mochila e subiu para o seu apartamento. Ele queimaria os protetores e o filtro do aspirador mais tarde jogando os restos no vaso sanitário e pela manhã deixaria a arma do crime escondida em algum lugar próximo, onde certamente a polícia a encontraria sem muito esforço e aí seu serviço estaria concluído.

Peter

Aleksandra dormia profundamente sobre o seu peito. As novas emoções que ela experimentara naquela noite sugaram as suas energias e ela dormiu assim que se deitou na cama. A fraca luz que entrava pela janela iluminava o corpo nu apenas o suficiente para revelar as curvas perfeitas e ele não se cansava de admirar aquela obra-prima da natureza. Pena que o tempo se encarregaria de acabar com aquela beleza toda e daqui cinco ou dez anos ela ainda seria uma mulher bonita, mas provavelmente não o suficiente para continuar despertando o seu desejo e aí seria hora de procurar uma substituta e iniciar o ciclo novamente.

Ela era a quinta mulher que Peter aliciara para a sua Organização nos últimos trinta anos, uma média de 6 anos cada, um pouco mais ou um pouco menos dependendo da capacidade intelectual e de se manter jovem de cada uma delas, porém mais cedo ou mais tarde esse equilíbrio era quebrado e elas eram substituídas. Das quatro antes de Helena, uma morreu de causas naturais ainda no cargo de CEO e as outras três tiveram que ser eliminadas de maneiras distintas e muito discretas, pois não tinham mais nada a oferecer a ele ou a organização e sabiam demais para ficarem vivas. Helena havia sido a única que até então tinha trilhado um caminho diferente. A sua capacidade profissional muito acima da média e uma dedicação cega por ele conseguida após o contratempo em Saint Martin lhe deram um tempo extra, porém tinha chegado a hora dela fazer a sua contribuição final e morrer em prol dos interesses dele e da organização.

Após quase três anos de investigações onde ela pessoalmente seduziu alguns importantes oficiais da polícia Espanhola que nem mesmo o dinheiro e os contatos de Peter haviam conseguido corromper, ela tinha conseguido a confirmação que ele buscava há tanto tempo. A filha caçula da família Halevy ainda estava viva e mais do que isso, tinha se aproximado dele provavelmente para se vingar. Ela era muito pequena na época em que o restante da família fora assassinada e certamente até aquele momento ela não deveria saber nada sobre o material que o pai dela tinha em seu poder. Mas de alguma maneira ela deveria ter descoberto alguma coisa que ligava Peter ao assassinato de sua família ou até mesmo ter recebido uma cópia desse material somente anos mais tarde quando teria discernimento suficiente para entender tudo o que estava escrito e tramar um plano de vingança.

Uma mistura dos talentos de Carmen como executiva e mulher, a adrenalina de flertar com o inimigo o tempo todo e, acima de tudo, a possibilidade dos documentos contra ele serem divulgados caso algo acontecesse com ela fez com que Peter a mantivesse por perto propiciando a ela uma subida tão vertiginosa nunca antes experimentada por ninguém na organização, nem mesmo por Helena. Porém, por mais que ele tivesse se esforçado para recuperar os documentos que Carmen tinha nas mãos, ele não tivera sucesso em suas tentativas e matar Carmen agora seria tão perigoso quanto anos atrás. Ele teve então que criar um plano que agora estava em andamento.

O som da mensagem chegando em seu celular espantou seus pensamentos.

— "Feito"

— Ele leu no visor.

O som da mensagem fez com que Aleksandra se mexesse saindo do seu peito e se deitando de bruços ao seu lado. Agora a luz refletia diretamente na parte de trás das suas coxas onde elas encontravam as curvas de suas nádegas. Ele a tocou exatamente nesse ponto e escorregou delicadamente seus dedos por entre suas pernas. Ela então virou seu pescoço para trás e o beijou, encostando seu corpo no dele e abrindo as pernas apenas o suficiente para que ele a penetrasse. Naquele momento ele teve certeza que era o dono do mundo.

Angelo

Passava um pouco das 8 da manhã quando Angelo saiu pelo portão de desembarque do Aeroporto Internacional Governador Franco Montoro, nos arredores de São Paulo. Carregando apenas uma mala de mão ele se dirigiu diretamente ao ponto de táxi em frente e entrou na longa fila que havia se formado. Antes que seu táxi chegasse, o celular tocou e um número desconhecido apareceu no visor. Ele atendeu.

— Olá Angelo, fez uma boa viagem?

— Quem está falando? — era uma voz totalmente desconhecida.

— Você não me conhece e meu nome não é relevante. Apenas siga as minhas instruções caso queira ver seus filhos novamente.

A voz firme do homem tinha um tom profissional que arrepiou Angelo.

— Seu filho da puta, se alguma coisa acontecer a eles eu juro que mato você!

— Se eu estivesse em seu lugar tomaria mais cuidado ao falar com a única pessoa que pode ajudá-lo a reencontrar as crianças. Se você me irritar, pode dar adeus aos seus anjos.

Um nó na garganta de Angelo quase o impediu de continuar a falar, mas ele respirou fundo e tentou se acalmar.

— O que você quer de mim?

— Ótimo, agora estamos falando a mesma língua. Saia dessa fila e siga até o final da passarela coberta no estacionamento do outro lado da rua — dizendo isso o homem desligou.

Angelo obedeceu e saindo da fila atravessou a rua e seguiu sob a cobertura que atravessava cerca de 200 metros do estacionamento procurando por algum sinal que lhe indicasse o homem ao telefone. Já havia andando mais da metade do caminho quando alguém colocou o braço sobre seus ombros e apertou uma arma contra as suas costelas e disse para ele continuar andando sem olhar para trás. Ele então percebeu que o haviam atraído para uma área fora do alcance das câmeras de segurança.

Saíram da cobertura e entraram no pátio aberto do estacionamento e seguiram abraçados até um Toyota Corolla preto estacionado em uma das vagas próximas. Chegando no carro o homem com a arma pegou a mala de sua mão, o revistou rapidamente retirando seus dois celulares e abrindo a porta traseira o empurrou para dentro onde um outro homem esperava também de arma em punho, além de um motorista que mantinha o carro ligado. O primeiro homem pegou a mala de Angelo e a jogou dentro do porta-malas, depois deu a volta pela frente do Corolla e se sentou no banco do carona e o motorista arrancou com o carro. Saindo do estacionamento o motorista pegou o caminho em direção ao centro de São Paulo e durante quase dez minutos nenhuma palavra foi dita até que Angelo quebrou o silêncio.

— Onde estão meus filhos?

O homem armado ao seu lado lhe deu um sorriso de desprezo e não respondeu, então Angelo insistiu.

— Eu exijo saber onde estão os meus filhos ou então... — o homem levantou a arma e a encostou em sua testa.

— Cale a boca ou eu vou arrebentar a sua cabeça.

A voz não era a mesma que havia falado com ele ao telefone e ele percebeu que os homens eram apenas capangas e insistir com eles seria perda de tempo, além de um enorme risco de se machucar e assentiu com a cabeça. O capanga então baixou a arma e nada mais foi dito. Vinte minutos depois eles pararam em frente a um grande portão de ferro que se abriu imediatamente dando acesso ao pátio de um galpão que parecia estar abandonado. O carro parou bem em frente à entrada principal do pátio e o homem armado ao lado de Angelo fez sinal para que ele saísse do carro. Os dois seguiram por uma porta lateral para dentro do galpão enquanto os outros dois permaneciam no carro.

Assim que entraram no galpão, Angelo notou um homem na casa dos 50 anos, calvo e elegantemente vestido com um terno escuro sentado sobre uma velha mesa nos fundos do galpão e o homem com a arma ao seu lado o empurrou em direção a ele.

— Senhor Angelo Cesari, bem-vindo de volta ao Brasil! — era a voz que havia falado com ele pelo telefone.

— Onde estão meus filhos — gritou Angelo perdendo o controle e ameaçando correr em direção a ele. Mas assim que deu o primeiro passo sentiu o punho do homem ao seu lado bater com força contra o seu baço fazendo-o cair no chão, lutando para recuperar o fôlego.

— Parece que meu primeiro aviso não foi suficiente Angelo, espero que esse "lembrete" da sua situação seja mais eficiente — disse o homem sentado sobre a mesa.

O homem que desferiu o soco pegou Angelo pelo braço e forçando-o a se levantar
arrastou-o até uma cadeira posicionada em frente à mesa forçando-o a se sentar. Ele então mudou o tom.

— Por favor, eu preciso saber se meus filhos estão bem, me deixe falar com eles é só o que eu peço, depois eu juro que faço tudo que vocês quiserem.

O homem sobre a mesa sorriu.

— Finalmente um avanço senhor Angelo! — Vou ver o que posso fazer – dizendo isso o homem pegou um tablet que estava sobre a mesa e após poucos segundos sorriu para Angelo novamente — A educação abre todas as portas senhor Angelo, que seja feita a sua vontade – e dizendo isso entregou o tablet nas mãos de Angelo.

Quando seus olhos pousaram na tela um alívio indescritível tomou conta dele. Seus dois filhos estavam vivos e assim que o viram sorriram, apesar da expressão de assustados que os dois tinham em seus rostos.

— Valentina, Rafael! Vocês estão bem? Meu Deus, eles fizeram algum mal a vocês? Falem comigo, meus amores.

— Pai, vem buscar a gente pai! — A gente não quer mais ficar aqui pai, a gente quer ir para casa! — só Valentina falava, Rafael apenas chorava e olhava para a irmã mais velha.

Angelo enxugou as lágrimas e tentou acalmar as crianças.

— Meus amores, o papai vai buscá-los assim que puder. Por enquanto fiquem bonzinhos e cuidem um do outro.

— Mas papai, nós queremos ir embora agora! — Valentina novamente.

— Eu quero a minha mãe! — gritou Rafael finalmente.

— Eu sei queridos, mas tenham calma por enquanto... — o homem tomou o tablet da mão dele e desligou a conexão. — Angelo tentou se levantar para pegá-lo novamente, mas a mesma mão que o havia socado antes o segurou pelo ombro empurrando-o para o assento. O homem colocou o tablet sobre a mesa.

— Acalme-se Angelo, voltar a ter seus filhos depende somente de você.

— E o que eu preciso fazer?

— Você vai saber na hora certa, estamos aqui somente para você ter certeza que seus filhos estão bem e nos certificar de que você não tentará fazer nenhuma gracinha. Agora vá para a casa da sua ex-esposa e diga que recebeu uma ligação dos sequestradores assim que saiu do aeroporto dizendo para que a polícia se afaste do caso e que dentro de alguns dias eles entrarão em contato novamente para tratar do resgate. Pode mostrar a minha própria ligação, era um chip pré-pago e eu já me livrei dele.

— Mas afinal, o que eu tenho que fazer? Quanto tempo irá demorar para que eu possa ver meus filhos?

— Eu já disse que você saberá na hora certa. Não se preocupe com o tempo que irá demorar, as crianças estão assustadas, mas muito bem tratadas Nós somos profissionais

Angelo e não temos nenhuma intenção de machucá-las se você não nos der motivos para isso. Revê-las vivas e com saúde depende somente de você — dizendo isso sinalizou para o homem que segurava Angelo pelos ombros e ele o levantou e sem mais nenhuma palavra o empurrou de volta à porta por onde entraram.

Colocaram Angelo novamente no carro e saíram pelo portão de ferro em direção à zona sul da cidade. Quarenta minutos depois pararam o carro em frente a Starbucks da Alameda Santos e mandaram Angelo sair lhe devolvendo a mala e seus celulares, partindo em seguida. Ele parou por alguns segundos tentando colocar as ideias em ordem e então atravessou a rua se dirigindo a um ponto de táxi. Haviam alguns carros parados e ele entrou no primeiro da fila dando o endereço da ex-mulher e se deixando afundar no assento tentando relaxar um pouco. Foi nesse momento que a porta traseira oposta foi aberta e um homem vestido com um terno escuro e gravata sentou-se no banco apressado.

— Me desculpem, achei que estava vazio. É impossível ver dentro dos táxis com essa película escura que todos aplicam — dizendo isso o homem saiu rapidamente e entrou no próximo táxi da fila.

O táxi de Angelo finalmente partiu e ele voltou a se afundar no estofamento tentando mais uma vez relaxar um pouco, mas então o celular do taxista começou a tocar e só parou quando a ligação caiu na caixa postal, pois ele percebeu que o taxista não havia atendido e mesmo assim agradeceu em pensamento ao silêncio que voltou a reinar dentro do carro que seguia pela rua Joaquim Eugênio de Lima com os vidros fechados e o ar-condicionado ligado. Mas a paz durou pouco e o telefone voltou a tocar. Menos por educação e mais para não ter que ouvir o toque estridente por mais tempo, Angelo se dirigiu ao motorista.

— O senhor pode atender o celular se quiser, a conversa não me incomoda.

— Doutor, esse celular que está tocando não é o meu.

Só então Angelo se deu conta de que o toque vinha do banco traseiro do carro e olhando para o lado achou um envelope pardo que quando ele se sentou não estava ali e o som vinha de dentro dele. Ele pegou o envelope achando inicialmente que o homem que havia entrado no táxi por engano deveria ter esquecido no banco — "que cara atrapalhado... Entra em um táxi ocupado e ainda esquece o telefone" — mas assim que pousou os olhos com mais cuidado viu que seu nome estava escrito nele. Pegou o envelope e sacou de dentro o celular que havia parado de tocar novamente e um bilhete.

— "Na memória estão os números que interessam". Não havia assinatura, mas ele sabia exatamente de quem se tratava, então o telefone começou a tocar pela terceira vez e ele finalmente atendeu.

— Alô.

— Todo playboy é surdo ou esse é um defeito somente seu? É a terceira vez que eu ligo nessa merda! Se você não ficar mais esperto rápido vamos acabar nos ferrando.

— Marcelo, antes que eu me esqueça, vai se foder... — a voz do amigo lhe deu um novo ânimo.

— E aí? Como foi com os gorilas? Entramos no depósito depois que eles saíram, mas não encontramos nem sinal das crianças. Acho que eles só usaram o lugar para te dar uma prensa. Temos uma moto na cola deles agora.

— Eles me colocaram para ver as crianças através de um tablet. Elas estão vivas cara! Graças a Deus. Eles ainda não disseram exatamente o que querem de mim, mas alguém entrará em contato comigo para me dizer. Agora eu preciso enfrentar a Raquel e convencê-la que os sequestradores entraram em contato comigo e mandaram a polícia sair do caso e que eu falei com as crianças pelo celular e elas estão bem e que esses sequestradores estão apenas atrás de dinheiro e que eles farão contato novamente em alguns dias para passarem as exigências. Espero que ela e a polícia acreditem.

— Que alívio amigão. Se eles não fizeram mal às crianças até agora é porque não se trata de uma vingança ou coisa assim. Era o que precisávamos para nos organizar, um pouco de tempo. — Marcelo estava mais animado e isso animou Angelo também.

— O que você achou dos caras que o Camargo arrumou?

Camargo era amigo de Angelo e de Marcelo a muitos anos e também era dono de uma das melhores empresas de segurança pessoal do Brasil. Marcelo tinha acertado tudo com ele da Itália e agora Angelo contava com uma equipe profissional para lhe ajudar. O jogo começava a se equilibrar.

— Os melhores que poderiam existir — respondeu Marcelo.

— Equipamento?

— Cara, fiquei impressionado. Tudo de mais moderno. Localizadores em miniatura, maleta de grampo de celular, máquinas fotográficas e filmadoras de altíssima resolução. Fique tranquilo, vamos encontrar as crianças e pegar esses caras.

— É nisso que estou me apegando agora, meu velho. O carro deles está grampeado?

— Nesse trânsito louco de São Paulo cheio de motoqueiros esbarrando nos carros, sabe como é, já estava grampeado antes de você descer. Você também está sendo seguido agora por precaução, caso alguém queira tentar alguma coisa.

— Ótimo, e o outro carro? O que estava esperando no galpão?

— Da mesma maneira. Estamos com os dois na tela nesse momento e uma moto na cola de cada um. O que deixou você está indo para as proximidades da casa da Raquel. Provavelmente essa equipe é a que estará vigiando você. O outro carro está indo na direção da zona sul.

— Vamos torcer para que eles nos levem direto para o cativeiro — Angelo tinha esperanças, mas sabia que dificilmente iria ser assim tão fácil. Esses homens não eram sequestradores comuns e deveriam ser apenas a equipe encarregada de vigiá-lo e de se comunicar com ele quando necessário. Provavelmente eles nem soubessem o paradeiro das crianças, mas eram a única pista que eles tinham agora.

— Vamos torcer — disse Marcelo sem muita convicção — mas mesmo que eles não nos levem diretamente às crianças terão que fazer contato com os outros membros e daí vamos pega-los, fique tranquilo.

— Cara, não sei como agradecer...

— Deixe para agradecer depois de pegarmos as crianças. Agora se concentre, mantenha o foco e tenha calma ao enfrentar a Raquel. Ela precisa engolir essa história senão será o diabo.

— Nem me fale. Assim que eu sair de lá nos falamos novamente.

— Combinado, boa sorte! — despediu-se Marcelo.

— Obrigado, vou precisar. Me avise se descobrir qualquer coisa relevante, ok?

— Pode deixar.

Desligaram e Angelo se sentiu mais seguro. Se esses homens fossem realmente ligados a ZTEC eles teriam muito trabalho para conseguir enganá-los, mas a equipe que Marcelo havia conseguido com Camargo parecia realmente excelente e eles tinham o fator surpresa a seu favor. Por mais que esses bandidos fossem bons, eles não deveriam esperar que Angelo pudesse contar com um time como aquele e era aí que estava a chance de virar o jogo. Nem mesmo Carmen sabia nada sobre essa equipe, aliás mais uma vez ele se perguntou como era possível que mesmo no meio de tudo aquilo ele não conseguisse tirá-la da cabeça? Ainda mais sendo ela responsável pelo que estava acontecendo? Se ela não tivesse aparecido na vida dele, a essa altura do campeonato o pior que poderia estar acontecendo seria ele estar desempregado, o que perto da situação atual seria como ganhar na loteria.

Mais alguns minutos e ele desembarcou em frente ao prédio na Vila Nova Conceição. Assim que a porta do elevador se abriu no 18º andar ele ficou cara a cara com Raquel que imediatamente o abraçou e desabou em um choro convulsivo que fez com que lágrimas brotassem imediatamente de seu rosto, mas ele se manteve forte para poder consolá-la. Depois de alguns segundos ela começou a se controlar e somente então conseguiu falar.

— Angelo, porque os nossos bebês? Por que não eu ou você? Por que justamente as crianças? Isso não é humano, não é humano, não é...

Ambos entraram no apartamento. Angelo cumprimentou Raul e sentaram-se em um dos sofás da ampla sala onde uma equipe da Delegacia Antissequestro estava monitorando tanto o telefone da casa quanto o celular de Raquel e de Raul. Quem parecia estar no comando era um detetive muito jovem, que estava mais para lutador de MMA do que para policial e imediatamente se dirigiu a Angelo.

— Doutor Angelo bom dia, meu nome é Kerbson, subdelegado da divisão antissequestro da Polícia Civil de São Paulo e eu estou no comando das investigações. Estamos fazendo todo o possível para localizar seus filhos e eu gostaria de ter a sua total cooperação.

— O que o senhor chama de total cooperação?

— É muito comum que em casos de sequestro os familiares os parentes queiram assumir as negociações diretamente com os sequestradores, muitas vezes inclusive atendendo ao pedido dos sequestradores de afastar a polícia do caso. Eu garanto ao senhor que não existe nada mais errado em um caso desse tipo. Os sequestradores de hoje em dia são extremamente organizados, profissionais e contam sobretudo com o abalo da condição emocional dos parentes para conseguirem o que desejam, inclusive muitas vezes obrigando a família da vítima a pagar o resgate mais de uma vez.

O policial fez uma pausa em seu discurso, claramente com a intensão de criar um clima de suspense em torno do que dizia e assim ganhar ainda mais atenção dos ouvintes, mas a única coisa que Angelo conseguia pensar enquanto olhava para ele era: "Kerbson? Mas que merda de nome é esse? Deve ser uma mistura de Kelly e Robson, ou de Katya e Emerson". O policial voltou ao discurso e Angelo foi arrancado do seu devaneio.

— Quando a negociação é feita por meio de um profissional da polícia, treinado e com experiência de campo no assunto as chances de um desfecho mais rápido e seguro aumentam muito, então eu peço ao senhor que colabore conosco deixando-se orientar pela nossa equipe e principalmente não tentando nenhuma ação paralela, pois provavelmente nesse momento a senhora Raquel e até mesmo o senhor podem estar sendo vigiados e qualquer movimentação suspeita por parte de vocês poderá prejudicar as crianças.

Angelo assentiu com a cabeça ao mesmo tempo que pensava em como ele conseguiria convencer Raquel a deixar que ele assumisse a responsabilidade de resgatar as crianças sem que a polícia soubesse e mesmo na remota hipóteses dela concordar, como ele convenceria a polícia que estavam colaborando enquanto ele tentava encontrar as crianças com a equipe coordenada por Marcelo ou na pior das hipóteses, ganhar tempo até conseguir fazer o que quer que os sequestradores quisessem que ele fizesse?

— Raquel, podemos conversar a sós por favor?

O policial ficou claramente incomodado com a falta de confiança, mas mesmo assim

Angelo e Raquel se dirigiram a uma sala íntima anexa à que estavam.

— Raquel, eu preciso que você prometa que não repetirá nada do que eu vou lhe dizer para a polícia.

— Angelo, o que está havendo? — ela parecia ainda mais abalada.

— Raquel, confie em mim, apenas prometa que não irá dizer nada para esse delegado e eu lhe contarei o que eu sei.

Ela assentiu com a cabeça e eles se sentaram, então Angelo começou a sussurrar para que as pessoas na sala ao lado não pudessem ouvir.

— Raquel, me escute com atenção e não demonstre nenhum tipo de reação, você precisa confiar em mim e ninguém pode saber o que eu lhe contarei agora, muito menos a polícia. Os sequestradores fizeram contato comigo. Eu vi as crianças ao vivo por um tablet. Elas estão um pouco assustadas, mas estão bem e não sofreram nenhuma violência.

Ela olhou em seus olhos e por um segundo Angelo achou que ela explodiria em um escândalo e tudo estaria perdido, mas ao contrário a sua única reação foi cair em um choro angustiante e silencioso, que ele percebeu ser de alívio pela notícia das crianças estarem bem. Ele respeitou o tempo dela em silêncio e após alguns minutos ela conseguiu se controlar novamente.

— Angelo, e o que eles querem? É só dinheiro ou tem mais alguma coisa? Acho que você está escondendo algo de mim.

Não havia a menor condição dele explicar tudo que estava acontecendo na sua vida na última semana e ele mentiu.

— Eles são muito profissionais. É lógico que querem dinheiro, mas ao mesmo tempo não têm a menor pressa em colocar a mão nele. A preocupação desse bando nesse momento é afastar a polícia do caso e precisamos concordar com eles.

— Mas como você viu as crianças? De que tablete? Eu posso ver também?

— Um homem me abordou na saída do aeroporto, me levou até um carro estacionado e de lá até um galpão abandonado onde eu pude ver as crianças por um tablete conectado à internet. Depois eles me deixaram na Alameda Santos e eu vim direto para cá. Eles me encapuzaram logo que entrei no carro, só tiraram o capuz quando chegamos ao galpão e depois repetiram a operação retirando apenas quando me soltaram, então eu não conseguiria identificar ninguém e nem saber onde era o galpão, mas mesmo assim as crianças não estavam lá, por isso falei com eles pelo tablet.

Ela parecia estar acreditando em tudo, o tempo todo assentindo com a cabeça, e ele continuou.

— Não conseguiremos tirar simplesmente a polícia do caso. Você precisará mantê-los por perto e me deixar livre para que eu possa negociar com esses bandidos em paralelo. É a única maneira que temos de recuperar os nossos filhos. Ninguém pode saber disso, nem mesmo o Raul, você tem que me prometer.

Ela concordou novamente e ele agradeceu com um sorriso. Tinha sido mais fácil do que ele imaginava e isso era um alívio. Mas quando ele fez menção de se levantar ela o puxou pelo braço forçando-o a se sentar novamente.

— Angelo, eu confio em você pois, apesar de eu achar você um playboy irresponsável e um pai ausente, eu sei o quanto você ama as crianças, mas eu vou lhe dar um aviso. Se isso tudo estiver acontecendo por causa de alguma bobagem que você fez e eu não recuperar meus filhos sãos e salvos eu juro que acabo com a sua vida, entendeu? Prometa que fará tudo que estiver ao seu alcance para recuperar as crianças, e isso inclui dar a esses bandidos tudo o que eles querem, inclusive a sua própria vida se for o caso.

— Você não precisa me ameaçar para que eu dê a minha vida pelos nossos filhos. Eu o faria sem hesitação e você sabe disso. Mas eles só querem dinheiro e acho que a minha vida não tem nenhum valor para eles. Vamos manter a calma que tudo terminará bem. A propósito, você falou alguma coisa sobre isso com o seu pai?

— Ainda não. Eu queria conversar primeiro com você antes de contar para ele. Estou com medo do que isso possa fazer a saúde dele.

— Não se preocupe com o seu pai, ele é um homem forte e mais do que isso, prático e acostumado a solucionar todo o tipo de problema. Os sequestradores ainda não disseram qual será o valor do resgate, mas precisamos ter condições de levantar muito rápido uma grande soma de dinheiro e provavelmente teremos que recorrer ao seu pai. Você sabe que eu não tenho muito dinheiro e a maioria do que eu tenho está investido em empreendimentos imobiliários então eu terei que passar os próximos dias correndo atrás disso enquanto você fica de plantão aqui junto com a polícia e vá me mantendo informado de tudo. Tenha fé Raquel, vamos tê-los de volta o quanto antes.

Os dois então se abraçaram pela primeira vez em anos. Um abraço terno, de dois irmãos se consolando. Quem sabe toda aquela situação não serviria para reaproximá-los novamente, não como homem e mulher pois era claro que ambos haviam virado aquela página em suas vidas, mas sim como duas pessoas que se respeitam e se ajudam.

Levantaram-se ao mesmo tempo e se dirigiram juntos de volta à sala em silêncio. Lá chegando sentiram os olhares curiosos tanto de Raul quanto do pessoal da polícia, então Raquel se adiantou abraçando e beijando Raul.

— Estou mais calma agora que Angelo está aqui. Tomamos algumas decisões importantes, entre elas conversar com o meu pai tanto para comunicar a ele o que está havendo como pedir um suporte financeiro caso seja necessário. Nós iremos ficar aqui de plantão enquanto Angelo tentará levantar algum dinheiro preventivamente.

— Senhora, me desculpe, mas seria interessante que ambos acompanhassem as negociações daqui para que não houvessem ações desencontradas. Eles podem fazer contato com o senhor Angelo e não poderemos orientá-lo na negociação.

— Doutor Kerbson, estarei em contato constante com a Raquel e caso eles me liguem avisarei vocês imediatamente. Eu confio plenamente na capacidade da polícia em lidar com o caso e ela seguirá fielmente tudo que vocês a orientarem a fazer. Enquanto isso eu preciso me movimentar e tentar levantar o máximo de dinheiro que conseguir pois não podemos depender somente do pai de Raquel.

O policial pareceu se dar por satisfeito com aquele arranjo e então Angelo se despediu de Raul e Raquel e saiu apressado. Chegando à rua pegou um táxi e foi direto para a sua casa. Precisava tomar um banho, trocar de roupa e se organizar um pouco, além de ligar para Carmen e saber se ela tinha conseguido levantar alguma informação importante na ZTEC que o pudesse ajudar. Ligou então para Marcelo.

— Marcelo, alguma notícia? O segundo carro parou em algum lugar?

— Eles deixaram o carro no estacionamento do Shopping Morumbi e se separaram. Nossa equipe se dividiu e um dos nossos homens permaneceu próximo ao carro e o outro está nesse momento seguindo um dos sequestradores. Infelizmente eram três e ele teve que escolher um. Ele escolheu o homem calvo que você descreveu e ele acabou de entrar em um táxi. O nosso homem o está seguindo em outro táxi nesse exato momento. Assim que eu tiver notícias lhe aviso. O primeiro carro está nesse momento seguindo você a uma certa distância e o nosso pessoal o está monitorando pelo satélite. Você está indo para a sua casa, certo?

— Isso mesmo.

Vou passar a informação para eles e assim chegarão antes para não levantar suspeitas. Indique o caminho mais longo para o taxista.

— Tudo bem. Qualquer coisa me avise.

Angelo ainda não sabia exatamente o que essas pessoas queriam dele e nem como e quando entrariam em contato e a sua ansiedade aumentava a cada segundo que passava longe dos filhos. Mas de uma coisa ele tinha certeza, cumpriria a promessa feita a Raquel de lhe devolver as crianças sãs e salvas, mesmo que isso lhe custasse a vida.

Carmen

Quando Carmen chegou ao seu pequeno apartamento de segurança o encontrou impecavelmente limpo e organizado como sempre. Ele tinha pouco mais de 30 m2 e consistia basicamente em um pequeno, mas bem decorado quarto com armários e cama de casal, uma minúscula sala com apenas um sofá em frente a uma tela de LCD de 50 polegadas e uma minicozinha que apesar de pequena estava muito bem equipada. Tudo que era necessário para que ela se escondesse por algum tempo, caso as coisas se complicassem. Apesar de quase nunca usá-lo, ela tinha uma empregada excelente que cuidava de tudo, deixando o ambiente sempre em condições de ser usado imediatamente.

Assim que entrou foi direto ao cofre escondido em uma parede falsa abrindo--o e retirando todo o seu conteúdo. Três passaportes com nomes e nacionalidades diferentes, um envelope com 10 mil dólares no caso dela ter que fugir de avião e não levantar nenhuma suspeita na alfândega, um envelope contendo uma quantidade muito razoável de ações ao portador que ela estimava que valessem perto de dez milhões de euros e o mais valioso para ela, o dossiê deixado por seu pai que possibilitou não só que ela descobrisse quem era o assassino de sua família, mas entendesse a mente criminosa que naquela família passava de pai para filho.

Ela guardava aquela cópia em papel como um tipo de relíquia pois tudo já havia sido digitalizado por ela e estava armazenado em um servidor. Esse servidor era programado para que uma senha fosse inserida no mínimo uma vez a cada 30 dias e no caso disso não ser feito, os arquivos seriam enviados para os principais veículos de notícias do mundo. Além do dossiê, haviam vários outros documentos sigilosos da ZTEC explicando detalhadamente diversas operações ilegais do grupo ao redor do mundo, listas de políticos corruptos com comprovação do pagamento de propinas entre vários outros documentos estratégicos descrevendo os planos da ZTEC para o futuro. Havia também um vídeo onde ela mesmo explicava com detalhes como a sua família havia sido assassinada por Peter.

Muitas vezes ela havia cogitado entregar aquele dossiê para as autoridades espanholas, mas ela sempre caía no mesmo ponto. A enorme possibilidade de Peter escapar ileso usando ou seu dinheiro ou a influência da ZTEC junto a governantes e autoridades para se safar e daí, além dela não conseguir que ele fosse punido, ainda teria que se preocupar em se esconder dele pelo resto da sua vida e mais cedo ou mais tarde ele a encontraria e terminaria o serviço que tinha começado trinta anos antes.

Ela não tinha escolha, precisava matá-lo e pôr um ponto final a essa história. Havia tido inúmeras oportunidades para fazê-lo, muitas vezes tivera um revólver ou uma faca ao alcance da mão enquanto ele dormia ao seu lado, mas se ela tivesse feito isso certamente iria para a cadeia. A vingança não é um motivo que justifique um assassinato e ela queria matá-lo e poder continuar livre, inclusive se possível, gastando uma boa parte do dinheiro dele. Apesar de todo o poder que Peter tinha por meio da ZTEC, praticamente ninguém importante o conhecia pessoalmente. Enquanto seu nome não fosse ligado ao da empresa ele seria apenas mais uma pessoa morta de maneira trágica, em um acidente de trânsito ou durante um assalto, indo parar nas estatísticas e não chamando a atenção de ninguém em especial, e ela precisava aproveitar esse anonimato. Mas agora tudo que ela tinha planejado estava ruindo e a única coisa que ela pensava nesse momento era em fugir.

Ela tinha descartado o seu celular principal e agora mantinha apenas o que ela usava para falar com Angelo. Aliás lembrar-se de Angelo a fez sentir-se ainda mais sozinha. Pensou em ligar para ele, mas ele ainda estava em voo, então pensou em deixar uma mensagem romântica para que ele ouvisse assim que saísse do avião, mas imediatamente se envergonhou. Os filhos dele estavam em poder de alguém, provavelmente por sua causa e nada seria mais idiota do que uma mensagem romântica para ele. Se ela queria fazer realmente alguma coisa por ele, era ajudá-lo a reaver as crianças e para isso precisava agir rápido, pois a cada minuto o cerco se fechava ainda mais em torno dela.

Decidiu então pesquisar alguns arquivos na rede da ZTEC no computador que ela mantinha no apartamento. Havia criado um perfil falso de funcionário exatamente para entrar na rede sem ser detectado e foi isso que ela passou a noite inteira fazendo. Tentava descobrir alguém que pudesse ter feito esse serviço para Peter no Brasil. Alguém de confiança e que estivesse disponível e o melhor lugar para procurar era exatamente nas operações das subsidiárias da ZTEC no Brasil, pois o financiamento das ações locais sempre era feito por uma subsidiária daquele país facilitando a movimentação de dinheiro.

Já era quase dia quando ela se deparou com vários pagamentos feitos pela BRASENG para uma empresa de consultoria chamada WA Segurança Corporativa que pelo descritivo dos pagamentos, se tratava de uma empresa especializada em montar estratégias e projetos de segurança para os grandes canteiros de obras da companhia. Porém, o que mais chamou a sua atenção foi um pagamento de valor muito alto que havia sido feito apenas uma semana antes e o que era mais estranho, eles não tinham nenhum novo canteiro de obras há mais de seis meses e teriam apenas o do SISCON que demoraria pelo menos mais um ano para começar a ser montado.

Pesquisou sobre a empresa na internet, mas não conseguiu descobrir nada, ela não tinha site, não constava do catálogo de telefones e não era mencionada em nenhum fórum de discussão sobre planejamento de segurança ou coisa do tipo.

— "Achei" — pensou Carmen.

Ela anotou os dados da conta onde o dinheiro havia sido depositado. Uma das características das empresas S/A de capital aberto no Brasil era que por mais ilícitas que as suas operações pudessem ser, elas procuravam movimentar as quantias de dinheiro dentro das normas fiscais e contábeis estabelecidas e dessa maneira se evitava ao máximo movimentar grandes somas em dinheiro vivo, que só era usado quase que exclusivamente para o pagamento de propina a políticos e autoridades. O modus operandi era a utilização de empresas de fachada e a emissão de notas fiscais frias ou então, como naquele caso, pagamentos diretamente para uma empresa real para executar um serviço totalmente distinto do que o descrito contabilmente. Colocou todas as informações em um e-mail e mandou para o diretor financeiro da BRASENG pedindo que levantasse tudo o que conseguisse sobre os sócios dessa empresa e sobre quem movimentava essa conta. Ela acreditava que por mais que Peter quisesse tirá-la da ZTEC, um comunicado oficial só seria feito após alguma coisa concreta ser feita contra ela, como por exemplo a possível prisão pelo envolvimento na morte do policial romano. Até lá, ela continuava a ser Carmen a poderosa, e precisava usar isso em seu favor.

Assim que encaminhou o e-mail foi deitar-se um pouco. Dali duas ou três horas o seu dinheiro chegaria e ela teria que se movimentar rapidamente caso quisesse escapar de Peter. Parecia que nem tinha fechado os olhos quando foi despertada pela campainha da porta. Já passava das 11 horas e deveria ser o mensageiro da sua advogada trazendo o seu dinheiro. Pediu um minuto e vestiu-se apressada. Abriu a porta e ficou paralisada.

— Meu amor! Não está feliz em me ver? Me convide para entrar, estou louco para conhecer esse seu lugar secreto. — Peter sorria enquanto apoiava a mão na porta entreaberta.

Ela tentou fechar a porta novamente, mas ele a impediu colocando seu pé entre a porta e o batente e depois jogou todo o peso do seu corpo contra a porta que se abriu violentamente contra o peito de Carmen que foi jogada no chão. Ela mal teve tempo de se recompor do choque e Peter já a estava pegando pelos cabelos, empurrando-a e a jogando sobre a cama.

— Que gata mais arisca! Se acalme Carmen, estou aqui apenas para termos uma conversa agradável. O tipo de conversa que dois velhos amigos têm que ter de vez em quando.

Ela olhou para a bolsa em cima do criado-mudo.

— Nem pense nisso, meu amor. Você sabe que eu sou capaz de matá-la somente com as minhas mãos antes que você consiga pegar a sua arma. Aliás, a minha arma pois a sua está nesse momento em posse da polícia como prova do assassinato da nossa querida Helena.

Uma expressão de terror assombrou o rosto de Carmen.

— Helena assassinada? Como assim? Eu estive com ela ontem à noite! Quem a matou Peter?

— Foi você Carmen. Ao menos é o que dizem as provas que a polícia italiana tem em mãos agora. Seu DNA por todo o apartamento dela, as imagens do circuito fechado de televisão mostrando você entrando e saindo do apartamento e a arma que efetuou os disparos que a mataram. A sua arma que eu troquei por outra sem você perceber. Acho que a sua situação está realmente complicada.

— Seu filho da puta! Porque você está fazendo isso comigo? O que eu fiz para você?

— Você deveria estar morta, minha querida, junto com toda a sua patética família de chantagistas baratos.

Agora tudo fazia sentido. Ele sabia quem ela era, mas mesmo sabendo que seria inútil tentou negar.

— Eu não faço ideia do que você está falando!

Peter olhou então para uma mesa no canto do quarto onde ela havia deixado os documentos retirados do cofre e pegou o dossiê nas mãos.

— Estou falando sobre isso Carmen Halevy, dessa desastrosa tentativa de chantagem que o imbecil do seu pai tentou fazer comigo. A sua família teve o que merecia. Mas você escapou. Confesso que eu achei estranho o comportamento daquela garotinha antes de morrer. Ela era apenas uma menina da vizinhança que estava no lugar errado e na hora errada.

Os olhos de Carmen se encheram de lágrimas, não pelo terror que ela sentia naquele momento, mas de ódio pela frieza como aquele homem falava da morte das pessoas mais importantes da sua vida. Mas ela não lhe daria o prazer de lhe ver chorar, ao invés disso resolveu afrontá-lo diretamente.

— Você é um monstro, Peter. Um monstro doente e infeliz. Uma pessoa que nunca estará satisfeita com o que conquistou, por mais poderosa e rica que seja. Você está condenado a morrer sozinho e queimar no inferno. Seu porco nojento!

— Se eu fosse você evitaria usar palavras como "morrer" e "inferno" nesse momento, minha querida. Isso pode me dar ideias que não seriam nada boas para você.

— Me mate de uma vez se veio aqui para fazer isso, mas me poupe desse seu discurso pois no fundo nós dois sabemos que você não passa de um psicopata. Acabe comigo e vamos deixar que o mundo todo saiba de que tipo de lixo seu pai e você foram feitos.

A mão de Peter a acertou em cheio no rosto e ela foi jogada ao chão. Ela nem teve tempo de se recuperar e sentiu o pé de Peter chutando as suas costelas e a dor foi tão forte que ela pensou que fosse desmaiar, mas então ele a pegou pelos cabelos e suspendendo-a do chão a jogou novamente sobre a cama.

— Para uma puta de luxo que aceitou dividir a cama com o assassino da sua família você fala demais. Se eu a quisesse morta já teria feito isso a muito tempo.

— A voz dele continuava calma e inabalada. Ele tinha essa capacidade de agredir fisicamente alguém e no instante seguinte retomar totalmente o controle das suas emoções. Isso era o que Carmen mais temia nele. — Eu vim até aqui hoje para lhe propor um acordo.

Ela ficou em silêncio por alguns segundos e enfim reuniu forças para continuar a conversa.

— Que tipo de acordo?

— A sua vida em troca da promessa de nunca divulgar uma cópia deste dossiê que eu tenho certeza você mantém muito bem guardado em algum lugar e pronto para ser divulgado no momento que você achar oportuno.

— É só isso? Vai me deixar viver se eu prometer que não divulgarei nada? E qual a garantia que você tem que eu não irei à polícia assim que você sair daqui?

— Querida, se você for à polícia será para ficar presa pelo resto da sua vida. Parece que você ainda não entendeu. Carmen tem que morrer, mas você ainda pode continuar viva, desde que aceite os meus termos. Prometo que terá uma nova vida longa e tranquila bem longe da Itália, mas tem que ser do meu jeito. Ou então você pode escolher morrer de verdade e resolvemos isso aqui e agora.

— Se eu aceitar o que será de Angelo?

— Não me diga que finalmente você se apaixonou de verdade por alguém? Nunca imaginei que veria esse dia! Mas infelizmente ele também terá que acreditar que você está morta e nunca mais vocês poderão se encontrar senão eu terei que matá-lo também. Fora isso, se ele nos for útil como esperamos no Brasil não há motivo para descartá-lo. Ele poderá continuar a levar a sua vidinha insignificante trabalhando da ST.

Aquilo foi como uma punhalada, mas ao menos ambos poderiam continuar vivos.

— Então me diga Peter, porque mandou raptar os filhos dele no Brasil?

— Garantias, minha querida. Eu não tenho como saber qual será a reação dele quando souber da sua morte, então tive que me precaver. Assim que ele desempenhar o seu papel as crianças serão libertadas.

— E qual papel seria esse? Ele terá que fazer alguma coisa além do que foi acertado?

— Isso já não é da sua conta. Bem, chegamos ao ponto: é pegar ou largar pois eu preciso pegar um avião para o Brasil. Você decide se quer continuar a viver ou prefere terminar morta em um lugar como esse. Provavelmente irá demorar alguns dias até que encontrem o seu corpo. Será uma cena de suicídio bem deprimente.

A vontade de Carmen era jogar-se sobre ele e matá-lo com as próprias mãos, mas ao mesmo tempo ela sabia que sem a ajuda dele nunca conseguiria ficar longe da cadeia. Mais uma vez ele conseguiu o que queria.

— Eu aceito.

— Ótimo, não saia desse apartamento por motivo nenhum e manterei uma pessoa de confiança lhe vigiando para me certificar disso. A noite uma pessoa virá buscá-la e a levará para um campo de pouso particular. Um avião estará aguardando e você será lavada até um esconderijo fora da Europa onde aguardará a poeira baixar para poder começar a sua vida nova e feliz – dizendo isso ele contornou a cama e pegou a bolsa dela. Vou levar o seu carro, seu celular, sua bolsa e algumas jóias também, como eu lhe disse Carmen tem que morrer.

Ela queria ganhar tempo. Sobre o criado-mudo estavam os títulos ao portador que lhe renderiam 10 milhões de euros e havia mais um milhão para chegar a qualquer momento. Com esse dinheiro e os documentos falsos ela conseguiria sair da Itália sozinha, viajar para o Brasil, ajudar Angelo a resgatar os filhos e depois finalmente entregar o esquema da ZTEC e Peter à polícia pois agora matá-lo seria praticamente impossível.

— Há, já ia me esquecendo de um detalhe — ele se encaminhou até o criado-mudo — digamos que você me deve um bônus pela sua vida, então vou levar esses títulos como pagamento pela minha bondade. E também o dinheiro que eu tirei de um mensageiro que chegou a sua porta junto comigo. Ciao Bela, arrivederci! Dizendo isso, Peter se virou e se dirigiu em direção à porta. Embaixo do braço ele levava o dossiê que ela havia guardado por tanto tempo como um talismã, mas que agora servia apenas para lembrá-la do seu fracasso.

Mas antes de sair ele se voltou para ela uma última vez.

— A propósito, não perca seu tempo tentando imaginar uma maneira de me seduzir e conseguir seu lugar de volta como a nossa falecida amiga Helena tentou fazer. Seu lugar já tem uma nova pretendente e sinto dizer, mas ela consegue ser ainda mais incrível do que você.

— E eu conheço essa felizarda?

— Obviamente que sim, é uma linda policial brasileira de origem russa que ultimamente anda por Roma.

Aleksandra!

— Bem, desejo muita sorte para ela. Com certeza ela irá precisar.

Ele sorriu mais uma vez, se virou e fechou a porta atrás de si.

Carmen despencou sobre a cama sem acreditar que em tão pouco tempo Peter havia conseguido seduzir Aleksandra e mais do que isso, já a considerava ela sua sucessora. Isso ia contra tudo que ela pensava saber sobre ele e isso a perturbou. Se achando que o conhecia melhor do que qualquer outra pessoa, as coisas ainda seriam muito difíceis para ela dali em diante, sem conhecê-lo com certeza seriam ainda piores. Mas ela não tinha alternativa. Sem dinheiro não havia a menor chance de fugir da Itália, principalmente agora que Helena estava morta e a polícia acreditava que ela era a assassina. Não adiantaria se explicar, ela conhecia muito bem Peter e seus métodos. Se ele queria que as pessoas acreditassem que ela era a assassina, então todos iriam acreditar. Ela o havia subestimado e agora entendia porque a sua aproximação com ele e a ascensão meteórica na ZTEC tinham sido mais fáceis do que imaginava. Ele a queria perto para poder vigiá-la, pois sabia que se a matasse o dossiê seria divulgado. Ele deve ter procurado os documentos todos esses anos, mas como não conseguiu encontrar criou uma situação onde ela seria refém dele pelo resto de sua vida. Um golpe de mestre.

Então pensou em Angelo e não conseguiu conter as lágrimas. Pela primeira vez em sua vida ela amava alguém e agora teria que deixá-lo sem ao menos se despedir. Mas ela tinha que ser forte e sobreviver para poder tentar virar esse jogo. Então enxugou as lágrimas e ligou o chuveiro.

Aleksandra

Ela foi acordada pelo vibrar insistente do celular. Procurou pelo aparelho e olhou no visor. Era Octavio, e ela preferiu deixar a ligação cair na caixa postal. Viu que era a quinta ligação dele naquela manhã e então verificou as horas, quase meio-dia. A noite havia sido impressionante e ela tinha apagado completamente. Procurou por Michael, mas no lugar dele na cama havia apenas um bilhete. Então como um flash as imagens do estupro da mulher que ela assistira na noite anterior voltaram a sua mente e ela sentiu o corpo todo tremer, mas não de nojo ou repugnância, mas sim de excitação. Tentou sentir pena daquela infeliz, mas não conseguiu. Por mais que ela tentasse dizer para si mesma que aquilo foi errado e como policial ela deveria tomar alguma atitude para punir os responsáveis, uma maravilhosa sensação de êxtase era a única coisa que preenchia a sua mente. Então ela desistiu de lutar contra aquele sentimento e leu o bilhete de Michael:

"Aproveite bem o seu primeiro dia como uma nova mulher. Jantamos juntos? Bj M"

Era exatamente assim que ela se sentia, uma nova mulher. Muito mais segura, muito mais poderosa e muito mais bonita do que jamais se sentira antes. Nada mais tinha importância a não ser a sua vida ao lado de Michael. Ele ainda não tinha oficializado o convite, mas ela tinha quase certeza que ele queria que ela deixasse a Interpol para trabalhar com ele e essa perspectiva a deixava ainda mais excitada. Morar na Europa trabalhando em uma companhia como a dele, viajando pelo mundo todo e tendo contato com grandes empresas e pessoas cultas e poderosas parecia um sonho e ela estava apenas aguardando ser convidada formalmente para dizer sim.

Porém, até que isso não acontecesse ela teria que aguentar Octavio e a vidinha na Interpol. Resolveu então ouvir a mensagem que Octavio deixara.

— Aleksandra, onde diabos você se meteu? Entre em contato urgente comigo, pegamos a tal Carmen.

Ela se surpreendeu com aquilo. Pegaram Carmen por qual motivo? Não havia nenhuma prova do envolvimento dela na morte de Luigi e ela não fazia ideia da manobra impetrada por Octavio, mas se não existisse um bom motivo o seu plano de atrair Carmen para o lado deles teria ido por água abaixo. Levantou-se rapidamente e ao mesmo tempo em que procurava alguma coisa para vestir retornou à ligação para Octavio que atendeu no primeiro toque.

— Até que enfim a princesa deu o ar da graça! Posso saber por que você não apareceu no escritório até agora?

— Desculpe Octavio, não passei muito bem a noite e tomei um remédio que me derrubou. Qual a novidade sobre Carmen? Você a prendeu? Por que motivo?

— Assassinato — respondeu ele secamente.

— Mas as provas contra ela no caso do Luigi são muito fracas. Como você conseguiu um mandato?

— Ela matou outra pessoa, uma executiva da ZTEC chamada Helena. Temos a arma do crime e imagens do circuito fechado de tevê que mostram ela entrando e saindo do apartamento da vítima. Estamos aguardando apenas os testes de DNA e teremos todas as provas que precisamos para fazer essa vaca mofar o resto da vida na cadeia.

— Você está com ela?

— Ainda não a pegamos, mas agora é uma questão de tempo. Já demos o alarme e temos gente procurando por ela nos aeroportos, estações de trem e rodoviárias, além de barreiras nas estradas. Ela não tem como escapar.

— Chego aí em meia hora — dizendo isso desligou o telefone e saiu aos tropeções. Colocou uma calça jeans surrada, uma blusa e uma jaqueta de couro por cima de tudo e dez minutos depois entrava no carro com um croissant comido pela metade na mão. Em vinte minutos entrava correndo pela sala de Octavio que estava ao telefone e fez sinal para ela se sentar. Ele estava radiante.

— Sim senhor, temos certeza que foi ela. As provas são inquestionáveis. Já terminamos a perícia do apartamento e devemos ter o resultado do teste de DNA daqui a algumas horas, mas o cenário que encontramos não deixa dúvida que as duas beberam juntas antes que Carmen a atingisse a primeira vez na sala e mais duas vezes quando ela tentava pegar uma arma escondida no quarto. Depois disso ela deixou o apartamento e jogou a arma ainda com o silenciador registrada em seu nome em um arbusto a uma quadra dali.

Octavio conversou um pouco mais com o Delegado Chefe e enfim desligou o telefone sorrindo para ela.

— Então ela não tinha culpa nenhuma da morte de Luigi e era apenas uma vítima de alguém querendo prejudicá-la? Aleksandra até que você tem um pouco de talento, mas lhe falta experiência. Eu sempre achei que essa mulher era uma criminosa e agora temos todas as provas de que você estava totalmente enganada. Se tudo o que ela ouvira fosse mesmo verdade, seus instintos tinham falhado.

— Você tem razão. Se tudo isso se comprovar com o DNA eu errei feio e peço desculpas. Mas antes de fechar o caso definitivamente você não acha que poderíamos ao menos ouvir a versão dela?

Octavio sorriu novamente.

— Você não se dá por vencida, não é? É lógico que iremos ouvir a versão dela, mas isso não irá mudar nada. As provas falam por si. Ela passará o resto da vida na cadeia.

— E Angelo? Você tentou falar com ele?

— Celular desligado e ninguém sabe dele desde ontem à tarde. Se não fossem as imagens do circuito fechado de televisão que mostram Carmen sozinha entrando e saindo do prédio eu arriscaria dizer que ele tinha sido cúmplice dela, mas até agora nada temos contra ele. Porém é fundamental interrogá-lo sobre o paradeiro de Carmen a não ser que os dois estejam fugindo juntos. Nesse caso ele também estará bastante encrencado.

Nada daquilo fazia sentido. O que Carmen ganharia com a morte de uma executiva da ZTEC que Angelo havia dito ser aliada dela e sua futura "chefe" no Brasil? Ainda mais uma morte assim, tão mal planejada. Podia ter sido um crime não premeditado, resultado de uma briga entre as duas e uma reação impensada de Carmen, mas três tiros? E ainda usando um silenciador? Havia sido uma execução e quanto a isso não havia dúvidas.

— Bem, então eu vou tentar localizá-lo enquanto vocês procuram por Carmen. Vou começar interrogando os empregados do hotel e depois irei ao escritório da ST e ao da ZTEC em último caso. Nessa altura do campeonato acho que não fará mais diferença se dermos as caras por lá, certo?

— Concordo. Qualquer novidade me avise e Aleksandra, você anda sumida demais. Me mantenha informado e deixe esse maldito celular ligado o tempo todo.

— Pode deixar.

No hotel ela foi informada que ele havia saído às pressas na companhia de uma mulher no final da tarde anterior e não havia voltado até então. Ele não fechou a conta, mas o mesmo recepcionista o viu saindo com uma mala de viagem e achou estranho, porém como a conta está sendo paga pela ZTEC, um dos melhores clientes do hotel, não o questionou. Aleksandra então pediu para que abrissem o quarto. Após alguns segundos de hesitação o recepcionista concordou e pediu que o mensageiro a acompanhasse até o quarto. Havia um aviso de não perturbe na porta, mas mesmo assim o mensageiro passou o cartão magnético e a fechadura abriu com o click seco. Ela foi direto aos armários. Estavam vazios. Angelo havia partido. O quarto estava impecável e ela se virou para o mensageiro.

— Você sabe se esse quarto foi arrumado hoje?

— A placa de não perturbe está na porta desde ontem e certamente ninguém entrou aqui desde que ela foi pendurada.

— "Vamos ver o que o seu lixo tem a dizer sobre você, senhor Angelo Cesari" — pensando isso ela se dirigiu primeiro à lixeira da mesa de trabalho, apanhou-a e a virou sobre a própria mesa. Não parecia haver nada demais. Embalagens usadas de chicletes, duas bitucas de cigarros e um folheto amassado de um novo restaurante a poucos metros da entrada do hotel. Ela já iria jogar todo o lixo novamente quando reparou anotações no verso do folheto.

"Alitalia AZ674. Partida às 21h55".

Pegou o celular, ligou para a companhia aérea e confirmou a sua suspeita. Angelo havia voltado escondido da Interpol para o Brasil. Ligou imediatamente para Octavio.

— A que horas aproximadamente Helena foi morta?

— A avaliação inicial é que a morte ocorreu entre 23h e 1h da manhã. Por que? Descobriu algo sobre Angelo?

— Descobri que ele realmente não teve nada a ver com isso e também não está com Carmen.

— Você o encontrou?

— Não, mas encontrei a reserva dele no voo de ontem à noite para São Paulo. Enquanto Helena era assassinada, ele estava voando a onze mil metros de altitude sobre o oceano Atlântico.

— Filho da puta! Ele fugiu isso sim! Vou passar um alerta para o representante da Interpol no Brasil pedindo a prisão dele.

— E sob qual acusação? Até onde eu sei ele não fez nada e infelizmente ele ainda é a nossa única fonte dentro da ZTEC. Acho que precisamos tentar fazer contato com ele. Pode ter havido algum problema urgente que o tenha feito voltar sem nos dizer nada.

Na verdade, ele a enganou pois mandou uma mensagem antes de embarcar dizendo que iria passar a noite com Carmen, mas se lembrasse isso para Octavio com certeza ele mandaria prender Angelo no Brasil e daí poderiam dar adeus às investigações da ZTEC.

— Você precisa fazer contato com ele ainda hoje e quero uma excelente explicação para ele ter ido embora sem nos dizer nada. Se até o final do dia você não conseguir localizá-lo vou mandar prendê-lo como cúmplice do assassinato de Luigi.

— Tudo bem, vou fazer o possível — dizendo isso ela desligou o celular e pensou por alguns segundos e então fez outra ligação. Era arriscado, mas ela não tinha outra alternativa. A pessoa do outro lado da linha atendeu logo no primeiro toque.

— Alô! — a mulher ao telefone estava tensa ao extremo.

— Por favor, a Sra. Raquel.

— É ela, quem fala?

— Senhora Raquel, meu nome é Aleksandra e eu trabalho na ST em Roma. Seu marido nos deixou o número do seu telefone no caso de em uma emergência não conseguirmos falar com ele no escritório ou no celular. A senhora saberia me dizer como faço para encontrá-lo? — ela tinha o número de Raquel desde o início quando começou a investigar Angelo.

— Que tipo de emergência? Tem a ver com o sequestro dos nossos filhos? Os sequestradores fizeram contato com vocês? Pelo amor de Deus, estou desesperada por alguma informação! Angelo estava aqui até a pouco, mas já saiu.

Então era isso! Os filhos de Angelo haviam sido sequestrados no Brasil e por isso ele tinha voltado tão rapidamente e sem lhes dizer nada.

— Senhora Raquel me desculpe, eu não imaginava que vocês estavam passando por um problema desse tipo senão eu não a teria incomodado. A emergência é profissional e ficou pequena perto do problema que vocês estão enfrentando. Por favor, esqueça que eu liguei. Daremos um jeito por aqui.

Raquel desligou o telefone sem sequer se despedir. Ela sentiu pena daquela mulher. Não era mãe e se dependesse dela nunca seria, mas mesmo assim imaginou que deveria ser mesmo uma situação desesperadora. Ligou para Octavio.

— Está sentado?

— Fale logo Aleksandra, estou meio sem tempo para rodeios — Ele estava cada vez mais de saco cheio dele e da Interpol, mas engoliu em seco e continuou.

— Os filhos de Angelo foram sequestrados no Brasil. Acabei de falar com a ex-mulher dele.

— Então foi por isso que ele deixou a Itália tão depressa? Você tem certeza do horário do voo? Carmen pode ter fugido com ele depois de matar Helena.

— Pelo horário da reserva seria impossível, mas sabemos como os voos atrasam então vale a pena levantar essa informação na lista de passageiros. Peça para alguém ir fazendo isso enquanto eu dou mais uma olhada por aqui e depois volto para o escritório — ela então passou os dados do voo para Octavio e desligou, olhando para o relógio. Eram quase 12h30 e ela ligou para Michael.

— Olá querida, como passou a manhã? Prendeu muitos homens maus?

— Menos do que eu gostaria Michael, mas se um certo homem muito mau me convidar para almoçar tudo vai melhorar.

— Esse certo homem muito mau não passa de um garotinho assustado perto da mulher que você está se transformando, minha querida. Me diga onde você está que eu mandarei apanhá-la.

Pouco depois o motorista a deixava em frente ao restaurante Agata e Romeu, da badalada chefe Agata Parisella, a queridinha do momento dos mais famosos críticos culinários da Itália e um lugar onde comer e beber bem é para poucos, aliás como na maioria dos lugares em que ela frequentava na companhia de Michael. Apesar de estar vestida casualmente, sua beleza chamou a atenção quando atravessou o salão na direção da mesa onde Michael a esperava. Podia sentir os olhos das pessoas a seguindo como nunca antes.

— Você está radiante! — Michael levantou-se, beijou-a nos lábios levemente e puxou a cadeira para ela se sentar.

— Estou feliz, só isso — respondeu Aleksandra com um sorriso encantador — e o responsável por isso está bem na minha frente.

— Prefiro pensar que eu sou apenas um catalisador de tudo que você tem dentro de você mesma. Uma ferramenta que você está usando para se libertar de tudo que sempre a oprimiu, e pelo que estou vendo, o resultado está sendo melhor do que eu esperava.

— Eu ainda preciso aprender muito com você.

— E eu terei um enorme prazer em lhe ensinar "quase" tudo que eu sei!

Ambos riram e continuaram a falar de amenidades enquanto escolhiam os pratos e tomavam um excelente vinho tinto que ela imaginou custar um mês do seu salário na polícia.

— Mas me atualize das suas investigações sobre a ZTEC, alguma novidade que valha a pena ser contada?

— Não apenas uma, mas duas bombas explodiram hoje! Você já ouviu falar em Helena de Souza e Silva, executiva da ZTEC responsável pelas operações do Brasil?

— Estive com ela duas ou três vezes discutindo alguns projetos. Ela é uma mulher muito competente e muito bonita também.

— Era Michael. Ela foi assassinada ontem à noite em seu apartamento, e ao que tudo indica foi Carmen quem a matou.

— Você só pode estar brincando! Carmen Rodriguez, a toda poderosa da ZTEC uma assassina? Eu não posso acreditar.

— Eu também acho que não faz nenhum sentido, mas as provas contra ela são muito fortes.

— Mas você me disse que tinha duas bombas. Qual a segunda?

— Os filhos de Angelo Cesari foram sequestrados e ele voltou ontem à noite para o Brasil sem nos dizer nada.

— Que coisa terrível ter os filhos sequestrados. Nesses momentos eu fico feliz em não ter tido filhos. Mas a atitude dele é compreensiva. Ele deve estar totalmente transtornado.

— Não consegui contato com ele, o celular dele está desligado e quem me deu essa informação foi a ex-mulher dele. Liguei para ela me passando por uma funcionária da ST em Roma perguntando se ela sabia do seu paradeiro, pois estávamos com um problema e ela me contou sobre o sequestro e confirmou que Angelo está em São Paulo acompanhando o caso, mas já tinha saído a alguns minutos da casa dela.

— E qual a sua opinião sobre esse sequestro? Você acha que tem alguma ligação com as atividades dele na ZTEC ou foi mera coincidência?

— Ainda não conheço os detalhes desse sequestro, então não posso fazer nenhuma afirmação, mas trabalhando na polícia você acaba não acreditando em coincidências. Meu palpite é que ele está em alguma enrascada e que o sequestro dos filhos dele é algum tipo de retaliação ou então de chantagem que estão fazendo com ele. Mas eu também posso estar enganada. A família da ex-mulher é muito rica e com certeza pagará um resgate generoso pelas crianças, apesar que a minha experiência também diz que a ex-mulher seria um alvo mais fácil. Profissionais não gostam de sequestrar crianças. Elas dão muito trabalho, são imprevisíveis e geralmente provocam uma grande comoção da opinião pública quando o caso é revelado aumentando ainda mais a pressão sobre a polícia. Mas enfim, é apenas um palpite.

— Muito bem Sherlock Holmes, estou impressionado com a sua capacidade de raciocínio. Como sempre, aliás. Bem, torçamos para que tudo termine bem para a família de Angelo.

— Tem mais uma coisa... — tudo que ela não queria era ficar longe de Michael, mas certamente iria ter que fazê-lo.

— Você terá que ir ao Brasil.

— Isso mesmo. Não posso perder Angelo de vista nessa altura das investigações. Ainda não acertei isso com o meu chefe aqui em Roma, mas provavelmente eu irei ainda hoje à noite.

Michael ficou por alguns segundos em silêncio e depois sorriu.

— Perfeito! Férias de inverno no verão do Brasil. É tudo que eu preciso agora! Tenho que ficar por aqui mais um ou dois dias e depois posso me encontrar com você em São Paulo, que tal?

— Melhor impossível! Você não existe Michael.

— É verdade, eu já lhe disse que sou um gangster internacional e que esse nome é falso, não se lembra?

— Pois é, eu tinha me esquecido! Aliás você precisa me contar quem realmente é qualquer dia desses!

— Mais cedo do que você pensa, minha querida – ele havia pronunciado a última frase em um tom sério que a fez até ficar em dúvida se ele estava mesmo brincando, mas logo em seguida ele abriu o sorriso encantador de sempre e ambos riram juntos mais uma vez.

O almoço terminou e ele a deixou em frente ao escritório de Octavio. Já eram quase 15 horas quando ela entrou na sala.

— Ainda bem que você chegou, já ia mesmo ligar para você. A tal Carmen não está na lista de passageiros.

— Como eu já imaginava.

— Mas eu tenho certeza que você não imagina quem embarcou no mesmo voo.

— Você vai me dizer ou terei que adivinhar?

— Marcelo Braga, o amigo de Angelo e dono da casa em frente ao local onde Luigi foi morto.

Era realmente estranho. Depois da investigação preliminar sobre a morte de Luigi a polícia havia instruído a família de Marcelo que não deixasse Roma sem avisá-los antes, pois um novo depoimento deles poderia ser necessário a qualquer momento.

— Realmente estranho, e a esposa? Estava com ele nesse vôo.

— Não, e é aí que a coisa fica ainda mais estranha. Ele embarcou em um voo mais cedo para a Austrália. No depoimento que tomamos eles disseram que tinham dois filhos que estudavam fora. Parece que a mamãe teve um súbito surto de saudades e se mandou também.

— Qual a sua opinião?

— Ela certamente está com medo que alguma coisa possa acontecer com os filhos e viajou para ficar perto deles. Pode ser o instinto materno querendo os filhos próximos depois do choque da notícia do sequestro dos filhos de Angelo, ou então algum medo mais real motivado por alguma coisa que ainda não sabemos. Mas por que o marido não foi com ela? Por que ele foi para o Brasil no mesmo voo que Angelo?

— Só pode ser para ajudá-lo a recuperar os filhos.

— Mas até onde sabemos ele tinha uma empresa de eventos e uma rede de restaurantes no Brasil. No que uma pessoa assim pode ajudar Angelo? Apenas a polícia pode ajudá-lo nesse caso.

Aleksandra pensou por um momento antes de falar.

— Mas e se Angelo não quiser que a polícia investigue o caso? E se ele estiver envolvido em alguma coisa ainda maior do que imaginamos?

— Então ele precisaria de toda a ajuda possível para tentar encontrar as crianças. É uma boa teoria Aleksandra.

— Mas não temos como confirmá-la daqui. Octavio, preciso voltar ao Brasil ainda hoje.

— Peça a sua passagem e faça as malas. Quero você colada no Angelo enquanto caçamos a namorada dele aqui em Roma.

Peter

Já eram quase 17 horas e o sol de outono já começava a enfraquecer quando Peter chegou a Fontana de Trevi. Luiz Henrique estava sentado sobre a mureta da fonte, exatamente no mesmo lugar da vez anterior e novamente lendo o mesmo tipo de revista de fofocas. A cena chegava a ser bucólica. Um homem de meia-idade, com alguns quilos a mais, vestindo calça cáqui, camisa azul e um casaco de couro marrom, tomando os últimos raios de sol em um dos principais pontos turísticos de Roma. Nada mais comum naquela cidade onde pessoas do mundo todo circulam maravilhadas com as surpresas escondidas em cada esquina.

Por si só, Luiz era o disfarce perfeito, mas essa era somente mais uma das qualidades que Peter admirava nele. Na verdade, aquele homem de aparência inofensiva era a pessoa mais letal que Peter conhecera em toda a sua vida, e a única que ele temia, apesar de ter certeza de nunca ter demonstrado esse sentimento. Ele sabia que apesar do relacionamento muito próximo dos dois e da total confiança recíproca, se ele demonstrasse qualquer tipo de fraqueza Luiz iria se aproveitar dela. Eles travavam uma interminável partida de xadrez que até aquele momento se encontrava empatada e ele sabia que esse era o melhor resultado possível em uma partida contra Luiz. Peter desceu da scooter e se dirigiu até a fonte, sentando-se na mureta onde uma revista já estava aberta para que ele se sentasse sem sujar as calças.

— Buonasera Luiz – Peter sorria com satisfação.

— Buonasera Boss, eu já lhe disse que você vai morrer andando nessa merda, não é?

— Todos vamos morrer um dia amigo, e essa é uma maneira tão boa como qualquer outra.

— Eu não acho. Se você quiser eu posso lhe mostrar algumas maneiras bem menos dolorosas de morrer — ele sorriu, pois, pegar no pé do chefe era uma de suas diversões favoritas e Peter também apreciava o jogo — Mas me diga, como foi a repercussão do trabalho de ontem? Atendeu às suas expectativas?

— Excelente Luiz, a cada dia você se supera — um sorriso largo se estampou em seu rosto. Como qualquer ser humano, Luiz era vaidoso e mesmo já sabendo a resposta queria ouvir o elogio diretamente de Peter — Mas como costumamos dizer, "temos que matar um leão por dia" então vamos ao leão de hoje. Você reavaliou o planejamento das ações no Brasil? Conseguiremos executar os três atentados? Luiz assentiu com a cabeça.

— Se fossem simultâneos eu garantiria que sim, mas da maneira como você quer fazer estamos na dependência dele. Se ele aceitar fazer o serviço e executá-lo como planejado, não tenho dúvidas que conseguiremos.

— Deixe essa parte comigo, ele fará tudo que mandarmos para ter seus filhos sãos e salvos.

— Tudo que mandarmos inclui morrer por eles?

— Angelo pode ser um playboy mulherengo e até certo ponto irresponsável, mas quando se trata dos filhos o sangue italiano fala mais alto. Ele dará a sua vida pela dos filhos sem pensar duas vezes.

— O nosso pessoal o está monitorando de perto, certo? Ele não tentou nada até agora?

— Parece que ele está seguindo exatamente as orientações que foram passadas. Manter a polícia o mais distante possível e esperar novas ordens.

— E a Interpol? Como você pretende controlá-los?

— Essa parte eu estou me encarregando pessoalmente. Quando chegar a hora eles não interferirão, pode ter certeza disso.

— Bem, então posso lhe garantir que as chances de sucesso são muito grandes. Agora temos que colocar as coisas para andarem no Brasil.

— Você embarca amanhã para o Rio de Janeiro. De lá você deve cuidar dos dois primeiros alvos pessoalmente. Em seguida deve dar andamento aos preparativos do terceiro alvo. Haverá um intervalo de três dias entre os dois primeiros e o terceiro como já discutimos. Eu considero esse tempo suficiente para que Angelo consiga o que queremos no Congresso brasileiro, mas caso ele falhe, temos que estar com tudo preparado para o "Gran Finale".

A expressão de Luiz se iluminou como se ele estivesse antevendo as imagens de morte e destruição que estavam por vir.

— Combinado, embarco amanhã à noite. Preciso que você providencie uma missão pela ZTEC que justifique a minha saída da Itália, pois a polícia ainda pode querer me interrogar sobre a morte de Helena.

— Isso já foi providenciado. Você está sendo chamado ao Brasil para fazer uma consultoria sobre a proposta técnica do SISCON, e com relação a polícia pode ficar tranquilo. Já dei um jeito de você ser "esquecido" pelos investigadores do caso. Agora é hora de você se concentrar totalmente nas ações no Brasil.

— Fique tranquilo. No que depender de mim, o Brasil nunca mais será o mesmo depois da semana que vem.

— Conto com isso. Apenas mais uma coisa, já escolheu a substituta?

— Já, ela é uma garota de programa Albanesa que chegou há poucas semanas em Roma. A semelhança é espantosa apesar de ela ser bem mais nova, porém acredito que com pequenos ajustes ela servirá perfeitamente.

— Ótimo, e quando ela estará pronta?

— Sairei daqui diretamente para encontrá-la e irmos juntos a uma casa de campo que aluguei especialmente para esse serviço. Disse a ela que sou romântico e queria que ela passasse a tarde e a noite de hoje comigo e mediante a quantia certa ela aceitará sem problema. Amanhã ela estará pronta.

— Excelente.

Peter então se levantou e sem dizer mais nada se afastou em direção à scooter. Em poucos segundos ele saía da praça em frente a Fontana de Trevi e deixava Luiz novamente sozinho, lendo sua revista de fofocas e aproveitando o final de tarde em meio a uma centena de turistas. Enquanto Peter dirigia pelo trânsito caótico de Roma, ele pensava em Aleksandra e no momento certo para trazê-la definitivamente para o seu lado. Ele estaria no Brasil em dois dias e não tinha tempo a perder. Era fundamental fazer o lado escuro da personalidade dela assumir o controle o mais rápido possível e assim garantir uma aliada importante dentro da Interpol. Depois desse trabalho ela estaria pronta para assumir seu papel na ZTEC substituindo Carmen.

Mas antes de mais nada, ele precisava tirar Carmen da Itália. Se ela caísse nas mãos da polícia poderia colocar tudo a perder. Escondê-la e monitorá-la até que conseguisse descobrir onde estavam todas as cópias do dossiê contra a sua família era a única maneira segura de eliminá-la. Poderia demorar um mês ou dez anos, mas ele sabia que mais cedo ou mais tarde teria acesso aos documentos e a hora de Carmen finalmente chegaria. Mais quinze minutos ziguezagueando entre os carros e ele encostou a scooter sobre a calçada da praça em frente ao Coliseu onde uma mulher o aguardava. Morena, trinta e poucos anos e até que um pouco bonita, Roberta era uma especialista no tráfico de pessoas através das fronteiras europeias e também de outros continentes.

— Ciao Roberta, tudo certo para a viagem?

— Ciao senhor Michael, tudo certo, os planos de voo estão nesse envelope, roteiro que o avião seguirá, pontos de reabastecimento, local de pouso, enfim tudo certo. Quando aterrissarmos em Saint Martin para reabastecer nossa passageira desembarcará discretamente e outra mulher tomará o seu lugar desembarcando na Cidade do México, nosso destino final usando um dos passaportes falsos que providenciamos. Nesse meio tempo a nossa passageira original estará sendo levada por uma lancha até a casa indicada e lá ela permanecerá até segunda ordem.

— Excelente trabalho Roberta. A que horas o avião parte?

Ela consultou rapidamente o relógio.

— Aquele carro já está me aguardando e assim que terminarmos nossa conversa eu irei diretamente para o endereço fornecido pelo senhor e pegaremos a nossa passageira. De lá a levaremos até o helicóptero que nos deixará no hangar executivo do aeroporto de Pescara, evitando assim utilizar os aeroportos mais próximos e movimentados, e de onde nós embarcaremos em um jato fretado conforme determinado pelo senhor. O nosso slot de decolagem é em três horas e vinte minutos. Estaremos decolando no horário marcado.

— Bem, acredito ser desnecessário eu dizer que você deve acompanhar pessoalmente a nossa convidada até que ela esteja sob os cuidados da minha equipe no Caribe, certo?

— Certamente senhor Michael, eu mesmo cuidarei pessoalmente dos detalhes e lhe informarei assim que chegarmos ao nosso destino.

— Ótimo, aguardo o seu contato.

Ambos se cumprimentaram com um aceno de cabeça e se afastaram, ela em direção a um Mercedes preto e ele de volta à scooter. Mais uma vez Peter estava satisfeito. Ele adorava superar os desafios e ter a situação totalmente sob controle o revigorava. O futuro de Carmen estava em suas mãos. A sensação de poder era deliciosa. Quando ele já estava acelerando novamente pelas ruas de Roma o seu celular tocou. Era Aleksandra e ele a atendeu pela conexão bluetooth em seu capacete.

— Ciao Bellissima!

— Saudades de você, seu menino mau.

— Somos dois, querida. Quando nos vemos?

— Já. Preciso fazer as malas e correr para o aeroporto, mas antes de ir eu quero você. Me encontre no meu quarto de hotel em quinze minutos, pode ser?

— Tudo que você ordenar, minha rainha.

— Eu prefiro ser a sua puta se você não se incomodar.

— Então eu serei um cliente muito bruto.

— Eu espero sinceramente que sim...

Ela desligou o telefone e Peter percebeu que estava excitado. Aquela mulher era realmente especial — "quem sabe ela dure um pouco mais que as outras" — pensou ele enquanto fazia mais uma conversão proibida sob uma chuva de buzinas e xingamentos em italiano. Ela escancarou a porta do quarto assim que ele bateu suavemente com os nós dos dedos. Ela usava apenas uma calcinha preta e um par de sapatos com saltos altíssimos e não demonstrou nenhuma preocupação em ser vista por alguém que estivesse passando pelo corredor, muito pelo contrário, ela dava a impressão que queria se mostrar para o mundo todo se possível. Peter entrou no quarto batendo a porta com força atrás de si e imediatamente dando um tapa calculadamente violento no rosto dela que caiu na cama já começando a se contorcer. Ele então tirou uma tira de couro do bolso do casaco e antes que ela pudesse esboçar qualquer reação já estava com as mãos atadas atrás das costas, totalmente indefesa.

Peter despiu-se devagar, revelando aos poucos para ela seu corpo e ficou em pé ao lado da cama. Então pegou-a pelos cabelos e forçou a boca carnuda de Aleksandra em direção ao seu pênis. Após alguma resistência cênica ela o engoliu totalmente empurrando-o em direção à garganta o máximo que conseguia enquanto ele continuava a pressionar sua nuca. Seus movimentos de vaivém ficaram cada vez mais rápidos e em questão de mais alguns segundos despejou um jorro quente que ela engoliu com prazer. Ele então a levantou, beijou com força aquela boca de onde seu próprio sêmen escorria e novamente pegando-a pelos cabelos da nuca soltou as tiras de couro de suas mãos e passou pelo pescoço dela, jogando-a de bruços na cama, apenas o tempo suficiente para levantá-la pelos quadris e a penetrar violentamente. Em cada estocada violenta com uma mão ele puxava a tira de couro como fazendo com que a cabeça dela se projetasse para trás, como uma égua brava sendo domada por um peão de fazenda e com a outra dava fortes tapas em suas nádegas fazendo ela se contorcer cada vez mais ao mesmo tempo que gritava para que ele batesse com mais força. Então ela estremeceu e por alguns momentos seu corpo lindo se retesou totalmente para então desabar quase que desfalecido sobre o colchão.

A cena dela deitada de bruços com o corpo coberto de suor deixou Peter ainda mais excitado, então novamente ele a pegou com violência jogando-a dessa vez de costas sobre a cama e abrindo suas pernas lhe penetrou novamente com força. Enquanto ele a estocava cada vez mais forte, suas mãos puxavam a tira de couro que envolvia seu pescoço aumentando a pressão devagar, mas constantemente enquanto ele via Aleksandra respirando cada vez com mais dificuldade. Ela então começou a se contorcer novamente e colocou as suas mãos sobre as de Peter, porém ao invés de tentar tirar as tiras ela as apertou ainda mais. Ele atendeu o desejo dela e pressionando ainda mais a tira em torno da garganta percebeu que ela não conseguia mais respirar.

Nesse momento e mesmo com o peso do corpo de Peter em cima dela, Aleksandra se contorceu e levantou ambos da cama apoiada apenas em suas pernas e suas costas formando uma espécie de ponte em arco que em uma fração de segundos estremeceu como se atingida por um terremoto e desabou novamente sobre a cama. Ele então aliviou a pressão da tira no exato momento em que ela começava a desmaiar e um som forte de ar sendo inspirado saiu da boca dela, como se ela estivesse ficado tempo demais submersa e finalmente conseguisse chegar à superfície.

Ele então pegou o lindo rosto entre as mãos e a beijou carinhosamente nos lábios a abraçando e a virando para que se aninhasse sobre o seu peito. Nada precisava ser dito. Os dois corpos, nus, um sobre o outro enquanto a respiração dos dois se acalmava lentamente já dizia tudo. Após mais alguns minutos em silêncio ela o beijou carinhosamente e se levantou indo em direção ao chuveiro. Pouco depois ela já estava pronta e sua mala arrumada. Peter fez questão de carregar a mala dispensando o mensageiro e após ela fechar a conta ambos se dirigiram a BMW estacionada na rua em frente ao hotel.

— Você me perdoa por eu não a acompanhar até o aeroporto? Preciso cuidar de muitos assuntos ainda para conseguir me encontrar com você no Brasil.

— Você acabou de me levar até o inferno e as nuvens ao mesmo tempo, como eu posso ficar triste por você não me levar até o aeroporto?

Naquele momento Peter sentiu alguma coisa que nunca havia experimentado antes e tentando disfarçar abriu ele mesmo a porta do carro antes que o motorista o fizesse.

— Nos encontramos no Brasil, então. — Ele tentava ser o mais charmoso possível, mas se sentia incrivelmente vulnerável e preferiu abreviar a despedida beijando mais uma vez a lhe ajudando a entrar.

Enquanto o carro arrancava, Aleksandra o olhou de maneira diferente com um leve sorriso nos lábios e ele teve certeza que ela sabia. Ficou postado na calçada olhando para a BMW até que ela sumisse do seu campo de visão. Se apaixonar definitivamente não estava em seus planos e ele teria que lidar com esse sentimento, ou se livrando dele ou se livrando dela.

Luiz Henrique

Ele encostou a Mercedes, alugada com documentos falsos especialmente para aquela noite bem em frente à moça parada na calçada. Ela estava vestida com uma calça jeans apertada colocada por dentro de botas de cano alto e uma blusinha leve sobre um pesado casaco de peles estrategicamente aberto para mostrar o generoso decote. Ela parecia não se importar com o frio que aumentava naquele final de tarde e ele se lembrou do velho ditado: "As putas não sentem frio". Abaixando o vidro do carona ele a chamou.

— Natasha!

Ela sorriu para ele e entrou no carro lhe dando um beijo no rosto. Era a terceira vez em menos de quinze dias que os dois se encontravam, mas os dois primeiros encontros foram rápidos, no mesmo hotel decadente no centro de Roma e regados a um sexo que ele fez questão de ser o mais monótono possível.

— Pontual como um cavalheiro deve ser.

Ela tinha os dentes perfeitos, o mesmo formato de rosto, cor dos olhos e os cabelos com o tom exato dos de Carmen, além de peso e altura muito parecidos. Havia sido difícil encontrar uma mulher tão parecida, mas o trabalho parecia ter valido a pena.

— Minha querida, ou você é um cavalheiro ou não. Pode ter certeza que eu me encaixo no primeiro grupo.

Sob o tratamento cortês de ambos transparecia um tom profissional, a maneira dela dizer que era capaz de fazer dele o homem mais feliz do mundo durante algumas horas desde que ele fosse muito generoso, e dele dizer a ela que concordava inteiramente com as regras do jogo.

— Então onde o cavalheiro irá me levar para passarmos a noite?

— Como eu lhe disse antes, sou um romântico incurável. Pensei em um lugar especial nos arredores de Roma. Acredito que você gostará.

— Mas isso não estava em nosso acordo. Lembro de ter sido clara que deveríamos sempre nos hospedar em um hotel em Roma.

Ela estava visivelmente desconfortável. Haviam regras que as prostitutas nunca quebravam, e uma delas era ir sozinha com um cliente para algum lugar isolado ou desconhecido e ele já previa aquela reação. Quando ela colocou a mão na maçaneta da porta, percebeu que precisava agir rapidamente.

— Na verdade, se trata de um chalé que está há quase um século na nossa família. Fica a pouco mais de uma hora daqui e tenho algumas fotos caso você queira ver antes de desistir dessa noite que eu posso lhe garantir, será muito prazerosa para mim e lucrativa para você.

Ele então lhe estendeu o smartphone com as fotos da casa. Realmente era um lugar maravilhoso e incrivelmente sofisticado. Ela olhou novamente para aquele homem de meia-idade e com a aparência de ser tão perigoso quanto um poodle e pediu novamente para ver as fotos. Então após alguns segundos ela devolveu o smartphone para ele.

— Se eu aceitar existe uma taxa extra por não termos falado nisso antes. Concorda?

Ela havia mordido a isca.

— Acho justíssimo. De quanto estamos falando exatamente?

— Mais mil Euros.

Ele conseguia sentir a ganância vencendo a batalha contra o bom senso.

— Eu não concordo.

Ela o olhou com espanto, pois estava certa que ele aceitaria e então virou-se para sair do carro quando ele delicadamente segurou em seu braço.

— Dois mil seria mais adequado para reparar a minha falha.

Ela largou a maçaneta do carro e voltou novamente para ele.

— Nada como um verdadeiro cavalheiro. Muito bem, me leve para o seu castelo e chegando lá será a minha vez de levá-lo a uma viagem inesquecível.

— Minha cara, é tudo que eu desejo para a noite de hoje.

A Mercedes partiu e em pouco mais de uma hora eles entravam em uma estrada secundária onde rodaram por pouco mais de 200 metros até chegarem a um lindo portão de ferro fundido ladeado por colunas de pedra dos dois lados e de onde saía um muro de pedra baixo que circundava toda a propriedade. No alto de uma pequena colina estava a casa também feita de pedras em meio a um jardim muito bem cuidado.

Uma estrada de tijolos levava até a porta da frente. A iluminação estava ligada e o efeito da mistura de luzes nas paredes de pedra da casa, bem como no jardim e em uma estrutura de vidro colada à parede lateral era de tirar o fôlego. Acionando um controle remoto ele abriu os portões e em poucos segundos cobriram a curta distância até a entrada principal, mas ao invés de parar o carro naquele ponto ele contornou a estrutura de vidro e estacionou a Mercedes em uma garagem coberta que ficava nos fundos da casa ao lado de uma BMW X6 branca.

— Às vezes alguns amigos resolvem me fazer uma surpresa passando por aqui sem me avisar, mas se eles não virem meu carro, acharão que estou fora e nos deixarão em paz.

Ela sorriu.

— Bem, da maneira com que você está sendo gentil eu não me importaria se você quisesse que algum amigo ou amiga se juntasse a nós, mas também prefiro dedicar toda a minha atenção apenas a você.

A garagem deveria ter sido um celeiro no passado e não tinha ligação com a casa principal. Tiveram então que andar em torno da estrutura de vidro que mostrou não se tratar de uma estufa ou coisa do tipo, mas sim de uma piscina aquecida que, pelo que parecia, entrava por baixo da parede da casa. Luiz percebeu que aos poucos ela estava se soltando e isso facilitaria muito as coisas.

A porta da frente dava para uma enorme e moderna sala de estar, decorada de maneira minimalista com peças finas de extremo bom gosto. Em um dos cantos da sala havia uma linda lareira onde o fogo já crepitava. Em frente a ela havia apenas um enorme e convidativo tapete de pele de carneiro, várias almofadas e nenhum móvel. Em uma das laterais havia uma cozinha americana totalmente equipada onde vários ingredientes aguardavam para serem manipulados e no canto oposto ao da lareira havia três sofás dispostos em U sendo que do único lado onde não havia sofás dois degraus de pedra levavam até a borda interna da piscina. Toda a parede nessa lateral da sala também era de vidro e dava visão total não somente ao lado de fora da piscina como para todo o jardim e as colinas mais adiante que naquele momento refletiam a luz da lua cheia que as deixavam incrivelmente bonitas.

— Sua casa é simplesmente sensacional!

— É apenas uma cabana, mas a sua beleza a transforma em um castelo.

Ela então se aproximou e começou a abrir os botões da camisa dele ao mesmo tempo em que se ajoelhava à sua frente. Antes dela tirar as suas calças, Luiz ainda teve tempo de pensar que tinha sorte por ter um trabalho tão prazeroso. Quando ela terminou de despi-lo começou então a tirar a própria roupa mostrando um corpo rijo e definido e quando ambos estavam nus ela o puxou para dentro da piscina e ali, sem mais nenhuma palavra eles fizeram sexo longa e delicadamente.

Várias taças de champanhe depois e aninhados em frente à lareira ela perguntou sobre não haver nenhum empregado na casa.

— Eles estão em seus aposentos. Dei ordem para não sermos incomodados de maneira alguma – na verdade ele havia orientado a empresa de locações que os empregados deveriam deixar tudo pronto e sair uma hora antes do horário que eles chegariam. Estavam totalmente sozinhos.

— Então quer dizer que morreremos de fome?

— Muito pelo contrário, quer dizer que você poderá experimentar a maravilhosa comida do chefe Julio!

Ela sorriu enquanto ele se levantava e se dirigia até a moderna cozinha.

— Irei preparar minha especialidade, vitela ao vinho tinto. Espero que você goste.

— Algo me diz que eu irei adorar tudo que você fizer hoje.

— Assim espero, minha querida.

Ele então começou a preparar o jantar enquanto ela permanecia nua em frente à lareira. "Uma visão realmente agradável de se ter", pensou ele. Pouco depois a vitela já estava no fogo e ele voltou a se juntar a ela, agora com duas taças de vinho.

— Que tal um brinde a essa noite tão especial?

— Eu proponho um brinde a um cavalheiro como já não se encontra mais.

Ele sorriu e ambos beberam o vinho escuro e encorpado sentados sobre o tapete. Trocaram mais algumas palavras enquanto terminavam a taça. De repente a taça que estava na mão de Natasha pendeu para o lado e Luiz a segurou antes que caísse sobre o tapete. Nesse momento ela olhou para ele e sem conseguir dizer nada caiu para trás e não se mexeu mais.

Ele então se levantou e voltou à cozinha. A vitela já estava no ponto e ele levou para a mesa de jantar que estava posta para duas pessoas. Comeu calmamente e quando terminou mudou de lugar e comeu também a outra porção.

— O jantar estava divino, não acha, minha querida? Mas agora temos que trabalhar um pouco. Não se pode fazer uma omelete sem quebrar alguns ovos.

Dizendo isso ele se levantou e saindo da casa foi até a garagem, abriu o porta--malas da Mercedes e de lá retirou uma mesa desmontável de acampamento e uma grande bolsa de lona, do tipo que os mochileiros que andam pela Europa costumam carregar, e com esforço a jogou por cima dos ombros e levou tudo para dentro da casa. Escolheu o menor dos quartos para facilitar a limpeza que teria que fazer depois do trabalho terminado e forrou-o inteiramente com um plástico azul que estava dobrado dentro da mochila. se dirigiu até a lareira pegando Natasha no colo a e colocando sentada e a amarrando sobre uma cadeira que ele também havia forrado com um pedaço do mesmo plástico azul. Sacou então um estojo de ferramentas e um pequeno motor de dentro da mochila e colocou tudo sobre uma mesa de montar. Só então ele olhou para os olhos dela que estavam abertos.

— Pois é, minha querida, decidi lhe ministrar um paralisante muscular ao invés de um sedativo. Você não pode se mexer, mas poderá ver e sentir tudo que farei com você.

Grossas lágrimas começaram a rolar dos olhos esbugalhados de terror de Natasha e Luiz sentiu o costumeiro frisson que esse tipo de visão lhe provocava. Sim, ele tinha sorte. Poucas pessoas podiam sentir o prazer que ele sentia ao realizar seu trabalho. Sem dizer mais nada ele pegou um aparelho de ferro e abrindo a boca de Natasha ele o encaixou em sua arcada. O aparelho tinha uma espécie de rosca com uma borboleta na ponta que ele começou a girar. Quanto mais ele girava mais a boca dela se abria até que ele chegou no ponto que considerava ideal.

— Agora vamos cuidar desses dentinhos lindos, minha querida!

Como ele pensava, a moça tinha os dentes perfeitos e isso o deixou ainda mais satisfeito. Se ela tivesse muitas obturações ou até mesmo algum implante seria muito mais trabalhoso para ele. O motor elétrico nada mais era do que uma máquina que os protéticos usavam para esculpir as próteses dentárias e na sua extremidade uma broca girava velozmente. Luiz colocou a radiografia de uma arcada dentária sobre a mesa de montar e após olhar mais uma vez para ela se voltou novamente para a boca em sua frente e escolhendo o dente certo apertou a broca com força contra ele.

O fluxo das lágrimas de Natasha aumentou enquanto ele continuava a escavar seu primeiro molar inferior direito. Quando julgou que o tamanho do orifício era satisfatório seguiu para o dente seguinte, o segundo molar superior do mesmo lado da boca e assim sucessivamente até que ao final de uma hora seis dentes estavam abertos na linda boca de Natasha. Ele então se aproximou do ouvido dela.

— Agora vem a parte mais divertida.

Os terceiros molares de Natasha, tanto superiores quanto inferiores, não haviam se desenvolvido como acontece com muitas pessoas. Ele pegou o bisturi e rasgou a gengiva abrindo-a sobre os quatro dentes que estavam escondidos. O sangue começou a escorrer pelas laterais da boca de Natasha e se misturava com as lágrimas que escorriam pelo seu rosto num volume cada vez maior.

Ela então começou a arfar e ele percebeu que parte do sangue estava escorrendo para dentro de sua garganta e como ela não podia se mover nem engolir fatalmente iria se afogar com o próprio sangue. Usando uma grande seringa ele sugou o excesso de sangue liberando a garganta.

— Pronto minha querida, ainda não chegou a hora.

Após a gengiva ter sido aberta nos quatro pontos ele prendeu o primeiro dente com o alicate odontológico e com movimentos fortes de vai e vem rapidamente o extraiu. Os mesmos movimentos se repetiram nos três dentes restantes fazendo com que a cabeça de Natasha balançasse de um lado para o outro, como uma boneca de pano na mão de uma criança. Após terminar o serviço ele cuidadosamente cauterizou as gengivas e depois se dedicou ao delicado trabalho de obturar os buracos nos outros seis dentes.

Duas horas e meia depois ele não só já havia terminado o serviço como também o quarto já se encontrava imaculadamente limpo e o material novamente guardado no porta-malas na Mercedes. Natasha estava deitada novamente no tapete, agora vestida com muito mais recato e também com um novo corte de cabelo. Daquela distância, vestida daquela maneira, ele poderia jurar que era Carmen que estava deitada sobre o tapete.

— Carmen, minha querida, cada dia mais jovem e bonita! Seus olhos brilhavam transparecendo orgulho por mais um serviço bem-feito — Agora temos que ir.

Dizendo isso ele a jogou sobre os ombros e a levou até a porta da frente onde o BMW já se encontrava estacionado. Colocou-a no banco do carona e fechando a porta da casa saiu com o carro em direção à estrada. Dirigiu por cerca de quinze minutos e então parou em uma área escondida ao lado do acostamento da estrada. Certificou-se que não havia ninguém observando a cena e com força puxou Natasha por sobre o console central, colocando-a sentada no banco do motorista e prendendo o cinto de segurança. Com habilidade manobrou o BMW sentado no banco do carona e retornaram para a estrada. A parte mais arriscada viria a seguir.

Ao entrarem em uma longa reta ele reduziu a velocidade para vinte quilômetros por hora, certificou-se novamente que estavam sozinhos e após olhar pela última vez para Natasha, que continuava com os olhos abertos e cada vez mais aterrorizados, fez um rápido movimento de comando do piloto automático calibrando o dispositivo para 160 km/h e se jogou para fora batendo a porta enquanto rolava devagar pelo acostamento, no mesmo momento que o carro começava uma aceleração vertiginosa. Ele se levantou e ficou observando a BMW se distanciar cada vez mais rápido e de repente um flash espocou ao lado da rodovia.

"Quando o assunto é arrecadar dinheiro sempre pode-se esperar eficiência do Governo Italiano", pensou ele com um sorriso nos lábios.

O carro continuava acelerando e se distanciando cada vez mais dele e se aproximando cada vez mais da curva acentuada para a direita que marcava o final da longa reta. Mais alguns poucos segundos e ele viu as lanternas do carro decolando por sobre a mureta de proteção da pista e mergulhando no vazio abaixo. Mais um momento e a explosão. O tanque cheio e alguns ajustes que seriam imperceptíveis após um incêndio fizeram que o carro se transformasse em uma imensa bola de fogo assim que bateu no fundo do precipício e mais uma vez as coisas correram absolutamente como o planejado.

Ajeitando a roupa um pouco amarrotada ele caminhou por algumas dezenas de metros até uma entrada praticamente imperceptível na lateral do acostamento. Atrás de uma grande pedra ele levantou uma lona plástica verde e a bicicleta elétrica se revelou. Dobrou a lona guardando-a em uma mochila presa à bicicleta e em poucos segundos já pedalava calmamente pelo acostamento da rodovia com o celular em uma das mãos.

— Tudo correu bem, agora só precisamos esperar.

Desligou assim que passou por sobre uma pequena ponte, parou a bicicleta, tirou o chip do celular e o jogou dentro do rio, substituindo-o imediatamente por outro. Agora ele voltaria para a casa e a deixaria totalmente limpa de qualquer material genético ou digitais. Depois voltaria para Roma e embarcaria na noite seguinte para o Brasil. Ele era bom e se orgulhava disso.

Carmen

O segurança que Peter havia deixado em frente ao prédio abriu a porta sem bater e fez sinal para ela o acompanhar. Uma Mercedes preta estava encostada em frente a porta principal do edifício. Ela tinha apenas uma mala de mão com algumas poucas peças de roupa e vestia uma calça jeans surrada, botas e sobre uma blusa simples de lá uma jaqueta de couro também bastante surrada. Os cabelos estavam escondidos sob uma peruca loira e, finalizando, o capuz da jaqueta cobria quase que totalmente as laterais do seu rosto. O motorista desceu do carro e abriu a porta traseira para ela, pegando a sua bolsa de mão e a colocando no porta-malas. Quando Carmen se inclinou para entrar no carro ficou frente a frente com uma mulher que ela nunca vira antes.

— Ciao senhorita Carmen, meu nome é Roberta e estou aqui para cuidar pessoalmente de cada detalhe da sua viagem.

Carmen traduziu como "estou aqui para me certificar que você não irá fugir, sua cadela", mas mesmo assim sorriu de volta para ela.

— Me sinto lisonjeada com tanta atenção — e dizendo isso se acomodou no banco ao lado da mulher.

— Faço o melhor que posso, senhorita Carmen. Pode ter certeza que a viagem será muito confortável.

Carmen sorriu mais uma vez, porém sua cabeça já estava longe. Como ela poderia ajudar Angelo estando naquela situação? E o que Peter queria de Angelo que o levou a tomar uma atitude tão drástica como sequestrar os filhos dele? Uma garantia? Mas garantia contra o que se ele estava colaborando com a ZTEC e até aquele ponto não havia feito nada de errado? A única explicação possível seria que ele receberia uma missão que certamente não aceitaria sem uma pressão como aquela, mas que tipo de missão seria essa? A votação da nova Lei de Segurança Nacional brasileira seria em menos de uma semana e esse era o tempo que ele tinha para conseguir subornar a quantidade de políticos necessária para que o texto fosse aprovado da maneira que Peter desejava mas novamente, ele havia concordado em colaborar, então por que sequestrar seus filhos? Expor-se ao perigo desnecessariamente não era o perfil de Peter e havia alguma coisa muito séria por trás disso tudo e por mais que ela estivesse sendo levada para longe, precisava tentar descobrir o que era.

Foi então que ela percebeu que o carro estava entrando em uma área isolada já quase saindo de Roma e após rodarem por uma centena de metros em uma rua sem nenhum movimento eles chegaram ao que parecia ser uma antiga fábrica abandonada. Contornando a construção principal eles pararam e após poucos minutos, a iluminação de um heliponto acendeu e ela pode ouvir o barulho das hélices de um helicóptero chegando cada vez mais perto e pouco depois pode ver a poeira se levantando do centro do campo e um Bell Long Range pousando suavemente e reduzindo a rotação das turbinas.

— Nosso táxi chegou, senhorita Carmen, ou melhor, de agora em diante seu nome é Clara Gimenes, você é venezuelana e atualmente está vivendo no Caribe aproveitando a herança que seu ex-marido que faleceu no ano passado deixou para você. Como vocês não tinham filhos e ele era muito bem-sucedido no ramo de petróleo, a sua situação financeira é excelente e lhe permite viver com luxo e conforto até o final da sua vida.

— Clara? Bem, ao menos o nome é bonito. E onde eu morarei exatamente?

— Sua nova residência será uma belíssima mansão na Ilha de Saint Martin no Caribe. Tenho certeza que irá adorar.

Dizendo isso, as duas saíram da Mercedes e se encaminharam para o helicóptero. A bordo, ao lado do piloto, havia um homem vestindo um terno escuro que Carmen imediatamente identificou como sendo um segurança. O motorista da Mercedes abriu a porta do helicóptero e as duas mulheres subiram e se acomodaram na aeronave enquanto ele colocava a bagagem das duas no compartimento de carga e checava se todas as portas estavam trancadas. Com um sinal de positivo para o piloto ele se afastou e o helicóptero ganhou altitude e partiu rapidamente. A operação toda não tinha durado mais de cinco minutos.

Os 200 quilômetros que separam Roma de Pescara foram vencidos em pouco mais de uma hora e assim que o helicóptero pousou outro segurança aguardava e abriu a porta do helicóptero para elas, enquanto o primeiro que se encontrava no helicóptero desembarcou e depois tratou de recolher a bagagem das duas. Enquanto isso Roberta já havia apontado para o Learjet 60 e as duas seguiram em direção ao avião.

— Esse jato tem autonomia para pouco mais de 4.000 km de voo, então faremos uma parada em Dakar no Senegal para reabastecer e então iremos direto até Saint Martin onde haverá um segundo reabastecimento e onde outra pessoa tomará o seu lugar e daí o destino final na cidade do México. Clara já tem visto de entrada no Caribe há mais de um mês, o que por si só elimina qualquer possibilidade de ligação entre ela e você.

— E quem será a pessoa que tomará o meu lugar?

— Uma funcionária de confiança que entrará no México com os documentos falsos em nome de Rosana Cruz que será você até chegarmos ao Caribe. De lá ela embarcará em um veleiro que a trará de volta. Se por algum motivo alguém conseguir fazer uma conexão entre Carmen e Rosana eles perderão a pista no México, pois ela terá sumido como num passe de mágica. E a propósito, esses simpáticos seguranças irão nos acompanhar por todo o trajeto.

— Muito profissional.

— Obrigada, como eu disse, procuro fazer o melhor.

— Só mais uma pergunta, e a alfândega? Não temos que passar por ela para deixar a Itália nesse avião?

— Já passamos! — dizendo isso Roberta piscou para Carmen — Olhe o carimbo em seu passaporte.

Na Itália, como em qualquer outro país, o dinheiro sempre falava mais alto e Peter sabia usar essa regra como ninguém. Assim que as duas entraram no jato e se acomodaram em seus lugares, os dois homens de terno escuro também entraram e se sentaram nas poltronas do fundo do avião. Carmen estava virada para frente e não podia encará-los, mas sentia o olhar dos dois grudados em sua nuca. Em poucos minutos o avião acelerava ruidosamente e eles decolavam rumo à África. Ela teria pouco mais de cinco horas para pensar em uma maneira de fugir dessas pessoas, em como conseguir dinheiro suficiente para chegar ao Brasil, ajudar Angelo e acabar com Peter Golombeck.

Aleksandra

Já passava das 11 horas quando Aleksandra finalmente chegou ao seu apartamento no bairro de Perdizes em São Paulo. O voo havia transcorrido sem problemas, mas a impressão é que havia demorado muito mais que o normal. Ela passou o tempo todo revisando as informações do caso, desde as primeiras investigações sobre a OSV Engenharia e a sua possível ligação ilícita com a BRASENG até os últimos acontecimentos na Itália que ao que tudo indicava, apontavam para um crime de proporções muito maiores do que eles podiam imaginar no início. Quanto mais ela estudava o caso, mais certeza tinha de que as operações legais da BRASENG eram apenas a ponta do iceberg chamado ZTEC. A Interpol não conseguiria descobrir nada de relevante caso não chegasse à pessoa por trás desse império, o cérebro que comandava esse gigante corporativo e que de quem, até aquele momento, eles não tinham a menor pista.

O Grupo ZTEC havia sido blindado de maneira genial e por mais que eles se esforçassem todos os caminhos acabavam dando em nada, se perdendo em meio aos emaranhados jurídicos repletos de empresas de fachadas em diversos paraísos fiscais espalhados pelo mundo. Ela estava cansada de tudo aquilo e simplesmente não jogava tudo para o alto porque não costumava desistir das coisas antes de terminá-las. Aquele seria seu último caso na Interpol. Ela sabia que Michael estava apaixonado e que em breve lhe ofereceria uma posição em suas empresas, tanto pela sua capacidade quanto para ficar mais perto dela.

Porém, em nenhum momento ela pensou em casamento, criar filhos e cuidar da vida social da família. Isso não combinava nem com ela nem com Michael. Estava claro para ela que a relação dos dois seria intensa e proveitosa para ambos e que assumir algum compromisso formal em torno dessa relação acabaria com toda a adrenalina que até então eles estavam vivendo. O melhor dos mundos para ela seria continuar com aquela situação para sempre, ou ao menos, enquanto fosse interessante para ambos, e nesse meio tempo se tornar uma mulher o mais rica possível.

Ela olhou em volta e sentiu-se confortável em sua casa, um apartamento antigo, mas que havia sido inteiramente modificado para que se tornasse um loft rústico e moderno. Uma ampla sala conjugada com uma cozinha simples, mas muito bonita, um lavabo decorado com grafites nas paredes e uma enorme suíte, além de uma varanda que se estendia por toda a fachada era tudo o que existia nos mais de 100 metros quadrados do apartamento. Largou sua mala no meio da sala e foi direto para o chuveiro. Seu desejo era se jogar na cama e dormir por 20 horas seguidas, mas seu telefone já tinha várias mensagens deixadas por Octavio e outros agentes na Itália enquanto ela ainda estava voando sobre o Atlântico e quanto antes ela terminasse essa investigação mais cedo poderia se desligar da Interpol.

Meia hora depois, com os cabelos ainda molhados e enrolada em uma toalha, ela ligou do telefone de sua casa para o celular de Angelo.

— Alô?

A voz dele estava ansiosa como se estivesse esperando uma ligação importante.

— Angelo Cesari, então o senhor resolveu deixar a Itália sem nos dizer nada?

— Quem está falando?

— Aleksandra Yakovenko. Ou você nem se lembra mais de mim? – ela podia ouvir a respiração dele cada vez mais acelerada.

— Olhe Aleksandra, eu sinto muito não ter avisado vocês sobre a minha partida, mas estou com um grave problema na nossa filial no Brasil e temi que vocês dificultassem a minha saída da Itália e por isso omiti isso de vocês.

Ele estava mentindo.

— Angelo, entenda de uma vez por todas que nós não estamos brincando de polícia e bandido, nós "somos" a polícia e vocês estão cada vez mais se colocando no papel de "bandido". Ou você me diz exatamente o que está havendo ou vou colocá-lo na cadeia já!

Ele então simplesmente desligou o telefone. Aleksandra já estava discando o número da delegacia da polícia civil que lhe dava apoio em São Paulo para acertar os detalhes da prisão de Angelo quando o celular tocou e um número não identificado apareceu no visor.

— Alô.

— Aleksandra, sou eu, Angelo. Meu telefone pode estar grampeado e esse número é seguro.

— Mas quem está grampeando o seu telefone? A ZTEC? Angelo, eu exijo explicações e exijo agora!

— Não posso falar disso por telefone, precisamos nos encontrar pessoalmente e também não pode ser em um lugar público.

— E onde você sugere?

— A sua casa.

— E porque essa preocupação toda?

— Porque eu posso estar sendo seguido e se nos virem juntos a situação pode se complicar ainda mais.

— E você acredita que consegue despistar essas pessoas para não ser visto entrando no meu prédio?

— Vou ter ajuda, fique tranquila. Me passe o endereço e eu chego aí o mais rápido possível.

Quase uma hora depois o interfone tocou. Angelo estava subindo. Quando ela abriu a porta percebeu que ele deveria estar mesmo encrencado. Era claro que já não dormia há muito tempo, os olhos estavam injetados e abaixo se destacavam duas enormes olheiras. O cabelo estava oleoso e as roupas amarrotadas como se ele tivesse acabado de sair de uma viagem de ônibus de três dias.

— Eu poderia dizer "olá bonitão", mas eu estaria mentindo, você está simplesmente horrível.

Ele sorriu amarelo.

— Eu realmente já tive dias melhores. Posso entrar?

Ela então abriu totalmente a porta e fez um gesto para que ele entrasse, aproveitando para dar uma espiada no corredor antes de fechar a porta. Em seguida ela foi até a varanda e olhou pela janela. A pouco mais de 30 metros do seu prédio, do outro lado da rua, uma motocicleta estava estacionada e um homem fumava encostado nela.

— Aquele cara lá fora é seu amigo?

— Digamos que ele está trabalhando para mim. Enquanto ele estiver lá embaixo estamos seguros aqui.

— Ótimo, pois você tem muita coisa para explicar e eu acho melhor começar a falar imediatamente.

— Fique tranquila que eu irei lhe contar tudo, mas antes você se importa de me oferecer uma bebida? Estou com a garganta seca e tenho muita coisa para contar.

Ela foi até a geladeira e pegou duas cocas light e entregou uma para ele que tomou quase em um único gole.

— Agora senhor Angelo, comece a falar.

Ele a olhou nos olhos de uma maneira que nunca havia olhado antes. Até então, por mais amedrontadores que tivessem sido os encontros entre eles, Angelo sempre mantivera uma relativa calma, nunca perdendo de vez o controle. Mas dessa vez ela percebeu que ele estava realmente apavorado.

— Meus filhos foram sequestrados.

— Eu já sei disso, mas o que eu ainda não sei é o porquê desse sequestro.

— Dinheiro, o que mais seria? Meu sogro é rico e certamente os sequestradores sabem disso, ou ainda mais, pode ser algum ex-funcionário dele ou até mesmo algum inimigo querendo se vingar.

Alguma coisa não encaixava.

— Você me disse que estava sendo seguido. E desde quando um sequestrador comum segue o pai da vítima? Aliás, se eles estivessem seguindo alguém seria exatamente o avô das crianças que é quem irá pagar o resgate e não você. Existe mais alguma coisa nessa história que você não quer me contar.

A fisionomia de Angelo estava cada vez mais pesada e ele parecia envelhecer a cada minuto que passava.

— Aleksandra, eu posso realmente confiar em você?

A pergunta a pegou de surpresa.

— Como assim se você pode confiar em mim? Eu lhe disse que não estamos brincando de polícia e bandido, mas que eu sou a polícia de verdade! Porque você não confiaria em mim?

Angelo então ficou em silêncio por alguns segundos, depois em um gesto claro de relaxamento se recostou no sofá de couro branco e sua expressão se desanuviou um pouco – "bom sinal", pensou Aleksandra.

Mais alguns segundos de silêncio e ele finalmente começou a falar.

— Desde o nosso primeiro encontro no enterro nós estamos sendo monitorados pela ZTEC. Naquele dia, assim que terminamos a nossa conversa no cemitério, recebi uma ligação em um celular que havia sido entregue na minha casa na noite anterior e Carmen já sabia da nossa conversa, bem como também já sabia quem era você. Alguém sob as ordens dela deveria estar ouvindo a nossa conversa com um microfone de longo alcance.

— E por que você não me contou isso antes e o que você está tentando me dizer falando sobre isso agora?

— Eu não estou tentando, eu estou "dizendo" que a ZTEC sabe de antemão cada movimento que a Interpol faz. Você sabe que eles me aliciaram, mas o que não sabe é que eles me chantagearam ainda mais do que vocês e eu estava trabalhando como um agente duplo, seguindo as orientações deles e fazendo chegar até vocês apenas as informações que eles queriam que chegassem.

— Então você realmente se tornou um bandido? – instintivamente ela olhou em direção a bolsa que estava sobre a mesa de centro e dentro da qual estava a sua pistola – "idiota" ela pensou, "como pode deixar a arma entre você e o suspeito"? – com um movimento casual pegou a bolsa e a colocou sobre o colo.

— Aleksandra, eu não me tornei nada, vocês é que me tornaram um peão nesse jogo nojento. Da mesma maneira que vocês me chantagearam me dizendo que eu seria preso e tudo mais, eles me chantagearam com ameaças sutis no início, mas que foram se tornando cada vez mais claras contra mim e até mesmo contra a minha família que agora se tornaram realidade. Eu estava entre a cruz e a espada e quanto mais eu tentava escapar disso tudo, mais eu me afundava, como se eu estivesse sobre areia movediça.

— Angelo, que conversa é essa? Se você aceitou se aliar a ZTEC não foi por medo, mas sim por ambição. Há duas semanas você era apenas um executivo prestes a perder o emprego por falhar em um dos maiores negócios da ST e agora você não só deu a volta por cima como se tornou o presidente mundial dessa empresa. Você chama isso de chantagem? Eu chamo de interesse próprio.

— Aleksandra, você está simplificando as coisas. Tudo que a ZTEC fez por mim faz parte de alguma coisa maior que nem mesmo eu sei ao certo o que é, mas pode ter certeza, eles estão me usando, exatamente da mesma maneira que a Interpol.

— Mas o usando para quê? Você precisa ser mais claro Angelo senão não terei alternativa senão meter você na cadeia. A polícia italiana está atrás de Carmen por suspeita de assassinato e acreditam que você seja uma espécie de cúmplice dela.

— Ainda essa história do atropelamento do policial? Eu já disse tudo que sabia. Tenho certeza que ela não teve nada com isso!

— Não se trata dessa morte Angelo, mas da morte de Helena Souza e Silva da ZTEC. Ela foi assassinada no apartamento dela em Roma bem na noite em que você embarcou para o Brasil e a polícia tem provas de que foi Carmen que a matou.

Aleksandra percebeu que Angelo foi pego completamente de surpresa. Ela não acreditava que ele estivesse envolvido nisso, mas a reação dele lhe deu a certeza que ela precisava.

— Helena foi assassinada? Mas como assim? Carmen? Eu não acredito nisso, deve haver algum engano, Carmen não seria capaz de uma coisa assim, eu posso garantir.

A maneira como Angelo se referia a Carmen deixava claro que havia muito mais entre os dois do que apenas uma relação profissional.

— E como você pode ter tanta certeza se estava em um avião sobre o Oceano Atlântico quando ela foi morta? Você conseguiu falar com Carmen depois que chegou ao Brasil?

Ele vacilou por um momento.

— Ainda não, o telefone dela está desligado.

— E você não acha isso estranho? Ela não deveria estar esperando uma ligação sua? Afinal, pelo que parece vocês estão apaixonados, certo? Bem ao menos você parece estar.

Angelo parecia completamente perdido. A expressão pesada voltou ao seu rosto e por um momento ela achou que ele fosse desmoronar.

— Aleksandra, eu posso conhecer Carmen a pouco tempo, você tem razão, mas os dias que passamos juntos em Roma foram tão intensos que eu me sinto como se a conhecesse a vida toda.

Ela sabia exatamente do que ele estava falando. Ela também se sentia assim com relação a Michael. Como em tão pouco tempo ela tinha se entregue tanto para aquele homem? E se no fundo ele também fosse outra pessoa e ela estivesse fazendo o mesmo papel de idiota de Angelo? Mas não era hora de pensar naquilo, então ela procurou se concentrar novamente.

— Você não acha que já está velho demais para continuar acreditando em amor à primeira vista? O que você sabe sobre Carmen, Angelo? De onde ela é? Como foi a infância dela? Quem são seus pais? Ela tem irmãos? Ao menos você sabe se ela tem um cachorro?

Cada palavra de Aleksandra parecia minar ainda mais a resistência de Angelo que agora se encolhia como se as dúvidas estivessem lhe corroendo.

— Não é possível. O sentimento entre nós é verdadeiro, eu posso perceber isso todas as vezes que nós nos tocamos.

— Angelo, seja razoável. Você não tem como ter certeza de nada, nem de que Carmen seja realmente o nome dela, e muito menos do que ela é capaz ou não de fazer. A verdade é que você está encrencado e eu sou a sua única chance de sair livre disso tudo. Então, se eu fosse você, começaria a me contar tudo o que sabe sobre a ZTEC, sobre Carmen e principalmente, sobre quem está por trás dos dois.

Enfim, ele cedeu.

— Tudo bem Aleksandra, vou lhe contar tudo o que eu sei, mas antes você precisa me prometer uma coisa.

— Você não está em posição de fazer exigências Angelo.

— Não é uma exigência, é um pedido, ou mais que isso, é uma súplica.

— Estou ouvindo.

— Você precisa me prometer que fará de tudo para deixar a polícia brasileira longe dessas pessoas e da linha correta de investigação do sequestro dos meus filhos.

— Eu não entendo. Você não quer as crianças de volta? Então porque não deixa esse assunto na mão dos profissionais? A polícia brasileira é uma das mais bem preparadas no mundo para lidar com esse tipo de situação.

— A polícia está acostumada a lidar com sequestradores que querem dinheiro e se o caso fosse esse eu não tenho a menor dúvida de que seria o melhor caminho, mas infelizmente não é dinheiro o que eles querem.

— Então o que é Angelo?

— Eu sinceramente não sei, ainda. Vou contar tudo o que aconteceu comigo desde o meu primeiro contato com Carmen até a volta da Itália para o Brasil. Muita coisa eu já lhe contei, mas muita coisa eu omiti. Depois de lhe contar tudo acho que me dará razão.

— Tudo bem, então comece a falar e depois eu decido o que fazer.

Angelo se calou e ela percebeu que ele estava procurando se acalmar e colocar os pensamentos em ordem. Após mais alguns segundos ele começou a falar e só parou mais de uma hora depois no ponto da ligação de Aleksandra para ele naquele dia mais cedo.

— Isso é tudo que eu sei, Aleksandra. Juro pelos meus filhos.

— Você não me disse o principal. Quem está por trás da ZTEC?

— Eu juro que não sei. Nunca soube o nome dessa pessoa. Carmen me disse que não me diria exatamente para me proteger. Até onde eu sei, as ordens para mim partiam da própria Carmen, com exceção do sequestro dos meus filhos. Isso eu tenho certeza que não partiu dela.

— Então você está dizendo que ela é a mentora de tudo? A pessoa por trás da organização? Eu duvido. Se fosse ela não ficaria tão exposta como ficou. Eu acho que ela está mais para bode expiatório do que para um grande gênio do crime.

— Aleksandra, você mesmo disse que eu não sei quase nada sobre ela e é verdade. Mas eu concordo com você. A Carmen que eu conheci não pode ser esse monstro.

— Angelo, vamos com calma. Ela não ser a mentora da organização não a impede de ser um monstro. Ela pode muito bem cometer as atrocidades a mando de alguém. Mas neste momento a polícia italiana está tratando dela. O que me interessa é descobrir quem é o mentor e nisso você não está me ajudando em nada.

— Eu juro que lhe contei tudo o que sei.

— Então você quer que eu acredite que você foi sequestrado logo que desembarcou do voo, foi levado à presença de um homem que não se identificou, viu e falou com seus filhos por um Ipad e depois simplesmente foi deixado na rua sem receber nenhuma instrução sequer? Apenas para você aguardar um novo contato para tentar manter a polícia longe deles? Então como você tem certeza que eles não querem dinheiro?

— Pois se fosse dinheiro que eles quisessem, por que me levar pessoalmente até aquele lugar e fazer questão de me amedrontar como fizeram? Sequestradores comuns não agem assim. Eles querem receber o dinheiro o quanto antes e ter o mínimo de contato com às famílias, certo? No meu caso tudo vai na direção contrária. Eles não me pediram nada e pareciam querer ganhar tempo. Por isso eu acho que não é dinheiro, ou ao menos não é só uma questão de dinheiro.

Nesse momento o telefone de Aleksandra tocou, era Octavio.

— Angelo, preciso atender a essa ligação. Fique quietinho aí que o nosso papo está longe de ter acabado.

Ela se afastou para a varanda enquanto Angelo permaneceu sentado imóvel com o olhar perdido em um ponto qualquer da parede à sua frente.

— Ciao Octavio.

— Aleksandra, acho que encontramos a vadia.

— Vocês prenderam Carmen?

— Eu diria que nós temos uma boa chance de estar com ela onde ela merece estar.

— Como assim? Não estou entendendo? Vocês a prenderam ou não?

— Ainda estamos verificando a identidade, mas tudo indica que é ela.

— Então você está dizendo que ela está morta?

— Morta não, ela virou pó, quase que literalmente. Encontramos o que sobrou de uma BMW do mesmo modelo da que ela dirige e que voou de um precipício. O carro está praticamente irreconhecível, mas ainda foi possível identificar o modelo.

— Mas então existe uma chance de ser outra pessoa.

— Pois é, eu também estava pensando assim até receber a foto tirada por um radar de velocidade que está posicionado a algumas centenas de metros antes da curva em que o carro despencou. Não só a placa confere como também o rosto registrado pela foto não deixa dúvidas, é Carmen.

— Bem, ela ou alguém muito parecido. Lembre-se que estamos lidando com profissionais. Já providenciaram um exame de DNA?

— Impossível. Não sobrou nada além de ossos carbonizados. Não temos material suficiente para fazer o exame e além do mais pelo que sabemos ela não tem parentes vivos e não teríamos com o que comparar. Estamos partindo para o velho método da identificação da arcada dentária. Já estamos tentando levantar a ficha dentária dela e acredito que isso é uma questão de tempo. A própria ZTEC está providenciando para nós junto ao dentista que ela usava – Octavio fazia questão de mostrar toda a sua satisfação com a morte de Carmen e Aleksandra entendia muito bem o porquê.

— Bem, me mantenha informada então.

— E o comparsa? Já conseguiu colocar as mãos nele?

Se ela dissesse que Angelo estava em seu apartamento Octavio a obrigaria a prendê-lo imediatamente.

— Já consegui contato e estou negociando um encontro. Assim que eu tiver alguma novidade eu lhe aviso.

— Acelere as coisas por aí Aleksandra. Quero enfiar esse canalha atrás das grades o mais rápido possível.

— Deixe comigo. Assim que eu arrancar dele o que eu quero nós iremos prendê-lo. Até breve.

Desligaram e ela olhou para Angelo através do vidro da varanda e teve pena. Como se já não bastasse tudo o que ele estava passando nos últimos tempos ele saberia por ela que Carmen estava morta. Mas a vida era assim mesmo.

— Angelo, eu tenho uma notícia não muito agradável para lhe dar.

Ela empalideceu.

— Meus filhos! Aconteceu alguma coisa com os meus filhos?

Ela sentiu um alívio por perceber que por mais que ele dissesse gostar de Carmen esse sentimento nem se comparava ao amor pelos filhos.

— Não tem nada a ver com as crianças, Angelo. Era Octavio ao telefone. Parece que Carmen está morta.

A expressão de alívio pelos filhos durou apenas uma fração de segundos. Logo o semblante de Angelo começou a se alterar e o desespero tomou conta dele.

— Aquele seu chefe filho da puta a matou! Assassino desgraçado! Ele queria Carmen morta de qualquer maneira, mas eu juro que ela não fez nada! Eu tenho certeza!

Angelo começou a ficar fora de controle e Aleksandra percebeu que mais alguns segundos e ele pensaria em descontar toda a raiva de Octavio nela mesma. Instintivamente ela pegou a sua arma bem a tempo de colocá-la no peito de Angelo que começava a se levantar, fazendo-o cair novamente no sofá.

— Se você tentar se levantar novamente eu juro que faço um buraco bem no meio do seu peito.

Ele a encarou com ódio que aos poucos foi se transformando em desespero até que as lágrimas começaram a correr grossas pela sua face. Ele já não gritava mais, apenas gemia palavras sem sentido enquanto encobria o rosto com as duas mãos. Aleksandra foi até a geladeira, pegou uma vodca, dois copos e voltou para junto dele. Serviu uma dose generosa e ofereceu o copo para Angelo.

— Tome, isso deve amortecer um pouco o que você está sentindo.

Ele olhou nos olhos dela e sem agradecer virou o copo de uma única vez fazendo a careta característica de quem engoliu um pedaço de carvão em brasa. Ela pegou o copo da mão dele, serviu mais uma dose para ele e dessa vez uma para ela também.

— Beba com calma e procure se acalmar.

Ele assentiu com a cabeça, pegou o copo com as duas mãos e à medida que bebericava a vodka começou aos poucos a se acalmar, até que quando finalmente ele terminou de beber o segundo copo parecia ter recobrado o controle.

— Obrigado Aleksandra, eu realmente precisava disso.

— Não me agradeça. Se você não se acalmasse por bem eu teria que acalmá--lo por mal e sinceramente eu não estou nem um pouco disposta a manchar meus móveis de sangue.

O tom era de brincadeira, mas Angelo entendeu o recado e apenas esboçou um sorriso sem graça.

— Pode ficar tranquila que eu prometo me comportar, mas eu não consigo me conformar que a polícia italiana tenha matado Carmen! — ele levantou a voz e se inclinou para frente, mas imediatamente se conteve e voltou a encostar no sofá como se imaginando uma bala da arma de Aleksandra arrebatando o seu peito.

— Mas quem disse que foi a polícia que a matou?

— Eu pensei... bem a ligação de Octavio para você... enfim, eu tive essa impressão. Então se não foi a polícia quem foi então? Eles já sabem?

— Ao que tudo indica foi um acidente e não existe um culpado, a não ser ela mesmo que pelo que parece dirigia de maneira irresponsável e perdeu a direção do carro, caindo em um precipício.

Angelo ficou em silêncio por alguns segundos.

— Ela estava dirigindo o próprio carro? A BMW X6?

— Pelo que parece sim.

— Aleksandra, um carro desse não sai simplesmente da estrada e mergulha em um precipício, a não ser que alguém a tenha jogado para fora da estrada, e se Carmen tinha alguma qualidade, essa qualidade era exatamente saber dirigir. Essa história de acidente não me convence.

— Sou obrigada a lhe confessar que essa história também não me convenceu, mas temos uma foto do carro tirada por um radar de estrada, pouco antes da curva onde ela caiu. Se houvesse um outro carro perseguindo-a ele teria sido registrado e Octavio comentaria comigo.

Angelo parecia cada vez mais confuso diante dos argumentos de Aleksandra.

— Mas precisa haver alguma explicação para isso. E sabotagem? Alguém pode ter sabotado o carro, não é?

— Nesse caso, pelo que ele me descreveu do que sobrou do incêndio, nós nunca conseguiremos descobrir.

Ficou claro para Aleksandra que Angelo fez uma rápida associação entre o estrago feito pelo incêndio ao carro com o estrago que deveria ter feito ao corpo de Carmen e se encolhendo ainda mais no sofá, fixando o olhar em algum ponto da parede atrás dela. Parecia que as forças que ainda lhe restavam o tinham abandonado de vez e agora ele não passava de uma triste caricatura do homem que ele era quando ela o conheceu. Ela precisava animá-lo, senão ele não serviria de nada.

— Angelo você não pode se entregar agora. Pense nos seus filhos. Você precisa estar focado se quiser salvá-los. Deixe para sofrer por Carmen depois deles estarem a salvo.

O argumento de Aleksandra surtiu efeito. Angelo saiu do estado de transe e voltou a olhar para ela.

— Você tem razão, preciso pensar nas crianças. Se eu as perder, minha vida não terá mais o menor sentido. Bem, eu pedi para você me ajudar mantendo a polícia longe do caso. Posso contar com você?

— Eu tenho uma condição.

— Farei tudo o que você pedir.

— Eu quero participar pessoalmente do seu plano para recuperar as crianças.

— Mas quem disse que eu tenho um plano para resgatá-las, Aleksandra? Eu sou somente um executivo e não entendo nada desse tipo de coisa. Mesmo se eu quisesse, quem iria me ajudar nisso?

— Que tal Marcelo Braga?

— Um executivo pé de chinelo e um dono de restaurante? Mas que bela dupla, não? Além do mais, o que o Marcelo tem a ver com tudo isso? Ele está na Itália!

— Angelo, não menospreze a minha inteligência. Você acha que nós não iríamos descobrir que ele pegou o mesmo voo que você para o Brasil? Pode ser que se ele tivesse embarcado em outro voo teríamos demorado um pouco mais para descobrir, mas pegar o mesmo que você foi amadorismo demais.

A expressão de Angelo lembrou a de um garoto pego em flagrante pela mãe.

— Foi mesmo, não é? Bem, como eu disse, somos apenas uma dupla de trapalhões, o que você esperava? Marcelo ficou com pena da minha situação e resolveu me acompanhar até o Brasil para que eu não ficasse sozinho no meio dessa situação toda. Mas isso não quer dizer que tenhamos um plano ou coisa do tipo.

— E o motoqueiro aí embaixo?

— Eu o contratei como segurança quando cheguei aqui. Agora eu sou presidente mundial da ST e tenho algumas regalias.

Ela tinha certeza que ele continuava mentindo. Levantou-se em um salto e antes que Angelo pudesse reagir ela estava com um dos joelhos apoiados em seu ombro, pressionando a pistola contra a sua testa e falando ao seu ouvido.

— Eu juro por Deus que essa será a última vez que eu lhe direi isso. Se você não parar de mentir eu irei enfiar você tão fundo na cadeia que da próxima vez que você colocar o pé na rua os carros já estarão voando como nos filmes de ficção científica! Agora abra essa merda de boca e conte tudo o que eu quero saber e nunca mais minta para mim, você entendeu?

Ele assentiu movendo devagar a cabeça e Aleksandra aliviou aos poucos a pressão do cano da arma até que a retirou completamente da testa dele onde uma marca redonda havia sido impressa, e se sentou novamente, dessa vez sobre a mesa de centro a pouco mais de meio metro dele.

— Comece a falar.

Luiz Henrique

Já passava das 23 horas quando o avião começou a taxiar se preparando para decolar de Roma em direção ao Rio de Janeiro. O rosto comum, a roupa discreta e de cor neutra e o assento na janela de uma das últimas fileiras da classe econômica o faziam praticamente desaparecer. A chance de alguém do voo o reconhecer em uma foto ou vídeo, mesmo as pessoas sentadas mais próximas a ele, era praticamente nula. Como sempre tudo era pensado com antecedência, estudado várias e várias vezes, colocado à prova e se aprovado, adotado como procedimento padrão.

Durante o voo ele teria tempo de rever algumas das suas anotações que sempre fazia em um bloco de notas com capa de couro. Os computadores eram rápidos, mas "baterias acabam, HDs travam e componentes queimam" então ele preferia usar o bom e velho papel. Costumava também usar um tablet, mas apenas para pesquisas na internet e sistematicamente, a cada consulta, ele apagava todos os vestígios do que havia sido pesquisado.

A vida dele era movida pelo contínuo pesquisar, planejar, testar, identificar os pontos fracos, planejar novamente e mais uma vez testar, repetindo o processo todo quantas e quantas vezes fossem necessárias até que todas as variáveis fossem conhecidas, testadas e controladas. Então era hora de colocar o plano em prática. A execução, porém, era a parte que menos o empolgava. A adrenalina que normalmente é jogada na corrente sanguínea de quem promove um atentado terrorista ou mesmo um simples assassinato vem da possibilidade de ser pego, da falta da certeza da impunidade, dos riscos que aquela operação traz para a pessoa que a está executando.

Durante os anos, entretanto, Luiz havia aprimorado tanto sua metodologia de trabalho que a adrenalina e o medo do insucesso estavam cada vez menos presentes em sua vida. A execução em certos casos chegava a ser monótona. Um simples verificar de eventos controlados e relacionados em seu checklist que ele tocava um a um à medida que aconteciam exatamente da maneira como ele planejava. Mas os atentados no Brasil eram desafios muito interessantes e dessa vez ele estava mais motivado que o normal e até que ele não planejasse todos os passos de maneira perfeita, a adrenalina estaria presente.

Já haviam se passado mais de dez anos desde a última vez que um detalhe lhe havia escapado e colocado toda uma operação em risco. Acontecera em Atlanta. Ele deveria eliminar um concorrente que estava atrapalhando Peter em algumas negociações de suprimentos para Israel, oferecendo preços muito inferiores aos da ZTEC e começando a minar a confiança do cliente na corporação.

O homem na casa dos 40 e poucos anos morava em um subúrbio típico americano, trabalhando a maior parte do tempo em casa, pois representava algumas empresas espalhadas pelo mundo e estava muito perto de fechar mais uma grande venda para o exército israelense numa negociação onde havia apresentado novamente aos clientes condições melhores que a ZTEC. Apesar da fachada de vida simples, Luiz Henrique sabia que ele era um dos comerciantes de armas mais bem-sucedidos do mercado e certamente tinha condições de viver de maneira muito mais luxuosa em um local bem mais seguro do que onde morava, mas por algum motivo ele deveria acreditar que assim estaria chamando menos a atenção tanto das autoridades americanas quanto de qualquer outra pessoa que pudesse ter interesse em seus negócios.

Luiz havia vigiado a casa por duas semanas e já tinha mapeado a rotina simples e previsível do sujeito e havia planejado exaustivamente o plano dezenas de vezes. Tudo estava perfeito, ou ao menos parecia estar, pois alguma coisa ainda o estava incomodando, mas ele não conseguia saber exatamente o que era. Decidiu então ignorar esse sentimento e partir para a execução do plano que até era bastante simples.

Todos os dias por volta das 7h10 da manhã ele saía de casa com o filho de 8 anos e ficava por alguns minutos esperando a chegada do ônibus escolar, nunca menos de 2 nem mais de 3 minutos até o ônibus chegar e então ele se despedia do filho e pegava o carro estacionado em frente à porta da garagem para ir até a cafeteria que ficava a pouco mais de um quilômetro de sua casa onde comprava sempre a mesma coisa, uma rosca de coco, quatro pães franceses e um copo de café que ele vinha tomando no caminho de volta. A ideia era não só o matar, mas fazer parecer que havia sofrido um atentado lançado pelos inimigos de Israel contra aqueles que apoiam o Estado Judeu vendendo armas e suprimentos militares. Isso causaria um certo alvoroço entre os comerciantes e assim o preço subiria deixando a ZTEC novamente com a sua margem de lucro confortável e tirando um concorrente de ação ao menos até que as empresas que ele representava conseguissem encontrar alguém a altura para substituí-lo.

O homem viajaria para Israel no final daquela tarde e Luiz Henrique havia plantado os explosivos no carro na noite anterior e agora se encontrava a confortáveis 150 metros de distância, dentro de uma van, segurando um detonador e aguardando o momento que ele entrasse no carro para seguir até a cafeteria. Ele aguardaria o sujeito passar dirigindo pelo seu carro estacionado e somente nesse momento ele acionaria o dispositivo. Teria que ser assim, pois ele não podia usar um receptor de longo alcance uma vez que poderia haver interferências no sinal e o dispositivo disparar acidentalmente fora de hora, então ele tinha optado por um detonador que precisava ser acionado no máximo a 20 metros de distância.

Por isso ele não pôde usar um explosivo comum, pois a força da explosão poderia feri-lo ou até mesmo matá-lo estando tão próximo, e optou por utilizar uma bomba incendiária que explodiria uma mistura química parecida com Napalm dentro do veículo e ao invés de morrer com a explosão, o sujeito seria torrado vivo em segundos dentro do carro. Não era a maneira mais humana de fazer o serviço, mas era a mais indicada e assim seria.

Às 7h10 o homem ainda não havia saído de casa, nem às 7h11 e muito menos às 7h15. Então o ônibus apareceu na esquina e começou a reduzir a velocidade para parar no exato momento em que o sujeito abria a porta para sair. "Você precisava se atrasar justo hoje?", pensou Luiz antes do ônibus estacionar na calçada tampando totalmente a sua visão do sujeito e do seu filho. Alguns segundos depois como sempre o ônibus saiu e quando a sua visão já estava desbloqueada ele pode ver que o sujeito já estava no carro fechando a porta depois de entrar.

Aguardou até que ele ligasse o carro e depois saísse devagar de ré pela rampa, "ele está um pouco cuidadoso demais" ele se lembrava de ter pensado no momento e uma luz vermelha se acendeu em seu cérebro. Havia alguma coisa diferente, na maneira com que o homem dirigia, na maneira que ele olhava para o assento ao lado do motorista a todo instante e quanto mais se aproximava, mais se via o sorriso nos lábios muito diferente da expressão carrancuda que ele tinha todos os dias, então Luiz percebeu o que estava acontecendo. O menino não havia embarcado no ônibus, mas sim estava saindo junto com o pai. Quanto mais eles se aproximavam, mais claramente ele podia ver a cabeça da criança aparecendo pelo para-brisa dianteiro. Ele deveria estar no banco de trás, mas qual o filho de 8 anos que nunca pediu para chegar na escola sentado no banco da frente como um homenzinho, e qual pai consegue recusar um pedido assim, principalmente na véspera de uma viagem de negócios?

Ele precisava tomar uma decisão rapidamente. Se não acionasse o dispositivo poderia não ter outra oportunidade e se o sujeito embarcasse para Israel ele teria falhado com Peter pela primeira vez e pelo que ele conhecia do homem, poderia ser a primeira e a última.

No momento exato que o carro passava pelo dele o sujeito o olhou diretamente nos olhos. Com a surpresa ele havia esquecido de se abaixar para não ser visto, um erro tão banal que ele mal podia acreditar que havia cometido e nesse instante, por sua expressão ter denunciado alguma coisa, ou puramente em função do instinto que um comerciante de armas, acostumado a lidar com os piores tipos de pessoas no mundo todo certamente tinha, o sujeito acelerou jogando o seu carro contra a porta lateral da van, fazendo com que o detonador caísse da sua mão. O carro acelerou ainda mais e quando Luiz conseguiu finalmente recuperar o detonador ele já estava fora do alcance e não havia nada a fazer a não ser fugir dali imediatamente.

Ele acabou matando o sujeito duas semanas depois em Tel Aviv. Ele adiou a reunião e se mudou para um novo endereço, agora sim em um condomínio fechado, com segurança redobrada e uma nova rotina que incluía um carro blindado e um contingente respeitável de seguranças. Em Israel, Luiz Henrique não tinha as facilidades que tinha na América e teve que se contentar com um tiro certeiro na cabeça assim que o sujeito desembarcou do carro que o pegou no aeroporto para entrar em seu hotel. O resultado final foi positivo, o negócio não foi fechado, a ZTEC conseguiu manter seus lucros, mas Peter ficou muito desapontado com Luiz e foram necessários alguns anos para que ele reconquistasse a total confiança do patrão novamente. Hoje, no entanto, ele sabia que aquilo havia acontecido no momento certo da sua carreira. – "as vitórias não ensinam nada, você aprende apenas com as derrotas" – e ele havia realmente aprendido. Desde então ele nunca mais havia falhado em nenhuma missão e faria de tudo para manter esse status.

Espantou esses pensamentos da cabeça quando o avião já estava na altura de cruzeiro e os avisos de apertar os cintos se apagaram. Ele então pegou seu bloco de anotações e começou a repassar passo a passo os dois atentados simultâneos e o terceiro que poderia ou não ser executado, dependendo do resultado dos dois primeiros. O tempo era curto e ele teria pouca margem de erro, apesar de saber que poderia contar com o despreparo da polícia brasileira para lidar com uma realidade tão distante do seu dia a dia, mas mesmo assim todo o cuidado seria pouco. A Interpol estava muito perto da ZTEC e não havia garantias que eles não estariam mais perto do que ele imaginava, então ele teria que planejar tudo como se fosse ser feito em um país da Europa ou mesmo nos Estados Unidos.

O plano consistia basicamente em dois ataques a alvos pequenos com pouco risco e médio impacto. Estimava que somando-se os dois, haveria cerca de 50 mortes. Em um país que perdia milhares de vidas todos os anos das maneiras mais banais possíveis, desde pessoas sendo mortas nos sinais de trânsito em troca de um celular ou alguns trocados, até tragédias naturais que se repetiam ano após ano sem que as autoridades tomassem nenhuma atitude eficaz até que nem era muito, mas ele esperava uma comoção e mais que isso, um pânico enorme da sociedade brasileira quando ela fosse colocada frente a frente com esse demônio chamado terrorismo e que ela conhecia somente através dos telejornais.

Os dois primeiros atentados seriam no Rio de Janeiro e no interior de São Paulo. Esses dois eram relativamente simples. No Rio, o "Cristo de braços abertos sobre a Guanabara" como era cantando em uma das suas canções brasileiras preferidas seria palco de um deles, e o segundo, um pouco maior e mais potente que esse, aconteceria simultaneamente na Basílica de Aparecida do Norte, uma das principais sedes do catolicismo mundial e um local de peregrinação e oração dos devotos de Nossa Senhora Aparecida, padroeira do Brasil e em homenagem a quem a Basílica foi erguida.

Já o terceiro alvo seria político e não religioso e talvez causasse menos repulsa aos brasileiros do que os dois primeiros, mas causaria um terror tão grande entre os políticos que certamente daria o empurrão final para a assinatura da nova Lei de Segurança Nacional nos termos desejados pela ZTEC. Também seria muito mais perigoso e ao mesmo tempo muito mais complexo, pois pela primeira vez em muito tempo ele não trabalharia sozinho. Teria a ajuda de um amador cujo papel seria fundamental para o sucesso do plano. Depois do atentado, um dos grupos islâmicos radicais menos conhecidos que faziam qualquer coisa por um punhado de dólares e um pouco de publicidade, assumiriam o atentado o justificando como

"Uma ação heroica em nome de Alá contra os infiéis do Ocidente" ou qualquer bobagem desse tipo com as quais esses grupos costumam justificar todo o tipo de atrocidades cometidas por eles. Era sabido que muitos desses grupos estavam presentes em paises visinhos ao Brasil e assim se criaria o clima perfeito para o início da escalada armamentista entre os paises da região.

O plano era bom e ele sabia disso, mas desejava realmente que o terceiro atentado não fosse necessário. Controlar uma outra pessoa, ainda mais um amador, era tudo que ele menos gostaria de fazer, mas por isso mesmo ele deveria planejar com ainda mais cuidado todos os detalhes para que, mesmo se o amador cometesse algum erro, ele ainda tivesse o controle da situação nas mãos. Nesse momento ele sentia a adrenalina correndo nas veias. Essa era a hora da verdade, onde os riscos realmente existiam e ele iria caçar todas as variáveis até que uma por uma ele as eliminasse ou contornasse e quando sentisse que a adrenalina não mais estava no seu sangue, o trabalho estaria terminado.

Carmen

Ela despertou quando o avião se preparava para pousar no Aeroporto Internacional Yoff-Léopold Sédar Senghor em Dakar. O avião se aproximou da pista rapidamente e o piloto executou um pouso perfeito que fez Carmen se lembrar que o dinheiro quase sempre conseguia as melhores pessoas, mas que infelizmente as piores pessoas quase sempre eram aquelas que tinham o dinheiro. Ela havia se dedicado a montar um plano durante as primeiras duas horas de voo, mas a frustração de não conseguir chegar a nenhuma fórmula mágica junto com o enorme cansaço que deveria ser fruto da baixa da adrenalina em seu sangue a venceram, mergulhando-a em um profundo e reparador sono.

Agora que havia despertado ela se sentia muito mais disposta ainda a escapar da corja que a acompanhava. Porém antes mesmo de adormecer ela já tinha chegado à conclusão que teria que improvisar e muito. Não conhecia ninguém de confiança na África e mesmo que ela conseguisse escapar dos seus algozes provavelmente não conseguiria ir a lugar algum sem dinheiro, e isso considerando que conseguisse recuperar o seu passaporte, o que era ainda mais improvável. Por outro lado, ela estava a caminho do Caribe, uma terra onde facilmente passaria despercebida. Além disso, estaria muito mais perto do Brasil e acima de tudo, no Caribe ela tinha com quem contar. Precisava apenas de um telefone, alguns minutos e um pouco de sorte. Pouco depois dos motores terem sido desligados Roberta veio até o assento de Carmen.

— Chegamos a nossa escala, senhora Carmen, fez uma boa viagem?

Apesar do desejo de tomar a caneta que Roberta segurava em uma das mãos e atravessar com ela um dos seus olhos até atingir o cérebro, Carmen se manteve calma e tentou ser o mais simpática possível.

— Dentro das possibilidades não poderia ter sido mais agradável. Quanto tempo durará nossa escala?

— Por volta de uma hora. O procedimento de abastecimento é relativamente rápido, mas a burocracia africana consegue ser ainda pior que a italiana, como se isso fosse possível!

— E nós? Vamos ficar esperando aqui? Não faz nem dois minutos que desligamos os motores e o calor já está ficando insuportável!

— Lamento muito senhora Carmen, mas eu tenho ordens explícitas para não deixar que a senhora desembarque aqui em hipótese alguma. Espero que entenda que não é uma decisão minha, eu apenas cumpro determinações que me são passadas e nunca me envolvo.

No exato momento em que Roberta proferia essas palavras Carmen percebeu um rápido olhar dela para os seus seios que estavam apertados sob sua camisa e aproveitando o calor como desculpa ela tratou de abrir os dois primeiros botões da forma mais casual possível deixando o colo totalmente a mostra bem como uma parte também generosa dos seios que estavam envoltos em uma linda lingerie branca.

— Espero que eu consiga sobreviver. E você? Vai me deixar aqui sozinha?

— De maneira nenhuma eu a deixaria sem companhia. Os seguranças ficarão aqui à sua disposição enquanto eu trato da burocracia.

Carmen então se inclinou para frente sussurrando a poucos centímetros do rosto de Roberta para que os seguranças sentados no fundo do avião não pudessem ouvir.

— Você poderia ao menos pedir para que esses seguranças desembarcassem? Eu me sinto tão pouco à vontade com eles atrás de mim. Eles podem vigiar o avião do chão. Eu prometo que serei boazinha e não farei nada que você não me dê permissão para fazer.

Ela hesitou por um momento e depois de olhar mais uma vez para o decote de Carmen deu a ordem para que os seguranças desembarcassem e ficassem montando guarda no perímetro ao redor da aeronave.

— Está melhor assim? — perguntou Roberta sem demonstrar ainda nenhuma mudança significativa no tom de voz.

— Começando a ficar — dessa vez foi a vez de Carmen olhar diretamente para os seios de Roberta e devagar ir descendo os olhos pelas curvas que o terninho feito sob medida deixava ainda mais interessantes. Roberta não era o tipo de mulher que atraía Carmen. Ela era quase que uma burocrata, uma pessoa daquele tipo que se você não se forçar a percebê-la pode ficar invisível. Mas ao mesmo tempo ela era bonita. Aliás bem bonita, ao ponto de Carmen ter certeza que ela passava um bom tempo pela manhã tentando esconder a beleza por baixo desse disfarce de secretária executiva misturado com professora primária. Não seria nenhum sacrifício se fosse necessário ficarem mais íntimas para Carmen conseguir o que precisava.

— Mas eu imaginava que teria a sua companhia. Sabe como é, duas meninas conversando e bebendo champanhe para esquecer dos problemas.

Roberta sorriu.

— Acredito que o copiloto possa cuidar da burocracia para nós. Um momento que vou conversar com ele.

Alguns minutos depois ela estava de volta com o champanhe aberto em uma das mãos e duas taças na outra. Sentou-se então ao lado de Carmen e a serviu primeiro enchendo sua taça em seguida.

— A que vamos brindar senhora, Carmen? A sua nova vida que se inicia?

— Que tal brindarmos ao calor e o efeito que ele tem sobre nós? – dizendo isso abriu por completo a blusa deixando seus seios envoltos pela lingerie totalmente à mostra, enquanto enxugava com um lenço de papel um fio de suor que começava a escorrer por entre eles.

Roberta esticou as pernas sobre a cadeira da frente e puxou a saia de seu terno até que suas coxas ficassem à mostra e uma pequena parte de sua calcinha pudesse ser vista.

— Concordo com o brinde. O calor realmente mexe comigo.

Dizendo isso brindaram e beberam as taças em um único movimento, muito mais para matar a sede do que para apreciar o sabor delicioso do líquido, mas em seguida uma nova rodada foi servida e em seguida mais outra até que a garrafa ficasse vazia. Roberta então se levantou já um pouco cambaleante e se dirigiu até a geladeira de onde trouxe uma nova garrafa de champanhe que abriu agora sem muito cuidado e colocando a boca na garrafa para que o líquido não caísse no fino carpete do avião. Ao invés disso, o líquido escorreu pelos seus lábios e encharcou a sua camisa de executiva que como a de Carmen já tinha sido aberta até a metade deixando a mostra parte dos pequenos, mas lindos seios que ela não se dava ao trabalho de envolver com um sutiã.

— Eu acho que você se molhou um pouco Roberta.

— Você acha mesmo, senhora Carmen? Eu nem percebi? Onde foi?

Carmen a puxou para si colocando uma perna dela em cada lado do seu colo e então começou a lamber o champanhe que escorria pelos seios, ao mesmo tempo que abria ainda mais a camisa dela até a tirar totalmente. Roberta começou a ser contorcer ao mesmo tempo que colocava novamente a garrafa na boca e de maneira proposital fazia o líquido continuar a escorrer pelo seu corpo enquanto Carmen a sugava cada vez mais forte. Então ela parou e afastou a boca de Carmen dos seus seios enquanto descia de seu colo e se posicionou à frente de suas pernas sentada na poltrona em frente. Passou a garrafa para Carmen ao mesmo tempo em que colocava a sua mão entre as pernas dela puxava a sua calcinha até os tornozelos, e depois com um movimento rápido arrancou a saia deixando Carmen totalmente nua da cintura para baixo.

Carmen já havia se servido de outra taça de champanhe quando Roberta a pegou das suas mãos e apoiando os ombros por baixo das coxas dela, ergueu os seus quadris apenas o suficiente para poder derramar a champanhe em sua barriga e fazer com que o líquido escorresse até sua boca que estava posicionada entre as suas pernas. Carmen sentiu seu corpo contorcer- se como se tivesse levado um choque. O líquido gelado sendo sugado por aquela boca fez com que Carmen esquecesse por algum tempo o porquê daquilo tudo, deixando apenas que o prazer a invadisse enquanto Roberta se divertia colocando sua língua cada vez mais fundo dentro dela. Alguns segundos depois, um jorro de prazer percorreu seu corpo. Roberta então parou os movimentos de sua língua e aos poucos subiu seus lábios pelo corpo de Carmen até que as duas bocas se encontrassem em um beijo demorado e delicado que só pode existir entre duas mulheres, e então foi a vez de Carmen. Ela pegou Roberta pelos ombros e a empurrou para a cadeira da frente, ao mesmo tempo que a deixava completamente nua. Sua boca subia e descia do pescoço até os quadris da mulher enquanto seus dedos faziam o trabalho pesado. Poucos segundos depois o mesmo tremor e as duas deixaram-se cair uma sobre a outra e assim ficaram por vários minutos até que Roberta delicadamente a afastou de seu corpo e recolhendo as suas roupas do chão levantou-se e sem dizer nada se dirigiu ao banheiro. Era a chance que Carmen esperava.

Sem hesitar ela se lançou sobre as coisas de Roberta e abrindo a sua bolsa retirou um celular. Para sua sorte o aparelho estava ligado e imediatamente ele escreveu uma mensagem de texto e enviou para um número que sabia de cor. Assim que a mensagem foi enviada ela a apagou e voltou a se deitar na poltrona exatamente no mesmo instante que a porta do banheiro se abria e Roberta aparecia novamente com a sua fantasia de executiva impecável, como se tivesse acabado de dar o café da manhã para os filhos e fosse sair para o trabalho.

— Senhora Carmen, acredito que seja mais apropriado que se vista novamente. Os pilotos já devem estar voltando e devemos seguir viagem.

Ela não disse mais nenhuma palavra. O que quer que tivesse despertado naquela mulher a minutos atrás não estava mais lá e a profissional competente tinha voltado a tomar o controle total da situação. Carmen então se levantou e poucos minutos depois retornou do banheiro novamente vestida. Nada mais lembrava os momentos de diversão que haviam tido. Tudo estava impecavelmente limpo e arrumado. Carmen então se sentou na sua poltrona e olhou para Roberta.

— Tenho que admitir que você é realmente uma profissional e tanto.

Roberta sorriu novamente.

— E eu tenho que admitir que a senhora é uma cliente muito fácil de agradar.

Nesse momento os pilotos entraram na cabine e anunciaram que estava tudo pronto para partirem. Os seguranças subiram logo depois e os motores do avião foram acionados. Enquanto ele taxiava para se posicionar para a decolagem, Carmen apenas rezava para que a mensagem que ela enviara chegasse ao seu destino, mas ela só teria certeza disso quando chegassem a Saint Martin.

Peter

Sentado em uma das mesas do Caffe' della Pace ele olhava o movimento dos turistas indo e vindo pelas ruas da Cidade Eterna. Já fazia muito tempo que ele não tirava algumas horas para si mesmo. Nenhum pensamento nos negócios, celular desligado, nada de internet, enfim, isolado do mundo que ele mesmo criara para si.

Ele logo embarcaria para o Brasil e tentava se convencer que isso era apenas parte do plano original onde seu papel seria supervisionar pessoalmente as ações que iriam se desenrolar por lá, porém no fundo ele sabia que mentia para si mesmo.

Luiz Henrique era perfeitamente capaz de executar os planos e a sua presença no Brasil em nada ajudaria, pelo contrário, colocaria Michael Hertz na cena do crime, o que ele sabia que deveria sempre evitar, a não ser quando ele decidia fazer o serviço pessoalmente. Então porque ele simplesmente não desistia dessa viagem e ficava em Roma, ou então em qualquer outro lugar do mundo até que as coisas estivessem terminadas por lá? A resposta fez seu sangue gelar... Aleksandra.

Apesar do poder praticamente ilimitado, aliado a sua beleza e o charme cultivado por anos que o faziam um homem irresistível para qualquer mulher, sem contar o dinheiro que poderia comprar aquelas que por ventura quisessem resistir, ele não conseguia tirar Aleksandra da cabeça por um só momento.

Havia conhecido várias mulheres deslumbrantes em sua vida e de todas até aquele momento talvez Carmen fosse a que tivesse causado um sentimento mais forte, mas que se tornava insignificante se comparado ao que ele sentia por Aleksandra e isso o perturbava. "Cada escolha, uma renúncia", ele tentava repetir para si mesmo. Ele escolhera a vida que levava. Mais do que isso, ela a havia construído e a tornado o centro do seu mundo. Apesar de gostar dos filhos e até mesmo da esposa alemã de Michael com quem mantinha aquele tipo de relação quase profissional sem nenhum sentimento que norteia diversos casais no dia a dia da criação dos filhos, ele sabia que se seu império um dia dependesse da eliminação deles, não haveria hesitação. Sua vida era a obra iniciada pelo seu pai e que ele com maestria havia multiplicado dezenas de vezes e absolutamente nada nesse mundo era mais importante que isso, até Aleksandra entrar em sua vida.

Esse sentimento o estava deixando cada vez mais confuso. A simples ideia de perdê-la o deixava desesperado. Queria estar com ela 24 horas por dia, todos os dias, e o pior, queria isso para o resto de sua vida. As prioridades estavam se invertendo e a ZTEC já não era mais o centro de seu universo e ele definitivamente não estava preparado para isso. Ele precisava tomar uma atitude com relação a esse sentimento o quanto antes. Cada minuto que ele perdia pensando nela era um minuto a menos que ele dedicava a realizar os seus planos e no caso dele, um minuto poderia decidir o futuro de um país inteiro.

Ele precisava dominar aquele sentimento, mantê-lo sob controle e usar Aleksandra para substituir Carmen conforme o inicialmente planejado. E caso ele não conseguisse isso, restava apenas um caminho a seguir.

Então do nada, seus olhos começaram a se turvar e uma sensação que ele não experimentava a várias décadas se transformou em grossas lágrimas que rolaram pelo seu rosto. Ele se sentia cada vez menos capaz de conter esse sentimento e por mais que a ideia o dilacerava por dentro, se ele não tivesse certeza a respeito da sua capacidade em fazê-lo, Aleksandra teria que morrer, e ele iria fazê-lo pessoalmente pois o amor que sentia por ela o fazia querer estar a seu lado até o último suspiro. Era por isso que ele iria ao Brasil.

Marcelo Braga

O telefone tocou até cair na caixa postal pela terceira vez consecutiva.

— Merda — xingou baixinho, apesar de estar sozinho no quarto do hotel.

Três horas haviam se passado desde a última ligação entre ele e Angelo e na qual ele avisara que se encontraria com Aleksandra no apartamento dela. Era tempo demais para uma simples conversa e ele sentia que algo ruim deveria estar acontecendo. Acionou o rádio mais uma vez chamando o segurança que continuava a manter sua posição em frente ao apartamento de Aleksandra.

— QAP, prossiga — respondeu o homem.

— Nenhuma novidade ainda?

— Não. Nenhuma movimentação, ninguém entrou nem saiu.

— Merda! — dessa vez ele não se preocupou com o volume — Mantenha a posição e me avise de qualquer detalhe que lhe chamar a atenção. Se eu não tiver notícias em dez minutos vou deslocar reforço e vocês irão meter o pé na porta e tirar o Angelo de lá.

— Positivo.

Assim que desligou o rádio ele se lembrou do homem que tinham seguido e que acreditavam ser o contato entre o mandante do sequestro e a equipe que mantinha as crianças como reféns. Acionou o rádio mais uma vez, agora para o líder da equipe que vigiava o segundo alvo.

— QAP.

— "Porra, mas porque esses caras não dizem apenas alô ou pronto? Será que eles acham que estão em um filme de espionagem?" — Alguma novidade? — voltou a repetir.

— Negativo, apenas a movimentação normal dos hóspedes no hotel. Temos um homem no hall fingindo aguardar um cliente chegar para ter uma reunião no bar, mas como já se passou muito tempo vou enviar outro homem no papel do cliente e assim ganhamos mais algum tempo sem despertar suspeitas.

— "Eu nunca pensaria em algo assim...sou obrigado a reconhecer que esses caras são bons" — Tudo bem, era exatamente isso que eu iria sugerir. Qualquer novidade me avise.

Ele mal havia soltado o botão do rádio quando o telefone tocou. Era Angelo.

— Seu filho da puta! Como você some por tanto tempo? Quer me matar do coração?

— Não se queixe, eu juro que poderia ser bem pior, do tipo você estar no meu lugar.

— Sei, vai me dizer que você não aproveitou a oportunidade e deu uns apertos nessa mulher enquanto eu ficava aqui tentando achar os seus filhos?

— Marcelo, quem está saindo ameaçado daqui sou eu meu amigo, e pode ter certeza que não é do jeito que você está pensando. Essa mulher é muito mais durona do que eu imaginava. Não tive escolha, contei tudo para ela em troca da sua promessa de nos ajudar a manter a polícia longe da verdade e ela irá nos ajudar.

— E você acha mesmo que ela vai cumprir a promessa?

— Acho que sim.

Na verdade, tudo que não havia na voz de Angelo era certeza de alguma coisa, mas Marcelo preferiu não pressionar demais o amigo.

— Bem, se você acha então está tudo bem, ganhamos uma aliada e tanto.

— Pode ser, como também pode ser que arrumamos mais um problema para administrar, porém agora não é hora de pensarmos nisso. Eu passei para ela o número do celular que você está usando e ele deve procurá-lo em breve para entender a operação que você montou e ver se pode ajudar em alguma coisa. Enquanto isso eu vou para a casa da Raquel ver como estão as coisas. Aliás, acredito que você não tenha nenhuma novidade senão já teria me dito, certo?

Mesmo afirmando o inevitável, o fio de esperança que Marcelo detectou na voz de Angelo lhe cortou o coração.

— Ainda não, mas logo teremos. Estamos com o alvo na mira. Ele ainda não saiu do hotel e os outros capangas estão nas imediações da casa da Raquel como prevíamos. Também estamos com uma equipe colada neles. Estamos jogando xadrez meu velho, e nesse jogo nem sempre quem faz o primeiro movimento tem vantagem. Vamos aguardar que as coisas vão acontecer.

— Espero que você tenha razão. Marcelo, tem mais uma coisa... Carmen.

— Puta que pariu seu pervertido, nem numa hora dessas você deixa de pensar em mulher?

— Ela morreu.

Marcelo sentiu um arrepio na espinha. Sabia como Angelo estava apaixonado por aquela mulher.

— Como assim morreu?

— Sofreu um acidente na Itália. A polícia diz que ela passou direto numa curva da estrada e caiu em um precipício.

— Cara, que merda... e você, o que achou dessa história? Engoliu?

— Não, na minha opinião ela foi assassinada e acho que Aleksandra pensa da mesma maneira.

— Meu velho, eu sinto muito. Sei que você estava gostando dela, mas agora você não pode perder o foco, ok? Deixe para sofrer depois, levante a cabeça e vamos em frente que eu estou louco para chutar a bunda de uns certos mafiosos...

Marcelo ouviu um pequeno riso contido do outro lado da linha.

— Só você mesmo para me fazer rir numa hora dessas. Mas você tem razão, preciso me recuperar e pensar em quem ainda está vivo. Nos falamos mais tarde então. Qualquer coisa...

— Eu ligo chefão, pode deixar.

— E Marcelo, mais uma vez, obrigado por tudo.

— Vá se foder.

Assim que desligou o telefone, Marcelo se recostou na cadeira e olhou pela janela do hotel. Ficou com saudades de Juliana e de seus filhos. E se fosse ele que estivesse na mesma situação em que Angelo se encontrava? E se tivessem matado a sua mulher e sequestrado os seus filhos como ele se sentiria? Pegou seu celular e digitou o número de Juliana.

— Oi querido, que surpresa boa. Achei que você só fosse me ligar mais tarde. Como estão as coisas? Alguma novidade boa?

— Ainda não — sua voz soava cansada — e as crianças, tudo bem?

— Tudo indo. Elas estão querendo saber mais detalhes da sua ida ao Brasil e também estranharam um pouco a minha vinda para cá fora da época programada, mas tudo bem, deixa que eu me viro com eles por aqui. Agora eu estou preocupada com você e com Angelo.

— As coisas aqui não estavam fáceis e hoje Angelo levou mais uma porrada...

— Por favor, não me diga que aconteceu o pior com as crianças!

— Não, até agora não tivemos nenhuma informação adicional sobre elas. Foi Carmen, ela morreu.

— Mas como? O que aconteceu?

— Não sabemos direito, mas a polícia disse para Angelo que ela perdeu o controle do carro e saiu da pista caindo em uma ribanceira. O carro se incendiou e não sobrou nada além de alguns ossos queimados.

— Me dê um momento.

Marcelo sabia que Juliana havia gostado muito de Carmen e apesar de toda a confusão que ela havia armado na vida de Angelo, sentia que ela poderia ser a pessoa certa para ele. Alguns segundos depois ela continuou recomposta do choque.

— Estou muito triste, mas agora é hora de pensar nas crianças. Não deixe Angelo se abater, vão atrás desses desgraçados e tragam elas de volta para a mãe. Eu nem quero imaginar como Raquel está se sentindo.

— Foi exatamente isso que eu disse a ele, mas não sei se funcionou. Ele estava mesmo gostando dela.

— Eu te amo Marcelo, não se esqueça disso. Tome cuidado e chute a bunda desses canalhas!

— Vou chutar meu amor, eu prometo!

Era sempre assim. Bastavam algumas palavras de incentivo de Juliana para que ele levantasse novamente a moral. Assim que desligou agradeceu a Deus em pensamento por ter conseguido um dia conquistar aquela mulher. O rádio tocou e o trouxe para a realidade novamente.

— Prossiga

— O calvo está saindo do hotel.

— Colem nesse filho da puta.

— Já colamos. Uma moto avançada e o carro com o receptor do rastreador a uma distância segura. Deixei um dos homens no hotel. Ele ficará de olho no saguão caso alguém apareça procurando pelo suspeito, além de tentar colocar um brinquedinho no quarto dele para podermos acompanhar o som ambiente.

— Isso é complicado. O cara é bom?

— O melhor. Ele se hospedou para eliminar qualquer suspeita por estar circulando pelo hotel. Agora já deve estar no quarto do sujeito. Vai aproveitar para dar uma geral nas coisas dele também.

— Ótimo, espero que consigamos alguma coisa. O tempo está se esgotando. Me avisem assim que ele chegar ao destino, ok?

— QSL

— "Lá vem... Que merda quer dizer QSL?" pensou Marcelo, mas a confiança na equipe era tanta que ele nem quis saber e mandou uma resposta que ele achou estar à altura. — Positivo operante!

O ptt do rádio foi acionado mais uma vez, mas o agente nada falou. Ao invés da voz dele, Marcelo pensou ter ouvido o que parecia serem risinhos de deboche, mas achou melhor deixar para lá.

Angelo

Assim que terminou a conversa com Marcelo, Angelo olhou pela janela do táxi e tentou se distrair vendo as pessoas fazendo jogging no canteiro central da Avenida Sumaré. Lembrou-se dos primeiros tempos pós-divórcio de Raquel e dos meses em que ele alugou um pequeno apartamento a poucas centenas de metros dali próximo ao prédio da Pontifícia Universidade Católica. Apesar dos problemas naturais que uma separação traz, ele se lembrava daquele tempo com saudades. As idas à pequena academia que ficava na mesma rua em que morava, a padaria da esquina, a oficina de motos do "Francês" logo ao lado que cuidava com todo o carinho da sua Harley Davidson, enfim, um bairro ao mesmo tempo central mas que ainda mantinha ares de cidade do interior, muito diferente do moderno bairro onde ele tinha agora o seu apartamento.

Prédios altos e bonitos, carros luxuosos, gente bonita de uma classe média alta que não tinham nenhuma vergonha em ostentar seus símbolos de riqueza, mas que ao mesmo tempo faziam do bairro um lugar mais frio, onde as pessoas mal se conheciam e raramente saíam à rua. Um baque forte e um barulho de pneus cantando no asfalto fez Angelo voltar a realidade a tempo de ver o motorista do táxi tentando sem sucesso controlar o veículo que rodou no eixo e parou atravessado no meio da avenida.

— Seu louco filho da puta! — gritou o motorista ao mesmo tempo em que abria a porta e começa a andar em direção a uma SUV preta.

Foi quando Angelo viu três homens saírem da SUV e virem em direção ao táxi. O motorista parou imediatamente e começou a andar de costas de volta para o táxi mas antes que pudesse entrar novamente no carro um dos homens já o tinha agarrado e jogado por sobre o capô do carro, enquanto o segundo mandava os carros seguirem adiante em tom de ameaça e o terceiro abria a porta de trás do táxi e arrancava Angelo do banco o empurrando em direção a SUV. Nesse momento ele percebeu o segurança na moto observando a cena toda a cerca de 30 metros de distância que lhe fez um sinal imediatamente compreendido — "não vou reagir" — e então ele ficou mais tranquilo. Caso houvesse uma troca de tiros naquele momento, tanto a sua vida estaria em perigo quanto a chance de rever as crianças provavelmente acabaria.

— Quem são vocês e para onde estão me levando? – como se ele não soubesse ao menos parte da resposta.

— Cale a boca e fique quieto antes que nós o amarremos e amordacemos. Temos ordens de levá-lo sem violência, mas caso haja reação da sua parte podemos partir você ao meio.

Foi o suficiente para Angelo ter certeza do que se tratava e não disse mais nada. Pouco mais de um minuto após toda a ação ter começado a SUV já saía em disparada pela avenida Sumaré em direção à rua Henrique Schaumann, porém antes de partir, enquanto o motorista ainda manobrava o carro para sair da posição atravessada que ele havia posicionado o veículo para desviar o trânsito, um motoqueiro passou a poucos centímetros do para choque traseiro e dando um chute na lataria xingou o motorista. Uma cena tão rotineira no trânsito de São Paulo que o motorista sequer esboçou reação e muito menos desceu do carro para checar algum eventual estrago. Se tivessem feito isso provavelmente teriam notado a pequena caixa preta de borracha presa ao pára-choque da SUV.

Angelo procurou se acalmar. Ele sabia que sua vida corria perigo, mas também tinha certeza que enquanto ele cooperasse eles não o matariam e se ele tivesse sorte, também não fariam mal às crianças. A vida de todos apenas estaria realmente comprometida após ele fazer o que quer que fosse que esses homens desejavam que ele fizesse. Daí sim, tanto as crianças quanto ele passariam a ser descartáveis e era exatamente por causa disso que eles teriam que conseguir recuperar as crianças antes de tudo terminar. Só assim todos teriam chance de escapar ilesos dessa loucura que sua vida havia se transformado. O SUV desceu a Av. Henrique Schaumann, virou à direita da Av. Rebouças e começou a descer em direção a Marginal de Pinheiros quando de repente tudo ficou escuro. Um dos homens havia colocado um capuz sobre a cabeça de Angelo que, apesar de conseguir respirar com certa facilidade pela parte debaixo, não conseguiu conter uma primeira reação de tentar tirá-lo da cabeça, que só não se concretizou por conta de uma cotovelada muito bem dada nas suas costelas que o fez arfar e a curvar para frente de dor.

— Já dissemos, se você resistir temos ordens de parti-lo ao meio, então não abuse da sorte e seja um bom menino.

Angelo tentou então se acalmar novamente e de súbito uma ideia lhe veio à mente — "mil e um, mil e dois, mil e três" mentalmente ele começou a contar. Ele sabia que a Av. Rebouças era uma reta que terminava na Marginal do Rio Pinheiros. Se eles fossem até o final dela existiam três possibilidades principais de caminhos a seguir, uma curva relativamente leve à direita e novamente uma grande reta, o que indicaria que eles haviam entrado na Marginal de Pinheiros no sentido da Rodovia Castelo Branco, ou então outra duas alternativas caso atravessassem a ponte Eusébio Matoso que ele acreditava conseguir identificar pela vibração dos pneus passando sobre as juntas de dilatação da ponte.

A primeira seriam duas curvas fechadas e em sequência a direita e depois uma reta que indicaria que estariam também na Marginal do Rio Pinheiros, porém no sentido contrário em direção a Interlagos ou então após a ponte fazerem um leve "S" que levava basicamente para dois caminhos. A esquerda para a Avenida Professor Francisco Morato e para os bairros do Butantã e vários outros da periferia da Região Oeste, sendo que a continuação dessa avenida se dava na Rodovia Régis Bittencourt que seguia em direção ao Sul do País e a direita que seguia por trás do Jockey Club de São Paulo em direção à Rodovia Raposo Tavares e de lá para o centro-oeste do Estado de São Paulo.

Ele tinha certeza que o agente com a moto estava seguindo o carro, mas caso algo acontecesse no caminho e ele não conseguisse acompanhar a SUW ele ao menos teria uma noção da direção que o veículo tinha tomado e isso era melhor do que nada. Além disso, se concentrar nessa estratégia serviu para ele se acalmar e ele ficou eufórico quando sentiu as juntas da ponte passando sob os pneus e logo depois as duas curvas em sequência para a direita e novamente a reta no sentido Interlagos. Ali era o seu quintal e as chances de mesmo vendado conseguir ao menos ter uma ideia de onde estariam indo seriam muito maiores do que se os sequestradores tivessem escolhido uma das outras alternativas. Sua concentração aumentou ainda mais e ele continuou a contar.

Cerca de 20 minutos se passaram até que o carro finalmente estacionou. Pelos cálculos de Angelo eles deveriam estar entre a região de Interlagos, não muito distantes do autódromo José Carlos Pace e a região da represa de Guarapiranga, onde não faltariam locais ermos para servirem de esconderijos para as crianças. A esperança de rever os filhos o invadiu assim que o capuz foi retirado.

Estavam em algum tipo de casa de campo, bastante bonita e muito bem conservada, o que indicava que deveriam estar próximos à represa de Guarapiranga que possuía diversos locais como esse. Assim que foi retirado do carro ele pode ver um homem o aguardando, parado em frente à porta principal da casa que se encontrava totalmente aberta. Era o calvo com quem se encontrara no galpão e que lhe entregara o tablet pelo qual ele vira seus filhos. Seu coração acelerou. Eles tinham que estar ali, pois aquele lugar era o esconderijo perfeito para as crianças. Agora ele apenas torcia para que o homem tivesse pena dele e o deixasse vê-las.

— Tragam-no para dentro rápido - o homem simplesmente ignorou Angelo e se dirigiu diretamente para o capanga que o segurava pelo braço. Não era exatamente um sinal amigável, mas ele tinha que tentar mesmo assim.

— Meus filhos, eu exijo vê-los!

O ar subitamente deixou os pulmões e Angelo que se curvou por sobre a barriga e caiu ajoelhado no chão.

— Cale a boca seu playboy almofadinha. Aqui você não exige nada, entendeu? Apenas obedeça e reze para ficar vivo.

Angelo assentiu com a cabeça ainda respirando com dificuldade e com um tranco do capanga ele já estava em pé andando em direção ao interior da casa. Quando entraram ele pode perceber que a decoração era austera, mas bastante atual, lembrando uma casa que era usada com certa frequência mas não deveria ser moradia diária de ninguém e sim um tipo de casa de campo. Mas quem iria ter uma casa de campo a essa distância da cidade? A não ser que... Então ele pode ver pela janela lateral da casa e entre as árvores que a rodeavam uma mancha verde escura e teve certeza.

Eles estavam mesmo em uma das casas às margens da represa de Guarapiranga e que deveria ser alugada para finais de semana e temporadas. O capanga o empurrou para um sofá de tecido muito confortável que cedeu apenas o ideal sob o seu peso e ali ele aguardou em silêncio por quase dez minutos enquanto o homem calvo teclava em um laptop. Quando terminou ele fechou a tampa e finalmente se dirigiu para Angelo.

— Senhor Cesari, nos encontramos novamente. Como tem passado?

Angelo tentou ser o mais gentil possível e sensibilizar o homem.

— Eu passei terrivelmente mal. Preciso ver os meus filhos, senão acho que não conseguirei ser útil aos senhores.

O calvo não esboçou nenhum sinal nem de pena nem de raiva, apenas ignorou o comentário de Angelo e se virando caminhou até a sua mesa novamente. Ele deixaria Angelo ver seus filhos novamente pelo tablet? Não era isso que ele tinha em mente mas já era um excelente começo, aliás havia sido mais fácil do que ele imaginava, porém quando ele se virou novamente para Angelo não era o tablet que tinha nas mãos, mas sim uma foto ampliada de Aleksandra.

— O senhor conhece essa mulher?

Era óbvio que eles o tinham seguido até a casa de Aleksandra.

— Conheço, ela se chama Aleksandra Yakovenko e é uma agente que trabalha para a Interpol.

— Então o senhor além de não seguir nossas orientações para deixar a polícia de fora foi buscar ajuda na Interpol? Acho que temos um grande problema aqui.

— Não fui eu que a procurei, mas sim ela que me procurou. A polícia italiana insiste que eu estou envolvido na morte de um policial em Roma e ela exigiu que eu me apresentasse a ela para dar esclarecimentos, caso contrário ela me entregaria para a polícia brasileira.

— Mas porque ela simplesmente não o entregou à polícia? Qual o interesse dela em preservar a sua liberdade?

A situação estava se complicando e Angelo decidiu contar parte da verdade.

— Porque eu estava colaborando com eles em uma investigação internacional sobre fraudes em licitações públicas por grupos estrangeiros no Brasil e acredito que não seja interessante para ela que eu seja preso.

— Interessante, então temos aqui um agente secreto. Nunca matei um agente secreto antes.

— Agente secreto? Você só pode estar brincando...eu fui envolvido nessa história toda apenas por estar no lugar errado na hora errada. A empresa que eles estavam investigando fez uma parceria com a empresa da qual eu era presidente no Brasil e que agora assume a presidência mundial e para eu não ser preso tive que aceitar colaborar, apenas isso.

O homem fez um sinal para o capanga que estava ao seu lado e antes mesmo que Angelo pudesse esboçar qualquer reação ele já lhe tinha aplicado uma gravata e mantinha uma pistola 9 mm apertada contra o seu rosto.

— E você ainda diz "apenas isso"? Você é um maldito dedo duro e acha a coisa mais normal do mundo? Como podemos confiar em uma pessoa como você? Acho que o nosso trato chegou ao fim.

O desespero tomou conta de Angelo. Ele iria morrer, mas tinha que tentar ao menos salvar as crianças.

— Me mate, mas não faça mal aos meus filhos, eu lhe imploro!

— Senhor Cesari, acho que o senhor não entendeu. O nosso trato é exatamente sobre seus filhos. Sua morte não me serve de nada. Lhe demos uma oportunidade de revê-los, mas pelo que parece você não quis aceitá-la então não nos resta mais nenhuma alternativa senão acabar com elas bem na sua frente e depois tratar de lhe dar a morte mais dolorosa possível.

O choro rompeu incontrolável e Angelo começou a soluçar, ao mesmo tempo que balbuciava palavras desconexas.

— Eu faço... Eu falo tudo, por favor não matem meus filhos... Eles são tudo para mim... Por favor, eu faço qualquer coisa...

O homem calvo continuava impassível diante da cena deprimente a sua frente. Ele dava a impressão de passar por situações como aquela diariamente e que tudo aquilo lhe dava um enorme tédio, como aqueles funcionários públicos que diante do seu problema apenas bocejam e esperam você argumentar em vão para finalmente carimbar uma recusa qualquer em seu formulário. Porém, quando ele já acreditava que tudo estava terminado, um sorriso largo preencheu o rosto do homem.

— Senhor Cesari, eu fico feliz em lhe comunicar que o senhor foi aprovado em seu último teste e que agora está apto para executar a sua missão e libertar os seus filhos.

Angelo sentiu as mãos do capanga se afrouxando em torno do seu pescoço e então o homem calvo avançou até ele, pegou pelo braço como se fossem velhos amigos e o levantou do sofá.

— Vamos ver os seus filhos agora?

Carmen

O mar, de um azul quase irreal, ficava cada vez mais próximo ao ponto de Carmen começar a distinguir algumas embarcações menores cruzando as águas e fazendo-a imaginar seus ocupantes. Pescadores saindo em busca do seu ganha-pão, turistas encantados com as maravilhas desse lugar, endinheirados usufruindo de um estilo de vida que poucas pessoas podem ter, enfim, gente indo e vindo como em qualquer dia normal, trabalhando, se divertindo, vivendo. Ela teve uma súbita inveja daquelas pessoas, por mais simples que fossem, a bordo de um daqueles barcos lá embaixo, e pensou como teria sido a sua vida se ela simplesmente tivesse esquecido Peter Golombeck ao invés de deixar o sentimento de vingança comandar tudo o que ela fizera desde aquele trágico dia em que perdeu a sua família.

Ela poderia ter tido uma bela carreira em qualquer outra empresa do mundo. Era bonita e inteligente e certamente muitas portas se abririam para ela. Também poderia ter conhecido um bom homem e com ele ter tido filhos, uma casa e até mesmo quem sabe um ou dois cachorros, mais ou menos como aquelas famílias que sempre aparecem nas propagandas de TV. Mas agora isso era passado e a única coisa que importava era destruir Peter Golombeck e se possível ajudar Angelo a sair da enrascada que ela mesma arranjou para ele. O sinal de comunicação da cabine do avião foi acionado e ela voltou à realidade. Era o piloto.

— Por favor apertem os cintos pois estamos em procedimento de descida e em breve aterrissamos no Aeroporto Internacional Princesa Valentina.

Cerca de 10 minutos depois o jato executivo já corria suavemente pela pista de pouso a caminho do local indicado para o desembarque. Assim que o avião desligou as turbinas Roberta se dirigiu a Carmen com o costumeiro sorriso profissional.

— Senhora Carmem, seja bem vinda a San Martin. Espero que o voo tenha sido tão agradável para a senhora como foi para mim. Agora peço que me acompanhe por favor.

Ao lado do avião, um Audi A5 preto esperava por elas com o motor ligado. O vento quente e o cheiro inconfundível do mar foram as primeiras coisas que Carmen sentiu assim que saiu do avião. Em silêncio ela seguiu Roberta até o carro e ambas se acomodaram no banco traseiro, enquanto um dos seguranças sentava-se no banco da frente ao lado do motorista e o outro em uma van estacionada a poucos metros dali.

Rodaram por cerca de 300 metros até chegarem a uma estrutura que Carmen supôs ser o terminal de passageiros dos jatos executivos e assim que o Audi estacionou Roberta pediu que ela o acompanhasse novamente. Quando ambas entraram no edifício, que na verdade não passava de uma pequena edificação térrea com alguns sofás e máquinas de café e água, foram recepcionadas por uma funcionária com a qual Roberta começou a conversar em inglês.

Em seguida, Roberta pediu que Carmen a seguisse mais uma vez e se dirigiram juntas até o local onde ficavam os banheiros femininos. Assim que entraram no espaço de não mais de 10 metros quadrados onde do lado direito havia três sanitários com divisórias e do esquerdo uma pia longa com um espelho que já tinha tido dias melhores. Roberta trancou a porta do banheiro por dentro.

— Estou enganada ou você está querendo se despedir de mim de uma maneira especial?

— Antes fosse Senhora Carmen, mas infelizmente acho que eu já me permiti misturar trabalho e prazer além do ideal nessa missão, quero lhe apresentar Rosana, nossa nova Carmen.

Nesse momento, uma das portas das divisórias se abriu e uma linda mulher morena vestida com o uniforme de trabalho que pelo crachá que trazia no peito, era da empresa que fazia a limpeza do aeroporto, saiu de seu interior. A semelhança entre as duas era realmente notável. Facilmente passariam por irmãs. A mulher morena sorriu mostrando os dentes perfeitos.

— Olá senhora Clara Gimenes, seja bem-vinda ao Caribe.

Carmen a cumprimentou com um sorriso forçado e em seguida Roberta voltou a passar orientações.

— Senhora Clara, por favor troque de roupa com Marta imediatamente. Nosso tempo é curto. Estarei aguardando do lado de fora para conduzir a sua substituta de volta ao avião enquanto uma pessoa virá buscá-la e lhe acompanhará pela saída utilizada pelos funcionários até o lado oposto de onde nos encontramos e lá você embarcará na lancha que a aguarda. A partir desse momento você se tornou essa nova pessoa e seus documentos já foram providenciados e a aguardam na lancha. Não nos falaremos mais. Foi um grande prazer conhecê-la e desejo-lhe uma vida longa e feliz nesse paraíso.

Dizendo isso Roberta fez um sinal com a cabeça e a mulher morena começou a se despir imediatamente. Sem alternativa, Carmen começou a fazer a mesma coisa enquanto Roberta destrancava a porta e saía. Minutos depois foi a vez da nova Clara deixar o banheiro e segundos depois uma senhora com cara de poucos amigos também vestida com o uniforme da mesma empresa abriu a porta e pediu que Carmen a seguisse.

Saíram discretamente pela lateral do banheiro e dando a volta completa na parede se depararam com uma porta que foi rapidamente aberta pelo crachá da funcionária e saíram para o pátio atrás do pequeno prédio. Quando Carmen fitou o horizonte não pôde deixar de reconhecer que o plano tinha sido excelente. O Aeroporto de San Martin tem uma característica muito peculiar, pois se localiza em uma área que é praticamente uma ilha, ligada apenas por uma pequena faixa de terra. O local é ideal para barcos e possui diversas marinas e ancoradouros ao redor.

Foi necessária uma caminhada de pouco mais de cinco minutos para elas chegarem a um dos atracadouros usados pelo pessoal da manutenção do próprio aeroporto e onde uma lancha offshore aguardava com os motores ligados. Ela desconfiou que os dois homens fortes e carrancudos fossem bem mais que simples marinheiros e rapidamente embarcou.

A lancha arrancou com força assim que Carmen se acomodou em um dos assentos e rapidamente o litoral da ilha e o aeroporto começaram a ficar para trás. Alguns minutos depois ela pode ver o jato em que chegara decolar novamente e aos poucos ir sumindo no horizonte. Teve então a sensação que sua vida podia nunca mais ser a mesma, a não ser que por algum milagre sua mensagem de texto tivesse sido recebida e mesmo assim, que quem a recebeu pudesse realmente fazer alguma coisa por ela. Nada mais restava a não ser esperar.

Demoraram pouco mais de 40 minutos para chegarem a uma enseada que um dos homens lhe disse se chamar Baie Lucas. Eles então diminuíram a velocidade e começaram a se aproximar da praia lentamente até encostarem em um píer em frente a uma maravilhosa casa. No píer um outro homem tão corpulento e mal--encarado quanto os dois da lancha os aguardava e assim que a lancha atracou, ele estendeu a mão em direção a Carmen para ajudá-la a desembarcar.

— Boa tarde senhora Clara, meu nome é Pablo e sou seu mordomo. Bem--vinda à sua nova casa.

Ficou claro desde o primeiro momento que mordomo queria dizer carcereiro, mas Carmen sorriu com simpatia mesmo assim e dando sua mão para o homem pisou no píer. Os marinheiros estavam desembarcando algumas malas que provavelmente eram "presentes" de Peter uma vez que as bagagens originais dela haviam seguido para a Cidade do México juntamente com a nova Carmen, ou Clara, ou seja lá qual o nome que tivessem dado para aquela mulher, mas ela teria pouco tempo para desfrutar de qualquer coisa, pois com certeza seria eliminada assim que entrasse no México. Peter detestava pontas soltas.

Assim que começaram a caminhar pelo píer, Carmen percebeu uma lancha vindo muito rápido na direção da praia, ziguezagueando de maneira estranha. Os homens também perceberam o movimento e todos pararam para segui-la com os olhos. Quanto mais a lancha se aproximava do píer, mais apreensivos os homens pareciam ficar pois além dos movimentos de zigue-zague ela não diminuía a velocidade. Rapidamente a expressão dos homens mudou de curiosidade para alerta e então após uma rápida troca de olhares três pistolas surgiram do nada em suas mãos.

A lancha continuou a se aproximar sem dar nenhum sinal que iria reduzir a velocidade e pela proximidade já se conseguia distinguir um grupo de pessoas que pareciam ser turistas. O som do barco estava altíssimo e parecia que todos estavam com uma bebida na mão.

— Turistas bêbados — disse o mordomo aos outros dois homens enquanto posicionava Carmen atrás de si para protegê-la de um eventual impacto.

Nesse momento a lancha deu uma última guinada e passou a vir diretamente em direção a eles. Os homens já estavam a ponto de levantar suas armas e começaram a atirar quando a lancha finalmente desacelerou e as pessoas a bordo começaram a acenar para os que estavam sobre o píer. A essa distância já era possível identificar que haviam seis pessoas a bordo, sendo quatro mulheres e dois homens. Duas das mulheres estavam apenas com a parte de baixo do biquíni exibindo os seios e todos pareciam estar totalmente embriagados. Apesar dos gritos dos dois marinheiros para que a lancha se afastasse, pois aquele era um píer particular, ela continuou a se aproximar lentamente enquanto os passageiros continuavam a acenar e a gritar alegremente para eles pedindo para desembarcar no píer e conhecer a praia.

Mais relaxado o mordomo ordenou que os marinheiros espantassem os turistas bêbados enquanto ele levava a senhora para dentro da casa e dizendo isso ele pegou o braço de Carmen, lhe indicou que deveria seguir com ele para terra. Não chegaram a dar três passos quando o barulho dos tiros misturados a gritos de terror fez com que eles voltassem novamente para a lancha. Nesse momento os dois turistas bêbados descarregaram suas armas nos dois seguranças enquanto as mulheres embarcadas gritavam de terror.

O mordomo puxou Carmen para trás de si novamente e empunhando a arma mirou na direção dos turistas, mas antes de poder apertar o gatilho sentiu um tranco que o jogou de cima do píer para dentro do mar. Enquanto ele caia, Carmen ainda teve tempo de olhar para ele com um sorriso nos lábios e vê-lo se chocar com as pedras que infestavam o lado direito do píer e imediatamente ficar fora de combate.

Ela então correu em direção à lancha que havia acabado de encostar no píer e da qual as quatro mulheres histéricas desembarcavam e começavam a correr em sentido contrário ao dela, quase a atropelando literalmente. Ela nem se deu ao trabalho de descer do píer para a lancha e simplesmente se jogou nos braços de um dos homens enquanto o outro habilmente manobrava e acelerava em direção ao mar aberto. Assim que ela se desvencilhou dos braços dele seus olhares se encontraram com uma ternura que só existe entre irmãos e lágrimas brotaram de seus olhos.

— Eu sabia que vocês viriam me buscar! Ela gritou acima do ruído alto dos motores.

— Nós nunca deixaríamos nossa irmãzinha na mão — disse sorrindo o homem olhando para o companheiro que nesse momento também sorria — Agora vamos tratar de fugir daqui, mas depois você irá nos explicar como se meteu nessa confusão.

Peter

Já passava das 4 horas da manhã quando o piloto anunciou que o voo AZ 674 da Alitalia com destino a São Paulo se preparava para pousar. O voo havia saído de Roma pontualmente às 22h05 da noite anterior e mesmo estando acomodado na primeira classe, com todo o conforto possível em um voo de carreira, Peter não tinha pregado o olho um minuto sequer.

Ele gostava de se gabar que nunca, em nenhuma situação, por mais estressante que pudesse ser, perdia o sono. Ao contrário, quanto maior o desafio que tinha pela frente, mais relaxado ele ficava pois desde muito cedo havia sido treinado assim. Então ele tinha certeza que as ações que estavam por se desenrolar no Brasil não tiravam seu sono. O que não o deixava dormir era ela.

Ele sabia que a cada minuto que passava eles estavam mais próximos e também se aproximava o momento em que ele teria que acabar com aquela ameaça. Um sentimento novo, dolorido e avassalador o consumia por dentro. Dezenas de vezes durante o voo ele tentou se enganar criando planos alternativos para manter Aleksandra viva e ao seu lado para sempre, mas em todas as vezes o seu instinto falou mais alto e a resposta era sempre a mesma: "mate-a enquanto é tempo".

Sentindo-se destroçado e sem forças sequer de se mover na confortável poltrona ele se impôs pela enésima vez focar seus pensamentos nos planos para os ataques no Brasil e assim afastá-la da sua mente, mesmo que fosse apenas por alguns momentos, mas havia sido em vão, mas ele tentou novamente.

Naquela altura Luiz já deveria ter desembarcado no Brasil e provavelmente já estava dando andamento nos dois ataques preliminares. Apesar de simultâneos, ambos eram relativamente simples de executar, principalmente contando com a total incapacidade das autoridades brasileiras em lidar com atentados terroristas. Fora alguns casos esporádicos de radicalismos interno concentrados principalmente durante o regime militar, o Brasil não sabia o que era terrorismo e as autoridades insistiam em manter a cabeça dentro de um buraco, como se ignorar a ameaça fosse proteger o país do pior. Era óbvio que mais cedo ou mais tarde atentados "reais" aconteceriam. Não que os ataques que ele estava prestes a desferir não fossem reais, muito pelo contrário, haveriam mortes e sangue suficientes para mudar a postura do Brasil com relação ao assunto, porém mais cedo ou mais tarde o Brasil sofreria retaliações por posições políticas ou religiosas ou até mesmo por manter a atual política de "ficar em cima do muro" quando isso não fosse mais possível.

No fundo ele estava fazendo um favor ao país que a partir dos ataques que ele havia planejado e das mudanças da legislação que ele acreditava acontecerem logo depois, estaria mais bem preparado para enfrentar as verdadeiras ameaças que a cada dia se tornavam mais reais aos olhos de quem queria enxergar. Obviamente que essa mudança traria enormes ganhos para as suas empresas e o tornaria ainda mais rico e poderoso do que já era, mas afinal de contas, a sua dedicação em melhorar a segurança interna do Brasil precisava ser recompensada de alguma maneira.

Até esse ponto ele não via nenhum problema. Caso os dois atentados tivessem a repercussão que ele esperava tudo se resolveria em questão de dias. Os políticos que faziam parte da sua folha de pagamento, mas que nem sequer sonhavam que a ZTEC estava por trás dos atentados aproveitariam a oportunidade e com um enorme fervor patriótico, defenderiam as mudanças estruturais na Lei se Segurança Nacional que ele tanto desejava. Além deles, novos políticos seriam devidamente aliciados nesse momento para engrossar o coro pelas mudanças e juntamente com o apelo da opinião pública que estaria clamando por vingança, convenceriam os demais pela aprovação. Esse seria o cenário ideal, mas havia a remota chance de não dar certo e então entraria em ação o "Plano B" que era a parte que realmente o preocupava e, por isso mesmo, a que Luiz Henrique e ele mais havia dedicado tempo e planejamento para executar.

O Plano B dependia de uma variável externa chamada Angelo Cesari. Tanto Peter quanto Luiz Henrique sabiam que usar um "civil" para executar esse tipo de ação poderia trazer complicações desastrosas e para tanto ele havia se cercado de todos os cuidados possíveis. A primeira avaliação de Angelo havia sido feita por Carmen e endossada por ele. Parecia o candidato perfeito tanto por ser jovem e ambicioso quanto pela razoável experiência no trato com os negócios relacionados com o governo, tendo contatos bastante interessantes com vários dos políticos que deveriam ser aliciados pela ZTEC.

No primeiro momento o papel de Angelo seria apenas o de oferecer dinheiro aos parlamentares que por ventura permanecessem contrários às mudanças desejadas pela ZTEC, mesmo após os atentados. Peter acreditava que esse trabalho seria bem-feito por Angelo em troca apenas do novo cargo de presidente mundial da ST, mas algo havia saído errado nas avaliações preliminares feitas por Carmen e assim que ele tomou conhecimento dos métodos empregados pela ZTEC demonstrou uma instabilidade que não estava nos planos. Apesar disso, ele não podia ignorar a principal razão pela qual haviam recrutado Angelo.

O pai de Angelo começou sua vida no Brasil trabalhando na indústria metalúrgica e apesar de sério e introspectivo acabou se tornando um importante líder sindical. Durante essa fase da sua vida ele fez diversos amigos que seguiram o caminho da política, mas ele era um idealista e apesar das oportunidades que teve sempre preferiu manter-se afastado desse mundo. Mesmo assim, algumas dessas amizades se fortaleceram com o passar dos anos e principalmente uma delas o acompanhou por toda a vida.

Talvez pelo estilo retraído e discreto ele nunca mencionava essa amizade e mesmo os encontros cada vez mais raros com esse amigo eram mantidos em segredo, muitas vezes até da própria família, apesar das famílias de ambos terem convivido por muitos anos no passado. De todos os filhos era Angelo que havia se aproximado mais do amigo. Apesar de ambicioso, poucas vezes havia usado essa amizade do pai para benefício próprio e raramente mencionava essa relação. Enfim, o destino acabou transformando Angelo em uma das pessoas mais próximas e queridas de um dos maiores fenômenos da história do Brasil e o um dos homens mais poderosos e influentes da América Latina. Um homem que Peter sabia ser muito menos nobre do que aparentava, mas que mesmo assim era adorado e reverenciado pelo povo mais humilde do seu país que via nele a prova de que era possível, sim, vencer a pobreza e a ignorância em que eles mesmo se encontravam.

O fato dessa amizade ser pouquíssimo conhecida havia sido fundamental para a escolha de Angelo e mesmo dentro da ZTEC apenas ele e Carmen tinham conhecimento disso. Nem as autoridades brasileiras sabiam dessa proximidade o que garantia uma tranquilidade extra muito bem-vinda naquele momento. Obviamente esse homem havia auxiliado Angelo por diversas vezes, mesmo sem o pupilo saber, facilitando caminhos dentro da máquina governamental e o ajudando a fechar negócios importantes que alavancaram as operações da ST no Brasil.

Agora era a hora de Peter tirar o proveito que necessitava dessa amizade entre os dois. Angelo teria que escolher entre os filhos ou a lealdade a esse homem, ou ainda melhor, entre a vida deles e a do homem mais poderoso do Brasil. Ele não tinha dúvida alguma que quando chegasse a hora certa Angelo faria qualquer coisa para ter os filhos de volta. Porém ainda era cedo para isso e ele desejava que os dois primeiros atentados fossem suficientes para trazer a opinião pública e os políticos para o lado que ele queria e se isso acontecesse, reduzir muito os riscos deixando de executar o terceiro. Por hora tudo estava indo bem e agora só restava aguardar.

Assim que chegou a essa conclusão e sua mente se desligou automaticamente de Angelo, a imagem de Aleksandra lhe veio à mente e seu estômago se contorceu. Em algumas horas ele estaria frente a frente com a única mulher que amara em toda a vida e que por mais que ele tentasse encontrar alguma outra saída, estava cada vez mais convencido de que teria de matá-la.

Marcelo Braga

O cansaço e a tensão haviam vencido e ele dormia profundamente com o rádio ligado em sua mão. Sonhava com as praias do litoral Norte de São Paulo e com os incontáveis mergulhos que havia feito na companhia de Angelo e de Giuliano. Foram anos incríveis onde apesar do pouco dinheiro que tinham sobrava energia e disposição para encarar horas a fio de caça submarina a bordo de um bote inflável caindo aos pedaços e que tantas vezes havia ameaçado afundar por culpa dos inúmeros remendos feitos por eles mesmos nos velhos e desgastados flutuadores. Ele sonhava com uma enorme garoupa, a maior da sua vida, e que finalmente ele havia conseguido cercar, e quando estava prestes a disparar o seu arpão um barulho começou a sair do fundo da toca, aumentando cada vez mais e fazendo com que a garoupa fosse crescendo até destruir a toca e se transformar em um tubarão branco de cinco metros de comprimento que engoliu a sua cabeça como se fosse uma azeitona.

Ele despertou com um pulo tentando apertar desesperadamente o gatilho da arma de caça submarina que estava em sua mão, mas assim que abriu os olhos ainda totalmente aterrorizado percebeu que a arma nada mais era que o rádio e que o som que fizera a garoupa se transformar em um tubarão saía dele. Quando finalmente se controlou e se preparou para atender o chamado, deu um grito medonho ao mesmo tempo que pulou da cama caindo de quatro no chão do quarto. Mantendo aquela posição por algum tempo ele fechou os olhos e pensou consigo mesmo que ainda devia estar dormindo e que obviamente não havia ninguém com ele no quarto e se acalmando mais uma vez, se levantou devagar e olhou novamente para a poltrona que ficava ao lado da cama, mas ela realmente não estava vazia. O quarto estava com as luzes apagadas e apenas uma fresta de luz entrava pela janela, mas ele podia ver uma silhueta perfeitamente.

Por alguns segundos ele apenas ficou parado e esperando que aquele pesadelo finalmente chegasse ao final, mas o som insistente do rádio foi deixando cada vez mais claro que aquilo era muito mais real do que ele imaginava.

— Por que você não atende?

A voz feminina tinha um leve sotaque europeu. Alemão talvez? Ou então russo?

— Que merda você está fazendo no meu quarto?

— Acalme-se Marcelo, eu prometo que não vou violentar você — o tom de deboche da mulher combinado com um leve sorriso fez com que ele se lembrasse imediatamente que estava completamente nu – Por que você não se veste para podermos conversar um pouco?

A situação era tão surreal que ele simplesmente não conseguia se mover. Então a mulher se levantou, andou até a cadeira onde as suas roupas estavam penduradas e as jogou para ele, acendendo as luzes do quarto em seguida. Ele virou-se de costas para a mulher como se esse gesto lhe desse um pouco mais de dignidade e rapidamente se vestiu, voltando novamente a encarar a mulher, dessa vez com um tom com muito mais raiva do que surpresa.

— Eu vou lhe perguntar só mais uma vez quem é você e o que está fazendo no meu quarto. Se você não responder eu juro que a jogo da porta para fora.

— Engraçado senhor Marcelo, eu pensei que os homens brasileiros se sentissem mais à vontade com as mulheres. A não ser que o senhor não seja tão homem assim?

Aquilo era a gota d'água. Ele avançou em direção a mulher e só parou quando o cano da Glock que ela empunhava encostou gelado na sua testa.

— Ora, veja só... Um machão ofendido! Adoro quando tenho a oportunidade de conversar com um.

Dizendo isso e sem tirar a pistola da testa dele, a mulher puxou uma carteira funcional e a abriu em frente dos olhos de Marcelo. A primeira coisa que ele identificou foi a sigla Interpol estampada em letras maiúsculas e depois um nome, Aleksandra Yakovenko e se sentiu um imbecil.

— Então você é a famosa Aleksandra da Interpol? Eu esperava um contato seu e não que você viesse me acordar como minha mãe fazia na época do colégio.

— Ótimo Marcelo, então vamos parar de perder tempo e tratar do que interessa - dizendo isso ela retirou a pistola da testa de Marcelo e voltou a se sentar na poltrona - Quero saber todos os detalhes dessa operação de amadores que vocês montaram para tentar recuperar os filhos de Angelo, e nem pense em me esconder nada pois se fizer isso eu coloco vocês dois na cadeia.

Marcelo procurou se acalmar. Andou até o frigobar, abriu e pegou uma cerveja. Ele a abriu e tomou um grande gole e só depois disso ele se sentiu em condições de começar a conversa.

— O que você quer saber exatamente?

A mulher fez um ar irritado.

— Eu já lhe disse. Quero saber tudo.

Marcelo então se sentou na cama e começou a descrever em detalhes toda a operação que eles haviam começado a articular ainda na Itália por intermédio de um amigo comum, dono de uma grande empresa de segurança no Brasil.

Contou sobre as equipes que estavam seguindo tanto Angelo quanto os membros da quadrilha que eles haviam identificado desde o estacionamento do aeroporto e dos desdobramentos a partir deles. Naquele momento ele tinha quatro equipes trabalhando, um agente seguindo Angelo, uma equipe seguindo o homem calvo, outra colada nos homens que vigiavam a casa de Raquel e um agente infiltrado no hotel onde o calvo estava hospedado e que provavelmente estaria agora no seu apartamento coletando evidências e plantando uma escuta. À medida que ele descrevia os detalhes percebeu que Aleksandra ficara impressionada com o profissionalismo com que eles estavam trabalhando e assim que ele terminou o relato ele sorriu.

— Até que para um bando de civis brincando de pega ladrão vocês não estão se saindo nada mal. Você já teve alguma notícia do homem calvo?

Nesse momento Marcelo olhou para o visor do rádio que continuava a emitir o seu alarme característico e identificou que era exatamente essa equipe que estava chamando por ele. Levantou o olhar para Aleksandra que com um movimento de cabeça sinalizou para que ele atendesse.

— Prossiga — disse Marcelo, tentando agir da maneira mais profissional que conseguia.

— O calvo se dirigiu a uma casa nas margens da represa de Guarapiranga.

Uma centelha de esperança se acendeu.

— Vocês viram as crianças?

— Negativo, mas o nosso VIP está aqui também.

Não fazia sentido. VIP era o código que eles tinham para Angelo. Como ele estava lá se dá última vez que haviam conversado pelo rádio ele se dirigia à casa de Raquel?

— Confirme a informação, o VIP também está aí?

— Positivo. O agente dele está aqui conosco. O VIP foi interceptado e trazido para cá. O agente não reagiu e plantou um rastreador nesse carro também.

Marcelo olhou para Aleksandra que fez sinal para que ele continuasse.

— E nenhum sinal das crianças?

— Como eu já disse, negativo. Tentamos nos posicionar para verificar o interior da residência, mas não avistamos nenhuma criança. Estamos aguardando instruções.

Como assim aguardando instruções? Eles eram os profissionais e estavam perguntando para o dono de um restaurante o que deveriam fazer? Ele não tinha a menor ideia do que responder e olhou mais uma vez para Aleksandra.

Imediatamente ela disse para ele orientar os homens que não fizessem nada e continuassem a manter a vigilância. Após ele passar a mensagem Aleksandra pensou por alguns segundos antes de começar a falar.

— Muito bem Marcelo, acho que acabei chegando na hora certa, não é mesmo? Vamos então pensar um pouco juntos. Se os homens que levaram Angelo para essa casa são os mesmos que se encontraram com ele da primeira vez, ou ao menos um deles é com certeza, deve ser para finalmente lhe dizerem o que exatamente querem com ele, concorda?

Marcelo assentiu com a cabeça e Aleksandra continuou.

— Muito bem, se eles tiveram o trabalho de levar Angelo para um lugar tão ermo quanto esse pode ser que realmente as crianças estejam lá e se invadirmos agora consigamos libertar todos. Porém temos que considerar duas hipóteses. A primeira é que realmente as crianças estejam lá e se a casa for invadida ocorra uma grande troca de tiros e as chances de nem Angelo e nem as crianças saírem vivas é muito grande.

Um nó apertou a garganta de Marcelo, enquanto Aleksandra continuava o seu raciocínio.

— A segunda hipótese é que as crianças não estejam lá e como nenhum dos homens conseguiu uma confirmação visual delas, é nessa que devemos apostar as nossas fichas. Nesse caso, se invadirmos a casa haverá também uma grande troca de tiros e também provavelmente Angelo seja morto. Nesse caso as crianças poderiam até sobreviver, mas nada garante que elas não estejam sob vigilância de outros membros da mesma quadrilha e que assim que o tiroteio começar eles não recebam ordens para eliminá-las. Ainda pior que isso, elas podem estar presas em algum lugar onde somente esses homens conheçam e se eles forem mortos nunca conseguiremos saber onde fica e certamente elas morrerão de sede ou de fome antes que consigamos encontrá-las.

Marcelo continuava a olhar para Aleksandra como esperando uma resposta mágica, mas ela simplesmente se calou depois da última frase. Ele ainda conseguiu segurar a ansiedade por alguns instantes antes de se entregar novamente ao desespero.

— Então o que faremos?

— Nada — disse a mulher friamente — oriente seus homens para manterem a vigilância de uma distância segura e também pelo GPS dos dispositivos implantados nos carros e vamos nos concentrar no agente no quarto do calvo. Se existe alguma pista que possa nos levar com segurança até as crianças é lá que ela deve estar e precisamos aproveitar muito bem esse tempo que ele está fora.

— Mas e Angelo? Se eles o matarem?

— Calma Marcelo, eu acho pouco provável. Se eles o quisessem morto já teriam feito há muito tempo. Meu palpite é que eles precisam de Angelo vivo e que farão de tudo para mantê-lo saudável até que não tenha mais serventia para eles.

Marcelo demorou apenas alguns segundos para acionar o rádio e passar as orientações aos homens. Nesse momento uma onda de medo percorreu todo o seu corpo e ele percebeu que ele realmente não era a pessoa ideal para estar no comando. Se Aleksandra não estivesse ali, provavelmente ele teria mandado as equipes invadirem a casa e a essa altura seu amigo estaria morto e as crianças presas para sempre em algum buraco escuro. Daquele momento em diante ele teria que ser cada vez mais cuidadoso e se tivesse sorte, contar com a ajuda de Aleksandra para que essa história terminasse bem.

Carmen

A lancha encostou suavemente em um píer na Baía de Road Salt Pond, costa norte da ilha de Antigua, pouco menos de uma hora depois dela ter sido resgatada. A lancha off shore de 40 pés, equipada com uma parelha de quatro motores de popa Evinrude e-tec de 300 hp cada, praticamente voava sobre a água a absurdas 70 milhas por hora. Para uma mulher vivida como Carmen, uma olhada no interior espartano desse barco que um dia já tinha sido luxo puro já dizia tudo. Um barco de contrabando.

Viajando quase tão rápido quanto um pequeno avião monomotor, mas ao nível do mar e à noite se tornava um veículo perfeito para se fazer contrabando entre as ilhas do Caribe, Cuba e até mesmo, em situação extremas, com paradas estratégicas para reabastecimento, chegar até Miami e a Venezuela. Ela sabia que os irmãos Sanches tinham várias dessas belezinhas em operação por todo o Caribe, que ela inclusive usava muitas vezes para pequenas entregas de armas e principalmente, de grandes somas de dinheiro e não raramente, ouro e pedras preciosas. Apesar do Caribe não ser um grande comprador de armas, era um dos destinos preferidos para o pagamento das generosas propinas dos políticos de vários países do mundo, muitos deles grandes clientes do mercado de armamento.

Mas a sua história com os dois começou muito antes de seu ingresso na ZTEC. Augusto e Ernesto Sanchez eram espanhóis como ela, e também como ela eram órfãos, ou ao menos era nisso que eles gostavam de acreditar. Na verdade, eles chegaram ao mesmo abrigo onde Carmen havia sido criada alguns meses depois dela. Na época tinham 4 e 6 anos respectivamente, um pouco mais novos que ela. Ninguém sabia ao certo o que havia acontecido aos pais deles, apenas que eles haviam sido abandonados em um apartamento fétido em que moravam com a mãe uma vez que o pai havia desaparecido assim que Augusto nascera.

A mãe não chegava a ser um exemplo e já havia sido denunciada algumas vezes pelos vizinhos por deixar as crianças sozinhas por dois ou três dias enquanto andava pelas ruas de Madri a procura de heroína, seu único amor verdadeiro. Porém, de uma maneira ou de outra ela sempre voltava e assim continuava a ter a guarda dos filhos, apesar de ser monitorada pelas autoridades através de visitas regulares de assistentes sociais. Foi em uma dessas visitas de rotina que os dois meninos foram encontrados, tão fracos e imundos que a primeira impressão era a de já estarem mortos. Após mais de um mês de internação, eles finalmente se recuperaram. Os médicos estimaram que ambos estavam sem se alimentar a quase uma semana quando foram encontrados e certamente não resistiriam mais do que um ou dois dias se não tivessem sido encontrados. Um mandado de prisão por abandono de menor incapaz foi emitido contra a mãe, mas ela simplesmente desapareceu da face da terra e nunca mais ninguém soube dela.

Após o tratamento no hospital eles foram transferidos para o abrigo onde imediatamente ela os adotou como seus irmãos. Cuidou deles quando ainda assustados com a nova realidade passavam o dia todo encolhidos em um canto com medo de tudo e de todos. Eram duas coisinhas pequeninas, bem menores que as outras crianças da mesma idade e por isso mesmo despertavam tão fortemente o instinto protetor de Carmen e aos poucos ela foi ocupando o espaço deixado pela mãe dos garotos, apesar de que com a pouco diferença de idade entre eles os fazem olhar para ela não como uma mãe, mas sim como o tipo de irmã mais velha que além de carinho e amor oferece o que mais lhes fazia falta naquele momento, proteção.

À medida que os anos foram passando e com os cuidados dos médicos, nutricionistas, psicólogos e claro da nova irmã, os meninos cresciam cada vez mais fortes e confiantes em si mesmos e no futuro. Faziam planos de viajar pelo mundo, serem marinheiros ou então aviadores ou até mesmo desbravadores das selvas da América do Sul, sempre em busca de aventuras. Nunca quiseram ser adotados. Diziam que um tomaria conta do outro e que os dois tomariam conta de Carmen. Quando ela deixou o abrigo houve muita comoção e tristeza, mas as promessas de nunca perderem o contato foram levadas a sério e mesmo que com menos frequência do que gostariam os três se reuniam sempre que possível.

Alguns anos depois os irmãos se alistaram na lendária Legião Estrangeira. Serviram durante vários anos nos locais mais remotos da África e treinamento intenso e a vida dura que levavam rapidamente transformaram os garotos em dois homens fortes, ambos com mais de um metro e noventa e musculosos como touros. Cinco anos se passaram antes que eles decidissem abrir o próprio negócio e usando as parcas economias que haviam conseguido juntar, deram baixa da Legião e partiram para Cartagena das Índias, ou como é mais conhecida, apenas Cartagena, uma das cidades mais charmosas da Colômbia e acima de tudo, estrategicamente posicionada para ser a sede do negócio que eles ansiavam abrir.

A primeira aquisição foi um pequeno veleiro de fibra de vidro com 30 pés de comprimento que ao mesmo tempo servia de casa e ferramenta de trabalho. No início eles viveram de pequenas entregas, em sua maioria cargas clandestinas de cigarros, eletrônicos, anabolizantes, enfim, um pouco de tudo que pudesse ser comprado, transportado e vendido de maneira clandestina. Se especializaram em levar mercadorias proibidas para Cuba e muitas vezes transportavam clandestinos cubanos até Miami.

Apesar dos negócios irem relativamente bem, faltava capital para investir em equipamentos mais modernos de transporte como lanchas ultra rápidas e pequenos aviões pois aí sim estariam preparados para atender aos grandes contrabandistas internacionais. Foi nessa mesma época que Carmen os procurou oferecendo uma oportunidade única. A ZTEC, através de uma de suas várias empresas de fachada, investiria uma soma significativa no negócio e em troca eles fechariam um longo contrato que permitiria a ZTEC ter um parceiro local que faria todo o tipo de transporte entre que necessitasse.

Bastou esse pequeno empurrão de Carmen para que eles rapidamente se tornassem dois dos maiores contrabandistas de todo o Caribe. A simples menção do nome Sanches fazia os concorrentes tremerem e muitas vezes desistiram de um negócio apenas por saber que eles também estavam interessados. Enfim, eles haviam se transformado em bandidos e quanto a isso não havia dúvida, porém estavam longe de serem o tipo de bandido que se vê nos filmes. Em todos os anos de trabalho se orgulhava de nunca terem matado uma só pessoa inocente e mesmo nos confrontos com contrabandistas rivais, sempre procuraram criar laços de parceria ao invés de resolver os assuntos com violência e mesmo quando isso havia sido necessário, sempre procuraram minimizar ao máximo a perda de vidas. Enfim, para ela que conhecia bem os verdadeiros bandidos que andavam soltos pelo mundo, eles pareciam mais uma versão bronzeada do Robin Hood do que gângsteres perigosos e agora quem estava em débito com eles era ela.

— Por favor irmãzinha, venha conhecer um de nossos... Escritórios nas ilhas — disse Ernesto, sem conseguir disfarçar uma ponta de orgulho.

Carmen sorriu.

— Quem diria que aqueles dois ratinhos que eu conheci no abrigo um dia seriam empresários tão bem-sucedidos!

— Devemos tudo a você irmãzinha. Sem a sua ajuda ainda estaríamos levando cubanos para Miami naquele veleiro fedorento.

— Eu é que devo a minha vida a vocês. Mais cedo ou mais tarde Peter arranjaria uma maneira de se livrar de mim e vocês me resgataram dos braços desse demônio. Eu nunca poderei agradecer o suficiente.

Visivelmente emocionado foi a vez de Augusto falar.

— Tudo bem, chega de agradecimentos e nos deixe mostrar o lugar para você!

Em frente ao píer haviam algumas casas luxuosas que não chegavam a formar um condomínio, mas se agrupavam de maneira harmoniosa com a praia e a vegetação ao redor. Uma delas era a mais simples, mas ao mesmo tempo a mais charmosa de todas, construída inteiramente em madeira, lembrava as casas de veraneio que se via nos filmes que muitas vezes apareciam castigadas pelo vento em praias desertas. Porém, o ar bucólico do seu exterior não podia contrastar mais com a modernidade e a tecnologia reinante do interior da casa. Praticamente não existiam paredes internas e o andar térreo da casa mais parecia um escritório high tech de uma dessas empresas de desenvolvimento de softwares ou coisa do gênero. Ela contou 11 pessoas trabalhando em baias equipadas com o que existia de mais moderno em termos de computação e telecomunicações. Percebendo o seu espanto Ernesto se apressou em explicar o que estavam fazendo ali.

— Esse é um dos nossos principais escritórios. É daqui que comandamos 30% das nossas operações e foi um golpe de sorte estarmos nesse escritório quando recebemos sua mensagem. Se estivéssemos em Cartagena, onde fica a nossa matriz, provavelmente não teríamos chegado a tempo.

Carmen sorriu para ele como que agradecendo mais uma vez ao mesmo tempo que se aproximava de ambos para falar com o tom de voz mais baixo possível.

— Vocês não acham que deveriam ser, digamos, um pouco mais discretos com relação às instalações?

Os irmãos se entreolharam e fazendo um gesto para Carmen os seguirem abriram uma porta e entraram em uma sala de reuniões decorada com extremo bom gosto, então Ernesto continuou a sua explicação.

— Atualmente mais de 80% das nossas operações são absolutamente legais. O que você acabou de ver é o que realmente parece ser um escritório normal de uma empresa especializada em transporte marítimo global. Esse escritório responde por toda a nossa operação de transporte para o Caribe e América do Sul. De Cartagena coordenamos a operação para os Estados Unidos, América Central e Canadá. Inauguramos recentemente um escritório em Amsterdã de onde passamos a coordenar as operações que iniciamos no ano passado para a Europa e Oriente Médio. No ano que vem temos planos de abrir mais uma filial, dessa vez em Cingapura.

Carmen estava realmente surpresa. Já haviam se passado três anos desde a última vez que eles haviam se encontrado em Cartagena e as coisas realmente iam de vento em popa.

— Meninos, meus parabéns! Parece que vocês estão criando um império por aqui. Isso quer dizer que o tempo das atividades ilícitas acabou?

Novamente os irmãos se entreolharam sorrindo ao mesmo tempo em que Ernesto acionava algum dispositivo escondido sob uma das pequenas estátuas que decoravam o ambiente. Imediatamente um ruído mecânico começou a ser ouvido e antes que Carmen se desse conta uma escada havia se aberto no piso do lado oposto da sala onde eles se encontravam. Ernesto fez sinal para Carmen ir na frente e após descer alguns degraus chegaram a uma outra sala, pouco menor que a primeira, onde apenas três homens trabalhavam. Assim que eles identificaram os irmãos Sanches retornaram ao trabalho recolocando as pistolas nos coldres que eles mantinham escondidos sob as bancadas de trabalho.

— Irmãzinha, nós dissemos que hoje em dia 80% das nossas operações são absolutamente legais. Porém os outros 20% rendem 90% dos nossos lucros e não temos intenção nenhuma em deixar um mercado assim tão atraente, ao menos por enquanto.

Se a primeira sala já havia impressionado Carmen, essa sala a havia deixado de queixo caído. Enormes telas de LED forravam todas as paredes e Ernesto explicou que elas mostravam em tempo real, não somente a localização das embarcações deles, como também apontam a localização exata de cada um dos navios da marinha e dos barcos das guardas costeiras dos países mencionados por eles.

— Mas isso é incrível! Como vocês conseguiram grampear tantos navios e barcos de todos esses países?

— Da mesma maneira que se consegue tudo nesse mundo Carmen, dinheiro. Temos um misto de tecnologias aqui. Desde de transmissores instalados por marinheiros em troca de um gordo salário extra, até sistemas inteiros de radar replicados para os nossos servidores através da atuação dos melhores hackers do mundo. Como você pode ver, soubemos investir bem o dinheiro que a ZTEC nos adiantou.

— Então é por isso que vocês nunca perdem nenhuma carga, vocês sabem exatamente onde a fiscalização está e alteram as suas rotas para que suas cargas nunca sejam interceptadas. Simplesmente genial.

— Modéstia à parte realmente ficou bom — continuou Ernesto — Mas não existe nenhuma tecnologia que seja 100% a prova de falhas. Mesmo com toda essa tecnologia muita coisa pode dar errado e de tempos em tempos acabamos tendo alguma embarcação apreendida e daí acabamos tendo que usar a velha tática do contrabandista.

— Que seria? Perguntou Carmen se fazendo de inocente.

— Suborno irmãzinha!

Carmen deu uma pequena gargalhada e abraçou os dois novamente. Era bom se sentir em casa para variar, mas ela tinha muitas coisas para resolver e não podia perder mais tempo.

— Mais uma vez eu agradeço por tudo que vocês fizeram por mim, porém ainda não acabou e precisarei de mais alguns favores se vocês não se incomodarem.

— Tudo que você precisar – O tom profissional de Ernesto lhe deu a certeza que não poderia estar em melhores mãos.

— Estar no Brasil amanhã, com documentos novos e uma bela quantia em dinheiro.

Os irmãos se entreolharam mais uma vez e Augusto tomou a palavra.

— Temos apenas uma condição.

Aquilo pegou Carmen de surpresa. Será que o tempo havia mudado seus irmãos adotivos ao ponto de eles quererem obter alguma vantagem com a situação que ela se encontrava? Era difícil de acreditar, mas mesmo assim ela não tinha alternativa.

— E qual seria?

— Você terá um guarda-costas chamado Ernesto Sanches.

Carmen olhou em direção de Augusto que exibia um sorriso largo.

— Irmãzinha, ele não é tão bom quanto eu, mas vai servir.

Ela sentiu uma lágrima escorrer pelo rosto, mas limpando-a rapidamente assentiu com a cabeça.

— Agora se não for pedir demais, eu poderia usar um computador? Preciso mandar um e-mail.

Eles retornaram ao andar de cima e ela se sentou na mesa do escritório onde existia um notebook de última geração. Os irmãos a deixaram a sós para providenciar a viagem ao Brasil e ela ficou parada em frente da tela avaliando as suas possibilidades. Por fim percebeu que não restavam muitas, aliás, parecia que restava apenas uma e ela decidiu confiar em seus instintos:

De: Roma183@hotmail.com

Para: Venus666@hotmail.com

"Olá Chapéuzinho Vermelho,

Como vai a sua brincadeira com o Lobo? Parece que ele já engoliu a Vovozinha e a próxima vítima será você... Tome cuidado pois pode não haver um lenhador por perto para te salvar quando ele quiser te comer de verdade.

Estarei no Brasil amanhã. Se quiser saber mais sobre o Lobo entre em contato.

Vovozinha".

Assim que enviou o e-mail ela pensou em Angelo e sentiu uma pontada no peito. Sua vontade era de chegar ao Brasil e procurá-lo imediatamente, mas se fizesse isso não teria como ajudá-lo. No fundo ela sabia que só havia uma maneira de resolver tudo. A única, a mesma de sempre, aquela com que ela sonhava há tantos anos. Ela podia sentir que o momento da verdade estava se aproximando rapidamente.

Luiz Henrique

A visão do Cristo Redentor ao fundo de um cenário deslumbrante tendo a Baía da Guanabara em um dia de sol como enredo só podia ser um presságio de sorte. Ao menos foi assim que Luiz Henrique decidiu que seria. Já haviam se passado 12 horas desde a decolagem em Roma, mas ele havia estado tão absorto no planejamento dos atentados que tinha a impressão de ter acabado de decolar. Fechou seu caderno de anotações com a certeza que ao menos as duas primeiras missões eram absolutamente a prova de falhas e que faltava muito pouco para pensar da mesma forma sobre a terceira, mas isso ele trataria depois pois agora o foco era outro.

Obedecendo ao aviso do piloto afivelou seu cinto e aguardou pacientemente a sequência de manobras de aproximação do avião para pouso na pista do Aeroporto Internacional do Galeão. Trinta minutos depois ele atravessava o saguão do aeroporto e pegava um dos táxis da máfia que domina esse serviço naquele ponto. Pediu ao motorista que o levasse até um endereço na Barra da Tijuca e se sentiu satisfeito por falar português novamente. Ele passava tanto tempo falando em outras línguas que chegava a sentir saudades da sua língua materna. Em pouco mais de 40 minutos eles estacionaram em frente a um dos incontáveis blocos de apartamentos de três andares que se espalhavam por toda a região, principalmente depois do boom imobiliário que o Rio de Janeiro vinha experimentando há alguns anos.

Chegou ao seu apartamento sem ser notado por ninguém uma vez que o prédio não possuía porteiro, um dos pontos observados por ele antes de comprar o imóvel, e assim que abriu a porta pôde sentir o cheiro característico da maresia misturado com a poeira acumulada de alguns meses de ausência. Ele não tinha empregada e teria sido mais prático hospedar-se num hotel no centro ou na própria zona Sul do Rio de Janeiro, mas ficando no seu próprio apartamento ele iria se expor ainda menos e poderia contar com alguns equipamentos que ele guardava estrategicamente em locais especialmente criados para esse fim quando reformou todo o imóvel para adequá-lo às suas necessidades.

O trabalho havia ficado excelente e foi uma pena que toda a equipe de empreiteiros tivesse morrido misteriosamente quando o velho furgão que usavam despencou do viaduto Niemeyer diretamente para o mar a dezena de metros abaixo logo após o serviço ter sido concluído.

Porém, a primeira coisa que fez foi escolher um entre os diversos chips pré-pagos que carregava consigo e digitou um número do Brasil no teclado. Já faz mais de 15 horas que ele não checava o status operacional. Uma voz de homem atendeu de imediato.

— Alô.

— Atualize.

— Estou com o civil aqui. Ele está sob controle.

— Você já mostrou a mercadoria para ele?

— Faremos isso hoje.

— Deixe-o ver apenas por alguns minutos. Precisamos que ele tenha certeza que está tudo bem, mas temos que deixar muito claro que essa situação é momentânea e depende somente dele para continuar assim.

— Pode deixar, isso ficará ainda mais claro.

— Ótimo, falaremos nos horários programados.

Sem mais nenhuma palavra, Luiz desligou o telefone satisfeito com o trabalho da equipe no Brasil e voltou a se concentrar nos preparativos para o dia seguinte. Dirigiu-se até um dos três quartos do apartamento que havia sido transformado em escritório. Aproximou-se de uma tela plana de 50 polegadas presa a um grande painel de madeira que por sua vez parecia estar firmemente preso à parede e tateando em sua lateral, liberou uma pequena trava que ficava escondida num rebaixo imperceptível.

Com um movimento delicado, ele movimentou todo o painel para fora que se abriu como se fosse uma porta dando acesso a um compartimento não muito maior que um closet. O compartimento era climatizado a exatos 18 graus Celsius e era constituído basicamente de seis fileiras de prateleiras sobrepostas, nos três lados que o formavam. Algumas das prateleiras tinham gavetas de vidro, outras possuíam gavetas de metal, e outras eram apenas prateleiras com peças e equipamentos cuidadosamente acomodados.

Luiz Henrique pegou seu caderno de anotações e o consultou mais uma vez, não que isso fosse necessário pois ele sabia exatamente do que precisava, mas o procedimento era esse e ele nunca deixava de seguir o procedimento. Após a consulta fechou novamente o caderno, retirou uma valise de alumínio, do tamanho de uma pasta executiva comum, deslizou uma espécie de aparador que ficava embutido sob uma das prateleiras mais altas, a abriu e minuciosamente como se estivesse executando um ritual religioso qualquer, foi retirando o material que seria necessário. Primeiro os dispositivos de detonação via celular, depois os terminais elétricos que seriam inseridos no explosivo, fios, presilhas, baterias, enfim, todo o material necessário até por fim retirar com um cuidado ainda maior uma das gavetas que ficava na prateleira mais baixa e apoiá-la sobre o aparador. Retirou de outra prateleira uma balança de precisão e aos poucos foi transferindo pequenos pacotes de C4 para a balança até somarem o peso desejado.

Com a habilidade adquirida em anos de trabalho minucioso, ele começou o delicado processo de montagem do dispositivo. Primeiro criou todo o circuito elétrico e o ligou às baterias. Depois testou o sistema de detonação via celular que funcionou perfeitamente. Logo em seguida conectou a fiação dos terminais elétricos ao dispositivo de detonação e por fim acomodou cerca de 6 kg de C4 no fundo da valise, o prendendo com uma espécie de cinta de velcro para que não saísse do lugar durante o transporte. Faltava apenas introduzir os terminais elétricos no explosivo e estaria tudo pronto, porém essa última fase seria completada pouco antes da colocação do explosivo no exato local escolhido por ele e assim evitar qualquer detonação acidental.

Ele demorou pouco mais de uma hora para finalizar a valise e assim que terminou percebeu que estava faminto. Fazia uma pausa e daria uma volta a pé pelo bairro, andaria um pouco pela orla e pararia em um pequeno restaurante que servia frutos do mar. Após o almoço ele terminaria o serviço, dessa vez acomodando praticamente a mesma quantidade de C4 em uma velha mochila surrada e estaria pronto para o dia seguinte.

Ele também precisava descansar um pouco. Dormiria até por volta das 20 horas e daí pegaria sua velha Yamaha Teneré 600 cc e se dirigiria até as proximidades do alvo. Levaria cerca de 3 horas a pé andando por trilhas previamente mapeadas até chegar ao local exato em que colocaria o explosivo, uma lixeira localizada junto ao muro que circunda toda a base da estátua e onde circulam as centenas de turistas que a visitam diariamente.

No primeiro momento poderia parecer que plantar explosivos dentro de uma lixeira era coisa de amador, e ele até concordava. Em qualquer lugar do mundo mais preparado para lidar com o terrorismo as lixeiras dos locais turísticos são sistematicamente revistadas diversas vezes no decorrer do dia, mas não no Brasil. As lixeiras do Cristo são esvaziadas por volta das 13 horas e novamente por volta das 19h30 quando termina o horário de visitação ao monumento e esse intervalo seria mais que suficiente para a colocação do explosivo. Como sempre, porém, ele tinha um plano de contingência.

Caso fosse impossível ele acionar o dispositivo de detonação via celular exatamente às 12 horas como planejado, haveria um segundo dispositivo para detonar o explosivo C4. Um timer ajustado para detonar o explosivo exatamente às 12 horas e 10 minutos. O plano principal previa que os dois atentados deveriam ser simultâneos para se ter o maior efeito possível. Porém, o plano B aceitava que ambos ocorressem com algum intervalo de tempo entre si, então ele precisava considerar o risco de alguém encontrar os artefatos antes do horário previsto e para isso ele adicionou mais uma contingência. Um sensor sísmico detona os explosivos tanto no Cristo Redentor quanto na Basílica caso alguém tentasse removê-los do lugar em que se encontravam.

O único inconveniente do Cristo Redentor era a sua localização. Sendo uma pequena plataforma no alto de uma montanha íngreme havia poucas maneiras de se chegar ao topo e a trilha que ele havia escolhido poderia estar sendo vigiada pela empresa de segurança particular contratada pela prefeitura. Nos levantamentos que fez, essa vigilância era randômica e seria impossível saber se naquele dia, no horário que ele estaria chegando ao topo dessa trilha, haveria ou não um segurança exatamente ali, mas se houvesse ele saberia lidar com a situação.

Já o segundo alvo era mais simples que o primeiro, pois a Basílica de Nossa Senhora Aparecida, localizada entre as cidades de São Paulo e Rio de Janeiro na pequena Cidade de Aparecida do Norte, era um enorme complexo de 12 mil metros quadrados e capacidade para 60 mil pessoas. Porém em um dia qualquer, sem nenhuma data religiosa específica e ainda mais durante uma semana normal de trabalho, a Basílica não receberia mais de mil visitantes e era exatamente assim que ele queria que fosse.

O número de fiéis em cada uma das duas missas rezadas durante o dia não ultrapassa 200 pessoas que se reuniram para a missa das 12 horas e ele havia calculado uma quantidade de C4 suficiente para matar entre 10 a 20 pessoas, além de causar alguns danos não muito graves na estrutura da Basílica uma vez que a grande altura entre o altar e a cúpula serviria para dissipar a explosão.

Na Basílica seu trabalho seria realmente muito mais simples. Ele chegaria à cidade às 8 horas da manhã e participaria da missa das 10h30 carregando a velha mochila surrada. Se posicionaria na terceira fileira de bancos a partir do altar, se ajoelharia e com um movimento sutil retiraria a proteção que cobria o forte adesivo preso às costas da mochila e a pressionaria contra a parte de baixo do banco à sua frente. O adesivo era suficiente para prendê-la ao lugar desejado por vários dias se fosse necessário.

Assim que a celebração terminasse ele se dirigiria para um bar a cerca de um quilômetro do prédio, sentaria calmamente em uma das mesas que ficam na calçada, pediria algo para beber e pontualmente às 12 horas retiraria um celular do bolso e mandaria uma mensagem de texto simultaneamente para dois números. As mesmas medidas de contingência adotadas nos dois alvos caso a operadora de telefonia apresentasse alguma falha e então a primeira parte do seu trabalho estaria terminada.

— Mas então, se existia o timer e o dispositivo sísmico, porque você optou por fazer a detonação prioritariamente pelo celular? — questionou Peter, dando a impressão que já sabia a resposta.

— Além de ser uma última contingência para eu poder acionar os explosivos antes do horário previsto caso eu perceba algum problema, você sabe como eu gosto de sentir todo esse poder de vida e morte na ponta dos meus dedos sempre que possível e eu também acho que você não me tiraria esse prazer correto?

Peter apenas sorria. Realmente os dois se entendiam muito bem. Sentiu-se satisfeito pelo belo planejamento e batendo a porta atrás de si, saiu para matar a saudade do sol carioca.

Angelo

O homem calvo estava andando ao seu lado, com o braço entrelaçado ao seu, como se fossem velhos amigos conversando sobre algum assunto mais reservado. Lembrou-se imediatamente dos filmes de gângsteres americanos que na maioria das vezes são italianos e agem exatamente da mesma maneira antes de meter uma bala no meio da cabeça do querido amigo. Tentou afastar esse pensamento enquanto ambos circundavam a casa em direção a um amplo jardim que se estendia por cerca de 50 metros e terminava em um pequeno píer às margens da represa. No píer havia um bote inflável de grande porte, com talvez 8 metros de comprimento, com dois potentes motores de popa Mercury de 200 hp cada um.

Um conjunto desses poderia chegar facilmente a 50 milhas por hora em uma represa como aquela e facilitaria muito para sumirem com o seu corpo em qualquer lugar dela que eles quisessem caso estivessem mentindo para ele quanto a não quererem matá-lo. A luz do sol ofuscava um pouco a visão de Angelo mas quanto mais se aproximavam da embarcação mais ele tinha a impressão que já havia pessoas embarcadas mas apenas quando pisou no madeiramento levemente apodrecido do píer foi que se coração disparou e ele teve certeza que se tratava de seus filhos apesar deles estarem de costas para quem chegava por terra, sentados no banco posicionado entre os motores e o banco do piloto que mantinha a proa do barco virada para o centro da represa, os motores ligados e uma das mãos sobre os comandos preparado para zarpar a toda velocidade a qualquer momento.

Angelo olhou para o homem calvo que ainda segurava o seu braço como que implorando para que ele o liberasse e permitisse que ele fosse até elas. O olhar frio do homem para ele já esvaziava suas esperanças quando um sorriso o surpreendeu. O braço do homem calvo se afrouxou e com o sinal de cabeça ele indicou que Angelo podia seguir sozinho dali em diante. Ele queria correr, gritar, se jogar dentro do barco e arrancar as crianças dali a força, mas se fizesse isso todos acabariam no fundo da represa com os pés presos a sacos de pedras, exatamente como nos filmes, então decidiu andar devagar e tentar se acalmar durante o percurso de não mais que dez passos. Assim que ele parou ao lado do bote as crianças levantaram a cabeça e ao mesmo tempo que as lágrimas rolaram por suas faces uma luz de esperança se acendeu naqueles rostos pequenos e frágeis que ele tanto amava.

Imediatamente eles tentaram pular para fora do inflável, mas foram impedidas de sair e obrigadas a sentar novamente pelo piloto que acompanhava tudo de perto, mas sem se descuidar dos comandos do barco. A situação parecia estar prestes a sair do controle com as crianças começando a gritar "papai" desesperadamente, quando ele fez a única coisa que podia naquele momento. Se ajoelhando no píer ao lado do bote ele se esticou por cima da lateral até conseguir abraçar as duas crianças. Um abraço precário, distante, apenas com as pontas dos dedos envolvendo os dois, mas que como mágica fez com que as crianças imediatamente se acalmassem e diminuíssem o choro.

— Papai, leva a gente embora daqui por favor! — Raphael parecia mais velho, como se tivesse sido obrigado a amadurecer anos em alguns dias. Angelo fraquejou e olhou para cima escondendo as lágrimas que voltavam a brotar em seus olhos, mas se controlou rapidamente. Não podia fraquejar, não na frente delas.

— O papai vai levar vocês para casa, não se preocupem. Tudo vai acabar bem.

— Agora papai, quero ir embora agora! Me leva por favor, por favor! Em alguns momentos Valentina era a cópia da mãe, principalmente nos momentos difíceis quando ela facilmente perdia o controle, exatamente como Raquel.

— Valentina, meu anjo, se acalme por favor. Vocês precisam prestar atenção no que eu vou dizer.

Angelo disse aquelas palavras num tom já conhecido pelas crianças e que elas costumavam chamar de "voz de quem acha que manda e a gente obedece para evitar problemas com a mamãe" e aos poucos eles foram se acalmando até o ponto onde o choro se transformou em alguns soluços e a gritaria cessou totalmente. Então ele continuou.

— Nós vamos sair disso juntos, o papai promete para vocês, mas eu preciso que vocês me ajudem ok?

Eles se entreolharam e ambos assentiram com a cabeça.

— Muito bem, agora me respondam, esses homens machucaram vocês? - ele pediu a Deus para que a resposta fosse não. Caso contrário ele perderia o controle e seria o fim.

Ambos negaram com a cabeça.

— Vocês estão passando fome ou frio?

Ambos negaram com a cabeça.

— Muito bem, então vocês terão que ser corajosos e fazer exatamente o que o papai mandar, ok?

— Eu quero ir embora já papai!

A gritaria recomeçou e Angelo teve novamente que usar aquele tom de voz pedindo calma, e dessa vez as crianças se calaram imediatamente.

— Escutem com atenção e não me interrompam mais pois não temos muito tempo entenderam? Mais uma vez as duas cabecinhas oscilaram, mas dessa vez para cima e para baixo.

— Muito bem, vocês estão com esses homens porque eles querem que o papai faça uma coisa para eles. Assim que o papai fizer essa coisa para eles, vocês voltam para casa, simples assim entenderam?

— Mas pai, então porque você não faz essa coisa já e leva a gente com você?

— Rafael, apesar de mais jovem, se mostrava mais controlado que Valentina e Angelo sentiu uma pontada de orgulho por estar criando um homenzinho corajoso como aquele.

— Porque eles ainda não me disseram o que é, mas eu prometo que assim que eles me disserem eu vou fazer o mais rápido que eu puder e vocês voltam para casa combinado?

Valentina já estava prestes a começar novamente a gritar quando Rafael colocou a mão em seu ombro e lhe deu um sorriso.

— Você não ouviu o papai? Tudo vai dar certo, pode acreditar!

— Mas você esqueceu do que a mamãe sempre fala do papai? Que ele é irresponsável e que qualquer dia vai esquecer a gente em algum balcão de bar enquanto sai como uma mulher qualquer que ele acabou de conhecer?

"Nada como ter uma ex-mulher bacana..."

— Valentina, me escute. A sua mãe está brincando com vocês quando fala esse tipo de coisa.

— Não está não, ela sempre fala que você não nasceu para ser pai.

— E você acha a mesma coisa?

Ela baixou a cabeça por um momento e quando voltou a olhá-lo seu semblante estava melhor.

— Não, eu acho que você é um pai muito legal. Poderia estar mais tempo com a gente, mas você é legal.

— Então eu prometo que quando vocês voltarem para casa o papai vai melhorar muito, vocês vão ver.

Os olhinhos dela se fixaram ainda mais nos dele.

— Então se você está prometendo eu acredito.

— É isso aí minha menina, então escutem com atenção. Eu preciso que vocês sejam muito bonzinhos com esses homens entenderam? Sejam educados, não chorem e nem se queixem de nada. Tudo que vocês forem pedir digam "por favor" e sempre que forem atendidos digam "obrigado", ok? Enquanto vocês estiverem com eles, serão as crianças mais educadas do mundo prometem?

— As duas cabeças balançaram para baixo e para cima mais uma vez.

Angelo olhou para o calvo que se aproximava dele pelas costas.

— Está na hora deles irem, senhor Cesari.

Antes que ele ou as crianças pudessem dizer mais alguma coisa o piloto do bote acelerou os motores obrigando Angelo a desfazer o precário abraço que o mantinha junto às crianças e se não fosse pelo calvo que o segurou pela camisa, certamente teria mergulhado na água assim que o inflável zarpou. Ele levou apenas dois ou três segundos para recuperar o equilíbrio e quando voltou a olhar para o barco ele já estava se afastando a uma velocidade enorme com as crianças gritando algo, mas com o ronco dos motores ele não conseguiu entender. Em questão de poucos minutos eles já quase sumiam de vista em direção a margem oposta da represa por onde passava uma movimentada avenida. Certamente um carro estaria esperando pelas crianças e de lá eles poderiam ser levados para qualquer lugar. Novamente ele voltava à estaca zero, ou talvez não. Pela primeira vez ele encarou o homem calvo sem demonstrar medo.

— O que eu preciso fazer para tê-los de volta?

O homem voltou a pegá-lo pelo braço e começaram novamente a andar, dessa vez voltando em direção a casa de onde saíram.

— Venha comigo que eu irei lhe mostrar tudo com detalhes. Eu espero que você entenda que a partir do momento que você conhecer os detalhes da sua missão, sua vida estará irremediavelmente comprometida conosco e você precisa estar disposto a dar qualquer coisa, inclusive a sua vida, para que a missão seja completada. Caso contrário você nunca mais verá seus filhos com vida, entendeu?

Angelo sabia que fosse lá o que fosse que deveria fazer, provavelmente não sairia vivo. E não fosse assim não haveria motivo para esses homens raptarem seus filhos. Eles acreditavam que a única coisa mais preciosa para Angelo que a sua própria vida era a vida das crianças e eles tinham razão.

— Entendo, vamos logo com essa merda.

O homem calvo sorriu e ambos continuaram a andar de braços dados, como velhos amigos trocando confidências. Duas horas depois eles o deixaram em uma rua estreita no Bairro de Pinheiros. Já era noite e a cabeça de Angelo girava como se ele estivesse saído de uma máquina de lavar roupas gigante. Os homens haviam devolvido seu celular corporativo que foi mantido desligado durante todo o tempo do sequestro e assim que o sinal se restabeleceu uma enxurrada de mensagens começaram a chegar. A maior quantidade delas era de Raquel e ele decidiu retornar imediatamente. O telefone mal tocou e ela atendeu. Angelo intuiu que ela deveria estar com o telefone nas mãos prestes a tentar ligar novamente.

— Angelo! Onde você se meteu! Estou ligando para você a tarde toda! Onde estão as crianças? Você já sabe de alguma coisa? Eu quero meus filhos de volta Angelo! Meu Deus eu os quero de volta...- o tom de voz de Raquel foi diminuindo até se transformar em um choro baixinho, doído, que deixou Angelo ainda mais arrasado.

— Raquel, eu tenho algumas novidades e...

— Me diga que elas estão bem e que você as está trazendo para casa? Por favor Angelo, eu preciso ouvir isso, por favor!

— Raquel acalme-se, não podemos falar sobre esse assunto ao telefone. Infelizmente eu não estou com elas ainda, mas tenho boas notícias.

— Então elas estão vivas? Você as viu? Falou com elas? Rafael é um homenzinho corajoso, mas Valentina é... Frágil, meu Deus, pobrezinhos Angelo!

— Raquel, mais uma vez vou pedir para você se acalmar. Não posso dizer nada ao telefone, entendeu? A segurança das nossas crianças depende disso. Estarei na sua casa em meia hora no máximo e daí conversamos pessoalmente, ok? Você precisa se controlar, senão colocará as crianças em perigo.

— Elas já estão em perigo seu filho da puta e eu tenho certeza que a culpa disso tudo é sua!

— Meia hora, Raquel.

Ele desligou o telefone apesar de ainda ouvir os gritos dela. Não havia tempo a perder e tentar acalmar Raquel pelo telefone era uma missão impossível como ele bem sabia. Precisaria encarar a fera frente a frente e tentar explicar a ela, com o mínimo de detalhes possível, o que estava havendo. Mal havia colocado o telefone no bolso e começado a andar à procura de um táxi, um Audi A3 prata parou no meio-fio ao seu lado e baixou o vidro.

— Quer uma carona bonitão?

A porta traseira do Audi se abriu como por encanto e o rosto do velho amigo apareceu pelo vão da porta.

— Entra logo que é capaz dessa louca te dar um tiro se não obedecer...

Ele olhou ao redor e percebeu que o agente com a motocicleta estava observando a cena a cerca de vinte metros de distância e então compreendeu que provavelmente ele o estava seguindo o tempo todo e colocando o restante da equipe a par da sua localização. Ele entrou e percebeu que no banco do passageiro havia um homem que ele não conhecia. Fez sinal para Marcelo apontando o sujeito com o movimento de cabeça.

— Não se preocupe, é um dos nossos. A propósito, tome o celular que eu havia lhe dado. Até que você foi esperto quando o jogou embaixo do banco do táxi antes de ser sequestrado.

A atenção de Angelo imediatamente se voltou para Aleksandra.

— E você? O que está fazendo aqui?

— Angelo, combinamos que eu ficaria a par de toda a operação, certo? Pois bem, resolvi procurar Marcelo Braga diretamente e o restante você deve imaginar.

Agora mais essa... Uma agente da Interpol na equipe que eles haviam montado para agir sem conhecimento da polícia. O planejamento inicial estava degringolando cada vez mais.

— Tudo bem Aleksandra, mas acompanhar o que a nossa equipe está fazendo é uma coisa, agora passar a fazer parte dela é outra bem diferente...

— Angelo, eu não "faço parte" da sua equipe, eu estou "liderando" a sua equipe a partir de agora, entendeu?

Angelo olhou assustado para Marcelo que deu de ombros.

— Angelo, ela é boa e a situação chegou a um ponto que a minha falta de experiência pode pôr tudo a perder. Ela me procurou no hotel e estávamos conversando quando a equipe de campo que fazia campana do lado de fora da casa para a qual você foi levado me pediu orientações sobre como proceder, se deviam ou não invadir a casa. Se não fosse pela Aleksandra, muito provavelmente eu teria ordenado a invasão, mas ela me dissuadiu apontando os riscos para a sua vida e a vida das crianças caso a invasão fosse feita e me convenceu que eles não fariam mal a você. Como você está aqui agora, são e salvo, eu acho que ela tinha razão e por isso eu concordo em passar o comando operacional para ela.

"Passar o comando operacional para ela". Se a situação fosse diferente provavelmente Angelo riria até urinar nas calças com o esforço de Marcelo em parecer um profissional de segurança, mas a situação que se encontrava tirou toda a graça e apenas fez com que Angelo percebesse que apesar da enorme boa vontade do amigo, ele tinha razão. A falta de experiência daqui em diante poderia ser fatal. Se eles tivessem invadido a casa provavelmente nem ele e nem as crianças estariam vivas a essa altura.

— Tudo bem Aleksandra, então seja bem-vinda ao barco, mas cuidado, acho que você assumiu um barco furado prestes a afundar.

Aleksandra não deu importância ao comentário.

— Então vamos começar com você contando tudo o que aconteceu naquela casa. Preciso de cada detalhe, mesmo que para você pareça sem importância. É como um grande quebra-cabeças, daqueles de duas mil pecinhas minúsculas. Por menor que elas sejam, cada uma delas tem o seu lugar exato e sem ela a imagem nunca ficará totalmente completa.

Por um momento Angelo se lembrou de um enorme quebra-cabeças que ele ganhou de seu pai quando era criança. No início parecia uma ótima ideia montar uma linda foto da Torre Eiffel exatamente como era mostrada na tampa da caixa onde se encontravam as centenas de pecinhas que a compunham e que terminada ficaria perfeita para ser emoldurada e pendurada no seu quarto. Porém depois de duas semanas inteiras tentando descobrir onde diabos cada uma daquelas pecinhas se encaixava ele colocou tudo de volta na caixa e foi pedir para o seu pai se ele poderia trocar o quebra-cabeça por um estilingue.

As peças principais daquele quebra-cabeça eram tanto o atentado que Carmen havia lhe dito que ocorreria para pressionar os parlamentares brasileiros na aprovação da nova Lei de Segurança Nacional, a sua atuação para aliciar os políticos contrários à sua aprovação e eventualmente qualquer outra coisa que eles pedissem para ele em troca da vida dos seus filhos. Ele não sabia onde, quando, e nem como seria esse atentado, ou mesmo se ele ocorreria realmente face à mudança radical na maneira com que a ZTEC passou a conduzir a sua cooperação a partir do sequestro das crianças, mas tinha certeza que se por algum motivo isso fosse vazado para as autoridades, seus filhos estariam mortos. Ele não podia se arriscar a comentar nada disso com ela e decidiu tentar criar alguma história que fizesse algum sentido e assim ganhar tempo. Teria que falar sobre o plano de aliciamento dos parlamentares e torcer para que ela considerasse um crime menor que poderia ser revertido posteriormente, mas com certeza ela nunca aceitaria que um atentado fosse feito sem tomar nenhuma iniciativa para impedir.

— Aleksandra, eu entendo que você precisa de informações e eu as darei, mas preciso estar na casa da minha ex-mulher em meia hora senão ela irá surtar e certamente acabará contando tudo que eu disse a ela para a polícia. Se isso ocorrer, será o fim das crianças. Além disso, eu tenho que convencê-la que, em meio a esse sequestro, eu terei que passar alguns dias em Brasília fazendo o que os sequestradores me pediram, sem dizer o que é, e também torcer para que ela continue a acreditar em mim sem revelar nada para ninguém.

Ela o olhou avaliando a situação por um momento e em seguida ligou o carro.

— Então você só tem meia hora, é melhor começar a falar logo.

Dizendo isso, ele arrancou em direção ao Parque do Ibirapuera.

Carmen

Apesar de tudo que ela havia descoberto sobre as atividades recentes dos irmãos Sanches, ela ficou perplexa quando percebeu que em apenas duas horas a partir de um telefonema dado por Ernesto ela já estava devidamente acomodada em um jato Cessna Citation X, de posse de um passaporte onde sua foto aparece ao lado do nome Maria Sanches. Ela se passaria por esposa do empresário do ramo hoteleiro caribenho Ernesto Sanches que estava vindo ao Brasil em busca de novas áreas para uma possível ampliação de sua rede hoteleira. Ernesto usaria seu próprio nome uma vez que realmente ele e o irmão estavam iniciando no ramo hoteleiro, tendo adquirido recentemente uma modesta rede de pequenas, mas luxuosas pousadas espalhadas pelo Caribe. Obviamente mais um dos negócios de fachada, mas que eles faziam questão de tratar com um carinho especial.

O jato acelerou as turbinas e as rodas começaram a girar cada vez mais rápido até que em poucos segundos deixaram de tocar o solo enquanto o piloto fazia uma curva à direita até buscar a proa da cidade de São Luiz do Maranhão onde fariam um abastecimento e seguiriam direto para São Paulo.

— Ernesto, eu realmente não sei como agradecer pelo que está fazendo por mim.

— Então não agradeça irmãzinha. Aliás, mesmo que você soubesse não deveria fazê-lo. Nós lhe devemos muito mais do que qualquer coisa que poderíamos lhe oferecer. Nós lhe devemos as nossas vidas.

Carmen sorriu com carinho para o irmão adotivo.

— Bobagem, eu não fiz nada de mais por vocês. O acordo com a ZTEC foi benéfico para ambas as partes.

Ernesto ficou sério.

— Não estou falando disso. Estou falando de antes, muito antes. Estou falando de como você salvou as nossas vidas quando chegamos naquele orfanato, e como você nos ajudou a nos transformar no que somos hoje. Se não fosse por você, provavelmente teríamos dado um jeito de fugir daquele lugar para tentar reencontrar a nossa mãe. Ela era uma péssima mãe e sabemos disso, mas para nós ela era a pessoa mais especial do mundo, aquela que quando não estava drogada cuidava de nós, nos alimentava, nos vestia e principalmente nos dava todo o carinho que ela poderia dar.

Os olhos de Carmen começaram a marejar e ele pensou como estava ficando emotiva nos últimos tempos. Ele continuou.

— Se tivéssemos realmente fugido para viver nas ruas, provavelmente hoje nem estaríamos vivos e mesmo que estivéssemos, provavelmente estaríamos jogados nas ruas exatamente como a nossa mãe. — Quando você nos acolheu como seus irmãos mais novos não só nos ajudou a ver que tínhamos outras opções nas nossas vidas, mas também ocupou um enorme vazio em nossos corações.

— Então se não fosse por mim, vocês hoje seriam bandidos? — a brincadeira serviu para amenizar um pouco o peso dramático da cena.

— Não, seríamos apenas bandidos, e não "os bandidos"!

Ambos riram como duas crianças e Carmen acariciou o rosto do irmão.

— Vocês são os bandidos mais lindos e bonzinhos que eu conheço.

— E você é a bandida mais gostosa que nós conhecemos! Sem ofensa irmãzinha! – e novamente caíram na gargalhada.

O avião parou de subir e estabilizou na altura de cruzeiro. Carmen olhou pela janela e seus pensamentos se voltaram para Angelo. A conversa com o irmão adotivo a fez lembrar-se dos tempos em que eles não passavam de duas pequenas crianças, mais ou menos da mesma idade dos filhos de Angelo e seu coração se apertou pensando na angústia que ele deveria estar sentindo com o sequestro das crianças aumentando ainda mais o sentimento de urgência quanto a necessidade de agir rápido assim que chegasse ao Brasil.

Infelizmente, nem se eles quisessem, conseguiria impedir os atentados que deveriam ocorrer em breve, primeiro porque ela não sabia quando e nem onde seriam e segundo porque se algo desse errado a vida das crianças se perderia. Ela sabia também que depois desses atentados Angelo teria que entrar em ação tentando aliciar políticos para aprovar as mudanças nas leis de segurança do Brasil, mas o sequestro das crianças ainda não fazia sentido.

Haviam escolhido Angelo pela junção de uma série de fatores mas o principal deles era a proximidade que a família de seu pai e principalmente ele mesmo tinham com o atual Presidente do Brasil. No planejamento original, caso Angelo não conseguisse convencer a quantidade necessária de parlamentares a mudarem de posição quanto a votação da nova lei, ele deveria usar sua influência diretamente junto ao Presidente, pois justamente o partido liderado por ele era a bancada mais numerosa contrária à aprovação.

Parte do plano inclusive, seria tentar trazer o Presidente para a folha de pagamento da ZTEC e assim abrir ainda mais caminhos para Peter no Brasil e na América do Sul, mas em nenhum momento se falou em utilizar violência para convencê-lo. Eles sempre contaram apenas com a ambição de Angelo e obviamente, o medo de contrariar os interesses de um grupo como a ZTEC e ter que conviver com um inimigo poderoso pelo resta da vida, e essa mudança tão radical nos planos de Peter só aumentava ainda mais as suspeitas que existia uma outra parte desse plano que nem mesmo ela tinha acesso e que deveria ser algo tão dramático para Angelo que a única maneira de fazê-lo colaborar seria em troca da vida de seus filhos.

Também a essa altura, Peter já deveria ter sido informado sobre a sua fuga no Caribe, e sendo ela da maneira que foi, que provavelmente ela tinha bons contatos nas ilhas e isso poderia significar dinheiro e documentos falsos e assim permitir que ela fosse atrás dele em qualquer lugar do mundo, inclusive no Brasil. Ela o conhecia bem é verdade, e podia apostar que no momento que ele soubesse da sua fuga abriria uma exceção no modus operandi de sempre passar desapercebido por uma pessoa comum e montaria um bom sistema de segurança pessoal para se proteger de um eventual ataque por parte dela, mas ela ainda tinha uma carta na manga e se seus instintos estivessem corretos essa cartada seria decisiva. Se tudo desse certo Peter Golombeck não usufruiria a sua vida nojenta por mais muito tempo, e como um bônus, ela ficaria com uma boa parte do seu império.

A noite caiu rapidamente e agora ela mal distinguia algumas silhuetas das ilhas no mar abaixo. O cansaço começou a vencê-la e aos poucos seus olhos foram se fechando até que uma última imagem de Angelo em Roma se formou em seu cérebro para depois esfumaçar e desaparecer para dar lugar a um sono profundo como se o corpo e a mente dela soubessem que precisavam descansar o máximo possível acumulando a energia necessária para encarar o que estava por vir.

Peter

O apartamento era simples, mas decorado com bom gosto e jovialidade. Nada de mais nem de menos e tudo muito bem organizado e prático, porém sem deixar de ter um toque feminino aqui e ali. A geladeira estava praticamente vazia o que indicava que ela andava ocupada, sem tempo sequer de dar uma passada no supermercado. As duas latas de refrigerante light encontradas no lixo despertaram uma ponta de ciúme que ele logo tratou de repudiar, afinal se ela tivesse tido um encontro com alguém eles não beberiam aquilo.

Ele mal havia sentado no confortável sofá para esperá-la quando seu celular tocou.

— Algo deu errado? — o seu pessoal no Caribe não deveria entrar em contato com ele, a não ser que fosse realmente algo muito urgente.

— Sim senhor, ela escapou.

Ele sentiu seu sangue ferver... Nativo incompetente, depois ele cuidaria de dar-lhe uma lição, mas agora deveria manter a calma.

— Como assim escapou? Ela conseguiu fugir de seguranças armados sem ter documentos, dinheiro e nem ajuda de ninguém?

— Não senhor, ela na verdade foi resgatada por dois homens fortemente armados que pegaram meus homens totalmente de surpresa. Apenas um deles sobreviveu e se continuar vivo provavelmente ficará paraplégico.

Peter pensou por um tempo em silêncio enquanto o homem do outro lado da linha aguardava em silêncio as ordens do patrão.

— E para onde eles foram?

— Fugiram no mesmo barco que chegaram, uma lancha offshore de uns 40 pés com 4 motores de popa enormes. Eu diria que eles eram contrabandistas. Assisti a tudo que se passou no píer da praia em frente da casa. A ação foi tão rápida que eu tenho certeza que se tratava de profissionais, e dos bons.

— Imagino que você esteja tentando ao menos encontrar a lancha.

— Patrão, como eu disse, foi tudo muito rápido. A lancha era branca e não tinha nome nem número de inscrição. Não é possível rastrear o barco. Mesmo assim acionei os meus contatos e todos estão de olhos e ouvidos abertos tanto nesta como nas outras ilhas ao redor.

— Então é melhor que vocês consigam alguma informação bem rápido. Não fiquei nada satisfeito com essa notícia desagradável.

— Senhor, tem mais uma coisa que eu acho que seria importante que soubesse.

Os dois homens a conheciam bem.

— Como assim a conheciam bem?

— Apesar da rapidez da ação, ficou claro que ela confiava totalmente neles, o tipo de confiança que não se compra com dinheiro. Assim que a ação se iniciou ela se jogou para dentro do barco sem hesitar nenhum segundo sequer, e uma vez lá abraçou ambos como se fossem velhos amigos ou até mais que isso, como se fossem irmãos...

— Irmãos não eram, isso eu posso lhe garantir... Bem, de qualquer maneira arrume um jeito de encontrá-la e rápido. Conserte a besteira que você e seus homens fizeram e eu tentarei me esquecer desse incidente lamentável ("uma ova que eu me esquecerei, a sua vez chegará assim que eu tiver tempo para cuidar disso").

— Obrigado senhor, faremos todo o possível por aqui, pode ficar tranquilo.

A essa altura Peter já havia desligado o telefone e nem sequer ouviu as últimas lamúrias de seu capanga. Já estava concentrado nesses homens que ajudaram Carmen a escapar. Quem poderiam ser? Eles costumavam usar contrabandistas na ZTEC para levar armas e dinheiro pelas ilhas do Caribe, mas não se lembrava de nenhum em especial, aliás, esse era um assunto menor, um dos poucos que ele havia delegado totalmente para Carmen, e agora ele percebia que havia sido um erro. Precisava agir logo para que nada pudesse influenciar em seus planos nesse momento.

Pegou o telefone e ligou para Luiz Henrique.

— Alguma coisa saiu errada? A voz de Luiz Henrique parecia cansada, como se ele estivesse em uma caminhada ou coisa parecida.

— Mais ou menos. Carmen conseguiu fugir no Caribe com a ajuda de não se sabe de quem.

Luiz Henrique ficou em silêncio por alguns segundos antes de responder.

— Primeiro precisamos cuidar da sua segurança. Você já chegou certo?

— Correto, cheguei a pouco.

— Muito bem, estarei acionando o nosso plano de contingência para a sua segurança. Você terá à disposição um carro blindado com um motorista e mais dois homens em uma escolta. Esse modelo é o mais utilizado pelos VIPs em São Paulo e não deverá chamar muito a atenção, mas temos um inconveniente.

— Iremos desfalcar a equipe que está monitorando Angelo e a sua família – Peter havia repassado o plano com Luiz Henrique e sabia que não havia como conseguir homens competentes e confiáveis em tão pouco tempo.

— Exato, vamos ter que deixar algumas das pontas soltas. Vou pensar um pouco sobre como poderemos remanejar a equipe para que o estrago seja o menor possível.

Peter achava muito difícil que Carmen estivesse vindo ao Brasil para se vingar. Provavelmente ela estaria se escondendo em alguma praia tranquila de uma das centenas de pequenas ilhas espalhadas pelo Caribe, esperando a poeira abaixar para pegar algum tipo de "seguro" que deveria ter feito para uma emergência e tentar sumir do mapa para que ele nunca mais a encontrasse. Isso poderia lhe dar o tempo suficiente para concluir as coisas no Brasil e depois se dedicar somente a caçá-la pelo mundo até que dessa vez conseguisse recuperar toda e qualquer cópia do maldito dossiê contra a sua família e a ZTEC e pudesse finalmente de livrar dela de uma vez por todas.

Mas se havia alguma possibilidade, mesmo que remota, dela ter vindo para o Brasil ele deveria se proteger da melhor maneira possível e era exatamente isso que seus instintos lhe diziam para fazer.

— Me desculpe pelo transtorno.

— O chefe nunca erra, ele apenas se equivoca, lembra-se?

Peter sorriu.

— Ok, vou lhe enviar o endereço em que estou e mande-os aguardarem por mim em frente ao prédio.

— Entendido. Espero que não tenhamos que nos falar mais até o final da primeira fase da operação, você sabe como eu me sinto desconfortável com os imprevistos.

— Também espero que não seja necessário.

Após desligar sem se despedirem, Peter fez mais uma ligação dessa vez como Michel Hertz, para um dos funcionários de staff da ZTEC que era ligado ao diretor responsável pelas operações na América Central e Caribe. Peter sempre procurava colocar gente de sua confiança abaixo dos diretores das empresas do grupo e assim monitorava a todos sem deixar isso transparecer.

— Paula? Como vai? Sim, é Michael, preciso de uma informação. Quero saber de quem a ZTEC está contratando serviços de transporte no Caribe... Sim, aquele tipo de transporte. Preciso saber não só quais são as empresas, mas também tudo o que tivermos sobre seus sócios... Eu sei que não será fácil, por isso estou pedindo isso para você em sigilo... Tenho certeza que fará todo o possível. Mais um detalhe, preciso disso para hoje ainda, ok?

Peter desligou antes que uma onda de lamentações pudesse ser ouvida por ele. A mulher de meia-idade e bem acima do peso o havia impressionado muito quando a conheceu tanto pela sua inteligência quanto pela perspicácia e ele tinha certeza que ela daria conta do recado. Mas agora ele precisava se concentrar em outro assunto. Já passava das 21 horas e Aleksandra ainda não havia chegado em casa. A ideia de fazer-lhe uma surpresa começava a não parecer tão boa assim, mas ele temia que se ouvisse a voz dela uma vez sequer ao telefone antes de se encontrar frente a frente com ela, poderia fraquejar e não conseguir realizar a missão que para ele, até agora, estava se mostrando a mais difícil da sua vida. Nesse momento ele ouviu a maçaneta da porta girar e no momento seguinte a mulher que ele amava estava parada bem em sua frente mostrando seus dentes perfeitos em um sorriso que o gelou por dentro.

— Posso saber o que um homem maravilhoso como você faz em um lugar como esse?

Peter ficou imóvel por um momento, talvez um ou dois segundos a mais do que deveria antes de escorregar uma das mãos para a pequena lâmina escondida sob uma bainha em seu cinto, especialmente desenhada para esse fim. Um segundo ou dois, não mais do que isso, mas o suficiente para que ela já estivesse sobre ele, sentada em seu colo e o beijando apaixonadamente. Ele tentou controlar o desejo, as emoções, retomar a rédea da sua vida, sacar a lâmina do seu cinto e cortar aquela garganta maravilhosa de um lado ao outro, exatamente como ele havia planejado, mas suas mãos não obedeceram e seguiram outro caminho.

O caminho das carícias por aquele corpo perfeito que o deixava completamente sem ação. Ele ainda lutava contra aquilo tudo quando ela, talvez percebendo que havia algo errado parou de lhe beijar, aproximou seus lábios de seu ouvido e sussurrou o quanto ela estava louca de saudades. Foi o suficiente para ele esquecer de tudo, de seus planos, da sua ambição e principalmente, ao menos por enquanto, de matar essa mulher maravilhosa. Ele a tomou nos braços e esbarrando nos móveis da sala e atirou com ela pelo quarto adentro, caindo juntos sobre a cama. Segundos mais tarde estavam nus fazendo amor desesperadamente enquanto a afiada lâmina continuava em sua bainha jogada em um canto qualquer do quarto.

Angelo

Já eram quase 11 horas e mesmo sabendo que seu avião para Brasília decolaria às 13h30 ele ainda estava na cama tentando se levantar. A cabeça parecia a ponto de explodir e o corpo insistia em não obedecer às ordens que seu cérebro enviava. Ele pensava em tudo que havia acontecido no dia anterior e tentava descobrir uma saída para a situação que se encontrava.

Nos pouco mais de 30 minutos que Aleksandra demorou para percorrer a distância entre o local onde fora recolhido por ela até a casa de sua ex-mulher ele procurou ser o mais superficial e evasivo possível sobre o que os homens que sequestraram seus filhos queriam dele e até onde ele sabia sobre os reais planos da ZTEC. Não foi nada fácil escapar do instinto aguçado dela, mas no final da conversa ela parecia estar relativamente convencida.

— Angelo, se você estiver mentindo ou escondendo algo fique certo que irá apodrecer numa cadeia e eu garanto que farei de tudo para que essa cadeia seja no Brasil.

A imagem das cadeias brasileiras sujas e superlotadas veio imediatamente à sua mente, mas ele a afastou tentando se concentrar no que dizia a ela.

— Não estou mentindo nem escondendo nada Aleksandra, eu já lhe contei tudo que sei. Tenho que pegar um avião para Brasília amanhã e fazer o possível para convencer uma série de deputados a votarem favoravelmente ao projeto que altera a Lei de Segurança Nacional nos moldes que interessa para a ZTEC. Caso eu não tenha sucesso eles irão matar meus filhos, simples assim.

— E quais deputados são esses e porque especialmente eles?

— Eu juro que não sei. Fui informado que amanhã uma pessoa me procurará no aeroporto e me passará essas instruções pessoalmente.

— Só isso? Você demorou horas dentro daquela casa apenas para eles lhe dizerem isso?

Ela não era nada fácil...

— Não, logicamente eles me explicaram detalhes sobre como devo agir, quanto devo oferecer de dinheiro em média para cada deputado, como o dinheiro será entregue a eles, coisas desse tipo.

Ela ainda não parecia convencida.

— E as crianças? O que você achou? Elas pareciam bem tratadas? – a preocupação dela parecia sincera.

— Acho que sim. Eles me disseram que não foram maltratados e eu pedi a eles que obedecessem a tudo que esses homens pedissem e que em breve eles estariam novamente em casa.

— Bem, sabemos então que ao menos até o momento dessa votação eles estarão a salvo, depois disso só Deus sabe.

— Como assim só Deus sabe? Você não acredita que eles irão devolver os meus filhos caso eu consiga o que eles querem?

Ela pensou um pouco.

— Sinceramente? Não sei dizer. Aliás, eu acho que tanto você quanto as crianças correm um grande risco de não saírem vivos dessa história seja lá o final que ela tenha, a não ser que consigamos resgatá-las a tempo de você denunciar todo o esquema antes da votação dessa lei.

A afirmação de Aleksandra destruiu por completo as já frágeis esperanças de Angelo em conseguir as crianças em troca do serviço bem-feito, inclusive do sacrifício maior que ele teria que fazer caso os deputados não se convencessem na base da propina. Ela tinha toda a razão, eles precisavam resgatar as crianças antes da votação, senão tanto elas quanto ele poderiam morrer.

— Então o que você sugere que eu faça?

— Siga com o combinado. Eles não podem desconfiar de nada. Enquanto isso vamos trabalhar para resgatar as crianças e torcer para que tudo dê certo.

Por um momento ele pensou em falar sobre os atentados, mas recuou. Ele não tinha nenhum detalhe e assim sendo nada poderia ser feito para impedi-los. Falar deles apenas tiraria o foco de Aleksandra das crianças e não ajudaria em nada. Restava a ele apenas torcer para que fosse um blefe desses canalhas, mas no fundo ele sabia que eles não eram do tipo que blefam.

— Certo, farei a minha parte, mas prometa que você fará de tudo para encontrá-las.

— É o meu trabalho, fique tranquilo.

A conversa se encerrou em um ponto de táxi que ficava a poucos quarteirões da casa de Raquel. Ele não podia se arriscar a chegar a pé e muito menos no carro de Aleksandra, pois sabia que a casa estava sendo vigiada. Assim que saltou do táxi respirou fundo e entrou no prédio.

Durante mais de meia hora Raquel alternou momentos de desespero com ataques de fúria. Investiu várias vezes contra Angelo para logo em seguida se aninhar chorando em seus braços pedindo desesperada para que salvasse as crianças. Quando ela finalmente se acalmou um pouco ele decidiu que já era hora de lhe contar a verdade, pois de outra forma ela acabaria por arruinar qualquer chance de conseguirem as crianças de volta.

Ele então contou para ela uma versão resumida e sem muitos detalhes da chantagem que estava sofrendo e das pessoas incrivelmente perigosas que estavam envolvidas no sequestro das crianças e garantiu que caso ela contasse tudo para a polícia as crianças nunca mais voltariam para eles com vida.

Raquel ficou em silêncio por alguns segundos e então juntando toda a força possível acertou um tapa no rosto de Angelo. Ele esperou pelos gritos dela chamando pelos policiais que estavam na sala e pensou que nunca mais veria os filhos e pior do que tudo, ela não teria culpa de nada pois toda a responsabilidade pelo que estava acontecendo com as crianças era somente dele.

Mas o tempo foi passando e o silêncio continuou até que ela falou em um volume que apenas ele pudesse ouvir

— Seu filho da puta escroto, não sei o que você aprontou nem para quem, mas trate de trazer as crianças para casa ou então juro por Deus que eu mesma tratarei de acabar com essa vida medíocre que você leva. Eu farei a minha parte e não direi nada a polícia pois pelo que você me disse eles realmente não têm a menor chance contra essa quadrilha, mas Angelo, talvez seja a última oportunidade de você provar para mim, para as crianças e principalmente para você mesmo que você merece ser pai.

— Raquel, eu juro por tudo que é mais sagrado que eu salvarei as crianças ou morrerei tentando.

Raquel olhou bem fundo nos olhos dele

— É o mínimo que eu espero de você.

Enfim, pouco antes da meia noite Angelo deixou o apartamento de Raquel e se dirigiu para casa a fim de arrumar tanto as suas ideias quanto as suas malas para uma curta, mas intensa temporada em Brasília. E agora, no dia seguinte, após quase uma garrafa de vodca e duas ou três horas de um sono conturbado ele estava ali, jogado na cama sem forças sequer para se levantar. Com um esforço que pareceu sobre-humano, ele moveu sua mão esquerda até o criado-mudo ao lado da cama e pegou o controle remoto da TV. Quem sabe um pouco de som e luz o ajudaria a sair daquele estado letárgico.

Por alguns minutos ele simplesmente ficou assistindo à TV, tentando se distrair com uma daquelas intermináveis discussões sobre sexo no casamento que os programas desse horário, feitos sob medida para as entediadas donas de casa brasileiras. Já estava começando a se distrair com o depoimento de uma mulher que dizia que seu marido só aceitava transar se fosse em frente à janela da varanda do apartamento, com as cortinas abertas para que todos os moradores dos prédios vizinhos pudessem ver e que ela já estava ficando cansada de ser apontada no condomínio e chamada de "a safada do 5º andar" nas rodinhas de fofocas, quando surgiu a já conhecida vinheta da área de jornalismo da emissora que sempre antecede alguma notícia urgente.

As imagens que ele viu na TV fizeram seu sangue gelar e ele teve a certeza de que as pessoas com quem estava lidando não blefavam. Como se toda a energia perdida retornasse ao seu corpo de uma só vez, ele se jogo para fora da cama e correu para o chuveiro. Precisava chegar a Brasília o quanto antes.

Luiz Henrique

Era curioso como nenhuma das pessoas que passavam correndo pela sua mesa havia notado que ele era o único a não esboçar nenhuma reação. Ele continuava imóvel sem conseguir tirar os olhos do prédio da Basílica. A explosão havia sido perfeita, pois apesar do prédio continuar de pé, uma enorme quantidade de poeira e fumaça saia pelas portas e janelas, e em meio a essa mistura as primeiras pessoas desesperadas começavam também a deixar o prédio.

A distância era muito grande para que Luiz Henrique conseguisse identificar os detalhes, mas conseguia imaginar as pessoas feridas, cobertas de uma mistura de sangue e poeira, chorando e correndo sem saber exatamente para onde ir, ao mesmo tempo que os curiosos se dirigiram às entradas do prédio criando um caldo de desespero que o deixava excitado e revigorado.

Ele mantinha o polegar direito na tecla send do seu celular mesmo sabendo que isso não iria produzir mais nenhum efeito prático e então ele desviou o olhar do prédio da Basílica para a pequena TV pendurada na parede do bar e de onde começavam a chegar as primeiras notícias sobre uma explosão na cidade do Rio de Janeiro. Assim que viu as imagens do Cristo Redentor geradas pelo helicóptero da rede de televisão, um sorriso tímido pôde ser visto no canto de sua boca e finalmente ele soltou o celular.

Mesmo estando 200 vezes mais distante do Cristo do que ele estava da Basílica de Nossa Senhora, ele podia acompanhar a destruição causada com muito mais detalhes devido à possante lente da câmera que gerava as imagens. A nuvem causada pela explosão já havia se dissipado com o vento e era visível a grande quantidade de pessoas que jaziam deitadas no chão. Em uma avaliação rápida ele calculou entre 15 e 20 pessoas deitadas e imóveis, além da mais uma dezena, sentadas e algumas dezenas correndo de um lado para o outro.

Ficou como que hipnotizado pelas imagens por cerca de mais 10 minutos e então pôde ver os primeiros bombeiros que haviam chegado ao local começando a atender os feridos e o helicóptero da polícia aterrissando no heliporto que existe na lateral do morro e para onde certamente seriam levados os feridos mais graves. A câmera da emissora abriu um pouco mais o foco e ele pôde ver se formando uma fila de helicópteros de vários tipos aguardando a sua vez de pousar.

Identificou um dos bombeiros que era utilizado para resgatar banhistas nas praias da Zona Sul, dois da marinha e mais alguns que ele imaginou serem particulares ou a serviço de empresas estatais e que deveriam ter sido chamados a ajudar no resgate. Mesmo não sendo devidamente equipados, o transporte rápido para um hospital certamente seria a única chance de vários feridos.

Mais uma vez a câmera da emissora fechou o foco, dessa vez sobre uma criança que estava deitada sobre outra pessoa. De início ele imaginou que ela estivesse morta ou gravemente ferida, mas assim que a imagem mostrou os bombeiros chegando até ela e tentando retirá-la de cima do corpo de um homem ela começou a se debater como se não quisesse ser levada. Era uma menina e ficava evidente que o homem no chão deveria ser algum parente próximo. Essa imagem que depois seria repetida à exaustão pelas emissoras de TV, se tornaria a imagem oficial da campanha pelo aumento do rigor na Lei de Segurança Nacional o deixou extremamente satisfeito. O sofrimento dessas pessoas iria ajudar exatamente a aqueles que lhes causaram o sofrimento, fechando um círculo que mostrava mais uma vez que a enorme maioria dos seres humanos não passam de marionetes que se movem à mercê do desejo dos poderosos.

    Finalmente Luiz Henrique se levantou, deixou uma nota de 20 reais sobre a mesa, e se dirigiu a sua velha Teneré que estava estacionada a poucos metros. Saiu então em direção ao Rio de Janeiro. A parte fácil do plano já estava concluída e a hora do jogo começar de verdade havia chegado.

Carmen

Eles haviam desembarcado na área reservada aos voos particulares quando ela percebeu uma comoção que lhe chamou a atenção. Pessoas em estado de choque não desgrudavam os olhos de uma TV na sala de espera do terminal da empresa de táxi aéreo, e quando ela e Ernesto se juntaram ao grupo mal acreditaram no que viam na tela. Ela estava dividida em duas partes sendo que em uma delas apareciam imagens da Basílica de Nossa Senhora Aparecida e na outra imagens de uma das 8 maravilhas do Mundo Moderno, o Cristo Redentor no Rio de Janeiro. Em ambas as imagens se via a movimentação de pessoas feridas, policiais, bombeiros e curiosos em uma mistura de terror e perplexidade que podia ser percebida mesmo através da tela da TV. Os mesmos sentimentos tomavam conta de todas as pessoas da sala e provavelmente de todos os brasileiros que estivessem acompanhando tudo ao vivo como eles.

Carmen olhou para Ernesto e se aproximou dele para que ninguém pudesse ouvi-los.

— Peter começou o jogo.

Ernesto voltou a olhar para a TV e novamente para Carmen.

— Esse homem é louco!

— Antes ele fosse somente um louco Ernesto. Na verdade, ele é um gênio que se colocou acima do bem e do mal.

— E agora? Ernesto parecia perturbado e ela preferiu não contar que já sabia que algo parecido iria acontecer, como já havia presenciado outras tantas vezes em diversos países do mundo.

— E agora nada muda. Precisamos continuar com o nosso plano sem nos abalar. Eu acredito até que essa tragédia poderá ao menos servir para nos encobrir um pouco mais e aumentar as nossas chances de pegar Peter. Preciso apenas acelerar um pouco as coisas.

Dizendo isso, sacou um celular pré-pago e o ligou. Imediatamente entrou no whatsapp e digitou uma mensagem para Aleksandra.

"Chapeuzinho Vermelho, você não respondeu meu e-mail. O Lobo Mau está muito mais perto e é muito mais perigoso do que você imagina. Eu sou o lenhador que pode salvá-la, não se esqueça disso".

Assim que mandou a mensagem ela desligou o celular e o recolocou na bolsa.

— Lancei mais uma isca e temos que torcer para que a nossa sereia morda. Agora temos que passar pela Alfândega e seguir para o nosso hotel. Quanto antes estivermos instalados, melhor.

Ernesto assentiu e após mais alguns segundos tiraram os olhos da TV e se dirigiram ao balcão da Alfândega. Uma hora e meia depois eles se instalavam no luxuoso Hilton no Bairro do Brooklin, coincidentemente a pouco mais de 500 metros da sede da Sicurezza Totale. Ela sabia que ficar tão perto da sede da empresa poderia ser perigoso, mas o risco não era tão grande e ela preferiu se hospedar ali pois Peter jamais se hospedaria nas redondezas. Ele adorava o bairro dos Jardins em São Paulo e principalmente o Hotel Fasano, e seria onde provavelmente ele estaria hospedado.

Apesar de se registrarem como marido e mulher estando na mesma suíte, eles haviam reservado duas suítes, uma vizinha a outra e com uma porta ligando as duas com a desculpa de acomodar alguns clientes que deveriam chegar para reuniões nos próximos dias. Enquanto eles não chegassem montariam um pequeno escritório na segunda suíte. Na verdade, eles ficariam cada um em uma suíte, mas como qualquer detalhe poderia atrapalhar seus planos preferiram não arriscar e fizeram questão de dar essa explicação ao atendente que ao menos naquele momento assentiu como sendo a coisa mais normal do mundo. A rede de informantes de Peter Golombeck era tão ampla que nem mesmo um simples atendente de hotel poderia ser descartado.

Após estarem acomodados, Carmen decidiu começar imediatamente a movimentar as suas peças no tabuleiro. Ligou o celular mais uma vez, porém o característico sinal de "lido" do aplicativo ainda não aparecia na mensagem, mas algumas pessoas desativavam propositalmente essa função e ela não tinha como saber se esse era o caso. Checou então a sua caixa de e-mails para saber se havia alguma resposta, mas também nada.

Ela não conseguiu disfarçar a frustração, pois já passava do meio dia e era estranho que até aquele momento ela não tivesse respondido nenhuma das duas. Carmen sabia que um policial não deixaria passar essas mensagens sem responder, mesmo que fosse ao menos para tentar identificar o autor e isso era muito estranho. Decidiu aguardar mais algumas horas antes de tentar uma abordagem mais direta. Enquanto isso, iria fazer o possível para mapear as atividades de Peter no Brasil e assim conseguir alguma vantagem na negociação que tentaria fazer com ela. Sacou novamente o celular e começou a fazer algumas ligações. No quarto ao lado Ernesto fazia a mesma coisa. Mais uma rede de espionagem estava se formando e se tudo desse certo, seria nessa rede que Peter cairia.

Angelo

Assim que pôs os pés no saguão do Aeroporto Internacional Presidente Juscelino Kubitschek em Brasília, Angelo teve a sensação de ter chegado a outro país. As dificuldades no embarque em São Paulo com um grande aumento no rigor dos procedimentos da segurança do aeroporto e a tensão expressada no olhar de todos os passageiros, cada vez mais ávidos por notícias e detalhes sobre os atentados já mostravam que o Brasil não seria mais o mesmo após esses episódios, mas mesmo assim ele não estava preparado para o que via ali.

O saguão estava apinhado de militares. Duplas de soldados iam e viam entre os passageiros, portanto os tradicionais FALS - fuzis de assalto leve, calibre "sete meia dois" como é comumente chamado o calibre 7,62mm no Brasil. Os uniformes camuflados com mangas suspensas acima dos cotovelos, os capacetes de combate, e principalmente a expressão de alerta dos homens criava um clima de medo e insegurança nunca antes presenciado por ele no Brasil. Pessoas apressadas tentavam embarcar para outras cidades superlotando os guichês das companhias aéreas. Angelo pensou nos muitos funcionários públicos que haviam sido transferidos para lá de outras partes do Brasil, mas que por questões práticas ou pessoais não haviam trazido suas famílias consigo e agora, em um momento dramático como esse, tentavam retornar as suas casas, preocupados com a segurança dos entes queridos. Alguns pequenos tumultos explodiam aqui e ali quando um passageiro percebia que não conseguiria viajar por falta de assentos disponíveis, mas os militares estavam conseguindo controlar rapidamente essas situações isoladas e dentro das possibilidades o clima era pacífico.

Ele não deu mais do que dois passos antes de ser abordado por um homem de terno preto e óculos escuros, que o chamou pelo nome.

— Senhor Angelo, boa tarde. O seu carro o espera.

Sem dizer nada, Angelo seguiu o homem até o estacionamento onde um Ford Fusion preto estava estacionado. O homem abriu a porta traseira do veículo enquanto pegava as bagagens das mãos dele e as levava até o porta malas. Assim que entrou no carro, o motorista lhe entregou um envelope e em pouco minutos o carro rodava pela Estrada Parque das Nações em direção ao Hotel Royal Tulip estrategicamente localizado a poucos quilômetros do Congresso Nacional e do Palácio da Alvorada, os centros de poder do Governo Brasileiro.

Enquanto o carro rodava veloz por conta do trânsito bem menos movimentado que o normal, ele lia os documentos contidos no envelope. Havia uma lista com cerca de 40 nomes de deputados identificados apenas como "indecisos" e seriam esses que ele teria que convencer para aderirem ao grupo de aprovação da regulamentação da nova Lei de Segurança Nacional. Os analistas políticos da ZTEC estimavam que após os "acontecimentos" do dia, ao menos metade desses deputados aderiram à aprovação. Então ele torcia para que as estimativas estiverem corretas e ele precisasse convencer realmente apenas 20 e não 40 deputados em apenas três dias o que mesmo assim já seria praticamente impossível se não fosse o pequeno exército de lobistas que a ZTEC já havia colocado para trabalharem preparando o terreno para Angelo sendo que quando chegasse ao hotel o coordenador desse grupo lhe informaria quais deles ainda não haviam cedido a primeira investida e que exigiam uma nova reunião para finalizarem o assunto, sendo que a primeira dessas reuniões deveria começar logo em seguida.

Caso a ZTEC conseguisse a vitória na Câmara a nova lei precisaria também ser votada no Senado mas os analistas estavam certos de que os Senadores da República que ainda não estavam na folha de pagamento não teriam coragem de ir contra a Câmara correndo o risco de novos atentados serem cometidos e a responsabilidade ser imputada a eles. Em suma, a batalha seria travada ali, junto aos nobres deputados federais e ele tinha que ganhar de qualquer maneira senão o Plano B seria iniciado e por mais que essa ideia lhe desse calafrios, ele faria o que fosse preciso para ter seus filhos de volta.

Ele ficou absorto em seus pensamentos por mais alguns minutos até que a parada repentina do veículo o trouxe novamente para a realidade. O motorista se apressou em abrir-lhe a porta e rapidamente um funcionário do hotel retirou suas bagagens do porta-malas e pedindo que Angelo o seguisse eles adentraram ao lobby do Royal Tulip.

As recordações de visitas passadas voltaram a sua mente no momento que ele colocou os pés naquele lugar. O projeto mesclava uma proposta de hotel de negócios com um resort às margens do Lago Paranoá. Os prédios em forma de uma ferradura rodeavam uma piscina convidativa em forma de tulipa e na sequência as águas do lago. Um cenário perfeito para as várias festas com políticos que ele havia organizado sempre regadas a boa comida, bebidas e mulheres caras, drogas variadas dependendo do anfitrião e muito dinheiro vivo em cima da mesa.

Angelo registrou-se rapidamente e seguiu direto para a suíte onde o primeiro deputado já o aguardava. Assim que ele entrou no quarto se deparou com um homenzinho obeso, com não mais de 1,60 de altura, cabelos escuros e olhos castanhos pequenos e afiados. Usava um terno azul marinho sob medida e uma gravata que deveria ter custado mil dólares pelo menos. Angelo já o tinha visto pelo menos em uma das festas em que havia participado, mas se o homem o havia reconhecido fez questão de não demonstrar. Ele representava o Estado do Amazonas.

— Nobre deputado, desculpe o pequeno atraso. Meu nome é Angelo Cesari e acredito que já tivemos a oportunidade de nos conhecer anteriormente.

A mão estendida de Angelo permaneceu no espaço por um tempo um pouco mais longo do que o habitual antes que o deputado retribuísse o gesto. O aperto de mãos foi rápido e sem força, daqueles que não passam nenhuma segurança para nenhum dos lados.

— Senhor Angelo, o senhor está enganado nas duas coisas.

Angelo não entendeu o comentário e percebendo o homem continuou.

— Nem o seu atraso foi pequeno e nem nos conhecemos antes.

— "Um ótimo começo" — pensou, mantendo um sorriso amarelo no rosto.

— Bem deputado, me desculpe então pelos dois erros e para que o senhor não perca mais seu precioso tempo sugiro que entremos no assunto da reunião sem mais demora.

— Nesse ponto concordamos.

Ambos se sentaram em uma mesa de reuniões redonda e só aí Angelo vislumbrou através da grande janela da varanda o Lago Paranoá. A visão o revigorou o suficiente para encarar a conversa com aquele verme.

— Deputado, ambos sabemos porque estamos aqui. O grupo que represento entende que a nossa proposta de redação para a nova Lei de Segurança Nacional é a mais adequada para o país e a que trará mais benefícios ao povo agora e no futuro. Por isso eu estou aqui para pedir o seu apoio.

O homenzinho olhou Angelo nos olhos com um misto de curiosidade e desdém, depois desviou os olhos em direção ao lago, retirou do bolso uma caneta e sem olhar novamente para Angelo escreveu rapidamente em um bloco de papel empurrando-o em seguida para o lado oposto da mesa. O número que havia sido escrito pelo homem era ligeiramente mais baixo do que o número que Angelo esperava. Foi então a vez dele tirar a caneta do bolso e rabiscar um novo número e fazer o bloco retornar às mãos do deputado. Assim que o homem viu o que estava escrito seu sorriso se abriu e ele relaxou completamente na cadeira.

— Senhor Angelo, percebo agora que estou tratando com um cavalheiro. Se o povo brasileiro precisa do meu apoio em um momento tão difícil como esse, de maneira nenhuma eu poderia negá-lo. Pode contar com o meu voto, obviamente se esse pequeno detalhe estiver em minhas mãos até 24 horas antes da votação.

— Nobre Deputado, será feito imediatamente. Precisamos apenas acertar o modelo da entrega

— Angelo meu querido, somos homens finos e como tal eu tenho certeza que dividimos o mesmo gosto pelos ares da Suíça. Aqui estão os dados. Estarei aguardando a confirmação. Devo confessar que não esperava tamanha generosidade do grupo de vocês e agradeço imensamente.

Angelo fez questão de oferecer o limite que os analistas haviam previsto, cerca de 15% a mais do que o homem havia pedido. Ele iria fazer o que os filhos da puta da ZTEC mandavam, mas cuidaria para sair o mais caro possível para eles.

— Nobre Deputado, certamente esse será sempre o tratamento dado ao senhor pelo meu grupo em negociações futuras. Infelizmente o nosso tempo é curto e eu preciso iniciar uma nova reunião em alguns minutos.

O deputado se levantou imediatamente e fazendo uma pequena reverência apertou novamente a mão de Angelo, agora com força e animação, como se eles fossem velhos amigos.

— Vou deixá-lo trabalhar, senhor Angelo. Mais uma vez obrigado e com certeza iremos vencer essa batalha juntos!

Angelo então o acompanhou até a porta, retornou a mesa, abriu seu laptop, passou o valor e o número da conta da Suíça onde o dinheiro deveria ser depositado em uma espécie de planilha eletrônica que criptografava as informações e em seguida mandou o arquivo adiante. Assim que terminou o interfone tocou. Era mais um "cliente" chegando e tudo começaria novamente. Pediu para o homem subir, respirou fundo, levantou-se, olhou mais uma vez para o lago e com o seu melhor sorriso se posicionou em pé do lado de dentro da porta aberta como se estivesse para receber um grande amigo em sua própria casa.

Aleksandra

O sol forte que entrava pela janela denunciava que o dia já havia amanhecido a muito tempo. Ela olhou para o lado e no lugar em que ele deveria estar havia um bilhete. Assim que ela leu a decepção se transformou em alegria e como uma adolescente ela pulou da cama e abrindo o chuveiro se entregou à água gelada que caía com força. Menos de 15 minutos depois ela já estava vestida com uma calça estilo social bege que estrategicamente deixava seu bumbum ainda mais empinado enquanto colava em suas coxas deixando os músculos desenhados sob o tecido.

Vestiu uma blusa de alças finas marrom e um sapato de salto da mesma cor. Algumas poucas bijuterias e pronto, a policial durona dava lugar a quase top model russa capaz de parar qualquer lugar onde entrasse. Ele se encontraria com Michel às 14 horas no restaurante Due Cuochi do Shopping Cidade Jardim, um dos mais badalados e elegantes shoppings de São Paulo. Um carro com motorista a apanharia às 13h30 na porta de seu apartamento.

Inicialmente ela estranhou o fato de Michael ter se levantado e saído sem dar-lhe bom-dia, e também de ter marcado o almoço em um shopping. Por mais sofisticados que fossem, definitivamente shoppings centers não faziam o estilo dele, mas provavelmente ele deveria ter marcado alguma reunião pela manhã nas torres comerciais que fazem parte do complexo do shopping e procurando evitar se locomover no trânsito cada dia mais caótico de São Paulo, tenha achado por bem se encontrarem por lá mesmo.

Já eram quase 13 horas, ela ainda não tinha comido nada e se dirigiu à cozinha americana para tomar ao menos um suco e num gesto quase automático ligou a tela plana pendurada na parede da sala. Inicialmente ela não entendeu muito bem o que estava acontecendo até que ela leu a mensagem de texto que era exibida no rodapé da imagem:

"Dois atentados param o Brasil"

Num ato reflexo ela correu de volta até o quarto e ligou o celular que estava desligado desde a noite anterior.

— Merda... Merda... Merrrrdaaaa!

Voltando para frente da TV e com o celular na mão ela começou a ouvir as mensagens que haviam em seu celular. As duas primeiras eram de Octavio, ainda do dia anterior, pedindo que ela fizesse um resumo por e-mail do andamento das investigações. Apesar de ela estar de volta ao Brasil onde devia subordinação a uma estrutura da Polícia Federal, como ela estava a serviço da Interpol em um caso coordenado pelos italianos a subordinação continuava a ser para Octavio. Depois ouviu algumas mensagens de policiais amigos seus do Brasil para quem ela estava pedindo algumas informações discretamente, e por fim mais duas mensagens no melhor estilo Octavio que aos gritos cobrava um retorno dela imediatamente. Essas sim já deveriam ser pós-atentados.

Com a chegada de Michael ao Brasil e a certeza cada vez maior do amor dele por ela e que isso significava uma nova vida, muito mais interessante e divertida, bem longe da Interpol e dessa merda toda que envolve a vida policial, ela subitamente tomou uma decisão.

— Foda-se!

O desabafo soou calmo, como se fosse uma confidência para um amigo, como se você estivesse tirando um peso das costas. Uma decisão que vinha sendo protelada e que finalmente aconteceu naturalmente.

Esse sentimento a fez relaxar, mesmo diante de todo o horror que via pela TV. "Pessoas morrem todos os dias e vão continuar a morrer, e infelizmente não há nada que eu possa fazer para mudar isso" - Então ela pensou nos filhos de Angelo que certamente estariam mortos dentro de alguns dias e mantendo o mesmo raciocínio frio ela percebeu que desde o início as chances estavam contra ele e que por mais que ela se envolvesse também não poderia fazer muita coisa.

Enfim, a hora de jogar a toalha havia chegado e ela estava aliviada por estar fazendo isso. O primeiro gesto da nova vida seria desligar aquele celular, comprar outro no próprio shopping, e usar o antigo apenas mais uma vez. Seria para ligar para Octavio e pedir desligamento da força tarefa da Interpol. Depois ela pediria demissão da Polícia Federal brasileira e cairia no mundo com Michael. O seu dedo já estava sobre o botão que desligava o celular quando ela percebeu que havia uma mensagem no aplicativo de mensagens de um número desconhecido para ela. Achou que pudesse ser propaganda, ou até mesmo algum golpe por telefone tão frequente no Brasil, mas mesmo assim a curiosidade falou mais alto e ela decidiu ler o que dizia: "Chapeuzinho Vermelho, você não respondeu meu e-mail. O Lobo Mau está muito mais perto e é muito mais perigoso do que você imagina. Eu sou o caçador que pode salvá-la, não se esqueça disso".

Por puro reflexo ela abriu imediatamente a sua caixa de e-mails. Já fazia três dias que ela não fazia isso e não tinha visto e-mail algum. Lá estava o referido e-mail. Ela tentou minimizar ambas as mensagens dizendo para si mesma que não passava de uma brincadeira de algum amigo ou no máximo algum tipo de tentativa de deixá-la preocupada por estar envolvida na investigação da ZTEC, mas alguma coisa não se encaixava e então seu instinto começou a avisá-la que realmente poderia haver algum perigo real à espreita e ela decidiu responder a mensagem.

— "Então o que você está esperando? Venha me salvar do lobo..."

Assim que digitou aquela mensagem o interfone tocou e ela sabia que era o motorista enviado por Michael, atendeu pedindo mais cinco minutos para descer e se sentou no sofá em frente à TV deixando que as imagens funcionassem como um pano de fundo para os pensamentos que fluíam a velocidade da luz por seu cérebro. Porque seu instinto lhe dizia que aquela mensagem poderia ser verdadeira? E se fosse? Quem queria lhe fazer mal além é claro da corja de sempre? Bandidos brasileiros comuns que ela havia prendido? Não era feitio desse tipo de marginal. O caso da ZTEC era o primeiro pela Interpol e o único caso realmente grande que ela havia pegado na carreira. Além disso, a mensagem era sutil, aliás sutil até demais, até mesmo um pouco feminina, quem sabe, mas agora ela precisava relaxar e pensar no almoço com Michael. Alguma coisa lhe dizia que esse almoço mudaria a sua vida para sempre.

Levantou-se e pegando sua bolsa bateu a porta do apartamento atrás de si e em menos de vinte minutos a Maserati Quattroporte preta entrava no estacionamento do Shopping Cidade Jardim. Ela pensou por um momento em se atrasar alguns minutos para comprar um novo celular, mas a lembrança da mensagem veio imediatamente à sua cabeça e ela achou melhor tratar disso depois. Michel estava aguardando sentado em uma das mesas que apesar de fazerem parte do restaurante, ficam do lado de fora do Due Cuochi, como se fosse em um tipo de praça, mas dentro da área interna do Shopping. Uma tentativa fugaz de imitar uma pracinha italiana ao ar livre, mas que tinha conseguido um resultado bem agradável. Quando a viu, ele sorriu e se levantou enquanto ela seguiu diretamente para ele, ignorando os olhares gulosos dos homens e invejosos das mulheres que apinhavam as mesas ao redor.

Beijaram-se com uma intensidade um pouco maior do que seria normal para aquela situação, o que deixou os homens ao redor ainda mais gulosos e as mulheres ainda mais incomodadas.

— Você está simplesmente maravilhosa.

— Eu achei que você me preferisse sem roupa nenhuma — ela tinha consciência que ao menos as pessoas das mesas mais próximas podiam ouvir perfeitamente o que eles dois diziam.

Ele sorriu e sem responder puxou a cadeira para ela se sentar. Sentados um em frente ao outro, com as mãos dadas como dois colegiais, uma sensação ótima tomou conta dela e ficaram sem dizer nada por um ou dois minutos apenas se olhando até que Michael quebrou o silêncio.

— Achei que você poderia não vir por conta dos atentados de hoje.

— Provavelmente teria sido assim, caso eu não tivesse decidido me desligar do mundo por causa de uma certa pessoa.

— E isso não pode prejudicá-la?

Havia um tom de certo desdém na voz dele, como se ele já soubesse que a polícia não fazia mais parte da vida dela.

— Acho que depende do que eu quero fazer daqui para frente com a minha vida.

A resposta foi tão direta que ela mesmo se sentiu um pouco constrangida.

— E eu posso saber o que você pretende para ela?

— Uma nova vida talvez, ao lado de alguém interessante que esteja disposto a me mostrar o mundo de uma perspectiva nova e emocionante.

— E por acaso essa pessoa de sorte já foi escolhida?

Ela se inclinou levemente para frente como se fosse contar algum segredo.

— A vaga ainda está em aberto. Por acaso você quer se candidatar?

Michael ficou em silêncio e Aleksandra foi pega de surpresa. Será que ela havia se precipitado? Ido rápido e longe demais? Ela começou a se sentir desconfortável e a reação imediata foi se recostar novamente na cadeira aumentando a distância entre os dois. Cada segundo que se passava sem que Michael esboçasse qualquer reação parecia uma eternidade e ela já estava considerando se levantar e sair correndo quando percebeu que ele havia pegado o guardanapo de cima da mesa, o esticado totalmente e depois puxado pelo meio criando uma espécie de pirâmide com o pano.

— A sua resposta está aqui.

Ela olhou demoradamente para o guardanapo tomando coragem para erguê-lo e finalmente, em um movimento rápido, puxou o pano para cima. Assim que o guardanapo foi removido uma pequena caixa de veludo preto permaneceu sobre a mesa e ela a pegou. Havia sido um truque de ilusionismo, desses que os mágicos fazem nas festas de crianças, mas naquele momento ela encarava aquilo como uma mágica verdadeira que poderia mudar a sua vida para sempre. Com todo o cuidado ela a abriu e o brilho que vinha de seu interior não deixava dúvida sobre o que queria dizer. Ela olhou para Michael ainda sem acreditar no que estava acontecendo. Ela esperava realmente que ele pedisse para que ela fosse viver com ele, mas nem em sonho imaginava que seria assim, um pedido de casamento à moda antiga, com direito a um anel de brilhantes e tudo mais.

— Isso é o que eu estou pensando ser?

Michael parecia estar se deliciando com a cena toda.

— Não.

A resposta a pegou novamente de surpresa, mas dessa vez ele complementou.

— Eu garanto que é muito mais do que você está pensando ser. Isso em suas mãos sou eu.

Aleksandra não conseguiu conter as lágrimas que começaram a brotar de seus olhos.

— Como assim é você? Eu não estou...

Ele não a deixou terminar.

— Sou eu Aleksandra, estou colocando a minha vida em suas mãos. Não quero somente você ao meu lado daqui por diante, mas quero que você faça parte de mim e eu de você.

Aleksandra mal podia acreditar no que estava ouvindo. Era muito mais do que ela esperava.

— Michael, eu irei com você a qualquer lugar. Eu aceito ser parte de você e quero que você também seja parte de mim.

Ele a olhou com uma ternura que até então, apesar de todo o carinho com que a tratava, nunca havia demonstrado antes.

— Então agora feche essa caixa, coloque-a sobre a mesa e vamos ter uma longa conversa onde eu lhe contarei tudo que ainda não sabe sobre mim e, se ao final você ainda quiser que eu coloque este anel em seu dedo, eu o farei e nunca mais nos separaremos.

Marcelo

— Alguma pista no quarto do calvo?

— Fotografamos algumas coisas, principalmente anotações, mas que a princípio não parecem ter ligação com o paradeiro das crianças, alguns recibos e panfletos principalmente de boates e de serviços de acompanhantes e o cara parece bem pervertido. Mas o principal foi que conseguimos fazer um download de um laptop que estava no quarto. Os arquivos estão criptografados, mas temos uma equipe de hackers trabalhando neles nesse exato momento. Eles estimam entre 24 e 48 horas para quebrar os códigos e acessar os arquivos.

Para quem até então não tinha nenhuma pista sequer do paradeiro das crianças até que parecia promissor, mas era tempo demais.

— Precisamos acelerar isso, Anselmo. Algo me diz que 24 horas é um tempo de que nós não dispomos, quanto mais 48. E os grampos? Alguma coisa importante nas gravações?

— Ainda não sabemos. Temos alguns trechos de conversas, mas não conseguimos montar o quebra-cabeça, mas uma informação isolada pareceu interessante. Interceptamos uma ordem para redirecionar os agentes que estavam fazendo campana na casa da senhora Raquel e também os que acompanhavam o senhor Angelo. Eles falaram em código então não sabemos para onde eles foram direcionados. Usaram o termo "reagrupar em Alfa" que nós não sabemos o que significa.

Marcelo não tinha a menor ideia do que tudo aquilo significava, mas preferiu não demonstrar para o agente e continuou olhando para ele de maneira compenetrada como se estivesse avaliando as alternativas táticas para lidar com aquela informação. Quando a situação já estava se tornando constrangedora com o agente aguardando que ele fizesse algum tipo de comentário, ele finalmente se pronunciou.

— Hum, interessante. E o que você acha que isso significa?

A tática funcionou. O agente se sentiu prestigiado por poder dar a sua opinião e imediatamente começou a explicar a sua teoria.

— Uma das alternativas seria a hipótese de eles terem separado as crianças para tentarem confundir alguma eventual ação de resgate.

Marcelo continuou no mesmo caminho.

— E o que você acha disso?

— Pouco provável. Dividir as crianças só aumentaria a logística da operação além do que até agora não há nenhum motivo para uma preocupação extra por parte dos sequestradores. As nossas ações foram bem-feitas e temos certeza que eles ainda não nos detectaram. Dividir as crianças também poderia causar um aumento do estresse que elas estão passando e isso também dificultaria lidar com elas. Em minha opinião o motivo é outro.

— E esse motivo seria? — nada como dar corda para a vaidade.

— Eu acredito que eles tiveram um contratempo. Houve algum imprevisto que os obrigou a dividir as forças para atender outra missão em paralelo a essa. Dado o grau de importância e de dificuldade da missão atual, eu acredito que somente algo muito grave os obrigaria a fazer isso.

Dessa vez Marcelo não disse nada, apenas deixou que o agente continuasse.

— Atender ao chefe do chefe, atender ao Alfa.

— Como assim? Chefe do chefe? Você acha que existe mais de um chefe nessa história?

O agente sorriu.

— Senhor Marcelo, sempre existe o chefe do chefe, principalmente quando falamos de crimes complexos como o que estamos enfrentando. Provavelmente existe uma cadeia de comando para se chegar até o homem calvo que aparentemente é quem dá as ordens ao time de campo, mas acima dele deve haver outras pessoas que fazem a ligação com o chefe do chefe. Dessa maneira, se o calvo cair, existe uma grande chance dessas pessoas intermediárias desaparecerem impossibilitando identificar o mandante do crime.

— Então você acredita que esse chefão está aqui agora e eles foram desviados para fazer a segurança dele?

O agente parecia bem confiante e pela sua experiência Marcelo tendia a confiar nele também.

— Eu não posso garantir senhor Marcelo, mas se fossem meus filhos e eu tivesse que apostar na vida deles, eu apostaria na segunda hipótese.

Marcelo ficou por alguns segundos em silêncio. O problema era que os filhos não eram dele e tampouco de Marcelo. Qualquer interpretação errada da parte deles poderia levar a ações desastrosas e a consequente morte das crianças. Ele decidiu ligar para Aleksandra e consultá-la antes de optarem por uma das duas hipóteses.

— Tudo bem Anselmo, você está fazendo muito bem a sua lição de casa. Irei falar com uma pessoa que está nos ajudando e depois discutimos o que faremos. Os nossos homens estão colados nessas equipes que debandaram?

— Fisicamente não, mas como foi um movimento inesperado optamos em recuar um pouco até termos certeza que não fomos descobertos. Mas os carros deles estão sendo monitorados normalmente.

— E onde eles se encontram agora?

— O sinal sumiu momentaneamente quando eles entraram no estacionamento do Shopping Cidade Jardim. Existe uma chance do chefão estar lá nesse momento, mas mesmo se estiver não podemos tentar confrontá-lo ou nem mesmo correr o risco de algum dos meus homens se expor. Isso deixaria a situação das crianças ainda mais complicada.

Marcelo acenou com a cabeça e o agente se retirou do quarto. Assim que o homem saiu ele ligou para Aleksandra. A ligação entrou diretamente na caixa postal, sinal que o telefone estava desligado e ele deixou um recado para que ela retornasse o quanto antes.

Pensou em ligar também para Angelo, mas na prática eles ainda não tinham nenhuma novidade sobre o paradeiro das crianças e esse era o tipo de notícia que ele não gostaria de dar a ele nesse momento, então desistiu. Estava frustrado, cansado e com fome. Havia se escondido desde que chegara ao Brasil e tudo levava a crer que ele permanecia incógnito, então ele tomou uma decisão. Não ficaria aguardando até que sua equipe conseguisse desbloquear os dados do computador ou identificar mais alguma pista entre as coisas encontradas no quarto do calvo.

Vinte e cinco minutos depois um táxi o deixou em frente à porta principal do luxuoso Shopping Cidade Jardim, um dos templos do consumo de luxo de São Paulo. Quem sabe a sorte não iria sorrir para ele revelando por milagre a identidade do chefão? Mas como ele não acreditava em coincidências e a fome era a única certeza que ele tinha naquele momento, decidiu primeiro dar conta dela em seu restaurante predileto dali, o Due Cuochi.

— Marcelo, meu querido!

O maître tinha um leve sotaque italiano, mas na verdade nunca havia colocado os pés na Itália. Seu sotaque era fruto de uma vida inteira nas ruas do Bairro da Mooca, conhecido reduto da colônia italiana no Brasil, o que havia criado um sotaque único no país.

— Júlio! Há quanto tempo! E as crianças como vão?

— Tudo ótimo meu amigo, crescendo e dando trabalho. A minha filha mais velha entrou na faculdade. Ela será a primeira doutora da família.

Os olhos do homem ficaram marejados de orgulho e emoção, fazendo Marcelo se lembrar imediatamente de seus filhos que nesse instante estavam do outro lado do mundo e desejou profundamente que eles não estivessem a mais de um abraço de distância...

— E como vai a nossa querida Roma?

Ele disse aquela frase como se realmente fosse um romano nativo há muito tempo longe de casa. Marcelo não conseguiu segurar o riso e se Júlio percebeu,

nem se abalou.
— Maravilhosa como sempre! Agora ajude esse velho amigo a achar uma mesa por favor.
— Imediatamente.

Então pedindo que Marcelo o acompanhasse se dirigiu às mesas internas ao lado de uma grande janela com vista para as mesas externas do restaurante. Retirou uma placa de reservada e fez com que Marcelo se acomodasse. Em seguida lhe entregou a carta de vinhos a qual Marcelo nem abriu.

— Nós vamos começar com isso de novo? Não podemos simplesmente pular essa parte?

O maître sorriu. Era sempre a mesma coisa. Todas as vezes que Marcelo vinha ao Due Cuochi a história se repetia. O maître lhe entregava a carta, Marcelo escolhia um vinho da sua preferência, o maître fazia uma expressão de resignação e Marcelo lhe perguntava se não concordava com a escolha. Em 100% das vezes a resposta havia sido não, e depois de uma longa explanação sobre as safras e os rótulos Marcelo sempre acabava aceitando a sugestão do maître e nunca havia se arrependido. Aliás, quase sempre a indicação dele era mais barata do que o rótulo escolhido por Marcelo, um sinal interpretado como de carinho verdadeiro do maître por ele.

— É sempre a parte que eu me divirto mais meu caro amigo, mas se preferir assim, hoje eu lhe farei uma surpresa completa.

Marcelo assentiu com a cabeça confiando que mais uma vez tomaria um excelente vinho sem ser muito roubado, pois naquele restaurante nada poderia ser chamado exatamente de "barato". Ele olhou ao redor relembrando alguns bons encontros com os amigos em suas últimas viagens ao Brasil, sempre regados a boa comida, bom vinho e muitas risadas. Estava perdido em seus pensamentos quando um puxão o trouxe de volta à realidade. Sentada nas mesas do lado de fora do restaurante estava Aleksandra e em sua frente, de costas para Marcelo havia um homem. Seu reflexo imediato foi de se levantar e ir até ela, mas algo em sua expressão o fez mudar de ideia.

O rosto absurdamente bonito daquela mulher estava pálido como uma folha de papel. Ela não se mexia, nem ao menos parecia piscar, de tão concentrada que estava no que o homem em sua frente lhe dizia. Ele acariciava as mãos dela sobre a mesa, mas ela não fazia nenhum movimento. Nem mesmo aqueles movimentos involuntários que fazemos retribuindo e às vezes até repelindo o carinho, mas nunca apenas deixando nossa mão ali parada sem reação alguma. Decidiu então ligar novamente para ela. Seria uma abordagem mais sutil, porém mais uma vez a ligação mergulhou diretamente na caixa postal. Ele acreditou então que se tratava de uma conversa séria e particular e definitivamente não iria atrapalhá-los. Certamente, pelo nível de interesse que ela demonstrava pelo caso, ela retornaria a sua ligação.

O maître não somente lhe serviu um excelente vinho como também indicou um prato à base de vitela que estava simplesmente maravilhoso. Ele não resistiu e pediu para conversar com o chefe de cozinha para tentar descobrir o segredo. Saiu satisfeito com as dicas que recebeu do homem e que certamente, depois disso tudo acabar, ele usaria com certeza. Ao sair ele fez questão de passar bem perto da mesa que Aleksandra estava sentada. Ao passar por ela virou a cabeça e fez menção de cumprimentá-la, mas nesse momento ele percebeu com sua visão periférica que um homem alto e forte em um terno escuro que já se encontrava a poucos metros dele dando a impressão de estar prestes a derrubá-lo no chão.

Por puro reflexo Marcelo se desviou da rota original entrando por entre as mesas à esquerda de onde Alekssandra estava sentada, mas mantendo os olhos no brutamontes. Assim que o homem percebeu que ele se afastara da mesa, também se desviou para o lado oposto e seguiu em direção ao corredor encostando-se a uma das colunas mantendo sempre a mesa do casal em seu campo de visão.

O homem deveria ser um agente da polícia protegendo Aleksandra em alguma outra missão secreta da Interpol e ele decidiu não interferir, mas não resistiu em olhar mais uma vez para a mesa e finalmente ver, mesmo que a distância, o rosto do homem de meia idade bem apessoado e com jeito de milionário que dividia a mesa com ela e para sua surpresa o homem também havia se virado para ele e por um momento seus olhares se cruzaram.

Marcelo sentiu um desconforto instantâneo e desviou rapidamente o olhar, mas provavelmente por tudo que estava acontecendo ao seu redor não deu maior importância para esse sentimento e segundos mais tarde a sensação desapareceu e ele continuou andando apressado pois a noite chegaria em pouco tempo e ele tinha que retornar ao hotel para saber se haviam descoberto mais alguma coisa no material retirado do quarto do homem calvo pois percebeu que só conseguiria identificar algum suspeito se ele tivesse a frase "chefe mafioso" escrita na testa em letras de forma vermelha e ainda por cima maiúsculas.

Angelo

Às 4 horas da manhã Angelo estava exausto. Havia se reunido com nada menos de 11 deputados em pouco mais de 8 horas e havia conseguido se acertar com todos. Apesar de ninguém o ter orientado a respeito, ele acreditava que as conversas mais fáceis haviam sido marcadas primeiro, deixando que o nível de dificuldade fosse crescendo à medida que as reuniões se sucederam. Isso ficava até certo ponto óbvio em função do tempo que os assessores que agendaram as reuniões dispunham para cada um dos deputados.

Para os primeiros da lista eram reuniões de no máximo meia hora agendadas para a suíte do próprio hotel. Reuniões desse tipo ainda haviam algumas naquele dia que se iniciariam dali há pouco mais de quatro horas. Porém, após essas os compromissos começavam a ser agendados em locais diversos e com muito mais tempo entre uma reunião e outra. Ou seja, os dois últimos deputados da lista eram considerados mais difíceis de serem dobrados e era onde Angelo perderia mais do pouco tempo que ele tinha disponível.

Mesmo estando exausto decidiu ligar a TV e tentar descobrir mais detalhes dobre os atentados do dia anterior. Como ele imaginava, diversos programas dedicados ao assunto, com entrevistas a especialistas em segurança no Brasil e contra terrorismo de outros países infestavam os canais. Não somente as redes de televisão brasileiras, mas também de diversos outros países não paravam de fazer a mesma pergunta: o Brasil, mesmo tendo adotado uma posição praticamente neutra em quase todas as questões políticas mundiais mais relevantes pós Segunda Guerra, havia deixado de ser uma zona livre de terrorismo como tinha sido até aquele momento? E se isso tivesse ocorrido, qual era o motivo? Até aquele momento, ninguém assumira a autoria dos atentados, mas já se falava abertamente que um ataque a símbolos cristãos como no caso do Cristo Redentor e da Basílica de Aparecida do Norte só poderiam ter conotações religiosas.

Apesar dos insistentes comunicados de repúdio aos atentados feitos pelos representantes da comunidade muçulmana e até mesmo um comunicado da comunidade judaica, negando acusações de autoria feitas pelas redes de televisão árabes, onde se falava em tentativa de voltar o povo brasileiro contra os mulçumanos e a convivencia pacífica que os povos de todas as religiões encontravam no Brasil, a verdade era que até aquele momento praticamente qualquer coisa parecia possível.

Por um segundo a ideia de denunciar toda aquela farsa promovida pela ZTEC com o único objetivo de aumentar seus lucros no mercado sul americano e principalmente no Brasil pareceu irresistível. Porém a realidade o martelou mais uma vez. Se fizesse isso nunca mais veria seus filhos e mesmo que ele estivesse disposto a fazer esse extremo sacrifício, a verdade é que ele não tinha nenhuma prova concreta contra a ZTEC. Seria a palavra dele contra a de uma organização

347

bilionária que possuía um terço do congresso nas mãos e sabe Deus mais quantas outras autoridades em seus bolsos. Provavelmente ele acabaria passando alguns anos na cadeia e se não enlouquecesse pela morte de seus filhos, certamente seria eliminado no mesmo dia que colocasse os pés na rua novamente.

Enfim, não havia nada que ele pudesse fazer, nem pelas pessoas que haviam morrido nos atentados e muito menos contra aqueles que os haviam planejado e executado, então só restava a ele se dedicar ao trabalho que haviam lhe dado para fazer e assim ganhar o tempo suficiente para que Marcelo conseguisse localizar a resgatar as crianças ou então, na pior das hipóteses, acreditar que esses mesmo homens, covardes, sujos e sem nenhum traço de humanidade, cumpririam a palavra e os libertariam sãos e salvos.

Desligou a TV e fechou os olhos. Quando os abriu novamente o sol já brilhava forte e seu primeiro compromisso se iniciaria em 20 minutos. Após um rápido banho e se sentindo um pouco menos cansado, ele já estava em pé, ao lado da porta aberta da suíte, aguardando o primeiro parlamentar do dia.

Como planejado, todos os nobres deputados que entravam na suíte saíam mais ricos e felizes do que quando haviam entrado e Angelo continuava a cumprir a sua missão, enquanto cada minuto parecia se esvair como areia entre os dedos.

Peter

Havia uma sensação de leveza que ele nunca havia sentido antes. Apesar de toda a tensão envolvida na conversa com Aleksandra e tudo o que ele estava colocando em risco naquele momento, ele se sentia cada vez mais leve como se cada palavra que saísse de sua boca aliviasse um pouco o peso que ele carregava dentro de si.

Obviamente que essa não era a primeira vez que ele abria o jogo com alguém sobre quem realmente ele era e como gerenciava os seus negócios pelo mundo, mas todas as outras vezes as informações eram passadas de maneira cuidadosa, planejada, sempre procurando dar ao interlocutor uma visão restrita de uma ou mais partes separadas que apesar de relevantes constituíam uma ameaça muito bem calculada. A pessoa que mais informações tinha sobre ele era Carmen, mas mesmo ela não tinha conhecimento de vários aspectos da sua vida que ele estrategicamente havia omitido por precaução e principalmente porque não eram relevantes para o projeto que ele tinha em mente para ela.

Porém agora a sua abordagem estava sendo totalmente diferente.

Peter decidiu contar absolutamente tudo de sua vida para Aleksandra, fazendo um resumo que ia desde as origens da sua fortuna durante a Segunda Guerra Mundial, a aplicação desses recursos no lucrativo mercado internacional de armas, o império de empresas que foi sendo construído a partir dali, a necessidade de eliminar o pai para poder fazer com que os negócios continuassem a crescer, as estratégias de criação de conflitos pelo mundo que haviam garantido que a ZTEC se transformasse no que era hoje e até mesmo a sua vida paralela na Alemanha como Michael Hertz com esposa e dois filhos.

A única coisa que ele não mencionou foi o que normalmente acontecia com as mulheres que se aproximavam dele depois que ele perdia o interesse nelas e que ele havia vindo ao Brasil com o firme propósito de matá-la, mas que no último momento havia fraquejado e estava agora diante dela pedindo que juntassem suas vidas dali em diante.

Aleksandra ouvia atenta cada palavra que saia de sua boca. No início a sua expressão era uma mistura de curiosidade e de emoção que foi pouco a pouco se transformando em uma expressão indecifrável, uma esfinge que apenas observava tudo sem esboçar nenhuma reação. Como sempre, ele estava preparado para tudo. A escolha daquele lugar público, o anel de casamento, todas as promessas que estavam pairando no ar, enfim, o cenário perfeito para dar a ela o máximo de segurança possível, mas que também escondia armadilhas, pois ele não podia esquecer que como uma boa policial ela sempre tinha a sua arma à mão e levar um tiro dela não fazia parte de seus planos.

Um dos seguranças mais fortes da equipe, com mais de um metro e noventa centímetros e certamente mais de 100 quilos, estava posicionado a uma distância estratégica da mesa que eles ocupavam. O suficiente para agir rápido em caso de necessidade e ao mesmo tempo lhes dar a privacidade necessária para a conversa que teriam. Esse segurança tinha uma missão dupla, protegê-lo de qualquer tipo de ameaça externa bem como extrair Aleksandra dali caso ela reagisse mal, e para isso ele decidira usar um outro anel que havia ganhado do pai quando ainda era muito jovem. A joia de grande beleza, havia sido projetada e construída por um renomado ourives alemão por encomenda do seu pai, e escondia uma minúscula agulha em sua base que era disparada quando se fazia a pressão certa e que injetava qualquer substância que pudesse ser armazenada no compartimento escondido dentro da sua estrutura e para tanto, Peter mantinha as mãos de Aleksandra sob as suas o tempo todo e caso ela esboçasse qualquer ameaça ele pressionaria o anel e o veneno faria efeito quase que instantaneamente fazendo-a perder os sentidos.

Ele então mandaria o segurança pegá-la nos braços e sairiam juntos rapidamente simulando um atendimento de emergência e o segurança trataria de se certificar que ela nunca mais fosse vista com vida, nem por ele nem por ninguém. Instintivamente nesse momento, mesmo sem parar de falar, ele desviou os olhos na direção do local onde o segurança deveria estar e para a sua surpresa ele estava se dirigindo rápido em direção a mesa. Ele chegou a pensar que Aleksandra pudesse ter esboçado alguma reação que tivesse passado despercebida para ele mas percebida pelo segurança e então segurou as mãos de Aleksandra com mais firmeza e já se preparava para pressionar o anel quando no instante seguinte ele desviou a rota e se afastou tão rapidamente quanto estava se aproximando ao mesmo tempo que olhava fixamente para a direção oposta. Ao desviar o olhar para o mesmo ponto Peter pode ver um homem de meia-idade se afastando da mesa e por um instante os olhos dos dois se encontraram para logo em seguida o homem se virar e seguir seu caminho.

A cena o intrigou um pouco e pensou em chamar o segurança para lhe perguntar o que aquela cena significava, mas o momento exigia concentração e enquanto ele reduzia a pressão do anel sobre a mão dela, novamente focou toda a sua atenção nas palavras que dirigia a mulher que, ao mesmo tempo poderia ser o maior acerto ou o maior erro da sua vida, e com um tom suave mas firme ele terminou o seu longo relato.

— Nesse momento, minha querida, você é sem dúvida alguma a única pessoa que realmente me conhece. Nós já dividimos muita coisa nesse pouco tempo em que estamos juntos, até mesmo presenciamos a dignidade de outro ser humano ser brutalmente violada e nos deliciamos com o prazer que isso nos causou. Para mim você é a mulher perfeita. Espero que após tudo o que eu lhe contei eu possa ser o mesmo para você.

As cartas estavam na mesa e ele novamente segurou com firmeza as mãos dela entre as dele. A próxima jogada era dela.

Angelo

Faltavam apenas dois.

O táxi o aguardava em frente ao hotel e o levaria para um almoço com um dos dois deputados que ainda restavam da sua lista e na sequência haveria um encontro com uma deputada no escritório de um advogado indicado por ela. Os parlamentares com quem ele tinha conversado pela manhã se mostraram ligeiramente mais desconfiados que os do dia anterior e alguns inclusive chegaram a esboçar alguma indignação antes de passarem os números que lhes fariam felizes, mas no geral havia sido mais fácil do que ele imaginava. Provavelmente eles deveriam estar receosos sobre as consequências que os atentados de dois dias antes poderiam ter sobre a opinião pública, mas principalmente sobre as obras e os negócios de que eles dependiam para manter o dinheiro fácil entrando em seus bolsos.

As atenções de todos se voltariam para os acontecimentos e provavelmente vários projetos que estavam para sair e que garantiriam o fluxo de dinheiro tão desejado poderiam ficar momentaneamente suspensos e como eles bem sabiam, qualquer adiamento poderia custar meses de novos acertos e conchavos e era mais seguro para eles garantirem o que pudessem de imediato e nesse ponto a proposta de Angelo era tentadora. Depósito on-line em euros apenas para dizerem um "sim" foi decisivo para o sucesso absoluto que ele havia conseguido até ali. Provavelmente isso já tinha sido avaliado pelos analistas da ZTEC e não era nada mais senão parte de um plano engenhoso e muito bem-feito por eles.

Ele entrou no táxi que o levaria ao Oliver, um restaurante badalado, próximo ao eixo monumental de Brasília, que reunia ótima comida, um local tranquilo e uma linda vista para um campo de golfe. Era um dos lugares prediletos de Angelo na cidade, mas algo lhe dizia que dessa vez a comida não teria um gosto tão bom quanto o das outras vezes. Aproveitando o tempo da curta viagem ele ligou para Marcelo Braga. Ele atendeu no primeiro toque.

— Fala italiano, como estão as coisas por aí?

Marcelo tinha uma mistura de desânimo e cansaço na sua voz e Angelo interpretou isso como um mau sinal.

— Pelo jeito nenhuma novidade?

— Tente ver pelo lado bom. Nenhuma novidade nesse momento só é cinquenta por cento ruim. Tenha fé...

— Eu juro que estou tentando.

— Estamos no pé desses desgraçados. Eles irão vacilar a qualquer momento e acharemos as crianças, só precisamos de mais um pouco de tempo.

Angelo suspirou.

— Amigo, tempo é tudo que nós não temos.

A frase soou mais como uma cobrança do que um desabafo.

— Angelo, você sabe que eu não sou profissional, estou fazendo tudo que está ao meu alcance, mas pode ser que eu não seja a pessoa mais indicada...

Angelo nem deixou Marcelo terminar.

— Marcelo, não existe nenhuma outra pessoa na qual eu confiaria a vida de meus filhos. Me desculpe se pareço desanimado demais, é que não está sendo nada fácil. Eu sei que você está fazendo tudo que pode para encontrá-las e se existe alguém capaz de salvar meus filhos essa pessoa é você.

— Eu estou tentando meu velho, tenha fé.

— Eu tenho Marcelo, senão já teria desabado. Me mantenha informado de qualquer avanço, por menor que seja. As coisas por aqui estão andando depressa e pode ser até que eu consiga entregar o que esses bandidos querem, mas não podemos contar com isso.

— Não estamos contando, tenha certeza.

Os dois ficaram ao telefone por mais alguns minutos discutindo algumas estratégias mas no fundo ambos sabiam que aquela conversa servia muito mais para erguer o moral de ambos do que qualquer outra coisa e assim que o taxi se aproximou da entrada do restaurante Angelo se despediu de Marcelo, desligou o telefone e desceu do carro tão rapidamente que ficou com receio de levantar alguma suspeita. Se deteve por alguns instantes, respirou profundamente, buscou o frágil equilíbrio que vinha sendo seu companheiro nos últimos dias e da maneira mais segura possível entrou pela porta principal do Oliver.

— Bom dia senhor Angelo, já faz um bocado de tempo desde que nos visitou pela última vez!

O maître mantinha uma placa dourada estrategicamente posicionada em sua lapela. A sua obrigação era chamar os clientes habituais pelo nome, mas muito provavelmente a maioria deles nunca lembraria o seu e Angelo agradeceu por ela estar lá pois em meio a tempestade que ele estava vivendo a última coisa que ele lembraria seria o nome do maître.

— Como vai, Danilo? Pois é, a vida anda muito corrida para todo mundo.

— O senhor está esperando alguém?

— O deputado Araujo Alencar.

O maître olhou no seu controle de reservas e sorriu de volta.

Vossa excelência ainda não chegou, mas vou levá-lo à mesa que está reservada em seu nome e o encaminharei assim que ele chegar.

Angelo agradeceu com o movimento de cabeça e ambos atravessaram o salão com passos rápidos. Havia ao menos uma dezena de pessoas que Angelo teria feito questão de cumprimentar pessoalmente se a situação fosse outra. Empreiteiros, políticos, executivos de empresas públicas e privadas, enfim, a fauna da qual ele mesmo fazia parte.

Ele se sentou em uma mesa discretamente localizada e que tinha uma das melhores vistas do campo de golfe e se lembrou de como adorava o seu trabalho, de sentir a adrenalina sendo descarregada quando fechava um bom negócio e da total falta de preocupação sobre a fonte dos recursos que ele estava negociando. O que importava era sair na frente, ganhar o jogo, colocar a grana para dentro da empresa e desfrutar dos mimos e das regalias que o seu cargo lhe proporcionava. Mas isso havia ficado no passado e tudo que ele conseguia sentir naquele momento era repulsa pelo tipo de pessoas que ali estavam. O tipo de pessoas que permitiram aos gângsteres da ZTEC ter o poder para mudar o mundo e, principalmente, lhe tomarem os seus filhos como se eles não passassem de mercadorias para serem usados em uma troca onde o que valia era apenas o dinheiro e o poder, nada mais. E o pior de tudo, o tipo de pessoa que ele mesmo havia se tornado.

— Senhor Angelo eu presumo?

Aquela voz grave o tirou do transe e ele olhou para o homem alto, de cabelos e sobrancelhas grisalhas, um pouco acima do peso e que lembrava um atleta aposentado que estava de pé em frente à mesa.

— Excelência, é uma honra. Por favor sente-se.

O nobre deputado o olhou fixamente por alguns segundos e finalmente apontou para fora em direção ao campo de golfe.

— Não estou com fome. Você se importaria em darmos uma volta para abrirmos o apetite?

O tempo estava se esgotando, mas não havia nada que ele pudesse fazer.

— Será uma honra acompanhá-lo excelência.

Em silêncio os dois homens se encaminharam até uma saída que dava acesso direto ao campo de golfe através de uma escadaria lateral. Assim que eles alcançaram a área gramada que delimitava o campo, o deputado Alencar, como ele gostava de ser chamado, fez um sinal e imediatamente dois homens se aproximaram.

— Senhor Angelo, eu não me sinto à vontade em ambientes fechados quando estou discutindo interesses da nossa querida nação. Por favor entregue seu telefone celular e qualquer outro dispositivo que possa transmitir ou gravar a nossa conversa a um dos meus assistentes. Peço que me perdoe, mas são ossos do ofício.

Angelo retirou os dois aparelhos que carregava e entregou a um dos homens.

Imediatamente o outro se aproximou dele e sem pedir permissão deslizou um detector de sinal para ter certeza de que não havia mais nenhum dispositivo. Quando terminou fez um sinal para o deputado que sorriu, pegou Angelo pelo braço e começou a caminhar em direção a um pequeno lago que margeava o campo e estava fora do circuito usado pelos poucos jogadores que se arriscavam a fazer os 18 buracos debaixo do sol inclemente de Brasília no meio do dia.

— Agora que estamos mais à vontade senhor Angelo, podemos ir diretamente ao assunto e poupar o tempo de nós dois. Fui brifado pela sua equipe sobre o teor dessa conversa e gostaria de deixá-lo ciente da minha posição a respeito do tema.

O deputado parou de falar e olhou em direção ao lago como se estivesse fazendo uma profunda reflexão a respeito do assunto, deixando Angelo cada vez mais ansioso pela resposta. Cada segundo que passava aumentava ainda mais essa ansiedade e quando ele já estava prestes a quebrar o silêncio o deputado se virou para ele.

— Nenhuma.

Angelo ficou por alguns segundos aguardando alguma informação adicional, mas o deputado voltou a olhar fixamente para o campo. Dessa vez Angelo não esperou.

— Excelência, se o senhor puder ser mais claro comigo...

O deputado novamente se virou para ele e abrindo um sorriso estreito lhe respondeu.

— Senhor Angelo, a minha posição é exatamente essa, nenhuma. Do meu ponto de vista aceitar ou não a sua oferta não muda nada na minha vida. Alguns milhões a mais ou a menos nessa altura já não fazem a menor diferença para mim e o senhor deve saber disso, pois pesquisei a seu respeito e sei que tem uma carreira bastante interessante na área de segurança e defesa e que provavelmente também sabe bastante a meu respeito.

Angelo fez um movimento afirmativo com a cabeça, pois era verdade. O deputado Alencar, do alto de seus 66 anos, já havia passado por quase todos os postos relevantes dentro de vários governos, seja nos partidos mais conservadores, seja nos partidos de esquerda. Já havia sido dirigente das maiores empresas públicas brasileiras, em muitos momentos movimentando orçamentos anuais maiores do que o PIB da maioria dos países da América do Sul, estando à frente de projeto bilionários desde a década de 80, inicialmente na implantação e ampliação dos maiores projetos de mineração e siderurgia, posteriormente na área de geração de energia, depois na área de telecomunicações e finalmente na área de óleo e gás onde atualmente ele cravava seus caninos.

Dinheiro não lhe faltava e Angelo sabia disso, porém ele contava com a ambição desse homem, afinal um pouco mais de dinheiro não faria mal nenhum. Mas naquele momento ele começou a duvidar se a sua estratégia estaria correta. O deputado continuou.

— Eu sou um homem realizado senhor Angelo. Me restam poucos anos de vida e eu pretendo passá-los desfrutando de tudo que eu consegui até aqui. Me envolver em qualquer esquema que não seja absolutamente republicano pode me deixar em uma situação muito embaraçosa. Nós sabemos que os tempos estão mudando e eu não quero fazer parte do passado, mas sim olhar para o futuro.

Aquilo pegou Angelo completamente desprevenido. Apesar de várias tentativas de investigar mais profundamente as atividades do deputado Alencar, ninguém nunca havia conseguido provar nada contra ele. Certamente havia dezenas de deputados em situação muito diferente da dele, com processos abertos e evoluindo rapidamente, o que já criaria distração suficiente para que ele pudesse engordar um pouco mais a sua conta sem levantar nenhuma suspeita, mas mesmo assim ele resistia. Algo não se encaixava.

— Deputado, eu entendo o seu ponto de vista, mas tenho que ser sincero.

Angelo hesitou por um momento quando olhou diretamente nos olhos daquele homem frio e calculista, mas se recompôs e continuou.

— Não acredito em uma só palavra do que o senhor me disse.

Os olhos do homem se estreitaram e ele esboçou um pequeno sorriso.

— Senhor Angelo, o senhor certamente é mais perspicaz do que aparenta. Eu tenho que reconhecer que essa é uma qualidade que eu valorizo muito. Quem sabe um dia você não se interesse em trabalhar para mim?

Antes mesmo de terminar a frase o deputado se virou para tomar o caminho de volta até o restaurante num sinal claro de que a conversa havia chegado ao fim, mas o movimento foi interrompido pela mão trêmula de Angelo que o segurou pelo braço puxando-o com força até ficarem frente a frente novamente.

— Deputado eu lhe imploro... aceite a minha oferta. Eu preciso desesperadamente do seu apoio. Sem ele, pessoas inocentes irão morrer!

— Senhor Angelo, pessoas inocentes morrem todos os dias e nada do que façamos poderá mudar isso. Agora solte o meu braço antes que eu chame meus seguranças.

— Deputado, dessa vez as pessoas são reais e não uma mera estatística, na verdade são as pessoas mais importantes da minha vida. Eu preciso garantir a aprovação dessa lei caso contrário eles morrerão.

Finalmente Angelo conseguiu reter a atenção do homem novamente, mas mesmo assim ele não teve coragem de dizer mais nada. O próximo movimento teria que vir do deputado caso contrário realmente a conversa estaria terminada e a vida de seus filhos também. Após alguns segundos de silêncio que para Angelo pareceram horas, a feição do deputado relaxou e foi ele que dessa vez pegou Angelo pelo braço e se voltou novamente em direção ao campo.

— Senhor Angelo, finalmente chegamos no ponto pelo qual eu aguardei por toda a nossa conversa. Cheguei até a pensar que o senhor desistiria. Respire fundo, organize suas ideias e me conte com todos os detalhes como foi que o senhor se meteu nessa merda toda. E cuidado, só existe uma maneira de conseguir a minha ajuda e isso depende somente do senhor. Não minta nem esconda nada de mim. Aliás, nem pense em fazer isso pois se existe algo em que eu sou realmente bom é em mentir e assim sendo me tornei um especialista em descobrir outros mentirosos.

Ele se deteve por um segundo e retomou o discurso.

— E antes que eu me esqueça, a deputada Márcia Deltri me avisou do compromisso pré agendado entre vocês dois. Infelizmente a essa altura ela já o desmarcou pois terá que comparecer a uma reunião muito importante sobre a nova Lei de Segurança Nacional que irá ocorrer hoje no final da tarde com outros deputados de seu partido. Parece que a sua movimentação já está dando resultado.

Angelo gelou por dentro. Sem essa última reunião todo o esforço que ele havia feito até aquele momento, inclusive essa última reunião dramática com o deputado Alencar, haveriam sido em vão.

— Mas eu preciso me encontrar com ela! Se isso não ocorrer, tudo que falarmos aqui será inócuo, pois eu preciso de todo o apoio para... – o deputado o interrompeu com um gesto de mão.

— Senhor Angelo não se preocupe. Ela e eu somos parceiros de longa data, aliás, parceiros em todos os sentidos, se é que o senhor me entende. Ela deixou que eu decidisse qual deverá ser a posição dela com relação ao assunto que tanto lhe aflige. Sendo assim considere redobradas as minhas condições anteriores e vamos seguir com o que interessa.

O deputado exibia um sorriso de satisfação e quando Angelo olhou-o nos olhos mais uma vez percebeu que não havia saída. Seria impossível ele mentir para aquele homem sem ser descoberto e então ele decidiu que realmente a sua única chance seria contar toda a verdade e esperar que isso o fizesse mudar de posição trazendo com ele também o voto da deputada que finalmente encerraria a questão.

Angelo então assentiu com a cabeça, fixou seus olhos no campo de golfe, respirou fundo e olhando novamente para o homem começou a contar todos os detalhes da saga que o havia levado até ali.

Carmen

Um alívio percorreu o seu corpo. A russa havia respondido a sua mensagem e a roda começava finalmente a girar. Agora ela teria que fazer a maior aposta da sua vida. Ela conhecia muito bem as ferramentas de sedução que Peter Golombeck possuía. Beleza, charme, poder e dinheiro, muito mais poder e dinheiro do que qualquer pessoa poderia imaginar. Sabia do risco que estava correndo se Aleksandra mencionasse sua mensagem a Peter no caso dela ter cedido a esses encantos e se aliado a ele. Nessas condições, um encontro entre as duas provavelmente resultaria na sua morte, pois seria uma armadilha do tipo que ninguém escapa. Por outro lado, ela contava com duas coisas:

A primeira era que Aleksandra fosse realmente honesta e não tivesse caído em tentação. Essa era a alternativa menos provável uma vez que se fosse assim ela já teria desconfiado do estilo de vida de Peter há muito tempo e provavelmente teria se afastado ou então simplesmente sido morta por ele.

A outra, bem mais plausível, é que ela tinha alguma consciência de onde estava se metendo, desconfiasse de alguma coisa, mas ainda não soubesse de tudo a respeito dele. Nesse caso provavelmente ela não lhe contaria sobre o encontro imaginando que, caso o assunto estivesse ligado a ele, pudesse obter o máximo de informação possível para então decidir de qual lado ela ficaria. Nesse caso o perigo vinha da própria Aleksandra que depois da conversa entre as duas poderia simplesmente colocá-la numa prisão. Era um risco considerável, mas mesmo assim, muito menor do que o risco que correria no caso de uma armadilha criada pelo próprio Peter.

Carmen pensou por algum tempo antes de propor um local para que as duas se encontrassem. Deveria ser um local público obviamente. Em qualquer lugar privado seria muito mais fácil para Aleksandra ou Peter darem cabo dela. Deveria ser um local onde houvesse espaço e condições para manobras evasivas.

Ernesto estaria lhe dando cobertura e o fato de Aleksandra não o conhecer ajudava, mas ao mesmo tempo ela também poderia estar sendo coberta por algum homem de Peter ou até mesmo por algum policial. Diante disso o ideal seria as duas se encontrarem em movimento, em meio a outras pessoas, dificultando a mira de alguém a distância e ao mesmo tempo criando dificuldades até mesmo para uma ação corpo a corpo que seria presenciada por muitas pessoas. Esboçou então um sorriso de satisfação enquanto digitava.

— "Para ter um corpo como o seu eu imagino que você goste de correr. Vamos unir o útil ao agradável. Esteja ao lado da pista de corrida no portão 7 do Parque do Ibirapuera hoje às 19 horas. Eu garanto que você não irá se arrepender de ouvir o que eu tenho para lhe dizer. Ass: O Caçador".

Aleksandra

Apenas respire e não esboce nenhuma reação... as palavras que saiam da boca dele já não importavam mais. A única coisa que realmente importava naquele momento era não deixar transparecer nada. Fique calma e não esboce nenhuma reação... era somente nisso que ela pensava.

Ela acreditava que estaria preparada para qualquer coisa com relação a aquele homem, inclusive detalhes que certamente a espantariam. A muito tempo ela já sabia que ele não era uma pessoa comum e que seu passado e seus negócios poderiam não ser tão honestos quanto ele havia lhe dito.

Também sabia que era exatamente isso que a atraía nele. Poder, beleza, inteligência, charme e muito dinheiro, tudo isso envolvido numa névoa de mistério era uma combinação com a qual toda mulher sonhava em um homem e nesse aspecto ela não era diferente das outras. Quando decidiu se deixar levar para o mundo dele sabia que estava flertando com a linha que separa o certo do errado, o honesto do desonesto, o bem do mal. Aliás, ela estava convencida de que nesse mundo esses conceitos nem deveriam existir. Seria um mundo onde não haveria julgamentos.

Mas nada a teria preparado para a avalanche de revelações que saiam da boca dele, da boca de Michael, ou Peter — seria esse mesmo o nome dele ou haveria outros? Fique calma e apenas respire.

No início as revelações que ele fez não a chocaram, pelo contrário. A história da família dele durante e após a Segunda Guerra Mundial não era muito diferente da história de outras tantas famílias que se aproveitaram do desespero das pessoas, judias ou não, para enriquecerem. Até quando o pai dele estava vivo, eles na verdade não passavam de mais uma família de mafiosos como tantas outras que existem por aí. Mas após ele relatar o assassinato do próprio pai a conversa começou a tomar um novo rumo.

Daquele ponto em diante ela começou a enxergar a genialidade daquele homem que, aliada à total falta de princípios morais ou éticos faziam dele não apenas mais um gângster, mas o transformava em algo que transcendia qualquer rótulo que ela o tentasse imputar.

Não esboce nenhuma reação... Aquele homem que estava sentado à sua frente simplesmente não poderia ser enganado. Ela tinha certeza absoluta que ele a amava e também que ele estava sendo sincero quando dizia que era a primeira vez que isso acontecera com ele. Mas ela tinha a mesma certeza de que isso não lhe dava qualquer proteção. Não havia a menor dúvida que ele seria capaz de lhe matar sem hesitação caso se sentisse ameaçado por ela. Um homem como esse, lia as pessoas e ele não precisava que ela dissesse que aprovava ou não o seu estilo de vida ou que estava ou não disposta a dividir a sua com ele, pois no momento em que ela esboçasse a menor reação ele saberia a verdade.

Fique calma, respire... Ela tinha certeza que a única coisa que a mantinha viva naquele momento era a sua incapacidade de absorver tanta coisa ao mesmo tempo e a total passividade com relação a tudo. Ele não poderia ler nada que não existisse e era dessa forma que ela se esforçava para continuar, neutra e impassível como uma esfinge. Seus pensamentos agora vagavam por outros lugares enquanto ele continuava a falar. Pensava pela enésima vez no que a fez se tornar policial e porque ela continuava a se dedicar a uma carreira que já de início se mostrou frustrante e burocrática, muito diferente dos seus sonhos de adolescente em que teria uma vida repleta de aventuras mas que, mesmo assim, ela desempenhava com toda a dedicação, até encontrar aquele homem.

Ele despertou o que ela acreditava já estar morto há muito tempo e a sensação foi maravilhosa. Liberdade de criação plena! Poder decidir o que, como e quando fazer alguma coisa sem se preocupar com nada nem com ninguém, nem mesmo com a sua própria consciência. Talvez, apenas talvez, sua consciência ainda fosse um pequeno problema a ser superado. Em certos momentos ela insistia em aflorar, em julgar a sua relação com ele, mas bastava eles estarem juntos que ela voltava a ser enterrada sob toneladas de emoções avassaladoras que ela só sentia ao lado daquele homem.

Respire...

Esse pensamento a fez se acalmar. Era nisso que ela tinha que se concentrar. Nos momentos que passavam juntos. No sexo alucinante, nas carícias que pareciam ter sido inventadas por ele, nas gargalhadas que brotavam dos dois em conversas totalmente sem nexo quando ficavam deitados nus e suados um ao lado do outro.

Então assim que ele terminou de falar e ela sentiu as mãos dele apertando as suas mais uma vez, a resposta saiu de sua boca como se tivesse vontade própria.

— Eu aceito dividir minha vida com você Michael Peter Hertz Golombeck ou seja lá qual nome você queira usar.

Naquele momento ela estava sendo sincera. Se a conversa durasse mais um minuto, tudo poderia ser diferente. Depois que saísse dali poderia pensar melhor em tudo que acontecera e aí sim tomar alguma decisão definitiva. Peter então pegou a caixa de veludo preto, a abriu retirando o maravilhoso anel de noivado e pegando suavemente uma de suas mãos a colocou no seu dedo e ela teve certeza que dali em diante um novo mundo se abria para ela, mas não se permitiu pensar nisso, não naquela hora, não na frente daquele homem. Ela tinha que mergulhar o mais fundo possível no momento e deixar todo o resto de lado.

— Agora você poderia pedir os nossos pratos antes que eu desmaie de fome?

Ele riu, acenou para o maître e pediu o cardápio.

Angelo

— Senhor Angelo, mal tocou no seu lagostim. Não fui feliz na minha escolha? O sorriso do deputado Araújo Alencar certamente seria uma das coisas que Angelo jamais esqueceria. Em toda a sua carreira ele nunca conheceu alguém tão dissimulado. Ele já havia desistido de tentar "ler" o deputado e agora se resignava a esperar que, depois de tudo que ele lhe havia contado, o homem finalmente lhe dissesse alguma coisa concreta. Mas para a sua surpresa ao final de seu relato o homem não esboçou nenhuma reação, por mais alarmantes que fossem as revelações que ele havia feito. O deputado simplesmente se limitou a ouvir e quando Angelo finalmente terminou seu relato já havia se passado quase uma hora. Ávido por algum sinal de seu interlocutor se frustrou quando ele finalmente se pronunciou.

— Agora podemos comer.

Dizendo isso, ele se virou em direção ao restaurante e Angelo o acompanhou em silêncio e permaneceram assim até aquele momento.

— Excelência, eu acredito que a minha situação me fez perder o apetite, mas o prato está maravilhoso tenho certeza disso.

De onde diabos vinha aquele sorriso? Que força era aquela que emanava dele e para onde ele arrastaria quem ousasse encará-lo por muito tempo? Seria mais simples para Angelo acreditar que aquele homem fosse um sádico que sentisse prazer em manter as pessoas sofrendo enquanto se deliciava com seu prato favorito daquele luxuoso restaurante. Talvez isso o ajudasse a entender mais o silêncio e o sorriso daquele homem, mas seu instinto lhe dizia que não era tão simples.

Havia algo mais forte, muito maior do que simplesmente um desajustado poderoso tendo prazer às custas de sua vítima, como uma Orca que brinca com a foca jogando-a para o alto antes de finalmente comê-la, ou o gato que estapeia o rato encurralado antes de matá-lo por pura diversão. Ele desviou os olhos para o prato tanto para escapar daquele sorriso quanto para tentar juntar ao menos um pouco de coragem para finalmente inquirir o deputado sobre tudo que havia ouvido, mas não foi necessário. Antes que ele dissesse alguma coisa o deputado se adiantou, como se pudesse realmente ler a sua mente.

— Caro senhor Angelo, me desculpe se pareço enigmático com relação ao nosso assunto, não é proposital. Tenha certeza que não tenho nenhum prazer com a aflição alheia e sinceramente simpatizei com o senhor. Aliás, em outras circunstâncias eu insistiria que viesse trabalhar comigo, pois eu tenho certeza que faríamos excelentes negócios juntos.

O sorriso continuava lá...

— Eu agradeço o elogio do deputado e tenho certeza que a sua intenção não é me deixar aflito, mas peço que entenda a minha situação. Não me afligir está fora de cogitação. Meus filhos estão... — O homem o interrompeu.

— Por favor, senhor Angelo, não é necessário repassar os detalhes. Certas coisas nunca devem ser ditas em ambientes como esse. O senhor certamente já disse tudo que tinha para dizer. Agora o assunto está comigo.

— E vossa excelência já tem alguma resposta para mim?

Esse maldito sorriso...

— Senhor Angelo, eu posso ter simpatizado com o senhor e até mesmo querer tê-lo no meu time, mas isso não o credencia a ser o tipo de pessoa para a qual eu daria essa resposta. Ela será dada diretamente aos seus empregadores, se eu tiver alguma resposta para dar, mas o senhor me permite lhe oferecer um conselho?

— Sou todos ouvidos.

— Conte com o melhor, mas se prepare para o pior. Esse é um dos meus ditados prediletos.

Dizendo isso o deputado acenou para o segurança e levantando-se estendeu a mão para Angelo por cima da mesa impostando a voz para que todos ao redor pudessem ouvir.

— Senhor Angelo, foi um prazer conhecê-lo e peço que avalie o meu pedido de patrocínio a esse projeto social tão importante para o nosso país. Empresas como a sua são parceiros imprescindíveis e contamos com a boa vontade de vocês para aplacarmos ao menos um pouco a desigualdade social no Brasil.

Sem nem dar tempo para Angelo responder, o deputado Araújo Alencar se virou e saiu, deixando-o com ainda mais dúvidas do que quando chegara.

Angelo então se sentou novamente, pediu mais um café e começou a pensar em como ele deveria "contar com o melhor preparando-se para o pior". Já passava das 15 horas e o prazo que haviam lhe dado se encerraria no dia seguinte...

Marcelo

Quando Marcelo chegou ao hotel ligou imediatamente para Anselmo.

— Alguma novidade sobre o laptop?

— Ainda não, mas estamos progredindo. A decriptação é um processo lento no começo, mas após a quebra do código principal tudo se acelera e teremos acesso rapidamente a todo o conteúdo. Os nossos especialistas dizem que não levará mais muito tempo para quebrarem o código, talvez mais algumas horas.

— E depois disso?

— Precisaremos analisar as informações, separar o que pode ser relevante e escolher quais pistas deveremos seguir.

— Então estamos longe de qualquer resultado prático!

O tom de voz claramente deixava transparecer o desespero que começava a tomar conta dele. O agente deve ter percebido, pois procurou acalmá-lo.

— Senhor Marcelo tenha calma. Estamos no jogo. A nossa equipe é competente e tem as mais modernas ferramentas para pesquisar todos esses arquivos. Iremos inserir palavras-chaves e um software de pesquisa especialmente desenvolvido para isso irá cruzar todas as informações e teremos uma lista de pista em poucos minutos após o código ser quebrado. Hoje à noite eu acredito que já possamos estar em campo checando cada uma delas.

Já passava das 15 horas.

— E com relação às escutas? Evoluímos?

— O calvo retornou a pouco para o apartamento mas não recebeu ninguém e fez apenas duas ligações curtas. Nenhuma delas nos deu informações diretas sobre o paradeiro das crianças, mas isso é esperado. Estamos lidando com profissionais que se comunicam por códigos. Estamos analisando algumas palavras que se repetiram com maior frequência desde ontem e usaremos essas palavras para pesquisar o laptop. Neste momento não há nada que o senhor possa fazer a não ser aguardar que terminemos o que estamos fazendo. Eu prometo que assim que tivermos alguma novidade entraremos imediatamente em contato.

O agente realmente era bom e Marcelo podia perceber isso mesmo não sendo um profissional da área e se as notícias ainda não eram as melhores possíveis, ao menos ele tinha certeza de que eles estavam no caminho certo.

— Tudo bem Anselmo, continuem com o trabalho — ele já estava desligando o telefone quando se lembrou do homem do shopping — mas antes de desligar quero comentar uma coisa com você. Pode ser apenas uma intuição, mas eu acho que não podemos deixar de averiguar.

— Qualquer coisa pode ser importante nesse momento, senhor Marcelo.

— Exatamente. É sobre a agente da Interpol que se prontificou a nos ajudar.

Eu estou tentando ligar para ela desde ontem à noite, mas o telefone dela está desligado e por coincidência eu a encontrei à pouco almoçando com um homem no mesmo restaurante que eu.

— Senhor Marcelo, realmente me parece apenas uma coincidência.

— O nosso encontro no restaurante certamente foi uma coincidência, mas não apenas isso que me perturbou, mas sim o homem que estava com ela.

— O senhor o reconheceu de algum lugar?

Ela já havia feito a mesma pergunta para si mesmo...

— Nunca vi esse homem, ao menos não me lembro de tê-lo visto antes em nenhum lugar.

— E porque o senhor ficou perturbado com a presença dele?

Mais uma pergunta que ele já havia se feito.

— Não sei. Eu cruzei o olhar com o dele apenas por um momento, mas foi o suficiente para saber que ele não é uma pessoa comum.

— O que o senhor quer dizer com não ser uma pessoa comum?

— Não sei exatamente, mas alguma coisa naquele homem o fez parecer superior, como alguém que olha para o mundo de um ponto distante, intocável, com muito mais poder do que eu podia imaginar, como um...

— Como um o que senhor Marcelo?

— Como um... gângster.

Ele finalmente entendeu o que o perturbava tanto naquele homem. A figura forte e elegante, a mulher que além de estonteante era peça fundamental do quebra-cabeças, a áurea de poder que emanava naturalmente do homem, o segurança pronto a quebrar o pescoço de qualquer um que se aproximasse dele e principalmente o olhar frio de quem tem o controle absoluto sobre a vida e a morte. Aquele era o tipo de homem que poderia ser a pessoa que eles procuravam, o Chefe do Chefe, o Alfa.

— Anselmo, verifique se o carro dos seguranças ainda não saiu do shopping e se saiu onde está agora. Pode ser que eu tenha tropeçado no nosso homem.

— Farei isso imediatamente.

— Mande uma equipe passar por aqui para me pegar o mais rápido possível. Vou caçar esse desgraçado pessoalmente.

— Senhor Marcelo, se me permite eu não acho uma boa ideia. Essa é uma operação de risco. Se for mesmo o Alfa a coisa pode ficar feia e o senhor não tem nenhuma experiência de campo.

— Anselmo, não temos tempo para discutir os riscos, precisamos agir agora. Vamos abrir mais essa frente de investigação. Você continua a coordenar os trabalhos em cima das informações do laptop e das escutas e eu vou caçar esse desgraçado.

Respirou fundo e continuou.

— Além do mais, se ele for mesmo o Alfa, já deve ter conhecimento de tudo que nós revelamos para Aleksandra e muito provavelmente a aliada que pensávamos ter na Interpol é na verdade nossa inimiga.

— Sim senhor, irei providenciar a equipe imediatamente.

Pela primeira vez Marcelo sentia que o agente o tratava como um igual. Agora sim eles eram um time. Se cada segundo que se passava jogava contra as chances de resgatar as crianças com vida, também fazia com que os homens que lutavam contra o tempo se aproximasse mais e sim, eles ainda estavam no jogo.

Peter

Ele se sentia radiante.

Não que isso fosse algo incomum para Peter, mas dessa vez era um pouco diferente, um pouco mais intenso talvez?

Já fazia muito tempo que ele não corria um risco real. Suas ações eram tão meticulosamente planejadas que o risco quase sempre não existia, ou então era tão pequeno que a sua adrenalina sequer se alterava. Mas não dessa vez...

Ela havia acabado de deixar Aleksandra em seu apartamento e seguiu diretamente para um encontro com Luiz Henrique. Sentia seu coração batendo forte, a emoção à flor da pele, a sensação que havia se jogado em um abismo e que não só havia sobrevivido como agora estava voando e olhando o mundo mais de cima do que nunca.

Ele sabia que havia uma chance de Aleksandra lhe dizer não, surtar, fazer um escândalo e o pior, tentar entregá-lo para a Interpol. Obviamente ele não teria deixado que ela chegasse até esse ponto. Tudo acabaria bem antes, mas mesmo assim, se isso acontecesse, seria um golpe muito duro na sua autoconfiança, além de poder lhe trazer transtornos práticos difíceis de gerenciar, como providenciar a retirada de Aleksandra do shopping com o máximo de descrição possível, lidar com as gravações do sistema de câmeras e dos segurança do lugar, ou até mesmo com algum frequentador que pudesse reconhecê-lo como sendo o homem que estava almoçando com a policial bonita que desapareceu misteriosamente, e outras tantas variáveis que deram um sabor especial a mais aquela vitória.

Mas agora tudo isso era passado.

A satisfação que ele sentia era imensa e mais do que isso, ele tinha certeza que havia encontrado não somente a mulher ideal para ser sua companheira na cama e na vida, mas principalmente havia encontrado uma substituta à altura para o lugar de Carmen.

Carmen... Uma mulher também incrível, com um enorme potencial, mas que tentou enganá-lo, e que além de tudo havia conseguido escapar de suas mãos. Agora deveria estar se escondendo em algum buraco escuro com medo que ele a encontrasse novamente e era exatamente isso que ele faria assim que os assuntos no Brasil fossem resolvidos. Ele procuraria por ela em cada canto do mundo e sabia que, mais cedo ou mais tarde, colocaria as mãos nela novamente, mas agora ela podia esperar, havia assuntos mais sérios a serem tratados e que pediam a sua atenção.

O trânsito estava surpreendentemente bom para o meio de tarde em São Paulo e Peter acabou chegando ao Parque do Povo quase dez minutos antes do horário combinado. O lugar era ótimo para o tipo de encontro que eles teriam. Luiz Henrique estaria sentado em um banco lendo uma das suas costumeiras revistas e Peter sentaria ao seu lado para ler o jornal e iniciariam uma conversa despretensiosa do tipo que se tem com alguém que se acaba de conhecer.

Após alguns anos de trabalho juntos, ambos perceberam que o melhor lugar para se esconder é à vista de todos.

Luiz Henrique não havia aprovado a vinda dele para o Brasil e deveria estar contrariado. Peter adorava lidar com ele quando seu humor estava ruim. Ele ficava especialmente ácido e com os sentidos ainda mais aguçados, beirando a paranóia, o que era especialmente bom no ramo dele. A pontualidade também era uma questão de honra para Luiz Henrique e ele considerava chegar adiantado para um encontro uma ofensa tão grande quanto chegar atrasado, então Peter decidiu se antecipar propositalmente e se sentar 10 minutos antes do horário combinado para deixá-lo ainda mais incomodado. Ele se sentia leve, realmente feliz e tão confiante que estava se dando ao luxo de fazer uma coisa que há muito não fazia, se divertir um pouco.

O banco ficava próximo a uma estrutura que servia para eventos, do lado oposto de onde Peter estava, sendo que para acessá-lo ele teria que contorná-la. Assim que acessou o lado oposto se deparou com Luiz Henrique já sentado no banco combinado, porém ele não estava sozinho. Ao lado dele estava um homem calvo que Peter imediatamente reconheceu de um arquivo que Luiz Henrique havia lhe passado. O homem era o responsável pelo sequestro dos filhos de Angelo Cesari, além de coordenar toda a logística não somente do cativeiro das crianças, mas também de toda a parte de campo da operação em São Paulo e em Brasília. Imediatamente parou e procurando ser o mais discreto possível, voltou e retornou caminhando calmamente pelo mesmo caminho por onde tinha vindo. Luiz Henrique não havia dado nenhum sinal de que percebera a sua chegada e então Peter simplesmente continuou a caminhada no lado oposto do parque até que na hora exata combinada ele retornou ao local do encontro, se aproximou e pedindo licença se sentou no banco, abrindo o jornal que carregava e começando a ler calmamente.

— Na próxima vez que você chegar adiantado a um compromisso comigo será a última vez. Peço demissão e vou pescar até morrer de velhice...

Peter sorriu discretamente por dois motivos, o primeiro pelo velho e bom Luiz Henrique ainda manter os seus sentidos tão apurados e ter percebido a sua presença em um ângulo de visão quase impossível. O segundo era porque ele realmente tinha conseguido irritá-lo chegando antes e a conversa tenderia a ser mais divertida que o normal.

— Se você fizer isso eu garanto que aparecerá boiando junto com as iscas...

— Eu duvido, sem mim a sua equipe é um lixo e você sabe disso.

— Tudo pode ser melhorado meu velho amigo, até mesmo o que já está excelente.

— Alguma novidade sobre a policial? Eu terei ou não trabalho extra?

Luiz Henrique não esboçou nenhum sinal de satisfação com o elogio do chefe, mas a mudança abrupta de assunto passou a mensagem para Peter de que havia funcionado como um pedido de desculpas e que ele o tinha aceitado.

— Cuidado como fala da minha futura esposa – disse Peter sorrindo, ao mesmo tempo que se ajeitava no banco e olhava para Luiz pela primeira vez, como que puxando um assunto sobre alguma matéria do jornal.

Luiz Henrique assentiu como que concordando com a observação e completou também com um sorriso discreto.

— Ou seja, não terei serviço extra agora, mas daqui a alguns anos quem sabe?

— Luiz, é por isso que nos damos tão bem. Com você eu preciso somente da metade das palavras que uso com as outras pessoas. Agora vamos deixar esse assunto de lado e me atualize sobre toda a operação.

— Quase tudo correu como combinado.

Peter se virou novamente para ele, mas agora o sorriso havia sumido de seus lábios.

— Estamos tendo problemas com os dois últimos nomes da lista. O deputado é muito mais ambicioso do que eu imaginava, e a deputada fará somente o que ele lhe disser para fazer, exatamente como imaginávamos que ela agiria.

Peter pensou por alguns segundos antes de responder.

— Essa ambição exagerada não pode ser contornada? Lembre-se que o orçamento dessa operação tem fundos de emergência que podem ser usados em casos desse tipo.

— Não se trata de dinheiro. O homem é "realmente" ambicioso...

— E ele quer o que exatamente?

— Em primeiro lugar saber quem é o chefe do chefe, ou seja, você.

— E o que mais?

— 25% de toda a nossa operação na América do Sul.

Peter voltou a ficar em silêncio por alguns segundos antes de responder.

— Luiz, esse homem até seria um excelente aliado para nós. Um homem público sem nenhuma condenação, um ou outro processo em andamento, mas que todos sabemos que não irão dar em nada, líder do seu partido, com excelentes chances de se eleger senador, enfim, um excelente nome realmente.

— Então você está disposto a aceitar essa proposta, é isso?

As feições de Peter se endureceram.

— Marque um encontro com ele em Brasília para hoje à noite, às 22 horas na casa do lago. Mande pedirem que ele leve a deputada pois eu preciso da palavra de ambos com relação a aprovação da nova Lei de Segurança Nacional. Somente os dois, e diga que em seguida jantaremos lá mesmo para comemorar, pois infelizmente não podemos ser vistos juntos em público. O restante você decide sozinho...

Luiz Henrique sorriu mais uma vez para Peter.

— Você sabe que eu detesto surpresas.

Ambos sorriram.

— Dê andamento no plano alternativo. Terá que acontecer amanhã, então você tem menos de 24 horas para resolver tudo. Eu tenho certeza que você se sairá bem, como sempre.

Dizendo isso Peter se levantou do banco, fez uma mesura como se despedindo de uma pessoa qualquer que acabara de conhecer e que nunca mais viria e saiu mais uma vez caminhando calmamente pelo parque.

O plano inicial havia falhado, mas somente em parte. Os acontecimentos que se seguiriam somente fariam com que mais deputados se juntassem ao grupo já comprometido com ele. O caminho poderia ser menos traumático, é verdade, mas o que interessava de fato era o resultado final. Baixas são sempre inevitáveis e afinal de contas já era hora de se oxigenar a política brasileira.

Seus pensamentos se voltaram para Aleksandra.

Marcelo

— Não percam o calvo de vista. Nós estamos colados no alfa e uma moto acompanha o gordinho.

O carro em que Marcelo estava acelerava pelas ruas dos Jardins tentando ao mesmo tempo não perder a Maserati e o carro escolta de vista e não ser notado. O carro de luxo seguido por um Corolla preto acessou a Avenida Brasil em direção à Zona Oeste de São Paulo e começou a desenvolver um pouco mais de velocidade, deixando a perseguição um pouco menos tensa. Marcelo aproveitou para se inteirar do andamento das outras equipes.

Pelo rádio foi informado que o calvo estava se dirigindo à zona Sul da cidade, seguindo mais uma vez pela Marginal de Pinheiros e fazendo o mesmo caminho que levava ao local às margens da Represa de Guarapiranga, onde Angelo havia estado com as crianças.

Já o terceiro homem que havia se encontrado com o Alfa acabara de chegar ao aeroporto de Congonhas e o agente o estava seguindo dentro do próprio aeroporto.

Parecia que finalmente eles estavam tendo algum resultado prático.

— E os arquivos do laptop?

— Infelizmente não conseguimos decifrá-los ainda. No início acreditávamos que a criptografia não seria um problema, porém após quebrarmos uma primeira camada, nos deparamos com um tipo de criptografia que nunca tínhamos visto antes e realmente temos um problema.

— Um problema de que tamanho para sermos mais precisos?

— Do tamanho que não conseguiremos resolver...

"Merda.... um passo para frente e outro para trás." — Vale a pena continuarmos insistindo nisso ou você acha melhor colocarmos esses recursos para outras frentes? Aquilo lhe pareceu soar muito profissional e ele ficou satisfeito consigo mesmo.

— Sinceramente eu acho que não. Eu acredito que devamos colocar todos os agentes para intensificar o cerco aos três alvos. Alguma coisa me diz que estamos chegando perto.

— Concordo, mantenha a escuta no quarto de hotel do calvo e o rastreamento pelo GPS e coloque todo o pessoal possível na rua para reforçar as equipes.

— Ok, entendido. Só mais uma coisa, o nosso agente no aeroporto acabou de me informar que o gordinho pegará um voo fretado para Brasília em meia hora.

— Brasília! Precisamos de alguém lá.

— Eu já providenciei. Teremos uma equipe aguardando a chegada do voo. Conseguimos uma boa foto dele e eu já estou passando para o nosso pessoal de lá.

A equipe era realmente muito boa e eles precisavam agradecer a Camargo Rivera assim que fosse possível, apesar de que nada que fizessem iria diminuir a enorme conta que teriam que pagar, mas isso era o menor dos problemas naquele momento. O que importava era salvar as crianças e tentar ajudar Angelo a sair com vida dessa história toda.

— Excelente trabalho e me mantenha informado.

— Sim senhor.

Ele pegou o celular e tentou ligar para Aleksandra, mas o telefone dela permanecia desligado. Alguma coisa muito estranha estava acontecendo. Até o dia anterior era ela quem o estava pressionando por informações o tempo todo e agora havia sumido sem deixar nenhum rastro. As coisas estavam se encaminhando para um desfecho, e seja lá qual fosse ter a polícia ao seu lado já não parecia uma ideia ruim, principalmente se fosse uma agente da Interpol disposta a manter tudo em segredo até o momento certo de resgatar as crianças.

O carro do Alfa entrou à direita no acesso e avenida Sumaré e pegou a pista no sentido da Marginal do Rio Tiête. Seguiu pela pista por cerca de 3 km e entrou à direita, parando em frente a um prédio antigo. O segurança que estava sentado no banco do passageiro, ao lado do motorista foi o primeiro a saltar, se posicionando em frente a porta de trás e avaliando ao redor por alguns segundos e somente então deu autorização para que o motorista saísse, desse a volta no carro e abrisse a porta de trás com rapidez para que seu chefe desembarcasse. Marcelo e sua equipe haviam estacionado o carro a cerca de 100 metros de distância, na esquina de um cruzamento anterior e o campo de visão estava prejudicado, mas mesmo não conseguindo confirmar que se tratava do mesmo homem que ele havia visto com Aleksandra, eles conseguiram confirmar que o Alfa entrou pela portaria e os seguranças permaneceram na frente do prédio, enquanto o motorista arrancou com a Maserati.

Ele precisava descobrir o que o Alfa queria naquele lugar. Não parecia um lugar comum para um criminoso internacional se esconder, nem tão pouco um local apropriado para se tratar de negócios ou para montar o cativeiro das crianças, pois em um prédio desse tipo, onde todos deveriam se conhecer e qualquer grito ou barulho diferente que as crianças fizessem, poderia chamar a atenção dos vizinhos e por consequência da polícia. Então por que diabos ele estava ali? Marcelo tentou se lembrar de quando, em toda aquela confusão, foi mencionado um endereço naquela região em uma das conversas com a equipe, mas então o seu rádio tocou e o pensamento evaporou.

— Prossiga.

— O Calvo está seguindo para uma área bastante isolada na Zona Sul. Acreditamos que ele possa estar indo para o cativeiro, ou então se encontrar com o responsável por cuidar das crianças. Acho que estamos chegando cada vez mais perto...

— Ótima notícia. Continuem colados nele. Estamos vigiando um prédio em Perdizes, mas eu tenho certeza que as crianças não estão aqui. Por hora só podemos vigiar e aguardar os próximos passos do Alfa. Vou deixar a equipe aqui, pegar um táxi e me deslocar para a Zona Sul para ficar o mais próximo possível das atividades do Calvo.

— Senhor, isso pode ser perigoso, eu não acho que...

— Você não precisa se preocupar comigo, se preocupe com todo o resto que eu me cuido sozinho.

— Sim senhor.

— Me passe a senha de acesso ao sistema de rastreamento para que eu consiga acompanhar a movimentação pelo meu smartphone e vamos torcer para que você esteja certo com relação ao provável destino dele.

Quinze minutos depois, o táxi levava Marcelo, ziguezagueando da melhor maneira possível pelo trânsito na hora do rush em direção à Zona Sul de São Paulo. Naquele momento o GPS sinalizava que o Calvo havia pegado uma estrada de terra batida numa área praticamente rural da região de Parelheiros e pelo que tudo indicava, continuava avançando por ela. Isso era excelente, pois se ele fosse apenas se encontrar com alguém da quadrilha não teria que se deslocar tanto. Ele torcia para que o sinal do GPS não falhasse, para que o agente conseguisse seguir o suspeito, para que ele fosse realmente para o cativeiro e mais do que tudo, que eles chegassem a tempo de salvar as crianças.

Mais uma vez pegou o telefone e ligou para Aleksandra, porém o telefone continuava desligado.

Aleksandra

Ela estava sentada no escuro quando Peter chegou. Em uma mão um copo de vodca e na outra a sua arma. Ele somente a notou depois de ter trancado a porta atrás de si, mas ela percebeu que ele ainda não havia visto a arma e caminhava em sua direção com um lindo sorriso nos lábios, até que estancou e sua fisionomia mudou.

— Isso na sua mão é uma arma ou eu estou enxergando mal?

— Você enxerga melhor que qualquer pessoa que eu conheci até hoje. Sente-se aí na minha frente e vamos ter uma conversa. Então ela apontou com a arma para o sofá do lado oposto da mesa de centro.

— Não me diga que a sua consciência falou mais alto e que você decidiu me prender e jogar no lixo a vida que podemos ter juntos? Dizendo isso sentou-se no sofá e fixou seus olhos nos dela.

De início ela ficou apenas sustentando aquele olhar que ela havia aprendido a admirar, e depois de longos segundos ela apoiou a arma na perna, tomou um grande gole de vodca e começou a falar.

— Se eu tivesse mudado de ideia haveria cinquenta policiais esperando você chegar para levá-lo preso e eu acho que você sabe disso.

Peter assentiu com a cabeça, mas não disse nada.

— Porém isso não quer dizer que necessariamente eu ainda não possa chamá-los.

Dessa vez ele não demonstrou nenhuma reação, apenas continuou a olhar para ela.

— Porém essa é a última coisa que eu gostaria de fazer. Nesse momento eu estou preocupada apenas com uma coisa.

Ela fez silêncio como querendo que ele perguntasse o que seria, mas ele continuou em silêncio e ela continuou.

— Eu quero saber exatamente qual será o meu papel na sua vida.

Ele a olhou como se não entendesse a pergunta.

— Aleksandra, eu acreditei que isso havia ficado claro depois da nossa conversa de hoje à tarde.

— Sim, ficou claro. Ficou claro que eu serei a sua mulher e quanto a isso eu não tenho nenhuma dúvida que você está sendo sincero. Eu sinto que você me ama, mas essa não é a questão.

— Então qual é a questão?

Aleksandra pegou a garrafa em cima da mesa e se serviu de mais uma dose de vodca.

— O que será de mim depois que você me deixar.

Ela percebeu o corpo de Peter relaxar.

— Eu nunca vou deixar você Aleksandra.

Ela se inclinou um pouco para a frente, a arma equilibrada sobre a sua coxa.

— Você irá me deixar sim, senhor Peter Golombeck. Pode ser que não seja por uma outra pessoa, mas se as coisas seguirem o seu caminho natural eu terei que viver sem você 30 ou 40 anos pois eu não tenho nenhuma intenção de morrer jovem...

A expressão no rosto dele se fechou novamente.

— Então você me acha velho demais para você?

Ela nunca havia parado para pensar nisso e realmente ela não se importava com a diferença de mais de 30 anos entre os dois. Ela sabia que ele com todo o dinheiro que tinha mais a sua disposição de permanecer jovem, seria forte por mais 10 ou até 15 anos e que seriam os anos mais intensos da vida dela e que mesmo esse espaço de tempo relativamente curto valeria muito mais do que uma vida toda ao lado de qualquer outro homem. Na verdade, a preocupação era outra, totalmente prática na verdade.

— Você é perfeito para mim. Esse não é o problema. Enquanto você estiver comigo eu tenho certeza que a minha vida será maravilhosa. O problema é exatamente o que irá me acontecer quando você não estiver mais comigo...

— E você acredita que ficará desamparada quando eu morrer?

O tom de desconfiança na voz dele deixou-a receosa.

— Mais ou menos isso... na verdade desamparada não é bem o termo. Eu nunca ficarei totalmente desamparada. Eu tenho uma boa formação, sei que posso trabalhar e ter sucesso numa carreira qualquer. Porém, por mais sucesso que eu venha a ter, sempre será uma vida frustrante perto da que eu sei que me espera estando com você, pois o problema sempre é a referência que se tem. Como eu conseguirei me acostumar novamente com uma vida apenas confortável, depois de viver no topo do mundo?

Ele sorriu.

— Então você está com medo de perder o estilo de vida que nem começou a ter ainda?

— Não, o problema nem é o estilo de vida. Sinceramente as coisas que me importam não custam caro. Praticar esportes, viajar, comer e beber bem, tudo isso eu tenho certeza que sempre poderei fazer, independentemente de estar com você ou não. O que me preocupa é outra coisa. Aquilo que é mais viciante do que qualquer outra coisa que possamos experimentar.

— Poder.

Ele assentiu com a cabeça.

— Você está certa. Tudo na vida se resume ao poder. Do camponês sem teto ao mais rico ser humano do planeta, o que todos mais desejam é o poder. Obviamente também o que o poder traz de benefícios, e o dinheiro é com certeza o mais evidente deles, mas o poder tem uma característica muito interessante que você resumiu muito bem. O poder vicia como qualquer droga, e quanto mais você usa, mais você quer usar.

— E é exatamente isso que me preocupa. Ambos sabemos que eu não sou uma mulher troféu, que irá se contentar em gastar rios de dinheiro e ter uma vida fútil. Aliás, ambos também sabemos que se fosse assim você não teria se interessado por mim.

A pausa foi estratégica e ela continuou assim que ele concordou com ela mais uma vez. A hora decisiva dessa conversa estava se aproximando.

— Então obviamente eu acabarei me envolvendo, e muito, nos seus negócios. Provavelmente, pela minha capacidade, cada vez mais eu galgarei postos na sua hierarquia e como consequência disso, meu poder irá aumentar cada vez mais. Imagine então todo o poder que você terá dado para mim e que eu estarei exercendo nesse momento. E agora imagine que em uma manhã como qualquer outra você não acorde e do nada apareça um herdeiro ou uma outra pessoa qualquer com quem você possa ter algum acordo, exigindo que eu me afaste de tudo para que ele assuma o seu legado. Você já imaginou como seria a minha vida desse momento em diante? É exatamente isso que me preocupa. Peter ficou em silêncio por alguns segundos, mas que para ela pareceram horas.

— E o que você sugere que façamos? A sua voz era séria. O homem apaixonado havia dado lugar ao executivo implacável. Uma negociação havia sido iniciada e ela teria que usar toda a sua habilidade para chegar onde queria.

— Eu quero ser você, e para isso você precisa deixar de existir.

Ela se arrependeu assim que pronunciou essas palavras, mas por outro lado era exatamente isso que ela queria e sinceramente ela não via outra maneira de dizer isso para ele. A expressão de Peter não se alterou e ele continuou em silêncio. As cartas estavam sobre a mesa e agora era tudo ou nada.

Calmamente Peter se levantou da poltrona e instintivamente ela pegou a arma novamente. Ele a olhou com firmeza e sem dizer uma única palavra lhe deu as costas e se dirigiu à porta e sem olhar para trás saiu do apartamento. Ela simplesmente não estava preparada para aquela situação, mas sentiu seu corpo relaxar quando se viu novamente sozinha. Aquele homem não estava acostumado a ser confrontado e tudo deveria ser muito novo para ele. Ela sentia que havia feito a sua parte e agora somente lhe restava esperar o desenrolar da situação. Acreditava que ele realmente queria passar o resto da sua vida ao seu lado, mas por outro lado sabia que o que estava em jogo ali era muito mais do que simplesmente amor. Era um império que havia levado décadas para ser construído e que acabava de ser reivindicado por ela. Ele tinha direito há um tempo para pensar.

Seus pensamentos se voltaram para a mensagem em seu celular, 18 horas no Portão dois do Parque do Ibirapuera... Já eram 17h15. Ela precisava se apressar. Pegou seu telefone e ligou para dois policiais de sua inteira confiança, ao mesmo tempo que se despia para vestir uma roupa de treino. Explicou por alto que precisava de cobertura para se encontrar com uma informante, passou o horário e o local e eles se prontificaram imediatamente a ajudá-la. Mais uma vez os dados estavam rolando.

Luiz Henrique

O voo para Brasília havia sido especialmente tranquilo. Poucas pessoas no avião e toda a tranquilidade necessária para ele repassar mais uma vez todos os detalhes do seu plano, mas logo após o desembarque e ainda no aeroporto seu subconsciente disparou um alarme. Era como se ele lhe alertasse que havia alguma coisa à espreita. Mesmo que conscientemente ela não tivesse registrado nada que pudesse representar uma ameaça real, ele estava à tempo suficiente nesse ramo para saber que deveria dar ouvidos a sua intuição, pois muito do que vemos não chega a ser processado pela parte racional do nosso cérebro, mas a parte mais profunda, aquela onde reside o nosso instinto de sobrevivência animal, essa sim não deixa passar nada despercebido.

Ele deveria seguir imediatamente para o local combinado com o Calvo e onde haveria recursos a sua disposição. O convite para o encontro do casal de deputados com o Chefe já havia sido encaminhado e prontamente aceito e agora ele tinha cerca de duas horas para preparar tudo. Ele não podia se dar ao luxo de simplesmente sumir e se esconder por algum tempo até que a possível ameaça que ele sentia pudesse ser identificada e neutralizada, então decidiu inverter as coisas e simplesmente se expor o máximo possível na esperança de que a ameaça se revelasse e ele pudesse agir. Mas antes precisava se preparar para isso.

Mandou uma mensagem pelo celular e em seguida, sem nenhuma preocupação em se esconder, caminhou até o principal ponto de táxi do aeroporto e embarcou no primeiro carro livre. Pediu para que o motorista seguisse em direção ao Congresso Nacional e o mais discretamente possível passou a rastrear visualmente os veículos ao redor. Não foram necessários mais de 5 minutos para que ele localizasse o alvo. Um Sedan branco os seguia a meia distância desde a saída do aeroporto e apesar dos vidros escuros ele conseguiu identificar a silhueta de ao menos duas pessoas, um motorista e um outro homem ao seu lado.

Mandou mais uma mensagem de seu celular e se recostou novamente no banco e passou a se concentrar novamente na missão que tinha pela frente.

Pouco mais de dez minutos se passaram até o táxi parar em um semáforo já nas imediações da Praça dos Três Poderes. Luiz Henrique fixou seus olhos no espelho retrovisor do táxi e pôde ver o Sedan parar três carros atrás do dele. Quase imediatamente dois motoqueiros surgiram, um de cada lado do sedan. Os disparos foram rápidos e em pouco mais de 10 segundos as duas motos aceleraram e sumiram no trânsito levando os celulares e as carteiras dos ocupantes. Buzinas começaram a ser tocadas, alguns gritos também puderam ser ouvidos enquanto o semáforo se abria.

O motorista do táxi fez menção de descer do carro, mas ele o pegou pelo ombro e o fez sentar novamente.

— Senhor, arranque com o carro imediatamente. Pode ser que existam mais assaltantes e eu não quero correr o risco de ser atingido no meio de um tiroteio.

O motorista assentiu e arrancou com o táxi.

— Essa situação me deixou muito abalado. Eu não tenho condições de trabalhar nesse momento, então por favor esqueça o Congresso Nacional e vamos para o meu hotel nesse endereço.

Ele entregou um pedaço de papel para o motorista e se recostou novamente no banco. Em pouco tempo eles chegaram ao endereço e Luiz Henrique pagou o valor exato da corrida em dinheiro trocado. Boas gorjetas ajudam os taxistas a se lembrarem dos passageiros. Saltou do táxi, fez menção de entrar no hotel, mas quando o taxista se afastou, mudou de direção e se dirigiu até uma praça a cerca de 300 metros de onde havia desembarcado e entrou em um Fiat Uno branco que estava estacionado com o motor ligado. Sem olhar para o motorista fez sinal com a cabeça para seguirem em frente e o carro arrancou, finalmente em direção ao local correto da primeira missão.

Enquanto o carro se deslocava ele pegou o celular e mandou uma mensagem para Peter.

"Estou exposto. Alguém pisou na bola. Resolvi o problema por hora, mas fui identificado. Calculei os riscos e manterei o plano original, porém se certifique que não existe ninguém vendido no seu time."

O carro parou em frente ao Hotel Golden Tulip e ele saltou. Mandando o motorista estacionar em um local seguro e aguardar novas instruções. Passou direto pela recepção e subiu diretamente até o quarto onde Angelo estava hospedado batendo na porta com os nós dos dedos.

Uma fresta da porta se abriu e ele se deparou com um Angelo visivelmente abatido. A ideia inicial era tratá-lo com o máximo de cortesia possível até que tudo estivesse resolvido, mas diante dos últimos acontecimentos ele preferiu deixar a cortesia de lado.

— Pois não?

Luiz empurrou a porta com força, quebrando a frágil corrente de segurança e batendo a porta diretamente no nariz de Angelo fazendo-o cair no chão quase inconsciente. Sem perder tempo ele entrou, fechando a porta atrás de si e com um novo movimento brusco agarrando Angelo pela gola da camisa e o arremessando para cima da cama.

— Senhor Angelo Cesari, me perdoe o mal jeito, mas eu não tenho tempo para amenidades. Meu nome não interessa, bem como não perderei tempo para lhe explicar o que eu faço aqui pois você já deve imaginar. Você falhou em sua missão inicial e agora deverá dar início ao plano alternativo.

Angelo permanecia perplexo, sentado na cama e segurando o nariz que começava a sangrar escorrendo pela lateral do rosto e manchando a sua camisa. Aos poucos seu olhar de perplexidade deu lugar ao pânico.

— Meus filhos!

Luiz Henrique caminhou calmamente até o celular que estava sobre o criado-mudo.

— Hora de ligar para o titio.

As palavras de Luiz Henrique pareceram tirar Angelo do transe.

— Eu não farei nada enquanto não tiver uma prova de que meus filhos estão a salvo.

Ele mal teve tempo de completar a frase antes que sentisse a mão aberta de Luiz Henrique se chocando contra seu rosto e o jogando de costas na cama novamente. O tapa teve o peso de um murro.

— Agradeça por você ter um encontro importante amanhã e não poder aparecer sem os dentes pois esse é o único motivo para ainda tê-los. Nós temos um acordo, aliás um acordo em duas partes onde você já não cumpriu a primeira, mas mesmo assim, se você cumprir a segunda faremos a nossa parte.

Dizendo isso ele esticou a mão com o celular e Angelo o pegou.

— Agora mande uma mensagem para ele. Escreva com a linguagem de costume, mas peça urgência para vê-lo amanhã pela manhã. Eu sei que ele estará no Palácio do Planalto até às 13 horas e a agenda não tem nada de muito importante, aliás como sempre, pois o que menos seu querido tio gosta de fazer é trabalhar. Ele receberá alguns ministros logo no início da manhã, alguns políticos puxa-sacos para um almoço reservado, em seguida ele terá um encontro com um empresário corrupto com o qual ele tem negócios e no final do dia fazer uma massagem daquele tipo que nós dois sabemos como será, então com certeza ele pode encaixá-lo em qualquer horário entre um compromisso e outro. E não tente passar algum código na mensagem para alertá-lo, pois se ele não aceitar recebê-lo, adeus crianças. Chegamos em um ponto onde não existe mais negociação. Ou ele morre ou serão seus filhos. A escolha é sua.

Angelo hesitou por alguns segundos e finalmente pegou o aparelho. Pensou um pouco e começou a digitar. Quando terminou, Luiz Henrique puxou o telefone das suas mãos e leu a mensagem:

"Senhor Presidente, boa tarde. Preciso vê-lo com urgência amanhã. Não posso adiantar o assunto por telefone".

— Gostei, senhor Angelo. Pode enviar.

Angelo pegou novamente o telefone e enviou a mensagem, visivelmente constrangido.

— Agora vamos esperar a resposta. Tudo que ocorreu com você e a sua família nos últimos tempos nos levou para esse exato momento. Sua serventia real se resume a uma resposta da mensagem que você acabou de enviar. Caso haja uma resposta positiva tudo terminará bem para os seus filhos. Caso a resposta seja negativa você e as crianças deixam de ter serventia e serão eliminados. Não é nada pessoal. Entenda que os peões em um tabuleiro de xadrez servem exatamente para isso, serem sacrificados para que o jogo seja ganho. Porém alguns peões sempre sobram no final da partida. Torça para que você e seus filhos estejam entre eles.

Luiz Henrique pegou novamente o celular e mantendo Angelo sob vigilância constante passou os olhos pelas mensagens de texto trocadas recentemente. Não havia nada de comprometedor nos últimos dias. Nada indicava que Angelo soubesse alguma coisa sobre os homens que o haviam seguido. A displicência com que ele atendeu a porta e a perplexidade ao vê-lo dentro do seu quarto também pareciam confirmar que ele não havia recebido nenhum sinal de alerta de quem quer que seja e assim ele se deu por satisfeito e preferiu não comentar o assunto, pois isso poderia passar a impressão que algo não corria como planejado e tudo que ele precisava agora é que Angelo não duvidasse um segundo sequer que ele tinha tudo 100% sob controle.

— Agora vista-se. Você irá a uma festa.

— Festa? Mas que festa?

Luiz Henrique sorriu.

— Calma bonitão, tome um banho, tire esse sangue do rosto, vista-se logo e pare de fazer perguntas.

Dizendo isso ele abriu a porta do banheiro, fez uma revista geral para saber se Angelo escondia alguma arma e quando se deu por satisfeito mandou Angelo entrar.

— A festa começa em pouco tempo e não podemos nos atrasar, afinal você é um dos convidados de honra.

Angelo

Uma hora depois ambos chegaram a uma casa no Lago Norte. Não era exatamente uma mansão, mas mesmo pelo lado de fora se via que a casa era nova e havia sido projetada para ter o máximo de privacidade do lado de dentro. Não haviam janelas voltadas para a rua, além de muros altos e sólidos portões de entrada de veículos que corriam sobre trilhos. Um sistema de câmeras e de sensores infravermelhos ativos sobre os muros transmitiam uma preocupação com a segurança do local, mas nada que aos olhos das pessoas sem treinamento fosse tão incomum que chamasse a atenção e plenamente justificável pelo aumento indiscriminado da violência nos últimos anos. Porém, aos olhos de um especialista como Angelo, a qualidade dos equipamentos se destacava. O sistema de câmeras era composto por câmeras térmicas, as mesmas utilizadas pelo exército dos EUA e um sistema quase imperceptível de radar de solo podia ser visto instalado sobre o teto da casa e com o qual se podia identificar qualquer movimento em um raio de quase meio quilômetro ao redor da propriedade.

Um controle remoto foi acionado e o portão se moveu imediatamente para a esquerda deixando à mostra a parte de baixo da fachada da casa que, aos moldes da parte de cima, também não possuía nenhuma janela ou porta. Uma rampa dava acesso ao subsolo da casa e a uma garagem onde caberiam tranquilamente 15 carros. A garagem se estendia não apenas pela área da casa, mas avançava pela área do terreno acima, por baixo do que deveria ser o jardim e a área de lazer da residência.

Na garagem havia apenas uma Mercedes C63 AMG preta estacionada. O Uno parou para eles descerem perto de uma enorme porta de madeira maciça que parecia ser a única entrada para a parte interna da casa e em seguida se dirigiu a uma parte da garagem onde havia um outro Uno idêntico ao primeiro, deixando claro que ali era onde se guardavam os carros de serviço.

— Vamos Angelo, os nossos convidados já devem estar chegando e eu não quero que eles lhe vejam antes da hora.

Aquela situação estava ficando cada vez mais estranha. O nariz de Angelo latejava sem parar, mas parecia não estar quebrado. As coisas estavam se encaminhando para o pior cenário possível e essa festa no meio de tudo isso só mostrava que ele era realmente apenas um peão na mão de pessoas muito mais poderosas do que imaginava.

A porta se abriu assim que eles se aproximaram e eles entraram em um hall muito bem decorado com um moderno elevador no qual ambos embarcaram. O elevador dava acesso a uma sala gigantesca!

A casa tinha sido construída em forma de L, sendo que a perna mais curta ficava voltada para a rua e uma parte no mínimo com o triplo do tamanho, voltada para a parte interna do terreno. Muros com cerca de cinco metros de altura circundavam todo o terreno enorme da casa e ao fundo se via o Lago e um atracadouro onde uma Lancha Azimut Atlantis de 44 pés estava atracada. Havia uma piscina enorme com praia artificial de um material que imitava areia bem no meio do enorme terreno, uma quadra de tênis do lado direito e uma sequência de 3 enormes banheiras de hidromassagem espalhadas pelo lado esquerdo. Na varanda havia um bar que não deixava nada a desejar aos melhores bares que Angelo já havia conhecido, seja no Brasil ou no exterior e o que podia ser definido como um restaurante 5 estrelas, ricamente decorado com motivos tropicais e indígenas brasileiros e mesas para no mínimo 100 pessoas.

Havia uma enorme área envidraçada que separava a sala da varanda. Olhando mais atentamente Angelo percebeu que se tratava de vidros blindados de 20 mm que corriam sobre caixilhos com overlap duplo. Um serviço primoroso de blindagem que deveria ter custado uma fortuna, como tudo mais que ele via ali.

— Vamos fazer uma reunião mafiosa em um buffet de festas?

Ele sabia que a pergunta era ridícula, mas quis testar a reação do homem.

— Angelo, essa é apenas uma das nossas "casas de campo". Temos várias espalhadas pelo mundo. Ou você acredita mesmo que fechamos nossos negócios em escritórios? Venha comigo e chega de perguntas.

O homem empurrou Angelo por um corredor até uma escada que dava acesso a parte superior da casa. Ao subirem as escadas eles acessaram um novo hall. No lado esquerdo se iniciava um corredor amplo, com cerca de 12 portas. Ali deveriam ser os quartos da casa. Já do direito havia apenas uma porta que Angelo imediatamente identificou como sendo blindada. "Um bunker", pensou. O homem aproximou seu rosto de um leitor biométrico e após ser identificado colocou sua digital em outro e por fim digitou uma senha no teclado embutido na parede e somente nesse momento a porta se abriu automaticamente. Eles entraram em uma clausura e após o fechamento da porta atrás deles uma nova senha foi digitada em outro teclado e a segunda porta abriu.

A área em que eles entraram era uma enorme sala de estar também ricamente decorada. Ela tinha o mesmo vidro blindado da parte de baixo da casa em toda a lateral que dava para o jardim e o lago, permitindo uma vista maravilhosa em função do pé direito de 6 metros do andar de baixo. Do lado oposto havia mais uma porta e depois dela um novo hall, bem menor que o primeiro, eles entraram em uma suíte com aproximadamente 200 m^2 e tão luxuosa que provavelmente não perdia em nada para as suítes presidenciais dos hotéis mais luxuosos do mundo.

— Sente-se naquela poltrona e não mexa em nada. Eu virei buscá-lo assim que for o momento apropriado.

Angelo achou que finalmente havia chegado a hora de endurecer um pouco o jogo.

— Eu acho que você irá me matar de qualquer maneira e aos meus filhos também. Ou você me explica o que eu estou fazendo aqui ou terá que me matar já.

O homem o encarou com desdém, mas após um segundo sorriu.

— Vou lhe explicar em poucas palavras, não porque você está exigindo, mas porque você realmente precisa saber o seu papel nesse filme. Você está aqui para matar um casal de deputados ambiciosos.

— Espere um pouco, você quer que eu mate o Presidente da República amanhã e como treino mate dois deputados hoje? Você não acha que está forçando demais uma pessoa como eu que nunca sequer matou um rato? Eu não vou fazer isso, esqueça!

O homem o fitou sem expressão por alguns segundos e deu um leve sorriso.

— Você irá matá-los sim, pode ter certeza.

Dizendo isso, deu as costas para Angelo que, aproveitando o movimento aparentemente descuidado do homem, tomou a iniciativa de se levantar e no mesmo movimento se lançar sobre ele. Porém antes que ele sequer conseguisse levantar o corpo todo da poltrona sentiu o punho do homem se chocar com a sua testa e o arremessá-lo novamente sentado, com o mundo todo girando ao seu redor.

— Escute aqui seu merda, ou você entende de uma vez por todas onde se meteu ou eu vou realmente me livrar de você, mas não antes de colocar você para ver seus queridos filhos serem esquartejados vivos. Se é isso que você quer não me faça perder mais tempo. Eu ligo aquela tela na parede ao meu celular, faço uma chamada de vídeo, você se senta confortavelmente nessa poltrona, eu providencio a pipoca e assistimos juntos um bom filme. Aliás, assistiremos a um filme feito ao vivo pelo meu pessoal, alguma coisa baseada em um clássico e até podemos dar um belo título ao filme! Que tal "O massacre da serra elétrica no jardim da infância"?

Angelo sentiu seu sangue gelar. Não foi capaz de pronunciar uma só palavra, mas assentiu com a cabeça e baixou os olhos. Foi tudo que o homem precisou para novamente se virar e sair da sala.

Meia hora se passou até que o homem retornasse ao quarto.

— Levante-se, você tem visitas.

Angelo se levantou da poltrona e seguiu o homem, saindo do bunker e descendo a mesma escada que haviam subido antes adentraram no grande salão da casa. Em uma das laterais em frente a uma lareira de vidro, Angelo identificou duas pessoas que estavam sentadas lado a lado, com bebidas nas mãos e falando baixo uma no ouvido da outra. Ele já sabia quem eram, mas mesmo assim um arrepio correu na sua espinha quando ele teve a confirmação do casal de deputados.

Assim que o deputado Araújo Alencar o viu e o reconheceu se levantou abruptamente.

— Você novamente? O que está havendo aqui afinal?

A deputada Márcia Deltri que ainda não conhecia Angelo pessoalmente parecia não saber o motivo da insatisfação do amante e preferiu ficar sentada aguardando que ele resolvesse a situação a seu modo, como de costume.

Os olhos do deputado se arregalaram quando ele percebeu que o homem ao lado de Angelo havia sacado uma pistola do bolso do paletó.

— Caras excelências, eu fui incumbido pelo meu empregador de lhes dar a chance de provar um para o outro que o amor de vocês é mais forte do que a morte.

Dizendo isso ele pegou a mão de Angelo e colocou a arma nela.

A deputada Márcia Deltri que até aquele momento parecia ainda acreditar que a situação estava sob o controle do amante se levantou também dando um grito histérico e deixando o copo com o resto da bebida cair no caro tapete.

— Pelo amor de Deus! Araújo faça alguma coisa!

O deputado olhou para ela e em seguida para Angelo e tentando ser o mais firme possível vociferou o mais alto que pode.

— Largue essa arma e nos deixe sair agora! Somos dois dos principais deputados federais brasileiros e vocês não têm a menor ideia do onde estão se metendo.

Angelo continuava parado como uma estátua segurando a arma na mão direita que já começava a tremer descontroladamente. Ele olhou para o homem ao seu lado que agora tinha uma fisionomia fria como gelo. Estava claro que o homem era profissional e que já tinha passado por situações como aquela diversas vezes. Naquele instante ele percebeu que nada poderia salvar a vida daqueles dois e ele não teria escolha a não ser servir de ferramenta para aquele homem.

— Angelo, puxe o gatilho. Atire primeiro na mulher. Eu quero ver esse velho implorando pela vida dele enquanto a amante agoniza.

A sua mão tremia cada vez mais e ele sentia que o mundo começava a girar ao seu redor. Havia uma chance de ele desmaiar não ter mais que puxar aquele gatilho, mas por outro lado o homem havia sido muito claro com relação aos seus filhos. Ou ele matava os dois ou seus filhos morreriam. Não havia muito mais o que pensar e lentamente ele começou a apontar o cano da arma em direção à mulher que em pânico começou a chorar e a implorar por sua vida ajoelhando no caro tapete agora manchado pelo caro whisky que ela bebia a um minuto atrás. Angelo prendeu a respiração e desviando o olhar para o lado puxou o gatilho.

O barulho característico do ar sendo expelido pelo cano do silenciador se fez ouvir e imediatamente a frente das calças do deputado ficaram molhadas e ele também caiu de joelhos. Porém ao se virar para o lado onde ele imaginava encontrar a sua amante se esvaindo em sangue ele percebeu que ela ainda estava viva e que não tinha nenhum ferimento.

O homem ao lado de Angelo sorriu e lhe deu um tapa no ombro, pegando a pistola da sua mão e a guardando novamente no paletó.

— Muito bem senhor Angelo, você passou no teste e está pronto para amanhã.

Angelo sentiu um alívio percorrer todo o seu corpo e sem pensar se sentou na poltrona mais próxima com medo de desmaiar.

— Seu maníaco!

O homem olhou para o deputado com a frieza de sempre.

— Quem você acha que é para nos pregar uma peça dessas? Como você nos faz acreditar que iremos ser mortos apenas para provar alguma coisa para esse merda que está com você? Eu irei acabar com a sua vida!

— Caro deputado, se eu fosse o senhor não me exaltaria.

Os olhos da velha raposa faiscavam de ódio.

— Não me exaltar? Você é louco? Acha que pode me acalmar apenas com palavras? Continua achando que irá me intimidar depois dessa farsa?

Mais uma vez o semblante do homem ficou gelado e ao mesmo tempo que trocava o carregador da pistola por outro com munição real, retirou do bolso um saco plástico com um pó branco. Com calma derrubou o conteúdo em cima da mesa de centro. Nesse momento ele fez sinal com a cabeça e um dos seguranças que acompanhava toda a cena a uma certa distância se aproximou rapidamente e aproveitando a posição de joelhos em que o deputado Araújo se encontrava, o segurou fortemente pela nuca e forçou seu rosto contra o monte de cocaína.

— Se quiser que agora eu não estoure seus miolos de verdade, aspire metade dessa cocaína. O restante será servido para sua ilustre companheira.

Ele tentou se afastar da cocaína, mas o segurança apertou novamente a sua cabeça contra a mesa e só aliviou a pressão quando o deputado ergueu uma das mãos em sinal de rendição e fez exatamente o que o homem ordenou sem esboçar mais nenhuma reação.

— Agora é a vez da ilustríssima deputada.

Ao contrário de Araújo, ela se jogou sobre um pequeno monte de cocaína com avidez, sem que ninguém precisasse forçá-la. Sugou o pó branco até o fim e ainda passou o dedo por sobre a mesa e esfregou na gengiva.

O homem sorriu e se dirigiu ao Deputado Alencar.

— Não existe farsa algum deputado. Você e a sua amante já estão mortos, somente não perceberam ainda.

Os olhos do homem se arregalaram novamente.

— Do que você está falando Deus do céu?

— Vocês ingeriram junto com as suas bebidas o que existe de mais avançado em termos de envenenamento. Ele é chamado de "infarto de bolso" no círculo profissional que eu frequento e é indetectável após 8 horas de ser ingerido. O efeito é lento, aumentando os batimentos cardíacos e a pressão sanguínea aos poucos, causando o estresse do músculo do coração até que ele não suporte mais e simplesmente entre em colapso. Enfim, ele imita o efeito de uma velha e boa overdose de cocaína misturada com whisky que como nós sabemos é um dos aditivos preferidos quando o lindo casal promove suas farras com garotas e garotos de programa.

A deputada que havia parado de chorar olhou para o seu amante com um ar incrédulo e novamente desmoronou em um choro convulsivo.

— Então eu aconselho a ambos que parem de se exaltar pois assim terão mais uma ou duas horas de vida antes de seus corações explodirem de vez. Iremos esperar vocês morrerem e os levaremos para o mesmo apartamento onde vocês costumam se divertir e lá o cenário já está todo montado para que seus corpos sejam encontrados em meio ao que restou de uma festa de drogas levada além do limite. Agora eu peço licença, pois temos assuntos mais urgentes a tratar.

Dizendo isso o homem pegou Angelo pelo braço e colocando de pé o empurrou de volta ao elevador enquanto o segurança mantinha o casal sob a mira da pistola, ajoelhados sobre o tapete, abraçados e chorando como duas crianças.

— Senhor Angelo, amanhã é o grande dia. Vou deixá-lo em seu hotel e aguardaremos a resposta do titio. Torça para que seja positiva.

Marcelo

— Mortos? Mas como isso aconteceu?

— Ainda não temos certeza. Pode ter sido um assalto, mas eu duvido.

— E porque a dúvida?

— Foi tudo muito rápido. Um tiro certeiro na cabeça de cada homem, pelas informações que tivemos, os ladrões levaram os celulares e as carteiras, mas eu acredito que tenha sido apenas um disfarce. Umas das testemunhas disse que as motos não tinham nenhuma logomarca aparente e também não tinham placas. Isso não é coisa de assaltante, é serviço de profissional.

— Então estamos expostos?

— Infelizmente eu acredito que sim.

Então suas suspeitas com relação a Aleksandra estavam corretas. Ela havia contato sobre a operação que montaram para tentar recuperar as crianças e o Alfa estava revidando.

— E o Alfa?

— Continua no prédio da policial, em Perdizes.

— Policial? Qual policial?

— A agente da Interpol, senhor Marcelo. Ele está no mesmo prédio em que o VIP se encontrou com ela.

— Mas como assim? Por que ninguém me informou que esse era o prédio até onde seguimos o Alfa?

— Senhor Marcelo, o endereço consta do relatório diário que eu lhe encaminhei por e-mail.

Ah, aquele relatório que ele sequer tinha aberto para ler... Idiota!

— Anselmo, então não existe mais nenhuma dúvida, Aleksandra está colaborando com o Alfa e nessa altura ele já deve saber os detalhes da nossa operação. O que você sugere que façamos agora? O nosso pessoal pode estar correndo um risco muito maior do que imaginávamos.

Mais uma vez Marcelo contava com a experiência da sua equipe.

— Eu sugiro dividirmos a equipe e deixar um dos nossos homens na cola do Alfa usando um táxi, uma vez que o carro dos seguranças dele está rastreado e assim ele pode operar o equipamento com mais facilidade. O outro pode seguir Aleksandra com o nosso carro convencional. Vamos mantê-los no radar e assim tentar antecipar qualquer movimento contra a nossa equipe ou mesmo alguma mudança brusca com relação ao sequestro das crianças.

Marcelo pensou um pouco e realmente essa seria a única alternativa nesse momento. Se eles não mantivessem Aleksandra sob vigilância constante ela poderia surpreendê-los a qualquer momento e isso era um risco que eles não podiam correr.

— Certo, concordo. Faça isso e me mantenha informado. Pelo sinal do GPS o carro do calvo acabou de estacionar. Nossa equipe está com ele?

— A uma distância segura. Estão se posicionando para ter uma visão melhor, mas pelo que já me passaram eles estão em uma área quase rural no final da Zona Sul de São Paulo. Se eu tivesse que apostar em uma região adequada para um cativeiro, apostaria nessa.

Aquilo animou Marcelo. Apesar dos reveses com Aleksandra eles ainda poderiam ter alguma vantagem se conseguissem localizar o cativeiro rapidamente. Aliás, o calvo poderia ter ido até lá para remover as crianças para outro local exatamente por conta do Alfa saber da operação para resgatá-las e isso poderia facilitar o resgate.

Pensou em ligar para Angelo, mas decidiu que faria isso somente se ele conseguisse confirmar o local do cativeiro. Antes disso, as informações serviriam apenas para deixá-lo ainda mais ansioso e algo lhe dizia que tudo o que Angelo mais precisava em Brasília era se manter calmo.

Carmen

Eles chegaram ao Parque por volta das 18 horas. Alugaram uma bicicleta para Ernesto e cuidaram dos últimos detalhes para o encontro com Aleksandra.

Ernesto carregava uma mochila presa às costas e que continha uma pistola Sig Sauer P365 9 mm e um rifle ultra compacto AR/M4 com mira telescópica. O rifle era indicado para uma ação de longa distância até 100 ou 150 metros e a pistola serviria para um eventual confronto a curta distância caso fosse necessário.

Ambos estavam com minúsculos transmissores e Carmen carregava sua Baby Glock 380 também em uma mochila presa às suas costas. Eles não sabiam o que esperar de Aleksandra e teriam que estar preparados para tudo. Faltavam 10 minutos para o horário combinado.

— Maninha, vou perguntar somente mais uma vez. Você tem certeza sobre tudo isso? Podemos lhe proporcionar uma vida confortável em qualquer lugar do mundo além de uma nova carreira junto conosco e toda a proteção possível. Vale mesmo a pena se arriscar a ser presa ou até mesmo coisa pior somente por amor?

Ela o encarou com carinho.

— Ernesto, não estou fazendo isso por amor. Realmente estou apaixonada por Angelo, mas nem por isso eu deixaria de ser uma mulher sensata e prática como sempre fui. Estou aqui para tentar fechar o ciclo que moveu toda a minha vida até esse momento. Eu quero muito tentar ajudar a salvar a família do Angelo, mas em primeiro lugar ainda está a minha vingança pois infelizmente eu não pude salvar a minha, você entende?

Ele assentiu positivamente com a cabeça e ela continuou.

— Não posso ajudar Angelo diretamente nesse momento. Pelos planos que tínhamos na ZTEC ele deve estar em Brasília aliciando os congressistas para a votação nas mudanças na Lei de Segurança Nacional e a única maneira de ajudá-lo a tentar encontrar e libertar os filhos dele e acabar de vez com Peter Golombeck, e a nossa única chance de fazer isso é trazendo Aleksandra para o nosso lado.

— Ok, eu já sei disso. Só queria me certificar que você tinha certeza do que quer fazer e de que você sabia que o nosso plano é uma merda!

Ambos caíram no riso juntos, mas rapidamente se recompuseram.

— Você tem razão, mas essa merda de plano é o único que temos, então vamos nos concentrar nele e tentar fazer dar certo. Agora temos que nos separar e eu irei me posicionar no local combinado para esperar pela top model da Interpol. Se ela for esperta como eu acho que é, não virá sozinha para esse encontro e é muito importante que você tente identificar qualquer um que possa estar lhe dando cobertura, para o caso de ter que neutralizá-lo.

Mais uma vez ele assentiu.

— Serei os olhos nas suas costas e se houver alguém com ela eu vou descobrir e fazer a minha parte.

Então eles se abraçaram e se separaram sem dizer mais nada e enquanto ela caminhava diretamente em direção ao portão 7 ele faria a volta por trás do prédio da Antiga Serraria para se posicionar com o ângulo de visão mais amplo possível

Diante de toda aquela situação, Carmen agradeceu por ter uma pessoa como Ernesto ao seu lado. Ela sabia que ele estaria disposto a dar a sua vida por ela, mas se tudo corresse bem, somente mais uma vida seria perdida e o ciclo de vingança que a sua vida havia se transformado chegaria ao fim.

Chegou ao local do encontro exatamente no horário combinado, mas Aleksandra ainda não estava lá. Isso a deixou apreensiva, pois acreditava realmente que ela viria e que estaria ansiosa para ouvir o que tinha a dizer sobre Peter. Passaram-se quase 10 minutos e nada de Aleksandra e ela então decidiu ir embora. Ficar exposta sem motivo em um local conhecido pelo inimigo e sem saber onde ele está é quase a mesma coisa que assinar seu próprio atestado de óbito. Então quando ela se virou para sair dali deu de cara com Aleksandra parada a cerca de 5 metros atrás dela.

— Achei que você tinha desistido do nosso encontro. Talvez algum desfile de última hora para a escolha do novo uniforme da Polícia Federal.

Aleksandra permaneceu com o semblante inabalável e depois de alguns segundos de silêncio finalmente respondeu.

— Agradeço pelo elogio, principalmente vindo de uma mulher linda como você, mas temos assuntos mais importantes para tratar do que a nossa beleza, concorda? Vamos correr um pouco?

Começaram então a correr lado a lado seguindo a pista do parque na direção onde Ernesto deveria estar.

— Comecei a achar que você não viria mais — disse Carmen tentando parecer o mais natural possível.

— Na verdade eu cheguei um pouco antes e estava avaliando o local do nosso encontro, provavelmente como você deve ter feito também.

Carmen sorriu.

— Uma vez policial, sempre policial. Ou melhor, ex-policial. Já deixou a polícia para se juntar a Peter?

Se Aleksandra foi pega de surpresa pelo comentário, não demonstrou, apenas respondeu no mesmo tom que mantinha desde o início da conversa.

— E quem seria exatamente Peter? Conheço alguns, mas certamente eu não abandonaria a minha carreira por nenhum deles.

Carmen sorriu mais uma vez e pensou o quanto pareciam duas amigas fofocando enquanto corriam. Nada combinava mais com o lugar do que isso.

— E que tal Michel Hertz? Esse eu tenho certeza que você conhece.

Foi a vez de Aleksandra sorrir.

— Realmente eu conheci o Michel em Roma alguns dias atrás. Ele é o tipo de homem que faz qualquer mulher balançar. Aliás, eu não preciso dizer isso para você, não é mesmo?

Desta vez Carmen não sorriu.

— Aleksandra, a essa altura você já deve saber uma grande parte da história de Peter, e Michael como você insiste em chamá-lo, mas eu estou aqui justamente para lhe contar a parte que eu tenho certeza que você não sabe. Você tem duas alternativas, me prender agora e se jogar no abismo contando que um anjo a segurará nos braços e a levará para o céu ao invés de para o inferno, ou ter as informações necessárias para decidir com racionalidade para onde deseja ir, você decide.

Aleksandra olhou diretamente para ela.

— Se eu não quisesse ouvi-la, você já estaria presa.

Carmen então começou a contar toda a sua história com Peter — Era uma vez em Madri, passando pelo hall das mulheres que entravam e saíam da vida de Peter e que invariavelmente acabavam mortas, e após quase uma hora de corrida ela terminou a sua história.

— E esse minha querida Aleksandra é o homem por quem você se apaixonou e quem eu quero simplesmente varrer da face da Terra.

Aleksandra ouviu tudo calada. Não fez sequer uma pergunta e nem demonstrou qualquer emoção. Estava com a expressão de quem está montando um quebra-cabeça e para Carmen era exatamente o que ela estava fazendo naquele momento. Então subitamente Aleksandra parou de correr e Carmen fez o mesmo.

Então Aleksandra fez um movimento com a cabeça e dois homens se aproximaram delas pela lateral da pista de corrida.

— Carmen, eu sinto muito pelo que aconteceu com a sua família. Uma fatalidade desse tipo muda uma pessoa para sempre e no seu caso transformou uma mulher que poderia ter tido uma vida feliz e produtiva em uma criminosa fria e calculista. Você será presa e extraditada para a Itália e lá responderá pelos crimes que cometeu, incluindo a morte do policial Luigi e eventualmente da pessoa que foi dada como morta em seu lugar.

Dizendo isso, um dos homens segurou Carmen pelo braço enquanto o outro ao lado pegava um par de algemas no bolso da jaqueta. Ela então percebeu que seu plano de tentar trazer Aleksandra realmente era ruim e que agora, mais do que nunca, ela seria incapaz tanto de ajudar os filhos de Angelo, quanto de acabar com Peter Golombeck.

Mas então ela ouviu um grito e um barulho alto de alguma coisa se chocando contra o grupo. No momento seguinte os dois homens estavam caídos no chão com Ernesto e sua bicicleta por sobre eles. Aleksandra também tinha se desequilibrado e caído, mas do lado contrário aos dois e agora tentava se levantar. Era a deixa que ela precisava e num movimento rápido chutou a mão de apoio de Aleksandra, que se desequilibrou e voltou a cair enquanto ela pulava por cima de toda aquela confusão e corria o máximo possível em direção às árvores mais próximas.

Enquanto corria, ela podia ouvir os gritos de Ernesto.

— ¡Tus locomotoras! ¡Aquí hay una pista de carreras y no para quedarse quieto! ¡Mi bicicleta! ¿Quién recogerá mi bicicleta?

Ao chegar nas árvores, ela se permitiu olhar para trás por um segundo enquanto continuava a correr. Aleksandra olhava diretamente para ela, enquanto Ernesto se afastava dos policiais, ainda aos berros reclamando sobre a bicicleta enquanto os homens o mandavam ir embora antes que fosse preso. Ao menos ele tinha conseguido escapar e apesar da reação inicial de Aleksandra, ela sabia que depois daquela conversa a relação dela com Peter poderia mudar, ela só não sabia em qual direção. Afinal o plano não tinha sido tão ruim assim e agora ela precisava esperar os próximos movimentos de Aleksandra.

Carmen sabia que existia a chance de Aleksandra contar sobre o encontro que tiveram para Peter, principalmente se ela já estivesse decidida a ficar ao lado dele, e nesse momento, Peter saberia que ela estava no Brasil e de caçadora ela passaria a ser a caça. Mas ela contava com essa possibilidade também, afinal existem duas maneiras de você matar um animal em uma caçada, indo atrás dele ou armando uma armadilha e o atraindo até você.

Peter

Ele pediu para o motorista o levar até o MASP — Museu de Arte de São Paulo, um dos cartões-postais da cidade, localizado na Avenida Paulista. Ele precisava pensar sobre a reação de Aleksandra e nada o deixava mais relaxado com seus pensamentos do que estar rodeado por obras de arte.

O acervo em exposição no MASP era menor do que o exposto nos principais museus do mundo. Aliás, o próprio museu é bem menor, ou um pocket museum como costuma-se dizer, mas mesmo assim contém peças esplêndidas e mostras temporárias de nível internacional.

Aos poucos seus pensamentos foram se organizando em torno da frase que Aleksandra havia dito: "Eu quero ser você, e para isso você precisa deixar de existir."

Apesar de soar quase como uma ameaça, ele havia preferido não a confrontar e simplesmente sair e pensar com calma sobre o que essa frase realmente queria dizer e mais do que isso, se ele aceitasse esse desejo dela, como isso afetaria a sua vida.

Obviamente ela estava falando não apenas em assumir um lugar de destaque na sua vida, mas sim assumir o seu lugar na organização que ele havia passado a vida toda construindo. Não como Carmen e antes dela Helena e algumas outras antes dessas, mas realmente assumiu um papel definitivo e de onde nem mesmo ele poderia retirá-la se quisesse.

Também era óbvio que por mais forte que fosse seu sentimento por ela, esse motivo jamais seria suficiente para ele ceder a essa exigência, mas quanto mais ele exercitava essa possibilidade, mais ela parecia interessante. Seu telefone tocou. Era Paula.

— Alguma novidade?

— Sim, várias.

Seu tom era como o de uma criança prestes a mostrar seu boletim recheado de notas 10. Ele esperou em silêncio e ela continuou.

— Fizemos um extenso levantamento de todos os transportadores que utilizamos na região do Caribe nos últimos dez anos. Até cerca de três anos atrás não havia nenhum que se destacasse dos demais, porém desse período em diante identificamos uma concentração cada vez maior desse tipo de serviço em uma empresa em especial, que hoje responde por cerca de 90% de tudo que é transportado por nós naquela região.

Ela fez uma pausa e como Peter não se pronunciou, ela continuou com o seu relatório.

Essa empresa em especial pertence a dois irmãos espanhóis de sobrenome Sanches que além do Caribe, opera também na América Central, alguns países do Norte do Sul e nos EUA. Fizemos então uma varredura na vida dos irmãos Sanches e descobrimos uma ligação muito interessante com a senhora Carmen.

— E qual tipo de ligação seria essa?

— Eles foram criados no mesmo orfanato na Espanha.

— Quem diria, então Carmen afinal havia conseguido arranjar uma outra família?

— Temos comprovação de que foram eles que a resgataram?

— Sim, apesar de estar muito debilitado nesse momento e sob cuidados intensivos no hospital, o nosso único homem sobrevivente identificou os dois pelas fotos que enviamos. Além disso, eles tinham todos os recursos para fazer esse resgate quase cinematográfico. Enfim, parece que tudo se encaixa.

— Mais alguma coisa?

Ele conseguia sentir a empolgação na respiração dela.

— Eu chamaria de cereja do bolo. Um dos irmãos de nome Ernesto viajou para o Brasil ontem em companhia da esposa. Checamos nos registros de saída do país e identificamos que eles voaram para o Brasil.

— E como é o nome da esposa?

Aí é que a história fica ainda melhor. Pelo que levantamos Ernesto não é casado.

E como é o nome dessa esposa de mentirinha que está viajando junto com ele?

— Maria Sanches.

"Carmen..."

— E onde eles se hospedaram?

— Hotel Hilton, no bairro do Brooklin, em São Paulo.

— Excelente trabalho. Obrigado e fique de prontidão. Pode ser que em breve eu precise de seus serviços novamente.

— Tenho mais uma notícia para o senhor que acredito que o deixará ainda mais satisfeito.

Ela estava se superando.

— Sou todo ouvidos.

— A equipe de hackers que o senhor incumbiu de identificar o local ou locais onde um certo arquivo estaria escondido e se possível destruí-lo, acabaram de me contactar. Segundo a equipe, partindo dos dados contidos no laptop que o senhor encaminhou, eles conseguiram identificar o acesso recorrente da senhora Carmen a um conhecido servidor de alta segurança que, também segundo eles, foi especialmente projetado por uma startup canadense exatamente para guardar arquivos ultra-secretos e que vem fazendo muito sucesso nos últimos anos principalmente entre agências de inteligência de vários países, grandes conglomerados empresariais entre outros clientes superselecionados.

— Então eles tiveram acesso ao documento?

— Infelizmente não. O sistema escolhido por ela possui uma senha randômica que deve ser inserida a cada período máximo de 30 dias para que o arquivo continue guardado, e caso isso não seja feito, várias coisas podem ser programadas para ocorrerem automaticamente, desde a destruição pura e simples do arquivo, até mesmo seu encaminhamento para um e-mail específico ou uma lista de e-mails e até mesmo uma postagem automática em algum site ou blog na internet.

— Então você está me dizendo que podemos ver o pote de ouro, mas não podemos tocá-lo?

— Seria assim se não fosse um detalhe muito interessante.

Mais uma vez ela parou de falar esperando alguma reação de Peter e mais uma vez ele permaneceu em silêncio e ela continuou, dessa vez com um tom de voz menos empolgado, como se tivesse certeza que ele iria reagir de alguma maneira ao suspense criado por ela.

— A ZETC é acionista majoritária dessa start up e provavelmente a Sra. Carmen usou isso para ter acesso ao serviço.

Peter sorriu.

— Paula, me mande o telefone e o nome do CEO e providencie para que o avisem que Michel Hertz irá entrar em contato com ele ainda hoje para tratar de um assunto de extrema importância para a ZTEC e que ele deverá seguir rigorosamente as instruções que receberá.

— Será feito.

Desligou o telefone e sentou-se na cafeteria do museu. Ele precisava tentar montar o quebra-cabeça chamado Carmen. Acessou os sites dos principais jornais da Europa a procura de alguma matéria sobre a sua família e a ZTEC, mas não encontrou nada. Isso significava que Carmen ainda não havia divulgado o dossiê sobre ele. Era óbvio que o conhecendo tão bem como conhecia, ela já sabia que se divulgasse o dossiê existia uma enorme possibilidade dele caçá-la pelo resto de sua vida apenas por vingança, mas ao menos ela teria causado um enorme estrago em sua vida e em suas empresas. Por outro lado, enquanto ela não o divulgasse, ela imaginava que teria uma garantia para continuar viva mesmo que ele conseguisse pôr as mãos nela, mas agora o jogo havia mudado e o melhor é que ela não fazia ideia disso.

Mas por que vir ao Brasil? Ela poderia se esconder em qualquer lugar do mundo, principalmente agora que tinha a proteção de seus irmãos postiços, o que realmente poderia dificultar os esforços dele para encontrá-la, e então só poderia haver uma resposta. Ela estava no Brasil para tentar matá-lo e ele teria que se antecipar a ela, o que seria excelente pois a situação lhe pareceu sob medida para lhe ajudar a tomar uma das decisões mais difíceis que ele já tivera que tomar em toda a sua vida. Aquela pausa ajudou a clarear seu raciocínio e quando ele voltou seus pensamentos novamente para Aleksandra, conseguiu enxergar a proposta dela por um prisma totalmente novo. Finalmente ele entendeu o que ela queria dizer com aquela frase.

Pensou em como essa mulher era especial. Uma mistura de inteligência, beleza e coragem que ele nunca tinha visto e ele teve a certeza de que não poderia deixá-la escapar e que ele estava pronto para colocar sua vida nas mãos dela. Mas antes da decisão final, ele precisava testá-la uma última vez, e mesmo sem saber, Carmen iria lhe prestar esse último serviço.

Angelo

Eles chegaram ao hotel por volta da meia-noite e até então não havia nenhuma a resposta da sua mensagem e a ansiedade já começava a tomar conta dele. Realmente a relação deles era especial, mas acreditar que o Presidente do Brasil iria responder a sua mensagem de imediato e ainda pior, concordar em encaixar um compromisso com ele para a manhã seguinte era ser muito otimista.

Os encontros entre os dois eram sempre planejados com bastante antecedência e eles nunca haviam se encontrado em Brasília. Angelo sabia que quanto mais ele mantivesse essa amizade em segredo, melhor seria para os dois, pois assim o presidente poderia continuar o ajudando, e menos problemas essas eventuais ajudas causariam para o Presidente.

O homem perguntou a Angelo o que ele queria comer, mas ele apenas balançou a cabeça negativamente. Tudo que ele tinha presenciado naquela noite, aliado a ansiedade e a expectativa de como os fatos se desenrolariam dali por diante fizeram sumir seu apetite. Nessa altura dos acontecimentos ele enxergava apenas duas alternativas. Ou ele de alguma maneira mataria o presidente do Brasil e provavelmente perderia a sua vida no atentado ou ele e seus filhos seriam mortos.

Por mais absurdo que fosse, a sua escolha até era simples. Escolheria a opção onde ao menos seus filhos sobrevivessem. Mas qual a certeza que ele tinha sobre isso? No fundo ele sabia que mesmo que ele seguisse à risca as ordens dessas pessoas, as chances de seus filhos sobreviverem seriam mínimas e então ele decidiu que era hora de partir para o tudo ou nada e exigir alguma garantia.

— Eu acho que vocês irão matar meus filhos de qualquer maneira amanhã. Logo após eu ter cumprido a minha parte do acordo.

O homem tirou os olhos do cardápio e sorriu para ele.

— E por que o senhor acha isso, senhor Cesari?

— Porque eu não vejo nenhuma vantagem para vocês em deixá-los vivos, principalmente se eu também conseguir sobreviver.

Angelo parou esperando que o homem reagisse ao seu comentário, mas ele se limitou apenas a fazer um gesto com uma das mãos para que ele continuasse sua explicação.

— Seria muito mais simples eu tentar convencer o Presidente a mudar a orientação dos deputados do seu partido, que neste momento estão contrários à aprovação da nova lei, ao invés de matá-lo. Mesmo porque assim teríamos a certeza da aprovação da lei e não apenas reforçaria as previsões dos seus analistas. No entanto, essa possibilidade sequer foi considerada por vocês.

Dessa vez, o homem apoiou o cardápio sobre a mesa e se inclinou ligeiramente para frente.

— Senhor Cesari, o senhor realmente não é um total imbecil como eu cheguei a pensar. Continuo achando-o medíocre, mas finalmente fez uma pergunta que merece alguma resposta da minha parte.

Dessa vez foi Angelo que se inclinou ligeiramente para a frente, ficando em uma posição um pouco mais adequada para atacar o homem. As suas chances seriam mínimas e provavelmente seria espancado ou até mesmo morto por ele, mas dependendo da resposta que ele ouviria acerca dos filhos ele se arriscaria.

O homem então continuou.

— Se o titio, ou melhor, Presidente como você prefere chamá-lo, estivesse aberto a algum tipo de entendimento com relação a esse assunto, nós sequer o usaríamos para chegar até ele. Acontece que ele fechou definitivamente as portas para nós.

Ele fez uma pausa que Angelo entendeu como um recurso para aumentar ainda mais a tensão que havia entre os dois, como se isso fosse possível.

— E antes que você pense que ele fez isso por questões de princípios ou ideologia política, sinto muito em lhe dizer, mas foi por razões bem menos nobres.

— Como assim razões menos nobres?

O homem revirou os olhos.

— Dinheiro e poder, meu caro!

— Mas isso não faz sentido! Obviamente vocês lhe ofereceram muito dinheiro também. Eu tenho até uma ideia do número que chegaram, me baseando nos acordos que fechamos com os deputados.

— Realmente dinheiro não seria o problema, mas infelizmente chegamos atrasados com relação ao quesito poder.

Angelo permanecia sem entender e o homem continuou.

— Como você acha que um simples operário e sindicalista mediano conseguiu chegar à presidência da oitava economia mundial? Você acredita mesmo que ele se elegeu presidente apenas porque o povo entendeu que ele seria a salvação para o Brasil?

O homem fez mais uma pausa dramática e depois continuou.

— Foram anos e anos de muito investimento de diversos empresários e banqueiros brasileiros que produziram esse fenômeno tão aclamado no mundo todo. Seu titio vendeu a alma para o diabo há muitos anos e agora tem que pagar essa conta. Todas essas pessoas poderosas e suas empresas agora querem um pedaço do bolo. O mesmo bolo que nós também queremos, e infelizmente o tamanho do bolo não é suficiente para matar a fome de todos. O Brasil tem um orçamento enorme, mas uma carência ainda maior. Para que ele possa desviar uma parte do seu orçamento para a aquisição de armamentos e sistemas de defesa, uma enormidade de projetos em outras áreas terão que ser cortados, e adivinhe quem será prejudicado?

— As mesmas pessoas que o ajudaram até hoje e que agora estão cobrando a conta.

O homem bateu palmas.

— Tive que praticamente desenhar, mas finalmente parece que o senhor entendeu.

Mas Angelo tentou insistir.

— Eu posso contar toda a verdade e implorar para que ele aceite! Eu tenho certeza que...

O homem o interrompeu levantando o braço.

— Eu também tenho certeza que ele aceitará no primeiro momento, e orientará os deputados da sua bancada que votem a favor do projeto. Então cumpriremos a nossa parte, libertaremos seus filhos e depois disso ele torna toda essa história pública, pede o cancelamento da votação, provoca uma comoção internacional por ter desbaratado uma quadrilha de malfeitores internacionais que inclusive causou a morte de dezenas de pessoas em dois atentados, se torna um herói e bingo! Se reelege sem gastar nenhum tostão. Todo mundo fica feliz, menos nós que veremos nossos negócios serem destruídos não somente aqui como no resto do mundo. Realmente o senhor é um gênio, senhor Cesari!

Ele não se abalou.

— Mas qual a garantia que vocês têm que eu mesmo não exponha sua organização depois de tudo terminado, mesmo que eu esteja preso?

O homem sorriu e relaxou novamente na poltrona.

— Por que os mortos não falam senhor Cesari.

Então Angelo percebeu que desde o início a sua morte era uma parte crucial do plano. Eles realmente não podiam arriscar que ele saísse vivo de toda essa história. Mas será que Carmen também sabia e concordou com isso? Uma pontada de tristeza atravessou seu peito, mas mesmo assim ele encontrou forças para continuar.

— Então agora eu tenho certeza que meus filhos serão mortos!

Dizendo isso se lançou sobre o homem que um segundo antes se encontrava relaxado sobre a poltrona parecendo totalmente indefeso, mas quando chegou ao destino do seu salto já não estava mais naquele lugar. De uma maneira impressionante, ainda mais para uma pessoa nada atlética e até um pouco acima do peso o homem havia se levantado, pegado no braço de Angelo e agora o arremessava com toda a força contra a parede.

O impacto o deixou tão atordoado que por um momento tudo se apagou e ele chegou a achar que estava morto, mas aos poucos os sentidos começaram a voltar e ele se viu sentado no chão, de costas para a parede e com um arma encostada na sua cabeça.

Olhando para cima ele pode perceber o sorriso que estava estampado no rosto do homem e fechou os olhos esperando ouvir o barulho da arma disparando. Mas ao invés disso ele sentiu o homem o levantando pelo braço com uma força incrível e o jogando na poltrona que antes ele mesmo estava sentado.

— Escute aqui seu imbecil, e escute com atenção pois eu irei lhe explicar uma última vez porque você pode confiar em nós com relação a segurança dos seus filhos. Mas eu juro que se depois do que eu irei lhe dizer você continuar a insistir nesse comportamento infantil eu irei espalhar pedaços da sua cabeça por toda a parede que está atrás de você!

Angelo assentiu com a cabeça e o homem se sentou na poltrona em frente. Apenas um segundo depois de toda aquela agitação ele parecia ter acabado de sair de uma aula de ioga.

— Senhor Cesari, o senhor tem ideia de quanto toda essa operação está custando? Digo, desde o custo da nossa equipe aqui, dos preparativos e da execução dos atentados, da nossa equipe de analistas políticos e por fim, das propinas que o senhor andou distribuindo nos últimos dias?

Angelo fez um sinal negativo com a cabeça.

— Então é melhor que senhor continue não sabendo, mas uma coisa eu lhe garanto, quem está pagando por tudo isso é seu sogro.

Dizendo isso, o homem levantou- se com a arma na mão e se dirigiu ao bar. Abriu um refrigerante e continuou.

— Desde o momento em que as crianças foram sequestradas até agora nós estamos em negociação com seu sogro e ele sabe que não é uma questão apenas de dinheiro, mas uma situação muito mais complexa onde você está atolado até o pescoço e temos certeza que ele manterá a parte dele do trato, inclusive sobre manter tudo em segredo inclusive da própria filha e da polícia. Sabemos exatamente quanto de dinheiro ele tem fora do Brasil e então fizemos um planejamento de toda essa operação baseado nesses recursos, e quando ele pagar o resgate dos seus filhos teremos uma "operação autossustentável" usando um termo cada vez mais em moda no mundo empresarial.

Aquilo pegou Angelo totalmente desprevenido e o homem sorrindo continuou a sua explicação.

— Então senhor Cesari, até mesmo a sua generosidade para com os deputados na verdade sairá do bolso da sua própria família.

— Mas nada disso garante a segurança dos meus filhos. Vocês simplesmente podem exigir o resgate e mesmo assim matar meus filhos depois dele pagar.

O homem mais uma vez revirou os olhos.

— Realmente é impressionante o senhor ter chegado onde chegou sendo tão limitado, senhor Cesari. O senhor por acaso conhece o sentido da palavra marketing?

Angelo assentiu com a cabeça aguardando que o homem prosseguisse. Apesar da situação surreal que ele se encontrava, estava cada vez mais curioso.

— Imagine quanto de publicidade gratuita nós teremos quando a imagem de duas crianças lindas chorando pela morte do pai que se sacrificou para salvá-las correr pelo mundo? Quantas brasileiros que nesse momento têm uma postura simpática com relação aos grupos que lutam pelos direitos do povo islâmico ou de qualquer outra etnia e defendem a convivência pacífica entre todos os povos, mudarão de lado pensando na segurança de seus filhos? Certamente eles apoiarão um maior investimento em segurança e defesa por parte do governo, mesmo que esse dinheiro seja desviado de ações muito mais importantes para a melhoria da vida do povo brasileiro e a tão sonhada diminuição da desigualdade social. Consegue entender agora o papel dos seus filhos e por que eles precisam ficar vivos? A notícia de duas crianças mortas teria muito menos impacto do que as declarações e imagens de duas frágeis crianças que escaparam por milagre de toda essa história que mais parece um filme, não acha?

O homem fez uma pequena pausa antes de continuar.

— Obviamente, o senhor já deve ter percebido que a sua morte é uma peça fundamental para que tudo se encaixe perfeitamente.

Angelo deixou-se desmoronar na poltrona. Sentia um misto de emoções, mas a que se sobressaía era alívio. Ele já sabia que provavelmente não sairia vivo dessa loucura toda, mas saber que existia um bom motivo para que essas pessoas deixassem seus filhos vivos era muito mais do que ele tinha até então.

Foi tirado dos seus pensamentos com o sinal de mensagem chegando no seu celular.

"Impossível. Esses atentados de hoje ocuparam totalmente a minha agenda de amanhã. Não tenho ideia de quando conseguirei conversar com você. Me desculpe".

Ele olhou para o celular e em seguida mostrou para o homem.

Ele pegou o celular da sua mão e sem hesitar digitou uma mensagem e o devolveu a Angelo antes de dar o comando de enviar.

"Eu sei quem foi. Amanhã às 11 horas no seu gabinete".

Angelo leu e olhando para o rosto do homem, disparou a mensagem.

— Preciso ir ao banheiro e também tomar um banho.

O homem pegou o celular da mão de Angelo.

— Fique à vontade senhor Cesari, mas antes que o senhor faça alguma besteira, como por exemplo se suicidar, lembre-se que a vida dos seus filhos depende do senhor estar vivo e bem-disposto amanhã para executar a sua parte do trato ou caso contrário elas irão ao seu encontro no paraíso mais rápido do que o senhor possa imaginar. De qualquer maneira deixe a porta destrancada.

Ele não tinha a menor intenção de se suicidar, mas precisava tentar uma última cartada. Entrou no banheiro e rapidamente se dirigiu ao vaso sanitário. Abriu a tampa da caixa acoplada e retirou de lá um saco plástico com dois telefones, o que Marcelo havia feito chegar às suas mãos e o que Carmen lhe havia entregado ainda na Itália. Olhou com tristeza para o segundo pensando na maneira horrível que ela tinha morrido e que de nada serviria continuar com o aparelho, mesmo assim ele o recolocou no saco plástico.

O outro celular estava ligado e ele rapidamente mandou uma mensagem para Marcelo:

"Não posso mais usar esse aparelho. Você tem até amanhã às 11 horas para recuperar as crianças e me avisar pelo meu celular corporativo. Mande apenas um número 1 para o caso de você ter conseguido e 9 para o caso de não"

Com medo do homem entrar a qualquer momento ele dessa vez desligou esse aparelho e o jogou de volta na caixa acoplada, fechando rapidamente a tampa e acionando a descarga no exato momento que ele abriu a porta do banheiro e entrou. Olhou ao redor como procurando qualquer sinal fora do comum e dando-se por satisfeito sorriu.

— Pedi uma omelete e um suco de laranja para o senhor e um belo jantar para mim. Tome seu banho, venha comer alguma coisa. Passarei a noite aqui cuidando do senhor.

Dizendo isso ele fechou a porta e Angelo voltou a respirar. Tirou a roupa, abriu a ducha e no momento que sentiu a água quente batendo em seu corpo não conseguiu mais conter as lágrimas e desabou em um choro convulsivo que traduzia todo o desespero que ele sentia.

Quando ele retornou para o quarto o homem exibia um semblante satisfeito e lhe mostrou a tela do celular: "Às 11 em ponto. Irei liberar seu acesso pela minha entrada privativa".

Marcelo

Já fazia quase duas horas que ele tinha se juntado aos homens que estavam fazendo campana a cerca de 300 metros do local. Estavam em uma área mais alta que a casa, escondidos entre touceiras de capim alto e algumas árvores. Dali eles tinham uma visão tanto da casa quanto de todo o seu redor, mesmo sendo noite, pois todo o entorno estava muito bem iluminado, provavelmente para que ninguém se aproximasse sem ser notado.

Além da iluminação, eles identificaram um sofisticado sistema de sensores perimetrais cercando a casa e no mínimo uma dúzia de câmeras estrategicamente posicionadas. Seria impossível eles se aproximarem sem serem notados. Porém até aquele momento não havia nenhum sinal das crianças.

Havia três carros estacionados no pátio, dois Corollas e uma SUV escura com alguns danos na lateral. Apenas o Corola do Calvo e a SUV estavam rastreados, então isso indicava que tinham chegado a uma parte da quadrilha com quem eles não tinham tido contato antes, o que era muito animador segundo o agente que chefiava a campana.

O celular de Marcelo vibrou no seu bolso e ele olhou para o visor. Era Angelo.

"Não posso mais usar esse aparelho. Você tem até amanhã às 11 horas para recuperar as crianças e me avisar pelo meu celular corporativo. Mande apenas um número 1 para o caso de você ter conseguido e 9 para o caso de não".

Perfeito, agora além de ter que recuperar as crianças ele tinha um horário limite para fazer isso. A situação que já era difícil se tornava mais dramática a cada minuto, então ele se dirigiu ao agente.

— O que você acha? Temos alguma chance de agir já?

O homem balançou a cabeça negativamente.

— Deve haver no mínimo cinco ou seis sequestradores dentro da casa, e provavelmente muito bem armados. Estamos em apenas duas — olhou para Marcelo e consertou a frase – três pessoas. Mesmo se não houvesse o sistema de segurança e conseguíssemos entrar na casa, provavelmente haveria uma grande troca de tiros e a chance de sairmos vivos dessa ação seria zero.

— Mas não podemos pedir reforços para o Anselmo, deslocar todos os agentes que estão acompanhando os alvos e assim equilibrar o jogo?

— Senhor Marcelo, isso só aumentaria a intensidade do tiroteio e a possibilidade de as crianças serem alvejadas.

— E qual é o plano?

O agente pensou por um segundo antes de falar.

— Precisamos fazer com que eles deixem o cativeiro e se exponham.

— Mas como faremos isso?

O agente o fitou com seriedade antes de continuar.

— Infelizmente eu não faço ideia, mas fiz um relatório detalhado para o meu superior caso o senhor queira discutir as alternativas com ele.

Como assim não faço ideia? Se ele que era profissional não sabia o que fazer, imagine ele... E teria que ser até às 11 horas da manhã do dia seguinte! Chamou Anselmo pelo rádio.

— Anselmo, na escuta?

— QAP.

— Anselmo, estou no local do provável sequestro e pelo que o seu agente me relatou, estamos sem opções de resgatar as crianças, procede?

— Infelizmente sim senhor Marcelo. Não existe nenhuma maneira de invadirmos a casa sem colocar a segurança das crianças em risco.

— Então qual é o plano?

A resposta demorou um pouco mais que de costume.

— Estamos trabalhando nisso neste momento, mas me parece que temos que aguardar que eles saiam com as crianças.

— Anselmo, recebi uma mensagem do VIP dizendo que precisamos libertá-las até no máximo amanhã às 11 da manhã.

— Ele disse ao senhor o que aconteceria caso não conseguíssemos?

— Não, mas eu imagino que não seja nada bom.

— Então vamos deixar a operação pronta para iniciarmos amanhã às 10h30 horas e caso até lá eles não deixem o cativeiro tentaremos invadir. Vou suspender a vigilância sobre todos os alvos e deslocar todo o efetivo para o resgate. Tenho quase certeza que as crianças estão nesse cativeiro e não faz mais sentido manter todos sob vigilância.

— Mas não seria a hora de envolver a polícia? Aliás, falando em polícia, seu homem que está seguindo Aleksandra deu notícias?

— Eu estava prestes a chamá-lo para falar sobre isso. Ela se encontrou com uma outra mulher no Parque Ibirapuera. As duas correram juntas por algum tempo e então houve uma situação inesperada. A agente da Interpol tentou prender a outra mulher com a ajuda de dois homens que imaginamos serem policiais também, mas quando a outra mulher estava para ser algemada um homem veio acelerando a bicicleta pela pista de corrida e acertou todos eles em cheio. Meu homem acredita que se chocou com o grupo de propósito, mas não tem como termos certeza. Enfim, em meio à confusão a mulher conseguiu fugir e sumiu no parque.

Outra mulher?

— Vocês conseguiram tirar uma foto dessa outra mulher?

— Positivo, encaminharei para o senhor em seguida por mensagem. Mas enquanto não soubermos de que lado realmente a polícia está, eu descartaria envolvê-los no resgate.

Marcelo pensou um pouco e concordou com o Anselmo.

— Você tem razão. Me mande a foto dessa mulher misteriosa o mais rápido possível.

— Ok.

Segundo depois, a tela do smartphone de Marcelo acendeu e ele não pode acreditar no que viu. Precisa tentar avisar Angelo de qualquer maneira.

Raquel

Raquel tentou ligar para Angelo pela décima vez na última meia hora, mas o telefone continuava desligado. Até então, ao menos o telefone tocava até cair na caixa postal, mas agora ele havia desligado o aparelho ou então alguém o havia desligado. O desespero que ela sentia aumentou a níveis insuportáveis e ela decidiu que precisava dividir o que Angelo havia lhe contato com alguém. Então pediu que seu pai viesse com ela até o seu quarto, deixando os policiais na sala ainda aguardando o primeiro contato dos sequestradores.

— Pai, eu vou explodir se não lhe contar o que eu sei sobre o sequestro das crianças.

Seu pai a amparou nos braços e pediu que ela se sentasse na cama ao lado dele.

— E o que seria?

A voz do pai estava incrivelmente calma. Aliás, ele permaneceu extremamente calmo desde o momento que tinha colocado os pés na casa dela. Ele realmente era um homem que não se abalava por qualquer coisa, mas o sequestro dos netos não era qualquer coisa e ela esperava ao menos algum sinal de desespero no semblante dele, mas ele permanecia calmo e controlado.

— Essa situação toda, o sequestro, não é por dinheiro pai. Isso envolve Angelo e alguma coisa que ele terá que fazer para essa quadrilha em troca da liberdade das crianças.

— Você mencionou isso para mais alguém?

— Não, mas achei que isso o deixaria tão perplexo quanto a mim! Mas ao invés disso você continua calmo como se nada estivesse acontecendo.

O pai de Raquel olhou por um segundo para o rosto da filha e colocou uma de suas mãos entre as dele.

— Meu amor, eu vou lhe dizer algumas coisas, mas isso precisa ficar entre nós, entendeu? De maneira alguma você pode falar com a polícia a respeito.

Ela assentiu com a cabeça e ele continuou.

— Essa gente que sequestrou meus netos é muito mais perigosa do que você pode imaginar.

— Mas porque o senhor está dizendo isso pai? Você conhece essa gente? Também está envolvido nisso de alguma maneira!

Raquel já ameaçava perder o controle novamente quando seu pai pousou delicadamente um dedo em seus lábios, pedindo para que ela fizesse silêncio e continuou.

— Minha filha, eu estou em contato com esses sequestradores desde o momento que as crianças foram levadas. E eu irei corrigir o que você disse. Não se trata "apenas" de dinheiro.

Ela o olhou como se não entendesse a colocação e ele continuou mais uma vez.

— Eles me disseram que Angelo deveria fazer alguma coisa para eles. Não me disseram o que eu também não fiz questão de saber. O traste do seu ex-marido deve ter se envolvido em algum negócio ilícito e agora está tendo que lidar com as consequências. Mas eles também querem dinheiro. Aliás, eles querem muito dinheiro. Uma quantia tão alta que eu arriscaria dizer para você que depois disso tudo acabar eu deixarei de ter o status de bilionário como algumas pessoas gostam de me chamar.

— Mas então, além de Angelo fazer o que eles estão pedindo, o senhor ainda terá de pagar o resgate?

Ele assentiu com a cabeça.

— Sim e o farei com prazer para ter meus netos de volta. Afinal, não existe nada mais precioso na minha vida do que eles.

Raquel sabia que ele estava sendo sincero.

— Mas pai, como o senhor pagará o resgate e quando eles devolverão as crianças?

— Amanhã até o meio-dia tudo estará resolvido se Angelo fizer a parte dele.

O semblante de Raquel se iluminou, mas ela não disse nada esperando que ele continuasse.

— Eu fretei um helicóptero e amanhã a partir das 10 horas estarei no hangar aguardando que eles me passem as coordenadas para o encontro. A transferência do dinheiro no exterior já está programada aguardando apenas a minha confirmação via internet. Eles me entregarão as crianças e ficarão conosco até que eles confirmem a transferência e que Angelo termine o serviço acertado com eles e então eu trarei as crianças de volta comigo sã e salvas.

O pai de Raquel era um homem alto e forte, beirando os 70 anos, mas com uma aparência de ser mais jovem. Naquele momento ela olhou para ele e viu um gigante disposto a tudo para ter seus netos de volta e isso a acalmou.

— Pai, traga meus bebês de volta por favor.

E dizendo isso ela se aninhou em seu peito e foi ficando cada vez mais calma, embalada pelo som do coração forte de seu pai.

Aleksandra

Apesar da frustração em não ter conseguido prender Carmen, o encontro havia valido a pena. Muitas coisas que ela havia lhe dito Peter também já havia lhe contato. Porém mais alguns pedaços do quebra-cabeça haviam sido adicionados e agora ela já tinha o que acreditava ser a imagem acabada de quem realmente era Peter Golombeck. Ela não queria fazer nenhum juízo de valor naquele momento, afinal ela já havia convivido com ele o suficiente para saber que estava lidando com um homem perigoso e francamente, isso era o que mais a atraía nele. Também tinha certeza de que se ficasse ao lado dele sua vida poderia ser tudo, menos monótona. E isso era tudo que ela sempre quis e até mesmo tinha sido a maior razão de ter se tornado policial. Imaginava a vida dos sonhos, com perseguições, tiroteios, mistérios a serem desvendados todos os dias e que depois de pouco tempo na polícia ela já havia percebido que nunca seria como tinha imaginado.

Enfim, ela tinha a oportunidade perfeita para transformar a sua vida naquilo que ela sempre sonhou, mas havia apenas um detalhe e era exatamente Peter. Por mais que ela acreditasse na possibilidade de ele querer se entregar de corpo e alma para ela, sempre haveria um risco, por menor que fosse, de que ele perdesse seu interesse nela e seu destino acabasse sendo o mesmo de Helena e Carmen.

Estava chegando o momento de ela decidir se embarcava de vez na vida com ele ou se abriria mão da vida que sempre sonhou. E caso ela escolhesse a segunda opção haveria somente uma alternativa para continuar viva e segura. Ela teria que matar Peter. Mas essa decisão dependia muito da resposta à condição que ela impôs para ficarem juntos "eu quero ser você".

Uma mensagem no seu celular a fez acordar de seus pensamentos.

"Se você acha que pode mesmo ser eu, me encontre no saguão do Hotel Hilton em meia hora. Iremos jantar e depois você terá que remover pessoalmente um problema do nosso caminho. Se você passar no teste eu aceito a sua proposta".

Então o momento da verdade havia chegado. Peter queria que ela provasse a sua fidelidade, e conhecendo um pouco sobre ele, não deveria ser nada muito convencional. Ela pegou seu telefone e respondeu a mensagem.

"Estarei lá".

Se trocou rapidamente e pegou as chaves do carro. Porém antes que ela abrisse a porta de seu apartamento ela teve um insight e pegando novamente o telefone mandou outra mensagem. Não havia tempo para esperar a resposta. Ela teria que tratar desse assunto enquanto dirigia para o hotel. Mal havia ligado o seu carro e o telefone tocou. Ela tinha meia hora para acertar tudo. Era pouco tempo, mas tinha que funcionar.

Peter

Ele estava sentado em uma mesa estrategicamente escolhida no restaurante Canvas, no Hotel Hilton. Não era nem de longe o tipo de lugar que ele costumava frequentar, mas serviria para o que ele tinha em mente. Em outros tempos ele nunca de exporia tanto. Ele sabia do risco de ser descoberto por Carmen a qualquer momento, mas a conhecendo como a conhecia sabia que dificilmente ela se exporia também, pois estava se escondendo dele e conhecia a rede de informantes que Peter tinha e qualquer vacilo poderia ser o fim dela.

Ele brincava com a chave eletrônica de um dos quartos do hotel quando a viu entrar no lobby. Aleksandra estava lindíssima com um vestido off-white colado ao corpo que deixava uma parte muito interessante dos seus seios à mostra ao mesmo tempo que mostrava cada curva do seu corpo e como sempre, nenhuma pessoa que estava naquele ambiente deixou de olhar para ela, mas não era somente isso que tinha chamado a sua atenção. Havia algo de diferente na maneira dela andar. Parecia que ela estava mais decidida e confiante do que nunca e isso o excitou.

— Acho que não preciso dizer o quanto você está linda, acho que a reação dos homens já deixou isso muito claro.

Disse isso enquanto se levantava e puxava uma cadeira para ela se sentar.

— Pode ser, mas é o tipo de elogio que uma mulher nunca se cansa de ouvir.

— Você está simplesmente divina.

Ela sorriu e pegou a sua mão. Passaram algum tempo em silêncio e então ela disse.

— E eu poderia saber por que você me chamou aqui? Apesar de bonito, esse lugar não parece combinar muito com você.

Ele sorriu.

— Você tem razão. Eu teria escolhido vinte lugares em São Paulo melhores do que esse, mas a situação exigiu que estivéssemos aqui, então por que não unir o útil ao agradável?

Ela fez uma expressão de dúvida que só a deixou ainda mais linda. Ele então continuou.

— Como eu lhe disse na minha mensagem, hoje teremos que retirar um obstáculo do nosso caminho. Eu poderia mandar alguém fazer isso, ou fazer eu mesmo pois estaria terminando pessoalmente um dos poucos serviços malfeitos da minha vida, mas ao mesmo tempo, já que você quer ser Peter Golombeck, então esse serviço mal feito na prática é uma pendência que você tem que resolver, concorda?

— Faz sentido. Mas o que exatamente eu terei que fazer?
— Matar Carmen Halevy.

Ela o encarou com um semblante preocupado.

— Você havia me dito que ela escapou dos seus homens no Caribe, mas não havia me dito que ela estava no Brasil.

— Da última vez que conversamos eu ainda não sabia. Fui informado à tarde, depois que sai do seu apartamento.

— E por acaso ela está hospedada nesse hotel?

Ele assentiu com a cabeça e ela continuou.

— E agora você quer que eu a mate, é isso?

Seu rosto se iluminou com um sorriso de satisfação.

— Se existe uma coisa que admiro mais que a sua beleza é sua rapidez de raciocínio.

— Mais que a minha beleza? Ela abriu um sorriso malicioso.

— Ok, você me pegou, digamos que a minha admiração pelas duas coisas é equivalente, e você pode ter certeza de que ambas estão no topo da minha escala.

Eles riram juntos como dois namorados adolescentes e nesse momento Peter teve certeza de que pela primeira vez em sua vida ele era capaz de amar alguém.

— Então já que estamos aqui, porque não resolvemos esse problema imediatamente?

— Tudo ao seu tempo. Enquanto jantamos, um dos meus homens está vigiando o lobby e outro no andar onde ficam os dois quartos ocupados por ela e pelo irmãozinho de criação.

Aleksandra fez uma expressão de surpresa.

— Irmão de criação? Essa também é nova.

— Pois é. Eles foram criados juntos no mesmo orfanato. O nome dele é Ernesto e ela está se passando por sua esposa.

— E ele é um problema?

— Com certeza sim. Ele se transformou em um dos contrabandistas mais temidos do Caribe, praticamente um pirata moderno, mas o estilo dele é bem diferente. Pelo que apurei ele prefere usar dinheiro e influência ao invés de violência.

— Então estamos lidando com uma versão, digamos, politicamente correta do Barba Negra?

Ele sorriu.

— Quase isso, mas não podemos nos enganar. O homem é grande, forte e já matou dois dos meus homens.

— Nossa, falando assim fiquei até curiosa para conhecê-lo...

Ele riu como se não ligasse para a brincadeira, mas sentiu uma pontada de ciúme.

— Bem, se eles estiverem juntos teremos que lidar com os dois. Até agora nenhum dos dois chegou. Meus homens irão nos avisar assim que qualquer um dos dois colocar o pé aqui dentro.

— Mas o que mudou? Porque agora você quer Carmen definitivamente fora do caminho se já poderia ter feito isso quando a pegou na Itália?

— Porque ela tem documentos muito comprometedores sobre a ZTEC em poder dela. Ela foi muito engenhosa e colocou cópias deles em um servidor de segurança máxima. Quando a peguei na Itália eu ainda não sabia disso. Eu já tinha pessoas muito talentosas rastreando tudo que ela havia deixado de rastros na internet, mas eles precisavam de tempo para acharem o o servidor e resgatarem os documentos.

— Mas eles encontraram ou não?

Ele deu um sorriso de satisfação.

— Sim.

— Então você não precisa mais da Carmen e por isso a quer, digamos, definitivamente fora do jogo?

— Quando eu digo que ela foi engenhosa é porque realmente ela foi. Os arquivos do servidor precisam ser acessados de tempos em tempos, caso contrário o servidor os enviará para os principais jornais da Europa. O mesmo acontece caso alguém tente forçar o acesso sem ter a senha correta.

— Mas como você tem certeza de que ela a entregará para você?

— Até poucas horas eu não tinha. Mas agora tudo mudou. Conseguimos destruir os arquivos e agora resta somente os originais que estão comigo, um tipo de suvenir se você me entende.

— Então ela é descartável?

— Exatamente, minha querida.

Ela pensou por um momento antes de continuar.

— Então se é assim qualquer um poderia fazer esse serviço. Até mesmo um homem seu esperando ali mesmo, na porta do hotel. Uma tentativa de assalto mal sucedida, e seria apenas mais uma vítima da violência do Brasil.

Ele assentiu com a cabeça.

— Exatamente Aleksandra, só que eu quero que essa pessoa seja você. Quero ver você matar alguém apenas porque precisa ser feito. Uma morte sem emoção, sem adrenalina. Apenas uma questão de negócios pendente que precisa ser resolvida.

— Eu já lhe disse que mesmo sendo policial eu nunca matei ninguém.

— Eu sei meu amor, e por isso esse seu teste é tão importante. Se você for capaz de fazer isso na minha frente sem hesitação eu saberei que você está pronta para assumir meu lugar.

Ela pensou por algum tempo e ele já começava a parecer preocupado quando finalmente ela respondeu.

— Então chame o garçom e peça o cardápio. Vamos jantar e depois matar essa vaca e quem mais estiver no caminho.

Peter sorriu... essa realmente era a mulher da sua vida.

— Mas antes tenho que ir retocar a maquiagem. Posso até ser bonita, mas ao lado de um homem cobiçado pelas mulheres como você, todo o cuidado é pouco!

Ele sorriu.

Marcelo

Ele estava cansado, cheio de mordidas de insetos e fedia como se nunca tivesse tomado banho. Havia ficado deitado sobre o capim da colina observando a casa por mais de quatro horas e agora que o restante da equipe havia chegado ele se deu ao luxo de ir para um dos carros, comer um dos lanches que haviam trazido.

O tempo estava passando e eles até tinham um plano, ou ao menos uma ideia de como agiriam no dia seguinte, mas tudo dependia de se e quando os sequestradores removeriam as crianças.

A mensagem de Angelo era clara. Ele precisava avisá-lo se havia ou não conseguido resgatar as crianças até às 11 horas da manhã do dia seguinte. Isso indicava que algo importante ocorreria por volta desse horário e talvez isso também estivesse ligado ao que seria feito com elas. Havia algumas possibilidades e a primeira era elas serem mortas dentro do próprio cativeiro, caso algo desse errado para Angelo. A segunda seria a saída dos sequestradores levando as crianças para um ponto qualquer onde elas seriam deixadas para serem encontradas ou ainda as mover para um novo local, caso essa confusão toda em que Angelo havia se metido se estendesse por mais tempo do que o imaginado.

Considerando todas essas variáveis, Marcelo e Anselmo concordaram que deveriam estar prontos para tudo e no final montaram um plano que era relativamente simples. Caso até às 11 horas em ponto os sequestradores ainda estivessem mantendo as crianças no cativeiro, eles invadiriam e fariam todo o possível para resgatá-las ilesas. As chances eram pequenas, mas era a única alternativa para esse cenário. Porém, caso os sequestradores se movessem antes desse horário, eles tentariam identificar em qual dos carros as crianças estariam, pois eles apostavam que os sequestradores as manteriam juntas, simplificando assim a logística da operação, e aguardariam que os carros saíssem pois também apostavam que enquanto estivessem nessa operação de transporte, toda a quadrilha ficaria junta até ela ser concluída.

Nesse momento eles teriam o sinal do rastreador do Corolla usado pelo Calvo e da SUV na tela e poderiam se basear nele para segui-los. Pessoas como aquelas são altamente treinadas e qualquer veículo seguindo o comboio seria facilmente notado e daí a coisa poderia ficar feia antes da hora. O problema era a remota possibilidade do Calvo ou da SUV se separarem do grupo.

Dessa maneira eles não tinham escolha a não ser pedir reforço aéreo.

Camargo, que havia sido capitão paraquedista do exército e perito em sobrevivência na selva antes de montar a sua bem-sucedida empresa de vigilância, iria acompanhar pessoalmente a operação a bordo de um helicóptero da empresa e caso o único veículo sem rastreamento se separasse do grupo, ele o seguiria pelo ar, enquanto Marcelo e a sua equipe seguiriam o sinal do rastreador em terra. Ele teria que voar a uma boa altura do solo para não chamar a atenção da quadrilha, mas o piloto era muito experiente e eles tinham um ótimo equipamento de imagem instalado debaixo da aeronave capaz de ampliar em até 100 vezes tudo que acontecia no solo.

De qualquer maneira, o plano principal era acompanhar o comboio até que eles chegassem ao seu destino, e quando chegassem lá, se deixassem as crianças e seguissem seu caminho, nada deveria ser feito, a não ser recolhê-las e levá-las diretamente para a mãe sem provocar nenhum confronto.

Porém, se eles percebessem que a ideia seria escondê-las em outro cativeiro, ou até pior que isso, matá-las em outro local ainda mais ermo, eles entrariam em ação com tudo que tinham, tentando separar o bando, dando mais chances para um resgate

bem-sucedido, sem que as crianças fossem atingidas.

Em meio a tudo isso eles ainda poderiam ter que lidar com policiais corruptos ligados a Aleksandra. Nunca desejou tanto estar em casa e de volta para a sua vida junto de Juliana. Mas era para isso que serviam os amigos e ele faria tudo que fosse possível para ajudar Angelo.

Então voltou a pensar em Carmen e como ela havia ressurgido dos mortos para adicionar ainda mais tensão a tudo que estava acontecendo. Ele pensou novamente em ligar para Angelo, ou mesmo mandar uma mensagem contando do reaparecimento dela em cena, mas se conteve. Era óbvio que essas pessoas tinham acesso ao celular dele e se ele pediu para mandar uma mensagem exatamente às 11 horas seria isso que ele iria fazer. Digitaria apenas um número e torcia para que fosse 1.

Agora não havia mais nada que ele pudesse fazer, a não ser aguardar o dia amanhecer e esperar o desenrolar dos acontecimentos. Iria tentar dormir um pouco e se preparar o máximo possível para o que estava por vir.

Agora não havia mais nada que ele pudesse fazer, a não ser aguardar o dia amanhecer e esperar o desenrolar dos acontecimentos. Iria tentar dormir um pouco e se preparar o máximo possível para o que estava por vir.

Aleksandra

Eles já tinham terminado e estavam matando tempo com um café quando Peter recebeu uma mensagem e abriu um sorriso.

— A nossa amiga acabou de chegar e parece estar sozinha.

Dizendo isso ele pagou a conta e ambos se levantaram e de mãos dadas se dirigiram ao elevador principal do hotel. Peter apertou o número do andar de cima de onde ficavam as suítes ocupadas por Carmen e seu irmão.

— Deixe-me adivinhar, iremos sair do elevador no andar de cima, descer até o andar dela, usar essa chave que está na sua mão, fazer o serviço e depois sair calmamente, acertei? Ah, e me esqueci de dizer que coincidentemente todas as câmeras do circuito interno de TV existentes nesse trajeto estarão com defeito.

Ele sorriu antes de responder.

— Você acertou quase tudo, minha querida. Aliás, o bom senso diz que deveríamos fazer exatamente o que você disse, mas de uns tempos para cá passei a gostar de correr alguns riscos a mais.

Ela ficou pensativa por um instante, mas preferiu deixar que ele a surpreendesse. O elevador parou e eles saíram pelo corredor. Não havia ninguém por perto quando eles abriram a porta que levava para a escada de emergência e desceram até o andar de Carmen. Antes de saírem para o outro corredor ele pegou uma pistola Glock 380, acoplou o silenciador e a entregou para Aleksandra.

— Não corra nenhum risco com ela. Vamos entrar, você atira no peito, confirma que ela está morta e saímos. Rápido e eficaz. Essa mulher já escapou duas vezes, mas hoje será o fim da sua vida miserável.

Aleksandra pegou a arma e lhe deu um beijo delicado nos lábios.

— Vamos agora.

Dizendo isso abriram a porta de emergência e olharam pelo corredor. Um hóspede que parecia meio embriagado tentava abrir a porta do seu quarto sem muito sucesso. Esperaram então por alguns segundos e finalmente o homem conseguiu abri-la e sumiu porta adentro.

Os dois então saíram para o corredor e percorreram rapidamente os poucos mais de dez metros que os separavam da porta da suíte. Peter fez sinal para Aleksandra se encostar na parede do lado esquerdo da porta enquanto ele se posicionou do lado direito e esticando seu braço colocou o cartão na fechadura e a porta se abriu suavemente.

Ao mesmo tempo, Aleksandra empurrou a porta com o ombro de forma delicada e entrou rapidamente no quarto seguida por Peter. Procurou por Carmen, mas não a viu em nenhum lugar da suíte. Peter então fez sinal para a porta que levava à suíte anexa e eles novamente abriram suavemente a porta que estava destrancada. Entraram na segunda suíte, mas também não havia sinal de Carmen. Nesse momento a porta do banheiro da primeira suíte se abriu e Carmen saiu com um roupão e uma toalha na cabeça.

Aleksandra sorriu para ela e numa fração de segundos o sopro característico do silenciador pode ser ouvido duas vezes. O corpo de Carmen foi arremessado de volta para dentro do banheiro caindo no chão. Os dois foram até a porta e ela disparou mais uma vez contra o peito de Carmen já caída no chão.

O sangue começava a se espalhar por todo o chão do banheiro e ela andou com cuidado pela lateral do corpo para não sujar os sapatos e colocou os dedos sobre a sua carótida. Olhou para Peter e fez um sinal de positivo com a cabeça e se levantou seguindo em direção a porta.

Nesse momento ela apontou a arma na direção de Peter e antes que ele pudesse esboçar qualquer reação ela o empurrou para o lado no exato momento que dois tiros também disparados de uma arma com silenciador arrebentavam o batente da porta. Ela então se abaixou e disparou mais duas vezes contra o homem alto e forte que estava parado no meio da suíte por onde eles entraram. O primeiro tiro pegou no braço do homem e o segundo bem no lado esquerdo do seu peito.

Ele cambaleou e caiu para trás e assim como tinha feito com Carmen, se colocou ao lado dele e deu mais dois disparos diretamente no peito.

— Vamos embora. Já terminamos o que tínhamos que fazer aqui.

Peter então se levantou sorrindo e sem dizer mais nenhuma palavra pegou em sua mão e os dois olharam para o corredor totalmente vazio e saíram da suíte fechando a porta atrás de si com o aviso de favor não perturbar pendurado na fechadura.

Fizeram o caminho de volta até a porta das escadas, desceram até o andar de baixo e quando ela já se dirigia para o elevador ele a puxou, abriu rapidamente a porta da suíte vizinha às escadas e a empurrou com força para dentro.

Ela se assustou com aquilo e já estava preparada para atirar contra ele quando seus lábios tocaram no dela e eles começaram a se beijar loucamente enquanto ele a pegava no colo e a levava até a cama.

Ela rasgava sua camisa enquanto ele arrancava seu vestido deixando seu corpo à mostra. Ela não usava nenhuma lingerie e antes que percebesse ele já estava dentro dela a estocando com uma violência que ele nunca havia usado antes.

Ela então o agarrou pelos cabelos com uma mão e cravou as unhas da outra nas costas fortes de Peter que urrou numa mistura de dor e prazer. Ele então a levantou, jogou-a contra o vidro da janela e a possuiu novamente até que ambos desmoronaram no chão estremecendo.

Aleksandra olhou nos olhos daquele homem e percebeu que não havia mais saída. Dali em diante ela seria Peter Golombeck. Então ela acariciou o seu rosto.

— Você precisa sair do Brasil o quanto antes.

Ele demorou alguns minutos para responder.

— Voltarei para a Suíça amanhã. Meu voo sai às 21 horas.

— Quanto a mim?

Ele sorriu.

— Está com medo de que eu a abandone aqui e suma? Se esqueceu que agora você é Peter Golombeck?

Ela retribuiu o sorriso, mas não disse nada e ele continuou.

— Quero que você encerre seus assuntos aqui no Brasil com calma, começando pelo seu desligamento da Polícia Federal e da Interpol. Uma saída muito repentina pode chamar a atenção dos seus superiores. Acredito que possamos passar o Natal juntos na Suíça, o que você acha?

— E enquanto isso você estará fazendo o que?

Ele a beijou com paixão, começou a passar as mãos pelo seu corpo e antes que o sexo começasse mais uma vez, ele sussurrou no ouvido dela.

— Estarei preparando a sua nova vida.

Angelo

Ele se sentia um lixo. Não havia conseguido comer e tão pouco dormir na noite anterior. Tinha acompanhado o dia amanhecer pela janela do quarto, torcendo para que a noite não acabasse, mas quando os primeiros raios de sol surgiram no horizonte de Brasília ele sabia que sua hora havia chegado.

Já eram quase 10 horas e ele já estava pronto para o encontro com o presidente, mas ainda estava aguardando as instruções que o homem lhe passaria. Aliás, ele ficou impressionado não somente com a quantidade de comida que ele havia ingerido na noite anterior, como principalmente com o sono profundo que ele desfrutou sentado na poltrona aos pés da sua cama. Mas apesar das aparências Angelo tinha certeza de que se tratava de um sono controlado e que ao menor sinal de movimentação no quarto o homem estaria de pé, com uma arma na mão e pronto para acabar com a vida dele e consequentemente dos seus filhos também.

Agora o homem estava debruçado sobre uma mochila de mão que ele havia deixado no seu quarto na noite anterior antes de irem para a casa do lago. Retirou algo de dentro dela com muito cuidado, colocou sobre a mesa e sorriu para Angelo.

— Caro senhor Cesari, aqui está um presente que o titio não irá resistir.

Angelo olhou para a garrafa que estava na mesa. Era uma garrafa da melhor cachaça do mundo feita pelo mestre Anísio Santiago. Uma garrafa poderia chegar a custar 1.000 dólares dependendo da safra.

— Mas então a ideia é que o presidente morra de coma alcoólico?

Pela primeira vez desde que esse demônio entrara na sua vida, ele o via rir de verdade.

— Até que não seria uma má ideia, mas como sabemos o organismo dele está bastante acostumado com o álcool, então precisaríamos que ele bebesse uma piscina inteira para conseguirmos esse efeito!

Angelo permaneceu sério e então o homem continuou.

— Senhor Cesari, o que temos aqui é uma mistura explosiva líquida que quando entra em combustão, que neste tipo de explosivo é extremamente rápida ao ponto de exceder a velocidade do som, temos uma reação que se chama de superpressão, que é maior do que a atmosférica. Não é necessária uma grande quantidade de superpressão para se conseguir um bom estrago. Um excesso de 1% pode quebrar janelas comuns. Um de 10% pode machucar ou mesmo matar pessoas e causar danos estruturais em prédios.

Ele olhou para a sua garrafa como se fosse uma obra-prima.

— Nessa garrafa temos o suficiente para causar uma superpressão de 20%. Acredito que o senhor já consiga imaginar o estrago que irá fazer.

Angelo sentiu um arrepio na espinha. Todos vamos morrer um dia, mas morrer dessa maneira, sendo estraçalhado por uma bomba realmente não estava nos seus planos.

— E como eu farei a... detonação? A última palavra saiu tão baixa que ele achou que o homem nem teria conseguido ouvir.

— O senhor está vendo esse relógio digital? Esse botão de baixo arma um mini dispositivo de ignição que está escondido debaixo da tampa da garrafa. Já esse outro botão de cima detona o artefato.

Angelo assentiu com a cabeça e o homem continuou.

— Como o sistema de detonação é muito pequeno o alcance máximo do sinal é de apenas dois metros. O titio precisa estar com a garrafa nas mãos na hora da explosão para termos certeza que ele não sobreviverá.

Ele ficou em silêncio até que o homem voltasse a falar.

— Muito bem, o senhor terá meia hora para detonar o artefato, então se fizer tudo exatamente conforme lhe foi orientado às 12 horas em ponto seus filhos serão libertados e retornarão aos braços da mãe amorosa. Por outro lado, se até as 11:30 a explosão não tiver ocorrido, o senhor já sabe o que acontecerá com eles.

Ele fez uma pausa e finalizou seu discurso.

— O senhor carregará também essa mala com um laptop em seu interior. Está vendo essa pequena abertura na lateral? Pois bem, é uma microcâmera que irá transmitir o encontro em tempo real para nós, e assim termos a confirmação de que tudo ocorreu conforme o planejado. Agora por favor venha comigo pois seus cinco minutos de fama o aguardam.

Angelo não tinha mais forças nem vontade para argumentar o que quer que fosse então decidiu que se fosse para garantir a segurança dos filhos ele iria fazer a sua parte no acordo da melhor maneira possível. Levantou-se e se dirigiu a porta.

Exatamente às 11 horas ele estava na antessala do gabinete do presidente no Palácio do Planalto aguardando ser atendido. Ele segurava a garrafa de Cachaça em uma das mãos e o celular na outra. Até aquele momento não havia chegado nenhuma mensagem de Marcelo e já eram 11 horas. Então a porta se abriu e de dentro do gabinete saíram algumas pessoas e entre elas ele conseguiu identificar o Ministro da Defesa, o Delegado Geral da Polícia Federal e o Diretor Geral da Agência Brasileira de Inteligência – Abin. Todos estavam com os semblantes cansados e provavelmente mal deveriam ter dormido desde os atentados cometidos pela ZTEC e mal sabiam eles que a situação ainda iria piorar muito.

— Senhor Cesari, por favor me acompanhe.

A secretária do presidente estava com ele há mais de 30 anos, desde os tempos de sindicalista e era uma das pessoas em que ele mais confiava.

Hesitou antes de se levantar, mas seu telefone emitiu o som característico de mensagem chegando.

"9"

Ele suspirou e guardou o celular no bolso. Sentiu a vibração de mais uma mensagem chegando, mas nem se deu ao trabalho de olhar. Havia recebido inúmeras mensagens e ligações desde o momento que havia ligado o aparelho, a maioria de Raquel, mas ele ignorou todas. A hora havia chegado e nada mais podia ser feito. Então ele se levantou e seguiu a mulher.

Ao entrar no gabinete ele se surpreendeu com a aparência do presidente. Já fazia quase dois anos que eles não se encontravam pessoalmente e para um homem na casa dos 65 anos, dois anos a mais quase sempre fazem muita diferença, mas por incrível que parecesse ele aparentava ter rejuvenescido 5 anos mesmo em meio à crise dos atentados.

Havia mais duas pessoas na sala e o presidente sinalizou para Angelo se sentar em um sofá no canto da sala e aguardar.

Após mais alguns minutos as duas pessoas também saíram e finalmente eles dois ficaram sozinhos.

O presidente então se levantou, caminhou até onde Angelo estava e sentou-se em uma poltrona ao seu lado.

— Que merda você fez?

Aquela frase pegou Angelo totalmente desprevenido.

— presidente, eu gostaria...

— Cala a boca porra! Eu estou fodido Angelo! O pânico tomou conta das ruas, as pessoas só falam nos atentados e como o governo foi incompetente! Todo mundo quer um pedaço de mim e você vem aqui com uma garrafa na mão? Eu aceito receber você porque disse na sua mensagem que sabe quem fez essa merda toda, então anda logo, fale tudo que você sabe senão, por mais apreço que eu tenha por seu pai, juro que você vai estar mais velho do que eu quando conseguir sair da cadeia!

— Tio, eu sinto muito.

Dizendo isso, Angelo posicionou a mochila sobre o sofá, se certificou que a câmara estava apontada na direção certa, apertou o botão inferior do relógio e jogou-se sobre o presidente colocando a garrafa entre os dois e fechando os olhos cheios de lágrimas. No segundo seguinte, acionou o botão superior e aguardou a explosão que daria fim a vida dos dois. Seu pensamento então foi para seus filhos e ele começou a se lembrar de quando eles eram bebês, dos primeiros passos, da época em que seu casamento com Raquel era feliz, das viagens que fizeram e foi então que ele começou a ouvir uma gargalhada que ele conhecia desde criança.

Aos poucos abriu os olhos e percebeu que a garrafa continuava intacta e quem ria debaixo dele era o presidente do Brasil e após alguns segundos naquela posição embaraçosa ele conseguiu conter o riso.

— Angelo, saia de cima de mim porra! Você está me sufocando! E me dê essa merda de garrafa que eu quero beber um pouco.

Que cena era aquela! Angelo não conseguia sequer organizar os pensamentos, mas em um gesto quase automático saiu de cima do presidente e voltou a se sentar no sofá. Sem condição de reagir, ele apenas ficou observando enquanto o presidente se levantava, caminhava até um armário, pegava dois copos e apontava para uma porta na parede contrária do seu gabinete.

— É melhor você vir comigo, caso contrário irá ficar meio chamuscado.

Angelo levantou e o seguiu, ainda sem dizer nada. Ele abriu a pesada porta com 20 centímetros de espessura e ambos entraram juntos na sala. Havia um sofá cama, uma mesa de trabalho e algumas poltronas, além de uma geladeira e um micro-ondas.

— Que lugar é esse?

— Angelo, eu sou o presidente do Brasil porra! Você acha que somente o Obama pode ter um bunker à prova de terroristas! Você se esqueceu que eu sou 'o cara'?

Dizendo isso ele fechou a porta atrás de si, apontou para uma das poltronas e fez sinal para que Angelo se sentasse. Pegou então a garrafa de Anísio Santiago, a abriu, despejou um pouco do cobiçado líquido nos dois copos e entregou um para Angelo.

— Saúde, Angelo!

Antes que Angelo pudesse dizer qualquer coisa ele engoliu o líquido em um só gole e com satisfação no rosto comentou.

— Isso aqui é o que o Brasil sabe fazer de melhor Angelo, cachaça!

— Tio, digo presidente, isso não é cachaça, é um explosivo líquido de alto poder de destruição, o senhor...

Antes que ele pudesse completar a frase, o presidente colocou a mão na garganta e começou a se contorcer como se estivesse ficando sem ar. Em uma rápida reação Angelo se jogou na sua direção para ajudá-lo, mas antes que ele o tocasse ouviu mais uma vez a conhecida gargalhada.

— Angelo, eu sempre achei você mais esforçado do que inteligente, mas sinceramente como um cara que trabalha com sistemas de segurança há tanto tempo acredita que irá matar o presidente do Brasil com uma garrafa de cachaça? Tome um gole dessa delícia, se acalme um pouco e vamos conversar. Temos mais 17 minutos antes do prazo final para você me explodir.

A fisionomia de Angelo começou a se alterar quando ele finalmente percebeu que tudo não passava de uma armação.

— O senhor sabia de tudo, e mesmo assim deixou esses filhos da puta sequestrarem meus filhos?

Os olhos de Angelo faíscavam de ódio e ele já se preparava para se jogar mais uma vez sobre o presidente, mas dessa vez para esmurrá-lo quando ele o deteve.

— Acalme-se Angelo, ou será pior. Deixe-me explicar tudo.

O tom de voz calmo, porém, firme e até com uma pitada de frieza o fez recuar da sua intenção e ele se recostou mais uma vez na poltrona.

— Pode começar a falar.

O presidente sentou-se na poltrona em frente e afrouxou a gravata.

— Primeiro eu quero que saiba que eu não tive nada a ver com o sequestro das crianças. Em nenhum momento das negociações que eu tive com o pessoal da ZTEC isso foi mencionado e quando eu soube do sequestro subi o tom, mas fui informado que eles necessitavam de uma garantia extra pois achavam que você não aceitaria participar do nosso esquema apenas em troca de dinheiro. Eu não pude fazer nada, a não ser deixar claro para eles que caso alguma coisa de mal acontecesse com as crianças eu desistiria de tudo e usaria todo o poder da presidência para perseguir e aniquilar as empresas da ZTEC no Brasil.

Fez uma pausa rápida e continuou.

— Eu lhe garanto que se fizermos tudo conforme o combinado, elas estarão com a mãe delas ainda hoje, antes do final do dia.

— Mas e se o resultado da votação não for o esperado?

O presidente sorriu.

— Essa possibilidade não existe Angelo. Você sabe que o meu partido está contra as mudanças mesmo depois dos atentados. É uma orientação minha, mas já está tudo acertado para que isso seja mudado.

— Mas então por que o senhor não deu essa ordem antes? Para que todo esse teatro e o pior, todas as mortes causadas nos atentados?

Ele percebeu que o semblante do presidente se entristeceu por um instante, mas logo em seguida ele voltou ao normal.

— Eu acredito que o pessoal da ZTEC já tenha explicado essa parte, mas eu acho importante você ouvir da minha boca para não haver nenhuma dúvida. Eu tenho diversos outros compromissos com empresas brasileiras que financiaram a minha vida política desde sempre. Os recursos que serão desviados para a área de defesa realmente farão falta nas demais áreas como saúde e educação, por exemplo, mas principalmente em grandes obras públicas. Essas empresas brasileiras têm muitos interesses nessas áreas e nunca aceitariam que eu apoiasse qualquer iniciativa que reduzisse o tamanho do bolo que eles dividem entre si. Então precisa parecer que eu não tive nada a ver com essa mudança de posicionamento do meu partido e assim conseguirei manter todos do meu lado, tanto os meus velhos parceiros quanto a própria ZTEC.

Ele fez uma nova pausa, como se estivesse organizando os pensamentos e depois continuou.

— Quanto as pessoas que morreram nos atentados Angelo, realmente foi uma pena. Ao todo morreram dezenove pessoas e mais vinte e seis ficaram feridas, sendo três em estado grave. Você sabe quantas pessoas morrem em média todos os dias no Brasil vítimas de crimes violentos?

Angelo movimentou a cabeça de um lado para o outro.

— Cento e cinquenta, Angelo. Então estamos falando sobre algo que chamamos de monstruoso, mas que na prática equivale a três horas de um dia qualquer em nosso país. Você há de concordar comigo que um dano colateral desse tamanho é aceitável perto do benefício que teremos. Afinal sejamos sinceros, cada centavo que entra na sua conta ganho com algum bônus ou comissão por uma venda feita de maneira irregular para o governo, ou cada dólar que é depositado nas minhas contas no exterior, no final do dia equivale a roubarem uma parte da vida de cada brasileiro humilde desse país, e sinceramente nem eu nem você dormimos pior por conta disso, concorda?

Angelo ficou em silêncio por um momento antes de fazer mais uma pergunta.

— Se tudo já estava esquematizado, por que o deputado Araújo e a deputada Márcia tiveram que ser mortos? O voto deles não seria tão necessário assim, uma vez que haverá uma votação em massa do seu partido a favor da nova lei.

— Na verdade todos os votos contam e por isso você fez seu trabalho junto aos nossos nobres representantes no congresso, que aliás foi muito bem feito. Não haverá um apoio em massa do meu partido, mas apenas algumas dissidências pontuais suficientes para aprovarmos a lei com uma margem apertada após essa explosão daqui a pouco. Porém o caso do Araújo e da Márcia foi pessoal. Esses putos queriam o meu lugar e tiveram o que mereciam.

— Como assim o seu lugar?

O presidente se aproximou de Angelo e falou em um volume um pouco mais baixo do que estava usando até aquele momento.

— Porque eu não sou apenas uma pessoa que está na folha de pagamento da

ZTEC. Eu sou o sócio brasileiro deles e meus planos vão muito além desse primeiro negócio que estamos fazendo juntos.

Dizendo isso ele olhou para o relógio, eram 11h25.

— Tempo para apenas mais uma pergunta.

— E o que será de mim?

O presidente sorriu mais uma vez.

— Achei que você não fosse perguntar. Você já sabe que foi escolhido pela ZTEC por conta da sua relação comigo, certo?

Mais uma vez Angelo assentiu com a cabeça.

— O que você ainda não sabe é que fui eu que indiquei o seu nome pessoalmente. Eu precisava de uma pessoa que fosse da minha confiança e ao mesmo tempo tivesse experiência no "trato da coisa pública" e acima de tudo fosse ambicioso. Você nem deveria saber de nada além disso. Seu papel se resumiria ao suborno e quem teria que lhe convencer era o Fernando Oliveira, mas aquele viado se jogou da janela, você acabou chamando a atenção dos poderosos da ZTEC, eles decidiram fazer ajustes nos planos inicias, uma coisa levou a outra e aqui estamos.

— Mas como o senhor irá explicar a minha presença aqui?

— Pois bem, você foi forçado a colaborar com um grupo terrorista em troca da vida dos seus filhos, mas mesmo assim e correndo todos os riscos me alertou sobre o atentado a tempo de nos abrigarmos nesse bunker. Já eu aceitei participar da farsa para ajudá-lo a resgatar seus filhos e assim nós dois seremos heróis! E no momento que a bomba de verdade explodir, estaremos aqui dentro e sobreviveremos sem nenhum arranhão. Você consegue imaginar quantos votos essa ação cinematográfica me renderá na próxima eleição? Eu também negociei uma recompensa extra pela sua descrição, você será o novo único acionista da Sicurezza Totale, sem mais nenhuma ligação formal com a ZTEC.

— Mas se não é essa garrafa que irá explodir, onde está a verdadeira bomba?

— Você a trouxe dentro da pasta do laptop, Angelo.

— Mas então a garrafa...

O presidente abriu um largo sorriso.

— Você não tem ideia de como segurava a garrafa quando entrou no meu gabinete. Parecia que estava segurando um bebê recém-nascido! Apesar de eu ter ordenado que trouxessem você até aqui pela minha entrada privada onde não existem detectores de metal nem aparelho de raio X, caso você soubesse que o explosivo estava na mala e a estivesse carregando da mesma maneira, algum dos seguranças poderia desconfiar. Além do mais, eu queria brindar a nossa nova parceria!

Dizendo isso ele bebeu o cálice de cachaça em um só gole, olhou para o relógio e contou 4, 3, 2, 1...

Houve um instante de silêncio total e então um leve tremor seguido do som da explosão abafado pelas paredes e pela porta reforçados. O bunker havia resistido bravamente.

Passaram-se alguns segundos e Angelo olhou para ele.

— E agora?

O presidente se levantou e andando até a mesa apontou para um botão em cima de uma espécie de base de madeira.

— Eu aperto esse botão e dou início aos protocolos de segurança, ao mesmo tempo que passo uma mensagem de que eu estou vivo e seguro dentro do bunker. Levará aproximadamente meia hora até que todo o palácio seja vasculhado em busca de outros artefatos e somente nesse momento essa outra porta será liberada e a minha equipe de segurança nos conduzirá por um corredor até a rampa onde entraremos em um helicóptero que nos levará até a Base Aérea aqui perto. Lá eu passarei por exames de rotina e até o final do dia farei um pronunciamento à nação agradecendo a Deus e a você por ter sobrevivido a esse ataque e prometendo que farei todo o possível para capturar os responsáveis que a essa altura já saberemos se tratar de um grupo radical pró-islã que está escondido na região da tríplice fronteira.infelizmente, depois de alguns dias de buscas infrutíferas não conseguiremos prendê-los e isso reforçará ainda mais a necessidade de estarmos preparados para lidar com esse tipo de ameaça. Não mencionarei diretamente a votação da Nova Lei de Segurança Nacional, mas acho que até você consegue fazer uma previsão do resultado, certo?

Angelo estava atônito. Ele se achava esperto, mas perto dessas pessoas ele não passava de um escoteiro.

— Quero saber dos meus filhos!

— Calma Angelo. Aqui dentro do bunker o sinal do celular é bloqueado. Tenha calma e confie em mim. Quando sairmos daqui você receberá uma foto dos seus filhos, sãos e salvos.

— Pelo bem de nós dois, eu sinceramente espero que sim.

— Mais uma coisa, Angelo. Espero que tudo que você passou nos últimos dias tenha lhe ensinado que o certo e o errado dependem sempre do ponto de vista do qual você avalia as coisas. Eu nunca conheci uma pessoa totalmente boa ou totalmente má. Quando eu finalmente aceitei isso, a minha vida começou a deslanchar. Espero também que, na remota hipótese de você vazar essa história para quem quer que seja, explodir hoje seria como um prêmio perto do que eu farei com você e a sua família, por mais que isso me doa.

Marcelo

O comboio dos sequestradores seguia pela rua de terra exatamente da maneira que eles imaginavam, com a SUV entre os dois Corollas. Apenas um carro da sua equipe, com ele a bordo, estava seguindo o comboio através do sinal de GPS e mantendo uma distância segura. No alto, o helicóptero que lhes dava cobertura voava na maior altura possível para manter o comboio no visual. A tensão nos agentes era nítida e o colete à prova de balas que ele estava usando o incomodava.

Mesmo assim ele estava aliviado, pois conseguiram uma comprovação visual das crianças embarcando na SUV e aparentemente elas estavam bem. Já era muito mais do que eles tinham 24 horas antes e ele ainda tinha esperança de resgatá-las, mas o prazo dado por Angelo havia se esgotado. Eram exatamente 11 horas e ele precisava mandar a mensagem para Angelo e digitando o número 9 apertou a tecla enviar.

Pensou por mais alguns segundos e decidiu arriscar uma nova mensagem que poderia fazer diferença para o que ele iria enfrentar. Pegou novamente o celular e digitou.

"Carmen está viva e no Brasil. Tome cuidado, ela pode estar do lado deles".

O comboio então chegou em uma avenida asfaltada e virou para a direita seguindo ainda mais para longe do centro da capital. Eles haviam posicionados os outros dois veículos da equipe, um de cada lado, a aproximadamente 300 metros do local onde a estrada de terra terminava e o que estava do lado direito saiu de uma pequena entrada e se posicionou também a uma distância segura à frente do comboio, enquanto o que estava no sentido contrário aguardou o carro onde Marcelo se encontrava surgir pelo mesmo caminho e se posicionou imediatamente atrás dele.

Agora eles tinham o comboio limitado entre os veículos da equipe. Mais cedo o helicóptero havia feito uma avaliação visual tentando identificar algum local suspeito de ser o destino dos sequestradores. A avenida asfaltada em que eles se encontravam tinha sido projetada para atender a um condomínio industrial que estava sendo construído no distrito de Marsilac, distante quase 50 quilômetros do centro da cidade. Quando o comboio virou à direita, Camargo concluiu que aquele deveria ser o local de destino pois não havia mais nada entre o cativeiro e esse ponto. Pegou o rádio e chamou a equipe.

— QAP Viatura 3?

— Positivo.

— Deslocar-se da frente do comboio para o condomínio em construção no final da avenida. Escondam bem o veículo e se posicionem no alto de um dos prédios com os fuzis. Acelere o máximo possível, pois teremos apenas alguns minutos de vantagem. Estamos a pouco mais de cinco quilômetros do local.

Todos os veículos da equipe copiaram a mensagem para a viatura 3 e a tensão aumentou ainda mais.

— QSL.

Dizendo isso o carro começou a acelerar e deixar o comboio cada vez mais para trás até perdê-los de vista.

Enquanto isso, os outros dois carros da equipe mantiveram a distância.

O comboio demorou pouco mais de 5 minutos para fazer o trajeto e como eles suspeitavam, entrou pelo acesso ao novo condomínio empresarial. As obras estavam paradas e não havia ninguém fazendo a segurança do local.

Os dois carros que seguiam o comboio pararam cerca de 200 metros antes da entrada e seus ocupantes desembarcaram e começaram a se embrenhar entre a mata na margem da avenida.

Quando Marcelo se preparava para segui-los, Anselmo o segurou pelo braço.

— Senhor Marcelo, precisamos que o senhor fique aqui tomando conta das viaturas.

Marco fez a tradução simultânea na sua cabeça... "Fique aqui senão teremos mais um problema para nos preocupar".

Fez menção de retrucar, mas se deteve. Anselmo tinha razão. Ele tinha ido até onde acreditava que poderia ajudar, mas de agora em diante o lugar dele era na retaguarda.

— Ok, Anselmo. Ficarei monitorando tudo pelo rádio.

Então Anselmo trocou o rádio que estava com Marcelo por outro.

— Senhor Marcelo, esse aparelho foi desenvolvido especialmente para pessoas que querem acompanhar uma operação, mas não participarão dela.

Angelo olhou para o rádio e percebeu que o botão de transmitir havia sido retirado e entendeu o recado. Ele poderia ouvir tudo, mas não poderia interferir em nada.

Ele sorriu para Anselmo.

— Eu confio em você e na sua equipe. Traga as crianças sãs e salvas por favor.

— Nossa equipe, senhor Marcelo, afinal o senhor já faz parte dela!

Dizendo isso ele se embrenhou em meio à mata e rapidamente sumiu da vista de Marcelo. Agora tudo dependia desses homens.

Nos 20 minutos que se seguiram, Marcelo acompanhou as orientações sussurradas entre os homens da equipe sobre como se posicionarem ao redor dos sequestradores. Pelo que ele havia entendido dois homens estavam posicionados sobre as estruturas inacabadas de dois prédios diferentes e de onde tinham uma visão privilegiada de toda a área. O restante da equipe já havia se posicionado na mata que ficava em ambos os lados do terreno e pelo que parecia os sequestradores estavam cercados.

Foi então que Camargo alertou o grupo para um outro helicóptero em procedimento de aproximação para pouso numa clareira próxima onde os sequestradores estavam reunidos. Ele ouviu os homens discutindo sobre aquela situação e com apreensão percebeu que todos eram unânimes em acreditar que as crianças seriam levadas agora de helicóptero para um novo cativeiro. O helicóptero de Camargo já estava voando há um certo tempo e ele já não tinha muito combustível. Caso isso realmente acontecesse, Camargo poderia não conseguir persegui-lo no ar por muito tempo e se eles o perdessem de vista estariam de volta à estaca zero.

Então ele ouviu as orientações de Camargo para que assim que o helicóptero pousasse eles avançassem de suas posições com o máximo de cautela por entre os prédios e se posicionassem o mais próximos possível sem serem notados. Quando ele desse a ordem, um dos homens armados com os fuzis de longo alcance deveria começar a abater o máximo de homens que conseguisse, enquanto o restante da equipe de Anselmo avançaria para o confronto tentando tirar de combate o restante dos sequestradores. O segundo atirador com o fuzil deveria neutralizar o piloto do helicóptero e quem mais estivesse com ele, eliminado assim qualquer possibilidade de fuga pelo ar e depois disso manteria o Calvo na mira, que naquele momento segurava uma criança em cada mão à espera do pouso do helicóptero e não estava empunhando sua arma. Nesse momento o primeiro atirador deveria se voltar para o Calvo e aguardar até ter uma posição para um tiro limpo, sem colocar a vida das crianças em risco.

A expectativa era que o Calvo se rendesse para salvar a sua vida e liberasse as crianças, mas caso ele fizesse algum movimento para pegar a sua arma o atirador teria que neutralizá-lo. Tudo teria que ser muito rápido para funcionar, mas Camargo confiava na sua equipe e Marcelo também.

A tensão aumentava à medida que o helicóptero se aproximava do solo e então o telefone de Marcelo tocou. Era Angelo.

— Angelo?

— Marcelo, como estão meus filhos?

Ele não sabia ao certo o que dizer.

— Tudo vai dar certo, italiano. A equipe cercou os sequestradores e em poucos minutos irão avançar para resgatá-las. Tivemos que agir, pois um helicóptero está descendo nesse momento para pegá-las e não podemos arriscar...

— Não!

— Calma Angelo, eu sei que é uma situação complicada, mas...

— Porra Marcão, é o meu sogro caralho! Ele está indo pagar o resgate e trazer as crianças para casa! Você precisa impedir isso. Se os homens do Camargo avançarem, elas podem ser mortas!

— Mas como assim seu sogro? Que merda está acontecendo? Por que você não me avisou antes?

— Porque eu não podia! Estava em um lugar com bloqueador de celular! Avise o pessoal para não avançarem pelo amor de Deus!

— Ok, deixa comigo, vou avisá-los pelo rádio.

— Marcelo, eu imploro, faça o que tiver que ser feito, mas salve os meus filhos!

— Vou salvar, mas agora preciso desligar.

Ele olhou para o rádio na sua mão e teve vontade de chorar... Como ele podia dizer para Angelo que já era tarde demais para abortar a missão, pois ele não tinha como falar com a equipe?

Tentou então ligar para Camargo, mas o celular estava desligado. Tentou o número de Anselmo, mas com o mesmo resultado.

Colocou as mãos na cabeça em um gesto desesperado e parou por alguns segundos tentando achar uma solução e então sentou-se rapidamente ao volante de um dos carros e saiu cantando os pneus na direção da entrada do condomínio.

O helicóptero estava tocando o solo quando ele passou com o carro pela portaria inacabada e começou a tocar a buzina como um louco. No rádio ele podia ouvir Camargo vociferando para que recuasse. Ele então ouviu um tiro e o vidro do carro se despedaçou e por reflexo ele puxou o volante para a direita e o carro derrapou de lado parando exatamente entre a maior parte dos homens do Calvo e o helicóptero.

Sem perceber, ele havia criado uma barreira entre o Calvo e as crianças e o restante dos sequestradores. Isso foi o suficiente para Camargo ordenar os dois primeiros disparos.

Dois sequestradores foram arremessados para trás, um após o outro, enquanto os outros quatro que haviam sobrado correram para se protegerem nas estruturas pré-moldadas dos prédios, mas continuaram a atirar no carro onde Marcelo estava.

Também por puro reflexo ele abriu a porta e rolou para fora enquanto as balas atravessavam a lateral oposta e se alojavam no banco em que segundo antes ele ocupava.

Ele então engatinhou para longe do carro e assim que se levantou sentiu um impacto no colete a prova de balas e caiu para trás. Ficou atordoado, mas mesmo assim conseguiu erguer a cabeça o suficiente para ver o Calvo que havia deixado as crianças sozinhas e agora andava calmamente em sua direção com a arma na mão.

— Herói filho da puta.

Dizendo isso ele apontou a arma para a cabeça de Marcelo com um sorriso no rosto, mas ao invés de apertar o gatilho ele ficou imóvel por um instante para desmoronar no chão logo em seguida.

Marcelo então se levantou, olhando para o Calvo que agora estava no chão com uma poça de sangue se formando por debaixo da cabeça e mantendo-se curvado correu até onde estavam as crianças e pegando uma em cada braço se lançou com eles para dentro do helicóptero que imediatamente decolou. Ele então olhou para cima e viu o rosto confuso do pai de Raquel e então teve certeza de que havia feito a sua parte.

Teve tempo ainda para olhar para baixo e ver a sua equipe rendendo os últimos sequestradores e encerrando a operação. Depois soube que Anselmo e um outro agente sofreram ferimentos leves, mas fora isso todos estavam bem. Pelo rádio do helicóptero ele atualizou Camargo sobre a situação toda e foi informado que também por puro reflexo, o agente que deveria eliminar o piloto e o avô das crianças decidiu atirar no Calvo para lhe proteger, e já estava alinhando a sua mira para abater também o piloto quando via Angelo se jogando para dentro do helicóptero e abortou o tiro.

Camargo os escoltou de volta até o heliponto onde Raquel aguardava as crianças, juntamente com a polícia. Havia muitas explicações a serem dadas, mas ainda durante o voo, quando ele ligou para Angelo dando a notícia do resgate das crianças, foi orientado por ele a não mencionar a ZTEC e dizer que ele havia ajudado a montar a operação apenas para tentar localizar as crianças e informar a polícia, mas que o desenrolar dos acontecimentos tinha acabado por transformar em uma bem-sucedida operação de resgate.

Assim que as crianças saíram do helicóptero correram em direção a Raquel que as abraçou chorando tanto que foram as crianças que trataram de acalmá-la.

— Não chora mamãe, está tudo bem. O tio Marcelo foi ninja. Você tinha que ver como ele nos pegou e levou para o vovô. De hoje em diante ele é o maior super-herói de todos.

Marcelo não se conteve e finalmente desabou em um choro convulsionado. Ele se sentia aliviado como nunca.

COSTA AMALFITANA, ITÁLIA
8 meses depois

Era o início do verão e o dia estava simplesmente maravilhoso. Peter tomava sol no deck superior com Aleksandra, um veleiro Perini Navi 56 metros, um dos maiores e mais luxuosos veleiros do mundo, fabricado pelo renomado estaleiro italiano e rebatizado recentemente com esse nome. Ele não resistiu à tentação de colocar o nome dela no barco e ela havia adorado a surpresa. Nos últimos meses eles se tornaram mais do que parceiros. Aleksandra não só assumiu o controle total da ZTEC e das coligadas, como fez isso com muito mais facilidade do que qualquer um poderia imaginar.

Com a aprovação da nova Lei de Segurança Nacional em dois turnos pelo Congresso brasileiro e depois pelo Senado, toda a operação deles ia de vento em popa na América do Sul, dando início a escalada armamentista que eles haviam planejado. Além disso, Aleksandra se mostrou muito mais hábil no trato com os principais clientes e com os executivos da ZTEC. Parecia que ela já conhecia todos há muito tempo e sabia como agir com cada um deles.

Peter também decidiu acabar com a vida dupla. Comunicou a sua esposa alemã que havia se apaixonado por outra pessoa e queria se divorciar. Contou que havia vendido a sua empresa para um conglomerado chamado ZTEC e lhe ofereceu um acordo financeiro irrecusável que garantiria que ela e as crianças usufruíssem de uma vida luxuosa para sempre, como até então eles nunca haviam experimentado, e que ele se dedicaria a projetos inovadores em parceria com a sua nova mulher que por coincidência era CEO desse mesmo grupo e que a paixão surgiu e se fortaleceu durante o processo de venda.

O último obstáculo para a sua nova vida também tinha sido removido. Uma doença rara e contagiosa havia se encarregado de acabar com a vida de Peter Golombeck. Apenas algumas poucas pessoas que o conheciam na ZTEC compareceram ao funeral convidados por Aleksandra. Infelizmente, devido a doença que o acometeu, o velório e o sepultamento se deram com um caixão lacrado.

A imprensa deu bastante relevância ao trágico acidente ocorrido no mesmo dia com um jato fretado em que alguns executivos da ZTEC voltavam da Suíça, onde haviam comparecido a uma reunião de negócios. Apenas a CEO havia escapado porque tinha ficado para resolver algumas pendências. Sobre a sua morte saíram apenas duas ou três notas comunicando o falecimento de uma jovem promessa da natação suíça da década de 70 e nada mais.

Com a morte de Carmen e a destruição do dossiê sobre a sua família e a ZTEC, nada mais havia no mundo que a ligasse a Peter Golombeck, e com muito mais facilidade do que ele imaginava, decidiu se desligar totalmente do dia a dia das suas empresas, delegando absolutamente tudo para ela, e assim finalmente pode dedicar a sua vida ao que mais amava depois de Aleksandra.

Como Michel Hertz ele estava montando uma maravilhosa galeria de arte em Nova Iorque, a uma quadra do Central Parque, e tinha certeza que em pouco tempo se tornaria um dos maiores marchands do mundo. Entre um compromisso e outro ele e Aleksandra passavam dias mágicos como aquele, nos lugares mais fantásticos do planeta e finalmente ele sentia que havia chegado no lugar onde sempre desejou estar.

— Como está o sol?

Aleksandra vinha caminhando na direção de Peter, apenas com a parte de baixo do biquíni e com uma taça de champanhe em cada mão.

— Mesmo depois desses meses juntos, olhar para você assim ainda me tira o fôlego.

Ela sorriu e lhe entregou uma das taças.

— Então trate de beber e recuperar logo seu fôlego, pois você irá precisar dele para o que eu preparei para você.

Peter pegou a taça, brindaram e ele tomou um gole generoso.

— Não me diga que você quer fazer um show particular para a tripulação?

Ela se sentou ao seu lado.

— Sem tripulação, meu amor. Acabei de dispensar todos. Teremos a tarde toda para nos divertir.

— Então seremos apenas você e eu nesse barco?

— Não exatamente.

Ele tomou mais um gole e beijou delicadamente um de seus seios à mostra.

— Estou ficando cada vez mais curioso.

Ela então se levantou e andou até a lateral do convés e de lá voltou de mão dadas com uma mulher com um corpo quase tão incrível quanto o dela. À medida que elas se aproximaram o sorriso no rosto de Peter se apagou e ele fez menção de se levantar, mas o máximo que conseguiu foi rolar para o lado. Seu corpo estava paralisado, mas seus olhos permaneciam pregados nas duas mulheres.

— Peter, você se lembra da minha amiga Carmen? Ela veio nos fazer uma visita.

Peter tentava mover os lábios, mas não conseguia, e as duas o observaram por algum tempo antes que Aleksandra voltasse a falar.

— Meia hora Peter. Não foi preciso mais do que trinta minutos de conversa com Carmen para que todo o esquema que você demorou a vida toda para construir ruísse. Aquela meia hora entre o meu apartamento no Brasil e o Hotel Hilton, na noite em que eu não matei Carmen e tão pouco seu irmão.

Peter ficava cada vez mais imóvel. A droga estava agindo rápido.

— Confesso que estive muito perto de me jogar do abismo. Se não fosse por Carmen certamente eu o teria feito. Mas graças a ela eu acordei a tempo.

As duas sorriram uma para a outra e foi a vez de Carmen começar a falar.

— Na verdade Peter, eu apenas ajudei Aleksandra a perceber que, por mais interessante que a vida com você pudesse ser, uma vida sozinha usufruindo de tudo que você havia criado seria muito melhor, e sem correr o risco de um dia acabar como Helena ou eu mesma.

Os olhos de Peter faiscavam de ódio.

— Não exatamente sozinha, Carmen, mas sim com a minha nova sócia e mentora.

Dizendo isso, Aleksandra pegou mais uma taça, encheu-a de champanhe e deu para Carmen. As duas brindaram e Aleksandra se virou para Peter dando a chance de Carmen jogar parte do líquido da taça por cima do ombro fingindo que havia bebido.

— Inclusive Peter, foi muita ingenuidade sua acreditar que eu teria conseguido absorver, em apenas oito meses, tanta informação sobre uma organização do tamanho da ZTEC sem a ajuda de alguém que a conhecesse profundamente. Eu até me considero inteligente, mas absorver o conhecimento que Carmen levou anos para conseguir nesse período sem a ajuda dela obviamente seria impossível.

Carmen o encarou e seu semblante se transformou.

— O seu grande erro Peter foi acreditar que poderia deixar tudo que fez no passado, deixar de ser o monstro que você é, e começar uma nova vida como um ser humano normal. Tudo que você colheu até hoje foi fruto do sofrimento de alguém, começando pelas barbaridades que seu pai cometeu durante a guerra, passando pela morte da minha família e tantas outras coisas nojentas que somente um lunático como você poderia fazer.

Seu semblante então mudou novamente e esboçando um sorriso ela continuou.

— É lógico que ninguém aqui é inocente. Eu fiz muitas coisas das quais eu não me orgulho e a maioria delas eu fiz tentando impressionar você e ganhar a sua confiança para conseguir levar o meu plano de vingança adiante. Não sei se tudo isso valeu a pena, mas a verdade é que me levou até aqui e eu pretendo desfrutar esse momento como nenhum outro na minha vida.

Aleksandra então retomou as rédeas da conversa.

— Você deve estar se perguntando por que Carmen ainda está viva se você pessoalmente me viu matá-la e ao seu irmão de criação, certo? Pois nada que um bom colete à prova de balas e alguns sacos de sangue artificial não dessem conta. Você foi tão relapso que sequer conferiu pessoalmente se eles realmente estavam mortos. Bastou plantarmos algumas notas nos jornais locais sobre um duplo assassinato no Hotel Hilton de São Paulo que você nem se deu ao trabalho de mandar checar. Na verdade, ninguém foi ferido.

Carmen interrompeu.

— Bem, Ernesto não concorda com essa parte.

As duas riram alto e Aleksandra rebateu.

— Carmen, eu quis dar um pouco mais de realismo à cena! Mas o que é um tiro em um braço daquele tamanho? Duas semanas e ele já estava novinho em folha!

E olhando para Peter ela continuou.

— O seu desejo de me ter lhe cegou Peter, e agora você pagará o preço.

Os olhos de Peter passaram a expressar apenas desespero. O homem altivo e poderoso já não existia mais.

Carmen então se aproximou dele e sussurrou em seu ouvido.

— Chamamos um velho amigo seu para também participar dessa festa.

Aleksandra então acenou para uma pessoa que estava em pé bem atrás de Peter e então ele contornou o sofá onde ele estava, entrando no seu raio de visão.

— Olá Peter, parece que a situação não está nada boa para você meu velho amigo.

Ao ver Luiz Henrique os olhos de Peter se encheram de lágrimas. Ele sorria como em várias das vezes em que se encontraram e Peter sabia o que isso significava.

— Meu amor, uma das poucas exigências que Carmen fez para a nossa parceria foi que quando chegasse a hora, ela decidiria o final mais adequado para você. E adivinhe quem ela escolheu para esse serviço? Ela me confidenciou que assim como eu, nunca matou ninguém com as próprias mãos, então preferiu deixar essa tarefa para a única pessoa que ela acredita que tenha sido algo próximo de um amigo para você.

Luiz Henrique continuou sorrindo, não escondendo a satisfação com tamanha honra recebida.

— Peter, eu gostaria de dizer que não é nada pessoal, mas eu estaria mentindo. Sempre o achei um homem diferenciado, capaz de colocar suas ambições acima de qualquer coisa ou de qualquer pessoa. O

Peter que eu conheci seria capaz de matar os próprios filhos se isso fosse necessário, mas depois que você conheceu Aleksandra se transformou em uma caricatura, ao mesmo tempo que bem debaixo do seu nariz, ela se tornou uma mulher muito mais ambiciosa e capaz do que você conseguiu ser nos seus melhores dias. Terei sim um enorme prazer em realizar esse serviço para a sua linda namorada, pois afinal de contas, até onde eu sei, ela agora é Peter Golombeck e eu só trabalho para ele.

Aleksandra fez um sinal para Luiz Henrique e ele ergueu Peter por sobre os ombros com uma facilidade impressionante.

— Luiz, faça como combinamos. O Peter merece um tratamento especial, talvez um pouco de cada tipo de dor que ele já lhe pediu para você causar a seus desafetos seria o ideal e quando terminar o serviço jogue o corpo dele ainda com vida no mar e se certifique que ele morra afogado. Carmen, pedi que o serviço fosse feito fora do meu barco, sabe como nós mulheres somos, tudo que eu não quero agora é o sangue de Peter manchando toda a minha nova decoração, mas caso você queira assistir fique à vontade para acompanhá-los.

— O convite é tentador Aleksandra, mas eu tenho outros assuntos para tratar e prefiro deixar Peter nas mãos de um bom profissional.

Aleksandra sorriu e sinalizou com a cabeça para Luiz Henrique que dando dois passos em direção a amurada do veleiro arremessou Peter para dentro de um Zodiac que estava amarrado ao costado.

Peter bateu seu corpo paralisado no fundo do bote fazendo um som medonho de ossos se quebrando. Houve tempo suficiente para que todos a bordo conseguissem olhar para o seu rosto mais uma vez antes de Luiz Henrique pular para dentro do bote, ligar o motor e em questão de minutos sumir da vista das duas. Quando a tripulação voltasse à noite iriam encontrar Aleksandra dormindo profundamente e ao questionarem sobre Michael Hertz ela diria que ele tinha saído para nadar até a costa quando ela se deitou e se ele não havia voltado até aquele momento algum de ruim poderia ter acontecido. Fingindo desespero acionaria a polícia e a guarda costeira para fazer uma busca detalhada por toda a área.

A autópsia concluiria que havia sido morte por afogamento, porém os cortes por todo o corpo indicariam que ele havia sido atropelado por um barco enquanto nadava. Enfim, uma tragédia para Michael Hertz, o homem que havia deixado uma carreira excepcionalmente bem-sucedida na área de tecnologia para dedicar sua vida à arte. Então Aleksandra olhou para Carmen que tinha grossas lágrimas escorrendo pelo rosto.

— Aleksandra, você não tem ideia do que eu passei para poder ver esse dia chegar, mas agora acabou.

As duas se abraçaram e Carmen aproveitou para dar um beijo carinhoso na boca de Aleksandra.

— Se eu não estivesse tão abalada gostaria de ficar um pouco mais aqui com você.

Aleksandra retribuiu com um outro beijo idêntico e sussurrou no ouvido de Carmen.

— Sempre que você quiser, mas a propósito, você não disse que iria tirar alguns dias de folga depois de hoje?

Ela assentiu com a cabeça e completou.

— Deixei alguns assuntos pendentes no Brasil e preciso resolvê-los também. Arrivederci Aleksandra! E dizendo isso, se aproximou da murada oposta à que Luiz Henrique havia jogado Peter para dentro do bote e mergulhou no mar.

Aleksandra se aproximou da murada para vê-la nadar até uma lancha onde Ernesto a esperava e enquanto acenava para ele sentiu os pés molhados, olhou para baixo e sorriu dizendo:

— Carmen, espero que nós sempre sejamos aliadas, mas se um dia nos tornarmos rivais será um duelo épico.

Angelo

Sentado na poltrona de uma luxuosa suíte do Hotel Unique em São Paulo, onde estava hospedado aguardando até que a reforma da sua nova cobertura de frente para o Parque do Ibirapuera ficasse pronta, Angelo lia os principais sites de notícias brasileiros. Em quase todos eles a manchete era a mesma. Há pouco mais de um ano da reeleição, o presidente surfava uma onda de popularidade sem precedentes, com mais de 80% de aprovação de seu governo e com mais de 55% das intenções de votos. O mundo atravessava um momento de prosperidade sem precedentes nas últimas décadas, e apesar de o Brasil insistir em não fazer a sua lição de casa com relação às reformas estruturantes, tão necessárias para garantir um futuro mais promissor, a economia também ia de vento em popa, mesmo crescendo bem menos se comparado aos demais países em desenvolvimento, mas muito mais do que os índices ridículos alcançados pelos governos anteriores.

Nos bastidores da política se falava que um plano ambicioso havia sido posto em prática pelo partido do seu tio. Consistia basicamente em pagar um valor mensal para vários partidos políticos com dinheiro desviado de estatais e de obras públicas, que se encarregariam de distribuir os recursos para seus deputados e senadores em troca do seu apoio para a aprovação no congresso nacional das matérias de interesse do governo e assim, poder financiar o projeto de poder de longo prazo que eles tinham. Simples, mas brilhante, principalmente considerando a tão conhecida honestidade dos políticos brasileiros. Pensou que esse esquema poderia ter sido inspirado pelos últimos acontecimentos, pois afinal, era bem menos dramático do que ter que explodir bombas, mas infelizmente, tão destrutivo quanto para o povo brasileiro. Ele também não tinha do que se queixar. A Sicurezza Totale também surfava o excelente momento econômico e fechara vários contratos tanto no Brasil quanto na Europa e até mesmo na África. Além disso, eles haviam ganhado o contrato do SISCON e tudo indicava que ele seria ainda mais rentável que o imaginado e isso tinha alavancado muito a sua empresa. Rapidamente, ele estava deixando de ser um executivo bem-sucedido para ser um rico empresário.

Apesar do seu tio e da ZTEC terem cumprido o acordo feito com ele, lhe entregando a Sicurezza Totale em troca do seu silêncio e logicamente, da sua cooperação nesses novos tempos, ele tentava agora se afastar o máximo possível dos dois. Sua meta para os próximos anos era criar novas parcerias e investir os recursos da empresa em startups de tecnologia em ramos diversos e procurar focar a empresa no mercado privado. Só a lembrança do que ele tinha passado já lhe causava calafrios e ele faria tudo que estivesse ao seu alcance para que nunca se repetisse. "Tudo está bem quando termina bem" e pensou em Marcelo Braga. Ele sabia que nunca poderia agradecer a Marcelo o suficiente pelo que tinha feito pelas crianças. Arriscar a sua vida pelos seus filhos deixou Angelo em dívida eterna com ele. Chegou a tentar oferecer uma sociedade na empresa após o sequestro, na primeira vez que ele foi até Roma, mas Marcelo educadamente recusou.

— Escuta aqui seu italiano metrossexual, eu quero é distância dos seus rolos com esses gângsters do caralho! Te amo como um irmão, mas negócio com você eu não faço de jeito nenhum. E tem mais, da próxima vez que você aparecer com uma gostosa qualquer na minha porta eu vou chamar a polícia!

Os dois riram juntos até perderem o fôlego e um abraço fraternal encerrou o assunto.Outra pessoa que deveria estar rindo à toa era Aleksandra. De amante do tal Peter Golombeck que Marcelo insistia em chamar de Alfa a CEO da ZTEC em menos de um ano era uma façanha que mesmo Carmen não havia conseguido. Sua saída da Polícia Federal e consequentemente da força tarefa da Interpol e sua contratação pela ZTEC, justamente a empresa que era alvo das investigações da Interpol na Itália levantou suspeitas e até mesmo uma ameaça de indiciamento, mas como sempre, os advogados da empresa conseguiram livrá-la de qualquer punição usando todos os artifícios jurídicos possíveis e provavelmente, algum incentivo extra seguindo o modus operandi padrão da ZTEC.

O mais interessante nessa história toda é que se tudo que Carmen havia lhe dito sobre o todo poderoso da ZTEC fosse verdade, finalmente a sorte dele havia acabado. Depois de tudo que ele passou, Angelo havia criado o hábito de, diariamente, pesquisar o nome Peter Golombeck na internet e assim tentar rastrear as atividades dele para ficar o mais afastado possível, mas o resultado era sempre o mesmo. Apenas uma ou outra nota antiga de arquivos de jornais que falavam de um suíço com o mesmo nome, promessa da natação nos anos setenta, mas que subitamente deixou o esporte frustrando as esperanças do país em mais uma medalha nos jogos olímpicos do ano seguinte. Porém, há pouco mais de 2 meses ele encontrou algumas poucas notas de jornais suíços informando o sepultamento da sua antiga promessa olímpica que morrera repentinamente acometido por uma rara doença contagiosa, coincidentemente no mesmo dia em que um avião fretado pela ZETC havia sofrido um acidente e matado todos os diretores da empresa que estavam no vôo.

— Uma coincidência bastante conveniente — disse em voz alta para ele mesmo.

Até mesmo o seu ex-sogro estava de bom humor ultimamente. Com a ação atrapalhada, mas cinematográfica de Marcelo no resgate das crianças, ele havia economizado o resgate e continuava mais rico do que nunca. Para Raquel o sequestro das crianças serviu como um gatilho para uma virada na sua vida. A possibilidade iminente de uma tragédia com as crianças pareceu que a havia afetado positivamente e agora ela tinha assumido um lugar de destaque nas empresas do pai e estava indo muito bem. Era uma pessoa mais calma e mais centrada e isso estava fazendo muito bem para toda a sua família e principalmente para as crianças. Seus filhos haviam ficado muito marcados pelo sequestro, mas também muito mais unidos. Não brigavam mais por qualquer coisa e sempre que possível queriam estar juntos. Iria levar alguns anos para que as lembranças de tudo aquilo se apagassem da memória deles, e mesmo que nunca se apagassem eles acabariam superando. Da sua parte, ele fazia de tudo para cumprir a promessa que havia feito a eles, naquele píer caindo aos pedaços na Represa de Guarapiranga. Dedicava cada minuto livre do seu tempo para eles, e mesmo com a sua nova vida dividindo seu tempo entre os escritórios da Itália e do Brasil, ele estava conseguindo cumprir a promessa. Parecia que no final, a única pessoa que não tinha nada para comemorar era Carmen. Quando ele ouviu a mensagem de Marcelo dizendo que Carmen estava viva e no Brasil ele mal pôde acreditar. Depois que as crianças foram resgatadas ele tentou procurar por ela, mas sem sucesso. A equipe de Marcelo só a avistou naquele dia no Parque e depois nunca mais ela reapareceu em cena.

Meses depois teve um encontro de trabalho com Aleksandra já em um cargo de diretoria na ZTEC e tentou conversar com ela a respeito desse encontro entre as duas, mas ela lhe disse que Carmen deveria realmente estar morta e que o encontro havia sido com uma informante realmente muito parecida com Carmen, mas que nada tinha a ver com esse caso. Diante disso, havia decidido que iria abraçar novamente a sua vida de solteiro e quem sabe um dia acabasse por encontrar uma mulher tão maravilhosa quanto aquela. Decidiu que teria uma calma noite de sono, pois precisava se recuperar da divertida noite anterior com Katya que tinha se estendido até quase de manhã. Então se despiu, abriu a ducha e deixou que a água batesse forte em seu corpo sentido o prazer do contato da água quente com a sua pele. Estava imóvel aproveitando essa sensação quando sentiu uma mão pegando em seu braço e virando seu corpo o jogou contra a parede. O peso do corpo do agressor o prendia sem que ele pudesse se mover e então uma voz conhecida sussurrou no seu ouvido.

— Buonanotte bello.

Ele ficou paralisado.

— Então uma das mãos que o segurava escorregou por entre as suas pernas e começou a massagear o seu pênis.

— Carm...

— Shiii... Quieto.

Ela então continuou a massageá-lo até que seu pênis ficasse ereto e com um movimento rápido o virou de frente para si e beijou a sua boca com paixão. Ele então retribuiu e os dois se entrelaçaram em uma mistura de beijos e sussurros. Ele levantou uma de suas pernas e a apoiando contra a parede penetrou-a com força ao passo que os sussurros se transformavam em gemidos cada vez mais altos até que os dois gritaram quase ao mesmo tempo enquanto seus corpos se retesaram e depois relaxavam deixando que a água continuasse a cair sobre eles. Angelo então olhou nos olhos dela e depois a empurrou de lado e saiu do banheiro sem dizer nenhuma palavra. Pegou uma toalha, enrolou na cintura e saiu do banheiro para a ante-sala do quarto sem olhar para trás e se sentou em uma das poltronas olhando fixamente para o chão. Alguns segundos depois, Carmen se sentou na poltrona à sua frente, ainda nua e completamente molhada.

— Me desculpe.

Ele então levantou os olhos para ela. Nunca a tinha visto tão linda. A sua pele estava bronzeada, seu corpo mais definido do que nunca e seu rosto parecia uma porta para o paraíso.

— Você tem ideia do quanto eu sofri pela sua morte?

Ela não disse nada e ele continuou.

— Você virou meu mundo de cabeça para baixo, colocou a minha vida e a dos meus filhos em risco, me fez fazer coisas que eu nunca pensei ser capaz de fazer e, como se não bastasse, me fez acreditar que a única mulher por quem eu verdadeiramente me apaixonei em toda a minha vida havia morrido de uma maneira horrível.

— Eu sinto muito Angelo.

Ele se levantou e nem percebeu que a toalha havia caído.

— Sente muito?

Ela o encarou novamente com aquele rosto maravilhoso.

— Eu realmente sinto muito Angelo, e não há nada mais que eu possa lhe dizer agora a não ser que não deixei de pensar em você um dia sequer nos últimos oito meses. Mas antes de eu poder estar com você novamente precisava cuidar de um outro assunto de maneira definitiva e assim poder estar aqui, inteira na sua frente e dizendo "Ti amo Angelo, come non ho mai amato nessuno in vita mia".

— Eu não acredito em você!

Ela então olhou para entre as pernas dele e sorriu.

— Ele parece que acredita.

Angelo teve vontade de apertar o pescoço de Carmen até que ela morresse sufocada, e então se abaixou e em um movimento rápido e pegou no colo, levou-a até a cama e a jogou o mais alto que pode para que ela aterrissasse no incrivelmente macio colchão da suíte. Ela começou a rir e ele tentou permanecer sério.

— Pois saiba que essa conversa está longe de ter terminado! Mas agora eu tenho que dar atenção ao meu amigo aí embaixo.

Dizendo isso ele se jogou sobre ela, mas dessa vez havia algo diferente, mais ternura, mais leveza, como se ela tivesse realmente se libertado de um fantasma que estava sempre presente, sutil, mas sempre presente. Ela era outra mulher agora, e para ele foi como se estivessem fazendo amor pela primeira vez.

Fim

ANGELO

Esta é uma obra de ficção, quaisquer semelhanças com nomes, pessoas, fatos ou situações da vida real terá sido mera coincidência.

Este livro utilizou as tipologias Times, Amalfi Coast e Airstrip Four e foi impresso em papel Lux Cream 70 gramas no centésimo trigésimo quinto ano da publicação do romance policial "Um Estudo em Vermelho" ("A Study in Scarlet") do escritor escocês Arthur Conan Doyle.

SP, novembro de 2022.